贾平凹研究资料汇编
编委会

学术顾问（按姓氏笔画排序）

丁 帆　李敬泽　吴义勤　陈思和

陈晓明　孟繁华　谢有顺

主　　编　韩鲁华　王春林　张志昌

副 主 编　张文诺　张亚斌　杨　辉

总 策 划　刘东风　范新会　王思怀

编辑统筹　王新军　马英群　郭永新

贾平凹研究资料汇编

主　编　韩鲁华　王春林　张志昌
副主编　张文诺　张亚斌　杨　辉

《高兴》研究

张晓倩　秦艳萍　编

陕西师范大学出版总社

图书代号：WX22N0601

图书在版编目（CIP）数据

《高兴》研究/张晓倩，秦艳萍编.—西安：陕西师范大学出版总社有限公司，2022.5
（贾平凹研究资料汇编/韩鲁华，王春林，张志昌主编）
ISBN 978-7-5695-2721-6

Ⅰ.①高… Ⅱ.①张…②秦… Ⅲ.①贾平凹—小说研究 Ⅳ.①I207.42

中国版本图书馆CIP数据核字（2021）第271321号

《高兴》研究
GAOXING YANJIU

张晓倩 秦艳萍 编

出版统筹	刘东风 郭永新
责任编辑	王雅琨
责任校对	王西莹
封面设计	张潇伊
出版发行	陕西师范大学出版总社
	（西安市长安南路199号 邮编710062）
网　　址	http://www.snupg.com
印　　刷	陕西龙山海天艺术印务有限公司
开　　本	720mm×1020mm 1/16
印　　张	23.25
插　　页	2
字　　数	340千
版　　次	2022年5月第1版
印　　次	2022年5月第1次印刷
书　　号	ISBN 978-7-5695-2721-6
定　　价	88.00元

读者购书、书店添货或发现印装质量问题，请与本公司营销部联系、调换。
电话：（029）85307864　85303629　传真：（029）85303879

总　序

　　自1978年《满月儿》引起当代文坛的关注，贾平凹的文学创作，已走过了四十余年的历程。四十余年来，贾平凹始终保持着旺盛的艺术创造生命力，特别是在《废都》之后，几乎每两三年出版一部长篇小说，业已是当代文学史上的一个奇观。也许是一种历史宿命，贾平凹的文学创作与对其的研究，呈一种互动的、正向的发展态势。自1978年5月23日《文艺报》刊发邹荻帆先生关于贾平凹文学创作的评论文章《生活之路——读贾平凹的短篇小说》之后，也特别是《废都》之后，有关贾平凹的研究与探讨，已然成为当代文学研究中作家研究方面富有典型性的一个显学案例。当我们对贾平凹文学创作与研究进行历史性梳理后发现，不论是贾平凹的文学创作，还是贾平凹研究，与中国改革开放这四十余年，产生了一种感应性的脉动或者律动，从中可以探寻到当代文学创作与研究的历史走向。

　　这并非一个虚妄的判断，因为既有贾平凹千余万字的文学作品呈现在读者面前，更有数千万字的研究文章、专著摆在了那里。

　　从当代文学研究来看，资料文献的整理与研究，越来越受到学界的关注与重视，并且进行着卓有成效的研究实践，取得了累累硕果。学术研究从某种意义上来说，是一种历史的沉淀，也是一种历史的总结与发现。在学术研究的发展过程中，沉淀了许多资料文献，到了一定历史阶段，自然也就需要进行历史的归纳总结，而立足当下，从中也会有一些新的发现。对某种文学现象的研究资料进行收集整理，以期为后来的研究提供某种方便，本就是一项重要且不容忽视的基础性研究工作。就对当代作家研究资料整理而言，毫无疑问，贾平凹应当是其中一个极为重要的对象。

于是，我们便组织编辑了这套"贾平凹研究资料汇编"丛书。

贾平凹的文学创作研究，已经形成了一个具有独特意义的文学研究现象。不仅研究成果丰硕，而且涉及面也非常广阔，体现出了作家个体研究的水准与高度，其间所涉及的问题，也是当代文学研究中所遭遇的境遇之命题。可以说，贾平凹的文学创作研究已经构成了一部作家个案研究史，而这部作家个案研究史，在某种程度上，亦显现着新时期文学研究历史的脉象。

从历史纵向来看，贾平凹文学研究确实有一个肇始、发展、丰富深化的历史进程。这个历史进程，大体可分为初期、中期和近期三个时段。这三个时段的划分，是以《废都》和《秦腔》研究为节点的。初期研究，就对文学体裁的关注而言，主要集中在散文与中短篇小说上，诗歌研究也有，但很少。这也是与贾平凹的文学创作情景相契合的。贾平凹前期的文学创作，致力于散文与中短篇小说，这也正是他们那一代作家在文学创作上由散文、短篇小说而中篇进而长篇的发展路数。20世纪90年代，更确切地说，自《废都》之后，贾平凹的长篇小说创作，成为研究者关注的一个极为重要的焦点。值得注意的是，贾平凹几乎每出版一部长篇小说，都有一批研究文章问世，而且直至今天，关于《废都》等长篇的研究成果仍然不断出现。这个时期，对于贾平凹文学创作整体性的研究著作与论文，也逐渐多了起来；贾平凹的文学创作，更成为硕士、博士论文的选题对象。进入21世纪，尤其是《秦腔》出版并获得茅盾文学奖之后，长篇小说研究、整体研究与比较研究、传播影响研究，成了贾平凹研究中几个重要的理论视域。当然，在这四十余年间，贾平凹的散文研究成果虽不如小说研究成果丰富，但始终延续着。另外，他的书法绘画作品，也受到了研究者的关注，出现了一批研究成果。这方面的研究虽然并不是很多，但书法绘画乃至收藏等方面的研究，尤其是文学与书画艺术的互动研究，拓宽了贾平凹研究的视野与维度，是贾平凹研究中不可或缺的有机构成部分。

关于贾平凹文学创作研究，可以从如下几个方面加以归纳总结。

贾平凹文学创作整体研究。这一研究，不仅着眼于贾平凹文学创作的整体特征，而且往往是将其创作置于整个中国当代文学背景之下加以论说的，从中可以看出贾平凹文学创作与当代文学历史建构的息息相关与内在关联性。不过，早期的研究文章主要以评论家的主观感受、心理映照为主，多侧重于贾平凹文学创作阶段的划分，厘清不同阶段的创作特色。近期的研究文章，则呈现出更加宏观和多元的研究视域，更为全面深入地从批评史的角度来讨论批评与创作的互动关系，不仅打通了贾平凹文学创作的时间关节，而且试图对贾平凹创作不断走向历史化和经典化的进程加以学理性的归纳探究。在这一背景下的研究中，需要重点提及的是陈晓明《穿过"废都"，带灯夜行——试论贾平凹的创作历程》一文。其梳理了贾平凹1980年至2013年的小说创作，勾勒出贾平凹三十多年来文学创作的风格、特色变化，肯定了贾平凹对当代中国"新汉语"写作的杰出贡献，对贾平凹的文学创作，给予了具有文学史意义的评价判断。此外，李遇春《"说话"与贾平凹的长篇小说文体美学——从〈废都〉到〈带灯〉》一文，以中国传统文学中的"说话"体小说为视角，从贾平凹小说创作对传统小说的继承、化用等方面，分析了贾平凹自《废都》至《带灯》以来的长篇小说文体美学特征，指出贾平凹对中国古代"说话"体小说的现代性转化及对中国传统"块茎结构"艺术的创造性转化，认为贾平凹在继承中国传统文学"史传"与"诗骚"传统基础上富有卓见地创造了以意象支撑结构的日常生活叙事方式。对于贾平凹以意象为其艺术建构核心的论说，笔者在《精神的映像——贾平凹文学创作论》，以及系列论文中有比较充分的论说，此处不再赘言。

贾平凹文学创作的艺术风格、审美特征研究。这方面的研究，已深入作家文学建构的潜心理层次。早期这方面研究，如丁帆《谈贾平凹作品的描写艺术》一文，指出贾平凹对作品人物的塑造是抒情性的，表现出对新生活的向往、对美的追求，其人物具有"姿""韵"兼备的美学特点，认为贾平凹的文学创作具有诗美特质及生活美感复现的特点。王愚、肖云儒《生活美的追求——贾平凹创作漫评》一文，对贾平凹早期文学创作的艺术风格进行细致、具体的探讨与挖掘，认为贾平凹创作的艺术特色在于着重表现社会变型期普通百姓的生活美和深居乡土的乡民的心灵美,具有诗的意境。刘建军《贾平凹小说散论》一文,开篇指出贾平凹小说的艺术特色在于汲取传统小说资源的同时具有强烈的表现欲和浓重的主观色彩,渲染着诗的意境和情绪,是散文化的小说,认为贾平凹文学创作的艺术实质在于真实和主观抒情性。笔者《审美方式:观照、表现与叙述——贾平凹长篇小说风格论之一》一文,以历时性的描述、分析、研究对贾平凹小说的美学风格作了比较准确、精当的界定,认为贾平凹的小说创作追求一种清新优美、空灵飘逸的美学风格,并从审美观照视角、审美表现方式、具体的叙述结构形式等方面详细阐释。

从整体上把握、宏观上研究的论文大多以文学史的发展为背景,出现了一批视角独特、观点新颖的评论文章。对贾平凹文学创作的内在美学风格的观照与作家审美个性、审美心理的把握做出精准的判断,则令始于90年代的贾平凹研究得以进一步深入,并使这种研究具有当代文学普遍意义上的阐发。

贾平凹文学创作的比较研究。这是指研究者将贾平凹的文学创作与东方文学中不同时代、不同作家的作品进行比较论说,或者是将贾平凹的文学创作与西方文学中不同时代、不同作家的作品进行比较探析。一般而言,贾平凹文学创作的比较研究大致可分为影响研究和平行研究两类。

影响研究又可分为三类:

一是中国传统文化思想对贾平凹文学创作的影响。如栾梅健《与天为徒——论贾平凹的文学观》一文,较为全面地论述了贾平凹文学观的形成原因,认为传统文化资源中的"天道"、自然观是形成贾平凹文学观的基础;而客观的地理环境和主观的个体生理条件、个人气质特色、家庭背景等因素均影响了贾平凹的小说创作。胡河清《贾平凹论》一文,从道家文化思想观念对贾平凹小说创作的影响切入,着重分析了传统文化中阴阳观、《周易》思想对贾平凹早期作品《古堡》《浮躁》《白朗》《废都》等的影响,认为在中国当代作家群中,贾平凹对阴阳观(男女性别)的观照最得中国传统文化色彩的熏染。张器友《贾平凹小说中的巫鬼文化现象》一文,从巫术、鬼神文化等对贾平凹小说创作的影响切入,认为巫术、鬼神等民间文化资源是贾平凹文学建构的重要组成部分,巫术、鬼神等文化现象参与、渗透于贾平凹笔下商州世界的独特人文环境、自然景观，并影响着乡民真实、真切的生活经历和情感变化。樊星《民族精魂之光——汪曾祺、贾平凹比较论》一文，从中国传统文化思想资源对汪曾祺、贾平凹小说创作的影响切入，指出汪曾祺小说世界中表露出的士大夫的幽远、高邈境界在贾平凹小说创作中得到了继承和发扬，认为虽然中国传统文化思想资源对汪曾祺、贾平凹二人的小说创作影响程度不同，但两位作家在复现民族魂、反观社会的多变性与复杂性上是相一致的，承续了中国文学的另一种文脉，对当代文学的历史建构具有特殊意义。

二是西方文化、文学传统资源对贾平凹文学创作的影响研究。有关西方文化、文学传统资源对贾平凹文学创作的影响研究的文章是双向的，也就是说，有的研究文章是从西方文化、文学传统资源对贾平凹文学创作的影响这一角度展开论述，而有的研究文章则是从贾平凹的文学创作这一角度来看西方社会对中国文化、文学的接受程度。21世纪以来，贾平凹的文学创作在欧美、日本等国家的影响力越来越大。《西方读者视角中的贾平凹》以及《欧洲人视野中的贾平凹》等文集中讨论了贾平凹的作品在欧美国家的传播。如韦建国、户思社《西方读者视角中的贾平凹》一文，认为贾平凹的主要作品在国外连获大奖、引起巨大反响的主要原因，是其作品展现了人类文明发展史必经的特定阶段，真实地描绘了社会转型时期人们的复杂心态。姜智芹《欧洲人视野中的贾平凹》一文，从三个方面探讨了贾平凹作品在英语、法语世界的传播：一是国外的译介与影响，二是国外的研究，三是传播与接受的原因。吴少华《贾平凹作品在日本的译介与研究》一文，重点介绍了贾平凹的小说在日本的翻译和研究情况。上述研究、评介文章是从贾平凹的文学创作这一角度，来看西方社会对中国文化、文学的接受程度。黄嗣《贾平凹与川端康成创作心态的相关比较》一文，从创作心态、气质、心理的角度，比较了贾平凹与川端康成在文学建构上的相似性。沈琳《试析加西亚·马尔克斯对贾平凹创作的影响》一文，认为贾平凹继承了马尔克斯作品中的孤独感，指出商州农村的建构与拉美农村存在相似性。笔者《特殊视域下特殊时代的人性叙写——〈古炉〉与〈铁皮鼓〉叙事艺术比较》一文，通过对贾平凹《古炉》与君特·格拉斯《铁皮鼓》的文本梳理，指出中国当代文学本土化、民间化叙事的确立与世界文学整体叙事中的当代性建构有着某种相似性、关联性，认为两位作家在文化差异的背景下虽然有着迥异的艺术个性，但都对人类的某些共同经历进行了有情书写。

三是中国文学思想对贾平凹文学创作的影响。具有代表性的研究如雷达的《心灵的挣扎——〈废都〉辨析》、陈晓明的《废墟上的狂欢节——评〈废都〉及其他》，他们都指出《金瓶梅》《红楼梦》《西厢记》等世情小说对《废都》创作的影响。而李陀《中国文学中的文化意识和审美意识——序贾平凹著〈商州三录〉》和李振声《商州：贾平凹的小说世界》，则共同指出贾平凹"商州系列"小说的艺术特质带有明显的明清笔记体小说的印痕。王刚《论贾平凹小说创作的审美视角与话语建构》一文，指出作家身上具有明显的现代作家（如张爱玲、沈从文、孙犁、川端康成等）审美意识的影响痕迹。

关于贾平凹文学创作的平行研究，多以同一国别、同一民族的作家为比较对象，从同一类型的文本出发，分析其艺术风格、创作个性等方面的异同。有关作家之间地域文化差异性研究，如赵学勇《"乡下人"的文化意识和审美追求——沈从文与贾平凹创作心理比较》一文，认为沈从文对湘西世界的建构是其审美理想的总体表征，含蓄朴素的文字风格、淡化人物的主观情绪及对意境的创造，是沈从文独特的审美追求；而构成贾平凹笔下商州的审美境界，是一个静达、高远、清朗的世界，其审美追求是对沈从文笔下营造出的古朴、旷达的湘西世界独特审美意蕴的发展与延续。李振声《贾平凹与李杭育：比较参证的话题》，从贾平凹小说创作对西部文化资源的承袭与李杭育小说创作对吴越文化资源的承袭进行比较论证，认为贾平凹、李杭育为繁荣、壮大地域文化书写做出了卓越的贡献。梁颖《自然地理分野与精神气候差异——路遥、陈忠实、贾平凹比较论之一》一文，对西部作家的杰出代表路遥、陈忠实和贾平凹的创作进行比较，指出三位作家所处的不同自然地理环境对其创作产生了不同程度的影响，认为路遥的小说建构带有陕北高原刚毅与悲凉的色彩，陈忠实的文学创作具有关中地区厚重与朴实的因子，贾平凹的文学创作则具有陕南地区灵秀与清奇的特色。李吟《莫言与贾平凹的原始故乡》，认为莫言的创作追求的是放纵的情感表露，由野向狂，追求狂气、雄风和邪劲，而贾平凹则是有所节制的吟唱，由野向雅，雅俗相得益彰。

有关贾平凹文学创作的研究，还体现出跟踪式研究的特点。而这一方面主要是对于贾平凹长篇创作的跟踪研究，相比较而言，关于《废都》《怀念狼》《秦腔》《古炉》《带灯》《老生》等的研究又比较集中。毋庸置疑，《废都》研究已经成为中国当代文学研究中一个标志性的案例。《废都》是当代文学，甚至当代社会，必然要重提的一个话题。无论谁，是致力于文本探析，或者工于当代文学史的建构，是对当代文学给予充分肯定，还是予以严厉批评，都难以绕过《废都》，也不能无视它的存在。倘若不是如此，恐怕中国当代文学的文本建构，就会留下一个明眼人一眼便看得出的空白，而进行历史叙述，也会留下一个令人惋惜的缺憾。所以，你赞成也好，批评也罢，甚或是给予枪炮似的批判，你都在阅读《废都》，都在审视《废都》。

整理包括作家作品研究在内的文学研究资料的价值意义，自不必多言。就现当代作家的研究资料汇编而言，已有几种丛书问世了。但是，就某位作家文学创作研究的资料整理来看，多为选编，全编性质的少之又少。而对于一位还健在的作家，对其研究资料进行整理、编辑和出版，似乎要更难一些。因为作家的创作还在进行着，亦有新的研究成果不断涌现，又何以给出定论的评价呢？但是，作家创作有终结的时候，而对作家作品的研究却没有终结的时候。当然，这一持续性的研究，是建立在作家文学创作所具有的文学史价值意义基础之上的。换一种角度来看问题，要对某位作家研究资料进行整理汇总，则要看其是否具有文学研究史料的价值意义。毫无疑问，贾平凹是一位具有文学史价值意义的作家，贾平凹研究亦是具有支撑当代文学研究史料价值的存在。

接下来要面对的问题是：全编还是汇编。从收集资料的角度来说，自然是尽可能全面地将收集到的资料，统统纳入，不论文章长短，见解看法深浅，以期给人一幅完整、全面的研究景象。如此下来，且不说那些见于报纸及网络上的浩瀚资料，更不说成百上千的学位论文和研究专著，仅就刊于学术期刊的文章而言，研究成果就已有五千余篇。单就字数来看，研究文字是贾平凹文学创作的数倍。鉴于此，似乎还是需要做出某种选择，而编辑一套研究资料汇编则更为切实可行。

故此，编者在对贾平凹文学创作研究及其与之相关联的学术研究成果，进行全面系统的收集、梳理基础上,又有所权衡取舍。原则上,各类媒体的新闻报道类文章不入选,有关贾平凹研究的博硕论文亦不入选,仅于研究总目中稍作体现,而研究专著,只作极个别的节选。遴选时,编者尽可能选择那些兼具学术严肃性和科学性的文章。无论学术上持肯定还是否定观点,只要是具有建设性意义的文章,都是对于学术研究、学术生态的一种积极建构,乃至对于作家的文学创作,也是具有积极意义的。学术研究的多元化与多样性,是学术研究应有的状态,只要是从学术层面研究探讨问题,言之有理有据的各种观点、思路方法,都应当受到尊重。即便某些文章在理论视域等方面有不成熟的地方,也没有求全责备,有一定的创新和开拓性即可。

最后,说明一下丛书的编选体例问题。大体上,按照论说对象进行分类编选,如创作整体研究、长篇小说研究、中短篇小说研究、散文研究、书画研究等。其中,由于长篇小说文章甚多,研究成果凡能独立成卷的,均独立成卷。各卷整体上按自述与对话、综合研究、思想研究、比较影响研究等几个大的板块进行编选,但是,具体到各卷,则在此基本思路下,根据具体情况进行增删调整。因此,丛书在总体统一的体例下,又保持了各卷的差异性特征。

对一位作家的研究作多卷本汇编,本就是一种尝试,由于编者学识有限,不足、不妥之处在所难免,敬请专家学人、广大读者批评指正!

韩鲁华

目 录

自述与对话

002　我和高兴／贾平凹

017　我想说的话／贾平凹

018　写出底层生存状态下人的本质

　　　——关于《高兴》的对话／贾平凹　韩鲁华

026　《高兴》：生命的卑微与高贵

　　　——西安《高兴》研讨会发言选摘／陈建功　孟繁华　马平川　等

文本分析

034　刘高兴的"脚印"

　　　——评《高兴》／雷　达

039　当下生活与文学传统

　　　——评贾平凹的长篇小说《高兴》／孟繁华

042　刘高兴的精神与尊严

　　　——读贾平凹的《高兴》／王光东

046　乡村走出一个清醒的堂吉诃德／贺绍俊

049　底层的真相与病相

　　　——解读《高兴》／张福贵　杨　丹

056 记录的立场与超拔的力量
　　——评贾平凹的小说《高兴》/ 毕文君

060 农民刘高兴"城市生活"的文化隐喻意义
　　——对贾平凹《高兴》的一种解读 / 陈理慧

067 城市中国的艺术影像
　　——贾平凹小说《高兴》的结构文化解读 / 张亚斌

090 从《高兴》看贾平凹小说风格的新变 / 储兆文

097 "后现代"边缘的身份焦虑与认同超越
　　——《高兴》：一种"三农"主义文学的诞生 / 张　灵

113 刘高兴：迷惘在城市与乡村之间 / 莫林虎

120 徘徊在"高兴"与"失落"之间
　　——评贾平凹的长篇新作《高兴》/ 于京一

130 精神救赎下的卑微与高贵
　　——评贾平凹长篇小说《高兴》/ 马平川

142 问题意识、底层视角和知识分子立场 / 程　华

153 "锄禾"人的月下城
　　——从贾平凹《高兴》谈起 / 陈凤霞　刘江凯

宏观研究

162 人文批判的深度和语言艺术的境界
　　——评贾平凹长篇小说《高兴》/ 李　星

172 底层叙述中的声音问题 / 李遇春

180 城市化语境下的后乡土叙事
　　——论《高兴》与中国乡土叙事 / 韩鲁华

194 乡土传统的两种想象和叙事 / 仵　埂

205 城市中国的乡土叙述
　　——《高兴》的符号文化分析 / 张亚斌

223 "他者"的浮沉：评贾平凹长篇小说新作《高兴》/ 吴义勤　张丽军

236 当"乡土"进入"底层"

　　——由贾平凹《高兴》谈"底层"与"乡土"写作的当下困境 / 邵燕君

247 《高兴》："左翼"之外的"底层文学" / 黄　平

比较研究

260 《高兴》与《阿Q正传》的比较分析 / 高　瑾　李继凯

269 打工农民现实生存境遇的思考与表达

　　——对《高兴》与《吉宽的马车》的比较 / 王春林

278 "乡下人进城"的两种当代叙述

　　——贾平凹《高兴》、展锋《终结于2005》比较阅读 / 付祥喜

290 不一样的"精神胜利法"

　　——刘高兴与阿Q精神之比较 / 陈一军

298 两种命运悲剧中的文化宿命

　　——老舍《骆驼祥子》与贾平凹《高兴》主人公城市生存悲剧之思

　　　　　　　　　　　　　　　　　　　　　　　　/ 焦仕刚　杨雪团

309 秦地小说民生权的深度叙事

　　——《白鹿原》《高兴》之史线透视 / 冯肖华

316 论《鸡窝洼人家》与《高兴》的艺术同构 / 吉　平

323 新世纪乡土中国现代性裂变的审美镜像

　　——读贾平凹的《秦腔》与《高兴》/ 张丽军

334 一样的时代情绪，不一样的《高兴》

　　——小说《高兴》和电影《高兴》对读 / 孙新峰

347 附录：研究总目

自述与对话

ZISHU YU DUIHUA

我和高兴

贾平凹

三年前的一个下午，我在家读《西游记》，正想着唐僧和他的三个徒弟其实是一个人的四个侧面，门就被咚咚敲响。在电话普及的年代，人与人见面都是事先要约好的。这是谁，我并没有在这个时候约任何人呀，我就故意不立即去开门，要让这不速之客知道我是反感这种行为的。咚，咚，门还在敲，而且声音越来越大，最后是哐的一下，用脚踢了。

我有些愤怒，一把将门拉开，门口站着的却是刘书祯。

他说：哎呀，我还以为你不在家哩！

我说：是你呀，几时进城的？

他说：我已经城市生活啦！

他的嘴里永远没有正经话，我就笑了，让他进屋坐下，说：书祯，你个嘴儿匠！

他说：你不要叫我书祯，我现在改名高兴了，你得叫我刘高兴！

这就是刘高兴。这也就是我第一次见到过着了城市生活的刘高兴。

如果读了《秦腔》，而且还记得的话，《秦腔》书中的书正就是他的原型。我们是一块长大的。小的时候，我并不热惬他，他头发有些卷，鼻孔里老流着黄涕，但我崇拜他大。我们那儿把父亲都叫大，因为他大不是贾族人，叫叔时前边要加上名字，就是五林叔。五林叔不识字，但出口成章，能背戏本子，能讲三国和岳飞大战朱仙镇。尤其一米八的个头，在骂老婆的时候，要盘脚搭手坐在蒲团上，骂得没有火气，却极尽挖苦，妙语连珠，像是在说单口相声。"文革"中我和书祯又是一起从初中辍学回乡务了农，后来他去当兵，我上了大学，再后来我是逢年过节回老家看望父母，他已经在乡政府做起饭，但人家嫌他不卫生，又常常将剩菜剩饭要送回家喂猪，就辞退了他。再再后来，我写我的书，他做过泥水匠，吊过挂面，磨过豆腐，也三六九日的集市上摆过油条摊子。他几乎什么都干过了，什么都没干出个名堂，日子过得狼狈，村里许多人都在笑话他。但我一回去,他逮住消息了,天晴下雨或黑漆半夜,肯定要跑来看我。我们便嘻嘻哈哈谈说几个小时,不累不困,直到我母亲做过饭一块吃了,他嘴里叼着纸烟,耳朵上再别上一根,才走了。

我喜欢和他说话,他说话有细节。

有一年夏天回去,儿时的伙伴来了几个,却没见他,我问书祯呢,他们说可能在西河地里插秧吧。那时节村里的麦早收过了,秧也开始浇二遍水,书祯竟然才插秧?他们说还不是娃们都小,就他一个劳力,地里活啥时候干到人前去?!到了晚上,月光一片,我去西河滩地看他,地是个窄长溜,他弯着腰在那头插秧,隐隐约约像是鬼影,这边地堰上却放着个收音机,正唱宋祖英。我大声喊他,他哗里哗啦蹚着泥水跑了过来,说:咱回,咱回!我说:你插你的秧!他说:反正黄花菜已经凉了,看它还能凉到哪儿去?他的家新盖在半石间上,门口没有场地,但门框上还保留着过年时写的对联,一边是:张开口除了吃喝还要笑;一边是:一闭眼都在黑里就睡美。我说:词儿你编的?他说:不对仗。就在牙上刮牙花子,把左联翘起的一角粘上,说:我在村里宣布了,谁揭我房上瓦可以,谁揭这春联,我打断他的腿!

一进院门,他就喊老婆烧开水,说城里人讲究喝开水不喝生水的,把水往滚着烧!开水端上来了,他从柜里取了一包白糖,抓一把就放进去。又对老婆说:快炒上几个鸡蛋来!他老婆愣了,说:咱没养鸡哪儿有鸡蛋?!他说:没鸡蛋?我赶紧圆场说这么晚了吃什么鸡蛋呀。他嘎嘎笑起来,说:你这老婆不会来事,没鸡蛋你就说我给咱借去,你一借再不闪面不就完了,你偏说没鸡蛋!说得我也笑了。他说:不吃鸡蛋了,咱不吃鸡屙下的东西,总得让平凹高兴呀,你把咱钱柜子拉来!老婆还是没配合好,说:钱柜子?他说:母猪还不是钱柜子?没脑子!结果已经关了圈的猪又放出来,这是头拖着大肚皮的母猪,一赶进屋他就搔猪后腿,母猪立马舒服得卧,叐起了四条腿。而十二个猪崽也一溜带串儿从门槛上往里翻,一翻一个肉疙瘩,一翻一个肉疙瘩。他说:不得了啊,一个猪崽五十八元,五十八元哩,你算算,十二个猪崽是多少钱?

那天我们谈说得非常久,原本他后半夜插秧也没去成。问起村里的事,他说了,咱这儿啥都好,就是地越来越少,一级公路改造时占了一些地,修铁路又占了一些地,现在又要修高速路呀还得占地,村里人均只剩下二分地了,交通真是大发达了,可庄稼往哪儿种,科学家啥都发明哩,咋不发明种庄稼?他说了，村道里你还看见有几个小伙姑娘？没了，都出去打工了。旧社会生了儿子是老蒋的，生下姑娘是保长的，现在农村人给城里生娃哩！他说了，狗日的×××总算把两间屋拆椽卖了，老婆病成那样，是要人呀还是要钱呀?!他说了，××终于结束光棍生活了，那女的是三个娃，丈夫从树上摔下来成了瘫子，他被招夫养夫了的，不出力就有三个娃了！他问我有没有认识治精神病的大夫？我说咋啦？他说知道×××吗，我说我记不起了，他说×××你记不起？就是咱小时偷人家的杏，让人家撵得咱掉到莲菜池里的×××么！我说×××疯了？他说两口子苦命，成年磨豆腐卖供儿子上大学，儿子大学毕业了不愿意回县来教书，在西安做盲流，文化盲流。这还罢了，那小女儿出外打工，出去了两年没音讯，×××没疯，他老婆疯了，你介绍个大夫给治治，要不我不敢从他们家门口过，她不知了羞耻，动不动不穿裤子往出跑，我眼睛没处瞅么。听了他的话，我就叹息了，他说：你叹息啥哩？我说：农村还这么苦。他说：瞧你，苦瓜不苦那还叫苦瓜?!

先前他来过西安，曾费尽周折寻到了我家，但我去外地开会，回来听孩子讲有一个自称是我同学的人来了，来了一身的土，倒茶不喝，要到水龙头接喝生水，在地板上吐痰，吐了痰，又用脚蹭，说了一堆他们听不明白的话，后来就起身走了。我听了，觉得肯定是刘书祯，就埋怨孩子慢待了他。家乡生活苦焦，苦焦人心事多，最受不了的是城里的亲朋好友慢待，如果你待他们好，他们便四处给你扬名，你是个科长也会说你就是局长，坐小车，住洋房，读砖头厚的书，即便吃豆面糊糊里边也放着人参燕窝。他们还会竭力保护你的老屋，院子里的梨不会少一颗，清明节去上坟，也要在你家的祖坟上培几锨土。如果你慢待了他，他们就永远记仇，你就是在外把事情干得惊天动地，那是你的事，与他们无关，来了人问起你，他们说：噢，他那人呀，该怎么说呢，不说了吧。你回去了，他们避而远之，避不及的，最多说一句你回来了，脚不停就走了。你在老家过什么红白事，摆上酒桌他们不来，来了就提个水桶，吃一碗往水桶里倒半碗，把一桶剩菜剩饭提回去喂猪。我们邻村就有一个在县上当局长的，慢待了老家人，他坐着小车进村，村道里有人铺了席晒苞谷，就是不肯收席让小车过去，而后来小车轮子碾着了苞谷，拦住车须要数着被碾碎的苞谷，一颗赔一元钱，不赔不行。所以，我告诉孩子，以后不管我在家不在家，凡是老家来了人，一定要笑脸相迎，酒饭招待，不要让他们进门换鞋，不要给人家纸烟了又把烟灰缸放在旁边，他们说话要看着他们，认真倾听，乡里人有乡里人的不文明，他们却有城里人没有的幽默和智慧。

我只说孩子慢待了刘书祯，刘书祯再也不会来城里找我了，但他这一次又来了，而且他成了刘高兴。

他这次进城投奔的是他的儿子。他的儿子多年前就来到西安打工，在一家煤店里送煤。他的儿子没有继承他和他父亲的乐观幽默，总是沉默寡言，又总是愤愤不平，初中毕业后一直谋着要出外打工，他就让儿子去打工了。他说：父子是冤家，让狗日的去吧，饿不死就算成功了！可当儿子春节回来过年时，儿子却穿了件西服，每次打扑克小赌，输掉一元钱了就从怀里掏出一指厚一沓百元钱来取出一元，然后把那沓钱装进怀里，再输一元钱了，又掏出那沓钱再取出一元。但儿子没有把钱交给他。他说：我这个人民咋就没有个人民币?!也就出来打工了。他已经五十三岁了，一张嘴仍然是年轻的，腰和腿却不行了，跑不快，干活就蔫。他在儿子的煤店里干了一个月，他说和儿子住在那个塑料板搭成的棚子里，垫得他夜夜在地上泼了水，铺上张竹席睡，这些他都不在乎，恼气的是儿子和他想法不一样。他是有了钱就攒，儿子有了钱就花，他要儿子把钱交给他他在老家给儿子盖新房，儿子就是不给。父子俩矛盾了，大吵了一顿，他一气出来单独干，单独干只能拾破烂，他就拾起破烂了。

拾破烂？我可是从来没有关注过这个行业，甚至作想也没有作想过。事后琢磨，虽然我在西安三十多年了，每天都看见城里有拉着架子车或骑着三轮车拾破烂的人，也曾招呼着拾破烂人来家收过旧书刊报纸，但我怎么就没有在脑子里想过这些人是从哪儿来的，为什么来拾破烂，拾破烂能顾住吃喝吗，白天转街晚上又睡在哪儿呢？城市人，也包括我和我的家人得意我们的卫生间是修饰得多么豪华漂亮，豪华漂亮地修饰卫生间认为是先进的时尚的文明的，可城市如人一样，吃喝进多少就得屙尿出多少，可我们对于这个城市的有关排泄清理的职业行当为什么从来视而不见，见而不理，麻木不仁呢？这就像我们每时每刻都在呼吸着，却从不觉得自己在呼吸一样吗？我也时常在鼓呼着要有感恩的意识，可平日里感动我们的往往是那类雷锋式的好人好事，怎么就忘记了天上的太阳，地上的清水?!

那天，我们谈论就尽是有关拾破烂的事，而且，他的拾破烂的经历似乎成了他考察了解西安和来西安打工者过程，他见我惊讶的神色越发得意扬扬，盘脚搭手坐在沙发上一边口水淋漓地吸纸烟一边慢条斯理地排说。他让我知道了在这个城市打工的哪儿人都有，但因各地的情况又不相同：关中的东府和西府，经济条件相对还好，人也经见得多，他们多是在经济开发区的一些大公司打工。陕北的来人体格高大，又善于抱团，更多的是聚集在一些包工头手下，去盖楼，去筑路，或在宾馆和住宅区里做保安。陕南的三个区域，汉中、安康人貌如南方人，性情又乖巧，基本上都是在一些服务行业做事，如在店铺里卖货，如在饭馆、茶楼、洗脚屋里当服务生。而商州呢，商州是最贫困也最闭塞的地方，既不是产粮区也没有石油煤炭天然气资源，历来当地挣钱的门道就是开一个小饭店，偏又普遍地喜文好艺，尤其注重孩子上学，上学的目的就是早早逃离这山地。比如我们县，三十万人口，年财政收入两千多万，而供大学生上学，每年几乎从民间都要付出一亿元。每年一亿，每年一亿，老百姓就是一捆子谷秆，被榨着被拧着被挤着，水分一滴滴没有了，只剩下了一把糠渣。这些学生大学毕业后却极少再回原籍，他们就在城里的一些单位、公司做临时工，不停地跳槽，不停地印制名片。可怜的商州山区水土流失了，仅有的钱被学生带走了，有了知识的精英人才也走了，中国出现了历史上最大的一次人口迁徙，迁徙地就是城市，城市这张大口，将一碗菜汤上的油珠珠都吸了。刘高兴说：新衣服都穿上走了，家里扔下的是破棉袄！商州的经济凋敝不堪，剩下的人也还得出走呀，西安在他们的心中是花花世界，是福地，是金山银海，可出走一没资金，二没技术，三没城里有权有势的人来承携，他们只有干最苦最累最脏也最容易干到的活，就是送煤拾破烂。但凡一个人干了什么，干得还可以，必是一个撺掇一个，先是本家亲戚一伙，再是同村同乡一帮，就都相继出来了，逐渐也形成以商州人为主的送煤群体和拾破烂群体。

　　自从刘高兴这一次来到了我家，我们的往来就频繁了，每到下雨天，下雨天他就空闲了，他说那是他们的节日，要么到我家来，要么叫我去他租住处。从他的口里，我也才知道我们贾姓族里其实有很多晚辈都在城里打工，但他们从来没有和我联系过，或许是我当年不回去和他们隔远了，或许他们都混得不好，觉得羞愧不愿见到我。我也曾想，即使他们来找我，我虽有文名但无官无权无钱的又能帮他们做些什么呢？刘高兴之所以来找我，他不想求我什么，他也知道我的处境和性情，又因为年龄相近，他需要说话，我需要倾听，所以我们就亲近了。当我有什么大的活动，比如给母亲祝寿，为女儿举办婚礼，我当然得通知他。他的衣着和容貌明显地和所有宾客不一样，就像苹果筐里突然有了一个土豆。但这个土豆是欢乐的，他的大嗓门和类似于周星驰式的笑使大家不习惯，可得知他的身份后惊奇着他的坦然和幽默，又兴致勃勃地与他交谈。他就会说许多乡下的和在城里拾破烂中的奇闻轶事，他说得绘声绘色，等大家都听得一愣一愣的，他却一脸严肃了，说一句很雅的古句，爱读奇书初不记，饱闻怪事总无惊。于是那些教授却感慨了，说：刘高兴，你形象思维好啊，比老贾还好！他说：我在学校的功课是比平凹好，可一样是瓷砖，命运把他那块瓷砖贴在了灶台上，我这块瓷砖贴在了厕所么！然后又是嘎嘎大笑，擦了一下鼻涕，说：我是闰土！我赶紧制止他，说你胡比喻，我可不敢是鲁迅。他说：你是不是鲁迅我不管，但我就是闰土！

他不是闰土，他是现在的刘高兴。

现在的刘高兴使我萌生了写作的欲望。我想，刘高兴和他那个拾破烂的群体，对于我和更多的人来说，是别一样的生活，别一样的人生，在所有的大都市里，我们看多了动辄一个庆典几千万，一个晚会几百万，到处张扬着盛世的繁荣和豪华，或许从他们的生存状态和精神状态里能触摸出这个年代城市的不轻易能触摸到的脉搏吧。当这种欲望愈来愈强烈，告知给我的一位朋友，朋友却不以为然：历史从来是精英创造的，过去是帝王将相才子佳人，现在是管理层的实业界的金融行的时尚群的叱咤风云人物，这样的题材才可能写出主流的作品，才可能写出大的作品。朋友的话是没有错，但我有我的实际情况，以我生存环境和我学识才情的局限，写那样的题材别人会比我写得更好，我还是写我能写的我也觉得我应该写的东西吧。我在这几年来一直在想这样的问题：在据说每年全国出版千部长篇小说的情况下，在我又是已经五十多岁的所谓老作家了，我现在要写到底该去写什么，我的写作的意义到底是什么？我掂量过我自己，我可能不是射日的后羿，不是舞干戚的刑天，但我也绝不是为了迎合和消费去舞笔弄墨。我这也不是在标榜我多少清高和多大野心，我也是写不出什么好东西，而在这个年代的写作普遍缺乏大精神和大技巧，文学作品不可能经典，那么，就不妨把自己的作品写成一份份社会记录而留给历史。我要写刘高兴和刘高兴一样的乡下进城群体，他们是如何走进城市的，他们如何在城市里安身生活，他们又是如何感受认知城市，他们有他们的命运，这个时代又赋予他们如何的命运感，能写出来让更多的人了解，我觉得我就满足了。

在一次会上，有个记者反复地在追问我：你下一部作品写什么呢，下一部作品写什么呢？我不耐烦了，说了我的计划，不想这位记者就在报上发了消息，闹得到处的报纸转载，都知道我要写进城农民工的作品了。而这时，一个陌生人，可能是读者吧，他寄给了我一信，信里什么也没说，只是两个纸条，一条写着："看山是山，看水是水，看山不是山，看水不是水，看山还是山，看水还是水。"一条写着："每有制述多用新事，并以文采妙绝当时。"这些话都是古人的话，而陌生人这个时候将此话抄寄给我，我知道这是提醒，这是建议，这是鼓励和期望。这就让我感动，也很紧张，有了压力。原本动笔写便觉得我仅仅了解刘高兴而并不了解拾破烂的整个群体，纯是萝卜难以做出一桌菜的，我得稳住，我得先到那些拾破烂的群体中去。

于是，我开始了广泛了解拾破烂群体的工作，这项工作我请了文友孙见喜先生给予帮忙，因为以前听他说过，他的老家村里几乎有三分之一的人在西安拾破烂。老孙也是商州人，好冲动，又极热心，他立即联系在西安拾破烂的一个亲戚，并实话实说是我想去他们租住处看看。这位亲戚第一个反应是：贾平凹？是那个写书的吗？老孙说：你还知道贾平凹呀，是他，他想去看看你们。这位亲戚沉默了，说：他来看我们？像看耍猴一样看我们？！老孙说：不，他不是那样。这位亲戚说：要是作为乡里乡亲的，他啥时来谝都行，要是皇帝他妈拾麦图个好玩，那就让他不要来了。

老孙把这话转达给我，我想起了以前摄影界曾引起了一场争论的一件作品。那个作品是一个骑自行车人在马路上摔倒的瞬间，画面极其生动，艺术性非常的高，但这个作者是为了拍这张照片，特意在马路上挖了一个洞而隐身于旁拍摄的。我告诉老孙：咱们虽然是为了更丰富写作素材去了解他们的，但去了就不要再想着要写他们，也不要表现出在可怜他们同情他们甚至要拯救他们的意思，咱们完全是串门。我们就去了，没有带笔记本，没有带录音机，也没有带照相机，而是所有口袋里都装了纸烟。

那是一个傍晚，我们按照老孙亲戚提供的地址寻去，没想在西安南郊城乡接合部的村子是那么多，这个村子和那个村子又没特别的标志，我们竟进入了另一个村子，这村子又有几十条巷道，两个小时过去了还没寻出个眉目。去问路灯下那个蹴着吃纸烟的人：这村里有没有个叫×××的租住户？那人说：满天都是星星，你问哪个？我又问：住没住拾破烂的？那人说：前边那条巷里都是拾破烂的！我们走进去，果然巷道里有许多架子车，有妇女在那里分类着破烂，而两个男的端了碗在门口灯下吃饭，苞谷糁稀饭里煮着土豆，土豆没有切，吃的时候眼睛得老大。我们问知道不知道个×××的，只摇头，不说话。钻进一个院子，四边的房像个炮楼，几十户人家门上都吊个门帘，看着如中药店的药屉，老孙放声喊：×××！有人揭了门帘出来倒水，说屋里有个病人哩，你不要喊。老孙说：我找×××。那人说：这里没个×××。

我们到底没有寻到×××。但是，也就在那一夜，我们以找乡党为名，钻进了十多个院子，接触了十五六个拾破烂的人，看了他们住的怎样，吃的什么，大致询问了他们各自的进城的原因、时间和收入状况。他们大多目光警惕，言语短缺，你让他多说些，他说这有啥说的或说我不会说，哧啦一笑就躲开了。他们中没个刘高兴，这让我遗憾。还好，最巷头的那个院子里一个瘸子健谈，他接过了我给他的一包纸烟，拆开了就天女散花一样分别给站在各个门口的人扔去一根，扔去的纸烟没有一根不被在空中接住，然后就围过来说：吓，贵纸烟么！瘸子说他是老破烂，来西安十年了，院子里的人都是他先后从村里带出来的，就像当年闹革命，一个当红军了，就拉了一帮人当红军，现在他们村就叫破烂村。老孙说我们老家村里有个老者，儿子孙子里七个人当兵，人叫老者是兵种，那你是破烂种了！没想一句笑话，站在另一个门口的妇女却说：他算什么破烂种，连个老婆还没有哩！说得瘸子顿时尴尬，领我们到他的住屋，一边拍打着床沿上的土让我们坐，一边说：我又不是没有过老婆，我是有过三个老婆哩，合不来，都是不到一年我就撵走了。那是肮脏不堪的十平方米的小屋，没有窗户，味道难闻。老孙翻人家的被褥，揭人家的锅盖，又把人家晾在床头木板上的几块干馍掰开来说霉成这样了还能吃呀，再就是在枕头底下发现了一本杂志，老孙说：还看杂志？他说：看么。老孙说：知道不知道有个作家……我忙制止了老孙，把杂志拿过来，杂志上却有一半张页粘在一起揭不开。问怎么粘成这样，他一时脸面通红，支支吾吾说睡下胡思乱想哩就动了手，又嫌弄脏了褥子，就……把杂志夺过去又塞进枕头下。我没有反感他，也没有说什么话取笑他。我问了他的名字，他说白殿睿，不是建设的建，是宫殿的殿。名字起得很文雅。

我记住了白殿睿，过后又去找过他几次，他已经是拾破烂中的老油条了，我拿给他一条纸烟，他要把他拾来放在床头的一扇铝窗送我，我没接受。他问我是干啥的,是不是记者,是记者了给他拍个大照片,登到报上多好。但再次去我拿了照相机,他却病了,拉肚子拉得爬在床上不得起来,拒绝了我给他照相。

而老孙的那个亲戚,我们再次联系,终于弄清了那个城中村的位置,这次同我和老孙去的还有一位美术教授,他有私家车,说他也想画画拾破烂的人。车一到村口,×××已经在那里张望,穿了双皮鞋,但腿老弓着。老孙说:这鞋是拾的吧?他说:哪能拾到这么新的鞋,人家送的,本来要留给儿子的,你们要来就穿上了,有些小。却低声问:穿西服的是贾平凹?老孙说不是,用手指我。他说:个子不高么!我当然还是带着纸烟,但他说他把烟戒了。进巷道,入一户院门,后边是一座六层简易楼,×××就住在顶层,而顶层一共七个房间,分别住了他的六家亲戚。他们都是才从街上回来,正生火做饭。我去每一家看的时候,他们也都是笑脸。后来我们就坐在×××的屋里,屋里小得打不开转身,天又热,一股子鞋臭味。美术教授就待不住了,他说他下去转转,要走的时候给他打个电话。美术教授是没在农村生活过,我生活过,我就脱了鞋坐上了床,问这房的租金,问他在哪条街上拾破烂,那么远的路早晨怎么去晚上怎么回来,就自己取了碗从保温瓶里要倒水喝。他脸上活泛多了,但回答我的话都是些通用话,比如,他说这租金合适,我们能接受,在朱雀门外那一带拾破烂,收入挺好,他有一辆自行车早上带老婆进城,架子车却是存在收购站上的,日子比才来时好,日子会越来越好。老孙说:你不要那么正经,你想说什么就说什么,胡谝!他说:还真胡谝呀?我说:胡谝!三个人就都笑了。我们就乱七八糟地胡谝了,他竟是那样健谈,虽然没有刘高兴说的那么形象,但拾破烂中的一些事记得很准确,一件一件连时间地点都说得清,我先还真会逗引,逗着他说,后来完全沉浸在他的故事中,随着他的高兴而高兴,随着他的难过而难过。他老婆在门外炉子上做饭,进来说:你只排夸你出五关斩六将哩,咋不说你走麦城!你出来。他出去了,又进来说:老婆问你们吃了没,没吃了就在我这儿吃?我说:就在你这儿吃。他就对老婆说:在咱这儿吃哩,你去村商店买些挂面。我赶紧说:买什么挂面?做啥我吃啥。我就又问了怎么个走了麦城?他讲了三宗,一宗是他在建筑工地被人家打了一顿,一宗是被街上的混混骗了三百元,一宗是被市容队收没了架子车。饭做熟了,是熬了一大锅的苞谷糁稀饭,给我盛了一大海碗,没有菜,没醋没辣子,说有盐哩,放些盐吧,给我面前堆上了一纸袋盐面。筷子是他老婆给我的，两根筷子粘连在一起，我知道是没洗净，但我不能说再洗一下，也不能用纸去擦，他们能用，我也就用，便扒拉着饭吸吸溜溜吃起来。×××一直是看着我吃，把那个风扇从床下取出来。那是个排气扇，吹过来的风是一股子，而且电线断了几处重新接上没缠绝缘胶布，我担心他触上了电，他说：没事。不停地转动着排气扇的方位给我吹。我把一大海碗饭吃完了，他说：够了没？我说：够了。他说：我估摸你也够了。

老孙的这位亲戚，后来虽然和我称不上朋友，却绝对成了熟人，他常到老孙那儿去，而他一去，老孙必定会给我电话，我也就去了。他有时拿着一些拾来的好东西送给我们，比如一个笛子，一个老式的眼镜盒，我们付给他一百元钱。他知道我喜欢收藏，有一次拿来了一个小黑陶罐，以为是个古董送我，我欣然接受，但我知道那是个几年前才烧制的罐子。我给他付钱的时候，他坚决不要，却说：要是今日我只收入十元钱，那我会收你的钱的，可我今日已经收入了十八元了，这就够够的了，我只求你帮个忙。原来他的一个兄弟拾破烂时把架子车停放在了马路边，而那一段马路立了牌子不准人力车通过，他兄弟不识字停放了，市容队就拉走了架子车，他兄弟去讨要，市容队说罚五百元了才能把架子车拉走。他求我能不能帮着把架子车要回来。

我说：我给你要回来。

他说：真能要回来了，我请你喝酒！

其实，我和老孙哪有疏通市容队的能力呀？但我必须得帮他要回架子车，就叫来了电视台的一个朋友，商量出一个计谋：让他带着摄像机，如果他们不给架子车，便威胁着媒体要曝光这种粗暴对待弱势群体的行为。我们是一路上都在给自己壮胆，可万万没想到的去了市容队，那里竟有人认出了我，对我的到来兴奋不已，我成了座上宾。那就好，寒暄之后，我便说了情况，架子车不费吹灰之力要回来了。×××激动地抱住我，说我牛，牛得很，并要了我的名片，说以后谁再欺侮他，他就拿出我的名片，说他是我的表哥。便问我：我能说是你的表哥吗？我说：是表哥！

几个月后，我终于写起拾破烂人的故事了。

但我没有想到，写起来却是那样的不顺手，因为我总是想象着我和刘高兴、白殿睿以及×××的年龄都差不多，如果我不是1972年以工农兵上大学那个偶然的机会进了城，我肯定也是农民，到了五十多岁了，也肯定来拾垃圾，那又会是怎么个形状呢？这样的情绪，使我为这些离开了土地在城市里的贫困、卑微、寂寞和受到种种歧视而痛心着哀叹着，一种压抑的东西始终在左右了我的笔。我常常是把一章写好了又撕去，撕去了再写，写了再撕，想为什么中国会出现打工的这么一个阶层呢，这是国家在改革过程中的无奈之举，权宜之计还是长远的战略政策，这个阶层谁来组织谁来管理，他们能被城市接纳融合吗？进城打工真的就能使农民富裕吗？没有了劳动力的农村又如何建设呢？城市与乡村是逐渐一体化呢还是更加拉大了人群的贫富差距？我不是政府决策人，不懂得治国之道，也不是经济学家有指导社会之术，但作为一个作家，虽也明白写作不能滞止于就事论事，可我无法摆脱一种生来俱有的忧患，使作品写得苦涩沉重。而且，我吃惊地发现，我虽然在城市里生活了几十年，平日还自诩有现代的意识，却仍有严重的农民意识，即内心深处厌恶城市，仇恨城市，我在作品里替我写的这些破烂人在厌恶城市，仇恨城市。我越写越写不下去了，到底是将十万字毁之一炬。

　　我不写了，我想过一段时间再写。恰好这一段时间发生了一件特大的事，几个月就再没去摸笔。事情还是出在老孙的那些拾破烂的同乡里，一个老汉，其实比我也就大那么几岁，他们夫妇在西安拾破烂时，其女儿就在一家饭馆里端盘子，有人说能帮她寻一个更能挣钱的工作，结果上当受骗，被拐卖到了山西。老汉为了找女儿，拾破烂每当攒够两千元就去山西探，先后探了两年，终于得知女儿被拐卖在五台县的一个小山村里。老汉一直对外隐瞒着这事，觉得丢人，可再要去解救女儿时没了路费，来借钱，才给我和老孙说了。我和老孙埋怨他出了这么大的事为什么不及时报案，也为什么不给我们说，而且凭你单枪匹马一个人去能把人解救回来？我们当即带他去报案，但他租住地的派出所却以他不是当地户口为理由不理睬这事，是老汉和他们吵了一场，案是报上了，派出所却强调要让去解救可以，但必须提供准确无误的被拐卖人的地址，并提供最少五千元的出警费。为了确凿地址，老汉再次去了五台县，我们给他出主意，叮咛如果查访到女儿，一定要稳住那家人。十几天后他回来了，哭着给我们说：我只说咱商州穷，五台县的深山野洼里比咱那儿还穷，一年四季吃不上白馍。咱女儿年纪那么小，整天像牲畜一样被绳子拴在屋里，已经给人家生了个娃了……他哭，我和老孙也流眼泪，拿了钱去给派出所，派出所却说当时警力不够，要等一个月后才能抽出人手。我和老孙又联系老孙老家的派出所，那里的派出所所有认识的人,派出所所长答应亲自去解救,花销还可以减到三分之二。几番折腾后,组成了解救队伍就出发了。那个晚上,按计划是应该到了五台县的村,被拐卖的女儿能不能见到,那家人和村民会不会放人,可能发生械斗吗,去的车辆夜里走山路能安全吗,我和老孙心都悬着,一直守在电话机旁,因为事先约好,人一解救出来就及时通报我们的。九点钟没有消息,十点钟没有消息,十一点了还没有消息,老孙拿出一小筐花生,说:应该没事,派出所所长有经验,他解救过三个被拐卖的妇女哩。我们就以吃花生缓解焦虑,但花生已吃完了,花生皮也一片一片在手里都捏成了碎末,十二点电话仍不响。我说:电话是不是有毛病?检查了一遍,线都好着,拿手机打了一次,立即就响了。老孙的母亲一直也陪着我们,七十多岁的人了,紧张得就哭起来,说那女儿多水灵的,怎么就被四十多岁的丑男人强迫着做媳妇生娃娃,如果这次失败了,肯定人家就转移了那女儿,那就永远不得回来了!老孙说:你不要说么,你不要说么!他母亲还在说,老孙就躁了,母子俩都生了气,屋子里倒一时寂静无声,只有墙上的钟表嗒嗒嗒地响。到了十二点二十一分,电话铃突然响了,老孙去接电话,老孙的母亲也去接电话,电话被撞得掉在了地上。电话是派出所打来的,只说了一句:成功啦,我们正往沟外跑哩!我和老孙大呼小叫,惊得邻居以为发生了什么事,咚咚地过来敲门。到了一点,老孙说他想吃一碗面条,他母亲竟然就擀起面来,结果老孙吃了两碗,我吃了两碗。

这次成功解救,使我和老孙很有了成就感,我们在三天内见了朋友就想说,但三天后老汉来感谢我们,说了解救的过程,我们再也高兴不起来。因为解救过程中发生了村民集体疯狂追撵堵截事件,他们高喊着:我们为什么就不能有老婆?买来的十三个女人都跑了,你让这一村灭绝啊?!后来就乱打起来,派出所所长衣服被撕破了,腿上被石头砸出了血包,若不是朝天鸣枪,去解救的人都可能有生命危险,老汉的女儿是跑出来了,而女儿生下的不足一岁的孩子没能抱出来。这该是怎样的悲剧呀,这边父女团圆了,那边夫妻分散了,父亲得到了女儿,女儿又失去了儿子。我后来再去老汉那儿,老汉依然在拾破烂,他的女儿却始终不肯见外人。

我还是继续去那些拾破烂人租住的村巷,这差不多成了一种下意识,每每到城南了,就要拐过去看看,而在大街上碰上拾破烂的人了也就停下来拉呱几句,或者目视着很久。差不多又过去了一年,我所接触和认识的那些拾破烂人,大都还在西安，还在拾破烂，状况并无多大改变。而那个供着孩子上大学的，孩子毕业了，但他患上了严重的哮喘病，已不能再拾破烂又回到老家去。其中有一个攒了钱，与人合伙在县城办了个超市，还在老家新盖了一院房。他几乎是拾破烂人的先进榜样，他的事迹被他们普遍传颂。当然，也有死在西安的。死了三个，一个是被车撞死的，一个是肝硬化病死，一个是被同伴谋财致死。

当那个被同伴谋财致死的消息见诸了报纸后，我去了白殿睿租住的那个村子，白殿睿不在，碰上了一个年轻人，他是拾了两年破烂，我们说起那个被致死的人，他说他见过那个人，他想不通受害人拾了十年破烂积攒了十万元为什么不在西安买房呢？我说：那你有了钱就首先买房吗？他说：肯定要买房！买不了大的买小的，买不了新的买旧的，买不了有房产证的买没房产证的！我说：再不回老家啦？他说：我出来就在村口的碾盘前发了血誓，再也不回去！

刘高兴当然还在西安，身体似乎比以前还要好，他是一半个月回去照料一下地里的庄稼，然后又来到西安，每次来了不是给我个电话说他又来了，就是冷不防地来敲门。他还是说这说那，表情丰富，笑声爽朗。

我就说了一句：咋迟早见你都是挺高兴的？

他停了一下，说：我叫刘高兴呀，咋能不高兴？！

得不到高兴而仍高兴着，这是什么人呢？但就这一句话，我突然地觉得我的思维该怎么改变了，我的小说该怎么去写了。本来是以刘高兴的事萌生了要写一部拾破烂人的书，而我深入了解了那么多拾破烂人却使我的写作陷入了困境。刘高兴的这句话其实什么也没有说，真是奇怪，一张窗纸就砰地捅破了，一直只冒黑烟的柴火忽地就起了焰了。这部小说就只写刘高兴，可以说他是拾破烂人中的另类，而他也正是拾破烂人中的典型，他之所以是现在的他，他越是活得沉重，也就越懂得着轻松，越是活得苦难他才越要享受着快乐。

我说：刘高兴，我现在知道你了！

他说：知道我了，知道我啥？

我说：你是泥塘里长出来的一枝莲！

他说：别给我文绉绉地酸，你知道咱老家砖瓦窑吗，出窑的时候脸黑得像锅底，就显得牙是白的。

是的，在肮脏的地方干净地活着，这就是刘高兴。

他说得比我好，我就笑了，他也嘎嘎地笑。那天我们吃的是羊肉泡馍。

我重新写作。原来的书稿名字是《城市生活》，现在改成了《高兴》。原来是沿袭着《秦腔》的那种写法，写一个城市和一群人，现在只写刘高兴和他的两三个同伴。原来的结构如《秦腔》那样，是陕北一面山坡上一个挨一个层层叠叠的窑洞，或是一个山洼里成千上万的野菊铺成的花阵，现在是只盖一座小塔只栽一朵月季，让砖头按顺序垒上去让花瓣层层绽开。

我很快写完了书稿，写完了书稿是多么轻松呀，再没有做最后的修改，我就回了老家一次。老家的那条一级公路在改造之后，许多路段从丹江北岸移转到了南岸，过去的几十年老是从北岸的路上走，看厌了沿途的风光，而从南岸走，山水竟然是别一样的景致。每次回老家，肯定要去父亲的坟上烧纸奠酒，父亲虽然去世已有十八年，痛楚并没有从我的心上逝去，一跪到坟前就止不住地泪流满面。这一次当然不能例外，但这一次我看见了父亲的坟地里一片鲜花。我的弟弟一直在父亲的坟地里栽种各类花木，而我以往回去却都不是花季，现在各种形态各种颜色的花都开了，我跪在花丛中烧纸，第一次感受到死亡和鲜花的气息是那样的融合。我流着泪正喃喃地给父亲说：《秦腔》我写了咱这儿的农民怎样一步步从土地上走出，现在《高兴》又写了他们走出土地后的城里生活，我总算写了……就在这时，一股风吹了过来，花草摇曳，纸灰飞舞，我愣了半天，蓦地又觉得《高兴》还有哪儿不对。从坟地出来，脑子里挥之不去的仍是父亲坟地里死亡和鲜花的气息，考虑起书稿中虽然在那么多拾破烂人的苦难的底色上写着刘高兴在城市里的快活，可写得并不到位，是哪儿出了问题，是叙述角度不对？我当然还没有想得更明白，但已严重地认为小改动是不行的，要换角度，要变叙述人就得再一次书写。

我终止了还要到商州各县去走一圈的计划，急匆匆返回西安，开始了第五次写作。这一次主要是叙述人的彻底改变，许多情节和许多议论文字都删掉了，我尽一切能力去抑制那种似乎读起来痛快的极其夸张变形的虚空高蹈的叙述，使故事更生活化、细节化，变得柔软和温暖。因为情节和人物极其简单，在写的过程中常常就乱了节奏而显得顺溜，就故意笨拙，让它发涩发滞，似乎毫无了技巧，似乎是江郎才尽的那种不会了写作的写作。

这期间，刘高兴又来过几次，他真是个奇怪的人，他看我平日弄些书画玩的，他竟也买了笔墨在旧报纸上写起了书法，就一张一张挂在他租住的屋里。更令我吃惊的是他知道了我以他为原型写这本书，他也开始了要为我写文章，在一个纸本上用各种颜色的笔写出了我和他少年时期的三万字的故事。我读了那三万字，基本上是流水账式的，错别字很多，但过去的事写得活灵活现。我能对他说什么呢，写这样的文章发表肯定是不行的，他在那样的条件下写了只能是一种浪费精力和时间，可我能让他不写吗？我说了这样的话：刘高兴，如果三十多年前你上了大学留在西安，你绝对是比我好几倍的作家。如果我去当兵回到农村，我现在即便也进城拾破烂，我拾不过你，也不会有你这样的快活和幽默。

但是，就在我写到了四分之三时，一个不好的消息传来，几乎使我又重新改写。那是一个文友来聊天，我一激动，就给他念写好的前三章，他突然说：你开头写了民工背尸回乡的事？我说：这开头好吧。他说：这材料是哪儿来的？我说：是看了凤凰卫视上的一则报道而改造的。他说：你看过电影《叶落归根》没？我说：没看过，怎么啦？他说：《叶落归根》就写了背尸的事。我一听脑袋大了，忙问那电影是怎么个样儿，这位文友详细讲了电影的故事情节，我心放下了。电影可能也是看到了那个报道，但电影纯粹演绎了背尸的过程，我的小说仅仅是做了个引子罢了。文友说你最好改改，我不改，在 2005 年我在初稿中就这么写了，怎么改呢？电影是他的电影，小说却绝对是我的小说，骡子和马那是两回事。

又是过了二十多天吧，那天雨下得哗哗哗，我正在写小说的结尾，电话就响了，我烦这时候来电话，不去接，可过一会儿电话又响了。我拿起电话，说：谁？！声音传过来是刘高兴，他说：怎么不接电话呀？我说：我正忙着……他说：知道你忙，我不能贸然去敲门，可我打电话约时间你又不接！忙什么，是不是忙着写我，什么时候写完呀？我说：快完了，还得再小改小改。他说：你写东西还这么艰难，我可写完你的传记了！说完他在电话里嘎嘎嘎地大笑。

其实他就在我的楼下打电话。

于是我放下笔，开门，刘高兴就湿漉漉地进来了。

2007 年 5 月 27 日

（选自《高兴》，作家出版社 2007 年版）

我想说的话

贾平凹

《高兴》写的是当今城市里的另一种生活，另一种人生。四面云山都到眼，万家忧乐在心头。当我们看惯了种种的盛世景象，应该知道还有另一群人存在着，焦虑和忧患使我们时刻需要清醒。

当我写完《秦腔》后，我就全心身地来写《高兴》，《秦腔》是写了一个村庄和一群农民怎样一步步要离开土地，《高兴》则写了离开土地的农民到城市里的生存状态和精神状态。在整个写作过程上，也是我熟知他们，认识他们，调整自己的过程，我被他们的生存状态震撼着，为他们的生命的饱满和精神的清洁而感动着，也同时为看到他们种种的缺陷而叹息，甚或愤怒。我时时落入各种矛盾交缠的折磨中。各种偏见。我们现在的偏见实在太多，我们常常不是在看着许多人和事，而是在看着我们自己的偏见。

《秦腔》是不好入读的，因为它没有故事情节，人物又特多，这如同我对我的故乡特熟，我从任何一个巷道到我家，认识在巷道中遇到的所有人，猪和狗，以及小鸡是谁家的，但一个陌生人进入一条巷中他就糊涂了。《高兴》不是这种写法，我有意写故事，但故事特简单明白，人物活动，既要使故事精彩，人物要活，又要以故事和人物透射出整个社会，这对我是一种考验。我尽力去做，却难以达到我预期的效果，这让我常常为自己的不才生气。

写《高兴》，我是采访了相当多的人，尤其主人公还有其原型，但它绝不是社会调查或报告文学，它完全是虚构性的小说。小说既要写出生活真切的一面，要鲜活，又温暖，但必须有它的精神在内中。写了现实题材不一定说是现实主义作品。鹰可以在高空中翔，而鸥却贴着水面子在飞，这种飞其实对鸥来说更难。之所以这本书改写了那么多遍，其中一个原因就在这里。

（原载《长篇小说选刊》2007年第A2期）

写出底层生存状态下人的本质

——关于《高兴》的对话

贾平凹　韩鲁华

底层写作已成为当代中国文学创作上的热门话题，贾平凹以他长篇小说《高兴》对这一题材创作进行了新的艺术探索，不仅要写出底层社会人物的生存状态、历史命运，而且要从中探求他们的生命本质及其建构。为了更真切深入了解贾平凹创作这部作品时的思考，我们约定时间后，进行了一次对话。

韩鲁华　平凹，你在《秦腔》出版两年后，又出版了《高兴》一书。我用了四天时间看完《高兴》打印稿，总体感觉不错。从写法上来看，这是与《秦腔》不同的另一种写法，这在你以前的小说写作中没有出现过。作品紧紧围绕刘高兴这一主人公及其周围的几个人展开叙述。我觉得，如果说《秦腔》用的是铺展式写法，这部作品则用的是主人公主线式写法，我把这称为是一种简约的叙事，作品将许多背景的东西简约掉了，但并不是没有，这主要是将笔墨倾注到了高兴等几个人物身上，以此来写他们的命运与精神情感状态、生存状态。按理说写城市生活的作品很多，现在的城市生活也很复杂。你是出于何意，而采用这种简约式叙述？

贾平凹　《秦腔》这本书主要是在写一群人和整个村子的故事，它不可能用完整的故事来铺开，那样比较难闹，《高兴》是写高兴几个人的事，所以就干脆换一种写法。原来用的那种写法，如果现在还继续沿用，就没有意思了，所以就换种写法。另一个原因是，《高兴》这本书的题材与《秦腔》不同，这本书主要是写一两个人，另外的都是牵涉一些辅助的人和事。

《秦腔》出版后，大家感觉它的阅读上比较困难，阅读起来很容易乱。穆涛（《美文》杂志社副主编）看过后说，《秦腔》是给专家写的，这本书是给老百姓写的。这个好看，有意思，线条也简单。要写故事就要有生活气息、细节，这一点我一直保存着。总之，我写这部小说时，一个是想求变，另一个就是体裁决定了。这个作品是有故事的，是两个人之间发生的一些事情，拾破烂不可能波澜壮阔，都是很原本积淀的生活，我就想从里面倒腾些事情。

韩鲁华 作品一开头，高兴对着五富的尸体说，我们要回家了。后记里面也有反映。开头这一幕很吸引人，能够引发出人们的诸多思考与想象。从小说的叙事结构讲，这应是倒叙的写作方法，由在车站上引发出高兴、五富为什么要来城市，结尾又回到车站。这是一种圆形的、自封闭式的叙事结构，这与你《废都》《秦腔》等以前作品多采用开放式结构不同。而且，开头一段对话，是非常漂亮的影视叙事式的对话，不需改动，就可以直接搬上银幕。其间蕴含的东西又是令人深思的。你写作时，是如何考虑的？

贾平凹 故事不是特别的曲折。开头就应由很有吸引力的对话进入，故事发展在不知不觉中又回去了，最后再回到广场，回到开头车站里面去了。这里面暗藏着主人公的命运感。

在我理解，农民进城打工，是国家的权宜之计，不是唯一的治国之道，它是为了缓解农村的剩余劳动力。农村走城市化道路，或许是很辉煌的前景，但它要走的过程不是十年、二十年，是一个漫长的过程，它必然要一代、两代人的奋斗，但是作为一个人来说，这就了不得了，他的一辈子就牺牲掉了，但是从整个历史来讲，可能过上若干年，农村就不存在了，但是在中国的实际状况又不可能。这些农民进城来，最后还得回去。现在的农民工进城有极个别的发财了，最后留在城里。但大部分最后还是回去了。

《高兴》这本书和《秦腔》是一个连贯的过程，《秦腔》主要反映的是一群人怎么走出农村，到哪里去了。《高兴》是进城了，生活怎样，失去土地农民最后还得回去，回去不是老弱病残就是死亡，有这个内在的东西在里面。这个人的命运不是偶然的是必然的，命运赶在那儿。这些都不属于小说范畴了，但是它必须是小说范畴背后的东西。

韩鲁华 从叙述人称来看，《高兴》与《秦腔》有相似之处，即都是选择一个人作为故事的叙述者，通过这个人物的角度、眼光来观察、审视所叙述的人和事。但又有所不同，正如我的一位学生在毕业论文中对《秦腔》叙述视角的论述，认为是一种非常态的叙述视角，即引生是非常态的人物，也是一种超常态的叙述视角。而高兴则是一个正常的人，是一种常态的叙事，但高兴在常态中又有着隐含的非常态的因质。比较这两个作品，当时你在构思时，是如何来考虑的？

贾平凹 写法不同，《秦腔》是关于一群人，一个村子的人，它是用故事来连接，来构想，结构比较散，这种结构中间必须有一个东西把它牵起来，就像无数珍珠一样，中间必须用线把它牵起来，笼络起来。如果用正常人的眼光来看，它的想象空间就比较小，而且写得毫无意义。学生说的非常态的，我觉得说的对着呢。它不是那种很现实的思维，把他写成疯子、半疯子、准疯子，经常灵魂出窍的这种人才能把这堆很实在的东西引出来，回到原来很有意向的虚构世界。

《高兴》这本书，不能老运用那种办法，第一人称可以不停地运用，但是这样写就是自己在重复自己。高兴是现实中一个很正常的人。当时出版社的编辑给我发的短信上是这样说的：好久没有读到激动人心的好作品了，《高兴》就是我们期待的好小说，每天一干完个人的事情就去读，好作品、好作家让我们知道这些人在关注现实，关注生存状态，又让我们看到下层人的追求和想象，这就是好作家的不同。这几天一直在想一个问题，好作家，一个有社会感的作家，标准是啥？超越个人的经验，写出陌生的、真正基层的人的生活，为社会关注提供意识的参照。这应该是一种大的胸怀，但忧伤又挥之不去，因为我们没有想他们究竟是怎样的生活，他们竟然也有追求和想象，这些让我意识到，好作家的境界是不同的。五富这个人太可爱了，每当看到他说话做事就笑个不停，心底却是很悲伤的，这该是一种含泪的笑。这是我们真实的感受，从看书一开始就有，很强。

为什么要写到拾破烂，因为商洛我老家的人，来了（城市）以后都没啥事情干，就只能拾破烂。一个咱比较方便，了解这个情况；再一个，这些人都是农村最不行的人，进城干些最累最苦的事情。这些人离开土地后，农民的出路是啥？很多作品反映的都是农民工要钱，大部分都是建筑工地。我和他们关注的不一样，他们是从事件说事件，纯粹说农民工事情，我写的这个主要是在关注整个农民问题，整个社会问题，大量透露的是社会信息，通过这个平台说整个社会的事情，不仅仅是这几个农民的事情，从这个角度来谈的。

韩鲁华 在阅读《高兴》过程中，我有一种强烈的感受，联想到老舍先生的《骆驼祥子》。老舍先生在《骆驼祥子》中以祥子来展开叙写。老舍先生讲，在老北京,有两种人属于社会最下层,一个是拉洋车的,一个是警察,所以他写了《骆驼祥子》,后来又写了《我这一辈子》。单就身份来说,我觉得高兴与祥子有相似之处,他们都是社会最下层的人,都是从乡村到城市。比较而言,刘高兴的地位可能比洋车夫祥子地位还要低下。在我的印象中,就中国当代文学创作而言,还没有谁将笔真正深入到拾破烂这样一个群体,写他们的生活。当然,新闻上有过这方面的报道,但那些报道关于他们的精神状态并没有。我在阅读《秦腔》的时候,就感觉到你可能要在下一部作品中,表现农民离开土地后的情态。你的《秦腔》以及《后记》中,实际已经暗示了将要写农民进城打工的生活。其他人写作中,更多关注的是在建筑工地或公司打工要不下工资,劳保待遇、孩子上学等等这些问题。但捡破烂的,基本还没有进入他们的视野。这些人是一群自由、自然生存状态的人,你的笔为何不写其他打工族,而要关注这处于自然状态的人呢?

贾平凹 我刚才已经讲了,一个是我有便利的条件,另一个是,拾破烂不是纯粹写拾破烂,而是在处处暗示整个社会的问题。大量的农民,真正上了年纪的农民,进了城后就没有办法打工,打工是年轻人的。有技术、有力量的人去打工,年龄大的、能力差的人去拾破烂了。拾破烂的是进城后实在干不了其他事情的人才开始拾破烂。据我了解,在西安现在有两千多户来拾破烂的人。我们经常会碰见拾破烂的,但我们很少去注意过他们,用正眼看过他们,他就好像是过去的一个狗、一个猫一样,永远不知道他的存在。我认识的一个拾破烂的人说,他来了八个月,几乎和人都没有说过话,最多在卖报纸的时候,人家会说这一斤多少钱,一斤一毛钱了,就说这些话,除此以外永远都没有人和他说话。应该说这是社会最底层的人。

韩鲁华 我还注意到,《高兴》非常特殊的一点,就是对人物文化精神、心理情感的描写和剖示。在以往写下层人的作品中,包括老舍先生的《骆驼祥子》,不写他们的精神,主要写他们的生存状态、人生命运,有些人甚至也只是写写他们的生活状况。而你的这个作品在写拾破烂的时候,是从精神层面去剖析的。就我的阅读来看,从这个层面写是极少见的。在人们的思想中,好像高兴这样的人,只有生活,没有精神追求,只知道饥饿,没有或者不配有情感。从这一方面我感觉,在中国文学,特别是当代文学中是非常特殊的,从文化精神层面写作下层的人物,而且我感觉这可能是在开创着一种新的创作思路。你在创作中不是简单地从生存状态，而是从精神追求上去写的。我对此尤其感兴趣。

贾平凹 就像作家出版社编辑部的编辑所说的那样，作品不仅关注他们的生存状态，还有他们的追求和想象。我认为，现在写小说中有一种误区，哪部小说写得特别深刻呀，经常是这样谈的，深刻地反映了社会的什么什么问题啦，这些所谓的深刻其实都是人为的东西，或者是当下的一些观念，一些政策，一些流行的东西，我觉得，把这些生存状态下人本质的东西写出来，把它写得很饱满有活力，把人写得很有活力，不管是哪一类型人，把他写得很饱满，很有活力，我觉得就写深刻了。我写的不一定很准确，但我感觉就应该是这个样子的。我的后记里谈到，刘高兴是我同学，他也给我写，而且文笔还特别好。他总说自己是闰土，我说你千万不要说这话，我又不是鲁迅。如果说他是闰土的话，闰土在二十世纪的二三十年代，是那种乡下的可怜的本分的一个农民。刘高兴呢？也可以说是当代的闰土。当代的闰土和二十世纪二三十年代的闰土是截然不同的两个概念。当年的闰土是那个形象，现在的闰土，他有追求，有想法。对一个农民来讲，进城后，他必然要面对失去土地的留恋不舍的难分难舍的感触，他肯定隐含在内心深处。再一个，面对一个城市，他怎样来面对这个城市？或者怎样面对新的世界、新的生活，这是每一个农民工进城后都存在的问题。包括咱们这些从农村进城的干部、教授、记者、作家，他同样要面对这个东西。我在后记写到，咱在无形中也在憎恨着这个城市，也在仇恨一些富人，或者说这就是咱们的农民根性。几十年的改造，还是没有彻底改造完，那种农民意识还没改造完。一个真正的农民，从失去土地到城里必然面临这个问题。怎样适应目前这种状况，面对城市，而城市怎样接纳这批人。这里面如果不写到他的精神层面，不写到他对这个城市的认识层面，就事论事地写，到处多得很，那就不叫小说了，小说就没有精神了。农民工毕竟不是当年的闰土，毕竟是这个时代的农民。这个时代的农民，你也不能理解成20世纪50年代的农民，一出来就穿烂棉袄，戴瓜皮帽，或者说是愚昧、无知、落后，还不是这。现在很多从农村来到城里的小伙子，你根本就看不出他是来自农村的，农村现在大部分都是高中毕业生，最差也是初中毕业，他们也是有文化的，有头脑的，他是新农民。但新农民毕竟是农村的，到这个繁华城市后，他面临一些东西。在我理解，高兴一心想到城里来，一心想进入城市，融入城市，虽然他的精神很高贵很干净很清洁，但实际上他在城市里从事的是最底层最累的工作，老想融入，又老融合不到这里面去，而他又顽强地想进入城市。大部分农民就死了回去了，只有他还在这留着。最后的处理，是让五富留着鬼魂在城里，但刘高兴还在城里，他在这个城里还有他的梦想，他还觉得他的肾脏还在城里，他把肾脏卖给城里人，他就觉得他是城里人，而实际上那个城里人换的是肝。但在刘高兴的脑子里觉得自己的肾脏还在城里，而且在城里还有他一个女人。他有各种的理想和追求，他的想象还在城里，他离不开城里。五富最后就死了，只留下鬼魂在城里（因为他的媳妇在农村，韩鲁华说）。它里面也暗示有好多东西，丰满不丰满是另一回事情，但当时有这种想法。

韩鲁华 我注意到换肾。高兴总以为自己是城里人，他一个肾给了城里人，从艺术表现上讲，这实际是一种象征，既可以说，农民身上有城里人的因质，也可以说是城里人有着乡下人的因质，从文化角度看，这就更清楚了，在写作构思时，你当时是如何思考的？

贾平凹 当时我的想法很简单，农民工进城这都是社会背景问题。在很小的人的里面把故事写好，要将作品写好就要不停地阐发社会问题，把你对社会的看法渗透进去，虽然里面有比较细节的东西，但整个故事都是真实的东西，包括那个女人也是真实的。她是江阴市的女的。当然小说是小说，故事是故事，再真实也是虚构的东西。里面肯定有很多象征的东西。我以前比较多运用象征、意向的写法，在写作过程中不由得就采用了。

韩鲁华 我还注意到，你在《高兴》中许多地方采取的是亦真亦幻的方式进行叙述，这主要是高兴这个人物，他的精神状态，好像是处于实与虚之间。在总体细节写作的同时，又采用虚幻的叙述，你当时是怎么考虑的？

贾平凹 这个成分我觉得都不是特别浓。这是在有意识地冲破《秦腔》张引生的形象。刘高兴是一种有点虚伪的人，总喜欢指挥个人什么的。如把五富训来训去，他不只是在训五富，更是心理在起作用。我可以指挥你，我一直在观照着你这种心理觉得自己是聪明的，你不聪明，这也是一种自恋的状态，这也是那种极力想摆脱农民这种身份，进入城市自卑下的自尊。就像越不是艺术家的那些人总把自己打扮得像个艺术家一样。因为他不是城里人，所以他就一心想在行为上做得像个城里人，从正面你可以说他是精神高贵、心灵洁净的人，另一方面看他就是一个虚伪的人。

韩鲁华 就叙述语言而言，我感觉你越来越生活化、细节化，同时，也愈加典雅化，刘高兴是个拾破烂的，但他所见所言，却是非常高雅的，这种反差非常之大，别人会问，拾破烂的会是这个样子吗，他们会接受吗？

贾平凹 我当时是故意这么写的。我不停地强调他是高中生，他感觉自己有文化，他对音乐等都有所了解。现在的农民形象绝不是 20 世纪 50 年代农民的形象，如果让年轻的农民说土得一塌糊涂的话那不现实，也是对农村真正的不了解。农村现在也洋活着呢？

韩鲁华 鲁迅的作品大量地在写农民，闰土、阿 Q、祥林嫂。鲁迅笔下的农民也不全是农民的口气。在创作中，是不是有一个误区，写什么人就应当是什么口气？古典作品也多采用这样的方式。

贾平凹 为了消除一些人的误解。让刘高兴说一些比较文明的、城市的话，五富及周围那些拾破烂的基本上都说的是乡下话。如果让刘高兴说的和五富一样的话，他在城市就站不住脚，那很快不是死了，就是回去了。需要通过语言、行动把理想化的这个刘高兴凸显出来。正因为这样他是与周围的人格格不入。当代的闰土和当年的闰土是两种形象，是一种新式农民，是一种可贵、可敬，也很可怜的人。

韩鲁华 这部作品从整体艺术风格和美学角度看，笑吧，又不是小品中的那种笑；悲吧，从刘高兴身上又能看到人生的追求和理想。作品让我感受到了含泪的笑，作品整体上是喜剧和悲剧交织产生的。对于这个问题，你是怎么看待的？

贾平凹 选取刘高兴这样的形象，主要是面对目前农民这种状况，写得很有意思，也很悲伤。怎样塑造新式农民形象，官方一般是村支书带领农民致富塑造农民形象，或许那是一个方面，我觉得还有另外的方面，写出来之后，你可以觉得他是堂吉诃德一样，他的理想、追求在城市无法实现，但是他的精神高贵着呢。这种高贵表现出来的东西，只能是让人发笑，觉得荒唐的，但是又让人辛酸。这就是为啥当时要把他的名字定成高兴，每一个人想适应，而又无奈，自己安慰自己罢了。

韩鲁华 城市化是一个必须面对的问题，面对这个大的历史、大的时代背景，在《高兴》这部作品中，你对此有何看法？

贾平凹 作品的字里行间都渗透着对受苦人民的关怀。这种关怀不是鲁迅那种站在高处俯视，指责的写法，哀其不幸，怒其不争。我是纯粹写这批人，把这批人的生活写得特别温暖。《秦腔》完全虚构一个世界,这批人在里面自娱自乐。他们一旦回到自己的住处,打打闹闹,很温暖,这种温暖使作者也融入里面完全陶醉。这是作者的态度,一旦进入他们的范围后,他自得其乐。这种写法暴露出作者特别喜欢这些人,爱这些人,同情这些人。鲁迅那种写法比较深刻,属于另一种写法,我未必有鲁迅那样深刻,但可以把人性的东西写得很饱满。

　　写后记的时候,我是在想,故事还在继续着,里面夹杂了我的想法,从来没有后记写到一万来字。

(选自《〈高兴〉大评》,陕西人民出版社2008年版)

《高兴》：生命的卑微与高贵

——西安《高兴》研讨会发言选摘

陈建功　孟繁华　马平川　等

　　《西安晚报》独家连载的著名作家贾平凹的长篇小说《高兴》，在读者中引起强烈反响。11月28日，西安市委宣传部、市文联举办《高兴》学术研讨会。来自国内的一批著名评论家、专家、学者、作家进行了认真而热烈的讨论，认为《高兴》是贾平凹继《秦腔》之后又一力作，是一曲困窘和强悍交织的生命壮歌，开拓、深化和提升了当前国内底层写作的叙述。现摘录一部分发言提要。

　　陈建功　关注社会转型期底层民众的自下而上状态，越来越成为当今作家自发的意识和自觉的担当，平凹很早就开始这方面的探索，《秦腔》余音未绝，《高兴》又带着底层朴素的生活气息扑面而来，呈现了我们当代文坛新的收获。我们过去写那种乡下人进城，更多的是简单地带以同情的关注，缺乏对他们心灵的特色的新的典型的塑造，而刘高兴在尊严感方面体现了作家重塑一种形象的敏感，所以我认为刘高兴这个人物是平凹为我们文学画廊提供了一个新的形象。《高兴》的语言、细节，甚至想法都具有地域文化特色，但他写的是刘高兴的尊严，具有普世效应，尊严是人类问题。平凹创造这个人物的过程为文学界提供了一种可以借鉴的创作姿态。《高兴》还告诉我们写作者需要以一种平等的态度和所描述的对象进行真正的对话，发现这个时代心灵的细微变化，才能准确呈现精神嬗变的轨迹。《高兴》对文字运用之纯熟，对民间语言采撷之广泛，叙述中情绪之丰沛，都使我非常惊叹。只有秉持着对文学负责的态度，才能创造出这种思想性、艺术性俱佳的大作。

　　孟繁华　平凹在中国当代文学创作格局里确实有举足轻重的地位，他每部作品的出现都会在评论界、读者中引起非常大的震动。《高兴》之所以重要，我谈两点。一是当下最重要的文学潮流，即底层写作，而底层写作最大的问题是苦难，漫无边际的苦难，底层写作可能不应是这样的，但怎么解决处理？《高兴》写出了底层人的生存状况，又写出了精神状况，还写出了生命的卑微和高贵，这就给我们提供了新的经验，它开拓、深化、提升了这种底层写作的叙述。二是当下文学创作如何继承文学传统，这也是当代文学创作和当代文化研究中一个挥之不去的情绪。平凹的作品里一直在继承这个传统，他身上有文人趣味、文人储备。《高兴》通篇都是白描式的文字，从容练达，在淡定中显出文字的真功夫。它没有大起大落的情节，细节构成了小说的全部。他不仅为自己的小说创作找到了新的路径，同时也显示了他"为往圣继绝学"的勃勃雄心和文学抱负。

马平川 《秦腔》唱响的是一曲承载生命和灵魂之重的农耕文化的挽歌，《高兴》则奏响了一曲困窘和强悍交织的生命壮歌。它触摸到时代变革与个人命运错位蜕变中生命个体的经验与智慧、无奈与痛楚、欲求与挣扎。我写了长文，从三个方面解读这部书。一是宿命与微笑：刘高兴的生存哲学。二是疼痛与抚摸：回归日常生活的现场。三是呈现与还原：从"清风街"到"兴隆街"。《高兴》是一部有着非常鲜活和饱满的情感力量的小说，人物生动，情感丰富，情节波澜起伏。他深入到中国乡村社会的肌理之中，演绎了"乡下人进城"后不断被异化的人生梦想，再现了他们对抗现实苦难的罕见的品质和勇气，发掘出极为丰饶的人生景观。《高兴》充分展示底层民众生命特有的柔弱与坚韧、尊严和价值、卑贱与高贵。它通过对日常生活表象的呈现，探讨生命的本质意义，通过最质朴的观察经验洞察生命的残缺、破碎和伤痛，从而传达出对人的生存状态和精神的关注与思索，完成了一次对生存意义的追寻。

贺绍俊 《高兴》读后我特别激动，觉得这绝对是平凹的一个突破性的写作。底层写作是这几年一个很重要的文学现象，我是把《高兴》放在这个范畴中考虑的，但它和我们平时所谈的写底层生活又不一样：它大大开拓也大大深化了底层写作的叙述。它的开拓和深化在于平凹的这种写作姿态，我将这种写作姿态叫共鸣姿态。他的共鸣在于他骨子里浸透着一种乡村精神，所以他对农民工进城的不归路有深深共鸣。城市是一个很巨大的磁场，牵引着这些农民工的心，一旦他们有了把希望寄托在城市的时候，他们可能就很难回去了，但他们又不是城市人，灵魂可能还遗落在乡村，他们在城市的生活就是失魂落魄的生活。对于城乡冲突，贾平凹不像沈从文那样，采取传统文人的处理方式，将乡村作为一个田园诗意般的精神家园栖身于此，他是在既感受到城市化带来的弊端，又感受到城市化积极的一面，他才会有"回不去"的精神状态。刘高兴这样一个农民工，实际上也给了贾平凹化解现实矛盾的一个武器，就是一种高兴的精神状态，如果说以前在城乡冲突中他老是不自觉地退缩到一个弱者的立场，那么到了《高兴》就变成了一个强者，当然这多多少少类似于堂吉诃德的精神，但他毕竟有了一种自信，有了一种乐观向前的状态。对刘高兴来说，虽然回乡是一条不归路，但他继续待在城市，我们仍难以预料是什么样的结局。如果把刘高兴看成是乡村走出的清醒的堂吉诃德的话，或许他将会改写堂吉诃德的不幸历史。

李　星　我写了九千多字的文章，主要观点说一下。首先，我觉得《高兴》的意义是由底层写作来的，但它的价值远远超过了一般的底层写作。当他开始站在农民的立场上替他们说话的时候，他写不下去，再一次去采访刘高兴，发现生活中的刘高兴实际上是高兴地活着，这样他找到了一种叙事途径，这种叙事途径就是既写出了他们的苦难，揭露了社会上的不公正，甚至一些深层危机，又不是在比赛苦难，写出了这个时代人们思想解放、精神飞扬的东西。对文学来说揭黑幕、写苦难没有意义，文学需要更多的心灵体验，平凹在这个作品中对刘高兴的心灵体验很深刻，而且很和谐很蕴藉。《高兴》是一部举重若轻的作品。它完全生活化、细节化，写得又十分放松，而且带一种欢乐的气氛，愉悦的色彩，温柔温暖温馨的叙事，却在这种叙事中把一个大时代举起来了。再次，刘高兴这个形象，它是崭新的人物形象，以前的文学作品没有出现过的形象。可能在刘高兴的身上有平凹影子，有平凹理想化的影子，但它又是那么真实，现实生活的真实。最后，这本书的语言，我用了一句"百炼钢成绕指柔"总结，完全生活化的语言，却在简单中蕴涵着丰富的真理，而在朴素中绚烂，又有跳跃的东西。这是一部可以从各个方面都有话说的作品。

肖云儒　这个作品一个很大的成功之处，是刘高兴生存空间中精神上的进步和自立，他们遇到了新问题，但同时他们提升到了新境界。这个人物在价值坐标上，通篇没有看到平凹对于政策或政府或市场外力给这个群体支援和救助的呼吁，这是非常好的，整个空间写他们自己的精神站立过程。在创作方法上，我有一个想法：这是不是可以成为灵智元素的展开和描写，与《秦腔》《白夜》完成了一个灵智现实主义的初步成果。

王　尧　看贾平凹的《高兴》，不能从底层写作出发，尽管它涉及底层，如果把这部小说看成底层写作的话，我认为是缩小了其立意。把《高兴》和《秦腔》要合在一起看，《高兴》写的乡土的崩溃和农民的无根状态，是乡下人在路上的那种漂泊的感觉。也可以说，城市乡村形成一个殖民的过程，不仅乡下人，城里人也有压抑和恐惧，整个路上的感觉写了人本的困境、无路的困境。这个小说讲故事的方式我认为也是需要关注的。今天的小说家，我认为技巧已经都没有问题了，文字上也没有问题了，实际上需要两个能力：一是你有没有想法，你对这个社会有没有想法？多数的写作已经没有想法了。贾平凹是一个善于思考的作家，他用一种很朴素的方式和语言表达自己对人的看法，能够抵达人心的深处，也能够穿透我们这个社会的种种现象。二是你有没有讲故事的能力？《高兴》的写作是一个非常放松的状态，张力又无处不在。他的这种叙事在今天这样的一个语境下，确实值得探讨和总结。《高兴》不是一个象征，更多是一个寓言——在路上的人却无路可走的一个寓言。

罗　岗　《秦腔》宣告的是中国现代乡土文学的终结，它在形式上有意营造一种缓慢、绵长，甚至读下来感觉有一点点不耐烦，在形式上去抵抗，用这样一种形式抵抗时代的快速要求。在这样一种情况下，农村如果回不去，农民到哪去，农民无论在家里在路上还是到城里，都必须面临城市对你的绝对性的影响，这就成为《高兴》的起点。所以，《高兴》不是简单的底层写作。底层写作是城市知识分子对于低于自己身份的一种从想象出发的写作。在贾平凹小说里面不是一种底层写作，毫无疑问他把自己整个小说设定在刘高兴拾破烂，从这样一个意义上讲，我觉得贾平凹不仅是乡土文学很重要的作家，同时也是很重要的关于当代城市写作的作家。他是从一个城市边缘人的角度来把握一个城市的。如果从底层写作角度来讲，我们可能更多写这个人的苦难，写这个人怎么受压抑，写这个人怎么仇恨这个城市，但他不是，因为他有一个更大的野心，这个野心就是从刘高兴这样一个离开了农村而且不得不离开农村的人，写出其对城市的感觉，写出其与这个城市之间的关系。刘高兴在别人看来是一个心灵过于丰富的人，贾平凹塑造出这个形象，高兴恰恰不是一般意义上的，写了这个人在城市面前的渺小感，写了人的主观世界里有那么一种要克服这个城市、进去这个城市的强烈的欲望。故事层面上他有更多悲观的色彩，而从小说所体现出来的一种客体与主体的关系讲，又是乐观的东西。《秦腔》和《高兴》之后，可以在当代文学里开始真正思考城市和乡村之间的一个关系，而且在某种程度上两部作品也是在文学史的意义上改写了我们对城市乡村的想象。

李　震　探讨这个文本的更深层意义，或者是作为叙事的内在驱动力到底是什么，我找到一个概念：临界写作。临界写作和零度写作不一样，是一种个人情感的收敛，从而达到写作的自由状态。这种写作的结构差异性构成了叙事的结构性，具有某种力学的意义，同时这些相互差异的世界在写作中不断相遇，又构成叙事的连续性。《高兴》以生与死、男人与女人、美与丑等等构成了彼此独立又彼此关联的不同世界，构成了文本内在的结构性冲突。这种人物及引喻化的叙事，奇妙无穷。作为一部小说，所反映的城乡关系的主题其实是浅表的意义，它的深层意义在于，它对文化、人性临界状态的揭示。

程永新　我觉得从文学创作来说，底层写作是没必要提出来的，而现在看到的一些所谓底层写作，其作品质量并不高。在看了《高兴》之后，真是有点释怀的感觉，大作家就是不一样，读的时候非常震撼。整个叙述有那么多细节，这些细节都又那么精彩，这样的题材在他手里，写出了对人的慈悲，对人的关怀，这就和别的作家不一样了。在贾平凹的创作中，令我常想到另外一个问题，对他的作品，我们常常难以一时完全解读，如《废都》，它的价值还远远没有被挖掘，《秦腔》也还有很多值得挖掘，而《高兴》肯定是一部很重要的作品，但怎样评价，从哪个方面评价，还需要时间来解读。他的作品中常常有前瞻性的东西。

邵燕君　这几年底层写作是一个热潮，而《高兴》与现在底层写作不同的点在于，贾平凹是从他自己的创作脉络出发，沿着他创作的轨迹，从《秦腔》走到《高兴》，与底层文学热潮相遇，他是站在了乡土文学和底层文学的交汇处。《高兴》的出现，可以说不但壮大提升了底层文学质量，同时也使底层文学的讨论终于可以纳入新时期以来的乡土文学脉络中。这部小说让我们看到一个打开的世界，他不但告诉我们当下的生活，而且告诉我们了来龙去脉，告诉了高兴和不高兴的理由。《高兴》同时也是一个充满了很多矛盾和困惑的作品，这是颇具价值的，一个作家如果他的矛盾和困惑只是他个人的问题，和是一个时代一个作家群体的问题，那完全不是一个价值。我们的文学不再只写个人，而触及一个人群、一个时代的时候，你必须对这个时代有一个总体的把握。在一个价值观相对稳定的时代，作家个人的思想力不一定要求那么高，而在一个价值观相对混乱、面临重大抉择的时代，对一个作家的思想力的要求是极高的。《高兴》中刘高兴身上没有高兴，强调高兴，这个人物有巨大的矛盾和症候，这里面就特别有了价值。

李东华 《高兴》就像贾平凹以往的小说一样，他从一个很小的被人忽视的小人物身上来写，但格局是非常大的，是一个重大的时代的变迁点，一个民族变迁的思考。

李宗奇 《高兴》是小人物、大视野，小社会、大世界，个体人、众生相。这本书在创作风格上也有新的变异，整体构架上变纷杂为有序，在叙事方式上变复杂为简单，在人物塑造上变单一为多义。应该说，这是继《秦腔》之后，贾平凹在文学创作上又一座丰碑。

冯肖华 就贾平凹整个创作来看，体现一种作家的现实主义精神的进程，这个走向在他创作中贯穿始终。《高兴》以忧患意识，继续关注现实，继续着与政治对话，继续参与农民人权问题诉求，这些都构成了贾平凹个体文学的内涵。他是一个富有绿色生命意识的、不断地激活文坛的作家，他的文学成就在文学史上流到什么地方呢？这是我们关注的现代社会进程的一个走向，也是贾平凹这个作家人文精神走向所关注的地方。我们需要从文学史的角度来看他的作品，好好地研究。

（选自《〈高兴〉大评》，陕西人民出版社 2008 年版）

文本分析

WENBEN FENXI

刘高兴的"脚印"

——评《高兴》

雷 达

说实话,我对《高兴》有所期待,期待看到贾平凹的恒与变。好的作家应该有自己所坚守的东西,但每有新作又总能显示出精神的递进性。问题不在于重复,许多大作家都有自我重复的影子,但他们往往能在貌似重复的题材里贯注精神探寻递进性,从而展示出思想和心理的丰富性、深刻性和原创性。以之权衡《高兴》,我是亦喜亦忧。

从《废都》到《秦腔》再到《高兴》,贾平凹由城而乡再由乡而城,变幻着不同的人和不同的事,但它们却也重复着大致相同的精神走向和审美色调。我以为这主色调是挽悼、伤逝、怀旧,是无可奈何花落去,似曾相识燕归来,是无处不在的现代性乡愁和无往不遇的沧桑感。不过,他并不疾言厉色地批判现代都市文明病,他知道自然的法则和时代的潮流他是挡不住的,于是他总是一副哀而不伤、贵柔守雌的姿态。他说《秦腔》是要为故乡树起一块碑子,他的其他作品又何尝不如是?只是《秦腔》规模更大,以清风街为主角,犹如加西亚的马孔多镇,通过它,要探究的是当代中国乡村的脉象。《高兴》的主角则是刘高兴其人,一个进城拾荒的农民,通过他,贾平凹想要触摸面对大迁徙背景下的当代城市不能轻易摸到的脉搏。《高兴》是否实现了他的初衷?

事情的缘起很偶然,进城拾荒的老同学刘高兴突然闯进贾平凹的生活,使之萌生了写作欲,他想写生活在大都市里被忽略的群体的生活和人生。他把自己的想法告诉一位朋友,却遭到质疑,甚至否定。庆幸的是,贾平凹总能在反对声浪中坚持自己的想法,《怀念狼》就曾遭受过同样的质疑。贾觉得,写作在于自娱和娱人,自娱当然有我的存在,娱人而不去迎合,当然会包括政治的也包括世俗的信息。为了解大都市中这些被忽略的沉默的存在,他费尽周折,多次混入拾荒者的人群，不居高临下，不做悲悯状，隐名交友，吃喝不分，后五易其稿，《高兴》终于问世。

《高兴》结构透明，主线清晰，所涉及人物不多，主角只有一个，那就是从清风镇闯进西安城谋生的刘高兴。作品一开头写刘高兴想尽一切办法要把五富的尸体运回清风镇，却在西安火车站遭遇警察未果。在后悔与遗憾中，他等待五富老婆来处理后事。结尾处，五富老婆终于来到西安，刘高兴带她处理了五富后事。作品主要篇幅是刘高兴回忆他和五富从清风镇来西安直到五富死去，引起我们注意的是，贾平凹在貌似随意中透露的时间段：刘高兴和五富从清风镇来到西安火车站是2000年3月10日，而他又一次来到西安火车站欲送五富尸体回清风镇而不能，则是2000年10月13日，也就是说，小说所述及的整个故事时间并不长，只有七个月零三天。在这短短的时间中，他们二人经历了生存与尊严的残酷考验。

问题的关键在于，刘高兴为什么要进城？是为了挣钱养家，还是有其他不得已的原因？似乎都不是。刘高兴进城，只因他觉得自己不像个农民，觉得自己与清风镇的人不一样，觉得自己应该要做西安人。刘高兴原本在清风镇平淡度日，为娶妻盖房，将一只肾卖给了一个西安人。这本是一件辛酸而无奈的事，却给刘高兴以极大信心，他以为既然肾是人的根本，他的一只肾去了西安，他当然要算是西安人了。所以，当房子终于盖好却没有娶到媳妇，刘高兴一点都不悲伤——这不正好说明他的女人不在这里，在西安城里等他吗？他为未来妻子准备好的高跟皮鞋是那样精巧，乡下是找不到它的主人的！当然这都是借口，无论如何，刘高兴要到西安城里去了，他也说不清自己"为什么就对西安有那么多的向往"，西安城是个巨大磁场或"众妙之门"，吸引着刘高兴这颗小铁钉儿。

刘高兴向西安进发时，带上了同镇的五富。五富是《高兴》中不可或缺的一个人，甚至不妨说，他和刘高兴本来就是同一个人，他的灵魂在某种时刻就是刘高兴。所以，去西安前，刘高兴说，五富，你得走，跟我走。表面看来，刘高兴和五富是很好的一对搭档，都受过一些教育，但性格相去甚远。刘高兴聪明，爱清洁，生性乐观，对事有独到看法且会吹箫，是个注重精神享受的人。在许多人眼中，他不像农民，他自己也觉得他不像农民，他甚至装扮成领导帮人要回过工钱。五富则有些蠢，不讲卫生，不自信，只想过老婆孩子热炕头的日子，为此不得不打工挣钱。他本想到县城打工，却被刘高兴带到了西安。这两个形象使人蓦然想到了《堂吉诃德》中的堂吉诃德和桑丘，只不过他们是跑到城市里与风车大战的另一种活法。

刘高兴和五富首先面临生存困境。想找份工作，却没有技术，就只好拾破烂。这让他们失望至极，而这已是乡友韩大宝帮助后的最好结局了。西安城里的生活终于开始了，每天早出晚归，维持着微薄收入，一天只吃一顿饭，有病是断然不敢看的。在这里，他们经常受到轻视和欺侮。废品收购站的人瞧不起他们，盘剥他们，房东的邻居也借机占他们的便宜。这些刘高兴都能忍，他最不能忍的是被别人轻视。因为，对刘高兴来说，生存的艰难是一回事，生存的尊严其实更重要。

刘高兴想活成个有尊严的真正的城里人。一进城就把自己的名字改成了刘高兴，暗想把刘哈娃永远抛回给清风镇。好的小说肯定有令人难忘的细节，《高兴》中有一个细节就足以说明刘高兴渴望什么：一个上午，豪华宾馆中的一位姑娘喊他收废煤气，门卫却嫌他的鞋脏不让进，最后让他光着脚进去。他懊恼自己没有及时剪趾甲，很难为情。没想到，一走进大厅，就在地板上留下了一串脚印，这似乎圆了他的梦。他终于在西安城里留下脚印了！那个上午，他脑子里一直操心他的脚印是否会被服务员擦掉。这串脚印在他以后的梦境里常常出现。那些脚印是会自己走动的，走遍大厅的角角落落，又走出宾馆，到了每一条大街小巷，甚至到了老城墙和钟楼的金顶上。五富听了，起初发愣，当他终于明白后，竟然也在一面雪白的墙上狠踩了一个脚印儿。能在城市留下自己生存过的印迹也是一件令人高兴的事啊，脚印于是就有非凡的内涵。这些都使人想起鲁迅笔下的阿Q，甚至刘高兴那句"吓，大厅地板上的脚印还在"。活脱脱阿Q的口气。只不过，在贾平凹笔下阿Q又成为另一个样子。阿Q是麻木不仁的，刘高兴却清醒得有些异常。

刘高兴与我们传统观念中的农民确实很不相同。他读过许多书，遇到什么总能联想到《红楼梦》《三国演义》里的人事。他看到商店门匾上和货价牌上的字写错了，就提醒人家。遭奚落后，他把正确的字在地上又写一遍。他还常常在收破烂的间隙吹箫，以至于被人误传成专门体验拾破烂生活的作家一类人物，他亦自认非一般人。这使人想起堂吉诃德，其正义、高尚、善良都被人取笑为愚蠢。一个女人把他喊作"破烂"，大伤其自尊，他为此拒绝收她的破烂。起初他有些愤恨难过,但马上就想开了:"遇人轻我,必定是我没有可重之处么,当然我不可能一辈子只拾破烂,可世上有多少人能慧眼识珠呢?"另一次是人家根本不屑与他说话,他又想:"遇人轻我,必定是我没有被她所重之处……我绝不是一般人!""我是一颗明珠她置于粪土中那是她的无知可怜么!"

  问题的症结就在这里,他究竟是个什么样人呢?这个问题在他爱上妓女孟夷纯后,变得更加尖锐。自己是最底层的人,还要竭尽全力去帮助孟夷纯,无疑杯水车薪。为了帮她,刘高兴和五富开始了更为艰辛的生活。五富从出场到死,似乎都不想待在西安,他不止一次要刘高兴保证,若他死了,一定要把尸骨送回故乡清风镇。刘高兴因未能完成五富生前的心愿而倍感歉疚。然而,五富老婆的一句话却令人恍然大悟,她说,五富留给她的最后一句话是:"我要去西安城呀……"可见,人人都想进城,离开清风镇的每一个人要回来,又是何等的艰难啊!在某种意义上,五富是刘高兴的一部分,刘高兴失去这个必不可缺的朋友就是失去了自己在清风镇的根。作为一个无根者,刘高兴与五富的灵魂一样,只能永远飘荡在这个城市。

  读到这儿,贾平凹似乎又把我们从阿Q和堂吉诃德的尴尬与荒谬中带了出来,使我们自然而然地想到了加缪《局外人》中的默尔索及卡夫卡《变形记》中的格里高尔。但细比之下,又截然不同。默尔索是一个完全与社会主流价值格格不入的人,而刘高兴却想认同主流价值;格里高尔是一个完全被异化的人,他想拒绝这种异化,而刘高兴不是拒绝,而是想要接受。他更像是卡夫卡《城堡》里的那个土地测量员,一生想尽各种法子要进入城堡,却始终未果。

  这使我不仅默然,而且神伤。

  也许,在媒体和读者眼中,刘高兴就是贾平凹那个同学刘高兴,或后记中描绘的那个刘高兴。的确,贾与刘,这两个人有着某种难以说清的关联,他们都喜读书,爱文化,与现代文学以来的那种麻木不仁的农民形象截然不同。现实生活中的刘高兴能在一群知识分子面前侃侃而谈,还能说出"爱读奇书初不记,饱闻怪事总无惊"的古话,能思考自己的命运,为贾平凹写三万字的文章,能大笑着说自己是闰土。或许他认为自己命运与闰土相似,或许他觉得自己与贾平凹就像是当年的闰土与鲁迅,但是,他与闰土最大的不同在于,闰土麻木,没有思考过自己的命运,而刘高兴清醒,能思考自己的命运——哪怕他面对命运时无能为力。他幽默地说:"我的功课是比平凹好,可一样是瓷砖,命运把他那块瓷砖贴在了灶台上,把我这块瓷砖贴到了厕所么。"贾平凹笔下的刘高兴可以是他的同学刘高兴,也可以不是,而是这个时代从乡村进入城市的每一个人。他们离开故乡便开始了身体与灵魂的漂泊,与贾平凹《六棵树》中的那棵痒痒树一样,一移入城市,就失去了根和生命。

贾平凹在《我和高兴》一文中说:"在这个年代的写作普遍缺乏大精神和大技巧,文学作品不可能经典,那么,就不妨把自己的作品写成一份份社会记录而留给历史。"《高兴》记录的是刘高兴的生存与灵魂,又是这个时代诸多农民的生存与灵魂。和《秦腔》一样,它仍然只能以"无名之状"出现。

(选自《〈高兴〉大评》,陕西人民出版社 2008 年版)

当下生活与文学传统

——评贾平凹的长篇小说《高兴》

孟繁华

贾平凹的长篇小说创作，大多与现实保持着密切的关系，特别是乡村中国现代性的问题。但是，值得注意的是，贾平凹的小说又不那么现实。在他的小说中，总是注入他丰富的个人想象或个人经验，尤其是个人的心理经验。他那不那么现实的感觉或个人经验的加入，恰恰是小说最具文学性因素的部分。

《高兴》，是贾平凹第一次用人名作书名的小说。按照流行的说法，《高兴》是一部属于底层写作的作品。刘高兴、五富、黄八、瘦猴、朱宗、杏胡等，都是来自乡村的都市"拾荒者"。都市的扩张和现代文明的侵蚀，使乡村的可耕土地越来越少。生存困境和都市的诱惑，使这些身份难以确定的人开始了都市的漂泊生涯。他们维持生计的主要手段是拾荒。但是，面对中国最底层的人群，贾平凹并不是悲天悯人地书写了他们无尽的苦难或万劫不复的命运。事实上，刘高兴们作为都市的"他者"并不是城市的真正主人，而他们的生存哲学决定了他们的生存方式。他们并不是结着仇怨的苦闷的象征，他们有自己理解生活的方式，艰难也坦然。坚强的女人杏胡在死了丈夫之后，为自己做的计划是：一年里重新找个男人结婚，两年里还清一半的债务，结果她找到了朱宗结婚，起早贪黑地劳作，真的还清了一半的欠债。她又定计划：一年还清所有的债，翻修房屋。两年后果然翻修了房屋还清了所有的债。然后她再计划如何供养孩子上大学、在旧院子盖楼、二十年后在县城办公司等。她说："你永远不要认为你不行了，没用了，你还有许多许多事需要去做！"她认真地劳作，善良地待人，也敢于和男性开大胆的玩笑。杏胡的达观、乐观和坦白的性格，可能比无尽的苦难更能够表达底层人真实的生存或精神景况。

当然，刘高兴还是小说主要表达的对象。这个自命不凡、颇有些清高并自视为应该是城里人的农民,也确实有普通农民没有的智慧:他几句话就搞定了刁难五富的门卫,用廉价的西服和劣质皮鞋就为翠花讨回了身份证,甚至可以勇武地扑在汽车前盖上,用献身的方式制服了肇事企图逃逸的司机,等。这都显示了高兴的过人之处。但高兴毕竟只是一个来城里拾荒的边缘人,他再有智慧和幽默,也难以解决他城市身份的问题。有趣的是,贾平凹在塑造刘高兴的时候,有意使用了传统的"才子佳人"的叙事模式。刘高兴是落难的"才子",妓女孟夷纯就是"佳人"。两人都生活在当下最底层,生活是否有这样的可能并不重要,重要的是贾平凹以想象的方式让他们建立了情感关系,并赋予了他们情感浪漫的特征。他们的相识、相处以及刘高兴为了解救孟夷纯所做的一切,亦真亦幻但感人至深。我们甚至可以说,刘高兴和孟夷纯之间的故事,是小说最具可读性的文字。这种奇异的组合是贾平凹的神来之笔,它不仅为读者带来了巨大的想象空间,也为作家的创作提供了许多可能。但是,也正因为是"才子佳人"模式,刘高兴和孟夷纯之间才没有发生"嫖客与妓女"的故事。他们的情感不仅纯洁,而且还具有更高的精神性的价值和意义。贾平凹显然继承了中国古代白话小说和戏曲的叙事模式,危难中的浪漫情爱是最为动人的叙事方法之一。还值得注意的是,小说几乎通篇都是白描式的文字,从容练达,在淡定中显出文字的真功夫。它没有大起大落的情节,细节构成了小说的全部。我们通常都认为,小说的细节是对作家最大的考验,一个作家和一部作品,最精彩之处往往在细节的书写或描摹上。《高兴》在这一点上所取得的成就,应该说在近年来的长篇小说中是最为突出的。《废都》之后我们再没见到这样的文字,但在长篇小说进退维谷之际,贾平凹坚定地向传统文学寻找和挖掘资源,不仅为自己的小说创作找到了新的路径,同时也显示了他"为往圣继绝学"的勃勃雄心和文学抱负。

当然,《高兴》显然不只是为我们虚构一个"才子佳人"的浪漫故事。事实上,在这个浪漫故事的表象背后,隐含了贾平凹巨大的、挥之不去的心理焦虑:这就是在现代性的过程中,中国农民将以怎样的方式生存。他们被迫逃离了乡村,但都市并不接纳他们。当他们试图返回乡村的时候,也仅仅是个愿望而已。不仅心难以归乡,就是身体的还乡也成为巨大的困难。五富的入土为安已不可能,他只能像城里人一样被火化安置。高兴们暂时留在了城市,也许可以生存下去,就像他们的拾荒岁月一样。但是,那与他们的历史、生命、生存方式和情感方式休戚与共的乡村和土地,将会怎样呢?他们习惯和熟悉的乡风乡情真的就这样渐行渐远地无可挽回了吗?因此,《高兴》虽然将情景设置在了都市,但它仍然是乡土中国的一曲悲凉挽歌。

(选自《〈高兴〉大评》,陕西人民出版社2008年版)

刘高兴的精神与尊严

——读贾平凹的《高兴》

王光东

贾平凹在《秦腔》中写了农民怎样一步步从土地上出走，在《高兴》中写了农民出走后在城里的生活；《秦腔》写了一个城市和一群人，《高兴》写了"刘高兴"和他的两三个同伴。从《秦腔》到《高兴》，贾平凹一直关注的是中国农民"离乡进城"这一当代重大的社会现象。书写这一社会现象的作品已有许多，但在《高兴》中出现的"刘高兴"，却具有特别的意义，这一人物形象呈现出贾平凹把握人物形象精神内涵的独特能力。

书写中国农民"离乡进城"这一社会现象的作品虽然也有一些较为优秀的，但从整体而言，对"城里的乡下人"的精神世界缺少深刻的关注，大多侧重于他们的生存状态的描写。贾平凹的《高兴》对城里拾荒者刘高兴的生存境遇的描写，不仅让人看到了一个密布着冲突、错位、荒谬、伤痛、病象重重而又情切至深的当代城市生活，而且还让我们看到了城里拾荒者刘高兴的丰富的精神生活和富有尊严的灵魂。《高兴》与《秦腔》相比，《秦腔》对当代农民生活是感悟式的呈现，而《高兴》却是深入人物灵魂的纪实性书写，当作者与人物融为一体，在精神上成为拾荒者的一部分时，他就从人物"内在"而不是从"外在"的视角去叙述"城里的农民"，他就会准确传达出人物内心的喜怒哀乐。由此，我觉得《高兴》对于人物精神内涵的独特把握能力，主要表现在贾平凹能依据刘高兴的自身生存逻辑和思维方式、行为方式出发去想象、虚构他的艺术世界。当刘高兴从农村进入城市，成为一个拾荒者时，他只是为了逃避农村的贫困，获得基本的生存权利，因此，他不仅在有自己的"行业规范"的拾荒者队伍中，听从他人的安排，在自己的活动领域中谋取生存的资源，而且他也依据在乡村生活中所形成的做人准则，认真做人，本分地生活，不去做那些吃喝嫖赌、打架斗殴、偷盗抢劫的事情。当他以这种淳朴的精神姿态与当代都市生活中的各色人物发生关系时，他的精神世界也逐步地展开，呈现出丰富的内容：

1. 理想性。在许多写"城里民工"的作品中，都注重写民工生存的挣扎和漂泊于城市中的无奈、痛苦，甚至堕落。他们的精神生活似乎被生存压力放逐了。但《高兴》中的刘高兴却有着自己的理想，这种理想不仅仅在于挣了钱，吃饱饭，有房子住，更重要的是对自己"做人"原则的坚持。要知道，一个农民挣扎在城市的苦难生存中，要坚守自己的精神生活谈何容易，但他却坚持下来了。正如贾平凹在《高兴》的后记中所说的："他是拾破烂人中的另类，而他也正是拾破烂人中的典型，他之所以是现在的他，他越是活得沉重，也就越懂得着轻松，越是活得苦难他才越要享受着快乐。"苦难中的精神生活是什么？《高兴》中主要表现为对于纯真爱情生活的追求和一种有"尊严"的生活原则的坚持，当刘高兴看到穿着他心中的那双皮鞋的孟夷纯时，他那种纯真的情感便有了依托。在物欲横流的都市生活中，他始终以淳朴的情感给予妓女孟夷纯以关爱。贾平凹把刘高兴的这种情感化生活叙述得细腻而又感人，那种源于心灵的情感在生存的艰难挣扎中焕发着动人的光彩。这种有尊严的精神生活，还表现在对于基本生存方式的坚持。在小说中贾平凹写到了这样一个细节：黄八和五富一起出去吃饭，快吃完时，黄八把准备好的苍蝇放在碗里，去敲诈饭店老板，不仅不付账，还要老板赔偿一碗胡辣汤，刘高兴知道真相后，不仅不喝胡辣汤，还对他们的行为表示愤怒和不满。从这件小事中，我们看到了刘高兴正直、纯朴的精神世界以及他做人的原则，他对孟夷纯的爱、婉拒韦达给他工作等，都可以看到他的精神在现实生活中的力量。这种对人的尊严的维护和坚守，使刘高兴这个人物内心世界具有超越欲望化现实的精神之美。2. 讲义气。刘高兴的丰富的精神世界内容，还体现在他对于义气的理解。这种义气在"刘高兴"的生活中不是哥们义气的不负责任和地痞流氓式的相互勾结，而是表现为相互之间的情感关怀和生活帮助。譬如他和五富的关系始终是以责任和友情维系的，五富是他从乡村中带出来的，就觉得对他负有一种责任——要让他在都市生活中认真做人、踏实生活。因此，他对五富的关怀就像是关心自己的亲兄弟，五富与黄八瞒着他所做的一些不光彩的事，他总是提出自己的批评，对于一些可能隐含着危险的所作所为，他会以自己的力量去给予化解。这种义气包含有乡村文化传统中所形成的伦理内容，这种伦理在都市生活背景下所演绎出的情感关怀和生活原则使其义气有了新的精神内涵。刘高兴对妓女孟夷纯的爱实际上也包含有这样的因素，当他把自己挣的钱全部交给孟夷纯去实现她捉拿凶手的目的时，他是为了爱，但同时也有见义勇为的一种精神原则在支撑着他。这种有"义"的理性所支撑的行为，使他与那些任欲望牵引的人生有了重大的区别，因而有了自己的生活追求，书写着大写的人生。

刘高兴这样一个有着丰富精神生活的农民，在生活中理应有着更美好的人生，但是他却遭遇了种种痛苦。正是在这里，大时代中的"这一个人"尽管有他的快乐，但他的快乐却与苦难分不开，当"一个人"的人生与苦难纠缠在一起，与周围人发生种种冲突时，也就开始与我们这个时代建立了无法分割的意义关系。通过"这一个人"会理解时代所蕴含的许多问题。刘高兴的精神生活在小说中与妓女孟夷纯和同乡五富是有着密切联系的。但是孟夷纯捉拿凶手的愿望不仅没有完成，而且自己也不幸被公安拘留，这就使刘高兴付出了情感和金钱的行为难免笼罩上了一层悲凉的色彩。五富最后客死他乡的悲剧性结局，对刘高兴而言也是沉重的精神打击。信守做人的准则、维护做人的尊严的刘高兴在城里也往往遭遇白眼，这种种遭遇让我们看到什么呢？这并不仅仅是个人的遭遇问题，而是我们这个时代的问题。在中国当代乡村社会发生重大转型的历史时期，大量的农民进入城市，这可能是不可逆转的历史发展进程，但"这个阶层谁来组织谁来管理，他们能被城市接纳融合吗？进城打工真的就能使农民富裕吗？没有了劳动力的农村又如何建设呢？城市与乡村是逐渐一体化呢还是更加拉大了人群的贫富差距？"贾平凹在《高兴》的后记中通过刘高兴这个人物所谈的这些问题理应引起我们更进一步的思考。

从人物形象的精神内涵和其美学特点来看，刘高兴这个人物的确是近年来写"城里农民"的文学作品中出现的一个有意义的形象。这种意义就在于他是有自己的精神生活和灵魂的，他不是被欲望牵引而混世，不是被城里人欺负而求报复的。在他的精神世界里，那种妒忌、复仇、冲动、堕落的种种因素似乎都被他的一种本分、忍耐、勤劳、富有尊严的生活态度所化解，而在苦难的生活中呈现出某种"快乐"的情绪。这种快乐不是"穷乐"，而是发自内心的、承担生活的勇气，有了这种快乐，才能在苦难的生活中获得精神的力量。这一人物形象显然表现出作家理解"城里的农民"的一种新的态度，并且更加接近于农民本身的生活方式和生存逻辑。如果把对于"农民"的这种理解与农民在城市生活中的状态更深入地结合在一起,小说的意境也许会更深厚。如果把贾平凹的《高兴》和老舍的《骆驼祥子》做一比较,我们会看到,贾平凹对"农民进城"后的精神生活及生活状态的叙述仍然有些不足,这种不足就在于刘高兴这个人物所呈现出的命运感不如祥子那样包含有更深厚的穿透现实的思考力量。

(原载《扬子江评论》2008年第1期)

乡村走出一个清醒的堂吉诃德

贺绍俊

《高兴》的开头就像是一段谶语，它预测了刘高兴这位向往城市生活的农民的未来。

刘高兴带着五富一起到西安，如今他却要背着五富的尸体回乡，即使是一具尸体也永远回不了家乡，刘高兴被城里的警察抓住，尸体也送往了城里的焚尸炉。今天，成千上万的农民离开土地奔向城市，在乡村通往城市的路上，农民像潮水般往城市涌去，但《高兴》的开头在揭示这么一个严峻的事实：对农民来说，这将是一条不归路，因为城市像一个巨大的磁场，牵引着他们的心。但即使如此，他们也变不成城市人，像刘高兴、五富这样的农民，他们身在城市，灵魂却还遗落在乡村，他们在城市的生活或许可以说就是一种失魂落魄的生活。贾平凹在《高兴》中写出了农民进城后失魂落魄的生活状态。刘高兴也许深深地被城市文明所吸引，但对五富来说，城市的诱惑不过是在这里可以挣到比农村要多得多的钱。除此之外，城市毫无留恋之处。他痛切地说："城里不是咱的城里，狗日的城里！"问题在于，他要回到他的"快乐的乡里"也不是那么轻易就能回去的。

农民工，不仅成了当代社会的一个关键词，也成了当代文学的一个主要角色。包括这些年特别引人注目的底层文学，作家们关注得最多的就是到城市里拼搏的农民工。但像《高兴》这样揭示农民工在城市的漂泊感和失魂落魄的精神状态的，应该说还是不多见。

刘高兴无疑是一个乡村的精灵，他充满智慧，富于幽默，不甘现状，耽于幻想。他终于瞄准了西安，雄心勃勃地上路了。他不仅自己上路，还带上一个随从——五富，"五富最丑，也最俗"，也很憨笨。这么两个乡下人朝着西安进发，怎么看都觉得像是塞万提斯笔下的堂吉诃德带着他的随从桑丘，开始了仗义行侠的旅程。刘高兴当然不是那个行为怪诞、不谙世事、近乎迂腐的堂吉诃德，但他的身上还多多少少有一种堂吉诃德的精神。堂吉诃德精神就是一种幻想的精神，一种不向现实妥协的精神。刘高兴把名字改为高兴，但困窘的现实并不会给他带来高兴，这没有关系，他可以用想象和幻想来弥补现实的不足，在想象中他做出一锅美味可口的糊涂面，但过于现实主义的五富却做不到这一点，他只能看到现实中他们只有一把盐，因此他只能抱怨和愁眉苦脸。

诞生于三百多年前的《堂吉诃德》最近在一次世界性的评选活动中被评为世界最佳作品，我想大概就因为这部作品揭示出了人生永远也无法解决的难题：理想和现实的矛盾。堂吉诃德这位喜剧性的老先生之所以越来越被人们所爱戴，就因为他在内心理想的指引下，可以手执长矛朝着庞大的风车冲杀过去。到了今天，沉重的世俗生活几乎湮没了理想的光芒，我们是不是需要倡导一点堂吉诃德的精神呢？于是，我们很高兴地看到，刘高兴怀着乡村田园般的理想朝我们走过来了。他没有长矛，却有着乡村的智慧和勇气，因此他在与城市的较量中屡屡得手。他三言两语就摆平了刁难五富的门卫，穿一身西服和皮鞋就为翠花讨回了身份证，甚至他勇猛地扑在汽车前盖上，英雄般制服了肇事逃逸的司机。但对刘高兴来说，城市就是一个更为庞大的风车，他与这个庞大的风车周旋，已被周旋得筋疲力尽。所幸的是，他比堂吉诃德要清醒，最终他还在这个城市待了下去。他多像他住所边一堆泥土上自然生出的苞谷苗儿，"反正它是一颗种子，有了土有了水有了温度就要生根发芽的"。或许我们可以把众多的农民工看成是遍撒在城市的苞谷种子，一有了水就生根发芽，可是它们生得不是地方，难免"被铲除运走""不可能开花结果"的命运，但你挡得住铺天盖地的苞谷种子生根发芽吗？对刘高兴来说，虽然回乡是一条不归路，但他继续待在城市，我们仍难预料是什么样的结局。如果把刘高兴看成是乡村走出的一个清醒的堂吉诃德的话，或许他将会改写堂吉诃德的不幸历史。

说到底，刘高兴身上还烙着贾平凹本人的印记，如刘高兴与孟夷纯那小资式的爱情，如刘高兴的审美情趣，如刘高兴的语言机智。更重要的是，刘高兴这个人物透露出贾平凹困惑于乡村与城市之间的心迹。贾平凹也是来自乡村，尽管他早已享受着城市文明，但他的内心始终留恋着乡村的温馨，这使他在通往城市的路上频频地回头看，回头看到的是一片温馨，他又怎能融入城市的灰暗色调之中？《废都》中的庄之蝶记录了他面对城市的迷茫和颓唐，甚至恐慌。因此在相当长的时间里，贾平凹难以处理好城市资源，唯有回到乡村，他的才华才得到自由潇洒的发挥，如他的《秦腔》。但是刘高兴给了他化解现实矛盾的武器，这就是一种高兴的精神状态。尽管从物质层面说，乡村无法与城市抗衡，但在精神层面上它足可以与城市抗衡，于是他面对城市这个庞然大物不再困惑，不再畏缩不前。哪怕这高兴的心态带有十足的堂吉诃德的精神，但我们完全相信，不朽的堂吉诃德要比城市的钢筋水泥活得更为长久。

（原载《长篇小说选刊》2007年第6期）

底层的真相与病相

——解读《高兴》

张福贵　杨　丹

20世纪90年代以来,中国社会在现代化转型过程中社会阶层分化的日趋明显,使底层的概念再次走进人们的视域。

贾平凹的长篇新作《高兴》正是针对底层生存真相,在新世纪做出了艺术回应。作者在《我与高兴》中写道:"我要写刘高兴和刘高兴一样的乡下进城群体,他们是如何走进城市的,他们如何在城市里安身生活,他们又是如何感受认知城市,他们有他们的命运,这个时代又赋予他们如何的命运感"。[①]可见作者的写作初衷是企图通过对以刘高兴为代表的城市外来拾荒者的生存状态、人生际遇和精神图景的探寻,使我们发现由乡入城的底层群体中所隐含的中国社会的复杂信息和密码,以此来触摸中国现代化转型过程中中国社会的脉象。

一、现代化意识形态的规训

在20世纪90年代以来,现代化在国家意识形态的推动下,成为时代主流话语的同时,也成为一种新的意识形态,一切事物都在现代化的范畴内寻求历史的合法性。城市成为现代化的表征符号,而乡村作为"前现代"或"反现代"的空间,受到现代化意识形态的强行遮蔽,农民渐失话语权而成为"沉默的大多数"。

在作品中刘高兴所生活的清风镇成为乡土空间存在状态的现实隐喻:为了建设现代化的高速公路,农民赖以生存的土地被强行挤占;刘高兴努力耕种,卖了肾,也依然无法改变贫穷的生活,无法娶到媳妇。物质和精神的双重重负

---

① 贾平凹:《高兴》,作家出版社2007年版,第423—424页。

直接导致了底层要极力摆脱不断被边缘化的位置。走入城市，进入现代化的历史轨道，改变自我命运，脱离底层，成为底层农民急切的理想和人生目标，形成农民当下的"集体无意识"。所以刘高兴等人不顾一切地离开清风镇，走进西安的城市生活，成为一名城里人。立志扎根在西安，成为刘高兴首要的人生目标。刘高兴进入西安的同时，也意味着他接受了现代化历史进程对自我主体命运的奴役和塑造，接受了时代主流话语所灌输的关于现代化的全部意识形态和道德观念。刘高兴不仅要改变自己的经济地位，还要改变自己的生活方式和社会地位，把自己改造成符合现代化意识形态所认同的"城市人"形象：他要时刻对金钱保持获取的欲望；对成为城市的上层人物不懈的努力；对权力的追逐，维护自己在五富、黄八等人面前的权威性；对穿西服、皮鞋等生活细节的刻意讲求；追求浪漫、纯洁的爱情；日常生活要具有文化品位和小资情调；对城市具有天然的包容力和免疫力；不断使自己脱离底层的命运归属。

现代化意识形态在强行将农民从乡土生活空间中脱离出来的同时，也抽空了农民的精神空间、主体意识和阶级意识。刘高兴等底层群体从农村走进城市，表面上看是生存空间的简单位移，但实质上却是一种生存秩序、道德伦理、价值规范、文化记忆的更迭和巨变。延续千年的农民自身所附属的乡土文化体系，遭到了现代城市文化的解构和抛弃，城乡二元对立的社会结构使农民与城市天然的相互对峙。刘高兴虽然走进了西安，生活在城市中，但其本质上仍然是农民，仍然无法改变城市对其底层身份的社会认定。在政治上，仍然没有参与现代化民主进程的话语权，无法与韦达所代表的精英阶层相对话，无法摆脱"破烂"的身份认同，无法阻止城市人的欺骗、蔑视和嘲笑。刘高兴要回被骗的送煤球的钱，依靠的是韦达的权力，自己无能无力。刘高兴用身份证帮助一名教授打开被锁的房门，没有收到感谢却招致了怀疑和防备，城里人依然以一种隔膜的心态与他们接触。在经济上，依然无法摆脱贫穷的生存状态，拾荒并没有给刘高兴带来财富和资本分配的权力，他只有从事拾荒、送煤球、挖地沟、卸车等单纯出卖劳动力工作的自由。他们只能居住生活在城市边缘破旧的城中村，城市没有给予他们的生存空间。在文化上，商品经济主导的大众消费文化将刘高兴等人彻底排除在外，城市的豪华宾馆拒绝刘高兴的进入，只能留下他屈辱的脚印。面对耗资亿元修建的芙蓉园，五富、黄八也只能在想象中游览。他们只能在城市低档的舞厅、昏暗的桥洞中享受自己的"文化生活"。刘高兴只能以吹箫表示自己的与众不同和聊以自慰。这种生存境遇对初入城市的农民打工群体而言是最艰难和不适应的。城市文明对底层不断地"祛魅",城乡的紧张对峙,必然使农民对城市的认同产生精神危机和痛苦。这种底层精神世界内在的犹疑、迷茫、分裂、痛苦,正是底层文学切入当下社会的入口和书写的核心所在。作者曾在《四十岁说》中指出:"乡村生活使我贫穷过,城市却使我心神苦累。两股风的力量形成了龙卷风,这或许是时代的困惑,……我的大部分作品可以说是在这种'绞杀'中的呼喊,或者是迷茫中的聊以自慰吧。"但在《高兴》中我们没有看到"'绞杀'中的呼喊",只看到了底层的另一种精神图景:"迷茫中的聊以自慰"的"精神胜利法"。在《高兴》中,作者并非以一种审视、反省、同情的视角来结构故事,以此来形成人物内心世界的冲突、撕裂和痛苦,而是试图以刘高兴对城市文化所规训的道德规范、生命形态和审美趣味的完全认同和带有"精神胜利法"性质的自慰想象,来实现对底层精神危机的超越:"我这皮肉是清风镇的,是刘哈娃,可是我一只肾早卖给了西安,那我当然算是西安人了","我想着西安城现在不就是城里人吗"。在这种空洞、虚假的想象中完成单方面的自我身份认同和对自我精神危机的超越。这种精神慰藉与阿Q进了一次城看见了革命党,就感觉自己与王胡、小D等人不同,自己成了革命党的思维方式何其相似。在现代化意识形态的宿命召唤下,刘高兴抛弃了自我思辨、批判的主体意识,真正走上了一条没有方向的不归路。

二、消费文化的异化

20世纪末,以消费文化为主导的时代语境成为任何人都无法躲闪的事实。底层人们在政治、经济、文化资源占有的先天匮乏性,使他们常常只能以消费文化的"他者",被驱逐到现代性消费语境之外。但农民走进城市的事件,却不可避免地将底层文化纳入消费文化的体系之中,时刻感受到消费文化的冲击和引诱,同时也在消费文化全部价值形态和道德观念灌输下发生生命的异化。

在刘高兴"另类"的底层形象中,我们看到了消费文化对底层文化的三重异化:一方面,将底层纳入时代的消费链条之中,将底层自我生活方式和生存逻辑不断篡改和断裂。刘高兴在消费文化的诱惑下,对消费符号进行刻意地模仿和非理性的认同。对城市生活方式的向往和金钱的摄取欲望的膨胀,成为他走进城市的初衷。他对城市的一切都充满了迷恋。对韩大宝、韦达等人拥有的权力的崇拜,对城市人在服饰方面穿西装、皮鞋的羡慕,对城市人吃饭、起居等日常生活细节讲究的追逐,使他与自己真实的拾荒者的底层形象发生了悖论和裂隙。在底层的生活方式遭到消费文化异化的同时,底层自身所拥有的生存逻辑也遭到无情的断裂。以血缘亲情为纽带的宗族制文化传统是农民主要的生存逻辑,体现在农民对土地、家族、家的情感依赖上。但在消费文化的异化下,刘高兴将这种生存逻辑的规范力量轻易地解构和抛弃。他主动放弃了本阶层所拥有的文化传统和自我主体意识,他的内心始终存在着乡村不如城市,乡村的今天不如城市的过去的观念。在进城之前,卖掉了自己的一只肾和新盖的房子,出让了土地,让自己彻底割断与土地的联系,对家族、家毫无情感的眷恋。而且在进城以后拒绝回到清风镇,对五富想家,想念清风镇,想念土地的行为进行劝阻和嘲笑。对清风镇充满了厌恶之情——"去不来韦达的公司,我也要待在这个城市里",即使"是这个城市的一个孤魂野鬼"。

另一方面,消费文化又不断地将底层放逐于时代的主流之外,使底层丧失了在消费文化中的话语权,除了细节的模仿和认同,无法真正融入时代的秩序之中,并因此而导致底层人格的分裂和扭曲。韦达这一人物在小说中是城市生活中成功人士的代表,他拥有金钱、权力、地位,他隐喻着成功神话的一切内在因素。所以他成为刘高兴追逐的人生目标,刘高兴时刻梦想着自己的肾移植到韦达的身上,自己成为韦达的另一半。但悲凉之处在于梦的破灭,韦达并没有移植刘高兴的肾。这种乞求通过身体器官的对接来实现出身血统和社会认同的质变的"梦想",使我们在荒诞中看见了底层民众在消费文化的示范下人格的扭曲和行为的失常。于是,我们看到了刘高兴穿西装、皮鞋收破烂的城市生活图景,认识了具有传统文化品位,略带文人气质,会吹箫的"另类"城市拾荒者形象,体会到了充满宽容、乐观、无私的人生态度。但同时,也触摸到了刘高兴人生的深刻分裂,体察到了阿Q"精神胜利法"式的绝望、反抗和挣扎:认为想象自己是西安人就是西安人,认为自己的肾在西安就是西安人,认为自己具有城市人的外表就是西安人。刘高兴在城市与乡村之间,形成了"乡村的都市人"和"都市的乡村人"的双重身份,这种身份的分裂性和模糊性决定了他无论是在清风镇还是在西安都是边缘人。

再一方面,消费文化语境中,金钱神话的不断上演对于底层民众具有时代性的"典范"意义,他们渴望被纳入时代的共同体中。但社会资源占有的匮乏又使他们找寻不到获取金钱的路径。所以当底层的金钱欲望被煽动起来以后，缺少法制规范和道德约束的金钱攫取，必然导致损害社会行为的产生，以致底层自身走向道德的陷落。五富、黄八为了金钱进行偷窃，违法倒卖医疗垃圾，在"鬼市"进行地下交易；杏胡夫妇为了金钱，违法销赃；种猪的捡破烂的老乡为了金钱而杀死自己的同伴；西安拾荒者群体内部的相互斗争和倾轧；发廊妓女的卖淫行为……底层的道德沦丧有着时代无法逃脱的原因和责任，但在这种底层陷落的社会现象中，我们也无法勘察到底层民众因道德失范而导致的灵魂的痛苦。在《高兴》中我们看不到人物内心的撕裂和挣扎。刘高兴和五富在倒卖医疗垃圾过程中，逃脱警察抓捕后的自得和惬意；五富在"鬼市"被骗丧失金钱后的沮丧和怨恨；底层群体为了生存而上演的暴力争斗。这一切让我们看到了底层在消费文化异化下人性裂变和道德困境。

三、知识分子话语

中国现代文学自"五四"诞生以来，底层一直难以在真正意义上摆脱被知识分子叙述的命运。"五四"新文化运动中的麻木、愚昧、冷漠的被启蒙形象，"左翼"革命文学中充满怨恨和暴力色彩的革命新人形象，战争革命叙事中的战争英雄形象，以及在纯粹的审美视域中质朴的乡村乌托邦想象，一切都来自知识分子的主观叙述。同样21世纪以来底层也始终处于被知识分子"叙述"的存在状态。底层民众在被现代化意识形态规训、消费文化异化以后，在知识分子的文学表达和学术资源的"圈地运动"中，又一次被"他者"任意的想象和涂抹，底层再度成为"工具性"的在场存在。

通过对刘高兴和孟夷纯这两位人物的解读，我们可以发现这两位人物身上隐藏的知识分子话语对底层想象的信息和密码。

作者在《高兴》中塑造了一位与普通底层形象相异的拾荒者形象——刘高兴。但刘高兴形象在彰显出"另类"特质的同时，也丧失了自我阶层的真相，我们只能说这是作者在知识分子想象的空间中建构的"美学形象"。作者将自己的思想强行灌注到刘高兴这一人物身上，刘高兴身上有着明显的被"篡改"的印痕：他有着知识分子所具有的忧伤和悲天悯人的情怀，努力将五富、孟夷纯从苦难中拯救出来；具有一定的文化知识和传统文化品位，爱读书，看报，吹箫；追求高雅而精致的生活，讲求吃、穿、住的城市化；具有脱离底层的理想和人生目标，蔑视、嘲笑五富等人的庸俗，一定要成为西安人；具有宽容的气度和对城市丑陋现象的天然免疫力，能够包容城市对底层的欺压和歧视。这一"另类"的新的底层形象的崛起，让人无法找寻到来自底层内部转变的逻辑线索。作者直奔理想的形象本身，抛弃了底层的生活真相和生存逻辑，农民所具有的自私、狭隘与城市相对峙等本性。中国的现代化进程中的结构失衡所引起的底层的思想蜕变和人格转化的痛苦，在作者的主观想象和文学叙述中逐渐淡化直至消逝，并以一种现代意识不可或缺的精神品质取而代之。我们可以在刘高兴身上看到底层所具有的现代图景，却无法深入到底层人物的精神内部；可以看到底层形象的可能性，但同时也看到了底层形象的虚假性和人工合成性；看到了知识分子为底层民众的"呐喊"，但同时也看到了底层又一次的缄默不语。看来李建军等所作的激进式的批评，"贾平凹的精神世界里有病恹恹的厌世、阴沉沉的恨世、轻飘飘的骂世与乐陶陶的遁世，唯独缺少深刻的思想与彻底的批判精神"[①]有其片面的深刻性和持久性。

《高兴》中的女主人公孟夷纯在作品中可以说是一种特殊的存在，"妓女"的身份定位本身是城市欲望化和底层堕落的一种表征，孟夷纯本身是个悲剧性的人物。但作者在这里"有意味"地隐去了底层在城市生活的屈辱感和悲剧感，对人物进行了"祛恶"化的改造。作者没有直接进入妓女生活的细节描摹和苦难的生存现场，而是对人物的堕落原因和行为进行美化。孟夷纯堕落是为了挣钱抓捕杀害哥哥的凶手，"她是妓女，但她做妓女是生活所逼，何况她是牺牲着自己去完成一件令人感慨万千的事情"，并始终保持人格的高洁和目的的纯粹，并将她的行为与"锁骨菩萨"的救赎行径相对接，将其塑造成现实生活中的"锁骨菩萨"。作者试图将孟夷纯的行为指向彼岸的人生救赎，作者希望在民族传统宗教中寻找到一条底层的救赎之路，并通过刘高兴与孟夷纯的纯粹的爱情设置来实现对底层人物的精神救赎："这一次见面，我再一次认定了她真是我的菩萨，原来我给她送钱并不是我在帮助她，而是她在引渡我，引渡我和韦达走到了一起。"底层文学在本质上应该是一种救赎的文学，既是对文学自身在当下商品化、欲望化、消费化的救赎，同时也是对那些被时代放逐的、遗忘的、边缘的底层群体的精神救赎，更应该是对现代化进程本身的审视和救赎。但作者却将

---

① 苍狼、李建军、朱大可等：《与魔鬼下棋——五作家批判书》，中国工人出版社2004年版，第198页。

底层的彼岸世界安置在了韦达所代表的城市,将虚幻的城市生活作为底层挣扎并存在下去的动力和勇气的源泉。但最终刘高兴与孟夷纯的爱情破灭,刘高兴只能望着那双高跟皮鞋自慰,成为这座城市的"孤魂野鬼"。

面对走进西安的拾荒者,面对城市对他们的拒斥和隔离,面对底层自身的道德缺陷和精神困惑,作者在作品叙事中让人们看到了底层在城市生活的希望,同时也展示了救赎本身的无力和绝望。

底层文学想要呈现本阶层本真的存在,必须在现代化意识形态、消费文化和知识分子话语的压抑中突围,以底层真实的生命状态和人生际遇为叙事基础,揭示当下时代、社会真实的历史图景,探析我们这个时代现代化进程中的各种病象,展示底层群体的困惑、迷茫、愤怒、挣扎在内的全部丰富、复杂、尖锐的精神世界。而贾平凹还没有做到,至少在《高兴》里我们还没有看到。

(原载《文艺争鸣》2009年第4期)

记录的立场与超拔的力量

——评贾平凹的小说《高兴》

毕文君

加缪在《鼠疫》的卷首写道："用另一种囚禁生活来描绘一种囚禁生活，用虚构的故事来陈述真事，两者都可取。"如果小说的存在本身就是要将生活从既定的现实中剥离，将生命从被囚禁的状态中解放，那么对它自身虚构的形式来说，生活、现实就成了一个问题。在看似自由的小说世界里，作家的界限究竟在哪里？实际的生活与小说中的生活差别有多大？在不违背现实的前提下如何发现和揭示更深刻的含意？在这样的立场之上，小说家建立自己的精神信念，实践自己的美学追求，这并非易事，因为小说家的叙述权力往往使得他们忘却了生活的某种粗粝感，陷入自我迷醉的泥淖。而底层写作在近年不断被谈论的原因之一，就在于它携带着这种粗粝感的力量，同时又内蕴着细部的审美光芒。贾平凹的长篇小说《高兴》即是这样的作品。作家以记录的立场写出了内心的执着，同时，不惮于暴露自己面对现实和写作的精神困境，小说朴素的叙事形式下却是充满了忧患意识和普世情怀的人间万象。

在《高兴》中，贾平凹写了由农村种田到城市拾破烂的这个社会底层群体。毫无疑问，这一底层民众的出现给我们这个时代撕开了一个巨大的豁口，它不仅是一个社会群体的名称，更是最容易被谈论也最容易被妖魔化的命名。在社会学家那里，我们能够找到他们的一副面孔，如英国社会学家鲍曼就研究了"废弃的生命和废弃的文化这一现代性的故事"，而"任何有关现代性的故事可以用不止一种方式表述"。因此，我们有必要追问作为小说家的表述是怎样的一种方式——在文学那里，底层是如何成为底层的？它在经历了一个被塑造和典型化的过程后，小说家的立场何在？面对底层、面对关注底层的小说创作，一个已经积累了相当文学资本和写作经验的作家，应该以什么样的姿态出现?——这首先就成为作家创作中一个潜在的难题。因此,在《高兴》中,对拾破烂这个底层的书写过程里,作家不得不为底层正名。但是,小说不是道德家的审判场,而是文学家的显微镜,透过这个虚构的形式,它也可以用仿佛喜剧的方式去表现悲凉的情境。由此,我们可以窥见另一种道德的存在,发现底层生活的诗意之美。

可以说,在小说主人公刘高兴和他的同伴身上,贾平凹所呈现的底层生存不是单一的,而是有了诗性的一面。尽管这种诗性的生存在现实的逼迫下往往被毁灭,也常常遭遇同行们的嘲笑,然而,对将自己的名字由刘哈娃改为刘高兴的主人公而言,获得认同必须如此。尽管他的行为方式常常遭到城市人的不屑,但恰恰是他身上所表现出的乐观、幽默,为他的城市生活带来了意想不到的收获。然而,底层写作不仅仅如此,它似乎还应该有更丰富的内容。毕竟,如果小说就此写到这里,那么,底层依然是停留在社会学层面的故事,它无法作为文学性的底层而独立。对试图书写底层的作家来说,在记录的立场之上还应该获得对文学的信心,还应该力图写出被社会学、历史学、哲学等忽略的东西,这种意图在《高兴》这部小说里大概就是一种诗意的丰富性。其实,简单回顾一下《高兴》之前的作品,我们就可以找到这种诗意的底层书写存在。比如林白的《万物花开》《妇女闲聊录》,比如孙惠芬的《吉宽的马车》,在这几部小说里,主要人物的身上都有着诗性的特质,尤其是在《吉宽的马车》中,这种诗性特质被作者极力张扬着。在贾平凹的长篇小说《高兴》中,主人公刘高兴的诗性特质也可以归于这个系列,但是,它又有所不同。在吉宽那里,诗性特质的呈现仅仅是作为人物的一个性格特征出现的,它与小说的情节发展似乎有些游离。也就是说,这种性格显得突兀和不平衡,还没有完全融合到小说的整体叙事氛围中。而对刘高兴这个人物诗性特质的呈现,贾平凹注意到了与小说里的情节发展相融合,这种诗性的性格特征是逐渐得到表现、升华直至被毁灭的,因而,小说里的诗性意味并不十分突兀。可以通过《高兴》中几个情节简单比较一下,如在小说第四章开头有这样一个细节:

兴隆街有人在栽树,挖了一个方坑,坑边放着一棵碗口粗的树,枝叶都被锯了,只留着手臂一样的股干,我的心噔地跳了一下。以前我做过坐在城外弯脖松下一块白石头上的梦,醒来就想,我会也是一棵树长在城里的。我就是这棵树吗?

  我说：五富，你瞧那是啥树？

  五富说：紫槐。

  我说：好。

  五富说：好？

  我说：以后你得护着这树。①

  这是刚进城的时候。此时的"我"还没有将名字改为刘高兴，"一棵树长在城里"和"一块白石头上的梦"预示了"我"对城市的向往和对乡村的牵挂。"树"和"梦"隐喻了"我"离开农村到城市过活的经历，它们也为小说造就了悲凉和温暖、残酷和诗意相交织的美学意味。随后在这一章的结束："我"给自己起了一个名字叫"刘高兴"，开始了"我"的收破烂经历。

  于是在小说第七章，"我"引以为傲的是：

  我能在漏痕的墙上看出许多人和鱼虫花鸟的图案，我也能识别一棵树上的枝条谁个和谁个亲昵，谁个和谁个矛盾。②

这两句表述可以看作对刘高兴这个人物诗性气质的描绘，而这种"浪漫"的诗人情怀也与此时人物所处的生存状态相吻合，这个时候的刘高兴和五富刚刚开始了似乎还不错的城市生活，他们开始期待更多的物质收获和心灵抚慰。尤其是小说主人公刘高兴，他喜欢吹箫，对锁骨菩萨的来历着迷，这是小说里最富诗意的细节。源于偶然的机会，刘高兴把吹箫当作了自己收破烂的一部分，他的箫声让他有了一种在城市生活的自信，同时，在吹箫由个人喜好变为公众娱乐的过程中，他的箫声却失去了与乡村、与童年相关联的温暖，那箫声里抚慰自我心灵的忧郁气质渐渐黯淡、远去，在城市人惊奇侧目的眼光里，他的箫声仅仅充当了一个可有可无的道具。有一点似乎难以更改：无论你的箫声有多美妙，在他们眼里，收破烂到底是收破烂的。同样的机缘巧合，刘高兴知道了锁骨菩萨的来历，可以这样认为，贾平凹的这个细节是为妓女孟夷纯设计的，他是在通过锁骨菩萨这个意象表达自己对人性的理解和困惑。这种理解和困惑经由刘高兴这个人物投射出来，他对小孟的爱让他对自己生出了更多的要求：要买一个好床垫，要帮助小孟筹钱……然而也是因为这样的渴望，让他和五富随后的生活变得越来越不可收拾甚至难以控制。正是在美好的爱里，在对人性的

---

① 贾平凹：《高兴》，作家出版社2007年版，第17页。
② 贾平凹：《高兴》，作家出版社2007年版，第36页。

勘破和对神性的执着追求中,"我"的诗意生活连同那最卑微的生存逐渐被压扁了,直到小说结尾:

> 我抬起头来,看着天高云淡,看着偌大的广场,看着广场外像海一样深的楼丛,突然觉得,五富也该属于这个城市。石热闹不是,黄八不是,就连杏胡夫妇也不是,只是五富命里宜于做鬼,是这个城市的一个飘荡的野鬼罢了。[1]

由"树"到"梦"最后到"鬼",这个城市最终留给了刘高兴们一个虚设的天堂。在他们的挣扎和无奈里,浸透了贾平凹书写这个群体时的悲悯。但是,这样的悲悯并不是托尔斯泰式的说教,而是作家在有意识地远离自己根深蒂固的道德诉求,力求以记录的立场靠近小说中的那些人和事。可以说,长篇小说作为一种文体形态发展到现在,已经拥有了相当丰富的形式,一个成熟的作家,如贾平凹者,能够保持一个记录者的立场是需要放弃一定精神的,他必须在作品里隐藏自己的声音。在《高兴》的后记《我和高兴》中,贾平凹详细记录了自己的创作历程,而由代言到记录的转变,这不仅是贾平凹本人的事情,它更可以看作整个底层写作走向更高境界的开始。而底层生活本身的粗粝感和作家在它背后所发现的诗意之美赋予了小说超拔的力量。对《高兴》来说,作家以朴素的形式和语言表现了底层生存的另一面,这恰恰是最大的道德,因为它显示了我们这个时代的文学生活中依然让人触目惊心的震撼,也依然温暖悲凉的感怀。

[原载《社会科学论坛(学术评论卷)》2008年第9期]

---

[1] 贾平凹:《高兴》,作家出版社2007年版,第414页。

农民刘高兴"城市生活"的文化隐喻意义

——对贾平凹《高兴》的一种解读

陈理慧

在20世纪以来的乡土小说关于乡土中国的文化想象中,乡村及乡村人物一直被想象成传统文化的负载者或承载者,而与之相对应的城市及城市人物则被想象成现代文化的体现者或表现者。强烈的现实焦虑,要对中国未来文化走向发言的历史冲动,使不同文化立场的乡土作家对同一乡土文化做出了完全不同的价值判断,从而形成了中国乡土小说景观迥异的两种风格传统并规约、限制了后世乡土作家的文化想象方式。现代性的文化诉求、改造国民性的自觉担当使鲁迅自觉地将他的乡土小说化作了向旧有文化重负进行战斗的怨愤的匕首和投枪。因此以鲁迅风为传统的乡土小说对于乡土的文化想象更偏重于暴露其弊端、挖掘其固有劣根性的一面,乡土及其所负载的传统文化被想象成民族再生的负累。对现代文明弊病的深察、重铸民族灵魂的宏愿使沈从文有意识地将他的乡土小说作为改造堕落中的城市文明的蓝本和标尺。因此以沈从文为传统的乡土小说对于乡土的文化想象更偏重于张扬其诗性、神性、血性的一面,乡土及其所承载的传统文化被想象成民族精神再造的源泉。然而值得注意的是,在上述关于乡土中国的两种截然相反的文化想象中,城市及城市所代表的现代文化始终处于潜隐性的参照或映照位置,从未以故事的形式进入文本与乡土及乡土所代表的传统文化发生正面的接触、交往。也就是说,由于20世纪上半叶城乡对峙的社会现实,处于文化转型期的鲁迅、沈从文还没来得及在文本中正面展示城、乡两种文化间的关系及关系形式,这就使得他们出于理想文化建构目的的对于乡土中国的经典性文化想象难以涵盖、包容20世纪末期以来城市化过程中暧昧复杂、悖论纠结的城乡文化现实。正是在这个向度上,笔者认为贾平凹新近的力作《高兴》在文化现实实践的操作层面解构了鲁迅、沈从文关于乡土中国的文化想象，同时为20世纪以来的乡土文化抒写画上了一个富有启示意味的、苍凉的句号。

一

1978年后，中国实行了改革开放，重新开启从传统到现代、从乡村到城市的现代化过程，中国社会从此开始发生了一场"史无前例的大变迁"。特别是20世纪80年代中后期后，由于城市化的速度进一步加快，城乡间的差距进一步拉大，大批怀抱着"淘金梦"的年轻的、强壮的农民纷纷离开乡村涌向城市。在中国历史上，以乡村为依托的传统文化第一次以农民工进城谋生的形式和以城市为代表的现代文化开始了正面的接触、交往。贾平凹的《高兴》就通过刘高兴、五富等农民工的城市生活生动地记录了这场城乡文化间富有历史意味的会面。

对刘高兴、五富这样的农民工而言，到"城里去"不仅是身体的空间挪移，同时也是乡村文化记忆的时间位移，是乡村文化主动找上门来和城市文化发生关系的历史性场景置换。与传统的我们习惯认知的五富式的由于强烈的文化自卑感对城市文化本能反感、有意疏远不同，刘高兴在身体进城的同时也完成了精神情感上的进城。他通过自己卖掉的一只肾不断地臆想出自己与这个城市的亲近，并自信"我活该要做西安人"。虽然城乡间巨大的贫富差距、等级悬殊也使他生出"一样的瓷片，为什么有的就贴在了灶台上，有的则铺在厕所的便池里？"[①]的心理困惑，但他旋即以"大树长它的大树，小草长它的小草，小草不自卑"[②]式的理性的文化态度坦然地接受这种命运的不平等。面对城里人居高临下的漠视、轻视，甚至侮辱，尽管他出于一时的意气用事也反唇相讥地回敬过、义正词严地反击过、恶作剧般地报复过，但他却并不因此而怨恨、仇恨城市："可咱既然来西安了就要认同西安，西安城不像来时想象的那么好，却绝不是你恨的那么不好，不要怨恨，怨恨有什么用呢，而且你怨恨了就更难在西安生活。五富，咱要让西安认同咱。"[③]为了得到城市的认同，刘高兴不但从情感上主动认同城市文化还从心理上自觉接受城市文化。他虽然是拾破烂的，但他与五富、

---

① 贾平凹：《高兴》，作家出版社2007年版，第123页。
② 贾平凹：《高兴》，作家出版社2007年版，第33页。
③ 贾平凹：《高兴》，作家出版社2007年版，第117页。

黄八不同，他总是尽可能地穿着整洁、举止文明，主动向城市化的行为方式靠拢；他虽然在城里过着仅能维持物质生存的贫贱生活，可他在自己智力、能力所及的范围内用想象升华、用箫声点缀、用报纸填充、用旅游开阔自己的生活，拒绝精神的贫贱，努力追求城市化的文化品位；他虽然年近不惑还是一个光棍，但当五富给他介绍村子的翠花时他却拒绝了，因为"可现在，我是刘高兴，刘高兴在城里有了经验，有了那一双高跟尖头皮鞋，见过了美容美发店的女人和无数的女人的脚，刘高兴就无法接受翠花了"。①他不知不觉中习得了城市化的审美观念……然而，刘高兴个人一厢情愿地想被城市接纳、想融入城市是一回事，城市是否接纳他又是另一回事。刘高兴们在西安城里拾破烂，尽管工作卑微却也在客观上净化了城市空间、方便了城市人的生活，但城市人在需要他们清理破烂的同时也把他们等同于随时可以丢弃的破烂，侮辱性地直呼他们为"破烂"；刘高兴热心地帮老太太把米背上七楼，结果老太太却不愿欠他的人情，追着要用两元钱来了结他的好意；他好心地用身份证帮把钥匙锁在门里的老教授开锁，结果却被同院的人疑为小偷而加以防范；他勇敢地拦截撞人逃逸的小车，结果却差点命丧轮下。面对陌生的、异己的城市文化，尽管刘高兴从情感上主动认同、从心理上自觉接受，以期融入城市文化中去，然而却像黄八说的："咱把力出尽了，狗日的城里人还看不起咱！"②"城市因'现代'的优越在需要他们的同时，却又以鄙视的方式拒绝着他们。"③就像韦达换的是肝而不是肾一样，刘高兴寻找另一个肾的失败其实隐喻了乡村文化是无法融入城市文化的。

在城市文化的鄙弃与排拒下，走进城市的乡村文化非但无法融入城市主流文化中去以优长互补的形式提升自己的文化品质，反而在城市金钱主义、物质主义等次文化的刺激下走向分化、崩溃。被城里人鄙视的破烂王韩大宝，在自己的破烂王国里享有着至高无上的权威。他像收租的地主一样威风八面地向辖地内的拾破烂的定期收取保护费。他像专制的皇帝一样容不得任何形式的冒犯、僭越，仅仅因为刘高兴穿了名牌西服、对自己说话时不够敬畏，他便阴毒地断掉了刘高兴城市生活的饭碗。与韩大宝一丘之貉的陆总，贫贱时曾因岐山口音遭城里人耻笑，等飞黄腾达了，这个得势的小人竟霸道地要求公司里的人都

---

① 贾平凹：《高兴》，作家出版社2007年版，第94页。
② 贾平凹：《高兴》，作家出版社2007年版，第228页。
③ 孟繁华：《到"城里去"和"底层写作"》，载《文艺争鸣》2007年第9期。

必须学岐山发音。对待给他打工的刘高兴、五富,他不但像刻薄的地主虐待长工一样,给他们顿顿吃同样的饭、睡四面透风的地铺,还无耻地拖欠他们的工钱。正如梁晓声先生感慨:"富起来了的农民,并不像我们以为的那样,必定对他们依然穷困着的农民兄弟充满同情心和爱心。他们若觉得自己已经有资格剥削别人一下压迫别人一下了,他们的某些手段和方式,和解放前的地主们是差不多的。"为了抢夺到赖以糊口的小营生、竞争到脏而累的苦力活,那些依然在生存线上挣扎的农民工竟在丛林法则的主宰下穷凶极恶地强抢明夺。在等驾坡垃圾场他们可以为了抢夺一堆垃圾发生残酷的械斗,在大圆盘附近他们可以为了抢得卸水泥的苦活,借人多势壮大打出手、欺行霸市;至于个人为了生存更不惜铤而走险、在法律的边缘危险地游走,刘高兴、五富收医疗垃圾差点被抓、五富企图在鬼市获利被打掉牙齿、杏胡夫妇因收购大烟鬼的铁护栏而身陷囹圄……分化出的乡村文化消极面以恶恶同其污的方式与城市金钱主义、物质主义文化相结合,从而加速了乡村文化的崩溃。在清风镇韩大宝顶多只是个连庄稼都种不好的二流子,到了西安城里却堕落成了个流氓无赖。刘高兴拾了韦达的钱夹,韦达答应致谢一千元,韩大宝原许诺与刘高兴、五富平分,等拿到了钱他不但独吞了一半又无耻地再敲诈了韦达五百。就像刘高兴自忖的:"韩大宝不是个正经人,这我清楚,但他坏到了这程度我是没有想到的。"[1]刘高兴、五富在陆总的公司挖了一段时间地沟后发现上当受骗,便要求陆总结工钱走人,陆总却采用威逼欺哄的手段迫使他们继续干活。五富住院后,陆总非但没有尽起码的人情前去看望反而丧尽天良地昧掉他们大部分的工钱;黄八虽然同情跳楼而死的农民工,却乘人不备偷走了他的外套……曾遭鲁迅批判的传统文化的劣根性在城市金钱主义、物质主义文化刺激下的肆意张扬,使中国几千年来以乡土为依托的传统文化受到挑战。

二

中国20世纪90年代以来的城市化高潮在精神上被认为是西方资本主义的文化入侵,而人们也从中看到物质主义欲望、金钱欲望的肆意涌动。与西方各国在长期的、持续的城市化过程中逐步形成的比较完备的现代文化体系不

---

[1] 贾平凹:《高兴》,作家出版社2007年版,第167页。

同,处于城市化初始阶段的中国还没来得及在深入了解西方文化精髓的基础上,对本国的传统文化资源进行创造性的现代转化从而生成具有中国特色的现代性文化体系,并不能有效地抵御这种庸俗的欧美次文化的冲击。

贾平凹在《高老庄》中说:"我的小说越来越无法用几句话回答到底写的什么,我的初衷里是要求我尽量原生态地写出生活的流动,行文越实越好,但整体上却极力去张扬我的意象。"可以说,刘高兴正是作者极力张扬的文化意象。他见义勇为奋不顾身地拦截撞人后企图逃逸的小车,他仗义相助挺身而出地替被无赖雇主猥亵的翠花要回身份证,他古道侠肠竭尽其所能地帮助困厄的杏胡夫妇……对待友情与爱情,他更是义重如山、情深似海。五富生时,他对他不离不弃、相扶相持,五富死后,他侠肝义胆背尸还乡;孟夷纯卖身申冤时,他侠骨柔肠倾囊相助,孟夷纯被拘留后,他情痴义重倾身相救。对行将丧失的以情、义为核心的民间道德文化的钟情与倚爱使贾平凹在塑造刘高兴形象的时候高扬着一种浪漫的理想主义激情。这种高扬的理想主义激情甚至使贾平凹以鲜花映衬死亡的审美想象执意在城市文化的精神废墟上荡气回肠地高奏出刘高兴背尸还乡、情定风尘女子的人性华章,以不惜损害艺术真实的方式将刘高兴所代表的民间道德文化推向至高至纯的精神向度。

对物欲泛滥的城市文化本能的反感与抗拒使贾平凹极力张扬刘高兴身上的民间道德文化并将之视为对全体社会都大有意义的民族精神,以期改造道德堕落、人心荒芜的城市文化生态。然而,作为一个越来越敬畏生活本身、勇于直面原始生存经验的作家,贾平凹又清醒地洞见到随着乡土时代的终结、乡土文化体系的崩溃,那些最有价值的乡土文化经验因无法融入城市文化体系中去而必然不可挽回地走向衰落。因此,他在以理想主义的激情高扬刘高兴身上的道德光华的同时,又以现实主义的冷峻客观地记录了刘高兴所代表的民间道德文化在道德堕落的城市文化现实中螳臂当车式的战败悲剧:刘高兴奋不顾身地跃上逃逸小车的车前盖,却阻挡不住疯狂司机的逃逸行为;刘高兴义正词严地替被无端侮辱的五富争回尊严,却改变不了五富们总是被人欺侮的命运;刘高兴行侠仗义地帮被雇主调戏的翠花要回了身份证,却保证不了翠花有更好的生活;刘高兴慷慨无私地帮孟夷纯筹集办案费,却遏制不了向受害人收取办案费这种国家机器运转中的悖谬;刘高兴感天动地为救五富跪求医生,却动摇不了不人道的医疗体制……面对物质功利的城市文化,刘高兴揭道德的大旗逆流而上却难砥柱中流。更富悲剧意味的则是，刘高兴所代表的民间道德文化在道德崩溃的乡土文化现实中溃然失守、应战无力的悲怆。由于韩大宝掌握着刘高兴城市生活的饭碗，所以当刘高兴眼睁睁地看着韩大宝无耻地敲诈韦达时，却只能在心里鄙视而不敢挺身而出上前制止；由于刘高兴不肯采用煤球王以暴抗恶的讨债办法，所以非但讨债未果还几次三番被宾馆的保安轰赶；在陆总的公司挖地沟时，刘高兴发现上当受骗，前去与陆总交涉，可当陆总无赖地回应："你考虑，日（入）党退党都自由哩，我不拦你，但走了人那这几天的工钱就没了。"①刘高兴竟无言以对，无能无力。刘高兴企图管教走歪门邪道的亲侄子，结果反而被财大气粗、六亲不认的侄子赶走；刘高兴企图拯救堕落的石热闹，使他过上正直的生活，结果石热闹最终还是讨要去了……处处受制于人的窘迫的经济处境，使英雄气短的刘高兴不但无力和韩大宝、陆总这样的流氓无赖抗衡，而且也无力改变石热闹们的生活方式，所以只能眼睁睁地看着韩大宝们为非作歹，石热闹们自甘下流、自甘下贱。

传统文化中最具有道德价值的民间道德文化既无法对道德堕落的城市文化进行改造，又无力改变、拯救处于道德崩溃中的乡村文化，这才是传统文化在中国当下的悲剧性的处境。就像刘高兴自忖地："在清风镇可能是靠情字热乎着所有人，但在西安城里除了法律和金钱的维系，谁还信得过谁呢？"②正如刘高兴充满悲壮道德意味的背尸还乡行为竟以既违法理又悖常情的方式将自己置于百喙莫辩的尴尬境地一样，随着以清风镇为代表的乡土时代的结束，清风镇式的文化经验终因不合时宜必然被抛弃在历史的废墟之中。所以，贾平凹一边高扬着刘高兴身上的道德美一边又低回着这种充盈着人性美的道德因与现代文化现实的格格不入而不得不走向消亡。

三

乡土中国对现代的想象，就是"到城里去"，然而城乡两种文化在城市历史情境中的真正会面却既没有像鲁迅想象的那样使传统文化的劣根性得到改造，也没有像沈从文想象的那样使堕落的城市文化得到改造。在中国急遽迈向现代化的征途中，中国的现代性却玩弄着两面派手法："现代性带着坚定的未来指向

---

① 贾平凹：《高兴》，作家出版社2007年版，第374页。
② 贾平凹：《高兴》，作家出版社2007年版，第317页。

无限地前进，城市就是现代性无限发展的纪念碑；乡村以它的废墟形式，以它固执的无法更改的贫困落后被抛在历史的过去"①。随着乡村历史、文化的终结，那些有价值的、积极的文化经验无法融入、注入中国的现代文化建设中，而无价值的、消极的文化经验却以恶恶同其污的方式与现代次文化相结合。城乡文化结合过程中这种悖论纠结的文化现实不但进一步恶化了当下的文化生态而且给中国社会的长治久安埋下了巨大的隐患。强烈的忧患意识、要对时代发言的鲜明意愿使贾平凹通过进城农民刘高兴的"城市生活"隐喻性表达了他对中国当下文化现状的忧思。

(原载《理论月刊》2008年第8期)

---

① 陈晓明：《本土、文化与阉割美学——评从〈废都〉到〈秦腔〉的贾平凹》，载《当代作家评论》2006年第3期。

城市中国的艺术影像

——贾平凹小说《高兴》的结构文化解读

张亚斌

我们生活在一个大众传播媒介的时代，广播、电视和网络等大众传播媒介深深地改变了我们所处的世界，地球一下子变成了地球村，国家、地区、民族之间的文化界限逐渐消失，全球一体化进程加快，每天都被各种各样的信息所包围，信息爆炸不仅使得人类社会的知识信息以几何等级的速度成倍增长，而且由于它能够让越来越多的社会人群共同享受到现代文明的知识财富，极大地缩小了人类社会的知识更新周期，从而使得人类的社会文化生活宛如万花筒一般斑斓多彩，令人眼花缭乱，人们生活在各种各样的信息轰炸当中。更加令人吃惊的是，由于大众传播媒介之间的相互整合、交汇和影响，也带来了人类社会各种信息传播方式的不断变革，甚至使它们之间出现了相互渗透、相互整合、相互交融的局面。表现在艺术创作领域，就是各种各样的艺术形式纷纷和影视艺术这种"第七艺术"联姻，和网络这种"第五媒体"结合，从而使得我们所生活的世界，出现了许多令前人不敢想象的艺术形式，诸如影视动画（漫）、影视音乐、影视文学、影视剧本、影视剧、网络小说等等。特别令人震撼的是由于影视艺术、网络艺术对于人类社会原有艺术的强势冲击，也使得绘画、音乐、小说、戏剧、舞蹈等艺术形式不自觉地受到影视艺术和网络艺术的影响，甚至使得这类艺术创作的理念不自觉地渗透进作家的集体无意识和个体无意识当中，使他们在创作中，兼收并蓄，博采众长，从而出现了一些新的特点。

不可否认，在我们迄今为止所能看到的文学作品形式中，影视艺术对其的影响应当说是最大的，一方面有大量的小说被改编成影视艺术文学剧本；另一方面，影视艺术的创作方法极大地开拓了作家的创作思维，使他们在各自的小说创作中，不自觉地采用了影视艺术的创作手法，于是乎，在我国的文学界，出现了一批具有影视艺术特性的实验小说,除了人们业已看到的影视小说之外,还出了一批具有影视艺术作品特性的原创小说。这些小说有的为专业的影视编剧所写,它是作家影视艺术专业素养的自然流露,有的为一般的职业作家所写,这是因为他们长期阅读影视艺术作品耳濡目染潜移默化的结果。毫无疑问,在备受世人注目的西部作家群陕西作家群落中,前者的代表是杨争光,这位创作过《双旗镇刀客》《水浒传》等影视文学剧本的专业剧作家,在他所写的《老旦是一棵树》《从两个蛋开始》等小说就充分运用了电影的场景转换、语言对白和蒙太奇组接等手法,从而使他的小说具有一般作家所不具有的影视美学特征;而后者的代表,如果说在贾平凹的小说《高兴》创作完成之前,我们尚不知为何人的话,那么,无疑,《高兴》的出版,等于告诉世人,贾平凹这个习惯采用传统的文学作品叙事手法的乡土作家,开始着手尝试运用影视艺术的某些表现技巧,赋予其作品以全新的色彩。

走进贾平凹小说《高兴》所呈现的艺术世界,我们不难发现,在这部以作家儿时伙伴刘高兴——这个真人为原型的小说里,作者不自觉地运用了影视艺术的镜头表现技巧,诸如纪录片的纪实形式,影视剧的时空转场观念,内心独白的主观叙事结构手段,和主人公的语言对白手法,从而真实、细腻、准确、生动地记录了我国的城市化进程,创造了具有贾氏小说特色的城市中国的艺术影像。而这,恰恰是我们在本文里试图要予以解读的。

一、真实的场景——《高兴》的影视人类学艺术特征

众所周知,小说是一门叙事的艺术,电影也是一门叙事的艺术,叙事的特征使得小说和电影这两种看似完全不同的艺术形式与现实发生了某种必然的关联,在呈现生活真实的道路上,它们无一例外地充当了艺术家的眼睛,艺术家正是借助它们"使我们更清楚地或更深刻地看到某种东西",看到了现实世界中存在的那些令人心动的、能够体现生活本质的神奇的东西,而这,也正是巴赞把摄影机称为"自来水笔"的一个深层原因。从这个意义上,我们讲,小说和电影一样,首先呈现一个能够为人们所知觉的事实,这个事实以人们在日常现实生活中所看到的那些纷繁复杂的社会现象存在为原型,它就像一个万花筒,把现实生活中的各种世相以形象的或是以影像的形式,再现了出来,讲述了出来。

正如我国学者王志敏等人所言,"从表面上看起来,小说与电影有很大不

同：小说故事总是被讲述的，不管它用的是第一人称，还是第三人称，而电影中的故事则有时是被讲述（有人讲述）的，有时是被呈现（无人讲述）的。但要说明的是，抛开被讲述的电影故事的方式不说，就是在被呈现的电影故事方式中也隐藏着讲述"，就像我们平常在小说中所看到的那样，"故事（哪怕它是电影的故事）中必定包括两个方面，即'叙'和'事'"，尽管在多数情况下，它们的叙事"可能侧重有所不同，有的偏重于'事'，有的偏重于'叙'"，但不管怎样，它们无一例外"都是叙事"，尽管它们"对事件的讲述"有所"不同"，而且按照各自的艺术表现原则，对故事的"讲述必定从不同的需要和观察角度进行了处理"，但是，它们所讲述的内容自始至终都是一样的，那就是："现实生活中所发生的真实事件无论看起来多么简单，实际上都是极其复杂的"。"从这个意义上"而言，我们说，无论是在小说还是在电影中，叙事成了艺术家"表达自己对社会和人生的态度、认识和理解的基本方式之一"。"而且，这种表达在叙事作品中不是由作者直接出面，而是通过叙述者"来实现的，即使"有人主张把创作者和叙述者区分开来"，但是，在审美接受过程中，我们"仍可把叙述者当成是创作者的一个有其独立性的代言人"，"因为，在某种意义上作者和叙述者的分离可以看成是一种叙事策略"。[①]

毫无疑问，在《高兴》这部小说中，刘高兴形象就是作者贾平凹的"独立性的代言人"，就像作者在小说《秦腔》中借助主人公引生讲述乡土中国在城市化进程的冲击下逐渐走向终结的传奇故事一样，作者在这部小说中，借助刘高兴之口，讲述了他进城打工、拾破烂、卸煤车、挖地沟等经历以及其他的所见所闻，为我们勾勒出一个城市中国的全息图像，描绘出了这些处于社会底层的都市边缘文化人的苦涩生活命运。虽然，在这里，作者采用的是纯小说表现才具有的文字叙事形式，但是，在其中，我们却分明看到了一个只有摄影机才能拍摄到或还原出来的真实的现实生活画面和场景，它使我们不由得想起纪录片创作中比较时兴的影视人类学的叙事手法，想起了田野调查等诸如此类的叙事模式，它使我们恍如置身其中，走进古城西安、新城西安的忙忙碌碌的人群中，走进无数由劳动大众组成的都市芸芸众生中，走进在乡土中国向城市中国转型这个特定历史时期里，演绎着各种酸甜苦辣、悲欢离合故事的主人公的内心世界中。

[①] 王志敏：《电影学：基本理论与宏观叙述》，中国电影出版社2002年版，第91—92页。

就像我国学者周祖文在对西方学者斯科特基眼中的马来西亚一个叫塞达卡的小村庄的乡村经济状况，所作的解读和评价说的那样，"村庄共同体幻象既已破灭，社会冲突接踵而来"，全球经济贸易一体化不仅使得马来西亚这个"出口导向型国家"发生了重大社会阶层分化，而且"在某种意义上，绿色革命背景下塞达卡村庄内阶级关系的演进过程就是村庄共同体幻象的破灭过程"，尽管"塞达卡村作为共同体是被村民从感情和行动上加以确认的。"① 同样，这种景象在贾平凹的小说中也有所表现，如果说，贾平凹笔下的清风镇如同斯科特基《弱者的武器：东南亚的生存与反抗》所解构这个塞达卡村一样，那么，我们就可得出这样的结论：在小说《秦腔》里，主要表现的是那些"从感情和行动上加以确认的"村民，在城市化进程的冲击下，其"阶级关系的演进过程就是村庄共同体幻象的破灭过程"，这个现象的出现表明："村庄共同体的最后的象征性底线早已被突破了，大门之外的理性化的资本主义生产方式与生产关系早已渗透进塞达卡的每个角落。"② 而在《高兴》中，这些"从感情和行动上加以确认的"村民，又在城市化进程的冲击下，不得已走进城里打工，有幸晋升为"城里人"，结果，在传统的乡村社会中，他们原有的中心地位被彻底剥夺，在不属于他们的城市里，因为社会就业、劳资关系、工作性质、文化歧视等复杂问题，他们彻底地"被排斥、被边缘化了"，他们在城市的社会边缘地带，苦苦挣扎，无望地挣扎，尽管他们不懈奋斗着，痛苦呻吟着，强颜欢笑着。

由此可见，城市化进程不仅彻底地改变了我们所处的这个世界，更重要的是它彻底地改变了我们每个人的命运。小说《高兴》记录的就是这样一群人的人生际遇和所处社会境况，记录了他们人生的艰辛、乐观和悲哀。下边，我们不妨略举一二。

画面场景1

在清风镇，家家屋顶上开始冒烟，烟又落下来在村道里顺地卷，听着了有人在骂仗，日娘搗老子地骂，同时鸡飞狗咬，你就知道该是饭时了。可城里的时间就是手腕上的手表，我们没有手表，那个报话大楼又离兴隆街远，这一天里你便觉得日光就没有动，什么都没有动么，却突然间就傍晚了，河水就泛滥了。我

---

① 周祖文：《绿色革命与村庄共同体幻象》，载《读书》2008年第2期。
② 周祖文：《绿色革命与村庄共同体幻象》，载《读书》2008年第2期。

是把街道看作河流的,那行人和车辆就是流水。傍晚的西安所有河流一起泛滥,那是工厂、学校、机关单位都下了班,我们常常拉着架子车走不过去,五富在街的那边看我,我在街的这边看五富,五富就坐下来脱了鞋歇脚。①

画面场景2

这个立交桥下是我和五富每天交售破烂前把破烂分类捆扎的地方。它僻背而幽静,以前我俩谁先来了,分类完破烂,就在那里等候,而五富一旦去得早了,就喜欢在那里睡觉,他是石头浪里也能睡着的,睡着了又张着嘴,流着涎水,就曾经发生了一件笑话。一个出租车司机来小便,猛地看见了五富,以为是具尸体,大呼小叫地去报案,警察来时,他刚坐起,气得警察把他骂了个狗血淋头。今天五富没有到,桥下却有了几泡屎尿,明明桥墩上我写上了"禁止大小便",那些出租车司机还是在这里方便,我就骂了一句:仄——尼——马!②

画面场景3

我压根没有想到,在大垃圾场上竟会有成百人的队伍,他们像一群狗撵着运垃圾车跑,翻斗车倾倒下来的垃圾甚至将有的人埋了,他们又跳出来,抹一下脸,就发疯似的用耙子、铁钩子扒拉起来。到处是飞扬的尘土,到处是在风里飘散的红的白的蓝的黑的塑料袋,到处都有喊叫声。那垃圾场边的一些树枝和苞谷秆搭成的棚子里就有女人跑出来,也有孩子和狗,这些女人和孩子将丈夫或父亲捡出的水泥袋子、破塑料片、油漆桶、铁丝铁皮收拢到一起,抱着、捆着,然后屁股坐在上面,拿了馍吃。不知怎么就打起来了,打得特别的狠,有人开始在哭,有人拼命地追赶一个人,被追赶的终于扔掉了一个编织袋。③

在画面场景1中,作者给我们描述出一个农村生活和城市生活相互混淆的幻象,生活在城里的刘高兴他的思维、他的心里依然是纯粹的乡村式的,虽然

---

① 贾平凹:《高兴》,作家出版社2007年版,第35页。
② 贾平凹:《高兴》,作家出版社2007年版,第36页。
③ 贾平凹:《高兴》,作家出版社2007年版,第261页。

他置身在城市的街道中,但却又恍若伫立在乡村的巷道里,面对这个人流如潮的城市,他分明感觉到自己并不属于这里,他和他的老乡五富注定只能在这城市的街道两边寂寞地对视、孤独地对视。这是一种具有原乡人情结的寂寞对视和孤独对视,这种对视,是他们这样一群从农村来到城市谋生的农民们所共有的对视方式,在他们对视的目光中,分明渗透着一种田园牧歌式的乡村生活春光将一去不再复返式的失落感、怀恋感和忧伤感。显然,这样的对视感,应当说,是一种充满了浓烈的文化伤怀意识的对视感,它流露出了作者和主人公对延续了几千年的传统乡村文化的无限伤怀和怀念。

在画面场景2中,作者为我们勾勒出了这样一个场景:最现代化的城市立交桥下,竟然成了拾破烂者五富的乐园和天堂,他和刘高兴在这里对垃圾进行分类,也在这里自由自在地憩息,甚至在这里打起了瞌睡。谁也没料到,穿着破烂的他竟然被当作一具死尸,成了出租车司机和警察关怀的对象,这真是莫大的嘲讽。当然,更具有讽刺意味的是,立交桥——这个现代城市文明的象征,竟然成为人们大小便的场所,发现五富的出租车司机竟然是因为到这里小便的,即便是刘高兴已经在桥墩上写下了"禁止大小便"五个大字,也无法遏止他们来此方便的冲动。这真是荒唐至极,最文明的环境,与最丑陋的行为,同时在我们所标榜推崇的城市文化舞台中上映,也许,这正反映了城市文化的荒谬性。

在画面场景3中,城市的边缘,一个露天垃圾场,一群像刘高兴和五富一样的城市边缘人,正在争抢现代城市文明的排泄物,为了从中分拣出一点有用的垃圾,换点生活的费用,他们全家上阵,集体冲锋,团队合作,竟至最后大打出手。他们居住在这里,生活在这里,这里就成了他们人生的战场。显然,在作品主人公刘高兴眼睛中,这些人简直就像一群争抢肉骨头的狗,他们真的都疯了。那么,究竟是谁将他们逼疯的,作者在这里并没有交代。不过,在作品的另一个场景里,作者却似乎对这样的问题给出了答案。那是在刘高兴、五富和杏胡等人争卸拉煤车时,和对手——那些与他们有着相同文化背景和命运的人所讲的一番对话,那些人提着木棍,兵强马壮,抢走了他们活路,当刘高兴和他们论先来后到的理时,其中一个人对刘高兴说:"先来后到?城是大家的城,城里咋不给你工作?"刘高兴劝慰道:"既然都是乡下来的,都是下苦人,咱好好说么。"没想到,那些人立即推他一掌,把他推得后退几步。他想不通,"西安城里的人眼里没有我们,可他们并不特别欺负我们,受的欺负都是这些一样从乡下进城的人","这些人穷透了,穷凶极恶!"①是的,作者在此已经告诉人们,贫穷正是人性异化、人格扭曲的根源,古人讲,"贫穷生盗贼""仓廪实而知礼节",贫穷是犯罪的根源,富裕才是文明的出路,生活在贫困线上的这些城市边缘人群体,他们的人格堕落和人性集体异化难道不是必然的吗?正如刘高兴在慨叹孟夷纯的堕落和自己到鬼市倒腾那些偷窃来的赃物以及收购医疗垃圾的行为时所说,孟夷纯"她不清白,我也不清白,在这个社会,谁生活得又清白了呀?"②

然而,在作品中,刘高兴又说,孟夷纯"她和我应该是同一路人,生活得都煎熬,但心性高傲"。他和"她只是处境不好。污泥里不是就长出了荷花吗?"③这样的结论不由得使我们想起德国电影理论家齐格弗里德·克拉考尔在谈到电影的物质复原时所发表的一些观点:那就是影视艺术的本质就是对物质世界进行复原,而"复原"通过影视艺术场景中的艺术形象塑造,可以使得主人公通过脱胎换骨、洗心革面的方式获得新生。谁能说,《高兴》中的刘高兴不是在一番天路旅程般的城市生活经历之后,才得到了些许刻骨铭心的人生体悟,领悟到了他们人生的价值位置,结果,孟夷纯终于变成了"锁骨菩萨",而刘高兴成了城市里飘荡的一朵云。所以,仔细体会《高兴》一书中的那些场景设置,反思体味其中的深层文化含义,我们不能不得出这样的结论:在这部小说中,场景作为一种弥合被异化的主体——像刘高兴那样的文化个体或他们所代表的都市边缘文化人群体,与城市物质现实环境之间文化裂痕或思想缝隙之间的"黏合剂",它的最大功能,就是通过影视人类学的纪录、复原和呈现手法,为我们展示城市中国的种种世象,出色地反映了那些城市社会边缘文化人群的生存状态。他们,在现实世界中失却了一个难以忘却的乡土生活文化家园,但是,却获得了一个非常真实的、令人难忘的城市生活精神家园。小说《高兴》中如此大量运用影视人类学的田野调查方法,还原城市化进程中城市边缘人文化群体生活场景的写作模式,进一步证明,艺术美学的特性在于揭示真实,而真实无疑却是有关现实的神话。

二、神奇的字幕——《高兴》的影视叙事学艺术特征

众所周知,在影视剧作品的创作中,字幕的运用,具有非常重要的叙事作

---

① 贾平凹:《高兴》,作家出版社2007年版,第303页。
② 贾平凹:《高兴》,作家出版社2007年版,第207页。
③ 贾平凹:《高兴》,作家出版社2007年版,第207页。

用,在早期的默片时代,字幕除了交代主人公之间的对白内容,它的一项重要作用就是积极参与作品的叙事进程,交代事件的发展变化,甚至在绝大多数情况下,它经常作为作品的结构手段,贯穿于作品始终,达到一种缓释剧情、间离剧情的喜剧审美效果,比如著名电影大师卓别林的系列经典喜剧电影《摩登时代》《淘金者》《大独裁者》等等,就都大量采用字幕,把剧情交代得活灵活现、有声有色,此后,字幕的运用,在影视剧的创作中司空见惯。毫无疑问,字幕的运用,是无声片在没有声音元素作用状况下的一种无奈之举,鉴于此,编剧们只好借助更为传统、更被人们熟悉也更容易被人们接受的艺术叙事手法——字幕,来弥补其艺术叙事的不足。这也可能正是他们在影视剧中大量运用字幕的最初创作动机。很有可能,正是基于"话不能,靠字补"原初创作心理,他们才将字幕的运用发挥到极致。

当然,关于影视剧中的字幕运用,就其艺术形式的起源来讲,也有两个起源学说应该受到重视:一个是"电影的戏剧起源说"。这种观点认为,在电影发展初期,由于受舞台剧的影响,为了达到类似报幕人报幕那样的戏剧结构效果,编剧们精心设计通过字幕顺利实现剧情的场景转换,以弥合剧情各场与场之间的结构缝隙。在影视剧进入发展成熟时期,由于在交代事件发生背景、时间地名和主人公的语言受方言影响等因素的综合作用,才使得字幕成为影视艺术叙事结构中不可缺少的重要组成部分,更何况字幕本身又具有非常重要的强调、提示、导读、暗示等丰富语义功能,所以它成为影视剧中不可缺少的重要结构组成部分。另一个是"电影的文学起源说"。这种观点认为,影视字幕是影视剧借鉴小说叙事模式的一种艺术残留,由于影视剧的叙事模式基本采用小说的叙事模式,而且它们同源同宗,同属时间艺术,大量的影视剧都来自小说改编,甚至也有大量的影视剧被改编为小说,以致出现了"影视小说"等体裁形式,再加上二者的叙事结构极为相似,都能够沿着时间轴线交代事件发展的前因后果等完整脉络,因此,字幕的运用,才变得格外普遍。正如美国电影理论家约翰·霍华德·劳逊所言,"许多出色的电影创作人员都承认小说对自己有帮助,特别是从十九世纪的小说大师得到教益"[①]。

不管影视剧中的字幕运用从何而来,它在影视剧叙事中的独特作用确实是

[①] 约翰·霍华德·劳逊:《电影的创作过程》,齐宇、齐宙译,中国电影出版社1985年版,第238页。

大家有目共睹的。特别值得注意的是在当今这样一个影视艺术异常发达的时代，人们对于影视艺术字幕的叙事审美已经变得非常的自然，人们乐于通过接受字幕信息来了解剧情发展变化，甚至完全习惯了字幕参与叙事的影视剧情节叙事程式。因此，在当前这样一个影视艺术成为影响人们生活的主流艺术形式的特定时代，字幕的运用对于影视艺术的创作，应当说，具有一定的时代审美特征的标志性，具有一定的艺术符号形式的时代标志性。与此同时，我们也应看到，在当今这样一个影视艺术不断冲击传统小说艺术，并且大量挤占小说阅读市场份额的时代，对原本非常传统的小说形式来讲，如果不反过来借鉴影视剧的某些叙事手法，比如影视剧的字幕表现手法，同样会影响其市场销售效果，影响其在社会受众群体中的艺术传播效果。也正因为如此，我们认为，与其将小说《高兴》采用影视艺术的字幕叙述结构，当成是一种小说艺术结构形式的创新型尝试，毋宁将它看成是一种适应小说影视化时代，为了获取更大更佳艺术传媒效果的一种艺术市场化策略。正由于此，对于小说《高兴》中的字幕叙事结构，我们才格外重视。下边，我们不妨做一举例分析：

字幕叙述1

一

这狗日的说什么不成，偏说是捆了一扇猪肉，警察说：猪肉？用被褥裹猪肉？！警棍还在戳，被褥卷儿就绽了一角，石热闹一丢酒瓶子撒腿便跑。这孬种，暴露了真相，警察立即像老虎一样扑倒了我，把我的一只手铐在了旗杆上。小伙子生这么多的青春痘我从来没见过，一定是未婚，没骗过的羊冲得很！[①]

字幕叙述2

二

你扇他，他还给你笑，这就是五富。[②]

字幕叙述3

九

池头村已经不是一次两次停电了，城里的霓虹灯彻底都亮着，偏偏池头村老停电，是为了保证城里的明亮夜景而牺牲城乡

---

① 贾平凹：《高兴》，作家出版社2007年版，第5页。
② 贾平凹：《高兴》，作家出版社2007年版，第10页。

接合部的用电吗? 黄八说: 狗日的, 明明知道我们在说话哩, 这电就停了! 我说: 睡吧。黄八说: 黑灯瞎火的咋睡呀? 我说: 睡了还不是睡在黑里? 睡! [1]

字幕叙述4

二十一

黄八说: 我把这些货卖了我也要坐出租车, 一次要两辆, 一辆坐着, 一辆厮跟着!

出租车到了塔街, 塔街上竟然还有一个寺庙, 庙门口刻了一联, 上联是: 是命也是运也, 缓缓而行。下联是: 为名乎为利乎, 坐坐再去。[2]

字幕叙述5

三十一

她站在了围观的人的身后, 鹤立鸡群, 当定睛发现了吹箫人是我, 噢的一声, 立即用手捂了嘴。于是, 我们的目光碰着了目光。如果我们是在武侠电影里, 这目光碰目光会铿锵巨响, 火花四溅的。

马路的边上是一排紫丁树, 叶子全都暗红了, 紫丁树下的草一拃多高, 风怀其中, 灿灿不已。有一朵小花在开。

我说: 你坐好了?

她说: 坐好了。[3]

字幕叙述6

五十一

我们四个男人, 从此都穿着名牌西服, 这在池头村所有的拾破烂人中, 我们是独特的。村人见了我们叫: 西服破烂。[4]

---

[1] 贾平凹:《高兴》, 作家出版社2007年版, 第44—45页。
[2] 贾平凹:《高兴》, 作家出版社2007年版, 第130页。
[3] 贾平凹:《高兴》, 作家出版社2007年版, 第195—196页。
[4] 贾平凹:《高兴》, 作家出版社2007年版, 第332页。

字幕叙述7

六十

我那时想，五富活着的时候钱抠得紧，他死了也是吝啬鬼，我只能减轻他们的负担，直接送到家去。我说：五富的内裤晾在那里你没看见吗？石热闹说：没有，烂内裤还要着干啥？五富昨天出门是光屁股穿了长裤的，他没内裤回老家，我觉得遗憾。深秋的平原上天是蓝的，云是白的，公路两旁的树和树下草地上的花是红黄青绿紫迅速往车后闪，各种颜色就变成了流动的线条。①

字幕叙述8

六十二

我抬起头来，看着天高云淡，看着偌大的广场，看着广场外像海一样的楼丛，突然觉得，五富也该属于这个城市。石热闹不是，黄八不是，就连杏胡夫妇也不是，只是五富命里宜于做鬼，是这个城市的一个飘荡的野鬼罢了。②

仔细分析以上字幕，我们不难发现，字幕叙述1是一种"事件记录型字幕"，它主要表现刘高兴和石热闹到车站带五富尸体回家被警察发现并被逮住这一戏剧性事件的。显然，在这一段字幕中，作者采用了制造悬念的手法，力图调度读者的阅读鉴赏情绪，应当说作者的这个目的是达到了的。而字幕叙述2与字幕叙述1明显不同，其完全是"人物刻画型字幕"，主要勾勒了五富的人物形象、性格特征，表现了五富的憨态可掬，它为人们进一步认识五富这个人提供了钥匙。字幕叙述3则为"场景对话型字幕"，表现了城市生活中的一个片段，通过停电这一件事，说明了城市化进程带给城中村和生活其中的社会边缘文化人群体的生存尴尬困境，为人们认识城市中国的真实情况打下了很好的基础。字幕叙述4却完全为"文化象征型字幕"，黄八有关两辆出租车的奇特想法，反映了那些历经贫困乡村生活的都市边缘人文化人群体对现代城市文明的全部理解和感受。而紧接着有关塔街寺庙和对联的记述，则向我们交代了这个城市文化底蕴的深厚，暗示了主人公人生命运的必然结局，预示着他们的人

---

① 贾平凹：《高兴》，作家出版社2007年版，第394页。
② 贾平凹：《高兴》，作家出版社2007年版，第408页。

生必然会像无数在这个庙里朝拜过的历朝历代的人生过客一样，走向前途坎坷的不归路。这样的文化结局出现在西安——这个传统的农业商业性城市和现代的工业商业型城市，大大出乎我们的意料。它告诉我们，无论社会怎样发展，它都会出现惊人相似的一幕，现代化的城市建设有时也难免落于传统俗套，在巨大的物质文明创造过程中，它的精神文明却是那么落后和过时，或者不合时宜。字幕叙述 5 则完全属于"画面集锦型字幕"，它通过"全景——特写——反打——隐喻——对白"一组镜头的组接，表现了孟夷纯偶遇刘高兴以及双方的心理、行动和言语的变化过程，进一步揭示了双方的情感默契性。字幕叙述 6 是"符号表示型字幕"，它通过西服这一衣着符号，表示了刘高兴、五富等四个拾破烂人的与众不同，并对他们对人生的美好生活追求以及与现实生活的强烈反差做了必要的说明。字幕叙述 7 为"结局交代型字幕"，它通过刘高兴与石热闹之间的对白，对五富的人生命运做了高度概括。是的，这个死时连个内裤也没穿着的乡下进城打工者，他就这样赤裸裸地回归他生命的诞生地。一个被我们标榜为现代文明象征的现代化大都市，竟然不能给五富这样的打工人一条像样的内裤让他体面返乡，这足以说明这个城市文明的可悲与残酷，或许它在成为一部分人生命乐园的同时，很可能成为相当一部分打工人的生活坟墓或者现实地狱。难怪在字幕叙述 8 这个"内心独白型字幕"中，作者借刘高兴之口，说了这句话"五富宜于做鬼，是这个城市一个飘荡的野鬼罢了"。

  在小说《高兴》中，像以上那样的字幕共计有六十二幕，正如一个人年过花甲一样，这六十二幕字幕，恰恰表现了刘高兴和五富进城打工生活的一个完整生命轮回，只不过有所不同的是五富在这个轮回中，已由一个从乡下来的活生生的人变成一具僵硬的尸首，而刘高兴却从最初的满怀希望而来，到最后，竟然会悲伤欲绝地要送五富的尸首回家。从这个意义上讲，这六十二幕字幕其实就代表了刘高兴城市人生的六十二个瞬间，这六十二个瞬间蕴含了太多的生命含义。确切地说，它浓缩了刘高兴在城市漂泊生涯中的全部生命体验和感受，关于城市生存、城市爱情、城市社会、城市文化的全部生命体验和感受。因此，这六十二幕字幕简直就是《高兴》此部影视化小说文本中的六十二条颇具叙事意味的字幕闪白提示，它们向我们标识出一群城市文化边缘人，在这个被我们标榜为现代城市文明环境中的人生命运沉浮和最终去向。由此可见，这六十二幕字幕，一方面具有强大的艺术结构功能，它们贯穿全书，形成该部小说的一条主线,为作者交代事件的发展进程提供了很好的视角,与此同时,他们也具有丰富的语言能指功能,指涉了太多的意义秘密,为人们进一步了解主人公的内心世界和生命历程,提供了一个可以查询的目录索引或行动指南。

三、精彩的对白——《高兴》的影视表演学艺术特征

在影视艺术作品中,对白是不可或缺的重要叙事元素。如果说,在默片时代,画面的对白要靠字幕来实现的话,那么有声片的出现,则改变了一切,原本寂静无声的银幕世界,一下变得鲜活热闹生动起来。正如我国学者王心语所言,"在影视作品中,通过声音与画面的有机结合,相互作用,构成特殊的声画复合的艺术形象,产生可以超越自身的更为宽泛和深远的含义"[1]。由此可见,对影视艺术而言,声音具有特殊的作用和价值。然而,在现代的小说创作中,影视剧的这种写法同样经常被人们所运用,借用王心语的话说,就是"在现实中,无声的世界几乎是不存在的",对小说这种纯文字文本的艺术形式来讲,"寂静并非无声,寂静是和有声相对而言的"。其实,在它的"寂静中也包含着声音",即使"你进入深山古洞之中,虽然会感到寂静得可怕,但仍然会听到滴水穿石的微弱声音。"[2]而这,也恰恰正是人们在小说中能够发掘出大量的声音元素的真实原因,也是作家在小说创作中安排了大量的文字语言"对白"的真正原因。显然,正是因为诸如对白之类的声音元素的介入,才使得我们所看到的小说、电影、戏剧有了惊人相似的艺术特性。就像美国学者斯坦利·梭罗门所说的那样,因为有了声音元素,所有的艺术形式才能够"讲述关于人的复杂故事",而且使得"故事中的人物能用语言来表述自己的问题"。[3]

在小说《高兴》中,作者贾平凹大量使用影视剧中的对白手法,表现主人公间的相互关系,交流和传达出主人公的真实思想,进而通过主人公的声音塑造、彰显其个人性格特征,塑造出栩栩如生的鲜活艺术形象。由此可见,小说创作有着和影视剧创作相类似的境况,即设计出引人入胜的主人公声音对白,往往更难激活读者的想象,它的叙述效果远比枯燥乏味、苍白无力、冰冷孤单的作者叙述,更能调动起读者的鉴赏热情。显然,正是因为有了声音对白的存

---

[1] 王心语:《影视导演基础》,北京广播学院出版社2001年版,第430页。
[2] 王心语:《影视导演基础》,北京广播学院出版社2001年版,第431页。
[3] 斯坦利·梭罗门:《电影的观念》,齐宇译,中国电影出版社1983年版,第197页。

在，才使得原本看不见画面、听不到声音的小说叙事世界，有了一线生机，有了些生命的躁动，有了些许人们倍加熟悉和亲切的人间气息。毫无疑问，发轫于戏剧艺术的对白叙事模式，它之所以能够在影视艺术和小说艺术中被广泛运用，绝不仅仅是因为它能够给影视艺术的发展变化带来了结构性变革，给小说艺术创作提供了全新的艺术表现方式，更为重要的是它极大地拓展了影视艺术和小说艺术的叙事空间，使得影视艺术和小说艺术从单纯的作者讲述、描述或叙述的僵化模式中解放了出来，为这两种艺术形式增添了更加富有人文气息的浪漫情调。下边，我们不妨对贾平凹小说《高兴》中那些具有经典意义的对白片段进行分析。

对白片段1

出了饭馆，我那个笑啊！

五富问：你咋啦？

我说：你给我记住，以后在什么地方吃饭都不要蹴在凳子上，不要咂嘴，不要声那么高地说香，不要把茶水在口里涮，涮了就不要咽！

我严肃地教训着五富，五富一下子蔫了，他说：我刚才丢人啦？

当然是丢人啦。经我教训后五富又一下子不知所措，他说这么多的规矩呀，那咋自在？他说：我想菊娥了。

菊娥是他老婆，他坐在路边的石墩上，脸能刮下霜来。

我怎么就带了这么一个窝囊废呢？我想说你才来就想回呀，你回吧，可他连西安城都寻不着出去的路呢，我可怜了他，而且，没有我，还会有第二个肯承携他的人吗？我把他从石墩上提起来，五富，你看着我！

看着我，看着我！

五富的眼睛灰浊呆滞，像死鱼眼，不到十秒钟，目光就斜了。[①]

对白片段2

喂，拾破烂的！

[①] 贾平凹：《高兴》，作家出版社2007年版，第19页。

我叫刘高兴。叫我名!

咦!是不是我还得给你敬个礼?

这倒不用。

你以为你开的是小车吗?

这不是主要大街,交规上没有说不让架子车过呀!

哟,知道得不少么?!

我仍是有文化的!

呸!有文化的拾破烂?

不拾破烂那当交警呀?!

什么?你再说一遍!

我不说了。

说!

嘿嘿嘿嘿。①

对白片段3

小孟说:你拾破烂了?

我说:我本来就是拾破烂的么。

小孟的开口打破了我难堪的僵局,但我一出口却使小孟十分的尴尬了。我怎么这样说话,面对的是五富和黄八吗?小孟被噎住后,脸色开始发红,她想拿我的箫,手动了一下又放下了,说:箫吹得真好!

我说:因为是拾破烂的你才觉得吹得好吗?

她说:……你怎多的心思?

我说:拾破烂的么。

她说:我可不是看不起拾破烂的呀!

我说:是吗?②

对白片段4

我说:卖苹果的,这是哪里的苹果?

她说:我是来寻活的。

---

① 贾平凹:《高兴》,作家出版社2007年版,第159页。
② 贾平凹:《高兴》,作家出版社2007年版,第197—198页。

我说：寻活的还带了苹果？

　　她说：自家树上的，来时带了些。

　　我说：那你还没寻到活？

　　她说：没人要么。

　　我说：这苹果卖吗？

　　她说：卖，卖，卖了我就能吃碗面了。①

对白片段5

　　我问陌生人：杏胡呢？

　　陌生人说：谁是杏胡？

　　我说：你不知道杏胡？

　　陌生人说：你是谁？

　　我是谁？我说：我是楼上的，最近出去了。

　　陌生人说：哦，我是新搬来的。你也拾破烂吗？最近出去了？我说这两晚上楼上老是响，还以为有了鬼。

　　我说：是鬼。②

　　对白片段1是一种"描述性对白"，是小说和影视文学剧本中比较常用的一种对白手段。这一段对白描述和交代了刘高兴和五富吃完饭走出饭馆发生的事情，刘高兴对于吃饭时五富的种种粗俗表现和农民习气给予了批评。这段对白最起码有两个作用：一个是展现说明前事的功能，一个是刻画主人公性格的功能。诚如我国学者汪流先生所言，"话剧需要通过对白来交代前史，影视剧虽然可以将大量的前史用场面去表现，但毕竟一部影视剧它所反映的仅是生活中的一个段落，因而任何一部剧作都会或多或少地需要通过人物的对白去做一些交代和说明"③。"对话是影视剧本中的人物之间交流思想情感的话语。它是有声电影中展示人物性格，推动剧情发展的有力手段。"④对白片段2是一种"冲突性对话"，很好地反映了刘高兴在拉破烂过程中与交警之间的对话冲突，整段对话辛辣无比，充满火药味，富有生活嘲讽情调，同时也很好地反映了两种不同

---

① 贾平凹：《高兴》，作家出版社2007年版，第205—206页。
② 贾平凹：《高兴》，作家出版社2007年版，第404—405页。
③ 汪流：《电影编剧学》，北京广播学院出版社2000年版，第230页。
④ 汪流：《电影编剧学》，北京广播学院出版社2000年版，第226页。

社会职业工作者之间的微妙角色心理。它准确地告诉我们,对话语言是富有表情的,"听话听音",即使我们看不见当事人的形象,但依然可以通过对白语言听出主人公的性格特征。因此,这段对白语言虽然没有一句叙述说明文字,但却入木三分地塑造出了主人公的鲜活形象,大有"不着一字,尽得风流"的艺术美感。对白片段3是典型的"煽情性对话"形式,再现了刘高兴和孟夷纯不期而遇的尴尬场面。其中的对白,既有失态的掩饰,也有心理的探询,既有主人公之间的场景对话,也有心理描写,还有事件进程的行动交代,将二人之间的情感纠葛刻画得淋漓尽致。对白片段4是一种"诗意性对白",讲述了刘高兴在劳动市场上一个奇遇。一位乡下来的姑娘因为没有工作而陷入没饭吃的困境,富有同情心的刘高兴非常善解人意,买了姑娘随身带的苹果,帮她解决了暂时的生活危机,整个对白段落充满诗歌的韵律感和节奏感。对白片段5是一种纯粹的"荒诞性对话",叙述了刘高兴来找杏胡,与陌生的拾破烂人发生误会的过程,整段对白诙谐、幽默,具有浓郁的荒诞派电影和话剧的类型特点。五个对白片段,五种完全不同的角色表演,其影视表演学的特征跃然纸上。

四、多色的镜头——《高兴》的影视摄影学艺术特征

反观小说《高兴》中的形形色色的对白段落,我们不难发现,这部小说在影视镜头的运用方面,有着与众不同的非凡表现。那么,究竟什么叫镜头呢?我国学者张凤铸认为,"一般来说,镜头具有两种不同的含义。在技术上,镜头是指电影摄影机上、照相机上或电视摄像机上的光学部件,它由透镜系统组合而成,在物理上叫作透镜,俗称镜头;在摄影创作上,则是指电影摄影机每拍摄一次所摄取的一段连续画面,这是通常所说的镜头的含义"[1]。而美国电影理论家李·R.波布克的解释则似乎更富有诗意。他以为,镜头就是摄影机的焦点,镜头就是看不见的影像的眼睛,我国学者陈晓云在对波布克的镜头概念阐释时指出,"镜头的功能就是将形象从真实世界里转移到电影胶片上。人的眼睛是一个镜头,或者说,是许多镜头,它可以使人们看到大约180°视野内的全部景象,或者能够收缩成对一个物体的微观考察"。与此同时,"镜头的另外一个含义,指的是从摄影机开机到停机连续拍摄的画面"[2]。当然,在本文的视域中,

---

[1] 张凤铸:《电影电视艺术导论》,中国广播电视出版社1997年版,第110页。
[2] 陈晓云:《电影学导论》,浙江大学出版社2003年版,第80页。

我们更倾向于将镜头视作"看不见的影像的眼睛",看作摄影机镜头里的"一段连续画面"或"连续拍摄的画面"。

依据影视摄影学的观点,我们可知,影视剧拍摄中,镜头的类型可分为许多种,人们日常见到最多的则有远景镜头、近景镜头、全景镜头、中景镜头、特写镜头、推拉镜头、升降镜头、固定镜头、反打镜头、运动镜头等。而在小说《高兴》中,这些镜头的运用,应当说非常普遍。下边,我们不妨对《高兴》中的镜头运用情况做分析,以进一步辨别它们的镜头属性。为此,在每句话后,我们将标出它的镜头景别特征。

镜头案例1

西安城的上空从来都是灰蒙蒙的,而那个下午清澈得能望见远远的终南山麓(远景镜头)。我取了箫吹(近景镜头)[①]。

镜头案例2

床上摊着七张印着毛主席头像的人民币(全景镜头),孟夷纯点着了一根纸烟(中景镜头),她竟然吸纸烟(近景镜头),狠劲地吸(特写镜头),两股浓烟就喷出来直冲着床(特写镜头),人民币成了晨雾里霜打了的树叶(特写镜头)。

我说:夷纯,夷纯。(中景镜头)

她不看我,一直盯着人民币(全景镜头),竟把烟头对着一张人民币(中景镜头),人民币上烧出了一个洞(特写镜头),突然说:毛主席,毛主席!你咋不爱我呀?!眼泪吧吧吧地滴下来(特写镜头)。[②]

镜头案例3

我去扶她(全景镜头),她一下子趴在我的肩头上哭(近景镜头),她是把所有的重量都压在我肩上(推拉镜头),我想站起来(升降镜头),因为我浑身湿着,但我无法站起来(固定镜头),我身子也坐在了床铺上(固定镜头),床铺立即也湿了一片(推拉镜头)。那一刻我有些慌(特写镜头),想抱住她给她安慰,又怕这样不妥,就一动不动着姿势(中景镜头),任她哭

---

① 贾平凹:《高兴》,作家出版社2007年版,第256页。
② 贾平凹:《高兴》,作家出版社2007年版,第284页。

（近景镜头），而眼光看到了墙上唯一的一张男人的照片（反打镜头）。照片上的男人应该是她的哥哥（全景镜头），他们有着相似的高鼻子（特写镜头）。我默默地给照片说（特写镜头）：你如果地下有灵，你真要是个鬼，你咋不追索罪犯？你追罪犯索命，罪犯就慌了，就容易露出马脚了，啊？啊（画外音）[①]？！

镜头案例4

　　车开出了池头村，穿过西安的大街小巷往咸阳开（运动镜头）。平日在城里拾破烂，看的都是街巷两边的建筑和门面屋，坐在了车上，又经过一座一座立交桥，哇啊，城里又是另一种景象（运动镜头）！我说过，清风镇那儿是山区，镇子之外山连着山，山套着山，城里的楼何尝不也是山呢？城里人说我们是山里人，其实城里人也该是山里人（画外音）。五富大呼小叫，不停地指点：那不是大雁塔吗？从这儿都能看见大雁塔呀！啊啊，那不是五十五层的城中第一楼吗？（运动镜头）听说过没见过，果然是高啊（画外音）！[②]

　　从以上镜头案例中可以看出，对于影视镜头技巧的运用，在这部小说中司空见惯。这些镜头画面性强，又保留了影视艺术才具有的声音性特征，在画面交代中，不断有声音元素的加入，此种注重声画叙述的镜头表现方法进一步说明，小说《高兴》在改编电影故事片和电视连续剧方面，有着与生俱在的先天优势。与此同时，我们也发现，在该部小说中比比皆是的场景对白语言段落中，竟然可以大量采用反打镜头直接拍摄，而且更令人诧异的是，它对镜头的机位、景别、技巧等相关特征，已经做了较为明确的艺术情境规定，甚至在这些对白叙述段落结构中，还保持了非常流畅的反打镜头的剪辑组接结构特征，就像美国电影理论家罗伯特·考克尔所说，"经过反复运用，镜头接反打镜头的常规已经成为电影制作者和观赏者普遍接受的惯例"，"或许，最持久的镜头接反打镜头的版本是用来展示两个人之间的简单对话时的常用模式"。[③] 这一切充分说明，

---

① 贾平凹：《高兴》，作家出版社2007年版，第284页。
② 贾平凹：《高兴》，作家出版社2007年版，第366—367页。
③ 罗伯特·考克尔：《电影的形式与文化》，郭青春译，北京大学出版社2004年版，第49—50页。

小说《高兴》从头到尾都洋溢着镜头美学的艺术审美特征。当然，我们也应注意到，此部小说通篇采用了以主人公刘高兴的视角为叙述视角的讲述故事的第一人称的叙事模式，因此，大量使用主观镜头的表现手段，应当说是这部小说镜头美学的另一大特色。具有主体表现意识的主观镜头叙述，也就成为此部小说结构叙事的主基调，这一点，在我们分析小说《高兴》的影视摄影学艺术美感风格时，一定要充分注意到。

五、无声的独白——《高兴》的影视语言学艺术特征

在"影视剧作中，除了常用的对白外，作者有时还要运用独白和旁白去塑造人物性格，特别是用来展示人物的内心世界"[①]。这种情况同样也适用于对小说《高兴》的艺术评价，在这部小说里，由于作者采用了第一人称的叙述手法，让刘高兴来讲述整个故事的发展脉络，因此，很自然地，独白，内心独白，就成了这部小说所采用的重要表现手法，甚至成了该部作品的主要结构形式。那么，究竟什么叫独白呢？"独白是指角色在规定情景下产生的内心活动，并用语言的方式表述出来。因此，它也就成为一种从内部来揭示人物性格的手段。"[②] 这样的观点，似乎印证了一个浅显的道理，那就是，"小说的固有形式就是讲故事，介绍已经发生而又互相关联的事情"，"文字是表现思想的：在小说中，个人的历史以及人群或国家的历史的各个方面，都是从叙述者的观点出发加以组织的，叙述者对事件的看法决定叙述本身的形式、意义和现实性"。为什么包括《高兴》在内的许多小说的作者，都有意"让书中人物之一或某个旁观者用第一人称来讲故事"，而且广大读者无一例外"也会接受这种虚构的概念，把作者想象出来的人物当成叙述事件的人"。[③] 显然，都是因为独白，因为独白在影视艺术和小说艺术的叙事结构模式当中，具有非常明显的美感亲和力。

关于独白，在影视艺术鉴赏中，人们最深切的认识，就是它能够凭借饱含真情实感的生活化叙述语言，打动接受者的心扉。这说明，作为主人公心灵的呼唤和倾诉，或者其个体生命体验的真诚表达，它具有不可否认的现实规定性、

---

① 汪流：《电影编剧学》，北京广播学院出版社2000年版，第237页。
② 汪流：《电影编剧学》，北京广播学院出版社2000年版，第237页。
③ 约翰·霍华德·劳逊：《电影的创作过程》，齐宇、齐宙译，中国电影出版社1982年版，第245页。

生活真实性、人生哲理性和艺术煽情性,它因产生的环境、诱发的原因、讲述的内容、倾诉的对象和表现的功用不同,而衍生出不同的形式。在此,我们结合《高兴》对之的运用,对之做一简单的分类总结。

独白段落1

兴隆街有人在栽树,挖了一个方坑,坑边放着一棵碗口粗的树,枝叶都被锯了,只留着手臂一样的股干,我的心噔地跳了一下(描写性独白)。以前我做过坐在城外弯脖松下一块白石头上的梦,醒来就想,我会也是一棵树长在城里的。我就是这棵树吗(隐喻性独白)?①

独白段落2

兴隆街在西安的东南角,归于我和五富的是十道长巷。巧的是就在我们来西安的前三天,这一带拾破烂的那个老头过马路时被车撞死了(叙事性独白)。这是韩大宝告诉我的,我说我的命硬,活该那老头要给我们腾地盘(议论性独白)。我买了一瓶酒洒在马路上,奠祭着可怜的亡灵,祈求他不要怨恨我和五富(陈述性独白)。②

独白段落3

我是谁(拷问性独白)?我不是一般人,我提醒着我,我绝不是一般人(回答性独白)!看来这个女人没有慧眼,她看我是瓦砾她当然不肯收藏,而我是一颗明珠她置于粪土中那是她的无知和可怜么(反思性独白)!③

独白段落4

在这么恶劣的天气里去见孟夷纯,孟夷纯会是怎么个感动呢(假设性独白)?她会怨恨我为什么这个时候来看她,是傻猫,是蠢猪,是不要命呀,却又心疼地替我擦头上的雨水吗(想象性独白)?女人又恨又疼的时候是要举一双拳头在我怀里捶的,那不是一双拳头,是棉花锤儿(推理性独白)!小心,孟夷纯,别

---

① 贾平凹:《高兴》,作家出版社2007年版,第17页。
② 贾平凹:《高兴》,作家出版社2007年版,第18页。
③ 贾平凹:《高兴》,作家出版社2007年版,第86页。

打坏了墨镜(演绎性独白)。①

独白段落5

我说夷纯,我爱你,我真的爱你,咱们就住在一起吧(抒情性独白)。她说我知道你爱我,但我们不可能。我说为什么不可能呢?我配不上你吗?她说我已经不适应你,不是你不好,是你养不活我,也不会容忍我(悬念性独白)。②

独白段落6

我站在一家商店门口,商店已关了门,我把身子紧紧贴着门,眯着眼往空中看,混沌的天空上似乎看见了孟夷纯(幻觉性独白)。孟夷纯,对不起啊,我没办法去赎你,谁也没办法赎你,你就老老实实给人家劳教吧(倾诉性独白)。③

以上段落表明,独白,在影视剧中的结构表现形态的确是斑斓多姿的,显然,这是由于作品中的独白主体——主人公的艺术世界非常丰富而导致的。虽然,在我们目前能够看到的影视艺术著作中,对于独白的详细分类、系统分类、科学分类的标准尚未见到,但是,通过以上案例分析归纳,或许我们可以得出这样的结论,那就是:独白,小说里主人公的内心独白,其实是作者内心活动的系统传达,它既是作者个人情感的详尽流露,也是主人公生命体验的细致表达。它是一扇天窗,使得我们把主人公的心灵世界一览无余,那里,有天苍地莽,山重水复,云卷云舒,潮涨潮落……它使得我们进一步认识到,画面的言语静默,并不能掩饰主人公内心世界所掀起的剧烈情感风暴,并不能遮挡主人公意识深处所萌生的激烈思想活动。正是由于独白的存在,人们才能在影视艺术鉴赏中,超越单纯的形而下的影视艺术现实声画世界,直接跨入形而上的影视艺术神圣思想境界。诚如我国学者陈晓云所言,"语言在这里不再只是一种所谓的表达思想或情感的手段,语言本身就是思想。内心独白往往可以表现出画面所无法表达,而又不能通过对白来表达的人物隐秘的情感"。④正是它,使得我们在目睹了主人公所经历的种种磨难之后,又感受到了他们来之不易的生命体

---

① 贾平凹:《高兴》,作家出版社2007年版,第282页。
② 贾平凹:《高兴》,作家出版社2007年版,第288页。
③ 贾平凹:《高兴》,作家出版社2007年版,第353页。
④ 陈晓云:《电影学导论》,浙江大学出版社2003年版,第123页。

验、人生自觉和真理领悟。面对小说《高兴》中那些形形色色的内心独白，或许我们感受到的正是这样一种东西，一种能够全面了解主人公刘高兴人生体验、生命自觉和真理领悟等种种人文内涵的伟大的、不朽的思想价值。

毫无疑问，小说《高兴》在创作中，是借助了影视艺术创作中的结构技巧的。作者本人可能并没有刻意学习或追求影视艺术的表现技巧，由于我们生活的时代，是一个以影视艺术为主流艺术形态的时代，是一个由影视艺术主导艺术发展走向的艺术时代，因此，整天面对影视剧的疲劳轰炸和视觉冲击，生活其中的每一个人，难免自觉不自觉地学到一点影视艺术的表现技巧。贾平凹当然也不例外，作为一个艺术感觉和悟性极好的著名作家，对于影视艺术的表现技巧的生活性获得，也许这正是他在此部小说中不自觉地大量借鉴和使用影视艺术表现手法的真正原因。正是因为他对于生活有着非常良好的影视艺术审美感觉，所以，他才通过小说《高兴》，为我们勾勒出一个属于我们这个时代的独特的艺术人物形象，一个能够代表城市广大边缘文化人群体的多色艺术影像。正由于此，我们说，在小说《高兴》中，作家贾平凹把以刘高兴为代表的边缘文化人社会群体的城市生存故事，用人们立刻就能理解的、几乎可以触知的视觉语言——影像——演绎出来，进一步使人们感觉到，刘高兴等人的城市生活是真实的，他们生活的城市中国是真实的，真实的时间，真实的空间，真实的人物，真实的故事，真实的生活，就是这样一天一天真实地发生和延续着，并且汇集成一个又一个"真实的影像流"，构成一个"真实的影像结构世界"，在我们眼前无休止地循环播映。它使我们进一步认识到，小说《高兴》之所以采用一种"影像结构"的叙述手法，那是因为，我们生活在一个影像的时代。影像，意味着更加立体、形象、丰富的艺术信息；影像，意味着更加真实、生动和准确的艺术细节；影像，意味着更加细腻、敏感和令人震颤的艺术心理。因此，影像，才成为这部小说唯一的艺术结构手段，一种艺术实体的物质再现手段，一种记录城市中国发展历程的唯一的艺术形象塑造手段。而这，或许就是这部小说艺术价值的核心之所在。

[原载《西安建筑科技大学学报（社会科学版）》2008年第4期]

从《高兴》看贾平凹小说风格的新变

储兆文

贾平凹的小说《高兴》讲述了一个离开土地的农民进入城市后的生存状态。主人公刘高兴真有其人，原名叫刘书祯，是贾平凹老家丹凤县棣花镇同村的伙伴，从小学到中学的同学。刘书祯当年当兵复员后回村继续当农民，迫于生计在年过半百时随着儿子进城打工，找不到工作就在西安以拾破烂维持生计。虽然生活艰辛，但他却很乐观、幽默，他给自己重新起名叫刘高兴。贾平凹说："得不到高兴而仍高兴着，这是什么人呢？""他是拾破烂人中的另类，而他也正是拾破烂人中的典型，他之所以是现在的他，他越是活得沉重，也就越懂得着轻松，越是活得苦难他才越要享受着快乐。""在肮脏的地方干净地活着，这就是刘高兴。"

《高兴》的故事性很强，故事节奏也相对较快。但这部名叫《高兴》的小说，却经历了一个痛苦的酝酿的过程。贾平凹在后记里说这是他写得最吃力的一部小说。

一、城与乡

刘高兴，农村人，进城，拾荒，一心想做城里人，举手投足，心里身外，做足了脱胎换骨的准备。最绝的是，他把肾卖给了城里人。肾是先天之本，主发育、生长、生殖，"现在农村人给城里生娃哩！"他以为买肾的是韦达，是有钱人，在一次抢劫中，两人不期而遇。从此，韦达成了刘高兴在城里的影子，成了他能留在城里的根，成了他梦幻的未来。

在刘高兴看来，肾是认得路的，装在韦达身体里的一个肾，和装在自己身体里的一个肾，同时向孟夷纯靠拢。所以，孟夷纯和韦达的关系，并没有引起高兴的醋意，反倒让他有几分欣慰。

然而，他错了。韦达并没有换肾，而是换肝。他失望了。一切都变了，不仅韦达与刘高兴失去了纽带,刘高兴做城里人的根,失去了具体可感的土;而且,肾与肝大不相同,肾是先天之本,肝是后天之本。所以,当孟夷纯被抓,换肝的韦达很漠然,假如韦达有刘高兴的肾,绝不会如此。刘高兴为了盖新房、娶媳妇,卖过三次血,听说有人卖血得了乙肝,才不卖血卖了肾,卖肾的钱盖起了新房,但新房盖起来了,那女的却嫁给了别人,为此,他吹了三天三夜的箫,买了一双女式尖头高跟鞋,来到城里,要娶城里的女人做老婆。

"贾平凹说:'我这么安排,是想表达他与城市的关系,刘高兴是无法融入这个城市的。刘高兴的命运也就是农民工的命运。'"[1]

大部分农民死了就回去了,只有他还在这留着,最后的处理是让五富留着鬼魂在城里,但刘高兴还在城里,他在这个城里还有他的梦想,他还觉得他的肾脏还在城里,要做城里人的。他把肾脏卖给城里人,他就觉得他是城里人,而实际上那个城里人换的是肝。但在刘高兴的脑子里觉得自己的肾脏还在城里,而且在城里还有他的一个女人。他有各种的理想和追求,他的想象还在城里,他离不开城里。

刘高兴留在城里,带着残缺的、只有一个肾的身体,成为城里人的先天之本,融入了城市,农村的肾养活着城市,原来,城市的一半是农村。但刘高兴不知道,卖掉的肾长在谁的身体里,离开了自己,就是别人的了,是城里的了,与自己无关。只有一个肾的刘高兴留在城里,依然高兴着,他将来会怎么样呢?刘高兴不知道,贾平凹也不知道。

答案在时间和城乡历史的眼睛里。

二、意象与写实

《秦腔》出版的时候,我曾惊喜于贾平凹创作风格的改变。

平凹经历了《商州初录》《商州再录》等"看山是山,看水是水"的原始真璞,芙蓉出水;经历了《废都》《怀念狼》"看山不是山,看水不是水"的尘世挣扎,心灵搏斗;到《秦腔》,终于洗尽铅华,絮心禅定,得道升座,以物观物,在"一堆鸡零狗碎的泼烦日子"里显示出了菩萨心、大智慧。

读完《高兴》,我更坚定了这样的看法。《高兴》几乎完全脱去了尘世挣扎

---

[1] 卜昌伟:《贾平凹写农民自我安抚》,载《京华时报》2007年11月6日。

和心灵搏斗，走向了顺乎自然的静观，脱去了纷乱错杂的精神意象，回归到清澈而唯美的写实。

在《高兴》的后记里，贾平凹袒露了他的创作历程。他曾将写好的"十万字毁之一炬"，因为"我无法摆脱一种生来俱有的忧患，使作品写得苦涩沉重。而且，我吃惊地发现，我虽然在城市里生活了几十年，平日还自诩有现代的意识，却仍有严重的农民意识，即内心深处厌恶城市，仇恨城市，我在作品里替我写的这些破烂人在厌恶城市，仇恨城市。我越写越写不下去了"。

他为此罢笔，转而思考："我现在要写到底该去写什么，我的写作的意义到底是什么？"他还说："我这也不是在标榜我多少清高和多大野心，我也是写不出什么好东西，而在这个年代的写作普遍缺乏大精神和大技巧，文学作品不可能经典，那么，就不妨把自己的作品写成一份份社会记录而留给历史。"如果说这样的思考，使贾平凹确定了"写成一份份社会记录而留给历史"的创作方向，那么，现实中刘高兴的高兴，激活了他回归到清澈而唯美的写实风格的灵感。贾平凹在后记里写道：

  他还是说这说那，表情丰富，笑声爽朗。

  我就说了一句：咋迟早见你都是挺高兴的？

  他停了一下，说：我叫刘高兴呀，咋能不高兴？！

  得不到高兴而仍高兴着，这是什么人呢？但就这一句话，我突然地觉得我的思维该怎么改变了，我的小说该怎么去写了。本来是以刘高兴的事萌生了要写一部拾破烂人的书，而我深入了解了那么多拾破烂人却使我的写作陷入了困境。刘高兴的这句话其实什么也没有说，真是奇怪，一张窗纸就砰地捅破了，一直只冒黑烟的柴火忽地就起了焰了。这部小说就只写刘高兴，可以说他是拾破烂人中的另类，而他也正是拾破烂人中的典型，他之所以是现在的他，他越是活得沉重，也就越懂得着轻松，越是活得苦难他才越要享受着快乐。

  我说：刘高兴，我现在知道你了！

  他说：知道我了，知道我啥？

  我说：你是泥塘里长出来的一枝莲！

  他说：别给我文绉绉地酸，你知道咱老家砖瓦窑吗，出窑的时候脸黑得像锅底，就显得牙是白的。

是的，在肮脏的地方干净地活着，这就是刘高兴。①

于是，他把书名由《城市生活》，改成《高兴》；人物由一个城市和一群人，改成刘高兴和他的两三个同伴；情节由层层叠叠，改成单线推进；叙述角度由散点透视，改成第一人称。删掉枝枝蔓蔓的情节、静止主观的议论以及夸张变形的叙述，"使故事更生活化、细节化，变得柔软和温暖"，"似乎毫无了技巧，似乎是江郎才尽的那种不会了写作的写作"。

可见《高兴》是从痛苦中孕育出来的，是删繁就简、豪华褪尽后的简约和素朴。小说这一文种，本来属于叙事而非抒情或议论文学，它原本以故事为框架，以情节推动故事的展开，以人物为核心，以人物（而非作家）的悲喜命运调动读者的喜怒哀乐。这种理论观念虽然常被一些现代派人士视之为保守或缺乏现代意识，但它无论如何都是小说的最本质的特性和最受欢迎的形式。离开这些而刻意去追求空泛的现代意识，多少都有一点舍本逐末之嫌。

对于农民工，人们往往会有一种"先入为主"的印象，表现他们也往往会误入"主题先行"的大忌。但这一看似"千人一面"的群体，却有着"人面之不同，各如其心"的生态。所以，若不深入其中、进入其心，就很难避免一般化或概念化的倾向。

贾平凹《高兴》的素材来源于他儿时伙伴的生活，这类素材是创作者最需要的，同时也是最可怕的。其实，把自己熟悉的人写成一个长篇，看易实难，它缺乏的是题材对创作者的新鲜感，千头万绪不知从何说起，这就像一般作家很难写出自己时代的大作品一样。熟悉的陌生，它是读者所普遍需要的，但它却是横亘在大作家与小作家之间的一道坎。恩格斯说："每个人都是典型，但同时又是一定的单个人，正如老黑格尔所说的，是一个'这个'。"黑格尔认为，在艺术表现里，艺术所要处理的真实的内容（意蕴），"必须经过明晰的个性化"，"必须形象化为独立自主的个别人物"。黑格尔在论述人物性格时，特别强调"人的完整的个性"，他所说的性格就是指这种完整的个性，并断言"性格就是理想艺术表现的真正中心"。

刘高兴，无疑将成为中国现当代文学人物形象中独特的"这个"。虽然贾

---

① 贾平凹：《高兴》，作家出版社2007年版，第434页。

平凹在小说的开头，一气并列了七项刘高兴的性格特征，显得有些过于讨巧，但刘高兴性格"完整的个性"还是从故事和细节中立体化地展现出来了。刘高兴是个独特的矛盾体，他生于农村，但却要活在城市；他干着脏活，却有洁癖；他挣钱最难，却把钱最容易地送给孟夷纯；他真诚地善待同伴，却又虚伪地吆五喝六；他吃着简单的食物，却说着文雅的话语；他时而谦让礼貌、热心助人，时而油嘴滑舌、捉弄别人，他时而有君子之风，时而耍小人伎俩；他不满现状，却又安于现状；他最该痛苦，却又最为快乐……刘高兴身上有着巨大的弹性，这与他是个城市的农村人、农村的城市人、体力的文化人、文化的体力人的奇特身份有关，这正是社会转型、城乡变革、贫富分化、文化多元、人的角色紊乱的大千万象的折射。

贾平凹伏下身子，潜入底层，借小人物刘高兴的眼，来静观这个繁华而纷乱、诱人且恼人的时代，其间有茫然，也有用心。在这个最容易表现对城市的怨恨、对人性的失望、对文明的悲观的题材里，贾平凹没有像《废都》《怀念狼》甚至《秦腔》那样，继续他的颓废、挣扎和怀乡，而是掉转手眼，宽容而微笑地捧出他对城市和生活在其间的下层人的柔软和温暖。而褪尽铅华、隐去技巧、简约而素朴的叙述，既体现了这种转变，又完美地配合小说的主旨。

三、小说和影视

从 20 世纪 80 年代后期开始，随着电视的快速普及，大众传媒的霸主由印刷媒介向电子媒介转换，人们获取信息的渠道从书籍、报刊转向电视，看电视成为人们文化娱乐的主要方式。文学期刊奄奄一息，种类减少、发行量锐减。文学（尤其是小说）在文字中退潮，只希望拉着影视的手而被炒热，小说被改编成影视成为作家、作品进入受众视野的救命稻草。文学创作对影视的屈从，又怂恿着受众抛弃沉重单调的阅读，而热衷于轻松刺激的读图。

但是，小说和影视毕竟是两种不同的文本形态，它们有着各自不同的特性、表现方式，以及由此而形成的不同的接受效果。所以，不是所有的小说都能改编成影视，当然，也不是能改编成影视的小说都是好作品。

影视最大的期待是故事。

贾平凹的小说，有故事，但更多的是诗性，是心灵的意象。要把贾平凹的小说改编成影视，一般人很难改编好，演员也不容易演好。但贾平凹早期的小说也有改编成影视的,而且大获成功,是中国电影史上不可绕过的一部力作,这就是根据贾平凹小说《鸡窝洼人家》改编的影片《野山》。

《鸡窝洼人家》创作于1983年,是贾平凹的早期作品。小说讲述了秦岭深处的两户农家夫妇的故事,俗称"换老婆"的故事。小山村里有两户人家:一家男人叫回回,满足于衣食温饱,对妻子烟峰不生育不称心;另一家男人叫禾禾,不安于务农种庄稼,但烧窑、养鱼、卖豆腐等都失败了,妻子麦绒受不了折腾,便离了婚。回回把麦绒当弟媳对待,帮她经营庄稼,他喜欢麦绒的孩子栓栓,深感麦绒才是贤妻良母。而烟峰喜欢听禾禾讲山外的事,禾禾进城打工,烟峰追到城里。禾禾劝烟峰回家,可鸡窝洼传出烟峰跟禾禾私奔了。烟峰回到家,被回回暴打,只好到后山给禾禾帮忙,经营副业,等候禾禾回来。最终,禾禾娶了回回的媳妇烟峰,成了令人羡慕的一对,成功地将手扶拖拉机、压面机等新鲜玩意儿带进了山村;回回娶了禾禾的媳妇麦绒,两人还只能靠人力推着碾盘转。

小说通过一个"换老婆"的故事,反映了改革开放初期,农村在新浪潮的冲击下,农民的思想感情、伦理道德、价值观念和生活方式发生的重大而深刻的变化。

小说改编成电影《野山》后,获得了巨大成功。该片为第一部荣获六项金鸡奖奖项的电影,获得了最佳故事片、最佳导演、最佳女主角、最佳男配角、最佳录音、最佳服装奖项。该片还获得1985年广电部优秀故事片奖,法国南特第八届三大洲国际电影节故事片大奖等多个国内外奖项。《鸡窝洼人家》能够改编为电影,并大获成功,首先是作家敏感地摸到了悄悄变化的时代脉搏;其次是它通过小故事反映了大问题,新奇而有意味的故事是关键;还有一点就是小说的细节上具有生活的质感和朴素的风格;当然,编剧、导演、演员的再创造也是重要的因素。

从《鸡窝洼人家》成功地改编为电影的角度来审视《高兴》,我们能清晰地看到贾平凹的创作实现了从早期的简约素朴的写实,到中期繁复绚烂的意象,再到现在《高兴》的简约素朴写实的回归。但这种回归不是简单的重复或倒退,而是"绚烂之极,归于平淡"的超越,他回归到对故事的淡定的叙述,对人物的真切把握,对环境的客观实录,悲悯代替了愤激,建设代替了破坏,明朗代替了阴郁。

虽然贾平凹从不为迎合影视而写作，但在影视界普遍苦于有钱找不到好剧本的情形下，《高兴》的出现，一定会让有眼光的影视人在苦苦寻觅中眼前一亮。《高兴》具有了成为影视作品的所有秉性，《高兴》一开头的警察问话，简直就是一组不需要改编的现成的蒙太奇。

［原载《西安建筑科技大学学报（社会科学版）》2008年第2期］

"后现代"边缘的身份焦虑与认同超越

——《高兴》:一种"三农"主义文学的诞生

张 灵

一、商州"炒面客"刘哈娃还是西安人刘高兴?

> 名字?
> 刘高兴。
> 身份证上是刘哈娃咋成了刘高兴?
> 我改名了,现在他们只叫我刘高兴。
> ……①

小说的这个开头是别有意味的。这个问题的正式提出其实在故事的结尾、高潮,但却放在了小说的开头。这个别有意味的开头好像一串鞭炮的捻子,点燃了它,就点燃了一串精彩的声光电色的绽放。小说在总体上的倒叙就奠定在这个巨大的回旋之上。

"我"是商州的"炒面客"刘哈娃(根据陕西方言,此处"哈"字取音无误,按义,则应是"坏""糟"的意思,宜用"瞎"字。不过此处无必要坐实字义,作者选择了"哈"字,除了便于读者正确读音外,用"哈"字也别具意味)还是西安人刘高兴? 这是小说主人公在不断追问自己也在不断试图自己确证的一个问题。对这个问题的提出、想象、质疑、追究、犹疑与确证也构成了这篇以第一人称"我"(刘哈娃、刘高兴)来叙述的小说的基本叙述线索。小说总是一段展开的故事,是个有开头、有过程、有结尾(有时也有高潮)的事情,一个一连串的东西。正像亚里士多德在《诗学》中定义悲剧时说的:"悲剧是对于一个完整而

---

① 贾平凹:《高兴》,作家出版社2007年版,第5页。

具有一定长度的行动的模仿（一件事物可能完整而缺乏长度）。所谓'完整'，指事之有头，有身，有尾。"①什么叫"所谓'完整'，指事之有头，有身，有尾"？亚里士多德这句话说得似乎很空洞，但的确很准确，很概括，所以也很有哲学性。那么贯穿在这个"完整"的"长度"中使它形成一个整体的东西，就是线索。《高兴》的线索就是上面提到的这个问题。

当然，你也可以认为，《高兴》的线索是另一个，刘高兴把五富带出了商州，答应把他最后再带回来，他们在西安经历了一番之后，五富意外死了，他的妻子到西安接到的是他的骨灰盒。刘高兴曾经做出的承诺失败了，这构成小说的线索。但这只是小说的一个线索，或表面过程、表面线索。如果仅仅立足于此，小说就可能真成了某种流水账，或者它的意味和丰富性将大为减损。

如果说警察基于身份证的质询是自然而然地表达了政府的正式的话语，记者的文字报道和照片将他的身份和形象问题展现在公众面前则属于媒体话语，而媒体话语又引发了广场上的民众基于自身理解对他的身份的民间表述。尽管身份焦虑的问题对主人公来说，还从没有如此强烈集中、如此立体地被劈头盖脸地提出过，但这既不是结束也绝不是开始。因为这个问题的提出，对主人公来说，是先天性的。因此，在小说的开头，当主人公站在火车站广场等候五富老婆的时候，主人公的下面一段叙述在技术上来说，有一点小小的问题。

> 我在那个时候腰又发酸发困，手便撑在了后腰上，就再想：汽车的好与坏在于发动机而不在乎外形吧，肾是不是人的根本呢，我这一身皮肉是清风镇的，是刘哈娃，可我一只肾早卖给了西安，那我当然要算是西安人。是西安人！我很得意自己的想法了，因此有了那么一点儿孤，也有了那么一点儿傲，挺直了脖子，大方地踱步子，一步一个声响。那声响在示威：我不是刘哈娃，我也不是商州炒面客，我是西安的刘高兴，刘——高——兴！②

这个问题就是，主人公通过自己的肾而将自己同西安人做想象中的认同关联并不是发生在故事的结尾这儿，而是在故事的开始就出现了，并一直是主人公行为的一个隐在动机。这个技术处理的微疵是要在看完小说的时候回头才会

---

① 亚里士多德：《诗学》，见伍蠡甫、胡经之：《西方文艺理论名著选编》上卷，北京大学出版社1985年版，第57页。

② 贾平凹：《高兴》，作家出版社2007年版，第8页。

感到的。不过，这个瑕疵无关宏旨，而且透过这个安排，我们恰好可以进一步发现作者对自己叙述动机的有意无意地强化，即"清风镇人"与"西安人"的身份差异与清风镇人"我"对这种差异超越的渴求。

二、"后现代"边缘的"后计划经济"时代的农民及其处境

要理解"清风镇人"与"西安人"的这种身份差异，我们需要从更开阔的生活空间来予以观照。从全球历史发展的视野来看，"后现代"作为一种生活形态、文化形态，它是经济和社会组织运作模式及相应的价值理念发生演变的产物。也许它只应发生在纽约、伦敦和东京，或者只应出现在香港、上海、深圳、北京，然而在这个市场经济主导生产生活的时代，特别是全球经济一体化、实物交通和信息传播高度发达、柏油马路和广播电视"村村通"、互联网无处不及的当下中国，现代的、后现代的、传统的、地方的生活形态、文化形态迅速叠加在一起，覆盖在中国广大的土地上，市场经济的流通渠道和信息传播的高速公路形成了无形的连通器，吸纳、分配、调整着各地人们的生产和生活。这其中市场经济和后现代生活及其文化形态以其后来居上的优势主导着生活。而这种经济和生活方式的优势，在当下的中国来说，是在城市。

> 我是把旧书刊刚刚抱下楼，另一个门洞的那个老太太用自行车驮了一袋米过来。这老太太每次见到我总给我笑笑，我一直对她有好感，就说：你老买米啦？她说：啊，买了米。我说：有人给你掮上楼吗？她说：我等孙子回来。我帮她往上掮，她的家在七楼，掮到了，她说：你是哪里人？我说：商州的。她说：噢，那地方我去过，苦焦得很。我说：还可以。她掏出二元钱要付我，我不要。帮着掮一袋米还收人家钱吗？她说：你不收我就欠你的人情债了，你得收下。这话多少让我听了不舒服，她不愿落人情债，那我帮她的好心就全没了，说起来掮一袋米到七楼也不值二元钱，可如果你要掏二元钱让我掮米袋到七楼我还不愿意掮哩！①

后现代式的生活方式已经无形地渗入生活的每一个角落，连城市的老太太们也在不知不觉中以这种方式待人接物、处理生活。所以，刘高兴就很不适应、

---

① 贾平凹：《高兴》，作家出版社2007年版，第316页。

难以接受，禁不住感叹："在清风镇可能是靠情字热乎着所有人，但在西安城里除了法律和金钱的维系，谁还信得过谁呢？"①"她说：噢，那地方我去过，苦焦得很。我说：还可以。"在这一句不经意的简淡的话中却包含了当下中国广阔深厚的社会生活内容以及它的尴尬和《高兴》这部作品的背景与深刻指向。

"她说：噢，那地方我去过，苦焦得很。"这句好心话，引起的却是刘高兴的不尴不尬的"抵抗"，也许是下意识的抵抗。老太太居高临下了吗？老太太出语粗鲁了吗？老太太不过是怀着同情说了一句大实话。这句实话的蹊跷却在于这个事实：当下大部分的中国人的生活和命运是同他出生的那片土地紧紧联系在一起的，尤其对广大的农村人口来说。如果是在长期市场化的国家，个人的生活和命运是不会如此紧密地和自己出生的土地连在一起的，因为市场会调节人们的生活机会。但中国刚刚开始实行市场经济，人们在社会的流动才刚刚起步，特别是市场化的程度还不高、范围还不广，法律法规还不完备，市场秩序化还没有充分建立起来，人们之间生产生活机会的均等性受历史条件的制约，特别是人口造成的就业压力更在大大制约着这种理想状态的到来，因此地域和个人命运的集体性关联仍然很密切。然而经济和信息的连通器已经将天南地北城镇乡村的生产连通在一起，并以无形之手调节着人们的经济和文化生活，它以它的市场逻辑将大量的农村和小城镇人口迅速吸纳或迫使他们就范到城市，但却没有赋予他们以均等的生产生活机会，他们也不具有城市生活的历史性准备或可资利用的遗产。他们拥有的还是计划经济时代在农村和小城镇拥有的机会和条件，他们适应的是那样一种条件下的生活方式和文化形态。市场经济和后现代生活形态及文化形态的优势在城市，而不拥有这些优势的机会分享的人们却被这里的逻辑吸纳到这里，并以这里的逻辑谋生活。他们除了在生产和经济生活方面不具有优势以外，由于生活环境的转移，这些本来依附于土地、拥有的是计划经济时代的农村生活资源与机会、习惯于地方文化生活圈的人们，就成了一个特殊的群体。他们因为脱离了土地和当地文化生存圈而脱离土地和当地文化生活圈所无形提供的生存体验资源，而在城市承受起当代中国的特殊"传统"中遗留的机会差异形成的负面累积。换句话说，计划经济时代，他们大部分人虽然依附于出生的土地，他们同城市人口之间有着某些差距，但他们

---

① 贾平凹：《高兴》，作家出版社2007年版，第317页。

各自生产生存在各自的地域和文化圈,他们各自享有自己的相对独立的生存态系,而现在,这种态系的分别取消了,他们一部分人要以自己的遗产来面对另一种态系的逻辑和起点。这些计划经济时代的农民走入了后计划经济时代,而且跨越历史处在了全球经济一体化的"后现代",只是因为历史和现实的原因,他们处在这个"后现代"的边缘。市场经济的大背景和城市边缘的近郊农民与来自外地的农民各自拥有的历史背景特性共同促成了池头村这样的"城中村"在城市的涌现。

> 开头的几天,我们每天拾破烂能收入十五元,至后就可以升到十七十八元,我竟然还连续着突破了二十元。这让池头村那条巷道的同行都不肯相信,五富说:谁哄你是猪![1]

离乡背井、远离亲人,在分给自己的一片辖区能辛苦挣得这点钱已经令他们感到满意了。因为"我们的收入是不多,可总比清风镇种地强吧,一亩地的粮食能卖几个十八元,而你一天赚得十七八元,你掏什么本了,而且十七八元是实落,是现款,有什么能比每日看着得来的现款心里实在呢?"[2] 这是池头村的拾破烂一族的价值基础和天平。于是他们住在本地村民用卖地得来的钱购买砖头所盖的简易房里,吃着洋芋拌汤、搅团和捡来的菜叶经营着自己的城市生活和拾破烂的买卖。于是五富、黄八、杏胡、种猪以及韩大宝、煤球王,他们都以外乡农民的身份攒到了一起,在西安城的边缘和城市的大街小巷构建了一个主流社会之外的社会阶层和生存景观,在这里展演着一幕幕令人感受万端唏嘘不已的生命情状、人生活法,他们除了在自己的"领地"捡破烂,还绞尽脑汁探听着别的活路,发挥团队精神合伙争取新的"外快",为此他们甘愿付出更多辛劳。他们一早去郊外的垃圾场抢捡垃圾,夜里去北郊抢拦煤车水泥车卸货,去夜市上买煤球,到鬼市去收购赃物,冒险收购贩卖医院的废旧医疗器材,离开西安驻地悄悄去咸阳给私人工地挖沟……作者以卓越的白描手法给我们描画出了一个内容丰富、眼花缭乱、栩栩如生的特殊世界和一系列别样的真实人生,描画出了我们这个时代的一幅特殊的"清明上河图"。

然而,尽管吸引他们走入西安并推动他们在西安的行为的动力主要是满足家庭生存需要的那点对钱财——还不能说财富,财富这样的字眼对他们来说

---

[1] 贾平凹:《高兴》,作家出版社2007年版,第21页。
[2] 贾平凹:《高兴》,作家出版社2007年版,第42页。

是恍如隔世的事物,正如同他们没有幻想着做一个西安人一样的卑微——的追求,但人毕竟不仅仅是经济动物,不仅仅是劳动的动物,包括所谓"要门""拾门"的那些在社会边缘渣滓中讨生活的人们。最感人也最有力的文学总是在探求、发觉、捍卫着人——每个具体的生命主体的存在、处境及精神,它们是文学生命的泉源。小说后记中作者写道,当他准备通过朋友去一位拾破烂的朋友的住处看看时,那位拾破烂的朋友说:"他来看我们?像看耍猴一样看我们?!……要是作为乡里乡亲的,他啥时来谝都行,要是皇帝他妈拾麦图个好玩,那就让他不要来了。"①实际上,作者不仅是像莫言所说的那样,作为老百姓的一员来平等地写作的,而且他完全是把自己作为他们的乡里乡亲甚至设想为他们中的一员来写的,因此作者没有将笔触停留或局限在对于这个广大群体生产生活居住环境表面的描写展示上,而是深入他们的内心,不仅写了他们谋生的艰难遭遇,更写了他们作为活生生的生命主体的存在的感受,他们的每时每刻的欲望,他们生命的尊严,他们的情感,当然也包括他们的有时表现出的愚昧、粗俗、自私或狡诈。他们家庭遭际不同、性情各异,但他们作为一个共同社会群体中的一员,他们有着共同的生命感受和主体诉求,这些由于中国社会特殊的历史与现实因素促成的生命感受和主体诉求集中折射在共同的身份问题上,体现为一种隐隐约约的身份焦虑。因此,当那位好心的老太太说:"噢,那地方我去过,苦焦得很。"刘高兴做出了那样的反应,他说:"还可以。"

"还可以。"不言而喻地泄露了刘高兴对于自己身份背景的敏感和抵抗。其实这种敏感和抵抗不仅存在于刘高兴的身上,同样存在于他们这个群体的每个人身上,只是具体的表征各不一样而已。如同财富这样的字眼对他们大多数来说是恍如隔世的事物一样,他们大多数没有幻想着做一个西安人。如上面所说,在一般国家的工业化过程中,农村人会有对财富和城市的向往与幻想,但他们来到城市,如果他们认同城市,甚至不管他们内心认同不认同城市,只要他们在城市生活,他们就是那个城市的一员,他们会有初到城市谋生的困难和精神的困惑,但他们一般不会有一种集体性或群体性的对城市的疏离感和异在感,他们可以向往并进入西安,但他们来到西安一般不会形成一种群体性的对一个异于自己的"西安人"的观念和向往。但正如同对"财富"没有奢望一样,

---

① 贾平凹:《高兴》,作家出版社2007年版,第424—425页。

五富们也没有成为"西安人"的幻想和向往，因为对他们来说有一个先天性的农民和城市人、"清风镇人"和"西安人"的分野。因为农民和城市人的分野促使他们聚集在这里的"城中村"，而"城中村"的原住农民虽然有着农民的身份，但因为特殊的原因而准城市化了，又因为他们身在西安，所以这个分野就集中表现为外地农民与西安人的分野，而且这个分野是如此之深，以至于他们一般不会去想象着跨越，他们的内心已经有意无意地"自我隔离"了。因此他们的心思和故事都是围绕着多挣一分钱一块钱和身体的基本需要展开的。他们是认定了自己的身份的人，所以他们对身份的反应是消极的、麻木的或逆来顺受的。但作者找到了一个独特的、"理想的"人——刘高兴。

三、"锁骨菩萨"的启示：身份认同与超越的可能性

作者选择了刘高兴这个对自己的身份以至于人的身份敢于在想象中超越的人作为叙述人，选择了以他的头脑中遭遇或产生的对于自己身份的焦虑、对"西安人"的想象、理解和对于人的身体、地位、身份的困惑与超越的历程来作为叙述的线索，从而将作品的层次和内涵提高和丰富到了新的高度和广度。

这里蕴含的另一个玄机或问题在于，拿什么来确定"我"是清风镇的刘哈娃还是西安的刘高兴？一只肾卖给了西安，当然就算是"西安人"了！这里的逻辑是荒诞的，不成逻辑的，这种推断比阿Q还阿Q！

事实上，当他为了盖新房娶媳妇而将自己身体的一只"发动机"——肾卖给西安人时，他的清风镇人的身份都大遭折扣；而一只肾卖给了西安人，那只肾就离开了刘哈娃，不再属于他。少了一只肾的刘哈娃不能同西安发生实质性的关联。那只肾是装在了一个西安人的身体中，但肾是一个主体吗？如果肾有灵魂，则刘哈娃就此分裂成了两个（且不讨论那个装了他肾的韦达所可能意味的连带问题），"自己"就算是西安人了。那么哪一个是真正的刘哈娃或真正的刘高兴？显然这一假设是建立在荒谬的基础上的。如果说一只肾卖给了西安人对刘哈娃本人来说能产生的影响除了身体受到损伤、得到一笔钱建了一栋房之外，还能有什么影响的话，就是记忆。这个身体的伤口，使他的记忆永远将自己关联在那个西安人身上。一部分已经不属于他的东西只在幻觉中还异在地属于他。这种前逻辑的想象也许是荒谬的，但它的确将清风镇的刘哈娃更强烈地同想象中的西安和"西安人"联系在一起，并成为进一步推动他在西安的人生

经历的一种动力——寻找装了他的肾的那个西安人也就成了故事发展的一条辅助线索。换句话说，正是这种近于"原始思维"的想象恰恰表现出了刘哈娃们对作为"天边外"的西安和"西安人"的"他者"的想象与向往，他在近乎荒谬地把自己往西安和"西安人"上靠，哪怕沾上一点边也是一种自豪与幸福。

如果说刘哈娃们对于西安产生的这种情结反映了人类社会各国在工业化、城市化过程中都会发生的一种普遍现象的话，刘哈娃们对西安和西安人所表现的这种情结则因为当代中国的历史和现实的一些特殊性原因而表现得更为强烈和复杂，显示了中国社会内部多重性的严重不平衡在一个生命主体身上的印记。但是，这种"原始思维"式的合法化认证并不能解决实际的问题，也不能解决刘高兴内心的问题。

显然对大多数人的实际来说，确定一个人身份的最简便的方法是公安机关根据你的户口所在地发的身份证。小说的开头警察即是据此认定"我"是刘哈娃，而媒体和民众也是据此来认定"我"的，而且民众还进一步揭露"我"是商州"炒面客"。显然，政府机关、媒体和民众这么认定"我"的身份，不仅是合法的，而且意义重大。我们应该看到，"西安人"和"清风镇人"实际上都是一种集体问题和集体性问题表征的符号。因此，即使在这个层面上解决了这个"刘高兴"的问题，还存在其他"刘高兴"的问题。因此，不管这个解决之道对刘高兴来说可行性如何，退一步讲，即使在西安，也会有人拿着"西安人"的身份证，但他的地位、财富、快乐感比不上某些"清风镇人"，相反，某些"清风镇人"可能在这些方面优于某些"西安人"。固然我们并不能根据这些个体现象而抹掉"西安人"和"清风镇人"这种集体身份背后的问题。总之，谈论在政府层面以身份证为标志的西安人身份对刘高兴没有什么意义。何况韦达这样既有西安人的正式合法资格和认证又有体面、财富的西安人最终也遭到了刘高兴的否弃。显然从刘高兴的内心来说，他实际上并没有选择这些正式的但也是外在的包括形象气质可视的外在之途来实现对"西安人"身份的抵达，同时在他这里"西安人"这个身份名词已经不是与外在地域、外在形象、外在合法化认定相关的那个意义上与"清风镇人"相对应的那个概念，它实际指向的是一种内心、内在的理解、想象、认同的概念。想象一种语言就是想象一种生活；想象一种身份就是建构一种身份、成就一种生活；认同一种身份，就是追求一种身份，体验一种身份，过着一种身份。这就是刘高兴的化解身份焦虑与获得身份超越的途径。

上面我们主要是从认知与论述的角度探讨了刘高兴的身份超越的可能之径,而当我们过渡到、谈到他的"西安人"概念,实际指向的是一种内心、内在的理解、想象、认同的概念的时候,问题就过渡到了实际生活境遇中的刘高兴,他作为一个生命主体的实际生活经验问题,在这个层面上的经验和体验实际上是在对话中实现的,是在与其他生命主体的交往中表现、体验和经历的。

为了确认自己的身份,刘高兴首先和自己对话,如他向自己举例论证了"我精于心算"等七条不同于一般"清风镇人"的地方;他还不断和那个没有和他结婚的女人发生虚拟对话:"我说:你那个大骨脚,我的老婆是穿高跟尖头皮鞋的!"他把这双鞋带到西安放在自己的床铺前高高展示在那里,每天和它(她)对话。当他结识了孟夷纯的时候,这双鞋又换成了孟夷纯的鞋,他又每天和孟夷纯对话。他认为自己和别人不一样,这种不一样也在与五富、黄八、杏胡等的交往中不断确证,也在与韦达的交往中确证的。开始他把韦达想象成自己的"西安人"替身形象,而真实中的韦达又在交往中确认了他这个清风镇的刘高兴与其他"清风镇人"不同,尽管最终是他这个刘高兴否弃了西安的韦达。

<blockquote>
孟夷纯在初次见我的那天,她说:刘高兴,你不像个农民。

我当时说:是吗,羊肉怎么会没有膻味呢?孟夷纯说,她在城里见的人多了,有些人与其说是官员,是企业家,是教授,不如说他们才是农民。孟夷纯的话其实说到了我心上,我一直认为我和周围人不一样,起码和五富不一样。这话我不会说出口的,但我的确贵气哩。[①]
</blockquote>

在所有的对话中,异性主体间的对话无疑是一种特殊的具有核心体验意义的对话。异性主体间的对话对生活在生存底线边缘的人来说往往凝结了多重社会关系和生活因素的话语内容,往往构成现实生活的中心轴线和内容。因此在与孟夷纯的对话中刘高兴获得了最重要的身份确证,得到了最大的快乐。孟夷纯的对话不仅正面证明着他与别人不一样,还从对官员、教授们的否定中从反面证明了他的不一样,而且正反结合也在不经意中超越了有关身份的那些外在的东西。而这正是刘高兴一再用来超越身份鸿沟、寻求自己心目中应该的"西

---

① 贾平凹:《高兴》,作家出版社2007年版,第8页。

安人"身份的合法性的途径。

但是要通过与孟夷纯的对话来确证自己,遇到了一个难题,就是首先得确证孟夷纯的理想身份。这个问题一开始埋藏着,因此起初刘高兴见过孟夷纯以后有抑制不住的快乐和兴奋,而随后发现的与孟夷纯理想身份不相协调的环境等因素,促使那个埋藏起来的问题进入刘高兴的意识的中心,并成为一个障碍。解决这个障碍的法宝在锁骨菩萨那里。

  谁能料到这塔让我从此知道了锁骨菩萨,而以后竟数次来到这里!

  但是,那个中午我来到塔前并没有意识到这是一种天意,是冥冥中的神的昭示……①

锁骨菩萨昭示的是什么呢?以前刘高兴"从未听说过锁骨菩萨,也是知道菩萨都圣洁,怎么菩萨还有做妓的?圣洁和污秽又怎么能结合在一起呢?"②显然菩萨为了普度众生、为了昭示世人可以"慈悲喜舍"、牺牲肉身,那么孟夷纯为了给哥哥申冤而牺牲自己的身体又与锁骨菩萨有何二致?看来肉身是虚幻的,那些贵气,那些昭示,那些善意,他们才是真正宝贵的,菩萨的身份就是最有力的合法性的证明。而且她在以后还不断地昭示着刘高兴。在对菩萨的这种昭示的体悟中,刘高兴实现了与菩萨的对话,在这种对话中,孟夷纯的身份与存在获得合法性,从而支持了刘高兴与孟夷纯之间的潜在对话与对她的身份、存在感的合法性证明与体验。

在此我们看到了作者在发掘人身上那些最宝贵东西的苦心。这也从一个侧面说明作者葆有着一颗理想主义的情怀,或者说天真主义的情怀。而这种人类宝贵情怀早在作者初登文坛时就表现着,在《满月儿》那样的作品中就明显地表现着。

从此,内心的一大障碍解决了。于是这在现实中进一步推进自己走向"高兴"、走向幸福的努力。而最后走向咸阳,走向五富的结局。五富是在喝酒的陶醉后出事的,他也是在口含鱼翅中结束了身体的存在。

五富没能活着回去。五富的老婆在数过以五富的名义留下的钱以后,"她突然号啕大哭,就坐在了地上,双拳在腿上砸:你们是一块出的门呀,你说你要

----

① 贾平凹:《高兴》,作家出版社2007年版,第97页。
② 贾平凹:《高兴》,作家出版社2007年版,第98页。

把人交给我的,人呢,人呢,我拿个灰盒子回去?"①这是刘高兴面临的最后一个重要的对话,这也意味着面对清风镇无数未出场的人他要面临的对话。这个对话只是生活中无数对话中最为严峻的一个。我们不妨再回顾一下那个家属院老太太善意的对话里潜在的现实内涵。"她说:噢,那地方我去过,苦焦得很。我说:还可以。"刘高兴不仅做出了抵抗,而且他拒绝了给他的二元钱,尽管他劳动了付出了。问题就在于在与老太太的这种对话中他体验到了对他身份的不能接受的隐在的书写和表达,他体验出一种幽灵般的主体的不平等。矛盾的是,当西安农民——房东开口向他借钱的时候,他又痛痛快快答应了,而且他意识到这个举动等于在承认你刘高兴也是有钱的人了。这个一正一反的对话内容有力说明了这些与身体密切相关的钱财对身份的确证又是非常重要的。这是生活现实的不言而喻的论证。刘高兴为了那个离开他的女人卖了肾建了房又因为一个肾的丧失而被遗弃,而杏胡坦然的性生活、孟夷纯为了给哥哥申冤而付出自己的身体成为"小姐",为了赎她出来刘高兴们才那样周折着去咸阳而最终既没挣够五千元还因为一桶免费而来的酒所带来的快乐而丧生……过去那些近乎"原始思维"状态下围绕着身份问题的关于身体、户口和生活的地域、名字哪一样决定着一个人的身份(被排斥和否定的"清风镇农民"还是追求和向往中的理想的城市人——"西安人")和决定着一个人的追求与幸福的困惑,或许刘高兴依然无法弄得一清二楚,恐怕作者也无法说清。对刘高兴来说,锁骨菩萨给了他内心的启示,使他关于人的身份获得了超越性的认同,而关于现实中围绕着身体展开的现实对话问题,他依然得借助现实来解决。这似乎否定了锁骨菩萨的启示的意义,实际是补充了现实关于身份与存在的启示,它们一起构成了一种互补。我想到一部新的电影作品《左右》,影片中的主人公也是要试图通过自己主体世界的认同来超越现实生活中出现的困境。正像王一川在对影片的叙述艺术进行分析后所指出的,"我们当下的'和谐社会'的建立不能单纯依靠乌托邦,但也离不开合理的乌托邦实验"②。同样,刘高兴们的身份问题的解决,虽然不能单纯依靠主体自身的认同想象,但主体自身的这种认同想象不仅是可贵的,而且是大为必要的。

---

① 贾平凹:《高兴》,作家出版社2007年版,第413页。
② 王一川:《挑战伦理极限的乌托邦实验——从影片〈左右〉看社会危机与对策》,载《中国政法大学学报》2008年第3期。

去不去韦达的公司，我也会待在这个城里，遗憾五富死了，再不能做伴。我抬起头来，看着天高云淡，看着偌大的广场，看着广场外像海一样深的楼丛，突然觉得，五富也该属于这个城市。石热闹不是，黄八不是，就连杏胡夫妇也不是，只是五富命里宜于做鬼，是这个城市的一个飘荡的野鬼罢了。①

这是刘高兴的想法，无疑也是作者的想法，在这个想法里，保留了刘高兴原先认同的东西，包含了刘高兴的也是作者的关于身份、关于"西安人"的更为明确的认证尺度和感悟。

这无疑上升到了当代前沿性的哲学问题的高度——身体、身份，认同作为集中探讨的学科问题固然是近年兴起的，然而它们作为人类存在的问题却由来已久——这一高度的抵达决定于作者对叙述人和叙述角度的选择之中。

四、《高兴》：提示一种"三农"主义文学的必要性与可能性

贾平凹说："我在这几年来一直在想这样的问题：在据说每年全国出版千部长篇小说的情况下，我又是已经五十多岁的所谓老作家了，我现在要写到底该去写什么，我的写作的意义到底是什么？"②这里不仅涉及他对小说应该写什么的思考，也隐隐地反映出了他对如今这个声光电色传播繁荣、虚拟与真实互相混杂的时代里小说这种文体的作用与力量的思考。"我虽有文名但无官无权无钱的又能帮他们做些什么呢？"③这句话同样表达了他对作家，进而也包括小说的"作为"的某种忧虑。因此，他在小说的末尾附上了两篇后记《我与高兴》《六棵树》，使它们与小说正文形成了煞费苦心、颇有意义的互文关系，如果说《我与高兴》是这篇小说写作行为的一种自然延伸的话，《六棵树》的安排则充分表露了作者如此安排的深谋远虑。既为小说，则为虚拟，或要以"纯属虚构，请勿对号入座"的面貌示人。正像他的贾姓家族里的晚辈们来城里打工却不愿见他，在于见他于他们的生存又有什么帮助呢这一方面之外，他们面对他容易产生的"混得不好的羞愧"也会令他们感到无趣，正像那个拾破烂的朋友提出如果抱着看耍猴的心态就不要上他们的住处一样，这些打工阶层的人是不

---

① 贾平凹：《高兴》，作家出版社2007年版，第414页。
② 贾平凹：《高兴》，作家出版社2007年版，第423页。
③ 贾平凹：《高兴》，作家出版社2007年版，第422页。

愿意与他的阶层之外的人发生"对话"与"交流"的,他们更不愿意别人把他们的生存以他们的真名实姓书写出来的。因此,作者就只能以匿名的方式即小说的方式——当然这也是作者擅长的方式、更自由的方式,来书写这一人群的生活,即使在后记里对打工者生活的有限书写中,除了刘高兴刘书祯外,其他人都以"×××"表示。这一部分无疑以写实的、准实名的方式展示了打工阶层的真实生活的一隅。它们同样是感人至深的,如作者去一个拾破烂的朋友那里,有这么一个细节:

> 他老婆在门外炉子上做饭,进来说:你只排夸你出五关斩六将哩,咋不说你走麦城!你出来。他出去了,又进来说:老婆问你们吃了没,没吃了就在我这儿吃?①

这个镜头虽然只是一闪,但它从一个细缝微妙地表达出了这位打工妇女的清醒智慧、社会见识以及她为人的咋呼与内敛、善良热情与质朴自重。想他们的处境、看他们的言行,读来令人感叹唏嘘。这样的内容、这样的描写不禁令人联想到杜甫的"三吏""三别"、白居易的《卖炭翁》那样优秀的文学精神传统。作者似乎是要在这个虚拟符号产品泛滥、电视等主流媒体的农村题材"娱乐化"的时代,苦心孤诣地告诉人们一个阶层的一种真实的存在和他们的愿望。他似乎在告诉我们,这《高兴》只是一种《我与高兴》的姊妹文本,一个以匿名方式出现的内容更广泛的更完整的关于这群人的生存状况的文本,它们是同样真实的。而通过《六棵树》作者似乎在无声地将我们的思绪引向打工者阶层所来自的更广大的地方——农村甚至农业,让我们想象到留守在那里的人,联想到那里的正在被时代风化侵蚀的传统,他在告诉我们,这些在城市的,处在"后现代"边缘或者说底层的拾破烂者和其他打工一族只是这个广大阶层的一个代表、一个缩影,他们在城市的生活只是留守在那里的人的生活的另一种文本或符号表现,他们是八九亿农民的某种集体镜像。如此这三个文本之间就构成了一种深刻的互动。作者说:

> 如果我不是一九七二年以工农兵上大学那个偶然的机会进了城,我肯定也是农民,到了五十多岁了,也肯定来拾垃圾,那又会是怎么个形状呢?这样的情绪,使我为这些离开了土地在城

---

① 贾平凹:《高兴》,作家出版社2007年版,第428页。

市里的贫困、卑微、寂寞和受到的种种歧视而痛心着哀叹着，一种压抑的东西在始终左右了我的笔。我常常是把一章写好了又撕去，撕去了再写，写了再撕，想为什么中国会出现打工的这么一个阶层呢，这是国家在改革过程中的无奈之举、权宜之计还是长远的战略政策，这个阶层谁来组织谁来管理，他们能被城市接纳融合吗？进城打工真的就能使农民富裕吗？没有了劳动力的农村又如何建设呢？城市和乡村是逐渐一体化呢还是更加拉大了人群的贫富差距？①

通过作者的这番夫子自道，我们看到，这个文本互动的安排毫无疑问与其说是一种刻意设计，不如说是社会现实和作者内心世界在一种有意无意地表达中自然"结出"的文本结构形态，它以不同文本一叠三唱地传达了作者的思考和忧虑、愿望和无奈。这三个文本的交互作用在提示我们，《高兴》是否在提示着一种姑且叫作"三农"主义、"农民主义"或"农权主义"文学在当代中国存在的必要性和可能性？如果说女性主义文学或女权主义文学的出现是由于对人类的男性以外的另一半的自信与存在的感受与权利的发现和表现的历史产物，而后殖民主义或东方主义文学的出现是广大的第三世界或后发达国家民族的存在经验与权利发现与表达的产物的话，那么，《高兴》等作品，似乎在提示着，一种发现、关注和表达八九亿人的生存状况和权利的特殊文学在当代中国相当长的历史时期是否有着存在的可能性和必要性？不过，不管这样一种亚文学在当代文学中有无真正存在的可能，我们的确看到，作者是从文学的角度看到了这样一个独特阶层的生命存在，并在努力地走进这一阶层的生命主体的内心，在试图发现、体会和理解他们的生命经验，他们的尊严，他们的感受、欲望和梦想。

现在的刘高兴使我萌生了写作的欲望。我想，刘高兴和他那个拾破烂的群体，对于我和更多的人来说，是别一样的生活，别一样的人生，在所有的大都市里，我们看多了动辄一个庆典几千万，一个晚会几百万，到处张扬着盛世的繁荣和豪华，或许从他们的生存状态和精神状态里能触摸出这个年代城市的不轻易能

---

① 贾平凹：《高兴》，作家出版社2007年版，第430页。

触摸到的脉搏吧……我掂量过我自己,我可能不是射日的后羿,不是舞干戚的刑天,但我也绝不是为了迎合和消费去舞笔弄墨。我这也不是在标榜我多少清高和多大野心,我也是写不出什么好东西,而在这个年代的写作普遍缺乏大精神和大技巧,文学作品不可能经典,那么,就不妨把自己的作品写成一份份社会记录而留给历史。我要写刘高兴和刘高兴一样的乡下进城群体,他们是如何走进城市的,他们如何在城市里安身生活,他们又如何感受认知城市,他们有他们的命运,这个时代又赋予他们如何的命运感,能写出来让更多的人了解,我觉得我就满足了。①

作者感叹:"我虽有文名但无官无权无钱的又能帮他们做些什么呢?""我不是政府决策人,不懂得治国之道,也不是经济学家有指导社会之术,但作为一个作家,虽也明白写作不能滞止于就事论事,可我无法摆脱一种生来俱有的忧患,使作品写得苦涩沉重。"②作者的某些愿望显然超出了一个作家的话语力量的范围。正像"锁骨菩萨"的启示对刘高兴而言是有意义的,但这个意义有它的限度一样。作家的话语、小说的话语有它的力量和限度。我想,读了这篇小说,看了作者对这篇小说写作修改过程的介绍,不少读者会说,作者的确成功地找到了通往这个阶层的人们内心深处的途径,为我们描绘出了一个群体在这个特定时代的生存图景。2007年诺贝尔文学奖得主多丽丝·莱辛说狄更斯的写作灵感来自底层社会生活的贫困和命运的悲惨,并赞美这些关注底层的作家写出了生活在底层的人们内心的痛苦、欲望和梦想。也许,不管在什么时代,作为捍卫人的尊严与权利的文学,都不应该忽视那些生活在边缘和底层的人们。

五、小结

关于身份的焦虑与超越的问题多少有些玄虚,作者虽以此虚为线索,但"功夫"不尽在此,或"功夫"更在"诗外"。作品具体呈现的是生存故事,而如此生存故事在此线索的营造下则不再流于琐碎和堆积,显出了组织结构和层次的章法与丰富性,关于身份的困惑与焦虑也不再沦为玄虚,而是灌注呈现在对人物生

---

① 贾平凹:《高兴》,作家出版社2007年版,第423—424页。
② 贾平凹:《高兴》,作家出版社2007年版,第430页。

命存在的具体过程和状态的描述中，作品的具体性和超越性在此达成。

说到底，身份焦虑实质上是生存焦虑的象征符号表达。认同超越既是一种主体人格与权利的积极表达，也是一种正面诉求和一种超越的努力。小说起名《高兴》，在于作品已经在以刘高兴为主人公，并以刘高兴为叙述人，更以刘高兴的内心诉求为精神线索。取此名称不仅名副其实，也表达了作者对刘高兴们的生存智慧、人生境界的积极赞美，当然也体现出对他们悲戚处境的无奈反讽与警示。小说无言地提出了一种"三农"主义文学存在的必要性与可能性。

［原载《西安建筑科技大学学报（社会科学版）》2008年第4期］

刘高兴：迷惘在城市与乡村之间

莫林虎

刘高兴是贾平凹新作《高兴》的主人公。这个人物在贾平凹的农村人物形象中，具有新意。其新意在于，刘高兴形象集中了诸多的悖反与矛盾，这些悖反与矛盾，当然是中国当下社会历史发展进程中城乡社会阶层、人性发生剧烈变化的投影，更重要的是，刘高兴形象中的悖反与矛盾，还折射出贾平凹思想感情的迷惘。

一、刘高兴形象的悖反与矛盾

刘高兴形象的悖反与矛盾，体现为三个方面：第一，刘高兴形象是贾平凹的灵魂，收破烂者的身躯，灵魂与身躯之间存在着悖反关系。第二，向往城市与城市的拒绝的矛盾。这里既有农民工自身的现实困境，也有贾平凹本人的心理体验。第三，表层的"高兴"与内里的沉痛的矛盾。表层的"高兴"是出于意识层面的选择，内里的沉痛才是作者内心深处真实的体验。

1. 贾平凹的灵魂，收破烂者的身躯

《高兴》中，一个强烈的印象是刘高兴灵魂与身躯的分离。刘高兴善吹箫且颇有造诣，喜欢文学，喜欢精致之美，对自己的未来抱持不同流俗的想象，洁身自好，善良仗义。这样一种精神禀赋和刘高兴收破烂者的身份组合在一起，无论怎么说，都给人一种怪异感。刘高兴的精神禀赋实则不是身为收破烂者所有，而基本上是早已成为都市上层社会精英的贾平凹精神禀赋和社会理想的投影。尽管贾平凹口口声声说他"有严重的农民意识""内心深处厌恶城市，仇恨城市"，但他已经不再是农民了，他是都市上层社会精英，充分享受着都市给他带来的各种便利和利益。也只有在这样一种生活背景中，具有这样一种社会地位，他才能保持小说中刘高兴式的精神追求。

有论者指出，贾平凹具有浓厚传统文人意识与情趣，但由于贾平凹对自己早年农村贫苦生活的强烈记忆以及城乡差别的刻骨体验,使他始终与城市有着一种隔阂甚至是仇视。贾平凹早在1993年就比较清楚地意识到了这一点,他说:"说到根子上,咱还有小农经济思想,从根子上咱还是农民。虽然你到了城市,竭力想摆脱农民意识,但打下的烙印,怎么也抹不去。好像农裔作家都是这样。有形无形中对城市有一种仇恨心理了,有一种潜在的反感,虽然从理智上知道城市代表着文明。"①这样的表达在十四年后的《高兴》后记中再次出现,承认自己"有严重的农民意识","内心深处厌恶城市,仇恨城市"。这样一种心态,就使得贾平凹的传统文人情趣和农民意识是紧密结合在一起的。二者相互激发,相辅相成。

在贾平凹的早期作品中,由于城乡之间互动还远不频繁、剧烈,身处城市的贾平凹便把所有的美好、纯净都赋予了乡村,他在《满月儿》《果林里》等作品中创造的纯美境界,表现了他的审美理想。此时的贾平凹文人气息还不明显,多的是来自乡野的清新、朴素。在20世纪80年代的《商州初录》等作品中,他把《满月儿》时代的乡村的纯净与传统文人情趣做了很好的结合,如尝试一种拟笔记体的文体形式,在语言上有意识学习古代小说的风格和韵味,表达出作者对传统文人审美趣味的追求。这一时期的探索,受到较多评论家和读者的认可。随着贾平凹年龄、阅历的增长和文化修养的提高,他的传统文人气息越来越明显,但他身上的农民出身的自我心理暗示却并没有消失,而是如影随形地伴随始终。于是,在1993年《废都》中,以批判城市的衰颓、腐败为主题。这个主题应当说本来有相当的深度,贾平凹对城市的负面现象也有较充分的感受。但由于贾平凹在内心深处对于城市的隔阂乃至厌恶、仇恨,使这部作品在揭示城市文化的阴暗面时,无法看到现代城市文化中的正面意义与价值,他表现的恰恰是心为"农民"的贾平凹对于城市的不无偏颇的心理体验。值得注意的是,贾平凹在表达这种负面体认时,同时把传统文人情趣也比较充分地表现出来了。不仅主人公庄之蝶与他的文艺界朋友每日谈空说有,议文论艺,而且与他有暧昧关系的女性们也熟悉《浮生六记》《翠潇庵记》《闲情偶记》之类的古代典籍。只不过,这种传统文人情趣以一种类似于中晚明时期的颓废格调体现出来。《废都》以一种对城市文化的否定来满足其乡村意识、农民意识的自我肯

---

① 贾平凹:《关于小说创作的答问》,载《当代作家评论》1993年第1期。

定。到2005年,中国改革的迅猛推进使城乡之间的互动变得空前频繁、剧烈,传统农村的生活方式、权力格局也受到致命影响时,贾平凹以更大的热情关注变化中的农村和农民。这种关注,就体现在《秦腔》中。《秦腔》中的农村已经不再是二十多年前《满月儿》《商州初录》中的世外桃源了,而充满了利益的争斗,人性的负面景象被更多地表现出来。作品弥漫着衰颓、无望、沉重和悲凉的气息。农村中的农民分化为不同的群体,并且开始离开家乡,涌向城市。因此,有论者指出,十多年前《废都》写的是城市的衰颓,2005年的《秦腔》则是"废乡",反映的是乡村的衰颓。不过,与十多年前《废都》相比,贾平凹少了些颓废、消极,多了理性和节制,因此整体格调上体现为沉重和悲凉。

《高兴》无疑是《秦腔》的进一步推进,从题材上说,这是写《秦腔》中的农民离开了土地进入城市后的生活,尽管与《秦腔》一样,在表现农民命运时,他有一种沉重与悲凉之感,但他希望能在《高兴》中创造出一个能面向未来的理想的农民形象。于是,每天乐呵呵的、有着贾平凹式文人情趣而又每天与垃圾、乞丐、废品收购站、城中村出租屋住户打交道的刘高兴就应运而生了。

贾平凹在答记者问时说,"写东西当然不能站在农民的角度看这个城市这个社会","作家应透过这一层看人性的东西"。这个说法是对的,但问题是,贾平凹在塑造刘高兴这个人物形象时,却又走得太远,把太多作者自己的文人气息赋予了主人公,无法把刘高兴这个底层人物形象的人性深度真正发掘出来。年过半百的贾平凹自认为是"农民",关注农民,可是他与农村、农民毕竟已经脱离三十多年了,这种非城非乡的身份使贾平凹在城乡之间游移不定,使他在塑造刘高兴形象时产生了灵魂与身躯分离的结果。

贾平凹自己也意识到这个问题,他在《高兴》后记《我和高兴》中写道:"这个年代的写作普遍缺乏大精神和大技巧,文学作品不可能经典,那么,就不妨把自己的作品写成一份份社会记录而留给历史。"[①] 伟大的文学是需要伟大的思想做基础的,贾平凹也意识到自己的缺憾,因此希望"把自己的作品写成一份份社会记录而留给历史"。但即使要给历史留下社会记录,也需要对现实世界具有敏锐、深刻的理解和把握,要对急剧变化的中国社会发出文学的声音,并与变动中的社会进行及时的频繁互动。在这个方面,目前中国整个文学界既

---

① 贾平凹:《高兴》,作家出版社2007年版,第423页。

缺乏这种意识也缺乏这种能力。相对而言,贾平凹是一个社会责任感较强的作家,他一直以来都希望对急剧变化的中国社会做出自己的判断,发出自己的声音。如果说二十世纪七八十年代他还能较好地完成这项任务的话,那么到了20世纪末以来,他的这种能力就由于种种原因存在缺憾了。

2.向往城市与城市的拒绝

贾平凹在《高兴》后记《我和高兴》中写道:

> 我为这些离开了土地在城市里的贫困、卑微、寂寞和受到的种种歧视而痛心着哀叹着,一种压抑的东西始终在左右了我的笔。我常常是把一章写好了又撕去,撕去了再写,写了再撕,想为什么中国会出现打工的这么一个阶层呢,这是国家在改革过程中的无奈之举,权宜之计还是长远的战略政策,这个阶层谁来组织谁来管理,他们能被城市接纳融合吗?进城打工真的就能使农民富裕吗?没有了劳动力的农村又如何建设呢?城市与乡村是逐渐一体化呢还是更加拉大了人群的贫富差距?我不是政府决策人,不懂得治国之道,也不是经济学家有指导社会之术,但作为一个作家,虽也明白写作不能滞止于就事论事,可我无法摆脱一种生来俱有的忧患,使作品写得苦涩沉重。而且,我吃惊地发现,我虽然在城市里生活了几十年,平日还自诩有现代的意识,却仍有严重的农民意识,即内心深处厌恶城市,仇恨城市,我在作品里替我写的这些破烂人在厌恶城市,仇恨城市。我越写越写不下去了,到底是将十万字毁之一炬。[①]

我之所以在这里不厌其烦地引用贾平凹的文字,是要说明,刘高兴命运中的向往城市与城市的拒绝首先是贾平凹本人的心理体验,其次才是农民工自身的现实困境的写照。

在中国无数农民进入城市的过程中,一定有很多人都体会过向往城市与城市的拒绝的命运,现在的问题不在于这个现象,而在于如何看待这个现象以及农民进入城市的方方面面的问题。

从贾平凹的自述中,可以看到贾平凹对于农民工进城这个现象本身就充满

---

① 贾平凹:《高兴》,作家出版社2007年版,第430页。

着困惑。初稿中的"苦涩沉重""厌恶城市，仇恨城市"，固然是困惑的表征，重新写作后正式出版的定稿未必不是困惑的表征。

在正式出版的定稿中，仍然有着"苦涩沉重""厌恶城市，仇恨城市"，但主人公刘高兴被确定为向往城市的价值取向，这种价值取向至少在表层上、在小说中处于主导地位。但这种对于城市的强烈向往却一次又一次地被城市拒绝。

刘高兴一次又一次被城市拒绝的命运安排，其中有着作者的潜意识在起着作用。从前面提到的贾平凹前期作品中可以看到，贾平凹的价值取向是传统文人田园牧歌式的，在20世纪末21世纪初，贾平凹以这种理想，既批判了城市的堕落（《废都》），又哀叹了乡村的衰落（《秦腔》）。刘高兴尽管向往城市，可是他的价值取向却是贾平凹式的。因此，即使狡黠、能干如刘高兴，贾平凹也要让他在城市中屡屡碰壁，一次又一次被城市拒绝。其实传统文人的价值取向和狡黠、能干的性格特征，在一个身为收破烂者的人物身上拼合，本身就不太令人信服。而刘高兴向往城市与城市的拒绝的命运安排，就更加明显地表征出作者精神世界的迷惘与矛盾。

可能是为了符合"哀而不伤，怨而不怒"的传统审美观念，也为了与主导文化保持某种和谐，贾平凹把初稿的"苦涩沉重""厌恶城市，仇恨城市"的主导情绪转变为正式出版的定稿的向往城市的基调，这可能表明作为急剧变化时代的刘高兴们，"向往城市"已成为一种无奈的命定，因为农村也已衰败（《秦腔》）。既然如此，还不如"高兴"地面对，即使城市并不一定接纳他们。

3.表层的"高兴"与内里的沉痛

根据以上分析，很自然得出结论，《高兴》中的"高兴"是表层的、虚幻的，而沉痛才是内里的、真切的。这一点，贾平凹说得很清楚："书名叫'高兴'，其实怎么高兴得起来呢？刘高兴把名字改成了高兴，我又在书上尽力写出一种温暖感，其实寄托了我的人生的苍凉感。……你注意到了吗？我在写他们最苦难的时候，景色都写得明亮和光鲜，寻找一种反差，而且控制着节奏，沉着气。冬天里一切都濒于死亡，但树叶的色彩却最鲜艳啊。要不动声色地写。"[①]

---

① 罗小艳：《贾平凹：放弃写作，那还叫什么作协主席》，载《南都周刊（文艺版）》2007年10月31日。

二、贾平凹的迷惘及其意义

刘高兴形象集中了诸多的悖反与矛盾,这些悖反与矛盾,当然是中国当下社会历史发展进程中城乡社会阶层、人性发生剧烈变化的投影,更重要的是,刘高兴形象中的悖反与矛盾,还折射出贾平凹思想感情的迷惘。而贾平凹的这种迷惘,不仅仅是贾平凹个人的迷惘,而是代表了相当多的关注农村生活、农民命运的作家的迷惘。

中国当代作家在经历了20世纪80年代的集体辉煌后,到90年代后进入了集体消沉。由于中国社会、经济、文化的剧烈变化,使得绝大多数作家对现实失去深刻透视和全面把握的能力。相当一部分作家以"纯文学"的追求聊以自慰,少数仍然关注现实的作家,由于其知识结构、精神视野、人生阅历等的局限,对现实的评判表现出明显的极端与偏激,无法与现实进行深刻的对话与互动,当然也就无法对行进中的中国社会形成深刻的影响。"失语"实则是十多年来中国文学界的基本状态。在少数仍然关注现实的作家中,擅长农村题材的贾平凹、张炜等也都存在这一问题。和贾平凹一样,20世纪80年代的张炜在《古船》中对改革中的农村还有着较为深刻的观察和评判,但同时他也在作品中表现出对于现代工业文明潜在的对传统农业文明的巨大破坏性的恐惧与不安。这种对现代工业文明的拒绝与恐惧,到了20世纪90年代《柏慧》(1994年)、《家族》(1995年)中,变得更为强烈。由于存在这样一种心态,张炜开始把希望寄托在传统的文化资源上,这些文化资源有着极端道德化的倾向,甚至对带有强烈落后性的封建家族伦理体系也极力称颂。这样,张炜对于现实的批判就走到了走火入魔的境地。作者以这样一种文化立场观察和评判现实,其偏颇是自不待言的了。他在新世纪以后渐渐丧失与现实社会的有效对话,丧失对中国现实问题的发言能力,也是顺理成章的了。

张炜是中国相当一部分作家的代表。这批作家大多出生于20世纪50年代,他们在精神最饥渴的时代接受的教育存在相当的缺陷,不仅在知识结构上、系统教育上存在问题,而且在价值观上、精神视野上也存在严重缺失。这样一批作家与"五四"时代的文学大家是远远不能相比的,甚至在知识结构上、系统教育、价值观、精神视野上可能都无法与他们的子女一辈相比。这些作家中存在的文化价值上的向后看、道德极端化等问题,与他们成长的二十世纪六七十年代的政治、文化氛围有着深刻的内在联系。

相比较而言，贾平凹在人生态度上比张炜要温和得多，他在批判现代社会的负面现象的同时，也力图去理解这个时代。从早期追求乡野之美到中期写出《鸡窝洼人家》《浮躁》那样极富时代精神的作品，可以看到贾平凹与时代同行的一面。在《废都》的偏颇之后，他又重整旗鼓，写出了《高老庄》《秦腔》《高兴》这样力图对现实发言的作品。但也要看到，贾平凹根深蒂固的农民意识、传统文人趣味和过于陈旧的知识结构，使他要理解这个时代的努力显得十分吃力。这就是贾平凹的迷惘形成的真正原因。

作为五十多岁的老作家，能够一直关注中国现实社会发展，为急剧变化的中国社会留下一份份社会记录，这本身就是难能可贵的。作为一个作家，他要做的是对时代、人生、人性做出自己独到的观察与评判。但由于中国三十年以来的变化是中国数千年来天翻地覆的巨变，这种巨变既没有纵向的范例可借鉴，也无横向模式可参照。因此，即使是贾平凹这样的老作家，也无法对这个时代做出足够清晰的评判。刘高兴在城市与乡村之间的迷惘，实则是贾平凹的迷惘，也是无数农民工的迷惘。刘高兴这个人物形象所表现出来的迷惘，可以引发我们对我们身处的时代、人生、人性做更深入的观察和思考，这应当就是《高兴》的意义和价值所在。

[原载《西安建筑科技大学学报（社会科学版）》2008年第3期]

徘徊在"高兴"与"失落"之间

——评贾平凹的长篇新作《高兴》

于京一

也许谁都不会想到,贾平凹会写出一部《高兴》这样的作品。这样说并非意味着这部小说是贾平凹创作道路上的某种令人难堪的倒退,或者是企及了一个相当的高度形成了某种突破,真正的原因在于,《高兴》几乎完全游离于贾平凹以往小说的创作风味和气质。在这里既感受不到他初登文坛时的清新与隽永,也淡化了《废都》时代的通脱晓畅和深刻圆熟,即使与创作于两年前的《秦腔》也并非一脉相承——尽管贾平凹自称《高兴》是《秦腔》的续篇,在《秦腔》里我们感受到、触摸到的依然是那个信心十足、游刃有余、运筹帷幄的贾平凹。那些散落在文本中的故事、人物以及人物的语言,似乎不是从作者的笔端呈现,而是像那些土生土长的西北植物动物、河流山川一样,由那片土地所孕育,并且无法阻遏地一浪一浪地喷涌而出。而小说《高兴》却总给人一种"隔"的阅读感受,让人在收获某种阅读期待的同时也失去了些许曾经的酣畅和韵味。这种现象也许是作者自我超越的一个过程和必经之路,是一个优秀作家不断挑战自我书写极限必须付出的代价。总之,我们看到,一个风格迥异却又影像模糊的贾平凹向我们走来。

一、拒绝"存在的遗忘":对小说叙述疆域的有效开拓

在《小说的艺术中》,米兰·昆德拉曾经激情难抑而又意味深长地评价小说:"它也受到'认知激情'的驱使,去探索人的具体生活,保护这一具体生活逃过'对存在的遗忘';让小说永恒地照亮'生活世界'"。并且一再认同赫尔曼·布洛赫所顽固地强调的"发现唯有小说才能发现的东西,乃是小说唯一的存在理由"。毫无疑问,米兰·昆德拉在对小说寄予厚望的同时,也使小说承

担了相当的责任。在《高兴》中，贾平凹带给我们的便是一种"对存在的遗忘"的顽强抗拒，他以如椽之笔穿越小说叙事与虚构的重重栅栏，直抵现实生活的内核，重塑起文学世界中不可回避而又恒久不衰的底层叙事，打造出一种坚硬如铁又温情备至的底层叙事品质，构建并深化着久为文坛所忽略的底层叙事伦理。

小说以进城务工人员为叙述的对象和载体，以捡破烂者刘高兴为叙述的中心，纠结着五富、黄八、杏胡夫妇、石热闹和妓女孟夷纯这些挣扎于社会底层的人的人生。通过他们的所见所闻所遇所感展开小说的枝蔓，直击现实生活的真相，将一个错综复杂、悲苦凄凉、无可奈何而又自得其乐的底层世界缓慢敞开：五富善良诚实又勤劳，但小农意识特别浓厚，他宁可起早贪黑也不去廉价收购小偷之物，为多赚点钱而去黑市转悠却屡次被骗甚至被揍，他唯刘高兴马首是瞻，与黄八打闹热络又怄气，他留恋家乡的田野、思念家里的老婆，经常萌生返乡的冲动，最终却客死在惨无人道的工地上；石热闹屡次上访无果而沦落为城市里的乞丐，把对命运和权力不公的愤懑发泄到自己的身上，在自我作践和虐待中成为城市里众人喊打的懒散浪人；杏胡夫妇为还清债务而远离家乡，在西安以捡破烂谋生，却因交友不慎而案件缠身；孟夷纯为筹措资金给哥哥破案申冤而落入红尘，又不幸被抓获劳动教养；唯一给小说文本带来亮色和欢愉的是刘高兴，但他最终也被城市的冷漠和残酷打击得伤痕累累、陷入无限的迷惘与彷徨之中。一个世代流转的"悲惨世界"就这样不动声色地在我们的眼前徐徐敞开。

其实，自20世纪90年代以来，"回到现实、直面现实"的呼声一再响彻文学的天空，但可悲（这种呼吁本身暴露的便是一种可悲的境遇）的是，这种呼声遭遇的，要么是充耳不闻，要么被有意无意地曲解成"回到私生活"和"凡庸叙述"，甚至与商业化同流合污。而真正观照现实的力作却寥寥无几、乏善可陈。文学深陷"玄"与"软"的泥淖中，依然没有脱离先锋文学的故弄玄虚、词语堆砌和媚俗文学的糖衣炮弹、性感妩媚。作家们沉浸于对历史的天空、满地的鸡毛或者民族的传奇与恍惚的回忆中无法自拔。那么到底是什么让我们时代的文学失去了沉甸甸的真实而悬浮在想象的虚无和轻飘飘的麻醉中呢？原因大致有三：一是作家创作主体的缺席。这里所谓的缺席并非指"量"上的少无，而是指"质"上的麻醉与堕落。毫无疑问，作家是一个时代的良知和灵魂，是他所处时代的精神坐标，雨果、托尔斯泰、曹雪芹、莎士比亚、马尔克斯、海明威等等，无不如此。一个时代有无伟大的作家，是关乎一个时代能否被历史书写甚至成为历史亮点的重要标志之一。任何一个产生了伟大诗人与作家的时代都是一个值得永远回味、无限缅怀与追想的时代。而当代的中国大地以及在这片土地上蝇营狗苟讨生活的底层人民却失去了自己的作家，失去了自己话语言说的代言人和生活感怀的陈述者。作家们或独自蜗居在温馨的厅堂，游走于优雅的沙龙，留恋于媒体的风光，跻身于大学的讲堂，他们竭尽全力试图甩去脚底下的泥土、泡去身体上的汗酸味，而完全无视甚至鄙视底层生活的艰辛、执着、肮脏甚至暴力与不公。从这个意义上说，《高兴》带给我们的阅读震撼是巨大的。它显示的不仅仅是贾平凹个人对被遮蔽的底层社会的关注和去蔽，而且必将对众多作家的写作意识和精神取向产生不容忽视的影响。二是势利的时代。这是一个唯消费至上的时代，所有的温情面纱和道德法则都被趾高气扬的拜物教者理直气壮地踩在脚下，弃若敝屣。消费时代的人们追逐的是流行时尚、渴慕的是一掷千金的潇洒和纸醉金迷的富贵，人们纷纷炫耀着自己无与伦比的消费能力和消费品位，似乎消费越高越时尚者才是这个时代最有生活质量和追求的人。因此，这个时代所生产的话语便也成了势利眼，它频频与权力和商业眉来眼去，合谋欺骗并压迫着这个时代的无权无钱阶级。灯红酒绿与车水马龙几乎掩盖了城市生活的所有阴暗，也掩去了底层人民坚韧惨烈的生活历程，在消费制造的五彩泡沫下流淌的是底层人群的血与泪。三是经验的匮乏。在新文学史上，作家们曾经与底层民众走得十分亲近，20世纪20年代十分发达的乡土小说，三四十年代的萧红和沈从文都是杰出的代表。而赵树理则自称为"文摊文学家"，他的创作就是要呈现底层人民的真实状况，揭示在农村实际工作中存在的问题，并希冀引起重视给予解决。中华人民共和国成立后，则有柳青、周立波、孙犁等一大批作家上山下乡、深入地头甚至与农民同吃同住达十几年之久，由此积累了丰厚的底层生活经验，诞生了像《红旗谱》《山乡巨变》《创业史》这样一批深入生活体现生活的优秀作品。而当代作家则大多身居繁华都市的雅间，早已失却了亭子间的尴尬和辛酸，更不要说农村茅屋土炕的艰辛与困苦，很难想象他们会洞悉底层人民的艰难世事和苦难心肠。因此，在如此浮躁喧嚣的文坛上，贾平凹的《高兴》连同近几年涌现出的《我是真的热爱你》（乔叶）、《民工》（孙惠芬）、《米谷》（王祥夫）等小说共同凝聚成一束难得的观照之光，照亮了底层社会的生活真相，呈现出他们生存的本真状态。这些作品完成的不仅是现实意义上的直面生活，而且更是存在意义上的去蔽，展现的是一种追求从现象到本质的去伪存真的大勇气和探索文学表现的大气魄。这是追求道德与品格的小说。当然，与社会学家不同的是，作家书写底层生活不仅仅是一种暴露的需要或者同情的施予，更重要的是对生活本身的尊重、对存在本真的抚慰以及对生命万象的感怀。所谓"一沙一世界，一花一天堂"，每一个生命的被抛入都是无可奈何的，但被抛入后的生命承担却不可推卸，境遇不同则承担的方式不同，但每一种承担都是生命本质的呈现，都值得尊敬。总之，这些执着于底层叙事的小说文本给我们展现了一种令人肃然起敬的书写品质。

二、戏谑的叙述姿态：对小说叙述形式的有力挑战

小说在文本叙述上也展示了令人惊喜的独到之处。它采取的是一种戏谑的叙述姿态，收获的却是"含泪的微笑"的美学效果。众多评论者都发现刘高兴与五富的身上闪烁着堂吉诃德与桑丘的光芒，但仔细品味，两者之间却趣味迥然。《堂吉诃德》中遍布着讽刺的欢快和可笑，但讽刺之余叙述者似乎又满怀歉意地转过身来对堂吉诃德报以笑脸相迎的安慰，怀抱的是一种叹惋的感情；而《高兴》则通篇以笑来叙事，用"刘高兴笑对生活"来支撑起小说的文本叙事，但最终带给我们的却是一种悲苦与无奈。也就是说，前者是以讽刺为手段达到笑的目的，在一种乐呵呵的悠然中揭示出历史前进的必然和落伍者的可笑；而后者则以笑为手段，在笑中完成了对当下现实的批判与反思。为了收获这样的阅读效果，贾平凹甚至几易其稿，最终采取了第一人称叙事的方式。刘高兴成为小说文本的叙述者，他以自己独特的心理感受和身份想象，引导小说穿梭于城市底层生活的涡流与浊浪之中，这不仅给我们以翔实的信息冲击和深切的现场感受，而且他那特有的城乡杂糅的思维视角、土里土气的言说方式和故作高蹈的话语姿态构成了小说叙述的基本形态——戏谑。具体表现在：首先是场景的妙趣横生。小说开篇那段看似简单错位的问答对话，展现的是刘高兴的顽固和执着。他顽固于自己对城市身份的想象，执着于对五富一言九鼎的承诺；刘高兴冒充处长帮助翠花讨要身份证，却一时紧张错说自己是记者，最终以自以为高明的机智挫败了对手的质问，刘高兴的装腔作势和狐假虎威让我们感到既好笑又叹息；刘高兴在马路口违规时与交警的调侃和逗趣，向我们展示

的则是他的幽默和圆滑；对付小区门卫，刘高兴当面对其极尽阿谀逢迎、拍马溜须之能事，而背后却蔑视唾弃他的愚蠢。其次，刘高兴对待生活的态度也让人忍俊不禁。他乐于跟小鸟搭腔逗趣，帮助蚂蚁搬食物蚂蚁却不领他的情，捡破烂时问候街巷中的槐树，还时常鼓励并讨好自己身上的各个器官，用他的话来说只有这样它们才会好好工作运转，使你健康，他不愿意与不看重自己的人怄气，认为那是没识见，鼓励自己要像小草一样默默地、有滋有味地活着，等等。总之，刘高兴处处以高兴幽默的姿态面对城市生活，他学习城里人优雅地吃饭，整洁讲究地着衣，甚至在辛劳之余看报吹箫以丰富精神生活。

然而他做一个城里人的梦想却遭遇了城市的全面排斥和打击。构成城市运作动力和体面形象的权、钱、智三大支柱都对他采取了拒绝的姿态：以韦达为代表的有钱阶层除了享受女人就是泡在饭店里吃喝玩乐打发时光，他对孟夷纯的被抓毫不在意，而对刘高兴和五富则以一盆土鸡极尽嘲弄之能事；以警察和市容检查队为代表的有权阶层对刘高兴们采取的是驱赶和恐吓的姿态，底层人民完全是他们假想中的潜在作案者和惹是生非者；而在刘高兴的帮助下打开家门的知识阶层的教授之流，则在背地里怀疑刘高兴是小偷。最让人感到可悲可叹的是，即使是那些由乡下进入城市还尚未站稳脚跟的"半城市人"，他们对刘高兴们也并不仁慈：宾馆保安的嘲弄、小区门卫的刁难、韩大宝和陆总的明欺暗骗。这一切织就的无情大网将刘高兴从梦想的云端猛然拽落大地，跌得伤痕累累。以高调姿态兴冲冲地试图融入城市生活的刘高兴最终却一败涂地、垂头丧气；他所失去的不仅是对城市身份的希望，同时还搭上了五富那纯朴安分、没有过分奢望的生命。可以预见的是，孟夷纯的入狱、五富的丧命、杏胡夫妇的被抓给予刘高兴的不仅是生命不公的打击，而且是人心向善的失败。这种精神的痛苦和打击比之肉体的困苦劳顿和情感上的愤怒怨恨更醒目也更可怕。这种用高兴贯穿的快乐叙事带给我们的却是无尽的哀伤、愤懑和痛苦。贾平凹以含泪的微笑写出了底层叙事伦理的真实和艰辛。

小说另一值得称道的收获是刘高兴这一人物形象的塑造。在中国文学的人物画廊中挤满了农民的形象，但他们大多可以用善良、愚昧、勤劳、朴实、自私自利、自欺欺人、追求上进、向往美好等等诸如此类的词语概括，然而在刘高兴身上我们却发现了想象的力量。刘高兴是一个善于想象、热衷于想象并且相信想象的农民。至关重要的是，他勇于极为自信地将自己的想象付诸行动，这在此前文学史上的农民形象中是不存在的。我们看到，正是在想象的作用下，刘高兴不再是一个单薄扁平的农民形象，他变得复杂生动起来。甚至可以这样说，《高兴》这一小说文本的展开和演进依靠的就是刘高兴的想象。从根本上看它是一部关于"肾"与"鞋"的想象产物。小说在开篇部分写道："我说不来我为什么就对西安有那么多的向往！自从我的肾移植到西安后，我几次梦里见到了西安的城墙和城洞的门扇上碗口大的泡钉，也梦见过有着金顶的钟楼，我就坐在城墙外一棵弯脖子的松下的白石头上。"[1] 正是对"肾"（其实可以将其隐喻为此"身"，即新的生命体或新的生命时段）的寻找，促使刘高兴毫不犹豫地选择了进西安城打工，这成为推动小说情节展开的一个重要元素。这样我们也就可以理解他进城后对自我重新命名的看重，对个人主体性的强烈维护。如果说关于"肾"的想象完成的是刘高兴对"自我身份"的顽强确认，是对安身立命的基本需求，那么对"鞋"的想象则是刘高兴追求"个人幸福"的浪漫象征。当"大脚骨"舍弃他而嫁给别人后，刘高兴买回了一双高跟鞋，"我的老婆是穿高跟尖头皮鞋的！能穿高跟尖头皮鞋的当然是西安的女人"，正是这双皮鞋在刘高兴的潜意识深处植上了浪漫的种子，于是才有后来邂逅孟夷纯的触电感觉，以及其他由此而生的既痛苦又幸福的辗转与奋斗。由此可见，小说《高兴》其实就是一个关于农民刘哈娃（刘高兴的原名）自我想象的世界，是他潜意识深处顽强诞生的南柯一梦。既然是梦，那就可以充分展开想象的翅膀，自由地翱翔，甚至出现悖谬荒唐的情节也是情理之中的事情。按照这样的理路，或许我们就可以理解刘高兴给人留下的矛盾而芜杂的感觉：他善良诚恳但又使奸耍滑（欺负在小区收垃圾的秃子），追求本质但也爱慕虚荣（爱听老范、五富等浮夸自己），遵守本分却也知法犯法（收医疗垃圾），助人为乐却又助纣为虐（骗五富、石热闹继续挖地沟管道），追求自尊却贬低他人（看不起五富等人），聪明儒雅而又自欺欺人（小说开篇关于正面像与侧面像的计较），等等。总之，刘高兴是一个在想象中行动的人物，是一个复杂的存在，他的身上体现着当下城乡接合部里特有的嫁接式的品质，这个接合部里所有的萌动、混乱、迷茫和失落在他的血液里都可以找到相应的基因。他是一个崭新的形象，因此也显得有些混沌，但这种混沌给人一种生机盎然的刺痛感和郁郁勃发的鲜活力。

---

[1] 贾平凹：《高兴》，作家出版社2007年版，第9页。

三、无法掩饰的失落：在写作瓶颈中挣扎的《高兴》

当然，小说在带给我们惊喜与震撼的同时，也留下了令人叹惋的遗憾。首先，叙述的失控。我们不得不承认，与贾平凹此前的小说相比，《高兴》的叙述大失水准。通过前面的分析我们知道，其实是"肾"与"鞋"构成了这小说叙述的法门，只要作者恰当地把握好这二者在小说叙事中的作用，完全可以控制住小说叙事的节奏，在跌宕起伏中演绎出一个动人心魄的故事。但随着叙事的展开，小说却在散漫中飘荡开去，在孟夷纯出现之前，小说几乎没有像样的叙述动作存在。也就是说，没有明确的原因在推动小说前行，作为有效的叙事动作的"肾"除了在小说开篇部分略微提示之外，却隐而不见了。小说叙述的是日复一日的捡破烂生活，对这种生活的呈现成为小说叙述的全部，完全是为了捡破烂而捡破烂，小说在蠕动中行进。也许这与刘高兴第一人称叙述者的农民身份密切相关，但第一人称叙述所能决定的也只是叙述的声音和情感，至于小说情节的起伏、故事的缓急、结构的开阖仍由作者本人来掌控。但让人迷惑的是贾平凹似乎过于信赖作为叙述者的刘高兴，或者是太想塑造一个真正拥有独立自主性的农民形象，从而将小说文本叙述的一切权力都拱手让给了他，这直接导致了小说前半部分叙述的烦闷和枯燥。进入读者阅读视野的完全是一个个片段式的小故事，且这些小故事之间缺乏明显的衔接和贯通，显得杂乱而无章。也许这在某种程度上确实体现了农民叙事视野的原生态景观，但这种叙述姿态的放任自流最终带来的却是小说叙述节奏的丧失、叙述魅力的祛除和叙述难度的消解。这是否有些得不偿失呢？也许，老练的贾平凹也认识到了这种叙述的危机，他赶紧采取了补救的措施，于是孟夷纯出现了。孟夷纯的出现在某种程度上给小说制造了新的叙述动力，但令人担心的事情却接踵而至。小说在这里并没有很好地挖掘刘高兴与孟夷纯爱情的曲折与升腾，以彰显草根爱情的弥足珍贵和感人肺腑，却将其处理得过于草率，使情节最终落入了"英雄救美"（刘高兴已经被贾平凹塑造成了一个英雄，尽管最终是一个没落的英雄，这很让人无奈和失望）的俗套。并且小说中还生硬地插入一个"锁骨菩萨"的故事，目的或许在于说明这爱情的纯真和可行，但造成的却是"此地无银三百两"的画蛇添足和欲盖弥彰，让人哭笑不得。小说随后的叙述完全失去了控制，以加速度向结局飞驰而去，直至五富在挖地沟中悲惨地死去。我们发现，"肾"与

"鞋"（后来转化成了孟夷纯）只是作为小说中的灵光一闪而过，根本没来得及有效地发挥它们作为叙述动作的效力，而整部小说看似前半部分松弛后半部分迅疾，其实在总体上给读者的印象也只是一闪而过，没有留下多少值得咀嚼和回味的空间。小说就是这样在温暾而柔软的叙述中失去了尖锐而深刻的意味。其实，贾平凹在小说的后记中对其叙事的一再解释正说明了他的不自信和无可挽回，所谓"乱了节奏而显得顺溜"，于是"故意笨拙，让它发涩发滞，似乎毫无了技巧，似乎是江郎才尽的那种不会了写作的写作"，如此等等，只是自说自话而已，实在难以让人信服。

其次，细节的失真。在《高兴》的后记中我们了解到，为了写作，贾平凹曾屡次去"破烂村"考察，甚至与捡破烂者同吃。尽管如此，小说中还是出现了诸多令人尴尬和疑惑的失真情况——这也再次提醒我们，所谓小说的"真实"并非仅指生活的真实，更应该是存在的真实、想象的真实；而所谓"深入生活"也并非只是形式上的走走看看，而是一种心灵的体察和情感的相容。第一，小说中刘高兴之所以来西安打工是为了寻找他卖掉的肾，是肾在呼唤他，当然我们可以不顾过度阐释的嫌疑而将此"肾"引申为此"身"——一种身份和权力的象征。正是依靠这种想象，小说展开了叙事的藤蔓，刘高兴以热情洋溢的姿态进入西安城，开始了自己城里人的塑造和展示。但是，当他得知韦达并没有换上他的肾（韦达换的是别人的肝）——当关于"肾"的叙事想象破碎之后，当支撑着他所有关于城市身份的渴求与自信的支柱坍塌之后，刘高兴为什么没有猝然倒下，而是依然坚持自己的城市梦、自己的城市身份呢？他为什么不反思自己可能的虚妄呢？从这个角度来看，他的过于自信和清醒是否是另一种形式的自我欺骗呢？这让人对刘高兴的强大和执着表示怀疑。第二，刘高兴的嘴里经常冒出令人诧异的诗性和智性话语。我们并非轻视农民对知识的向往与模仿，但农耕经年的刘高兴却时不时在语言和行动上向五富玩弄甚至炫耀自己的知识和诗意，这不但不让人觉得可爱，反而有些迂阔和自负式的傲慢，这与他的清醒自省自相矛盾，而且这些话语与他的乡音之间在小说中形成了一种互相颠覆的不和谐状态，让人感觉凹凸不平、假冒伪劣。这是否是贾平凹自身的知识分子身份与农民身份没有完好融合却生硬叠合而产生的怪胎呢？第三，过于浪漫化。农民工的常态是坚韧、善良和朴实，其中的乐观者是那种建立在勤奋基础之上对美好生活的憧憬，多是一种自信与诙谐的表现；而刘高兴却处于一种过分的兴奋与浪漫之中,他捡破烂时于后衣领里别着箫,经常停车(板车)驻足奏上一曲,或予人乐趣或引人围观。笔者无意否认底层群众的精神生活和优雅追求,但像刘高兴这样类似于古代游侠式的旁若无人、自我陶醉根本就是现代都市里的闹剧。与其说它是刘高兴的自我娱乐之箫,不如说它是贾平凹心中的自我抚慰之器。此外,为温饱挣扎的刘高兴奢侈到随着心愿、由着性子乘坐出租车在西安城里兜风,以与城里人试比高,以及他拉板车送崴脚的孟夷纯去医院那种风光无限的扬扬得意,等等,都让人感觉过于做作和虚伪,若称之为"伪浪漫"也毫不为过,这是否还是作者本人书生意气的浪漫情结在作怪。而且小说中,韦达对孟夷纯和刘高兴前后态度的变化也十分可疑。这些细节之处的失真,不仅让小说的故事世界丧失了圆满和丰沛,而且使小说的意义世界也失去了不少的真气和力量。对一部小说来说,这是十分难堪和遗憾的事情。

最后,诗性的丧失和智性的缺无。小说既然是"对存在的遗忘"的拒绝和抗拒,那么它所完成的就不仅仅是"发现",而且还是一种"呈现"。这是一个丰饶的、芜杂的过程,它所形成的文本形式也必须是丰饶芜杂的,唯其如此才是诗性诞生的摇篮,智性与诗性同在。小说《高兴》身处这样机械复制的浮躁时代也无力抗拒,小说的整个叙述过于平面和单调,即使运用了戏谑叙述的姿态也丝毫没有削弱文本飞快滑翔的速度,而诗意就在这种肆意地滑翔中丧失殆尽。小说的语言虽贴近现实经验,但却一味地迎合"大众化",最终失掉的是它的饱满和原汁原味。我们可以提倡方言土语,但是否整个文本都要充斥这种土得掉渣的语言才算是尽到了回归语言本源的努力呢?对此我们深表怀疑。小说毕竟是写在纸面上的故事,它的意义不只在于叙述,还应该注重的是描写和呈现,一种情感饱满的描写和激情四溢的呈现,而且更应该追求的是一种思考,当然这不是一种直接点破或呈示于眼前的思考,而是一种渗透于字里行间的韵味,是藏匿在文字背后的广阔和深刻,也就是昆德拉所说的"思考的小说"。此外,《高兴》的文本结构也显得过于呆板和粗糙,这使得小说的诗性无处盛放。一部优秀的小说应该是一个制作精美缜密的容器,它可能盛不下任何具象的物质,但它足以妥帖地安排它的字句,并且使这些字句通过特定的合理组合生产出意想不到的意义来,它应该使故事得以圆满地展现、尽情地舒展,让每一个人都竭尽全力演好自己的角色,让每一个细节都在它的肌体上消失得无影无踪，最终让整部小说奏响诗意和智慧的华彩乐章。而在《高兴》里，却令人大失所望，因为我们获得的可能只是肤浅的滑稽和无奈的哀叹。

也许对小说《高兴》的这些批评和挑剔显得过于尖刻，甚至有些吹毛求疵；也许对作家个人来说，可以认为这是其突破写作瓶颈必经的痛苦和失落。

[原载《海南师范大学学报（社会科学版）》2009年第2期]

精神救赎下的卑微与高贵

——评贾平凹长篇小说《高兴》

马平川

《高兴》是贾平凹继《秦腔》后最新创作的一部长篇小说。《秦腔》唱响的是一曲承载命运和灵魂之重的农耕文化的挽歌;《高兴》奏响的是一曲困窘和坚韧交织的生命壮歌。贾平凹以其一贯的悲悯情怀,用朴实而真挚的叙事话语,为我们讲述了西安城墙下兴隆街上靠捡破烂为生的刘高兴的宿命人生,展现了刘高兴在城市的最底层颠簸、坎坷、流离的生存的内心体验和生命景观,凸显了城乡二元对立的壁垒背后尖锐的伦理冲突、人性冲突。《高兴》触摸到时代变革与个人命运的错位蜕变中生命个体的经验与智慧、无奈与痛楚、欲求与挣扎。贾平凹痛切而欢乐地书写着、见证着。这是他流泪记下的微笑和含笑记下的感伤。

《高兴》是一部有着非常鲜活和饱满的情感力量的小说。贾平凹深入到"乡下人进城"的境遇和体验的肌理之中,演绎了他们不断被异化的人生梦想,再现了他们对抗现实苦难的罕见品质和勇气,发掘出极为丰饶的人生景观。表明了贾平凹对社会生活的广泛观察与深入思考。《高兴》充分展示底层民众生命特有的柔弱与坚韧、尊严和价值、卑贱与高贵。只要心中炉火不灭,就应该有仰望星空的激情。《高兴》通过对日常生活的表象的呈现,探讨生命的本质意义,通过最朴质的观察经验洞察生命深处的破碎、残缺和沉痛,从而传递出对人的生存状态和精神状况的关注和思考。真实地展现了贾平凹内心深处的脆弱、焦虑和揪心,完成了一次对生存意义的哲学关怀与追寻。

一、宿命与微笑:刘高兴的生存哲学

在推进工业化、现代化建设过程中,"传统意义上的自给自足的农民已不存在了"①。都市对乡村构成了巨大的诱惑与吸引,不少农民放下锄头,涌进灯红酒绿的都市。《高兴》中来自商州清风镇的农民刘高兴,怀揣着梦想和希望,带着五富来到西安城,用畏怯、呆滞的目光打量这个五彩缤纷的城市。他们走街串巷地蹬着三轮,拉着架子车,提着蛇皮袋子和一把铁钩,一双长满老茧的手翻翻拣拣,在散发着难闻气味的垃圾桶里、垃圾堆里"刨食"。

卑微者虽然卑微,但卑微的外表下潜藏着一颗并不卑微的心。刘高兴真诚地热爱这个城市,自己改名叫刘高兴,"我也不是商州炒面客,我是西安的刘高兴,刘——高——兴!"②表达了他对未来生活的美好憧憬。他虽然是个拾破烂的,但这并不妨碍他理直气壮地活着,也不妨碍他对爱情的向往。刘高兴说:"自卑着啥呀,你瞧那草,大树长它的大树,小草长它的小草,小草不自卑。"③"咱是拾破烂的,咱不能自己也是破烂。"④刘高兴的话铿锵有力,掷地有声。他宽广、坚韧,包容一切,"他越是活得沉重,也就越懂得着轻松,越是活得苦难他才越要享受着快乐"。刘高兴黝黑的脸上满是汗水和疲惫,草芥一样卑微而坚韧地活着。卑微庸碌中并没有削弱生命的本真和价值,在贫瘠困窘中维护精神尊严和内心的道德秩序。在宿命与挣扎中学会坚韧,笑口常开,乐天知命,在坚韧中享受生命的自在和生活的意趣,内心却隐藏着深深的伤感、落寞与悲凉。

在与城市的对垒与冲突的多次周旋中,刘高兴表现出来的农民特有的狡黠与智慧,这是这个人物尤为独特的一面。他也有着中国传统农民的与生俱来的纯朴与善良、豁达与乐观,虽然生活坎坷,历尽磨难,哭着过,不如笑着活。"我刘高兴要高兴着,并不是我就没烦恼,可你心有乌鸦在叫也要有小鸟在唱呀!"这样一个有着独特性格和魅力的农民形象,在当下小说中已不多见。他能奋不顾身地扑在肇事逃逸司机的车上死缠硬拽,面对看不起他的城里女人,他用牙签塞了人家的锁孔;他爱钱,可他对金钱并不贪婪,看重比金钱更重要的东西。当五富和黄八加班去扒垃圾卖钱的时候,刘高兴却坐着出租车,看着车窗

---

① 许文兴、许建明:《转型社会的乡村发展与政府效能研究》,中国农业出版社2004年版,第10页。
② 贾平凹:《高兴》,作家出版社2007年版,第8页。
③ 贾平凹:《高兴》,作家出版社2007年版,第33页。
④ 贾平凹:《高兴》,作家出版社2007年版,第44页。

外的风景,感觉像"在敞篷车上检阅千军万马",陶醉在城市的无限繁华和向往中。

刘高兴卖了一个肾给城里人,自己买了一双高跟鞋,来到城市寻找他的爱情。他坚信:"能穿高跟尖头皮鞋的当然是西安的女人。"[①]高跟鞋在《高兴》里成了一个浪漫爱情的隐喻,高跟鞋象征着富裕生活,同时也是优雅、高贵的。高跟鞋成了刘高兴渴求爱情幸福和慰藉的支撑和象征,"我不能说我刘高兴的女人将会翩翩而至了,我就吹箫,箫音呜咽悠长,传递着我的得意和向往"[②]。高跟鞋成了刘高兴寄托"得意和向往"的爱情鞋。刘高兴与美发店里美丽善良的孟夷纯相识、相知、相爱。孟夷纯的哥哥被人杀害,警察追凶没有经费,让受害人家属出钱,迫于无奈,孟夷纯不得不忍辱偷生,出卖自己的肉体赚钱,筹集办案经费。刘高兴得知这一切后,想方设法保护、帮助孟夷纯,给孟夷纯送钱,为了宽慰自己,刘高兴把孟夷纯比作用肉体超度和接济男人的锁骨菩萨。

也许在一开始就已经预料到这将是一场无望的爱情,但他还是不顾一切地去爱。那仅有的一点浪漫和甜蜜,是沉重的。一个拾荒农民与一个下等妓女,这两个来自城市底层人物,在同情和怜悯中拥有一份畸形的爱。尽管都非常爱对方,可他们注定不可能走到一起,无法拥有真正的婚姻。刘高兴为这一份爱情付出了全部,甚至搭上同伴五富的性命。刘高兴和孟夷纯就像两只刺猬,走近相拥,却总找不到最佳的位置,抱得越紧伤害就越深,扎得对方也扎得自己体无完肤,遍体鳞伤。爱情这根弦,拨响的是沉重苦涩的悲歌。美丽的高跟鞋盛满了刘高兴残缺和破损的爱的碎片,是繁花落尽一片萧瑟中心碎的神伤。"明明知道着她是妓女,怎么就要爱上?"贾平凹把刘高兴内心不能言说的、隐忍而绵长的伤痛平静地呈现给我们。

刘高兴依旧在西安城里漂着,靠捡破烂维持生计。他究竟到哪里去,才能找到自己。一切都是陌生而熟悉的,无法辨别是对还是错,他已经一路被裹挟着,只有跟跟跄跄地朝前走。刘高兴蹬着旧得快成废品的三轮,身后是一双双冷漠而疲倦的眼睛,谁会在意一个卑微生命活下去的艰难,谁会在意五富的死,刘高兴视为珍宝的高跟鞋和他一样在别人眼中只是一个没有意义的符号,就像随风飘落的树叶。在城市的繁华和喧嚣里,刘高兴租住的破败的屋顶与耸立的

---

① 贾平凹:《高兴》,作家出版社2007年版,第9页。
② 贾平凹:《高兴》,作家出版社2007年版,第47页。

城市高楼，耀眼的霓虹灯冷冷地对峙着，钟楼在最后一抹残照中苍凉而落寞地伫立着。

《高兴》蕴含着贾平凹强烈的忧患意识和正视现实人生的悲悯情怀。它不回避，也不粉饰。他说：

> 在这个年代的写作普遍缺乏大精神和大技巧，文学作品不可能经典，那么，就不妨把自己的作品写成一份份社会记录而留给历史。我要写刘高兴和刘高兴一样的乡下进城群体，他们是如何走进城市的，他们如何在城市里安身生活，他们又是如何感受认知城市，他们有他们的命运，这个时代又赋予他们如何的命运感，能写出来让更多的人了解，我觉得我就满足了。[1]

《高兴》告诉我们有一群来自商州的农民为了生存离乡背井，曾经在城市里这样顽强、艰辛、无奈而又乐观、豁达、坦然地活着。

《高兴》的真正魅力来自对刘高兴民间生存精神的深刻挖掘。贾平凹很少去写刘高兴如何在苦难中挣扎与彷徨，而是写在苦难中磨砺得更加闪亮的生存韧性和强悍。农民生生不息、世代相传的朴素生存哲学和那种与生俱来的韧性，使人在贫穷、困窘的生活中眼睛一亮，活得丰富而高贵。刘高兴卑微的生命，在宿命的挣扎中，拥抱生命，享受生命。刘高兴"那总是被悲哀和忧郁之感所压倒的喜剧性的兴奋"让我们理解了生命的真正意义，这是贾平凹的真正用意所在。刘高兴把这卑微如尘的生命活出最耀眼的光彩，体现出一种民间生存哲学的快乐精神。

刘高兴是一棵绿色的精神梧桐，躯干伟岸，枝叶纷披。刘高兴平凡的生命活得纯粹而高贵，用精神的清洁来超越充满宿命的轮回。贾平凹感叹刘高兴："我从他身上看到中国农民的苦中作乐、安贫乐道的传统美德，他们得不到高兴但仍高兴着，在肮脏的地方却干净地活着。他们的精神状态对当今物质生活丰厚、精神生活贫乏的城市人来说颇有启示。"[2] 贾平凹从刘高兴朴素的生存中找到我们失落的人性，升华出对生命的敬畏和悲悯。因此我们便不难理解贾平凹为什么会如此执着于刘高兴这样的人物的书写。

在喧嚣芜杂、人欲横流的社会里，高涨的物欲气焰带来的虚伪、利欲，导

---

[1] 贾平凹：《高兴》，作家出版社2007年版，第423—424页。
[2] 卜昌伟：《贾平凹长篇新作写同乡》，载《京华时报》2007年8月28日。

致精神的贫乏、失落。习惯蝇营狗苟的我们活得心安理得，沉重的肉身越活越高贵，而把灵魂活得卑劣龌龊。保持灵魂的高贵，远比保持肉身的高贵要艰难。当世俗物欲不断吞噬生命的尊严和人性的芬芳的时候，《高兴》力图深入心灵，洞察我们灵魂贫血的实质，为我们重新找回生命的价值和意义。《高兴》给卑微的生命以人性的亮光，叩问着我们每个人。刘高兴手中捡起的，又岂止是垃圾！

二、疼痛与抚摸：回归日常生活的现场

底层写作作为当前中国文坛最重要的文学现象，很多作家都做出了可贵的努力。以其深厚的底蕴、突出的成就，呈现出波澜壮阔的小说景观。在"乡下人进城"叙述的高潮中，民工及各种城市边缘人成为小说书写的重心，但也存在着问题和精神的盲区。在一些作家轻松自如的"批判现实主义"中，对农民工的同情、怜悯仍停留在苦难诉求上，并把这种"苦难"仅仅归结于"社会制度"，归结于命运背后的"国家政策"。从道义上讲，这样的同情、怜悯也是廉价的。在"乡下人进城"铺天盖地的苦难叙述中，一窝蜂的似曾相识的情节、人物，这种跟风和雷同，也慢慢地让人阅读时变得麻木和浅薄，失去了对小说美的领悟。作品中只有苦楚和无奈、阴暗与寒冷。相伴而来的只有颓废、绝望和恐惧。整个作品笼罩在一片阴暗潮湿的灰蒙蒙的雾霭中，缺乏理想之光的照耀，缺乏亮色与温暖感。

将《高兴》置身于更为丰富的审美期待和更为开阔的艺术视野中去审视，置身于当今"乡下人进城"叙事的背景下来考察，进一步探究乡土生活纷繁嬗变的深层本质，感应农民生存现场的整体脉动，丰富和拓展人们对"乡下人进城"问题的独特理解与感悟。探求作家如何将翻天覆地变化中农村的人和事以新的文学眼光历史地、审美地认识、理解，化作自己的血肉和灵魂，并艺术性地化作鲜活生动的故事、情感，达到作品的内在精神与审美品格完美统一，自有一番价值和意义。

《高兴》的出现，给"乡下人进城"带来了新的震撼和生机，从而使中国当代小说的艺术形态得到了新的丰富。《高兴》告诉我们，小说要回到粗糙的地面上来，回到日常生活，回到生命的存在，回到情节和细节中来。小说都应该是真实、具体的日常生活现场的书写。《高兴》在对刘高兴的精神价值追寻的同

时，又把刘高兴卑微的个体生命始终安置在质朴、鲜活甚至粗鄙的日常生活的情景中，力图挖掘出他艰辛、坦然和韧性的生命力，展现刘高兴心灵跋涉的艰涩，来探寻生命存在的意义。贾平凹说："（刘高兴）使我为这些离开了土地在城市里的贫困、卑微、寂寞和受到种种歧视而痛心着哀叹着，一种压抑的东西始终在左右了我的笔"。在《高兴》里，底层关怀不再滞留于生存困境的关注，而是将情感和灵魂作为关注的重点。摒弃表面的浮华，冷静地深入到隐秘、曲折又丰沛的人性地带，着力表现乡土文明和都市现代性文明对新一代农民人格的建构和灵魂的重铸，着力彰显农民在困难、挫折中与生俱来的坚韧、执着、隐忍、善良和宽容的个性。农民的荣与辱、成与败、悲与欢、爱与恨，这些超越了简单的生物学存在意义，作为社会人的生命内容与生命意识，赋予了农民生命以生存尊严与价值意义。贾平凹之所以那么深地走进了西安城墙下拾荒人的生活和内心世界，在一定意义上说，其实也是贾平凹走进了自己的内心深处。

贾平凹在西安城墙灰暗粗糙的背景下，展开一幅活生生的色彩斑斓的市井生活画卷。匍匐在兴隆街上的刘高兴们在光怪陆离的盛世与浮华中，过着为人所不齿的生活。他们的生命是那么渺小而卑贱，艰难困窘，无足轻重。他们互相扶助，习惯苦中作乐。贾平凹的叙述有着质朴而真挚的内在力量。他始终以不动声色的、快意鲜亮的语言讲述刘高兴在日常生活中遭遇喜怒哀乐的林林总总，这种叙述不避卑丑，流光碎影中的琐屑与嘈杂，事无巨细的拉呱闲聊，依次地呈现出琐碎、晦暗但鲜活真实的人间烟火，在黯淡中发现人性的坚韧，生存的饱满激扬。贾平凹把创作主体立场的审美感受与判断力隐蔽于文本中，渗透到整个创作过程，他极少有观念意义的直接判断和评价，而是按照日常生活现实经验背后的逻辑，透过现象来认识被遮蔽的本质。故事的叙写集中于对生存景象中细节的传神描写，挖掘出隐藏于生活表象后面形而上的意义，勾画出人对现实无可抗争的窘迫和跌宕，在字里行间听到农民无奈与失落、沉痛而隐忍的挣扎声。

《高兴》力图把一种曾经未进入我们意识的潜藏着的生存现实揭示出来，沛然而出一股生命元气，淋漓酣畅。这其实得益于贾平凹对拾破烂人生活的熟稔和亲近，以及独特的体验和发现，赋予生活经验以意义的深刻化、感受的个性化。小说真实地把握了拾破烂人这一特殊群落的生存状态和精神特质。在气定神闲的叙述中有一种举重若轻的气度，细腻而贴切地呈现日常生活细节是贾平凹运用得最为出色和圆熟的叙述手段。进入《高兴》的小说世界，那扑面袭来的市声和嘈杂，那饱满的、在场的、富有质感的日常生活场景和生活细节，那鲜活和个性化的生动对话，使人身临其境，如在眼前。据贾平凹介绍说，《高兴》的主人公是真有其人的，名字就叫刘高兴，是贾平凹老家同村一起长大的好伙伴，从小学到中学的同学。刘高兴当年当兵复员后回村继续当农民，而贾平凹大学毕业后则留在西安工作。刘高兴迫于生计，年过半百与儿子进城打工，一时找不下工作就在西安靠拾破烂、送煤为生。有一次刘高兴终于找到贾平凹，便聊起在城里的生活现状。当时贾平凹试图听到儿时朋友的悲苦倾诉，没想到刘高兴却一脸乐哉、自在和幽默，给自己新起名叫"刘高兴"，给儿子新起名叫"刘热闹"。听他讲的故事多了，贾平凹就想写他们的命运和经历。贾平凹多次深入到西安南郊拾破烂人租住的村巷采访，体验生活，与他们谈天说地，听他们讲自己的故事。喝他们熬的苞谷糁稀饭，他甚至还和朋友们一起，想方设法从市容队要回被没收的架子车，帮助拾破烂的同乡追寻被拐卖到偏远山区的女儿……直接的、切肤的审美感知融入贾平凹的血液与情感，《高兴》才是如此和生活气脉贯通，筋骨相连。贾平凹对拾破烂的人和事烂熟于心，在充满悲情和温意的叙述中，能够强烈地感受到贾平凹内心深处的疼痛、焦灼和迷惘。贾平凹说：

  在所有的大都市里，我们看多了动辄一个庆典几千万，一个晚会几百万，到处张扬着盛世的繁荣和豪华，或许从他们的生存状态和精神状态里能触摸出这个年代城市的不轻易能触摸到的脉搏吧。[①]

正如叔本华所言："欲求和挣扎是人的全部本质，完全可以和不能解除的口渴相比拟。但是一切欲求的基地却是需要，缺陷，也就是痛苦；所以，人从来就是痛苦的，由于他的本质就是落在痛苦的手心里的。"[②]在《高兴》里，充满"欲求和挣扎"的城市底层的小人物与命运的抗争，存在和生存本身就会成为他们的痛苦。但在这种抗争中体现出卑微生存中人性的高贵和尊严，充满个性人物形象跃然纸上，胆小勤快的五富，爱发牢骚的黄八，泼辣粗俗的杏胡，他们都来自农村，生活也非常艰苦，他们常拿自己打趣，自嘲能消解生活的酸楚和尴尬，为

---

① 贾平凹：《高兴》，作家出版社2007年版，第423页。
② 叔本华：《作为意志和表象的世界》，石冲白译，商务印书馆1982年版，第427页。

自己找乐的性格，调侃幽默中，都夹杂着无奈辛酸，让人笑的时候想哭。

刘高兴用生命中的亮光赶走生命中的阴霾，卑微的幸福来自他用灵性过日子，因此高贵和卑微与否，只在自己的那颗心的感受。刘高兴在这束亮光的指引下，坚忍前行。他把自己生命中最美好、真实、纯洁的部分展现出来，绽放出生命的亮光，照亮自己，也照亮周围的人，听刘高兴介绍孟夷纯的遭遇以后，五富、黄八他们都显出极大的同情心，按时捐钱，攒起来，由刘高兴交给孟夷纯。虽然钱不多，却是一分沉甸甸的心意。贾平凹将人心中最柔弱、最敏感的东西呈现出来，在他们日常朴素的行动上，在苦难罅隙透出的人性的温情，尤其使我们怦然心动。

三、呈现与还原：从"清风街"到"兴隆街"

在这个功利主义的泛娱乐时代，小说写作在当前消费化、快餐化、低俗化的文化环境裹挟下愈演愈烈，当前一些作家一味片面地追求小说的"好看"，不约而同地从精神高地上撤离，在迎合、追风和造作中，笔不再倾听心灵的呼唤，只是通过情节的快节奏、动作的强快感、人物的强刺激去招徕读者，在市场的跟风逐浪中，他们逐渐迷失自我。这些作品缺乏用思想资源来支撑小说的重量，缺乏用精神内涵来搭建小说的骨架，从而减弱了艺术的想象和思想的深刻。这种写作倾向本身是值得怀疑的，这些小说并非真正的小说。小说的这种繁荣浮华背后彰显出贫弱的精神贫困和苍白的文化底色。

小说要好看，更要思想。小说要穿越故事、人物、命运的层面，抵达精神的阳光地带。本雅明说："写一部小说的意思就是通过表现人的生活把深广不可量度的带向极致。小说在生活的丰富性中，通过表现这种丰富性，去证明人生的深刻的困惑。"[1]其实这种"困惑"就是精神困惑。实际上真正深刻的、优秀的小说都是对人的灵魂的干预，写人类存在中的精神困境的。当前许多小说，仅仅是故事，小说放弃了思想追求，对小说人文价值的关怀，对生命意义的深层体验的消解，沉溺于身体叙事、欲望叙事泥沼中不能自拔。小说的精神空间具有无限的可能性。小说讲述的不仅仅只是人的肉身的存在，而是指向精神的存在和生命的探寻。因此我们必须重申这样的小说写作伦理：思想是小说的灵

---

[1] 本雅明：《本雅明文选》，中国社会科学出版社1999年版，第295页。

魂，小说要从故事写作向精神叙事回归。要抵达故事背后，揭示、捕捉日常生活中存在的种种被遮蔽的内在真相。

在《秦腔》里，贾平凹细致地把琐碎的生活碎片和个人经验汇聚成小说的叙述激流，纠集成强大的叙事力量。"鸡零狗碎的泼烦日子"是一条缓慢涌动的河，翻卷着暧昧的、混乱的、破碎的浪花，徘徊、迂回、曲折。河面黏稠浑浊而平静，不动声色，平静水面下却激流暗涌，总是在不间断地流淌，朝我们簇拥而来。《秦腔》这种写作方法，意味着贾平凹在严肃地探求当代汉语叙事的一种可能性，可以说是贾平凹在创作的探求和摸索的过程中迈出了决定性的一步。

《秦腔》几乎没有制造多少尖锐紧张的矛盾冲突，也没有多少险象环生的故事纠葛，贾平凹打破传统小说的故事性、因果性、顺时性等叙事模式，将现实生活的人生片段融入自我心境，让叙事话语徘徊在人物纯粹的心灵真实中，让人以十足的耐心反复地咀嚼、品味着。一种坚硬如沙砾般、浑浊又咸涩的味道扑面而来。《秦腔》的主题内容决定了它的内在结构、行文风格以及叙述方法上的丰富随意与复杂多变，小说的主题决定了不宜用传统的"再现典型环境中的典型人物"客观的现实主义叙述方法来处理，但其中穿插自然主义、意识流技巧，小说在一些的意识流叙述中也夹杂一些具有现实主义特征的客观生活场景。《秦腔》这种"密实的流年式的书写方式"，展现流光碎影中的琐屑与嘈杂，不讲究鲜明的个性人物塑造、不按照因果逻辑关系编织曲折的故事，而是着眼于真实地挖掘人物的深层意识乃至潜意识中的矛盾与冲突、沮丧与兴奋。

《秦腔》为小说叙事带来了多样性和复杂性，虚实相生，极大地丰富了小说内在的表现力。这也为研究者提供了广阔的阐释空间，可以从不同的视角和层面进行阐发、评价和质疑，这是《秦腔》本身多向性内涵决定的。《秦腔》的叙事风格和手法也正是小说里所描写的生活本来面目决定的。毋庸讳言，《秦腔》的支离破碎感、混乱无序的意识流动状态，有时会使读者感觉被裹挟在一团混沌中身不由己，找不着北。这也在一定程度上给读者造成了相当大的阅读障碍。尽管如此，《秦腔》表现了贾平凹从传统到现代的过程中，传统与现代的结合状态，呈现在小说里面的始终是中国农村作为现代化进程中一个不容忽视的客观存在。

从《秦腔》到《高兴》,贾平凹的叙事风格在不断变化。《高兴》是一次"华丽转身",正是这次转身,使小说的艺术背影又一次重新面向大众、面向当代生活,重新现出了无限生命活力。贾平凹在刘高兴身上寄寓了他对乡村与都市、人性变化与社会发展中人的生命本真的审视和追问。《高兴》与《秦腔》的写法大相径庭,《高兴》以简洁明快的"口述体"彻底颠覆了《秦腔》那种"密实的流年式的书写方式"。《高兴》里没有过多花样翻新、花里胡哨的东西,《高兴》在叙事结构上采用了传统的以故事和情节刻画人物,同时又以人物来带动情节发展的方式。小说整个故事是以"刘高兴"第一人称的口吻来叙述,叙述者同时又是故事的主角,叙述视角因此而移入作品内部,成为内在式焦点叙述,故事更加生活化、细节化。涉及城市底层中的保安、乞丐、民工、妓女等,极为简单的故事情节,两三个简单的人物,构成平实流畅的文风。

《高兴》在语言与结构上一反《秦腔》的繁复,显得简洁而灵动。活泼有趣的、直白口语化的叙述,为写作提供一种切实的落脚点。读来活灵活现,生机盎然,给人以阅读的喜悦和快感。这是《高兴》的不同凡响之处。巴赫金说:"词生活在自身之外,生活在对事物的真实指向中。"[1]假如"词"从"事物"这一指向里抽象出来,"词"就成了风化的干尸,变成一堆尘土。贾平凹来自民间生活的无比丰厚的气韵和情趣,就是"词"之外的"事物"。他对商州、西安地域文化特色有一种强烈而深刻的感受与体悟。《高兴》对西安方言土语的纯熟运用,嬉笑怒骂、大雅大俗、通俗直白,不让人觉得低俗,内心的感伤反而难以抚平。《高兴》中出现了西安许多真实的街道名、单位名,只有在这种情景中,才能显出方言的自然与和谐。方言与环境的相得益彰,增强了小说的地方风味和真实感,把逼近原生态的生活场景,凸显在读者面前,使人不经意就走进那个真实的世界。

《高兴》比《秦腔》好读得多,之所以很好读,这与《秦腔》摒弃了以人物、情节和故事为主要因素的传统结构有很大关系,贾平凹将传统的白描手法在《高兴》中运用得淋漓尽致,其简单素朴的描写中寄寓着真挚沉痛的情愫,弥漫在字里行间那淡淡的忧伤和迷茫,连续不断地调动幽默、机智、风趣的写作风格。贾平凹把处在城市边缘小人物内心的雄健和强悍传达了出来,又把复杂丰

---

[1] 巴赫金:《小说理论》,白春仁、晓问译,河北教育出版社1998年版,第73页。

富的现实生活以一种温和的方式和盘托出。这种洞明与体察、内省与宽阔，奠定了《高兴》欣悦而又沉重、无奈而又悲伤的审美特质，给人一种全新的"陌生化"的审美体验。

从《秦腔》到《高兴》，在贾平凹的笔下，清风街、兴隆街不再是寻常的街道，而成了贾平凹安妥破碎灵魂的审美实体，成为故事的发生地。清风街、兴隆街有着与人不可分割的体温与心率、血脉与灵魂。贾平凹抱着悲悯之心，与他笔下的人物灵犀相通，荣辱与共。在《秦腔》里，一幕幕纷繁芜杂的生活场景，一幕幕鲜活摇曳的人物镜像，农民的生老病死、悲欢离合生动地在清风街上演。《高兴》讲的是西安城墙下兴隆街上刘高兴难以抗拒的宿命人生，顽强、艰辛、豁达而又苍凉地活着的情形。清风街、兴隆街是贾平凹搭建的人生大舞台，快速旋转的舞台，光影交错，人如鬼魅，在这个黑色的梦魇旋涡中挣扎跌撞。

《秦腔》和《高兴》是贾平凹在清风街、兴隆街上演的"两台大戏"，拉开大幕，贾平凹用两种板式来唱"大秦之腔"，《秦腔》是"慢板"，属于苦音腔，腔速徐缓，幽怨沉缓撕不断、扯不尽，暗藏着一种无尽的悲凉。《高兴》是"散板"，属于花音腔，简洁明快、激越有力，行云流水般痛快、酣畅。清风街、兴隆街成了中国农村、城市的缩影和象征。

从《秦腔》到《高兴》，贾平凹的小说一直都在不断变化中，不变的是他用文字拷问、审视现实的责任和良知，是对"人"存在，对"人"的生存意义、生命的尊严的叩问和审视。《秦腔》写了土地上的农民，《高兴》则写了离开土地的农民。贾平凹一步一步地竭力进入生活的深层，由一种叙事意识发展成一种精神救赎意识。超越生活关怀和生存关注，走向精神和灵魂关怀。《高兴》给了我们这样的启示：只有直击生活痛处，直捣灵魂的小说才能让观众受到最大的感染和震撼。焦躁与迷茫之际，我们不断回头张望，是无法逃脱的宿命，还是今生永劫不复存在的真相？不能仅仅从小说里寻找答案，我们应该背过身去，潜入生活的水底去打捞。这就是《高兴》给我们的启示。

诚如贾平凹所言："我的出身和我的生存的环境决定了我的平民地位和写作的民间视角，关怀和忧患时下的中国是我的天职。"他对孕育了自身的土地及土地上的农民兄弟寄寓了深切的同情、理解和体恤，倾注了执着近于固执的深情。贾平凹的生命状态和写作状态包容了历史的痛苦和思考的艰辛。他用小说烛照了人类恒久的生存状态和精神困境,他对存在始终不渝地深刻追问和反思,充盈着生活的质感和光泽,洋溢着生命的清新和激情。贾平凹始终保持自己的敏锐、执着和丰富,努力挖掘隐藏在人物内心深处的鲜活和坚韧,写作纯粹而彻底。他的创作让读者对乡土中国中的农民有新的认识和发现,进一步拓展和深化了当代文学的发展。

[原载《文学界(专辑版)》2010年第1期]

问题意识、底层视角和知识分子立场

程 华

在文艺创作界，贾平凹是一个与时俱进的作家。与时俱进，源于作者对当下社会问题的思考，并以积极的写作姿态，参与到社会时代的变革之中。20世纪80年代的《浮躁》，2000年的《怀念狼》，2005年的《秦腔》，贾平凹的写作从未离开自己的故乡，在故乡人事的变迁中，绘制出社会历史的发展图景。《高兴》是贾氏从故乡打工者的现实生存处境出发，以近乎实录的方式，在展示农民工整体生存现状的同时，将笔触深入他们的内心，挖掘他们内在根深蒂固的乡土文化根源。与同时代的其他农民工题材相比，贾氏没有从农民和城市对立的各种外在的社会事件出发展开文学想象，而是追根溯源，用文学参与社会，探索农民工的人生命运和精神旨归，通过底层视角传达知识分子的价值判断，从文明、人性的高度统摄正在发生着的乡下人进城现象，使得文学超越对社会现象、历史进程的直观概括达到人性批判的高度。

一、问题意识与文化反思

2005年春季出版的《秦腔》中有一个细节，作者写到酷爱秦腔的夏天智离开人世时，偌大的清风街竟找不到抬棺材的青壮小伙，曾经人声鼎沸的清风街上只剩下妇孺老弱，清风街的小伙都到哪里去了？正是基于这一现实问题的思考，也就有了《高兴》最初的写作动因。20世纪90年代以来，随着城市化进程日益加快，政治经济文化中心向城市转移，象征着工业文明和后工业文明的城市文化形态成为主流。城乡差距、贫富差距进一步拉大，大批农村人口向城市迁移，成为新时代的"离土农民"。"'离乡又离土'到了21世纪已经成为中国社会不可遏制的人潮，并且呈现出许许多多新的社会和思想特征，……'农民工'

或'打工者'……他们是一群被列入'另册'的城市'游牧群体'。"[1]"离土农民"是特定时代下新的社会群体,也是特有的社会问题。用文学形式关注社会问题,在中国现代文学史上成为气候并产生一定影响的,多发生在社会改革或社会转型期。二十世纪之初的"五四"时期和七八十年代的改革开放时期,就涌现出一批可贵的"问题小说",通过对社会问题的关注和思考,表达知识分子参与社会的责任意识。用文学参与社会问题,强调文学创作者对社会现实问题的深切关注和敏锐的洞察力,并通过文学想象达到对社会问题的记录、反思和批判。问题意识,是文学作者可贵的社会责任意识和忧患意识的具体表现,也是其作品永葆鲜活的法宝。

当下社会,随着改革开放的深入发展,城市化进程的扩大,各种社会问题凸显,农民工问题就是其中之一。"大量失去了土地的农民流入城市以后,给城市带来的是农耕文明的意识形态和社会生活方式的信息,他们影响着城市,尽管这种影响是微不足道的;相反,工业文明和城市文明倒是以其强大的辐射能量在不断地改变着他们的思维习惯。就此而言,在相当一个时期内,反映这样的文明冲突,就成为许多作家(不仅是乡土文学作家,也是城市文学作家)所关注的焦点,它并不是'社会生活中极小部分的问题',而是在这一漫长的转型期里最有冲突性的文学艺术表现内容。"[2]《高兴》就是通过文学参与社会的方式,关注这样一群离土农民的现实生存问题。贾平凹笔下的人物是一群生活在社会最底层的拾荒者。他们"既没技术,又无资金,又没城里人承携",只能像"祥子"一样在城市寻找类似土地一样稳定可靠的生产资料,做着城里人"视而不见、见而不理"的收破烂工作。文本中的主人公大都生活贫穷,挣钱是他们来城市生活的目的,垃圾是他们基本的生产资料,但即使这样,他们的生存也是没保障的,遇上下雨天,遇上车祸,还必须时时应付市容的刁难和城市流氓的敲诈,受同行的挤压,更多的是遭受歧视,被城里人隔绝。作者透过收破烂群体的基本生活状况,提供了这样一幅社会图景,在中国现代化转型和城市化进程中,确实存在着这样一个社会群体,他们离开土地,到城市谋生,但却成为城市的"异乡人"。

文学写作者的问题意识不仅在于发现问题的症候,更重要的在于追根溯

---

[1] 丁帆:《中国乡土小说生存的特殊背景与价值的失范》,载《文艺研究》2005年第8期。
[2] 丁帆:《中国乡土小说生存的特殊背景与价值的失范》,载《文艺研究》2005年第8期。

源。《高兴》的深刻之处在于作者将笔触更多地深入到人物的内心,通过对他们生活态度、性格特征、文化心理的描写,表现这样一个社会群体,都有与城市文化不同的乡村文化的因袭,从揭示他们性格文化根源的角度进而揭示他们城市生活物质贫困、精神贫穷的深层原因。

五富,是刘高兴从农村带到城市的搭档,他就像乡间的一根草,一只蚂蚁,其生命原本是属于土地的。五富憨厚老实有力气,他这只乡间的蚂蚁来到城市的水泥地上,虽生活环境发生变化,但其基本的生活态度和性格特征并未改变。他的生活态度是具体而现实的,来城市的目的就是生存和挣钱。文章中有一细节描写,刘高兴问五富老婆重要还是钱重要,五富不假思索地选择了人民币,这就是农民的实用理性。食、色,性也,但食比色更重要,钱比娘们更亲。五富最后在为挣更多的钱的梦想中命丧黄泉。五富在城市丢了命,可五富的尸体还要回到清风镇入土为安。五富生前不止一次戏谑自己死后,其魂魄要回到清风镇。而当残酷的事实终于发生,也就有了五富悲剧性的返乡情节,这说明中国传统乡民最本真的生死观念。《老子》讲,"野人怀土,小草恋山","故重死而不远徙"。农民是土命,土地是乡民安妥灵魂的依托和他们生命轮回的根基。农民死时,往往要在土里挖一角掩埋,人与土就有了一种依存感和亲属感。农民对土的感情,类似于亲缘和血缘关系。这种血缘关系表现的是主人公对土地的深深眷恋,更重要的是对乡风民俗的精神皈依。五富的尸体最后仍在城市火化,其灵魂飘荡在城市的上空,找不到归依,这是五富的悲剧,其实也是作者的思考。在时代转型期,从农村走向城市的底层打工者,他们一旦失去了与土地的依赖,失去了赖以生存的根,不但生活变得漂泊不定,他们的灵魂和命运也无所依附。作者对五富悲剧命运的描写,实质就是作者对新时期农村底层从业人员命运的担忧和他们生活前景的忧虑,包含着作者深深的忧患意识。

杏胡是池头村与刘高兴合租一楼的另一个拾破烂者,在众多以拾破烂为生的人群中,杏胡是女性的代表。女性在贾平凹的作品中,基本上都具有文化的符号性和象征性。在《秦腔》和《高老庄》中,白雪和西夏的形象象征着一种理想的文化态度,有些女性,是与性文化联系在一起的,杏胡就具有这样两面性。作者一方面展示杏胡泼辣的性格和坎坷的命运,旨在说明在生存竞争愈加艰难的现代社会,女性可能要承受比男性更多的忍耐和艰辛;另一方面,杏胡和丈夫种猪的关系,又使人联想起两性关系。从性文化的角度而言,杏胡身上,更多的带有民间性文化粗陋的一面，杏胡与种猪的半夜叫床，杏胡与黄八的性戏谑和粗话，无一不展示了具有乡村民间性文化的猥亵趣味。在人们满足了基本的生存欲望的同时，对性的渴求也是一种基本的生理需要。在描写底层打工者的城市生活中，作者并未避讳这一点，塑造了杏胡这样一个形象，并通过这一形象来体现底层民众去伪存真的两性文化观念。池头村的夜晚对这些远离妻儿的乡民来说，是难熬的。在刘高兴、五富、黄八等的聚居生活中，杏胡带给了这些男人对性的憧憬和渴盼，性戏谑、性粗话是苦重活计后仅有的消遣。他们与时尚的黄段子是不同的。黄段子中包含着对女性尊严的歧视和从黄段子中获得想象性快感的虚伪，而在杏胡与种猪真实的性生活中包含着作者对下苦人的理解和同情。性，在这里，除了用于种根留后外，更多的是一种文化生活。气味辛辣而又粗鄙的性话语形式是在严酷的生存条件下农民在非人状态中最人性的一种表达。贾平凹对杏胡的塑造，并不是为取悦读者，更多的是对农民打工生活状态的完整书写，是对他们情感和生理欲望的真实表现。

在《高兴》中，贾平凹将写作触角深入而细致地探入这些底层打工者的生活世界和他们的灵魂世界，既还原了他们贫穷、卑微、被隔绝的城市生活，又深入这些打工者的内心，表现他们的生活态度、伦理情感，写出了他们离乡未离根的乡村文化价值观念和性格成因。他们的劳动态度、性格特征、生死观念，甚至性文化无一不深深地打上乡村文化价值观念的烙印。乡村文化价值观念和现实的城市生活远远不能融合。他们离开土地到城市求得生存，但他们又不具备城市文化所需要的劳动技能和文化素质，所以他们只能被"抛"入城市，如浮萍般飘摇。"城市文明作为一种诱惑，一种目标，时时吸引着大批的乡村追随者；而乡村追随者为使自己能融入城市，必须要经过一番脱胎换骨的思想蜕变历程。"[1]这种脱胎换骨的最大阻力，就是与农民工的性格特征、生活态度甚至行为方式融为一体的乡土文化价值观念。乡村文化观念与城市文明的"文化落差与反差"是导致农民工城市生存困境的最大阻力。作为底层打工的农民群体，如何更好地适应城市生活，如何成为城市文化的有益组成部分，如何在不断适应城市物质生活的同时改变自身的精神世界以适应城市的文化生活。这是作者对新时代离土农民生存境遇、性格成因和文化心理的思考，这种思考，就不仅

---

[1] 柳冬妩：《从乡村到城市的精神胎记——关于打工诗歌的白皮书》，载《文艺争鸣》2005年第3期。

仅只是在作品中提出农民工这一社会问题，而是从更深层的社会文化内涵揭示出他们生存处境的根本原因。与同时代关注当下农民工问题的"问题小说"相比，表现出相当深厚的文化内涵。《高兴》延续了作者在《高老庄》《怀念狼》《秦腔》等作品中一以贯之的文化寻根和精神探索，既关注底层农民的生存价值和现实人生，又深刻挖掘他们内在性格的文化成因，继而对他们的未来寄予深深的忧患。"为天地立心，为生民立命"，在关注生民的命运中见证作者朴实而深厚的平民情怀和入世精神。

二、底层视角与知识分子立场

底层视角，主要指叙述者的叙述话语来自真正的底层生活，并以底层人的视野关注正在经历着的底层人生。"所有的底层叙述都是作为一种话语实践而存在的。它们或者是权威政治话语实践的产物，或者是知识精英话语实践的产物。"[①]《高兴》创造刘高兴第一人称限制叙述视角，刘高兴是底层生活的经历者，他所操持的是来自底层的"元话语"。从叙述者与被叙述者的位置关系而言，刘高兴既是底层生活的叙述者，又是底层生活的见证者，作为叙述者的刘高兴与被叙述的底层生活世界不是居高的俯视或旁观的赏玩，而是真实底层生活的演示。从叙述者与被叙述者的态度关系而言，刘高兴具有的双重角色和身份，自身所具有的底层生活经验，使叙述者的灵魂能够更贴近底层人的内心世界，感受弱小群体所受到的歧视和伤害。尤为重要的是，通过刘高兴的底层视角，避开广阔纷纭的各类政治、经济事件的干扰，以刘高兴为中心，联络起与刘高兴有关的各色人等和各种事件，限制了叙述空间，但同时延展了叙事的信息含量，使作品便于表现更开阔的生活世界和更本真的生活细节。

刘高兴作为底层叙述者，主要承担着"传达"和"讲述"的功能。他传达底层生活的信息，讲述底层生活的故事。作者创造这样一个贴近底层的人物来讲述底层的各态人生，"正像生活在场一样，生活以其存在在表演"[②]。从而展现出开阔的农民工城市生存图景。

忠厚、肯劳作的五富，从不怜惜自己的体力，就像土地上的蚂蚁一样，默默耕耘，只为求生存，却也在城市中丢了命，面对五富的尸体，其妻在意的不

---

① 李遇春：《新时期湖北作家的底层叙述与底层意识》，载《小说评论》2007年第4期。
② 米盖尔·杜夫海纳：《美学与哲学》，中国社会科学院出版社1985年版，第29页。

是五富生命的消失所带来的精神创伤,而是五富可怜的劳动所得;与五富同居"剩楼"的黄八,因常年在外打工,其在家的妻子被人拐跑,精神生活和物质生活没有寄托,用挣得的钱寻求肉体的安慰和欲望的发泄,变成了动物一样的城市里的游魂;杏胡和种猪的生活经历更为苦难,留守在家的老母亲和一对儿女,因为一场意外,老母亲竟被活活烧死,而他们的城市生活最后因法网无情而锒铛入狱。刘高兴视角之下的五富、杏胡、黄八和种猪,他们有生存的欲望,肯吃苦,也想融入城市生活之中,但无一例外,除了生活环境和物质生活被隔绝外,他们的人生命运和人生处境都很悲惨。他们表现着底层人物生存的辛酸与生命的苦难,在他们身上表现出个体生命所具有的普遍性的脆弱、无助、彷徨与无奈。他们是一群城市里被动生存的小人物,他们的命运如同苞谷秆一样脆弱而飘摇。小说中有一段主人公刘高兴的心理描写:

> 土堆里可能是混杂了苞谷粒的,这不足为怪,它是一有了水就生根发芽的,可苞谷粒哪里知道这堆土不久就要被铲除运走,哪里知道这次生长不可能开花结果,恐怕长不到半尺高就会死亡呢?
>
> 多么想活的苞谷苗儿,苞谷苗儿又是多么贱的命呀![1]

在主人公刘高兴的心理世界背后,我们分明看到的是作者对农民工城市生活境遇和人生命运的隐喻。在城市文明巨大机器的运转下,这些底层人物的存在是渺小而被动的,随时都会被残酷的生活所吞噬。

孟夷纯,是城市生存的另类女性形象,她们不像杏胡们靠出卖劳力为生,而是凭借女色,出卖肉体。孟夷纯作为发廊女,自觉意识到她与城里老板韦达原本就不是生活在同一精神空间之中,也非常清醒他们之间的关系是一种性出卖的利益关系而与真情无关,这是一种建立在自愿基础上的精神沦落。孟夷纯们灵魂的自我毁灭或沦落,不是刘高兴的爱情力量能够拯救的,也不是她们能够自救的,这是渺小的个体在强大的社会力量的压力之下的灵魂迷失和精神麻木。石热闹在刘高兴的视觉之下,是一个城市的乞讨者。一方面,在城市化进程中,因先天的好吃懒做,自觉丧失了劳动能力;另一方面,又沾染了某些城市人油滑腔调的劣习,这是新时代下的"张瑞丰"们。孟夷纯和石热闹,是作者关

---

[1] 贾平凹:《高兴》,作家出版社2007年版,第172页。

注城市生存的另一类人,他们的悲剧不同于五富们,孟夷纯的生命是寄生的,石热闹的生命变成了躯壳,他们都成为城市里的"死魂灵",人在物质生存状态中选择文明的同时也迷失了灵魂,作者并未重点再现他们的悲惨生存处境,而是表现他们灵魂的空虚和精神的异化。

在刘高兴底层视角的关照下,文本展示了一群底层人的生存悲剧和灵魂悲剧。"没有历史事件本身是内在悲剧性的","对历史采取不同的叙事观点,就可以赋予事件不同的意义"。正是在底层叙事悲剧结构的背后,我们看到了"隐含"着的作者的批判意识。随着农耕文明向工业文明的转变,中国的城市化进程确实取得了进步。但同时也使大量的农村人口丧失土地,大量迁移到城市。在以经济效益论成败的现代化背景下,作为知识分子如何选择自己的价值立场,这是一个非常重要的问题。通过对中国农民工整体生存图景的展示,我们可以看出,作者不是从历史文明的角度对中国的现代化进程做历史主义的评价,而更多的是从伦理人性的角度,通过关注底层打工者的生存境遇和人生命运,对进城农民工的生存现实进行精神探寻和道德的批判。"在农耕文明与城市文明的对撞中","我们不能掩盖现代文明给人带来的肉体和精神的戕害","农耕文明在摆脱物质贫困时,不得不吸附在城市文明这一庞大的工业机器上走向历史发展的未来;而正是城市文明的这种优势又迫使农耕文明屈从于它的精神统摄,将一切带着丑与恶的伦理强加给人们"。在《高兴》中,正是透过五富、杏胡们的被动而脆弱的生存,孟夷纯和石热闹们的精神迷失和灵魂异化,说明文明的进程对底层人性的戕害。在对城市底层苦难人性的描述中,用人性的尺度,来衡量文明社会的进程,进而达到社会批判的目的。

与同时代的底层叙述不同,作者不仅仅通过底层视角对城市文明进行道德批判,而是发挥小说作者"建构的想象力",突出和强化了叙事者的功能,赋予刘高兴双重角色,一方面讲述底层悲剧人生,另一方面,强化作为人物角色的内在气质。与石热闹不同,刘高兴的灵魂是充实的,与五福用力气谋生不同,刘高兴是用脑子生活的,他是五富的"军师",是"剩楼"的"支书",有与其他城市打工者不一般的精神境界。如果说五富们想获得在城市生存的"物质通行证",那么刘高兴想获得在城市生存的"精神绿卡",作为底层打工者,刘高兴除了满足物质生存而外,还需要城市边缘人最起码的精神权利。这主要体现在刘高兴的爱情追求上,"尖头高跟鞋"是一个非常重要的象征形象,表明刘高兴有不同于一般城市打工者的精神追求。孟夷纯是一个妓女，刘高兴真心的同情并尽自己所能帮助她，这是一个虽在最底层生活，干着最苦最累的活，却有"在最肮脏的地方高兴地活着"的乐观心态。这是一种在常态人生中抵抗苦难，却有着乐观坚定的生活态度和生活品德，是底层生活中所蕴含着的人性之光。刘高兴的存在，使作者获得了一种新的生活态度和精神想象，是作者对底层城市打工者塑造完美品格，建构理想精神世界的一种期望。

作为叙述者的刘高兴如果仅以底层身份去感受、观照底层生活，很容易滑向农民立场，将农民工的底层生活和城市文明对立起来，"作家以农民立场和视角考察农民的都市经历，其认识上的局限必然遗留在文本中，影响小说叙事的深度和美学成就"[①]。但从叙述学的方法而言，叙述者常常是真实作者在小说中的"新闻代言人"，在叙述者身上作者理性审视城市生活的意识已融入其中，作者在道德批判的同时，更多地运用知识分子的理性审视底层生活，探寻理想的精神世界。在商业文明的冲击下，《秦腔》表现的是城市化进程中，对即将逝去的农耕文明美德的深深眷恋，而在《高兴》中，作者正视城市文明下底层人民生存的现实，在揭示底层生存悲剧性的同时，借助主人公刘高兴的精神世界，表达出一种社会精神文化的深广意蕴：在底层生活，或者说在生存困境中张扬理智、高兴的生活态度是我们这个时代强调个性价值的人所需要的。在追求个性价值的同时，随时都有困难、竞争和挫折，重要的是我们如何面对，如何自由地张扬个体的精神意志。"高兴"或许就是这样一种精神文化符号。如果说，"浮躁"是20世纪80年代的集体无意识的表现，"废都"是90年代文化没落者的精神映像，那么，"高兴"就是当今时代人们普遍追求个体生存价值的一种精神想象。

三、文学叙事的突破

文学叙事的突破，是指作者的叙事风格并不拘泥于既有的、熟悉的叙事套路，叙事风格不是一成不变地沿用一种模式，而是在文学创作中不断探索与创作主题相契合的叙事策略，表现出与之前的创作风格不同的叙事模式。贾平凹在创作道路上永葆青春的一个重要原因就是他永无止境的精神探索，叙事风

---

① 刘云：《艰难的历程——论"乡下人进城"文学的农民立场》，载《文教资料》2007年第7期。

格也是不断变化的。《废都》《高老庄》《秦腔》等作品中的叙事风格在于"以实写虚","高老庄""清风镇"不是现实中的棣花街,而是作家创造的艺术幻境,作品中的艺术世界是以现实为依托的作家的想象世界,作家在如实描述中,表达更多的是作家的理想和精神世界。而《高兴》的创作出发点在于为底层生活做"历史见证",为时代做"社会记录",强调作品的史料价值,在叙述风格上,更强调反映社会现实的逼真性,力求表现当下生活的丰富性和原生态;在叙事结构上,用喜闻乐见的故事形式,构筑整体的线性叙事框架;在叙述情感的表达上,更倾向于选择对世俗日常生活的白描化描写。叙述风格的当下性、叙述结构的整体性和白描化的生活细节描写是《高兴》叙述的突出特征。

叙述结构的整体性在《高兴》中主要表现为整部小说有浑然一体的故事框架。《高兴》突破《秦腔》的叙事结构,它不是故事事件的横向排列,而是一种纵向的线性叙述。这是《高兴》叙事回归读者以及作者叙述风格不断创新的又一表现形式。小说作为一种文化商品,要有故事。讲故事往往会落入俗套,《高兴》并不单纯讲故事,他把故事写进生活中,将故事与作品题材紧紧融合,用故事写出凡俗人等的性格和命运。贾平凹在讲述故事时,非常注重故事当下的生活气息。故事素材多选用新近世俗生活的真实事件,贾平凹也坦言《高兴》中"背尸返乡"和"孟夷纯出卖肉体以寄钱返乡"等素材是从报纸新闻中获得的。已有的报纸新闻素材,可称为"现代轶闻",贾平凹对这些素材的使用,完全是文学性的创造性使用。"将轶闻故事化",使轶闻成为小说情节的有机组成部分。一方面,这些真实素材的使用与作品主题的表达浑然一体,反映了作者对社会问题的敏感;另一方面,轶闻入故事,在故事框架的整体建构上起至关重要的作用。

文学写作讲究起承转合的结构脉络。贾平凹在叙述主人公的城市生活时也处处贯通人生命运的起承转合。刘高兴"背尸返乡"是小说叙述的起子,承接的是他们城市生活的主要过程;孟夷纯的出现,是推动刘高兴城市生活进入戏剧化情节的主要因素;刘高兴与孟夷纯的爱情联系使孟夷纯的故事自然地进入刘高兴的生活之中,同时通过对孟夷纯生活的叙述,联系起城市生活的另一面,开阔了城市生活的叙述视野;孟夷纯入狱,刘高兴为爱情买单,情节转入他们生命旅程的下一站;突如其来的灾难降临,五富因病命归黄泉,刘高兴背尸返乡,合到开头。在人生命运大起大落中,令人不禁掩卷沉思:起承转合的叙事框架，无不与人的生活经历和人生命运暗合。作者在叙述故事中，也进入风俗人等的生活中。生活因故事的连缀而由混乱无序的状态变成有序的艺术世界。

  叙述内容的饱满和叙述情感的真切主要通过白描化的生活细节完成。通过对日常生活的细致叙述，尽可能还原生活本身的丰富性与原生性。"白描化的细节描写，把作者的主观感觉外化，融入作者的情感和审美体验"[1]。在《高兴》中，贾平凹充分发挥刘高兴这一限制视角的作用，刘高兴既作为叙述者，又作为生活的亲历者，能充分使用各种感官，用视觉去观察，用嗅觉去触摸，用听觉去倾听，用心灵去体验和感悟，一个真正多彩的生活世界也就展现在读者眼前。文章中五富的吃相，形象逼真，就在于作者对生活细节的描写，不仅仅是用知识和经验书写，更多的是用身体的各种感觉描写，写出生活的动态美和"视觉美"，使读者有身临其境之感。

    五富的肚子里似乎有个掏食虫，他总是害饥！到拐弯处一间山西人开的削面馆里，我要了四碗面，五富说要五碗，我也就强调：都来肉臊子！五富蹴在凳子上，他的那双鞋前边破了洞，鞋面肮脏不堪，三只苍蝇就落在上面洗脸。我说：五富！示意他坐下来。五富没理会，喊叫着辣子罐里怎么没辣子了：老板，油泼辣子！嘴唇梆梆地咂着响。我又说：五富，五富！意思要他声低些，五富又喊叫蒜呢，没蒜了，来一疙瘩蒜呀！我放下碗，不吃了，气得瞪他，他只顾往嘴里扒拉，舌头都搅不过还喊叫来两碗面汤！饭馆里人都侧目而视，我悄声说：你一辈子没吃过饭呀？！他抬头来却关心地给我说：吃呀，哈娃，饭看着哩！

    店老板并没有把面汤端上来。五富就只有喝桌上的招待茶，喝一大口，咕嘟咕嘟在嘴里倒腾着响，不停地响，似乎在漱口，要把牙齿间的饭渣全漱净的。老板以为五富把漱口水往地上吐呀，吆喝着服务生把痰盂拿来，五富却脸上的肌肉一收缩，嗝儿，把茶水咽了。[2]

  小说中类似上述的描写比比皆是，诸如刘高兴碰到爱情时的黯然伤神，杏胡与种猪的性生活，五富与黄八作弄小区保安的场面，等等，日常生活中琐碎

---

[1] 陈平原：《中国小说叙事模式的转变》，北京大学出版社2004年版，第131页。
[2] 贾平凹：《高兴》，作家出版社2007年版，第18页。

的生活事件,人与人之间平凡普通的交流,生活中平凡普通的痛苦、悲伤和欢乐,贾平凹细致而平静地书写着底层小人物的生活经验,有触手可摸的真实感,从四面八方描写生活,从而将一个真实的生活世界完整地再现到读者面前。生活中有血肉丰盈的情节,鲜活生动的人间场景,以及富于美感的语言,作品处处出现诗意写实,因为有生命在作品的每一处流布。所以说,当作家在用心灵去写世俗生活时,其实也在写人情人性。"把这些生存状态下人本质的东西写出来,把它写得很饱满有活力,把人写得很有活力,不管是哪一类型人,把他写得很饱满,很有活力,我觉得就写深刻了"[①]。这其实也就是王国维文学批评中所谓的真正的艺术世界是"不隔"的,因为有对生活的真切体验,因而生活的饱满,人性的深度,就在对生活的细微感触中被作者表现出来。同时,细节的丰盈和白描化的描写也使小说具备了在琐碎与感性中抵达生活内核和人性内质的审美效果。

"在一个精神被物质吞没的时代,作家有时是精神秩序的守护者和建立者"[②],用精神的高贵来对抗物质的匮乏,这是贾平凹在《高兴》中讲述生存现状,探究生存局限性之后的一种思考。将现实生活的悲剧和对生活的思考借助艺术的形式展示在读者面前,使艺术本身成为生活的浓缩,如同米盖尔·杜夫海纳所说:当作者通过作品揭示一个世界时,这就是世界在自我揭示。在现实主义精神的表达方面,贾平凹不愧是一个高明的艺术家。

(原载《小说评论》2008年第2期)

[①] 韩鲁华:《韩鲁华就〈高兴〉与贾平凹访谈》,来源:新浪博客,2007年10月8日,网址:http://blog.sina.com.cn/s/blog_4d34676601000dgq.html。

[②] 谢有顺:《于坚谢有顺对话录:反抗隐喻,面对事实》,来源:新浪博客,2007年10月31日,网址:http://blog.sina.com.cn/xieyoushun。

"锄禾"人的月下城

——从贾平凹《高兴》谈起

陈凤霞　刘江凯

《高兴》是贾平凹继《秦腔》之后又一部关于农民形象的长篇小说。纵观贾平凹20世纪80年代以来的长篇小说，就会发现他一直对中国社会生活，特别是农村生活的变迁，保持着高度敏感的文学关注。甚至可以说，贾平凹的作品客观上是一部形象鲜活的当代中国城乡变迁史，或者是中国人的当代精神蜕变史。《高兴》和《秦腔》有着千丝万缕的内在联系和呼应，二者某种意义上形成了"娜拉出走了以后怎么办"的提问与回答。应该说《高兴》在贾平凹的长篇小说中并不算是最优秀的，但把《高兴》放入到贾平凹代表性的长篇小说中综合考察，就会看出该作的可贵之处和问题所在。

一、城市迷思：作为转型期"中间物"的农民

对《高兴》的阅读有时候会形成一种奇特的视觉联想效果，甚至也有听觉的联想：一轮明月高悬在城市上空，城市又坐落在田野之上，浪漫、宁静、安详。一条从城中延伸出来的弯曲道路上站立着一个扛锄头的人，不知道是谁，也不知道走向哪个方向。耳边会不自觉地响起歌曲《城里的月光》的旋律，内心升起一股忧伤哀怨、迷茫困惑的情绪。这大概是因为小说调动起了储藏于内心深处的各类复杂的文化情绪体验，才能将反差如此巨大的不同生活弥合在一起。

我总以为月光是属于城里人的，而日头才属于乡下人。其实在《高兴》中，并没有出现城里人享用月光的场景，甚至月亮都没有正式亮相，小说中和月有直接关系的文字大概就是刘高兴用箫吹《二泉映月》。然而，阅读完《高兴》，我突然意识到《高兴》中有一片看不见的"城里的月光"，同时觉得"城里的月

光"是一个意蕴很丰富的概念,让人浮想联翩。"月光""城里""乡下"和"人"构成了当下中国城乡生活变迁中某种深刻、丰厚、复杂的隐喻关系。当自然的"月光"被区分"城里"或"乡下"时,月光就开始变得凝重而意味深长起来,正如在"人"的前面加上种种限定词语后,人也将变得形形色色、难以琢磨一样。因此在本文"城里的月光"其实有一种特定的意指:乡下人对城市身份与生活的一种迷思与追求。

阅读《高兴》,我们看到的是"乡下人"追逐"城里的月光"时那种热切而无奈、艰难却又执着的影子。虽然刘高兴自命不凡,认为自己"和周围人不一样",觉得自己"不像个农民""贵气"得很,似乎种种迹象都表明他天生和城市有约,"活该要做西安人!"但他即使付出了一个肾的代价,换来的也仅仅是在高级宾馆的地毯上留下自己的脚印而已。

城里人认可他了吗?谁又是城里人?如果仔细考察一下小说中认可刘高兴不像农民的那些人的身份,就会发现他们也并非真正的城里人,只是身份不同的农民而已,如妓女孟夷纯、保姆翠花,其他诸如乞丐、保安、小饭店老板等。唯一可以算得上是城里人的韦达也被《高兴》中另一个情节所否定。四个公务员模样的人在饭桌上谈论城里人的话题:"凡是城里人绝不超过三至五代,过了三至五代,不是又离开了城市便是沦为城市里最底层的贫民,……城市就是铁打的营盘,城里人也就是流水的兵。"[①]他们的这番讨论让刘高兴很受用,因为他们从理论上解决了刘高兴内心的困惑,打碎了城里人在乡下人心中高高在上的稳固地位。刘高兴灵魂深处闹了一把革命。现在,刘高兴终于知道了:贴在厕所里的瓷砖有一天还可以被贴在灶台上。小说确实可以通过想象的方式给出各种解释、答案抑或出路,只是现实中那些真正需要答案或出路的人往往没有阅读。贾平凹虽然通过小说对城乡差别表达了他的透彻看法,但对那些真实生活的农民而言,这番宏论甚至都难以有机会成为他们的心理安慰。

小说以悲伤的结局宣告了乡下人追逐城里月光的失败。然而,乡下人的"日头"和城里人的"月光"在当代中国社会的巨大变迁中,是否存在交融的可能?联系贾平凹其他作品,就会发现他对这些问题一直有自己的观察和文学表现。从《商州》《浮躁》到《废都》《高老庄》,再到《秦腔》《高兴》,贾平凹以农民

[①] 贾平凹:《高兴》,作家出版社2007年版,第113页。

和知识分子为主要描写对象，以一个作家的敏感紧抓时代的最新动向，总能在第一时间以形象的作品勾勒出中国当代城乡的历史变迁。他从创作伊始就对农民、知识分子、当代中国的社会和精神结构给予文学关注，有些创作甚至具有预言性的特征。

"乡下"和"城里"其实一直是困扰贾平凹的心结。他的内心一直趋向于自己是一个农民，通过《高兴》的后记也可以发现城乡人的身份转换其实是偶然的，并且区分精神上的城乡之别也是非常困难的，正如农民与乡村总是相互照应，知识分子往往和城市互为表征。贾平凹小说中的知识分子虽然表面上已经沐浴在"城里的月光"下，但在皮相之下，骨肉当中映照出来的却依然是传统农耕文化的影子。在贾平凹最具有知识分子代表性的《废都》中，作家庄之蝶能否代表城里人？而另一部作品《高老庄》中的大学教授高子路回到乡村后，农民的血液便被乡村的土地唤醒，城乡的冲突和矛盾接二连三地出现。

所以在贾平凹的作品中，在城里的月光下活动的大多还是乡下人。同时，贾平凹笔下的乡下人也不再是传统意义上的乡下人，而是一种浸润在"城里的月光"下正在悄悄转变的"新乡下人"。月光还是那个月光，但城已不是那个城，乡也不是那个乡，人更不是那个人了，这正是《秦腔》和《高兴》在21世纪文学乡村题材作品中表现出来的独特价值所在。两部作品分别从不同角度，采用了不同的方式讲述了当下农村和农民的生活，而这种生活最大的变化就是改革及现代化对传统乡村生活及其精神文化潜移默化的影响。"乡村城市化"在中国已渐渐成为一种不可阻挡的趋势，当"城里的月光"以直接或间接的方式侵入乡村后，难免会引起一系列城乡身份转换的"时差"不适症。正如贾平凹在一次访谈中所指出的那样：刘高兴作为一个农民形象已经不同于我们习惯的那些农民概念，也不同于乡镇企业家、带头致富者等这样的新农民形象，他有文化，有智慧，只是生在乡下而已。小说中的刘高兴有知识（高中生），懂艺术（会吹箫），比起一般只会出死力的进城打工者（如五富），他显示出一些新的特征，如自信、乐观、有想法，更善于去适应生活，表现出一定程度的农民思想者的意味来。这样，我们就会发现在历史的变迁中，城里人，乡下人，其实都变成了精神上的异乡人。贾平凹对这类人物的塑造是对中国当代文学史人物形象的一个特殊贡献，甚至从中能体会到鲁迅"中间物"式的悲哀。

二、文学的底层和时代的先声：《高兴》的突破与延续

《高兴》最成功之处在于塑造了一个崭新的农民形象——刘高兴。在这部小说中，虽然也出现了五富、黄八、孟夷纯、杏胡夫妇等传统型的底层人物，但这些人物形象和当代文学史上其他的文学底层人物形象相比并无本质区别。而刘高兴，无论是从人物形象的塑造还是其精神性格的剖析来看，都显示出与一般文学底层人物形象不同的品质：他是一个能把自己和其他同类型作品区分开来的人物形象，体现了作家卓尔不群的艺术构思能力。

作为一种创作现象，所谓底层文学的出现可以说是必然的，但从文学作品的角度来看，大多数作品确实普遍存在艺术品质不高、抢占道德高地、人物和叙事模式化等缺陷。大概从 2003 年前后开始兴起的这股创作热潮，后来表现出一种自我调整、不断深化的姿态来。而令人困惑的是，这些底层文学作品，除去时代自然变迁的内容之后，和之前的"现实主义冲击波""新写实"，甚至更早的无产阶级"左翼"文学这些反映底层民众生活的作品相比，在理论或者观念上却并没有新的突破。文学的底层始终是可以成立的写作对象，但 21 世纪以来所谓的底层文学则未必如一些批评家所鼓吹的那样成功。值得庆幸的是一些作家的创作虽然不一定属于这个范畴，却能带来一些启示，如李锐《太平风物》的农具系列，范小青《父亲还在渔隐街》中的现代主义表现技法，等，从艺术到思想都有新的探索。底层文学绝不是什么突然出现的，它在中国的渊源几乎从来就没有断过，它的创作也会持续相当一段时间，这其实是整个中国社会结构变化带来的必然文学表现。

现在再回到《高兴》，就会明白刘高兴这个有着强烈自主意识，敢于和城里人平起平坐，不卑不亢，能吃苦也会享受，有点文化也懂点艺术，生性乐观的新乡下人形象是多么鲜活独特。底层人民的生活确实很辛苦，但并不能因此剥夺他们剩余的快乐。《高兴》在一定程度上为我们呈现了底层生活的另外一种真实，除了悲苦，他们也有快乐的权力和能力，尽管这种快乐在另一些人看来仍然是可悲的。

《高兴》和贾平凹的其他作品一样也体现出鲜明的贾氏风格：敏锐感受并捕捉到时代变迁中人物精神、社会生活的最新动态，并用文学方式迅速表现出来。作品中残留较多作家观察思考的痕迹，艺术表现方面总会留下一些遗憾，

但整体格局却并不显得低下。作家有这样一种面对生活与文学的态度，所以他的作品不自觉却很自然地记录了当代中国的变迁。他的创作总能保持一定的艺术水准，并得时代风气之先。

我们可通过《浮躁》《废都》《秦腔》《高兴》来进一步讨论贾平凹的文学表现，这几部作品几乎都准确地捕捉和表现了当代中国的时代变迁。《浮躁》主要塑造了改革开放浪潮中的青年农民形象，小说主人公金狗，历经了务农、参军、复员回乡、当记者、跑运河这样几个人生起落，商州的社会画卷也随着他的生活际遇渐次展开。"改革"是这个时代的关键词，小说把正处于起步期、充满各种机遇和希望的农村新气象准确地用"浮躁"这样一个词语概括出来。这是一部写实性和象征性成功统一起来的小说，通过州河上小小的静虚村、两岔镇，写出了中国社会特定历史阶段的时代情绪，也表达了作家对于改革开放初期农村变迁的思考。《废都》是经济化背景下知识分子精神溃败、涣散的文学印证。作为小说，它是作家以职业的敏感捕捉并表现社会生活的结果，历史的发展已经证明这种捕捉是准确而深刻的。正如一些论者所指出的《废都》的灵魂在于它深刻地白描了当时社会变动期间一部分知识分子精神生活的历程，展示了他们的人格危机和价值失落，而庄之蝶就是知识分子开始"边缘化"的典型。该作准确地表现了20世纪80年代以来，特别是90年代市场经济大潮到来后知识分子心灵的分化状态，为社会转型期的知识分子做了一次预言式的书写，是刻画当代知识分子人格危机的一个典型范本。21世纪以后的《秦腔》是市场和城市化充分发展后传统乡村生活激烈变化的文学表现。贾平凹承认想通过这本书描述二十年来中国农村生活的变化，关注现在农村为什么有大量农民离开，农民一步步从土地上消失等问题，讲述了农民在当代社会转型期的生活与遭遇，表达了作家对当今社会环境下农村各种新情况的关注和思考。作品采用"密实的流年式的书写方式"，字里行间倾注了对故乡的一腔深情和对社会转型期农村现状的忧虑。贾平凹称"我要以它为故乡树一块碑"。《高兴》则延续了乡下人进城的思路，同时也可以算是对21世纪底层文学创作现象的一种有益补偿和提升。贾平凹在《浮躁》序言二中说："一个时代有一个时代的作品，我应该为其而努力。"

通过以上分析，可以看出贾平凹确实是一个能够及时敏锐地以文学方式捕捉并表现社会变迁的作家，并往往通过塑造人物形象（如金狗、庄之蝶、引生、刘高兴等）来抽离和凝固这种时代的变化。贾平凹小说的人物谱系主要是农民和知识分子，并构成了自己的人物形象体系。虽然这些作品存在着一些不足，但在整体上却具有一种集团军冲锋的实力。他的这几部小说共同构成了新时期以来中国农民和知识分子的变迁过程，无论贾平凹在创作中是否有意为之，这些小说的内在思想或者说客观的人物塑造上都具有某种一致性。坦白地说，我们认为他是一个勤于思考、敢于和善于表现的作家，其艺术的敏锐性和表现力还是让人佩服的。

三、惯性：作为写作与文化的一种反思

作家的惯性写作一方面可以帮助作家保持作品的稳定性，另一方面也造成了作家突破自己的困难。《高兴》本质上还是一个"农民进城"的故事，其精神的背景仍然是城乡差别。从概念和词源上去考察"城里"与"乡下"其实并不是一件很难的事情，然而在中国由"城里"和"乡下"引发的问题却极为复杂。城乡之别是由农业文明向工业文明发展中出现的。商州作为中国文学版图上农业历史最发达悠久的地区，因之闭塞、落后而表现出更加强烈的城乡意识也是可以理解的事实。从地域上讲，路遥、贾平凹等陕西作家笔下的农村和莫言、张炜等山东作家笔下的农村就有所不同，很值得深入研究。

"乡下人进城"是自中国现代文学就开始不断书写的主题，从"祥子"到"高兴"，这条路上的人一直络绎不绝。正如《高兴》中那几个公务员的谈论：城市是铁打的营盘，城里人是流水的兵。在城与乡之间，究竟有多少人怀揣着梦想日夜兼程地在赶路？在《高兴》中，我们看到了乡下人追逐着城里的月光，留下的却只是影子般的碎梦；我们也看到了不论是城里人还是乡下人，都渴望城里的月光把梦照亮，最终却往往变成都市的异乡人。在中国人的文化想象与记忆里，"月光"似乎极易引起我们忧伤的情思和唯美的期待，因而对人们也总是充满诱惑。张若虚说："人生代代无穷已，江月年年望相似。"也许张若虚道出了一种历史循环的真理：虽然每个时代的人都有他们期待的月光，终究不过是相似命运的一种重复，但有一片月光可以让不同时代的人循环期待也总归是一种安慰和寄托。

《高兴》最令我们感动的地方并不是刘高兴信守诺言，背五富的尸首回家，而是他对自己成为城里人梦想的那份自信的期待和执着的追求，是他在艰苦环

境下依然努力追求快乐生活的态度。《高兴》给生活在底层的文学形象涂抹了一层亮色，同时也表现出强烈的错位感和不归属感，其中有对传统的眷恋之情，在看似决然叛裂的姿态中显露出一种深刻的文化恐慌。小说有一处情节表白了这种情形：高兴和五富一起去城外看麦田，当他们看见"海一般的麦田"时，五富"四肢飞开跳进麦田"，"我也扑了过去"。

> 五富几乎是五分钟里没有声息，突然间鲤鱼打挺似的在麦浪上蹦起落下，他说：兄弟，还是乡里好！没来城里把乡里能恨死，到了城里才知道快乐在乡里么！
> ……
> 我说：城里不如乡里？
> 五富说：城里不是咱的城里，狗日的城里！
> 我说：你把城里钱挣了，你骂城里？[①]

生活和时代快速前行时产生的惯性其实只改变了人们最表层的内容，而深层的文化心理并不能很快地实现整体迁移。刘高兴和五富的这段对话正好说明了当下农民面对城市时的复杂心态。五富眷恋着乡下的老婆和麦田这很好理解，而对刘高兴这个想成为城里人的农民来说，其实也暴露了他骨子里的农民意识和土地情结。由此我们也看到了中华民族性格里的一种缓慢惰性，即使面对非常有吸引力的对象，根本的改变也相当困难。《高兴》虽然情节简单，人物明晰，但当我们将其置于当代中国城乡变迁的社会心理结构中去阅读时，却感受到了蕴含在其中丰富隽永的复杂文化意味。每个时代都有追梦的人，但那片唯美的月光却不一定能照入每个人的心田。

（原载《党政干部学刊》2017年第6期）

[①] 贾平凹：《高兴》，作家出版社2007年版，第217页。

宏观研究

HONGGUANSHIYE

人文批判的深度和语言艺术的境界

——评贾平凹长篇小说《高兴》

李 星

长篇小说《高兴》是继《浮躁》《废都》《怀念狼》《秦腔》之后，贾平凹小说创作的又一新高度，它的意义不只在关注社会"弱势群体"，而在于作者心灵渗入融合的深度，社会文化批判的力度，对人的生命和价值的人文情怀，以及在污泥中长出莲花，在死亡气息中发现鲜花的耳目一新的审美视野。

一

因为《高兴》的主人公刘高兴是进城捡破烂的农民，所以农村、农民、农民工的问题，理所当然地成为《高兴》的显在主题，如在现代化、工业化背景下农村土地的严重流失，农村年轻劳动力、知识者向城市的流动与迁徙，进城农民工的处境，以及由此引发的对城乡二元体制、户籍制度的反思与追问，等等。作者贾平凹也正是在这种道义立场上，厘定自己从《秦腔》到《高兴》的"创作意义"的。文学的意义，不只在于提出社会学家、经济学家眼中发现的问题，而在于揭示人性及人的心灵病症，揭示存在的尴尬，检讨文明的迷失。《高兴》的文本价值，它的广度和深度，正在对于具有普遍性的人的心灵和现代文明迷失的透视。

城市化程度是现代化发展的一项重要标志，但是中国的城市化却绝对不能走西方的道路，不能不兼顾国家整体发展水平，不顾主要以土地为生的农民的生存、生活。在贾平凹小说中造成刘高兴、五富、黄八、杏胡之类农民在无技能、无知识准备下向城市的迁徙，一个主要的原因就在于农村的土地在国家飞速发展的现代化建设中被侵占，连商州这样的偏远山区，人均也只有几分耕地。城市的盲目扩张与奢侈建设，资本的为所欲为，城市之间争与"国际接轨"、打造"世界一流""东方第一",是权力与资本的严重迷失。《高兴》中反复提到的是一个豪华园林,圈地近千亩,投资几十亿,而它五十元的门票,却让刘高兴这样的农民望而却步,并引发了五富、黄八等进城农民的反感和仇视:"城里这么多高楼大厦都叫猪住了,这么多漂亮的女人都叫狗睡了,为什么不地震,为什么不打仗"。它的偏激是显而易见的,但其中却包含着社情民意的积极价值,揭示了资本所向披靡的疯狂所引起的农民的不满。城市发展得这么快,建设得这么豪华,产生的废品垃圾也成了繁荣的标志,但城市管理者却似乎未来得及考虑相应的垃圾处理科学,他们没有想到在城市建设、环境卫生等方面发挥了巨大作用的百万外来农民工的生存、生活、教育、治病。"没资格生病",住"剩楼",捡旧衣穿、嫖私娼、染性病,就是农民工的普遍生存现状。在回答《南方周末》记者问时,贾平凹也坦白地承认进城农民犯罪率高的事实,但他反问:"他们为什么犯罪?一个是因为贫困,再一个是因为社会歧视。我们没有一个系统机构跟这个阶层打交道,更谈不上提供好的服务。"有一种说法,把这种"失衡"与"失控"现象,称之为"发展的代价",但不顾百万、千万、亿万人的基本生存需要,让他们沦为城市"贱民",这种代价也太失"人道"了。《高兴》所批判的正是这种忽视人文价值、牺牲几代人利益的,反人文的发展。贾平凹用就像"忽视了天上的太阳,地上的清水",指斥了只顾"揽钱"的商人良知和道义的丧失。

在小说《高兴》的两篇后记中,贾平凹以散文笔法,真实再现了自己的家乡父老、同学朋友——刘书祯等人真实的生存情境,揭示了与城市奢靡相对应的山区农村的贫困,以及面对疾病、子女教育、婚姻爱情等的无奈。从某种意义上《秦腔》也是《高兴》的又一隐文本,它与《高兴》互为表里,从乡村到城市,成为中国农村、农民在繁华盛世背景下生存状况的真实历史记录。在《秦腔》后记中,贾平凹说《秦腔》是他为家乡所立的一块碑,在《高兴》之后,我们可以说,《秦腔》《高兴》是贾平凹为现代化背景下的中国农民,立下的发人深省、值得惊觉的一具时代的巨碑。它铭勒的是前进中的历史和苦难,农民的牺牲、贡献和尴尬。贾平凹毫不讳言,在歌舞升平的当下中国,仍然潜藏着深刻的社会危机和人道危机。

早在20世纪40年代,沈从文就说过:"好的文学作品照例应当具有教育第一流政治家的能力,可是如今一部分作家,却只打量从第三流政客下讨生活。"① 当文坛上那些在名利场上锋芒毕露的人士,纷纷对这个时代的矛盾和危机失语的时候,深刻揭示这太平盛世下权力与资本的真相的使命,却落在一个貌似木讷懦弱的贾平凹身上,这不能不让人感慨。相比于贾平凹介入现实的诚实和勇气,那些扬言为"未来写作"的文化侏儒们应该感到羞愧!

更值得关注的,是贾平凹在《高兴》中所表现出来的非精英化的精神姿态。在浪得一些名声的文学人士,纷纷以"文化精英"自居,并对百姓疾苦、人生苦难摆出民粹主义的怜悯姿态的时候,贾平凹却坦率宣布"我是个农民",承认自己的"农民意识"。在《高兴》后记中,他说:"我和刘高兴、白殿睿以及×××的年龄都差不多,如果我不是一九七二年以工农兵上大学那个偶然的机会进了城,我肯定也是农民,到了五十多岁了,也肯定来拾垃圾,那又会是怎么个现状呢?这样的情绪,使我为这些离开了土地在城市里的贫困、卑微、寂寞和受到的种种歧视而痛心着哀叹着"。"我吃惊地发现,我虽然在城市里生活了几十年,平日还自诩有现代的意识,却仍有严重的农民意识。"② 这里的关键不是作为时代和生活代言人的作家,是否应该脱离所出身的阶级、阶层,并有精神提升的抽象理论,而是他并没有因为自身生活和生存条件的改变,自外并从心理上优越于农民和社会底层大众,他把"他们"的不幸当作"自己"的不幸,对他们的苦难如同自身一样的痛心疾首、刻骨铭心、不吐不快。在《高兴》中,他多次表述过这样的观点:人生境遇的差别,不是品质和智慧的差别,而是机遇,正如同样的瓷片,有的贴在锅台上,有的却贴在厕所里。"农民并不比城里人缺少智慧,缺少的只是经见。"并说,人的贵贱不在钱的多少,而在于自己的人格品性,可怕的是"人是没有贱的,贱却自生"。这里虽然包含着佛教的因果因素,但却是一种高贵的"平等"意识。正是以这种"平等"意识为武器,他痛斥城里人和有钱人的优越感,批判社会大众意识中普遍存在的歧视和冷漠,以及五富等农民的自卑自贱,呼唤社会的公平正义,呼唤人们心灵中的良知。在对大众心灵中仇恨、自卑、歧视、冷漠的审美透视中,他并没有自外于社会和大众,而是以城里人和乡下农民的双重角色认同,解剖着"他们"心灵的光明与黑暗,也解剖着自己。

---

① 沈从文:《云南看云集·给一个军人》,见《沈从文文集》第5卷,四川人民出版社1983年版,第153页。
② 贾平凹:《高兴》,作家出版社2007年版,第430页。

二

刘高兴形象是附着了贾平凹人文理想的艺术形象,同时也是一个人格健全、充满美好人生理想,知行统一,自觉自身存在价值的新时期农民形象。从他身上我们看到时代的发展、历史的进步,也看到了社会公平正义的缺失、生活的尴尬、命运的无情。

早在一百六十年前,马克思就说过:在资本主义生产的条件下,"人的生命的现实的异化仍在发生,而且人们越意识到它是异化,它就越发成为更大的异化"。在改革开放初期的20世纪80年代,中国理论界就曾经发生过在社会主义社会产生不产生"人的异化"的尖锐争论。其实,人性,人的本性,包括人的合理发展与生存,一直是人类对人自身的美好期待,至今在生活中关于某人失去或没有人性,仍是人们的口头常用语,就说明"人的生命的现实异化"是人类社会的普遍存在。《高兴》中黄八、五富对城市、对城里人的仇恨,以及石热闹本是为上访而进城市,到后来竟连自己上访的目的也忘记了,"贱却自生"地要去当乞丐,就是人性的异化,就是心灵和人性的迷失。而刘高兴的形象之所以与众不同,成为淤泥中长出的莲花,墓地的鲜花,就在于他以自己的言行和心理,承继着人类的人性理想,排斥着社会环境的遮蔽和人性的异化。

刘高兴是一个渴望改变自己命运的青年农民。在此之前,他不仅同乡亲一样经受着贫困,还经历了一次失败的婚姻爱情。女方先是嫌他房子太破烂,等他卖了肾,盖了房子,女方又嫌他穷。他就携着比自己大五岁,孩子多,人又笨的五富去县城周围给人家盖房、拱墓、打胡坯、垒灶房,但"挣不了几个钱又回来了,回来了又得出去",反复了好几年。他听说清风镇第一个去西安的韩大宝发了财,许多人投靠了他,也与五富来西安投靠韩大宝,干起捡拾垃圾的营生。一到西安他就觉得自己原本就应是个城市人,一是肾卖给了西安人,二是他有许多城里人才有的习惯和爱好,并将已经办起小垃圾收购站的瘦猴和韩大宝作为自己的人生目标,希望在此攒钱,买房,娶妻生子,取得城市户口。但是农民工在西安生存的残酷现实,却粉碎了他的计划和理想,迎接他的是五富尸体的火化以及对自己未来的茫然。这是一个有理想的青年农民城市幻梦的破灭,也是又一段农民的人生苦难史。

显然城市的经历,是高兴和五富的又一次人生苦难体验,但是贾平凹并没有着意渲染这些苦难给主人公的压抑和痛苦，反而竭力去表现他灵魂世界中的光明和阳光。小说中刘高兴偶然也有如五富、黄八一类农民的宣泄。如帮五富卖医疗垃圾的行为，但他基本上是遵纪守法的，并且见义勇为，不顾个人生命危险，帮助公安抓获肇事逃逸司机，他经常劝阻五富、黄八等人，让他们注意言行。更重要的是，他有高尚的人格追求，追求自我人格的完善。他很注意自己的衣着形象，不愿给城市和进城农民抹黑；保持着读报纸的习惯，知道自己的工作对于城市的意义；他还注意向城市文化学习，如穿西服、皮鞋，培养自己优雅的风度和气质；等等。

另一个闪光点是，刘高兴有大爱之心，这种爱不仅表现在对五富的承携，对因家庭不幸而沦为娼妓的进城女子孟夷纯的同情和爱情，对王翠花的帮助，还表现在对小鸟、螳螂这些自然生命的珍惜，对同伴虐待这些生命行为的严厉斥责。背五富尸体的行为固然可笑，但同想方设法救孟夷纯的行为一样，都表现出他的仗义与对朋友的爱与忠诚。

可能要引起争议的是刘高兴的领袖意识。在五富、黄八等人中他自觉自己从智慧到思想，从视野到风度，都堪称他们的"领袖""导师"，不仅时时、事事不忘对他们进行教导，还希望培养起他们对自己的忠诚与服从。对于五富每天为他准备的豆腐乳，大为满意，并且很有风度地消受。与此同时，他还努力模仿一些领袖人物的幽默和风趣，劳累过后，常常让他们讲一些有趣的事，"放松快乐"一下。他还常常成为他们对外交往的代言人和方法策略的制订者，多次表示自己有一天由青虫变成能飞起来的蛾子，要像延安成为革命圣地一样，将自己在城里住过的"剩楼"改成供人景仰的"圣地"。一个拾破烂的人梦想成为领袖，并不是他的狂妄和谵语，而是对自己以及自己所处的农民阶级的"智慧"、人格的自信，坚信城里人和乡下人、身处高位的人与从事低贱职业的人、有钱人和穷人，都是平等的，"人没有贱在"，"人贱不在钱多少"，"乡下人不比城里人少智慧，只是少经见"。这不只是作者贾平凹的人格信念，也成为刘高兴自己的人格信念。家乡关帝庙的对联：尧舜皆可为，人贵自立；将相本无种，我视同仁，表现的正是儒家文化的"人本""平等"意识。当年陈胜在佣耕的田野上尚能发出"帝王将相，宁有种乎"的呼声，距他两千余年的刘高兴变"剩楼"为"圣地"的理想，更表现了中国当代农民的眼界和视野、自信和理想。正因为有着如此的人格信念、人生理想，刘高兴可以容忍并宽容城里人对自己的种种歧视，认为"人轻我，我必有被人不重的理由"，唯独不能容忍的是别人对自己人格的轻蔑。他对抱狗女人称自己为"破烂"的恼怒，对帮助教授开了门，却被小区人怀疑为"贼"的耿耿于怀，对宾馆保安让自己赤脚穿过大堂的侮辱痛苦于心、噩梦连连，皆源于他人格尊严的受伤害。从这个意义上说，他的职业是被世俗所轻视的，也是贫穷的，但他的人格却是高贵的，精神是飞扬的。竟爱上一个良善不幸的妓女，敢于花"巨资"乘出租车游览所在的城市，轻视韦达这样的无良有钱者，身处困境却始终让自己高兴着，愉快着，心灵充满阳光和爱，都使刘高兴独具一格，与古今中外文学创作中的所有农民形象迥异。这不仅是贾平凹的奇思妙想，而且有着充分而不容置疑的现实依据。社会不公正、苦难、贫穷是这个物质繁荣时代的一种现实，人们，包括农民，思想的解放，理想的飞扬，人格自觉的空前提升，同样是这个时代的现实。

三

笔者一直认为，文学创作的最高境界是举重若轻，融深刻的历史内涵和重大的现实矛盾于一个超越性的普通人物心灵和或悲或喜的命运之中。如莎士比亚戏剧之将英国专制历史的罪恶和人性的贪婪，表现为一个个人的人生悲剧或喜剧；如塞万提斯的将西班牙社会尖锐残酷的宗教文化冲突，审美化为一个单纯而又可笑的骑士堂吉诃德；如屈原的把家国之爱，转化为一个理想主义者的精神漫游。还有俄国的《死魂灵》《奥勃罗摩夫》《套中人》《变色龙》，中国的《聊斋志异》《西游记》《阿Q正传》《孔乙己》，等等，哪一个不是寓巨大的时代历史内涵、重大现实矛盾于日常生活，变复杂于单纯，化沉重于游戏式的轻松？

贾平凹在其小说创作早期就说过，创作是一种"游戏"，是一次心灵的"受活"，追求由"复杂入世"到"简单出世"的境界。最早完成这个境界的是《油月亮》《王满堂》《火纸》《制造声音》《艺术家韩起祥》《库麦荣》等短篇小说。而长篇小说达成这个境界的则有《废都》《怀念狼》等，而《高兴》更是其年龄、心理状态、社会、人生理解、小说观念、艺术经验积累臻于化境的创作，其命题立意、结构及语言叙述，更是达到百炼钢成绕指柔的空前境界。

从《高兴》的写作时间之长和五易其稿，尤其中间毁掉十几万字草稿的过程，也可看出贾平凹举重若轻的创作追求。以贾平凹对商州农民的熟悉和近三十年城市生活的经历，写几个进城农民工的故事，并以堆积苦难的方式，唤起社会和有关方面的同情和重视,应该不算太难,但他却写了近四年。用他自己的话"我常常是把一章写好了又撕去,撕去了再写,写了再撕",原因就在于"我无法摆脱一种生来俱有的忧患,使作品写得苦涩沉重"。这种转机不仅来自不断地去拾破烂人租住的村巷访问,对他们生存状态及心理状态的进一步渗入,还直接来自与生活原型刘高兴的一次对话所产生的灵感:"你是泥塘里长出来的一枝莲!""在肮脏的地方干净地活着,这就是刘高兴。"中国传统美学中就有以白写黑,以乐写悲,尤其忌讳用力过猛,情绪过于强烈,"气高而不怒,怒则失于风流,力丢而不露,露则伤于斤斧"的论述。它破坏的不仅是作品的美学风貌,也影响到对形象更为客观真实的表现。这个艺术规律,在德国美学家莱辛的《拉奥孔》一书中,也有充分的论述。刘高兴既是都市拾荒者中间的另类,也是他们中间的典型。事实证明,这种人物定位,决定了《高兴》的美学定位,从而使它在人类至今汗牛充栋的文学天空中,闪烁着自己独异的人性光芒。

四

《高兴》的叙事单纯、从容、朴素的确如只盖一座小塔只栽一朵月季,让砖头按顺序垒上去让花瓣层层绽开。全作正文的六十二章,犹如塔的六十二层,每层都有它的故事,都有它的装备,都有让人留恋、催人深思的生活细节和心灵的风景,在朴素中现出了绚烂,在单纯中见出了人性的幽深和城市现实的纷纭复杂。尤其是该书每章内容的一些细节和对话用黑体大字标出,更具画龙点睛的效果。这当然是一种设计,但这种设计却与全书内容那么协调,浑然一体,并成为内容的有机部分。而小三十二开的装帧,封面装饰稚拙的城市风景画,给人如刘高兴般的朴素和亲切。

在《高兴》中,贾平凹创造了自己长篇小说叙事语言又一新高度,白描式的刻画简单、洁净到去除一切多余的东西,在口语化的质朴跳跃中显示着华丽、绚烂,并且始终不离开此时此刻主人公刘高兴的主观视觉。如写傍晚下班时城市的街景:

> 在清风镇,家家屋顶上开始冒烟,烟又落下来在村道里顺地卷,听着了有人在骂仗,日娘捣老子地骂,同时鸡飞狗咬,你就知道该是饭时了。可城里的时间就是手腕上的手表,我们没有手

表，那个报话大楼又离兴隆街远，这一天里你便觉得日光就没有动，什么都没有动么，却突然间就傍晚了，河水就泛滥了。我是把街道看作河流的，那行人和车辆就是流水。傍晚的西安所有河流一起泛滥，那是工厂、学校、机关单位都下了班，……①

贾平凹发现了乡下人和城里人不同的时间。"顺地卷"的炊烟是乡下人的傍晚，"河水就泛滥了"是城里人的傍晚，还形象展示了同一时间中两种不同的人情、风光，乡下的和城市的。

《高兴》写景上惜墨如金，但它总是在恰当的时候恰当地出现。如前面所举傍晚城市像"泛滥的河流"后边就写到了云："这个时候，西安城的上空就要生出一疙瘩一疙瘩的云，这些云虚虚蓬蓬像白棉花。接着，白棉花又变成了红的，一层一层从里向外翻涌，成了无数的玫瑰，满空开绽。"而在送崴了脚的孟夷纯去医院的路上，当孟明确告诉刘高兴自己就是妓女时，"那个时候，鼓楼正悠然地传来了鼓声，近暮的天空上又出现了一疙瘩一疙瘩的红云，开绽如像玫瑰"。天空暮色几乎一丝未变，但从"满空开绽"到"开绽如像玫瑰"几字之变，给人的感觉全变了，前者是一种打量天空的悠闲，后者却变成了不忍去看的心灵如血的惨淡。"玫瑰色"的云在小说中多次出现，这种由时间、灯光、粉尘污染所形成的城市色彩，成了主人公心灵的暧昧展示，也成了城市在他心灵上独特的记忆。

另外，《高兴》中极少有单向度的客观自然、人文风光、风情展示，也极少有单纯的行为动作，他们同人物的心理情绪总是那么天衣无缝地融为一体，如描述刘高兴在垃圾堆中拾到鳄鱼皮夹，先是"脑子轰的一下，感觉到我的大运气来了"，并迅速对四周进行观察判断，麻雀、穿长裙的女人的水蛇腰、手在她鼻子前的扇动，尽在眼中，并引起他内心的反感和轻视："漂亮的女人其实命薄又迟钝"。接着作者这样写道：

还是那个麻雀，被赶走了又飞回树上，它看到了以迅雷不及掩耳之势，皮夹已经塞进了刘高兴的怀里，而且他拉了架子车就走，一直走过这条巷子。我的脚步匆匆，目光似乎盯着前方，但余光扫视着身体左右，甚至感觉到后脑勺上，屁股上都长了眼，

---

① 贾平凹：《高兴》，作家出版社2007年版，第35页。

观察着一切动静。天上的太阳真光亮，一丝杂云都没有。人熙熙攘攘地走过去，人熙熙攘攘地走过来，世人都是忙，忙忙的人多愚蠢呀，他们压根不知道发生了多大的事件！①

在这段灵动、飞扬，让人眼花缭乱、妙不可言的叙述中，开头一句视角似乎在一瞬间转变了，由人变为麻雀，是麻雀看到了刘高兴的一系列动作行为。但妙在这里的麻雀是麻雀又不是麻雀了，它成了激动、目眩、心跳中的刘高兴的眼睛和心灵的载体。如果作者直接写刘的动作行为，如怎么藏钱包、拉车离去，肯定会直白得多，但下面的"我的"脚步、目光、感觉等叙述，就会因之失去不少的波澜节奏、韵味和色彩。如此足可见《高兴》语言的玄机和精妙。至于背尸路上咸阳原的景色，不是愁云惨淡，而是天蓝、云白，一片明艳，更是独出机杼，别具匠心。一般作家在以景抒情时常采取"顺"姿，心怎样景便怎样，这似乎成了永恒不变的模式，而《高兴》中却多次出现这种"逆向"的描写，匪夷所思，却又入情入理，给人独特新颖之美感。

斯大林说，语言是传达和交流的工具；西哲说语言是心灵的家园，语言是人类感知的世界。我常想，文学语言的奇妙之处，即我们平时常说的语言功力是从何而来的？是生活教给我们的，但大家都有生活，都在生活啊。所以我以为，语言是作家的想象力，是架构文字世界的智慧、经验，是从容优雅的姿态和思想的优越。

在文本的整体世界中，单个的语言只传达一些生活和心灵的细节，他们是文本大叙述中的小叙述，是细节叙述中的原料：沙石和砖瓦，但就是这一沙、一石、一砖、一瓦在贾平凹那里却成了光彩熠熠的宝石。如当五富要黄八为听刘高兴箫声付钱时，刘高兴心里想的却是：世界上"有些东西是个人的，有些东西就不是个人的，清风能独有吗？明月能独有吗？……树上的鸟叫得好听，其实又有谁知道鸟叫了什么"。还有突然停电了，刘高兴说睡吧。黄八说，黑灯瞎火咋睡呀？刘高兴就回了一句："睡了还不是睡在黑里？"还有："我刘高兴要高兴着，并不是我就没烦恼，可你心有乌鸦在叫也要有小鸟在唱呀！"再如："大收藏家是用眼睛收藏的。那么，我拥有了这座城，我是用脚步拥有的。"瘦猴说："你见过一网能把河里的鱼打尽吗？" "遇人轻我，必定是我没有可重之处

---

① 贾平凹：《高兴》，作家出版社2007年版，第161—162页。

么。""在这个社会,谁生活得又清白了呀?!""世界上最有故事的是钱。""有老婆骂是幸福的吗?"以及反复出现的对身体各部分的感谢,对架子车,对鞋子等物,对世界上一切一切的感谢,等等,真是点石成金,星光满眼,辉光四射。琐碎普通的生活、自然现象,在贾平凹笔下却成为对社会自然本相的深刻揭示。当今中国文坛上,很少有如《高兴》这样登峰造极的语言艺术创造,也很少有如贾平凹般玩文字、玩语言,玩出了这样的境界和气象的作家。

(原载《南方文坛》2008年第2期)

底层叙述中的声音问题

李遇春

在 21 世纪的底层写作潮流中，贾平凹的小说创作再一次成了文坛的焦点。继《秦腔》之后，贾平凹又发表了堪称其姊妹篇的长篇小说《高兴》。《秦腔》关注的是当下中国的"三农"问题，书写了 20 世纪 90 年代市场经济转型以来中国农村的破败景象和精神迷惘，《高兴》则讲述的是农民工进城的故事，二者底层叙事的连续性显而易见。与《秦腔》营造的沉重悲凉的格调不同，贾平凹在《高兴》里转而着意提炼一种乐观幽默的人生态度，试图以此直面底层人生的苦难。显然，作者是想发出自己独特的声音，表达他对当下中国农民生存境遇的另一种积极的理解。然而，这种理解与社会上普遍流行的底层意识之间存在着距离，由此带来了底层叙述中乐观的旋律与沉重的底色之间的声音裂隙。

一、让底层说话

贾平凹在《高兴》中呈现了一个非常陌生化的底层世界。在近年来流行的底层叙述中，以城市中的拾破烂者为主人公的小说可谓绝无仅有。这体现了作者对底层生活的别具慧眼的发现。小说中拾破烂者的底层世界是光怪陆离且等级森严的。在这里，拾破烂者已然构成了一个特殊的社会阶层。这个阶层的成员大都是从农村进城来谋生的农民，他们居住在城乡接合部，形成了各自的地盘和五等人事。"大拿"和"破烂王"属于拾垃圾者中的统治者，那些成天拉着架子车或蹬着三轮车走街串户的拾破烂者则是被他们层层奴役的底层贱民。这样一个由等级制构建的城市边缘社会群落常常被人们所忽视，而贾平凹却用笔记录下了这个底层世界的生存状态和精神境遇，这体现了作者强烈的底层关怀。在我们这个商业化浪潮席卷一切的时代里，贾平凹没有追逐重写历史的风潮，去复活那些早已死去的帝王将相和才子佳人，他也没有把自己的笔对准那些在现代都市社会中叱咤风云、呼风唤雨的时代英雄，而是别出心裁地再现了一个被世人所忽视和漠视的由拾破烂者构成的底层世界。这里有刘高兴、五富、黄八、杏胡夫妇那样的拾破烂者，也有韩大宝那样的寄生性的破烂王，还有孟夷纯那样沦落为妓的打工妹，以及石热闹那样的城市乞丐，如此等等，构成了一个别样的现代城市地图。他们平凡而琐碎的底层生活在作者的笔下缓缓流淌，他们周而复始的机械人生和沉滞状态在作者的客观白描中给读者带来了新鲜和陌生的感受，甚至是带来了一种令人"震惊"的阅读体验。

　　本雅明在谈论波德莱尔时着重强调了作品中的震惊体验。在某种程度上，贾平凹笔下的21世纪初的西安与波德莱尔笔下19世纪中叶的巴黎还真有些形似。同样是古老的都城，同样是旋转在现代化的商业资本轨道里，同样是把艺术的目光投向了城市中的阴暗角落和边缘人群，但不同的是，波德莱尔笔下的波希米亚人、游手好闲者、拾垃圾者都是发达资本主义城市里的流浪汉和无业游民，他们的存在如同城市中繁衍滋生的"恶之花"一样，象征了现代城市森林的丑陋和阴暗，而贾平凹笔下的拾破烂者是一群在21世纪转折时期的现代化都市里苦苦挣扎的底层民工，他们过着老鼠和蟑螂般的生活，他们的存在就是当下中国社会日益贫富分化的一个极端的缩影。与波德莱尔的绝望的现代主义诉求不同，贾平凹通过对蠕动在城市底层的拾破烂者群体的艺术观照，所要表达的是他对当下中国底层社会的现实主义同情。主人公刘高兴是作者竭力塑造的一朵"恶中花"，如同作者所说，他是"泥塘里长出来的一枝莲"，"恶中花"不是"恶之花"，"恶之花"是绝望，而"恶中花"则是绝望中缓缓升起的希望。拾破烂者的沉滞生活让人绝望，但他们对现实苦难的默默承受和艰难挣扎，又给人希望。贾平凹是不同于波德莱尔的另一种"发达资本主义时代的抒情诗人"。在这个意义上，《高兴》带来的艺术震惊体验是双重的，绝望是现代主义的震惊，而希望是浪漫主义的震惊。正是在这种双重的艺术震惊中，作者把当下中国城市中底层世界的复杂精神状态揭示了出来。

　　然而，一旦要在叙述中再出现这样一个别具一格的底层世界，作者首先必须考虑的是叙述角度和叙述人称的问题。是采用全知视角的第三人称叙述，还是采用第一人称的限制视角叙述？在最初的艺术选择中，贾平凹选择的是前者，他在第三人称的全知叙事中自由地编织了许多故事情节，直接地穿插了诸多议论文字，尽情地享受着上帝般的叙述的快感。然而，据作者说，到第五稿也就是最后一稿的时候，他才猛然意识到了要更换叙述角度，要改变叙述人，要从全知的第三人称叙述变为第一人称的限制叙述，为此，他删掉了原稿中的许多情节和议论文字，一切从叙述人出发，从主人公刘高兴的视角着眼，通过一个拾破烂者的眼睛和心灵去再现和感知那个城市里的拾破烂者的底层世界和底层人生。此时的作者开始隐退，至少是变隐蔽了，无论是叙述、描写还是议论，都变得更客观了。用作者自己的话来说，此时的他"尽一切能力去抑制那种似乎读起来痛快的极其夸张变形的虚空高蹈的叙述，使故事更生活化、细节化，变得柔软和温暖"。也就是说，在《高兴》的写作中，贾平凹经历了从重"讲述"到重"显示"的叙述转变。当然，要实现这种叙述转变还可以有另一种叙述人的选择，就是由原先的全知型的第三人称非限制性叙事，转变成同样是第三人称的限制性叙事，这似乎一样可以达到客观地显示底层世界的艺术目的，而且比第一人称的限制叙述更加客观，似乎也更为真实，因为此时的作者可以采用冷漠的中性的非人格化叙述。然而，这样所付出的艺术代价是，拾破烂者刘高兴作为底层直接说话的权利就被剥夺或者说丧失了。反过来说，选择了以刘高兴为第一人称叙述，也就是赋予了底层自己说话的权利。在谈到底层发声问题时，当代女学者斯皮瓦克指出："面对他们并不是要代表他们，而是要学会表现他们。""代表"和"表现"的区别，就在于前者是充当底层的代言人，而后者是让底层自己说话。由于选择了第一人称限制叙事，《高兴》不仅实现了让底层自己说话，而且实现了在叙述中"讲述"和"显示"的结合，文本中一切对底层生活的显示都是通过主人公刘高兴的讲述而实现的，即在讲述中显示，在底层的自述中实现对底层生活的再现。

与《秦腔》相较，《高兴》实现了底层叙述的自觉。《秦腔》选取的也是第一人称叙述，但小说中的"我"是一个疯子，作者通过一个具有超灵感应的人来观照当下中国农村的破败和农民的无奈，这是一种非限制性的第一人称叙事，与其说疯子是一个人，毋宁说是一个神，他其实具有上帝般的全知全能叙述权利，能自由地出入于整个文体中的物理时空和心理时空。因此，《秦腔》中的声音是多元的交响乃至混响，第一人称叙述人（疯子）的声音并不是底层的声音。而《高兴》的叙述人刘高兴是限制性的第一人称，他的声音中虽然夹杂了作者（隐含作者）的声音，但毕竟还是发出了一种底层的声音。

二、底层叙述中的两种声音

尽管贾平凹在《高兴》的创作中选择了让底层说话，选择了以拾破烂者刘高兴为第一人称叙事，然而，在这部长篇小说中底层叙述的声音却并不是单一的，而是贯穿着两种不同的底层的声音。其一是刘高兴所代表的亲近城市、认同城市的声音，其二是五富、黄八等发出的仇视城市、拒绝城市的声音。前一种声音是被隐含作者所认可的叙述者的声音，后一种是被隐含作者所否定的普通人物的声音。准确地说，后一种声音是另一个被压抑的隐含作者的声音。这说明《高兴》的文本中有两个隐含作者：一个是显在的隐含作者，他与叙述者的声音相同，另一个是潜在的隐含作者，他与叙述者的声音相异。如果按照布斯的说法，小说中的隐含作者其实是作者的"第二自我"，那么《高兴》中就隐含有作者的两个"第二自我"了。这两个"第二自我"都是作者的不同的人格侧面，只不过一个是理性人格，一个是感性人格；一个是显性人格，一个是隐性人格罢了。他们的共时存在，带来了《高兴》中底层叙述的两种声音的同时出现。

这两种不同的底层叙述声音，归根结底与作者的两种身份有关。一直以来，贾平凹的身份都有两种：农民和知识分子。这两种身份之间并不和谐，作为农民的贾平凹是传统的，对中国固有的农业文化和农耕文明抱有根深蒂固的同情，而作为知识分子的贾平凹是现代的，至少是力图认同现代城市文明和现代性文化的，这就带来了作者在文化立场上的矛盾和冲突。当作者站在现代性价值立场上的时候，他是赞赏刘高兴的，由此，他必然否定五富和黄八们的声音，因为后者传达的是不同于刘高兴的另一种底层的声音，那是一种代表传统的农民文化的声音。根据前面提到的作者在创作过程中的叙述人的调整，我们可以发现，《高兴》的原稿是以传统的农民文化的声音占据主导地位的，在原稿中刘高兴并不是第一人称的叙述者，他并不具备至高无上的叙述者的权威，而在修订稿中，贾平凹选择了让刘高兴充当第一人称的限制性叙述者，这就赋予了刘高兴以裁决和判定其他人物的声音的话语权力。同样都是在城市中谋生的底层农民，由于作者选择了刘高兴充当他的叙述代言人，所以和其他拾破烂者相比，刘高兴就拥有了底层叙述的价值优先权。

此时的刘高兴就是作为知识分子的贾平凹的化身。或者说，此时的刘高兴就是一个披着知识分子外衣的农民。这个进城谋生的农民，虽然做的是拾破烂的低贱工作，虽然多次遭到城里人的歧视和嘲弄，但这并没有改变他认同城市进而扎根城市的信念。相反，刘高兴为自己作为城市拾破烂者感到自豪，他不认为自己是"城市垃圾的派生物"，他觉得自己是净化城市环境的人，就像空气一样，对城里人来说是不可或缺的，只不过城里人没有意识到他们的重要性而已。刘高兴一出场就获得了某种先验的城市身份，按照作者的叙述安排，他在还没有来到城市之前就已经把肾卖给了城市，所以他注定要做一个城里人。身在贫民窟，但刘高兴比一般的拾破烂者更爱整洁，更讲卫生，饮食习惯和生活方式都日渐城市化。他甚至学会了城里人的浪漫，他与孟夷纯的爱情故事带有强烈的现代文明气息，虽然也不无矫情的成分。在拾破烂之余，刘高兴还以吹箫自娱自乐，在城里人面前不卑不亢，因此赢得了城里人的尊重。他瞧不起石热闹，石热闹靠乞讨为生，过着依附城里人的寄生生活。他曾经规劝五富，希望五富不要报复城市、仇恨城市，而要理解城市。城市不像农民想象的那么好，也绝不像农民怨恨的那么糟。既然来到了城市就要认同城市、习惯城市，诅咒城市是没有用的，况且城市并不是城里人的城市，它也是农民工的城市，所以要爱城市而不是恨城市。能这样看待城市的刘高兴显然不是一般的拾破烂者，而是一个带有强烈的现代意识的农民。如果说他也是底层的话，那他就是底层中的另类、底层中的精英。他与作者的知识精英的身份是一致的。

按照布斯的说法，刘高兴显然是那种"作为潜在作者的戏剧化代言人的可靠叙述者"，而实际上，在《高兴》的文本中还隐藏着一个被压抑的叙述者，这就是传达五富和黄八以及杏胡夫妇等人的声音的那个叙述者。相对于显在的叙述人刘高兴而言，这个隐藏的叙述者是"不可靠"的叙述者，因为它传达的并不是作者的理性的声音，而是被作者的理性所压抑的另一种声音。这种声音不是知识分子贾平凹的理性发言，而是农民贾平凹的感性呐喊。贾平凹之所以能在广大的底层民众中别具慧眼地选择了拾破烂者阶层，从深层的心理角度看，这缘于作者在潜意识中对拾破烂者的情感认同。在某种意义上，如今在城市里以写作谋生的作家贾平凹，其实就是一个文坛中的拾破烂者，只不过他拾的是城市的精神垃圾，而不是物质垃圾；他从城市的精神垃圾中寻觅出现代人的精神碎片，以此疗救现代人的精神创伤。所以，对于城市的拾破烂者，贾平凹是充满了近乎本能的同情，正如作者所说：

如果我不是一九七二年以工农兵上大学那个偶然的机会进了

城,我肯定也是农民,到了五十多岁了,也肯定来拾垃圾,那又会是怎么个形状呢?这样的情绪,使我为这些离开了土地在城市里的贫困、卑微、寂寞和受到的种种歧视而痛心着哀叹着,一种压抑的东西始终在左右了我的笔。……可我无法摆脱一种生来俱有的忧患,使作品写得苦涩沉重。而且,我吃惊地发现,我虽然在城市里生活了几十年,平日还自诩有现代的意识,却仍有严重的农民意识,即内心深处厌恶城市,仇恨城市,……我越写越写不下去了,到底是将十万字毁之一炬。

这说明,作者在写《高兴》初稿的时候,其情感取向和价值立场是站在五富、黄八、杏胡夫妇等纯粹的底层农民这一边的,此时的叙述者及其隐含作者就是作为农民的贾平凹,而不是叙述人刘高兴所代表的那个作为知识精英的贾平凹。直到最后一稿的时候,《高兴》中才出现了"高兴"的声音,而原有的"悲伤"的声音被排挤和放逐到了文本的边缘。《高兴》中的底层叙述于是出现了两种不同的声音。

分析《高兴》的文本创造过程,可以发现作者的底层叙述中一种声音压倒另一种声音的过程。在原稿的第三人称全知叙事中,拒绝城市、厌恶城市、批判城市的声音压倒了一切,作者尽情地宣泄着自己内心被压抑的反现代性情绪,尽情地表现自己的农民意识和底层同情,而在最后的修订稿中,作者选择了刘高兴这个城市化、精英化了的另类拾破烂者做自己的叙述代言人,让一种新型的现代化的认同城市的声音占据文本的主导,由此压抑并遮蔽了原稿中批判城市的声音。尽管这两种声音归根结底都是作者的声音,它们分属于作者不同的文化人格侧面,但从《高兴》的定稿来看,这两种声音在文本中的地位是不平等的,叙述人刘高兴的声音遮蔽并压抑了五富等人物的声音,两种声音之间没有构成平等的对话,作者的思想倾向性还是很明朗的。而《秦腔》是多声部的复调小说,读者无法准确地判定作者的价值立场或叙述声音的倾向性,真正做到了巴赫金所说的"众多独立而互不融合的声音和意识纷呈"。《秦腔》是辽阔而厚重的,其结构如同"陕北一面山坡上一个挨一个层层叠叠的窑洞",而《高兴》是轻灵而简洁的,如同"只盖一座小塔只栽一朵月季,让砖头按顺序垒上去让花瓣层层绽开"。

三、声音的泛化

在我看来,《高兴》的底层叙述中的两种声音,都存在着一定程度的泛化倾向。一方面,叙述人刘高兴的底层声音是一种"高兴"的声音,开朗、幽默、乐观,作者着意让这种声音在文本中居于主导位置,这是底层声音的喜剧化;另一方面,由五富、黄八、小孟等人传达的是一种悲伤的声音,低沉、忧郁、绝望,这是一种寄寓了作者深切同情的道德化声音,而且随着故事情节的推进,临近小说结局的时候,这种道德化的声音最终还是压倒了此前一直占据主导的喜剧化的声音。当刘高兴最终决定背负五富的尸体离开城市、返回故乡的时候,此时的他一点也"高兴"不起来,刘高兴的绝望在最后的时刻终于和盘托出了贾平凹内心中对现代化城市的绝望和控诉。由悲伤到高兴,再到绝望,作者完成了文本内部声音的自我颠覆。

据作者说,《高兴》的主人公刘高兴是有生活原型的,他在进城前叫刘书祯,进城拾破烂后改名刘高兴,他是一个乐观幽默的拾破烂者,正是他"得不到高兴而仍高兴着"的精神状态,点燃了作者重新改写《高兴》原稿的激情。原先的书名叫《城市生活》,按照原来的叙述,这部小说会是一部城市压榨农民工的控诉书。是原型刘高兴的"高兴"情绪和乐观精神感染了作者,也开启了作者新的创作思路,如同"一直只冒黑烟的柴火忽地就起了焰了"。这部小说就只写刘高兴,可以说他是拾破烂人中的另类,而他也正是拾破烂人中的典型,他之所以是现在的他,他越是活得沉重,也就越懂得着轻松,越是活得苦难他才越要享受着快乐。本质上,这里正流露了20世纪90年代以来中国文学中的一种泛喜剧化的精神倾向。如池莉的《冷也好热也好活着就好》、刘恒的《贫嘴张大民的幸福生活》等等就是这方面的典型例子。现实中的刘高兴执意要对作者说:"你是不是鲁迅我不管,但我就是闰土!"尽管作者否认刘高兴是闰土,但我还是要说,刘高兴是披着"高兴"外衣的闰土。虽然他表面上不像闰土那样的悲哀和麻木,甚至处处给人一种开朗乐观的印象,但这何尝不是他内心孤苦悲哀的一种掩饰呢?乐观与悲观的距离有时近在咫尺。在某种程度上,《高兴》中泛喜剧化的声音其实妨碍了作者对主人公的文化心理的深度开掘。

实际上,《高兴》虽然书名叫"高兴",但内里还是充满了悲哀。文本中的两种声音存在着两极分化的倾向。一方面是作者通过第一人称叙事,在理性上倾力强调主人公的喜剧化的声音；另一方面，在情感深处，作者还是无法抹去他对挣扎在城市底层的农民工的道德化同情。正如作者所说，他之所以选择写这样的一部关于拾破烂者的小说，其实源于他内心的一种"感恩意识"，这是一个过着中产阶级生活的作家对于底层民众的理解与同情。小说中关于拾破烂阶层中等级制压迫的揭示，关于拾破烂者所受到的城里人的种种歧视和打压，尤其是对拾破烂人的底层日常生活的穷形尽相、逼真生动的描绘，无不深深地刻着作者的道德良知的烙印。不仅如此，尽管作者在第五稿中最终确立了以刘高兴为主人公进行第一人称叙述，但刘高兴的喜剧化声音并没有完全淹没小说中底层世界的痛苦声音，甚至连刘高兴本人的高兴和乐观也没有贯穿到底，在刘高兴的城市经历中不仅时刻存在着苦难的威胁，而且最终他的爱情和人生理想也在城市里破碎了。他热恋的妓女孟夷纯身陷牢狱，他微薄的收入无法救赎小孟的自由身，而城里老板韦达有经济实力却拒绝伸出援助之手，被迫无奈的刘高兴只能带着五富一起去咸阳挖地沟，希望用沉重的体力劳动换来赎小孟的钱，但五富的死让刘高兴彻底绝望了。他对城市已然丧失了信心。尤其是得知韦达不是换肾而是换肝之后，刘高兴的那种近乎本能的城市归属感也动摇了。按照这样的心理逻辑，刘高兴在小说的结局是应该返乡的，但作者在结尾却安排刘高兴继续待在城市而不是返乡，理由是刘高兴这样的新型农民应该属于城市，而黄八和杏胡夫妇等无法城市化的农民工是无法留在城市里的，这是作者理性的认知和想象，虽然有苦难的现实做想象的基础，但终究还是给人一种强作欢颜的印象。不仅五富、黄八、石热闹、杏胡夫妇无法融入城市，刘高兴其实也是无法真正被这个城市所接纳的，他选择继续在这座城市里活着，不过是飘荡在这座城市里的另一个孤魂野鬼罢了。这在本质上与五富的死是没有多大的分别的。在这个意义上，主人公刘高兴在小说结尾时表现出的理性、淡定和乐天，不过是这部底层小说中喜剧化声音的最后的微弱回响。

（原载《小说评论》2008年第2期）

城市化语境下的后乡土叙事

——论《高兴》与中国乡土叙事

韩鲁华

坦率地讲,贾平凹的《高兴》要比《秦腔》好读多了。首先于情节结构和人物设置上,《高兴》要比《秦腔》简洁明了多了。但是读进去,却发现《高兴》所引发或者蕴含的问题,依然是那么多,那么沉重。比如说乡土叙事、城市叙事,尤其是介于城乡之间的叙事等问题。《高兴》所叙写的,用现在的一种说法,就是"乡下人进城"的生活。"乡下人进城"叙事,自然不能再继续称之为乡村或者乡土叙事,但它是城市叙事吗?如果是,又何必将其如此麻烦加以限定或者区别呢?显然,《高兴》与其他叙写"乡下人进城"的作品一样,其笔下的人与事,既是城市中的,又是游离于城市之外的;既是乡下人的,又是离开土地的。这是一种城市化背景下的乡土叙事,但又非传统意义上的乡土叙事;它看似城市叙事,其实并非典型意义上的城市叙事。

那么,它是什么样的叙事呢?对中国现当代文学叙事又意味着什么呢?

上篇:《高兴》三个叙事层面的解读

如果说贾平凹的《秦腔》是一种经典意义乡土文学叙事形态建构,那么于生活上承续《秦腔》的《高兴》在叙事上却是对于乡土文学叙事进行着某种解构。

贾平凹在他的《秦腔》后记中宣称:"中国从来没有像今天这样渴望强大,人们从来没有像今天需要活得儒雅,我以清风街的故事为碑了,行将过去的棣花街,故乡啊,从此失去记忆。"其间就意味着他下一部作品将转向城市,或者说,他将创作的视野转向了离开土地之后的生活——城市生活。但是,城市对他来说,依然是个陌生的生命情感地带。虽然他写了《废都》《白夜》《土门》

等,这些作品实在是不能算作典型的现代文化精神意义上的城市叙事,最多也就是一种乡土叙事的拓展。那么《高兴》呢?他说:"原来的书稿名字是《城市生活》,现在改成了《高兴》。"他在父亲的墓前又说:"《秦腔》我写了咱这儿的农民怎样一步步从土地上走出,现在《高兴》又写了他们走出土地后的城里生活。"很显然,贾平凹在《高兴》中就是要叙述农民或曰乡下人进入城市后的生存状态。如果从底层写作视野来说,那《高兴》所写的就是底层人的生存状态了。

那么,贾平凹的《高兴》建构起的是怎样一种城市乡下人的叙事形态呢?

单就叙事艺术而言,自《废都》之后,贾平凹就致力于复调叙事建构的探索。《高兴》就其情节结构来说,是单线式叙述结构。对此,他做了这样的表述:

> 原来是沿袭着《秦腔》的那种写法,写一个城市和一群人,现在只写刘高兴和他的两三个同伴。原来的结构如《秦腔》那样,是陕北一面山坡上一个挨一个层层叠叠的窑洞,或是一个山洼里成千上万的野菊铺成的花阵,现在是只盖一座小塔只栽一朵月季,让砖头按顺序垒上去让花瓣层层绽开。[①]

又如:

> 这一次主要是叙述人的彻底改变,许多情节和许多议论文字都删掉了,我尽一切能力去抑制那种似乎读起来痛快的极其夸张变形的虚空高蹈的叙述,使故事更生活化、细节化,变得柔软和温暖。因为情节和人物极其简单,在写的过程中常常就乱了节奏而显得顺溜,就故意笨拙,让它发涩发滞,似乎毫无了技巧,似乎是江郎才尽的那种不会了写作的写作。[②]

作品叙述的仅是主人公刘高兴即清风街的刘哈娃,与五富来到西安城寻求生活,在西安城兴隆街拾破烂的故事。作品紧紧围绕着刘高兴及五富、黄八、杏胡等人的拾破烂生活而展开叙述。这就有如一棵树,繁枝密叶都被削减掉了,只留下树干。但是,我们仍能从断折之处,窥探出蕴含的繁枝密叶来。作家留出了更多的叙事空白,让读者根据自己的人生体验和阅读经验,去填补,以期完成文本的叙事建构。这是否是一种以简藏繁、以单蕴复的叙事结构呢?

---

① 贾平凹:《高兴》,作家出版社2007年版,第434—435页。
② 贾平凹:《高兴》,作家出版社2007年版,第436页。

在这个简单的故事里，首先叙述的是刘高兴及其两三个同伴拾破烂的生活。这是他们最基本、最现实的生活内容，也是他们在西安城所选择的，或者说西安城为他们所提供的基本的生活方式。这对他们来说，可能是一种无奈的选择，但也是他们必然的选择。因为他们没有技术，没有现代的文化知识，也没有其他的机遇。而拾破烂可能是最为简单的事情，作为这个社会最为底层的人，这可能是他们最初来到城市的唯一选择。

他们的生活是如此单调，几乎单调到了乏味的地步。于寂寞孤独中在兴隆街拾破烂，又在几乎无人正视的情景下回到住处池头村剩楼吃饭睡觉。他们的生活又是那么苦焦。可以说，他们只是获得再也不能少的最为基本的生活条件：一张床板，一个自己垒的灶台，也就是维系有块躺身的地方，把生面做成熟食果腹而已。你甚至不敢相信这就是在21世纪的城市中所存在的一种生活状态。他们也有着改变这种生活状态的臆想，如果有更好的选择，他们自然不会去干拾破烂这一并不是职业的职业。比如刘高兴就曾到咸阳做过建设工地的民工，也曾答应去韦达的公司做工。但是，社会现实和历史命运，更愿意为他们做出继续这种生活方式的决定。

与其他叙写乡下人进城的作品一样，《高兴》对乡下人在城市生活的艰难性、困苦性等也做了描述。但是，贾平凹在《高兴》中并不以血淋淋的文字去描绘他们的苦难、悲痛、无奈等等，而是以一种平和宽容的笔墨，记写的是他们艰难困苦中的快乐生活状态。特别是刘高兴与城市不是处于对立乃至对抗的状态，而是一种生命情感上的亲和状态。他认为自己就是城里人，因此，虽然城市及城里人对他并不友善，甚至拒斥蔑视，他仍然是以一种宽容亲和的态度对待城市和城市生活。这是令人深思的。这也从某种程度上寓示着贾平凹的文化精神姿态。显而易见，这种文化精神姿态是与他此前的有关城市的叙写很不相同的。这种写作文化精神姿态的变化，昭示着贾平凹对于城市及城市文化精神于生命情感上的认同，也蕴含着他从乡土叙事向城市叙事的转换。

很显然，刘高兴虽然游走于城市之中，但他们是处于城市社会组织结构之外的。甚至可以说，他们是一种原始的组织形态，是一种自然的生存状态。就是所谓的城市的打工者或者民工的概念，也并未将其包含在内，他们作为城市的一种现实存在，也并未进入政府关注的视野，因为他们是自然的存在。而不是社区组织视野下的存在。虽然由于他们的存在，才使来自千家万户的废品得以回收利用,但从思想情感上,对城市或者城市人来讲,他们等于不存在。正如作家所言:"城市人,也包括我和我的家人得意我们的卫生间是修饰得多么豪华漂亮,豪华漂亮地修饰卫生间认为是先进的时尚的文明的,可城市如人一样,吃喝进多少就得屙尿出多少,可我们对于这个城市的有关排泄清理的职业行当为什么从来视而不见,见而不理,麻木不仁呢?"①从已有的城市文学叙事来看,这几乎是一个叙述的盲区。贾平凹的《高兴》,恰恰将叙事的触角伸向了这块被文学叙事者视而不见的地带。仅此一点,就足以显示出《高兴》在中国当代文学叙事上的价值和意义。

虽然刘高兴们在城市被忽视乃至歧视,他们的生活状态又是如此苦焦,但他们也有着自己的情感,也有着自己的爱情向往与追求。如果说架子车是刘高兴生活方式的象征,那么,红色女式高跟皮鞋就是他爱情的隐喻。这实际上构成了《高兴》叙事的中间层面。

可能在更多的人看来,甚至在当代文学的叙事中,不要说刘高兴这样被城市人所拒斥的拾破烂者,就是《风景》中住大棚子的城里人,也只知生存本能欲望的满足,根本不懂得情感爱情为何物。贾平凹及其《高兴》与社会和许多文学叙事不同之处,恰在于叙写了刘高兴真挚纯正的感情世界,独创性地开掘了刘高兴的爱情情感心理,并由此上升到具有人类普遍意义的生命情感建构境界。从社会地位看,刘高兴是个卑微的人,但从人的建构来说,他是一个健全的人。在贾平凹的笔下,刘高兴首先是人,其次才是社会中的人。作为人,正如弗罗姆所说:"这些本能需要的满足并不使人感到幸福,也不足使人变得健全。"②人要走向健全,爱是其中不可缺少的一个环节。在人的建构中,"只有一种感情既能满足人与世界成为一体的需要,同时又不使个人失去他的完整和独立意识,这就是爱。爱是在保持自我的分离性和完整性的情况下,与自身以外的某个人或某个物的结合"③。贾平凹正是在这种建构健全的人的视域下,来完成刘高兴的情感与爱情叙事的。也只有在这一思想视域下,我们方能理解和接受刘高兴式的情感方式和爱情追求。

有意味的是,隐喻刘高兴爱情的红色女式高跟鞋,并未穿在真正的城里女

---

① 贾平凹:《高兴》,作家出版社2007年版,第420页。
② 埃利希·弗罗姆:《健全的社会》,欧阳谦译,中国文联出版公司1988年版,第23页。
③ 埃利希·弗罗姆:《健全的社会》,欧阳谦译,中国文联出版公司1988年版,第29—30页。

人的脚上，却在妓女孟夷纯的脚上寻到了归宿。也许是上苍的捉弄，也许是作者于此着意的安排，表面看，刘高兴的爱情自然不可能于高高在上的城市女人那里寻到归宿，但是，其深层里却蕴寓着超越现实形而下层面的理性境界。从世俗的眼光看，孟夷纯是最为卑贱的；于精神情感上，她却是非常圣洁的。这犹如托尔斯泰《复活》中的玛丝洛娃一样，是复活聂赫留朵夫灵魂的天使。作品中有关锁骨菩萨的叙述，就非常确定地揭示了孟夷纯及其象征意味所在。这也是贾平凹不同于目下所谓诸多底层文学叙事的意义所在。就叙事模式而言，我们自然可以联想到中国的"卖油郎独占花魁"甚或"杜十娘怒沉百宝箱"。但是，正如前文所述，贾平凹显然是立足于21世纪中国现代化进程的社会历史转型视野下，从城市化进程的历史文化视野，对人的健全建构进行思考。虽然刘高兴与孟夷纯的爱情带有罗曼蒂克和理想化的色彩，甚至也可以说，贾平凹在对于刘高兴和孟夷纯的叙事中，某种程度上，将自己的思考附加在了他们的身上，作家理性精神干预了形象化的叙事。也许正因为如此，刘高兴和孟夷纯这两个艺术形象，却得以精神情感上的升腾。

毫无疑问，构成《高兴》叙事结构最为主要的象征意象是肾。肾是构成作品叙事的基本情结。肾作为乡村与城市、乡下人与城里人关联的一个纽结，蕴含的是二者之间的一种割舍不断的血缘情脉。

城市是人类历史在发展中从乡村分离出来的。城市，特别是现代城市自然是一种独立的社会结构形态，并形成了独立的文化精神和生存模型。但是，她始终未割断与乡村的联系，尤其在中国。中国是个农业国家，大量的中小城市一出城就是农村。大量城市居民也是从农村转过来的，没有说世世代代是城市居民的人，至少三代以前都是农村的。从中国当代社会发展来看，乡村支持了城市的建设与发展，就是今天快速的城市化建设，依然是让乡村付出了失去土地这样沉重的代价。甚至可以说，乡村用自己的血供养着城市，不断地为城市提供着生命的给养。乡村大量剩余劳动力流向了不需土地便能生存的城市，既是乡下人对新的生活的寻求，更是为城市建设和发展提供了生产劳动力。更为耐人寻味的是，作品对于刘高兴将肾卖给城里人的叙述：城里人的肾坏了，是乡下人为其提供了健康的肾，城里人方能继续生存下去。肾，据说是人生命精气的动力源，并调节人的新陈代谢。所以，人没有了肾，自然也就失去了生命的动力，不能进行新陈代谢，那死亡也就自然而然向人逼近，预示着生命将要终结。作品关于肾的叙述，是否隐喻着城乡之间的一种生命文化的融通呢？也许，作者在这里正揭示了中国于文化生命上，所显现出的都市里的乡村、乡村中的都市的特征。

肾的象征意义好像不仅仅如此。从作品特别是刘高兴这一形象的寓意来看，则是一种自我的探询与追问。从社会层面上，刘哈娃进城改名为刘高兴，就是对于自己新的社会身份的一种重新界定。但令人遗憾的是，城市似乎并不认可。也就是说，城市拒绝刘高兴获取城市人的身份。作品开头的一段对话，读来令人撕心裂肺：

名字？

刘高兴。

身份证上是刘哈娃咋成了刘高兴？

我改名了，现在他们只叫我刘高兴。

还高兴……刘哈娃！

…………

西安？！

我应该在西安。

你老实点！

老实着呀。

那怎么是应该？

真的是应该，同志，因为……①

这极易让人想起鲁迅《阿Q正传》中，所叙述的赵太爷不许阿Q姓赵，讥讽他不配姓赵。作品开篇仅仅几句对话，就叙说了中国自1949年以来城乡户籍及其所形成的巨大的身份差异，甚至蕴含着城市对于乡村的极度蔑视。仅仅如此吗？更为深层蕴含的是对于刘高兴们主体存在的否定，以及刘高兴们进入城市后本我或者原我的消解与迷失。刘高兴在城里既不是刘哈娃，也不是刘高兴，那他是谁？于是，整个作品在回叙中，始终在追问和探询着刘高兴是谁，或者谁是刘高兴，亦即我是谁或者谁是我的问题。于城市化的建设与发展中，迷失的恐怕不仅仅是刘高兴，还有更多的城里人和乡下人。由此可见，乡下人在

---

① 贾平凹：《高兴》，作家出版社2007年版，第5—6页。

城市化的历史进程中,失掉的不仅仅是土地,还有他们的身份、他们存在的价值和意义。这应该说是一种社会时代与历史文化的生命存在密码的新建构。

如果就生命存在与文化精神而言,刘高兴自以为将自己的肾卖给城里人,自己就应该是城里人了。因为城里人的身上存活着他的肾,即存活着他的生命动力源。因此,他不仅从生命情感上,而且在文化精神上,都与城市及城里人具有了一种亲近感。他对于肾的下落的追寻,也就成为对自己生命存在与文化精神的追寻和确认。也正因为如此,刘高兴对城市及其城里人,才具有了宽容性与认同感。这正如我们从作品中所看到的,贾平凹的叙写中,除刘高兴之外,其他人都感觉城市不是自己的城市,最多也只是自己的一个梦幻之地。五富的话代表了乡下人对于城市的感受:"城里不是咱的城里,狗日的城里!"[①]但问题是,作者通过刘高兴之口,对五富式的对于城市的憎恨言行,所表现出的情感态度和文化精神立场:

  咱既然来西安了就要认同西安,西安城不像来时想象的那么好,却绝不是你恨的那么不好,不要怨恨,怨恨有什么用呢,而且你怨恨了就更难在西安生活。五富,咱要让西安认同咱,要相信咱能在西安活得好,你就觉得看啥都不一样了。[②]

但问题并不是这么简单。刘高兴对于肾的追寻,结果却与其愿望相错位。从城里人韦达身上寻找到的不是肾,而是肝。也就是说,刘高兴在城里人身上,并未寻求到与其生命情感与文化精神相融通的生命存在本源。这实际上喻示了乡下人与城市人、乡土文化与城市文化的一种分离。刘高兴们虽然于城市中讨生活,但实在还算不得真正的城市人,这不仅因为他们没有城市的户籍。更为重要的是,他们根本就没有融入城市的生活,是被城市所拒绝接纳的一群城市的飘游者。也就是说,刘高兴、五富们离开了土地进入城市,也仅仅只能算作一种离开土地后介于城乡之间的生活状态,并非城市化的生活状态。城市生活似乎就在他们之中,其实又离他们很遥远。这不仅表现在生活习惯、生活方式上,更为重要的是情感心理结构与思维方式、行为方式上,与城市文化精神还相差甚远。因此,刘高兴于自己肾的寻找上所产生的错位,也就是必然的结果。如果说刘高兴卖给城里人的肾,象征着乡村给予城市的一种生命存在,那么,他自己身上

---

① 贾平凹:《高兴》,作家出版社2007年版,第217页。
② 贾平凹:《高兴》,作家出版社2007年版,第117页。

所存留的那个肾,则象征着他乡土文化生命情感的存活。这是一种生命分离状态的象征,即两只肾的分离,也就是说,城市文化生命从乡土文化生命中分离出来,便形成了两种虽有着亲缘联系,但却无法融合的文化形态。

我们沿着这种思路追问下去,就会发现,一半是乡下、一半是城市的刘高兴,还有他所追寻的肾,穿越乡土与城市之后,进入一种现代人的文化人格分裂的隐喻中。不仅如此,《高兴》的叙事,在城、乡文化精神的两难建构境遇中。作者对于这种现代人文化精神人格分裂进行剖析的同时,也可以明确地感到,作者通过刘高兴追寻肾,以及他对于城市的亲近和自己情感精神上的追求,确实在做着这两种文化精神的弥合,甚至是在探寻着一种理想状态的文化精神建构。文化精神的理想状态"正像人改造了周围世界,他也在历史过程中改造了自身。人从来就是由自己创造的。但正如人只能按照物质世界的本性来改变物质世界一样,人只能根据自己的本性来改变自身。在历史发展的过程中,人所能做的就是发展这种潜力,并按其可能性来改造它"[①]。

也许正是在此处,贾平凹将中国的乡土叙事,推进到了具有现代意味文化精神的叙事。很显然,在笔者看来,这并不是传统乡土叙事思维,而是突破了传统乡土叙事思维,但又未完全进入现代文化精神意义下的城市叙事,这就是笔者所称谓的后乡土叙事。

下篇:城市化语境下后乡土叙事

以后乡土叙事表述《高兴》及其同类中国当代文学创作叙事时,则陷入深深的痛苦与困惑之中。乡村与城市,不论是作为两种不同的社会结构、生存方式、文化价值取向,以及由此而产生的文学叙事,都不是今天才出现的。但是,不论从社会学、政治学、经济学、文化学,当然还有文学等视域来看,乡土和城市,都比过去任何时候要引人注目。可以说,自20世纪90年代后,乡村与城市已经成为当代中国社会现实与文化精神中非常重要的两个关键词。这两个词语的背后,其实是中国以现代化进程为标志,深刻而全方位的社会历史及其文化叙事的转型。中国这种社会历史及其文化叙事转型,为当代文学创作及其发展,提供了新的拓展空间,提供了艺术想象的多种可能性。乡村与城市,在文

---

① 埃利希·弗罗姆:《健全的社会》,欧阳谦译,中国文联出版公司1988年版,第12—13页。

学上不仅不再是社会行业意义上的表述，如农业题材、工业题材等词语已不再使用，取而代之的是乡土文学、城市或都市文学，进而还出现了乡土叙事、城市叙事等表述。而"乡下人进城"叙事，蕴含的是乡土叙事的解构，但又非完全现代意义上的城市叙事。

正如前文所述，从《秦腔》到《高兴》叙述的是中国的乡村正在经历着从生产方式、生活方式到文化思想，特别是思维方式和行为方式的历史转换过程。在这一历史转换过程中，乡村及其所承载的乡土文化精神，在不断被消解着。以城市及其文化为标志的现代生活方式与文化思想，在城市化的快速发展中，冲击并改变着乡村的生活方式及其文化思想结构。如果说20世纪80年代以前，乡村与城市是一种对立性的社会结构形态，那么，此后快速的城市化进程中，则是在拆解着这种二元对立的结构形态。城市以其强大的建构强势且强有力地冲击着原有的乡村存在建构及其生活方式。中国走城市化的道路，这可以说是一种不可逆转的历史进程，而且在这个历史进程中，乡村土地在逐渐消失，农民将为此付出沉重的代价。对此，贾平凹的认识是敏锐而清醒的。他在接受笔者访谈时说："农村走城市化，或许是很辉煌的前景，但它要走的过程不是十年，二十年，是一个漫长的过程，它必然要牺牲一代、两代人的利益，但是作为一个人来说，这就了不得了，他的一辈子就牺牲掉了，但是从整个历史来讲，可能过上若干年，农村就不存在了，但是在中国的实际状况又不可能。路是对着的，但是具体来讲就要牺牲两代人的利益。"

自此，我以为中国便进入到一个后乡土时代，即于城市化、现代化的历史进程中，乡村及其乡土式的生活建构形态与文化精神在急剧瓦解、解构的时代。乡土叙事，是以乡土生活为叙事的生活基础。不论作家是对故乡生活的回忆，或者是对乡土生活的解析与建构，其间都蕴含着一种深厚而温馨的乡情，浸透着乡土文化、乡风民俗，以及乡村的生活习惯、生存方式等等。更为重要的是，不论是从情感上还是理智上，作家都表现出对乡土式的生活方式及其文化精神的认同。但是，如今的乡村生活方式及其文化思维情态，都在发生着裂变，此乡土非彼乡土，因此，就如《秦腔》里的乡土叙事，虽然作家对其倾注了难以割舍的生命情感，但最终也不得不发出"故乡啊，从此失去记忆"的喟叹。实际上《秦腔》中就已经蕴含了新的文化精神的因素。如果从文学叙事话语角度看，中国寓意当代乡土叙事终结的文学创作，显然不是始于贾平凹的《秦腔》，但明确提出乡土叙事终结，却是因为《秦腔》。"贾平凹的小说《秦腔》，就以其回到纯粹乡土生活本身的状态预示着经典的乡土叙事的终结，以及那种占据主导地位的美学规范的终结。"[①] 也就是说，贾平凹《秦腔》的叙事，已经探寻乃至建构着新的乡土文化。而《高兴》从社会生活层面来看，自然是对乡村失去土地之后村民对于新生活的追寻的叙述，但从叙事的角度看，则是乡土叙事的一种延续。或者说，是对城市化进程中吞噬掉乡村土地之后，乡村转向城市这一历史过程的叙述。因此，《高兴》所叙述的刘高兴们的生活状态与生命情感存在方式，还不能说就是城市化的，而是城市生存建构与文化语境下的后乡土化的叙事情态。

《高兴》以及近年来出现的"乡下人进城"创作，正是对传统的乡土叙事进行解构的后乡土叙事，所要建构的也正是后乡土生活与文化情态的叙事结构。就此而言，这是对中国最少自"五四"以来所建构的乡土叙事的一种瓦解，其文学叙事的意义是不容忽视的。

乡土叙事与城市叙事，从文化思想角度来说，是两个对立的概念。一般而言，人们都将乡土叙事视为传统文化精神的一种体现，而把城市叙事看作现代文化精神的表述。从某种意义上说，乡土叙事与城市叙事，已经构成中国现当代文学的两大叙事建构形态。

坦率地讲，中国的现当代文学创作建构及其发展，乡土叙事与城市叙事，是极为不平衡的。以鲁迅为标志的乡土的叙事，自然是以现代文化精神为背景，对乡土及其文化精神给予了深刻的揭示与批判。于文化精神上，在鲁迅这里，乡土与城市或者现代的文化精神，是相对存在的，肯定的是现代启蒙文化精神，否定的是以乡土为标志的传统文化精神。到了沈从文这里，似乎与鲁迅相反，在对乡土生命情感的歌颂中，对城市生存状态及其文化精神，则给予了激烈的批判。老舍也是对城市文化精神给予了批判与揭露。以赵树理等为代表的革命话语下的乡土叙事，更是视城市文化精神为资产阶级文化思想，进行了彻底否定与批判。20世纪50年代后的中国文学叙事，从《登记》《三里湾》经由《创业史》，到了《艳阳天》《金光大道》，承续的是革命乡土叙事，并将其发展到了极致，直至20世纪80年代后期，其状况才有了改变。

---

① 陈晓明：《乡土叙事的终结和开启——贾平凹的〈秦腔〉预示的美学意义》，载《文艺争鸣》2005年第6期。

现代城市叙事，从郭沫若、茅盾、巴金、老舍、郁达夫、冰心、张资平等，一直到"新感觉派"、丁玲、张恨水、钱锺书、张爱玲等，虽然从意识形态角度与叙事艺术建构上，表现出不同的情景与状态，但就城市及其叙事而言，显然已经构成了一条明晰的发展线索。最少就 20 世纪 50 年代之后的文学创作与研究理论表述而言，人们更主要的不是从城市文化视野，而是从社会意识形态角度，加以概括和表述的。城市及其文化视野几乎成为一种研究话语的空白地带。这也说明，与乡土叙事一样，城市叙事及其建构，基本是从"五四"启蒙话语到革命意识形态话语，从而造成了城市文化语境的缺失与城市叙事话语的迷失。就城市叙事话语，或者城乡叙事话语的转换来说，1949 年之后，文学创作上便已经出现过此类的创作，比如萧也牧的《我们夫妇之间》，就已经于意识形态话语下，蕴含了城市文化语境的叙事话语。但是，此类的文学创作，不仅从意识形态到文学叙事，没有引起足够的重视，反而将其视为异端，进行了彻底的否定。这也可以认为是一次革命意识形态话语情景下，乡土叙事对城市叙事萌发状态的一次遏制性的胜利。中国在完成社会革命和经济建设从乡村向城市转换中，未能完成文化精神和思想观念上的转换，甚至可以说，是以一种革命与乡土文化精神，在进行着社会建设，完成着乡土与城市文学叙事。这样的城市叙事，也只能是一种意识形态化的与乡村农业叙事相对应的工业叙事。不仅巴金、老舍、"新感觉派"，以及钱锺书、张爱玲式的城市叙事传统被中断，就是茅盾式的城市叙事也是难以承续的。《青春之歌》《小城春秋》《野火春风斗古城》《三家巷》《上海的早晨》《红岩》等等，与其说是城市生活的叙述，不如说是城市生活的意识形态化叙述。如果从叙事的文化精神与叙事的情感立场来说，这样的城市叙事，依然更多地表现出乡土文化叙事的特征。

我们不厌其烦地对中国现当代文学乡土叙事与城市叙事进行论述，目的就在于大体理出一个发展线索，在此文学叙事的历史背景下，来审视《高兴》以及"乡下人进城"创作，并进而探寻它们的现当代文学叙事意义。

乡土叙事的消长又是与中国社会历史的现代化进程紧密相连的。中国的现代化进程，最少应该是从"五四"时代开始的。如果我们从更大的历史视野看问题，中国的现代化问题，其实从近代就已经提出并开始了极为艰难而缓慢的历史转换，只是到了"五四"时期，才进入到全方位的历史突变。自后再次步入缓慢的历史进程。上海、香港、澳门、广州、天津、青岛等城市的建设与发展,可以说就是中国现代化进程的结果。具有现代意义城市的建立,必然带来现代城市叙事话语的出现。所以,中国城市化进程,不仅伴随着中国现代化的历史,而且也成为中国文学叙事现代化转换的一种文化标志。

中国现代化进程到了20世纪后半叶,进入跨越式快速发展时期,与之相适应,中国城市化进程也进入快速发展时期,以深圳为标志。于世纪之交,不仅近代以来所建设的城市得以快速发展,就是西安、北京等古老的城市,也像棉花糖一样极度膨胀着。快速城市化进程,带来的不仅仅是城市区域的扩展,更带来了一系列社会、经济、文化等问题。乡土与乡土文化的萎缩乃至消失,乡下人潮水般涌入城市。与此同时,中国文学的叙事方式,也发生着变化。乡土文学叙事独霸天下的局面已经打破,城市文学叙事表现出要与乡土文学叙事平分天下的姿态。从社会现实的境遇角度来看,20世纪90年代出现的农民进城现象,就预示着乡土叙事开始终结,城市叙事将成为中国社会叙事的主导流向。打工者、农民工等等词语,作为一种社会意识形态化的称谓,显然是站在城市文化语境立场上来说的。

在这种社会历史与文学文化语境下,中国的乡土叙事与城市叙事,在发生着变化。

正如中国当代文学叙事,是一种乡土叙事与城市叙事并存的建构,虽然这两种叙事的发展并不平衡。贾平凹的文学叙事,也是乡土叙事与城市叙事并行的。但客观地讲,贾平凹擅长的仍然是乡土叙事,并不长于城市叙事,《废都》等作品,就文化精神来说,实在不能称之为典型的城市文化精神的叙事建构。《废都》叙述的是知识分子生命情感与文化精神的困顿与尴尬、颓废与堕落,就其作品中所建构的西京城也实在不能说就是现代文化语境下的城市,庄之蝶也不是现代知识分子,最多只能说他是具有一定现代意识的传统知识分子。而贾平凹的叙事,显然带有浓厚的乡土文化精神与文化情缘,更多的是以一种乡土文化精神情怀来完成城市生活叙事的。《白夜》《土门》均可作如是观。于叙事中,贾平凹对城市文化、城市精神的抵触、批判乃至否定,在这些作品中是显而易见的。尤其是《废都》,在乡土与城市、传统与现代、现实与历史、文化精神与生命情感等诸多因质的复合建构中,完成了中国20世纪末历史转型的知识分子文化精神叙事。但《废都》不是典型的城市叙事。

虽然贾平凹不擅长于城市叙事,但他在对城市生活的叙写过程中,却于有意无意之间，开始浸润城市的文化思想。《秦腔》的乡土叙事中，虽然也有对城市生活方式以及文化精神等的批判，但他也感知到城市生活方式与文化精神，在一种泥沙俱下的情景下，不可避免地要冲击乡村的生活方式与乡土文化。对于城市生活及其文化，则有了更多的宽容与理解。《高兴》便是对城市生活方式与文化精神的更多认同。于此我们不禁要问，贾平凹对城市及其文化叙事立场的转变，寓意又是什么呢？

从乡土叙事对象的社会历史建构来看，乡土社会及其生活方式等，将改变已有的历史叙事模态。从鲁迅始，经王鲁彦等乡土文学创作，直到20世纪80年代，乡土社会及其文化都被视为愚昧落后的代名词。在不少的"乡下人进城"创作中，亦在乡下人苦难生活境遇的叙述中，将落后愚昧冠于乡村与乡下人的头上。

《秦腔》《高兴》中乡土生活与文化的转换是显而易见的。鲁迅笔下鲁镇式凝固的生活状态已不复存在，也不同于在意识形态的迫使下，梁生宝所建构的新式乡村生活状态，当然亦不同于丙崽所生活的乡村。一种不同于此前文学叙事的新的生活方式与文化形态，走进了乡村生活，并且如同城市膨胀一样，不断拓展着生存空间，改变着乡村的生活方式。如果用一种简单的方式来表述，那就是乡村的生活方式，在向城市的生活方式靠近。电视、电话、计算机等已不再是城市生活的专利品，乡村亦在快速增长着。这些新的生活方式和文化信息，对于乡村生活及其文化形态的作用力量，是显而易见的，也是无法阻挡的。乡村的城市化进展，也许今天看来还十分缓慢，但当我们以年代的时限来看问题时，就会感觉到乡村的巨大变化。再过几个年代，可能严重的不是乡村土地流失或无人耕种问题，而是潜在的现代文化素养问题。

乡下人进入城市，自然寓意着乡村生产力向城市的转移，但更深层恐怕还有着不同背景文化精神的巨大冲突。人们更多是从城市视角去看待这一问题，而未从超越乡村与城市的角度去看问题。或者更多的乡下人进城文学叙事者，看到的是乡下人进城后的苦难与煎熬的生活现状，而不去思考他们的精神情感问题。刘高兴这一形象的特异之处，恰在于此。刘高兴所显示的已不是愚昧落后，而是具有一定现代文化思想意识的乡下人。用作者的话说，高兴已不是了闰土，而是新式的乡下人。新在何处？主要不在于生活的现实状态与境遇，而在于他的情感精神与文化思想。刘高兴既不是单纯的传统乡土生活与文化的承载者，也不是于城市讨生活的苦难演绎者，而是有追求、有向往，特别是有疑问乃至追问的思考者。他的痛苦、郁闷、孤独，乃至尴尬，并不是源于生活现实境遇，而是文化精神内在的裂变，源于对自我的追寻与叩问。在过去与现在，人们总以为像刘高兴这样的乡下人，除了食色本能欲望追求之外，不会有精神上的追求。贾平凹的叙事则打破了这种叙事模态观念，非常敏锐甚至超前地感知到了乡下人对于精神的追求。正是在这些方面，《高兴》式的叙事，具有更为深刻的文学叙事意义。

（原载《小说评论》2008第2期）

乡土传统的两种想象和叙事

仵 埂

乡土，自"五四"以来，在中国作家的视野里，具有两种不同的想象：一种是沈从文笔下的湘西凤凰，那儿充满着原始的、纯朴的、美丽的、温厚的乡情，漫溢着人性中温暖的诗意和光辉，是一个桃花源似的美丽的去处，漂泊的灵魂可以在那儿安息；另一种叙写是以鲁迅为代表的，在他的笔下，乡土关联着愚昧与丑陋，关联着他欲唤醒的国民性。乡土里生长着阿Q和祥林嫂，这是批判的，是站在现代性的角度反思乡土中国，反思在这样的乡土中国之上，为什么会成为一个积贫积弱的国家？风光旖旎的乡土中国，就这样以其奇异复杂的叙写，出现在20世纪作家笔下。这样一种态势，后来具有了合围的趋向，延安文艺座谈会之后，乡土叙写具有新的变异，乡土成了中国革命的源泉，农民成了中国革命的主力军，成了革命的有生力量。所以，作家笔下的农民乡村生活，就变得含混起来，既没有了"五四"时期以后的纯朴和宁静，也没有了鲁迅笔下的批判锋芒，变成了两个阶级两大势力的对峙，成为天使和魔鬼的战场。当然，鲁迅遗风还有遗响，这就是赵树理笔下的三仙姑、铁算盘、糊涂涂们，他们身上有着农民的弱点，但也不乏可爱之处，十分真实。对沈从文的继承，也有人，比如孙犁，在他笔下，农村的旖旎风光，美丽的纯净的农村生活有着惊艳的呈现，尽管其外壳也包裹了抗日的内容，但是在审美情调上，不得不承认，乡村的魅力、农民的纯净和可爱的生活，是作品的看点，其他的承载，不经意淹没在美丽的芦苇荡里。

我历叙乡土文学的想象，意在说明，贾平凹的乡土叙写，也存在两种有趣的状态，一种是散文里的乡村，一种是小说里的乡村。在散文里，贾平凹的乡村叙写充满温情，充满明丽，充满美好。但是在小说里，这种温情的一面就不易看到，看到的是人与人之间的日常性纠结冲突，当然，这种冲突也不是那种刀光剑影的厮杀，不是你死我活的争斗，不属于大悲大喜的传奇故事，而是每日都在发生、都在进行的日常性小恶,是人与人之间的那种没有深刻温爱的极端自私和利己的盘算。毛泽东曾有诗云:"人生难逢开口笑,上疆场彼此弯弓月。"朗朗艳阳下的人间炼狱,的确真实,令人难忘。这样的叙写,往往令理想主义者感到沮丧灰暗。假如说,从沿袭鲁迅乡村批判的路数而言,贾平凹《秦腔》里的乡土中国,应该是充满了批判意味的。尽管这种批判在作家那里,也许并没有显在的自觉意识,但读者还是在作品里读到了人生的另一种况味,读到了人性在日常性中的自私污浊,反观和批判都寓藏其中。

《秦腔》里,贾平凹写了夏家兄弟四人所构成的四大家族,重心写夏天义和夏天智两家。在这部长篇里,贾平凹似乎是零度写作,冷峻地写出了人与人之间的自私、冷漠、虚伪、诡诈,挖掘出了人性身上那种令人不快的毛病。当然,你看不到人性的光辉也感知不到人性的温暖,但每一个人物,都是那样逼真,那样活灵活现。我想,如果哪一天,农耕文明消失了,后人可以通过《秦腔》,复原出一个清风街来,复原出这条街上生活的人群。有人将《秦腔》说成是农业文明的一曲挽歌,大约,在《秦腔》里,你难以见到具有旺盛生命力的东西,具有蓬勃发展的东西,因之说,《秦腔》弥漫着挽歌特质。恰恰在这样的文明之下,我们无法看到希望,连沈从文的《边城》里所具有的希望都不曾具有,因为,你已经无法再现纯朴和宁静的乡村了,你连叙述的温暖心理尚且无法构建,如何能重建乡村的暖意叙事?

这样,在贾平凹的笔下,我们看到了一条缓缓流淌的河流,滚动着失望、惋惜,在弥漫着的这种氛围中,还透出尖锐的反讽。人性里的自私冷酷,人以自我为中心所建构的功利行为模式,让人感到寒冷。比如,小说写到夏天义是支书,俊奇爹被定为地主,当然要批斗,俊奇娘忍不了丈夫受罪,就去勾引夏天义,期望着他能饶过丈夫。所以,在这种状态下,俊奇娘就主动了。夏天义呢,看见送上门来的这等好事,毫不客气干了,也很过瘾。

> 但是,夏天义毕竟是夏天义,把俊奇娘睡了,该批斗俊奇爹还是批斗。俊奇娘寻到夏天义为丈夫讨饶,夏天义说:"茄子一行,豇豆一行,咱俩是咱俩的事,你掌柜子是你掌柜子的事。"俊奇娘说:"那我白让你干了?!"夏天义生了气,说:"你是给我上美人计啊?!"偏还要来,俊奇娘不,夏天义动手去拉,俊奇娘就喊,夏天义捂了她的嘴,唬道:"你这个地主婆,敢给

我上套?!"俊奇娘就忍了。[1]

这是支书夏天义的典型行径,也算得上是清风街最高权力者的行径。

那么清风街的老百姓是怎么看的呢?等到此事传入东街人的耳中,"出奇的是东街的人不但不气愤,倒觉得夏天义能行,对美人计能将计就计,批斗地主还是照旧批斗"[2]。这样一种带着戏谑味道的情节,却使人寒冷。夏天义的霸道强暴,东街人的昏暗愚昧都跃然纸上。最值得同情的是俊奇娘,站在伦理评判的角度,尽管她有错,不该拿自己身子来做交易,但是在此种情形下,还有什么法子可想?假若夏天义是一个国家路线的忠实执行者,他的行为具有片面合理性的一面,那么他可以为求得自己的一致性,断然拒绝俊奇娘,保持自己的完整性。或者他贪恋肉体享乐,欣然接受了俊奇娘的性贿赂,那么,他就应该在批斗地主时,放人一马,这就坚守了人性伦理的一致性。但夏天义实际上做了人性上最坏的选择,既坚持原有的国家原则,又获取性的占有。这种分裂也显示出人性中最无德行、最流氓的一面,它摧毁了正义良善和道德底线。当一个人没有基本的个体生活原则可以恪守,就会陷自己于内心人格的分裂中,他也就没有什么是不可以做的,没有什么崇高神圣能够蕴蓄心中。

《悲惨世界》里,雨果写了这样一个人物,警察沙威,是一个不屈不挠的代表国家机器的忠实执行者,他坚定地依照国家法律去抓捕冉·阿让,不问这个法律是否合理,冉·阿让到底是一个坏人还是好人,他的性格在逻辑上是一致的,当事实和他的行为冲突时,他选择了自杀。他不能既彻底代表国家机器,又完全满足个人喜好。夏天义却相反,既要做一个完美的国家路线的执行者,又要人家在要求他放弃的时候占便宜,呈现出病态扭曲的人格,有着无赖的权力人格色彩,揭示出对权力的贪婪和对个人的无限度剥夺,是双向侵害!助长此风的清风街的乡民们,是夏天义成长的深厚土壤。他们的赞赏,他们对俊奇娘所遭遇的幸灾乐祸,无丝毫怜悯,充分显示出冷漠和残忍。这种深厚土壤的存在,说明了夏天义的行为在这块土壤里能够茁壮成长,是多么出自必然,多么合乎逻辑!这样锐利的文化批判,不见刀光却寒气逼人。

在《秦腔》里,我们看到一系列人物的描写,都是那种身无大恶,却又充斥着庸碌和私利的灰色人物。总之,在这些人物身上,看不到让人们喜欢的个性

---

[1] 贾平凹:《秦腔》,作家出版社2005年版,第38—39页。
[2] 贾平凹:《秦腔》,作家出版社2005年版,第39页。

化描写。假若说让人喜欢的人物，白雪算是其一了。夏天义的老婆眼睛患了白内障，自己只以为年纪大了，眼睛坏了，没法治了。白雪和她（二婶）聊起来，说是白内障，可以治的。二婶便喊儿子庆堂，说你们给我治治，庆堂不吱声，庆满的媳妇也在场，说："你那是老病，哪里会治得好！"白雪说："真的能治！"庆满的媳妇说："白雪你几时进省城呀？去时把你二婶带上，一定得给她做个手术！"白雪说："行么。"庆满的媳妇给瞎瞎的媳妇撇了撇嘴，瞎瞎的媳妇说："人老了总得有个病，没了病那人不就都不死啦？！"[①]这是一个非常生动的在乡村习见的细节。在这样一个细节中，我们见到了人与人之间的冷漠，即使有着亲缘关系，但是利害考量为上，那种伦理之仁爱早已丧失殆尽。二婶眼睛已经失明，明明可以医治，但儿子儿媳们都不大情愿为这个老妈花钱，依据他们的理论，人老了总要有个毛病，有了就有了，不然人还能结在世上。作家这样真实地道出琐碎的生活滋味。小说在这种日常性描写中，还隐约见出人物之间那种习焉不察的对抗。庆满媳妇对白雪的多嘴颇有不满，但又说不出来，故而反将一军，说让她带二婶去看眼睛。微妙的心理对抗，被刻画得极为传神。

小说写到夏天义把家里的陈苞谷送给了秦安，惹起了儿子们的不满，首先是庆玉，原定秋后大家给父母老两口交稻子和苞谷（这是赡养老人的方式），但是庆玉却只交了稻子再没交苞谷。一个不交，众兄弟看样，都赖着不想交。为了这个，他们家里大闹一场。在这些地方，都真实地再现了农村中亲人之间的这种让人寒心的自私愚昧。这是夏天义这个人和他的儿子们。小说里写到夏家另一个重要人物夏天智。夏天智有两个儿子夏风和夏雨。夏风在城里做事，混得好，娶了村子里最漂亮的会唱戏的白雪，但是两人却也是冷冷淡淡的，他们还生了个残疾的女儿。当他们发现女儿竟是残疾时，夏风的第一想法是遗弃，"生了个怪胎？那就撂了吧"。白雪有点不忍，哇哇直哭。夏风说出一大堆遗弃理由："不撂又怎么着，你指望能养活吗？现在是吃奶，能从前面屙，等能吃饭了咋办？就是长大了又怎么生活，怎么结婚，害咱一辈子也害了娃一辈子？撂了吧。撂了还可以再生么，全当是她病死了。"父亲夏天智和母亲没有言语。夏风说："你们不撂，我去撂。"就在白雪手里夺过孩子，用小棉被包了，装在一个竹笼里出屋而去。夏风将孩子扔了之后回来，白雪说自己似乎听见孩子在哭，

[①] 贾平凹：《秦腔》，作家出版社2005年版，第64页。

疯也似的跑出门去找孩子，孩子最终找了回来。夏风这时还气呼呼地说："这弄的啥事么，你们要养你们养，那咱一家人就准备着遭罪吧。"①这一幕场景让人印象深刻。夏风作为清风街的骄傲，在处理残疾孩子上，让人看到了人性之恶。尽管他也有充分理由，但所有的理由都不能遮蔽遗弃的残忍。人物这一行为本身，也使我们看到了生活的另一面，可能更真实冰冷的一面。我们没有指望人物给我们透露出人性之光，没有想他能指明什么，但我们还是感到沮丧，这种沮丧里有着对人的深度失望在内。

贾平凹的新作《高兴》，却有着值得注意的变化。在《秦腔》里爬满了"虱子"的"华美生命之袍"，在这里却退居到背景的位置上。我们见到了生命之袍的华美，见到让人动情的温暖。《高兴》里的确传达出贾平凹创作中的另一种信息，另一种转向转型，从冷峻的现实批判者转向一个怀抱理想的温情表达者，这一点让人感到喜悦。我们不能不说，外寒而内暖，这是我读《高兴》的感觉。所谓外寒，是指小说描写的人物而言。他们处在城市最下层，靠捡拾垃圾为生，艰难地生活在城市的夹缝里，他们的境遇让人感到同情怜悯，他们所处的外部环境，让人感到寒心。但在外部寒心之时，我们还是强烈地感到了温暖。这是因为，在高兴和他的伙伴之间，我们看到了人与人之间的友爱、良善、互助、诚挚的关爱等等。这些最基本的人生原则和信念，在这些生存于社会最底层的人之间，还强固地留存并发展着，这是让人产生信心的地方。

《高兴》写以刘高兴为主人公的几个捡拾破烂的人的生活。刘高兴是从清风镇走出来的农民，他有一个强烈的愿望，就是成为真正的城里人，真正融进城市中。他算是农村中那种有点文化、有点见识、有点追求的人，同时也渴望在城里找到自己的女人，安托自己的灵魂。于是，他带着五富来到了西安，加入收破烂的行列。这一对人有点像堂吉诃德与桑丘，刘高兴带点浪漫和虚无缥缈的追求，五富则是实实在在的憨直角色。刘高兴在这个破烂群体里，是个有知识的人物，像个小小破烂军领袖，五富、黄八、种猪、杏胡则是一群忠勇的干将；刘高兴善于察言观色巧用谋略，五富则是傻憨耿直愚笨诚实；等等。这些构成了人物性格的鲜明对比，相得益彰。贾平凹笔下这些人物之间的关系令人深感温暖，作家写出了艰难生活中的欢乐，写出了发生在收破烂者身上的人性

---

① 贾平凹：《秦腔》，作家出版社2005年版，第410—412页。

光辉。

　　刘高兴、五富们虽进入城市，但异己的感觉却甚为强烈，觉得城市不是他们的家园，尽管刘高兴在主观上竭力想融入城市。都市的冷漠，城里人的冷眼，城乡之间的隔膜，仿佛一道无形的墙，横亘在他们面前。他们常常遇到冷眼，遇到各种各样的侵害，不管是人格平等上，还是精神环境上。在刘高兴的感知里，拾破烂虽然不是重体力活儿，要是和清风镇的活儿比起来，还是很轻松的，但是他却感到了这份活儿"是世上最难受的工作"，关键是没人愿意搭理你，能把你当人一样跟你说话交流。

　　　　虽然五道巷至十道巷的人差不多都认识我，也和我说话，但那是在为所卖的破烂和我讨价还价，或者他们闲下来偶尔拿我取乐，更多的时候没人理你，你明明看他是认识你的，昨日还问你怎么能把"算"说成"旋"呢，你打老远就给他笑，打招呼，他却视而不见就走过去了，好像你走过街巷就是街巷风刮过来的一片树叶一片纸，你蹲在路边就是路边一块石礅一根木桩。[①]

　　刘高兴意识到做人的尊严被忽视被轻蔑，人格上这种不平等，或者说是阶层等级差序，在日常生活中处处渗透出来。正是这一点，构成了打工者或者是刘高兴这批人的失落，精神上总觉得城市不是自己所属的家园。

　　但是相对于冰冷的外部环境而言，在刘高兴和五富身上，读者却见到了让人动情的真诚，那种人与人之间的深情关爱。正是这些地方让我们在残酷竞争的冰冷生活里，感到了希望。人物的精神深处，萌芽着人心的温暖美好。刘高兴和五富相依为命、相互体贴关爱，憨直的五富每每有了好吃的，总忘不了刘高兴。一日，"五富拉着架子车到十道巷找我，他带给我了一个酱凤爪，是用塑料纸包着的，说西安人酱的鸡爪好吃得很。我说：是凤爪，不是鸡爪。五富说：明明是鸡爪么，偏叫得那么中听？我说：到城里了就说城里话，是凤爪！五富说：那就是凤爪吧，好吃得很，我买了两只，我一顿能吃二十只的，可我还是给你留了一只。哟，五富有这份心，那我也乐意把我的一份快乐分成两半，一半给他"[②]。一只凤爪实在是小得很小得很的事情，但是它所传递出来的温情却很绵长，同时也在唤起另一个人的爱心。

[①] 贾平凹：《高兴》，作家出版社2007年版，第83页。
[②] 贾平凹：《高兴》，作家出版社2007年版，第31页。

刘高兴关键时候总能机智地帮扶五富，即使在自己遇到一份可心工作时，但一想到五富没有人带，他也能做到毅然放弃。他帮助五富管钱存钱汇钱，一日，刘高兴准备将五富攒齐的一千元存入银行，他把钱装在一个黑乎乎的布兜里，也顺手在自己存的钱中抽出四百元装进口袋。五富觉得奇怪，说你汇给谁，"我说今日心慌慌的，装些钱镇镇。五富说不是吧？我说不是啥？五富眼窝得像蝌蚪，你要去……？我说有屁你就放！我知道五富要说什么，但我一吓唬，他什么都不说了，换上一双布鞋，……出门了，五富还在嘟囔：咱挣个钱不容易哩，不容易哩"①。临末还要说一句："你把钱看好。"五富对刘高兴的这份忠诚和发自内心的关切，在这样的细节中活现出来。刘高兴原打算带上几百块钱见孟夷纯，五富并不知情，以为他拿钱去找小姐，因而显出不满来，委屈而曲折地进行规劝。五富的憨直和纯朴，充满令人温暖心动的兄弟般情谊。

刘高兴将五富带出清风镇，深感对五富有着不可推卸的责任。有一次他看见五富没出工收破烂，和黄八坐在槐树底下，一人端个碗喝酒，很生气，抓过酒瓶子摔了，说："有了几个钱啦?！有了几个钱就又胡逛啦?！其实五富并没有胡逛，而是和黄八背了一回死人，一人挣了五十块钱，有点高兴，喝酒庆兴。刘高兴骂五富：没胡逛？没胡逛你拾的破烂呢？五富说：不一定拾破烂就能挣钱么。刘高兴说：不拾破烂你挣鬼的钱?！五富说：是挣了鬼的钱。"②在这些描写里，刘高兴对五富的关切是发自内心的，管束中透露着温情。如同五富对高兴的不满和嘟囔，一样表达了另一种形式的关爱。这种关爱，在小说的结尾部分，有着更为强烈的表达。刘高兴和五富、石热闹挖地沟，干了一天，累得腰酸背疼，站起来坐不下去，坐下去又站不起来。

  五富说：我给你挠挠背。我说我背不痒，只是皮肉绷得紧，你给我拍拍。他拍起来却总是掌握不了节奏，而且拍的不是地方。往下，往下，左边，你不知道左右吗？我趴在那儿，他的手拍下去习惯把掌弓着，真笨！让他干脆用鞋底子拍打。

  五富却害怕用力太重，你让他重些重些，他仍是不敢使力。我就说让石热闹来，五富就生气了，打，打，他嘴里吐纳着。啪，啪，啪，脊背扎痒扎痒的，啪，啪啪，感到每一块骨头都松

---

① 贾平凹：《高兴》，作家出版社2007年版，第237页。
② 贾平凹：《高兴》，作家出版社2007年版，第275页。

开了,疲倦从骨头缝里往出透。他越打越快,越打越重,他已经在仇恨我了。

唉?!我鼻子哼了一下。

拍打声又不轻不重地均匀了。①

就是一个拍背,被徐疾有度、有枝有蔓地铺展开来,人物相互的心理、爱意和恼怒,灵动而次第展开。特别是五富,充满对刘高兴的爱意,既想为他减轻疲累,又怕用力太重,当刘高兴责备时,因生气而又越打越重,在高兴不满的一声唉中,又不轻不重地均匀了。那种从心底散发出的爱意拨动人心。孟夷纯想帮刘高兴,求老板韦达帮他安排一份工作,韦达见刘高兴财务、计算机都不懂,就只有让他看大门,一月六百块钱,又不累。孟夷纯很高兴,但没想到刘高兴却拒绝了。

因为五富他真的离不得我。我已经说过,前世或许是五富欠了我,或许是我欠了五富,这一辈子他是热萝卜粘到了狗牙上,我难以甩脱。五富知道了这件事,他哭着说他行,他可以一个人白天出去拾破烂,晚上回池头村睡觉,他哪儿也不乱跑,别人骂他他不回口,别人打他他不还手,他要是想我了他会去公司看我。他越是这么说我越觉得我不能离开他,我决定了哪儿都不去,五富就趴在地上给我磕头。

起来,五富,起来!我说,你腿就那么软,这么点事你就下跪磕头?去,买些酒去,咱喝一喝!②

最后,当五富去世时,刘高兴坚守对五富的承诺,要将他的尸体运回老家去,虽然最终因被警察发现未能实现,但他实实在在这样行动了。这里,我们看到了一个心中蕴蓄大义且执着守护的刘高兴。

《高兴》里,贾平凹写到了这个破烂群体,他们在危难时刻,相互扶持相互关爱,底层劳动者的深情厚谊很是触动人心。假如说,在乡土文学的叙写里,沈从文的《边城》写出了明丽秀美的山乡生活,写出了山民们纯朴温厚的人生态度,写出了兄弟之间的深情厚谊。那么,进城的乡下打工者所构成的生活圈,可称之为都市中的乡村,尽管他们的身体完全置身于闹市,但在精神层面上却

---

① 贾平凹:《高兴》,作家出版社2007年版,第376页。
② 贾平凹:《高兴》,作家出版社2007年版,第311页。

与都市疏离。他们所构成的文化圈，不妨称之为都市村民文化圈。他们的生活习性、语言方式、群社结构、交往习惯等，都具有乡村文化特征，这一群落的兴起，是一种新现象。贾平凹笔下的这个群体，既让我们看到了从乡村到都市的文化因袭特征，而且还看到了让人喜悦的新变化：贫困里的乐观、艰难中的互助、社群里的自律等。底层群体中洋溢着乐观向上的氛围，让人欣喜。剩楼住着刘高兴、五富、黄八、种猪、杏胡五人，晚上回来，吃完晚饭，大家凑在一起聊天，种猪让老婆杏胡给他挠背，大家看得痒痒，杏胡说起刘高兴房子里的高跟鞋，说让高兴送给她，高兴说不，杏胡说：试验你哩，果然啬皮！

  我浑身难受，勉强笑了一下，缩得如个乌龟。

  她说你咋啦，我给你说话哩就这态度？我说我身上不美，肉发紧。她说病啦？就口气强硬了：过来，过来！我也给你挠挠，挠挠皮肉就松了。

  我赶忙说不用不用，杏胡却已经过来把手伸到了我的背上。女人的手是绵软的，我挣扎着，不好意思着，但绵软的手像个肉耙子，到了哪儿就痒到哪儿，哪儿挠过了哪儿又舒服，我就不再动弹了。我担心我身上不干净，她挠的时候挠出垢甲，她却说：瞧你脸胖胖的，身上这么瘦，你朱哥是个贼胖子！

  …………

  人和人是不一样的，从此以后，每日的傍晚，天上的云开牡丹花，杏胡给种猪挠背，也就给我挠背，五富和黄八虽然竭力讨好，比如扫院子，清洗厕所，杏胡洗了衣服他们就拉晾衣绳，帮劈柴火，但他们才终于有了被挠的资格。嗨，挠痒痒是上瘾的，我们越发回来得早了，一回来就问候杏胡，等待着给我们挠背，就像幼儿园的孩子等着阿姨给分果果。我们是一排儿都手撑着楼梯杆，弓了背，让她挨个往过挠，她常常是挠完一个，在你屁股上一拍，说：滚！我们就笑着蹦着各干各的事了。[1]

  《秦腔》散发着反讽批判意味，《高兴》却变得明朗欢快。《秦腔》里，读者看到了商品社会冲荡下的清风街，人与人之间的相互猜忌斗争，为自己一点蝇头小利叫骂不休，相互开一些粗俗的玩笑。乡村的诗意和美好，在清风街里已

---

[1] 贾平凹：《高兴》，作家出版社2007年版，第151页。

经看不到了，仿佛是农耕文明的黄昏，田间村头荡漾着残破卑污的情绪。但是在《高兴》里，来自清风镇的乡民们，进入西安后，似乎欣喜地开始了新生活，尽管他们处在一条生存链上，且是最低端的拾垃圾队伍。他们当中发生了很大变化，有人站在了这条垃圾链索的顶端，有的人处在末端。他们进入城市后，自觉且艰难地进行着新的身份转换，这种转换直到今天还在持续着。尽管同属清风镇人，韩大宝却成了破烂王，有啤酒喝有烤肉吃，从钱包里一掏能掏一沓子百元大钞，还有自己的小侄儿，也人模狗样成了送煤的小头领，也对穷乡亲不大待见了。但是在另一个群体中，在刘高兴和五富、黄八、杏胡们中间，却传袭着新的温情和关爱。

当刘高兴、五富们面对着现代都市文明，当他们与自己的同类聚集在一起时，他们身上焕发出了诗意的人性光辉，关爱扶持，相互体恤，构成了都市乡土文化群体以及与都市文化相颉颃的小聚落文化群体，这在当今都市发展中是一个值得关切的社群现象。当刘高兴一心想帮助自己深爱的孟夷纯脱离困扰时，其唯一的办法就是弄来钱，让她汇到公安局，然后让公安局抓住杀死她哥哥的凶犯。但是，这样一个穷帮部落，谁能解开这个困局？杏胡打算集资，和五富、黄八商议，最后达成的协议是：每人每天拿出两元钱，让刘高兴转交给孟夷纯。这两元钱的确起不了多大作用，但他们能做的就是这些了。每到晚上，杏胡抱着那个曾经装过小米的陶罐，挨个儿让大家往里塞钱，像个收电费的。这些，却构成了一道温情的风景，传递着人与人之间深深的暖意。

我们看到了乡土文学在新时代叙述的另一种场景转换，也许这是中国乡土文学的终结。在此，我们看到了贾平凹从《秦腔》里所传递出来的信号，在市场经济推动下，乡土文化有了巨大变迁，乡民们原始纯朴的遗风荡然无存。其实，正像《秦腔》里所写的清风街，第三代第四代青年人纷纷出走，进入城市打工，农村剩下些"死老汉病娃"留守。被抽去了精血的乡村，已经没有了它的活气。而转移到城市中的刘高兴、五富们，还正在拼杀着，为他们的城里人身份，为了他们能最终留在城市，成为城里人而奋斗。但正像小说预言的一样，刘高兴原以为自己的一个肾给了城里人，自己的另一半也就在城里，另一半是城里人，城里也就显得亲切亲近。他开始断定那个肾就装在韦达身体里，直到最后，他还是没有找到，韦达身上装的是一个肝。刘高兴又一次迷糊了，又一次迷失在寻找之中。这象征着找不到肾的刘高兴能不能最终在城市里扎下根，看起来并不乐观。乡土文化的纯朴诗意，在乡村被现代都市文明吞没的时候，流变成一条小溪，流进城市这个广袤的沙漠里，一直到它消耗殆尽。能不能转换为新的生机，成长为现代文明的参天大树，还是一个未知数，至少在目前如此。

当社会空气里塞满了假话、欺骗、奸诈、虚伪，人与人之间没了真诚信赖，社会充溢着疯狂的贪婪掠夺，人与人冷漠自私，没有基本的道德操守。于是，我们想在中国最底层的人身上，看看还有没有让人建立起信心的理由。他们是不是一样让我们绝望？他们艰难度日，被社会遗忘、被人瞧不起、不被城市接纳，这时候，他们怎样面对窘迫？在绝望的时候，什么支撑他们？彼此之间又是以何种方式对待？他们的愿望和理想，他们的欢乐和悲哀，他们的精神资源来自何方？这些方面，《高兴》做了有益探索，也给予人们以信心。对社会底层的关注，是中国知识分子一以贯之的传统，也可以说是一种伟大的传统。就像陈寅恪深刻地洞悉了柳如是后，身上就升腾起乐观的信心。一个族群假如在自己的文化里，生发不出来对底层弱势群体的同情和关爱，而是充斥漫溢着飞扬跋扈、骄奢淫逸、势利卑劣的文化氛围，那将是让人深深绝望的。尽管在底层写作里，有着对落后愚昧的批判，但作家内心深藏的那份大爱，却无疑会闪烁在整个作品的字里行间。

［原载《西安建筑科技大学学报（社会科学版）2008 年第 3 期》］

城市中国的乡土叙述

——《高兴》的符号文化分析

张亚斌

正如许多艺术理论家所认为的那样，叙述就是作家整理人生经验、体悟社会关系、把握世界演化的特有知觉方式，它是作家将现实的各种信息以讲故事的讲述形式，加以搜集、加工和类化，并按照一定的艺术原则组织表现出来，从而固化形成下来的一种艺术结构形态。诚如小说家布托尔所言，"叙述这一现象大大超过了文学的范畴，是我们认识现实的基本依据之一"[①]，它能够揭示出现实里的新事物，对真正的作家而言，"不同的叙述形式是与不同的现实相适应的"[②]，如果作家选择了什么样的叙述方式，现实就以什么样的形式向我们呈现出来。毫无疑问，当作家贾平凹以纪实的结构形式、符号的结构形式，将城市化进程中一群处于社会边缘的文化群体的命运，以令人心酸的冷幽默形式表现出来的时候，我们真是欲哭无泪，无论如何也高兴不起来，在一种少年不识愁滋味、强作欢颜泪难休的文化惆怅中，我们真是感受到人间世相的复杂、生命存在的艰辛和生活延续的不易，也正是在这样一种境况下，我们走进《高兴》的符号结构世界，在其中寻找着一群城市边缘文化人的文化命运归宿，并且开始反思城市中国的乡土故事及其人生伤怀叙述，看看其中到底蕴含着什么样的深层文化意义。

诚如贾平凹本人所说："如果我不是一九七二年以工农兵上大学那个偶然的机会进了城，我肯定也是农民，到了五十多岁了，也肯定来拾垃圾，那又会是怎么个形状呢？这样的情绪，使我为这些离开了土地在城市里的贫困、卑微、寂寞和受到的种种歧视而痛心着哀叹着，一种压抑的东西始终在左右了我的

---

① 陶东风：《文体演变及其文化意味》，云南人民出版社1994年版，第132页。
② 陶东风：《文体演变及其文化意味》，云南人民出版社1994年版，第132页。

笔。我常常是把一章写好了又撕去,撕去了再写,写了再撕,想为什么中国会出现打工的这么一个阶层呢,这是国家在改革过程中的无奈之举,权宜之计还是长远的战略政策,这个阶层谁来组织谁来管理,他们能被城市接纳融合吗?进城打工真的就能使农民富裕吗?没有了劳动力的农村又如何建设呢?城市与乡村是逐渐一体化呢还是更加拉大了人群的贫富差距?我不是政府决策人,不懂得治国之道,也不是经济学家有指导社会之术,但作为一个作家,虽也明白写作不能滞止于就事论事,可我无法摆脱一种生来俱有的忧患,使作品写得苦涩沉重"[1]。显然,正是在这样一连串的天问式的社会忧患反思中,作家开始了对我国城市化进程中的乡土叙述这一问题展开了思考,并且几易其稿,形成了最后的《高兴》文本符号结构。就像特伦斯·霍克斯所指出的那样,符号学的疆界和结构主义接壤:两个学科的兴趣基本上是相同的,在这种前提下,结构主义本身就成为一种和语言学、人类学、符号学相联系的分析方法。当然,也正是在这样一种境况下,我们开始了对小说《高兴》的符号批评,并且形成了这篇文章,尝试用符号文化批评的方法,对《高兴》中所力图表现的城市中国的乡土叙事问题,进行深层文化解密。

一、神秘的姓名符号暗示

美国文艺理论家罗伯特·休斯认为,"结构主义的核心就是系统概念:一个通过改变自己的特点但同时保持其系统结构来适应新条件的完整的、自我调节的实体。……具体说来,我们可把单部作品、文学种类乃至整个文学都看成相互关联的系统,并且可以把文学看成人类文化这个更大系统中的一个子系统。我们可以研究这些系统单位之间的任何联系,这种研究在某种意义上就必然是结构主义性质的"[2]。这也就是说,在研究小说这个文本结构时,我们可以理所当然地把它当作是一个"相互关联的系统","看成人类文化这个更大系统中的一个子系统",并且通过它的文本符号结构,透视其中的文化意义内涵。因此,我们可以理所当然地认为,小说《高兴》的文本符号结构中,每一个信息都是由符号构成的,我们可以通过不同类型的符号结构信息,捕捉了解城市中国的乡土文化范式,透视城市中国的乡土叙述文化本质。

---

[1] 贾平凹:《高兴》,作家出版社2007年版,第430页。
[2] 罗伯特·休斯:《文学结构主义》,刘豫译,生活·读书·新知三联书店1988年版,第15页。

毋庸讳言，在小说《高兴》中，我们能够敏锐捕捉并感受到的文本符号结构信息，首先来源于主人公姓名，随着主人公人生故事的展开和终极命运结局的交代，我们逐步领会到了其中所蕴含的宿命色彩，并且为它们所呈现的某些与主人公命运结局相匹配的生活价值暗合性和生命文化一致性而感到诧异。一般来说，姓名承载着远远超过其字符、语符和义符结构的深沉文化内涵。姓名符号文化是人类社会文化中的一种能够彰显生命个体与家族血缘关系或文化亲缘关系的特定身份标志，它是一个人区别于另一个人的生存状态、生存价位的意义表示和文化象征，具体地讲，只要人类社会存在下去，姓名符号文化的演绎和神话，就会世世代代继续存在下去。在人类发展的历史进程中，姓名的确定，绝不是一件随意的事情，相反，它是一种严格的礼仪。

从这个角度看，任何一部文学作品中，主人公的姓名符号结构，绝不仅仅是随意确定的，相反，它有着一套自己的内在逻辑，作为一个具有封闭性和开放性双重文化特征的语言文字结构系统，从它被作家创造伊始，就意味着它早已成了一个按照文化规范形制而创建的意义联系组合体或逻辑结构整合体。小说是人类文化的衍生物，姓名则是人类小说文化的重要"衍生物"，在小说所创造的主人公形象世界中，无疑，姓名符号具有表示主人公文化身份、命运写照、人生结局的暗示象征意义。作为一种特定文化载体符号，它的文化指向价值确定又直白，它不仅寄托着作家某些思想，使得主人公的行动具有"思想结构主义"的文化色彩，同时，在它的文字符号结构中，也潜藏着深不可测的自然道理，使得主人公的命运具有"宿命结构主义"的社会气息。这就不难理解小说《高兴》中的主人公姓名符号文化结构与他们分别所代表的城市人生文化内涵了，就不难理解它们之间所显示出一一对应的"悖论"文化结构关联了。我们也就不难理解，为什么刘高兴要从"刘哈娃"改为"刘高兴"了。因为，"哈娃"是农村的土名字，"高兴"是城里的洋名字。在陕西农村方言中，"哈娃"是"坏童"的意思，但他实实在在却是个好人，而非坏人，如他所说："我在清风镇叫刘哈娃，能不是个农民吗，能娶上老婆吗，能快活吗？""名字犹如写符，念名字犹如念咒"，当然他不愿意叫"刘哈娃"，所以，"到了西安"，换了"另一片子天地"，他就改名叫"刘高兴"，因为他要"高兴"，所以，他是"刘高兴"，"是西安的刘高兴"，而"不是刘哈娃"，"也不是商州的炒面客"。因此，他对五富说"以后不准再叫刘哈娃，叫刘哈娃我不回答，我的名字叫刘高兴！"由此可见，在他的心目中,这两个名字分别代表着两种不同的文化类型:乡土文化和城市文化。因为他是城里人当然就要叫城里的名字。

然而,刘哈娃改名为刘高兴,这个叫作刘高兴的人就真的能够快快乐乐地生活了吗?其实不然,这个叫刘高兴的人自打走进西安城后,虽然在拾破烂的生涯中,有过一些令他满意的辉煌的业绩,但是从整体上来讲,他没有一件大事真正顺过心、遂过愿,无论是在垃圾场抢垃圾,还是到大圆盘争运煤车,再或者是去咸阳挖地沟,以及与孟夷纯的爱情,他都没有取得实质性的突破,不仅没挣到钱,反而陷入失去五富的悲痛和自责当中。他生命的追寻最终变成一场没有意义、完全徒劳的人生之旅,他的城市打工漂泊生活最终转化成一次无始无终、无花无果的碰壁游戏,尽管他还会继续"待在这个城里",如他所说,"遗憾五富死了,再不能做伴","五富也该属于这个城市","只是五富命里宜于做鬼,是这个城市的一个飘荡的野鬼罢了"。为什么刘高兴会这样说五富,其实,他是在借五富而言己。因为,他们都是清风镇人,又都是农村人,有着相同的文化习性,所以,他真的希望有什么快乐能够和五富一块分享。可五富走了,留下他一人,孤独地生活在这个热闹的城市,也许五富的今天就是他的明天,他们都在这个非常渴望融入的城市里健康地生活。最终五富在天上,变成了"这个城市的一个飘荡的野鬼",而他成了这个城市里游走的孤魂,他们或许"永远会待在城里",但是,他们因为永失所爱,而陷入终生的心灵痛苦当中。由此可见,在这本小说中,刘高兴无论如何,真的不能开心,不得开心。显然,他"高兴"的名字,成为他"痛苦"人生的莫大反讽,那个叫刘高兴的乡里人委实不那么高兴,那个叫刘哈娃的城里人却实实在在是个大好人,这样的姓名和人生悖论,如若不能用命运多舛来表示,就只能用人生的宿命来概括了。

在小说《高兴》中,与刘高兴的名字和命运产生倒错或错位的还有五富,刘高兴告诉五富,"你的名字听起来是无富,所以你才没富起来,名字是非常重要的",这是他在兴隆街突然想到的,"美国德国英国法国多好的名字,自然它们都是些强国",而"柬埔寨,尼泊尔,缅甸,不是寨子就是泥呀草甸的,那能强大吗?"因此,他"建议五富也起个新名",而五富却不以为然,他说,"名字么还不就是个名字,叫个猪娃就是猪啦"。[①]显然,他们之间的争论,不是一种简

---

① 贾平凹:《高兴》,作家出版社2007年版,第20页。

单意义上的关于名字的抬杠,这实际上是一个"宿命派"与"否命派"之间的人生观和价值观的分歧。然而,最终他们之间的命运分野还是出现了,刘高兴虽然最后无法高兴,但他活着,而五富却因脑出血突发,离城市而去,他不仅没有致富,还丢了性命,竟至最后被刘高兴"用绳子"把"尸体""捆绑"成了"被卷儿"。就像石热闹所说的那样,当成"买了"的"一扇猪肉"被背进车站,他从来没叫过"猪娃",却差点真的成为"猪肉",被蒙混过去,好在最终被火眼金睛的警察发现,变成了城里火葬场的一缕轻烟。尽管在小说里,刘高兴一直在反问自己,"五富不是城里人,是我领他来到城里,我一直照应着他,他一个人在火葬场烧了,我带一把骨灰回清风镇吗?清风镇从来是土葬的,人不入土他就是孤魂野鬼,这么大个西安城,做了鬼还能寻得着回清风镇的路吗?"[①]然而,谁也无法改变最终的命运结局,刘高兴也不能例外,原本祈求"五谷丰登,家庭富裕"的五富永远变成了"无富",五富无富可言,也只能在"五服"之后,灵魂还乡了。刘高兴说,"五富不懂,也不愿改名,他还要叫五富"[②]。因为,他叫"五富",所有他只能命里"无富",这都是名字惹的祸吗?或许是,或许不是。

再看看石热闹,这个因为有了委屈,到城里上访的农村人,最终也没讨到说法,结果沦为城市里的一名乞丐,浪迹街头,混吃混喝,成了大煞城市风景、破坏城市市容、污染人们视线的一种不和谐的城市文化元素。石热闹在小说的最后无声无息地消失了,一个委实热闹的人最后不知不觉离开了读者的视线,就像他带给这纷乱的城市曾有的一点热闹一样,他留给这座城市的失落、寂静和遗憾,也是非常干净利落的,他让我们不由得不去思索,在我们生活的这个繁华热闹的城市文化背后,究竟隐藏着什么样的寂寞和苦愁。

孟夷纯,是《高兴》中一个最具文化传神韵味的姓名文化符号,作为这部小说中的一个亮丽醒目的文化焦点,她在很大程度上,成了名副其实的"梦一春""梦遗春"的代名词,虽然她可以使得刘高兴真正实现"性留命高兴",让他快乐地发出"我,刘高兴,终于有了性生活"的喜悦呐喊,但是,当我们仔细审视刘高兴的这点微不足道的人性要求和生理需要时,我们却高兴不起来,并且发出难以摆脱的人生慨叹。是的,虽然从一定意义讲,刘高兴"他不是闰土,他是现在的刘高兴",然而,谁也不能保证他不能成为现实社会中的"阿Q"和"狂

---

① 贾平凹:《高兴》,作家出版社2007年版,第403页。
② 贾平凹:《高兴》,作家出版社2007年版,第20页。

人"文化人格的象征。这就是现实,这就是21世纪城市中国业已发生的残酷现实,它虽没有把我们带入落后停滞的传统农业社会时代,但却穿过漫长而又悠远的历史时光隧道,将惊人相似的文化一幕搬到了我们引以为豪的现代都市平台,它使我们在对20世纪初叶的农村宗法社会的回顾反思中,不由得对21世纪以来出现在城市中国的贫民区边缘文化人群体寄予无限的同情。虽然可以肯定,传统的农耕社会和现代的城市文明,二者之间有着完全不同的历史文化内涵,不过,当作家贾平凹将二者有机地组合在一起时,它们的确一样引起我们对于中华民族国民性问题的深层思考,产生了对于城市中国发展前景的丝丝担忧。它们使得我们这些具有城市文化和乡土文化双重文化人格身份的文化人,于痛苦之中,进一步清醒地意识到,由于城市中国是从乡土中国脱胎出来的,当今的城市居民大多是由乡村农民转化而来的,因此,有着几千年漫长封建社会传统的城市中国,绝对不会因为实现了城市化而轻易抹去封建意识的文化思维和最后一点印记,相反,那些落后陈腐的封建思想观念必然以集体无意识和个体无意识的形式,遗传在我们和所有现代城市文化人身上,即使我们穿着西服,喝着咖啡,却按照经典封建主义思维的套路出牌、行事。

不可否认,在小说《高兴》中,出现的诸如此类的名字"悖论"是非常丰富的,那个叫黄八的人,虽然如五富所说,"广东人把八读成发,应该叫他黄发",但是他最终是彻底"黄了""发财梦",变成了他们眼里的"黄八",刘高兴说了,"屁,我们偏叫他黄八",看来黄八终生与财富无缘了。韦达的名字最为微妙,不知是因为人"没有了人性就发达",还是因为"拥有了伟哥就发达",反正他真的是事业兴旺发达起来了。韦达的名字和他的人生故事进一步证明,"伟大"通常源自出身贫贱的卑微,而生活行为的卑琐,一般都隐喻着与众不同的伟大。我们可能会像韩大宝一样,以为自己在城市里攫到了什么了不起的惊天宝贝,而到最后才发现,其实自己忙来忙去,竟只是忙活着赢得了些许不足挂齿的蝇头小利。这就是城市中国那些小人物边缘文化群体穷其一生体会到的人生辩证法,也就是小说《高兴》里那些千奇百怪的姓名悖论,告诉我们的一点点文化真理。

二、奇特的物件符号象征

在小说《高兴》中,有姓名这一特殊的文化符号元素,经常突破其结构封闭性、意义指向性文化常态,对于作家的创作思维和作品的叙述模式产生了非常深刻的直接影响。还有一些颇具特色的物件符号元素,作为整个作品叙事结构中最重要的社会文化符号体系的组成部分,对于维系作家和作品的城市故事乡土叙述、情节设计发展变化和主人公的形象塑造,起着决定性影响。而这些符号,作为一种十分奇特的"语言学存在"和"语言学事实",形成一种非同寻常的叙述结构形式,改变着读者的鉴赏性接受思维,刺激他们再度思索其所具体指涉的真实文化意义和价值。它们的存在表明,在所有的艺术象征体系中,物件符号结构形式具有十分特殊的丰富文化内涵。作为人类原初文化精神的一种隐含表达,它的重构、再生和复活,一般都是主人公生命情感历程和命运归宿的直觉表达形式,就像人们通常所意识到的那样,它驱使人们放弃了对主人公人生命运结局的外在原因探索,拒绝把文学作品当成主人公复杂人生境况的一种意义阐释结构形式,相反,它更愿意用一种简单、直白的符号文化结构关系,代替更为含混、难辨的现实文化约定关系。

正如安德鲁所言,"符号阐述了我们精神世界的内容,却并未向我们提供精神世界与'事物本来面目'相符的保证",它"只是承担他们彼此之间的相互关系而不是承担对世界的关系",它把承担世界关系的神圣使命交给了读者和批评家等社会文化人群,使他们成为文学符号的专业鉴识学家,从而在一种充满个人化、个性化特点的智慧阅读方式支配下,破解小说符号结构所暗含的原初文化象征寓意。当然,也正是符号,告诉我们,除了解构所有艺术符号的文化内涵,我们没有别的方法和途径,能够获得"理解"主人公"活的生命和精神生命"的快捷"方便通道"。也正是基于这些理由,在阅读小说《高兴》时,我们格外留神、关注其中不时出现、反复出现的那些与主人公生存际遇密切相关的物件符号,诸如"箫""鞋""塔"等,因为恰恰正是这些文化意象符号,对于我们识别主人公的社会文化身份、破解他们的人生命运密码,具有非同寻常的文学意义。它们,是我们打开《高兴》文学符号世界一把最神奇的钥匙。

小说首章借孟夷纯的话,"刘高兴,你不像个农民",而刘高兴本人呢也认为,他"和周围人不一样",并列举了自己和别人不一样的特点。如他"精于心算","饿着肚子","跑三十里路去县城看一场戏","身上的衣服旧是旧,可从来都是干净的","会吹箫","清风镇上会拉二胡的人不少,吹箫的就我一人","有了苦不对人说,愁到过不去时开自己玩笑,一笑了之","反感怨恨诅咒","生就的嘴角上翘"所以总"快乐",等等。显然,在刘高兴所列举的这些他的个性特征中,"会吹箫"与其他几个特征一样,是他与其他人显著不同的重要文化符号标志,而这个特征恰恰是一个只有受过传统文化熏陶和教育、具有传统文化人格的知识分子才具有的。所以,作品中有了孟夷纯的那句话,"有些人与其说是官员,是企业家,是教授,不如说他们才是农民"[1]。也正因为高兴觉得自己如此高贵,他才不在乎外在的生活感受,而更看重生活中的内在文化心理体验,由于此,他才在王妈给他说媒时,"吹了三天三夜箫",但"那女的却嫁了别人",他"依然吹了三天三夜的箫",他认为,"吹箫的时候常常有鸟飞到槐树上,我说这是吹箫引凤"。因此,他"出门拾破烂,就把箫带上","把箫别在了后衣领里,就像戏台上秀才别的扇子","一步一个响地走,倒要看看谁还会来再羞辱"他。由此可见,在刘高兴心目中,箫是有品位的文化人的身份象征,是他作为一个有尊严的人在这个世界上能够有别于他人而完美生活的精神底气和文化根源,也是他战胜一切不公正的社会歧视能够对他产生心灵伤害的一大法宝。

所以,"在没有收到破烂的时候",刘高兴就"吹起了箫",使"巷里的人"对他"刮目相看"。"他们不明白我怎么就会吹箫,不明白拾破烂的倒有心情吹箫,因为我吹箫并不是为着吸引人同情了而丢下几个钱币,完全是自娱自乐么","街巷里已经有了传言,说我原是音乐学院毕业的,因为家庭变故才出来拾破烂","哈哈,身份增加了神秘色彩,我也不说破,一日两日,我自己也搞不清了自己是不是音乐学院毕业生,也真的表现出了很有文化的样子"。结果,当他在一个小饭馆拾破烂、要了一碗"二锅面的面汤"喝时,碰到"一个老头",那老头对他说,"我听你吹过箫","会喝的人才讲究二锅面汤","这就显得你金贵呀","虽然你穿得破旧,皮肤粗糙,这些都是假象,你可能是个文化人"。[2]他是个文化人,会吹箫,这样的文化身份错觉,给刘高兴带来许多好处,许多人愿意把破烂卖给他,甚至街道上执勤的交警也喜欢听他吹箫,对他表现出友好,即使当他在街道上给自己吹箫时,"围观的人"依然"很多",而且出乎意料的是在他对这些路人一个个"报以微笑"时,竟然不期遇到"一张熟悉的脸","是小孟",是那个他梦中反复呼唤的"情人",他惊呆了,"箫声呜的一声没了","难见时是那样的艰辛,能见时却是这样的容易",他"有些热","重新把箫拿起来,

---

[1] 贾平凹:《高兴》,作家出版社2007年版,第8页。
[2] 贾平凹:《高兴》,作家出版社2007年版,第119页。

嘴对住了箫孔",他是为她吹的,他"是要用一阵长音把她拉住",她真的向他走来,"箫吹得真好!"这声夸奖,令他陶醉,显然,这是一位他注定终生要为之吹箫的人,因此,在小说的后半部里,多次出现他为了"去哄说她",不得已"拿起箫给她吹"的场景。

吹箫,给刘高兴带来快乐,也带来无限的幸福,就像他在给那个懂事的鹦哥吹奏的旋律一样:"东山坡呀西山坡,山山坡坡唱山歌,唱得山歌落满坡,幸福生活……"①吹着吹着,发现孟夷纯在路对面向他招手,他们站在垃圾桶前见面,这个镜头非常富于象征意味,丑陋的垃圾桶前竟然能够映照如此动人的画卷,弥漫着刺鼻臭气的环境中竟然能够释放出如此沁人心脾的爱情芳菲,这的确是匪夷所思和难以想象的。但是,它却是完全真实的,它使得拾破烂者刘高兴的人生活得更加充实、丰满、生动和感人,而这一切审美意义的生成,显然,都是靠"箫"——这个非同寻常的文化写意符号来表达、暗示和传递出来的。毋庸置疑,这揭示出了艺术符号学美学的一个规则,诚如斯图亚特·霍尔所言,"这个规则把任何语言群体在任何时间视作符号的'字面'意义与这个符号可能产生的更多的联想意义(内涵)区别开来",为什么会这样,"因为符号似乎获得了全部的意识形态价值——似乎可以用更广泛的意识形态话语与意义来自由清楚地表达——在其'联想的'意义的层面上讲(即在内涵的层次上讲)——这里'意义'没有在自然感知中明显地确定下来(即意义没有完全被自然化),其意义和联想的流动性会更为完善的被利用和转换"。②亦如特伦斯·霍克斯所述那样,"艺术作品中的一切,以及它和外部世界的关系……都可以按符合和意义的层面上加以讨论……美学可被看作是现代符号科学的一部分"③。

在小说《高兴》中,鞋——这个文化象征符号的出现,极具戏剧性,这个承载着刘高兴爱情观、婚姻观、家庭观、生活观的文化符号对象,固然因为王妈为他介绍对象而起根发苗,但是,由于刘高兴在买这双"女士高跟鞋"时,就已明确指出,"我的老婆是穿高跟尖头皮鞋的","能穿高跟尖头皮鞋的当然是西安的女人",并早已将"那个大脚骨"女人排斥在外。因此,这就使得那个他所翘首

---

① 贾平凹:《高兴》,作家出版社2007年版,第325页。
② 斯图亚特·霍尔:《编码,解码》,见《文化研究读本(西方卷)》,中国社会科学出版社2000年版,第323—324页。
③ 泰伦斯·霍克斯:《结构主义与符号学》,瞿晶译,知识产权出版社2018年版,第68页。

等待的人生伴侣，罩上了一层神秘的色彩，特别是当他进城后，在住处剩楼里挨床的墙上方钉了一个架板，并将那双"女式的高跟尖头皮鞋"摆放在上边的时候，室内的灯光一照，竟然使得这双富有传奇色彩的鞋熠熠生辉，在人们的心中更加扑朔迷离，宛若一个基督徒心目中的圣杯，愈发令人肃然起敬，诚如五富所说"一双鞋敬得那么高？"足见那双鞋在刘高兴心目中的位置是多么崇高。然而，随着作品情节的进展，孟夷纯的出现，似乎使这个原本指代不明的爱情文化喻体，找到了能够被落实和移情的实在对象，那是刘高兴拉着架子车经过兴隆街北头的那个巷口的时候，一个女人提着塑料桶一直在他前边走，突然他发现，那女人穿的皮鞋竟然和他买的那双皮鞋一模一样，他惊住了，因为皮鞋虽然是厂家成批生产的，但完全相同而能够碰到一起，真可谓是千载难逢，然而，这是真的，这就是缘分，冥冥之中似乎已经注定，刘高兴和这个人要发生这样那样的关系。

不过，刘高兴无论如何也想不到，这个注定要和他的命运结合在一起的女人竟然拐进了旁边的一家美容美发店，对于这个女人的工作性质，他愈发产生了疑惑，事情很快就有了了断，为了收"两个门框和三个窗框"，他被这家店的老板叫了进去，站在楼梯口的一个被叫作三号的女人正在对他微笑，她"个头有一米七吧，显得又瘦又高，但她肩宽，脖子很长，穿着开胸很低的黄色上衣，锁骨凸现似乎平行着直到肩部。我是闪电般地看了她一眼，赶快就低了头。她的裤子是黑色的，和皮鞋一个颜色"。"我已经千真万确地认定这就是我第一次在美容美发店门口瞥见的那个女人，但女人的脸并不是我想象的一看就觉得在哪儿见过的脸。"她告诉他，她"姓孟"，"孟姜女哭长城的孟"，而不是"孔孟的孟"。他曾经为这个女人有太多太好的幻想，却不曾料想到这个女人原来在这儿是个妓女。

然而，刘高兴注定要和这个女人发生这样和那样的关系，因为这是一种前世已经约定好的人生姻缘，虽然贾平凹在这部小说中，始终没有点明这个叫孟夷纯的女人就是刘高兴今生的"锁骨菩萨"，但是从作品丰富而细微的叙述结构中，我们明显能够体会出这一点的确切性。就像东西方广为流传的"绣花鞋"和"红舞鞋"的套层隐喻叙事结构一样。显然，这部作品中，"高跟皮鞋"一样具有划时代的经典象征意义，正是它，将人们带入有关"锁骨菩萨"的无穷遐想中。刘高兴说："小孟，小孟，你是妓女就妓女吧，为什么偏偏要让我碰见呢？"

"小孟，小孟，你难道没有第二双鞋子吗，为什么在今天还要穿那样的一双高跟鞋呀？"[①]他反复思量，"她的解释，她的不好意思，能是妓女吗，有这么漂亮善良的妓女？"[②]他由衷地从心里发出一声呐喊"小孟不是妓女"，他就是不相信，"眼睛那么纯净的"女人"会是妓女"。"世上的妓女哪个能对别人说自己是妓女。"但是，孟夷纯却说了，她是妓女，而且再一次肯定地说，她就是妓女！

千真万确，小孟真的是妓女。有那么一天，小孟平平静静地给刘高兴讲述了她成为妓女的原因。那是在米阳县城，一个叫李京的青年男子和她谈恋爱，这个李京爱她，但性格暴烈，又酗酒赌博，于是，他们就发生了分歧，她受不了，提出和他分手，而李京却对她纠缠不休。他每次喝得醉醺醺了就到她家去闹，威胁说如果娶不到她，就要杀掉她。那一次他又喝了酒，拿了刀子去她家，说要搜出他的新娘，她的父亲在家，就和他打起来，正打着，她哥回来了，抄起木棍将李庆打趴在地上，李京拔刀捅了她哥，她哥当下死了。李京杀了人，便跑得无影无踪。可是米阳县是个穷县，公安局办案总是缺少经费，为了抓住罪犯李京，她只好来西安打工，做保姆，出台，每挣到一万元就汇给公安局，公安局先后派人去了内蒙古、宁夏、云南、山西等地，他们不停地跑，她就不停地挣钱、汇钱，她发誓一定要找到李京，哪怕他跑到天涯海角，也要将他绳之以法。

当小孟毫无保留地把一切说给刘高兴时，刘高兴惊呆了，他的"肚子是一阵一阵响，似乎整个身子就是个洗衣机，其中的五脏六腑都在搅动和揉搓"。他掏出了身上仅有的五十元钱，那一瞬间，他有了极满足的快感。他不假思索地掏钱，没有鄙视一个妓女，他深深地同情了一个又一个比自己还悲惨的人，他盼望着自己能感动她，他真的感动了她，当她的眼皮重重地一闭，两股眼泪夺眶而出，他手脚无措了，她走近他，在他的脸上亲了一口。"孟夷纯是妓女，只有妓女才这么大胆地当街亲我"[③]，他思忖着。"我是在同情她也是在帮助她，更重要的是我喜欢她、爱她。"[④]是啊！他"可能是嫖客"，但他绝不是真正意义的嫖客，而是一个多情的善人，他把辛辛苦苦挣来的钱送给孟夷纯，甚至动员五富、黄八、杏胡等人资助孟夷纯，其实，这完全是出于真善，出于大爱。

---

① 贾平凹：《高兴》，作家出版社2007年版，第185页。
② 贾平凹：《高兴》，作家出版社2007年版，第194页。
③ 贾平凹：《高兴》，作家出版社2007年版，第207页。
④ 贾平凹：《高兴》，作家出版社2007年版，第243页。

最终，那双崭新的高跟皮鞋还是穿到了孟夷纯的脚上，而她脱下的旧高跟皮鞋则被刘高兴放在床头高高地敬起来，显然，这样的叙述似乎有一点"性崇拜"的文化意味在里头。作品中，作者不厌其烦地讲述刘高兴与"锁骨菩萨塔"的情感故事，这个塔，同样是我们解构刘高兴和孟夷纯关系的一把钥匙。虽然刘高兴和孟夷纯的结合，我们不知道最终的结果会怎样，然而有一点可以肯定，那就是，刘高兴对孟夷纯的崇拜，已经远远超越出了一般意义上男人对女人的"爱情偶像崇拜"，甚至超越了一般嫖客对"妓女"的"性崇拜痴迷"关系。由此可见，在刘高兴的心目中，那双鞋和那座塔，其实已经具有了某种深刻的宗教意味，它已成了他和孟夷纯复杂感情的历史见证和人文象征，它的存在，令他敏锐地意识到，妓女孟夷纯远远比一般意义上的圣女还高尚，他之所以把她称之为"我的菩萨"，那是因为，"她是妓女，但她做妓女是生活所迫，何况她是牺牲着自己去完成一件令人感慨万千的事情"，在我们所处的"这个社会，谁生活得又清白了呀？""她只是处境不好。污泥里不是就长出了荷花吗？"她"绝对不是坏人，瞧她多漂亮，顶尖的漂亮！"[①]她就像塔街塔下埋葬着的那个"锁骨菩萨"一样，"在世的时候别人都以为她是妓女，但她是菩萨，她美丽，她放荡，她结交男人，她善良慈悲，她是以妓之身而行佛智，她是污秽里的圣洁，她使所有和她在一起的人明白了……"[②]她之所以"孤行城市"，令"年少之子"，"悉与之游，狎昵荐枕"，而自己却"一无所却"，乃是因为在她的眼里，"人尽夫也"，她能够以自己的肉身普度众生，引渡他们的欲念。因此，她"遍身之骨，钩结皆如锁状"，成了名副其实的"锁骨菩萨"——"观音的化身"，锁住天下堕入红尘迷途的男人的骨头和灵魂，令他们迷途知返，回头是岸。难怪那个西域来的胡僧来到"锁骨菩萨"墓时，曾感慨万端，"见墓，遂跌坐，具礼焚香，围绕赞叹数日"，都是因为锁骨菩萨"斯乃大圣，慈悲喜舍，世所之欲，无不徇焉"。

在小说《高兴》中，类似箫、鞋和塔那样的物件符号还有很多，诸如床、架子车等，它们无一例外地向我们传递出了人类社会生活中，那些最容易被我们忽略的，但却最能够表征主人公生存状态的隐含文化信息。它们作为作家有意设计和安排的文化象征物，和作家在社会现实分离出来的一种文化功能元素，在作品中一并出现的时候，就已经意味着它们被赋予了全新的生命色彩，甚至

---

① 贾平凹：《高兴》，作家出版社2007年版，第207页。
② 贾平凹：《高兴》，作家出版社2007年版，第257页。

重新焕发出生命的活力,成为主人公命运变化的一种文化表征。如此,我们说,当它们一经作家重新装配、重新组合形成一个全新的艺术文化生命体系,也就意味着它们已经成为主人公生命文化整体中不可或缺的重要组成部分,它们在作品中的分布虽然看似散乱,但其实却很有规则,是作品文化价值意义的有机体现。正因为如此,我们说,在小说《高兴》中,床和架子车等物件符号一样意味深长,床之于刘高兴,是其爱情生存境遇改善、新生活开始的文化象征,所以,他才念念不忘要买新床换旧床;而架子车则是现代城市文明的绝妙殉葬品,作为田园牧歌式的农业文明的最后一点遗产,这个来自农村,承载着人类几千年美好记忆的运输工具,最终却以在城市拉送破烂找到了自己的文化归宿,这的确是城市文明对于乡土文明的莫大反讽。由此可见,箫、鞋、塔、床和架子车等物件符号在小说《高兴》中的不断出现,恰如爱森斯坦所言,"在艺术中起决定作用的并不是一些绝对关系,而是那些在由个别艺术品规定的形象系统内的任意性关系"[①]。

三、隐含的生命符号表意

小说《高兴》里大量的符号元素的应用进一步说明,文学作品中,存在着一种规模可观的非叙述性语言元素,这些元素虽然不能直观地作用于作品的情节叙事进程,却对主人公的行动和命运施加什么"决定性影响",但是,它们的存在,却对整个作品的思想价值意义生成和提升,产生超出人们想象的激活和触发作用。它们,使得文学作品的叙述语言体系获得了再生,使得许多小说的文化面貌显得更加云波诡谲,扑朔迷离。毫无疑问,贾平凹是善于运用符号的高手,而小说本身就是符号的艺术,因此,在他的作品中,对于符号的运用,从来就是得心应手,《高兴》就是个典型范例。在这部作品中,一方面设计和使用了大量的姓名符号元素和物件符号;另一方面,也使用了大量的生命符号元素,诸如血、肾、肝等,来彰显作品的生命主体文化价值。然而,值得注意的是,当作家在使用这些生命符号元素时,并没有采用人们平常所习惯的那种直白的、直接的叙事方式,而是采用了一种非常委婉和含蓄的"非叙述隐喻"的方式,来表达主人公生命和生存境遇之间的那种特殊的文化脐带联系。正如我国学者王

---

① 克里斯丁·麦茨等:《电影与方法:符号学文选》,李幼蒸译,生活·读书·新知三联书店2002年版,第33页。

一川在分析卡西尔有关语言与艺术的关系时所说的那样,"语言的原初本质正是'隐喻'","语言的隐喻本质正是艺术的本质","而艺术的权力也正在于隐喻的权力",隐喻使得文学作品的语言叙述获得了"感觉与精神"的"双重再生",它使得小说从单纯的叙事神话束缚中解放出来,从而获得了一种令人赏心悦目的"审美的解放"。[①]也正因为如此,我们格外看重贾平凹小说《高兴》中的生命符号隐喻意义表达。

然而,隐喻的也就是诗意的、想象的或直觉的,当它的这种意象思维特征的确异乎寻常地压倒其逻辑思维特征时,那就意味着,作家愈是使用更多的生命符号,就愈是试图通过一种富有暗示性的隐含艺术结构,揭示主人公生命主体命运与生存社会境遇之间的文化复杂联系。诚如文化学家雷蒙·威廉斯所言,任何符号文化都"是对一种特殊生活方式的描述,这种描述不仅表现艺术和学问中的某些价值和意义,而且也表现制度和日常行为中的某些价值和意义。从这样一种定义出发,文化分析就是阐明一种特殊生活方式、一种特殊文化隐含或外显的意义和价值"[②]。也正是基于这样的认识,我们非常关注《高兴》中有关主人公血、肾、肝和尸体等生命符号的应用,看重作家在这个纵横交错的语言符号结构组织中,中心化和加强化着那些简单而又复杂的人生文化感情体验,自发而含蓄地意指着的那些人本文化价值,激荡和闪烁着那些充满智慧的人性知性之光。

在小说中,主人公刘高兴听从了王妈的建设性建议,为了"盖新房"娶媳妇,便去"卖血","卖了三次血,得知大王沟人卖血患上了乙型肝炎我就不卖血了才卖的肾","来买肾的那人说肾是给西安的一个大老板用的",于是,做完检查,将肾卖与那人。他万万没想到,"卖肾的钱把新房盖起来了,那女的却嫁了别人",他最终没有在家乡找到他生活中的那一半,于是,决计离开家乡,到城市寻找他生命中的另一半,而肾恰恰是那另一半的文化象征。就像主人公刘高兴所说的那样,"我这一身皮肉是清风镇的","可我一只肾早卖给了西安,那我当然要算是西安人","是西安人!""我不是商州炒面客",而是"西安的刘高兴!"得出这个振奋人心的结论,刘高兴清醒地意识到,"肾在西安呼唤"着他,

---

① 王一川:《语言乌托邦——20世纪西方语言论美学探究》,云南人民出版社1994年版,第85—87页。
② 罗钢、刘象愚:《文化研究读本》,中国社会科学出版社2000年版,第125—126页。

他"必须去西安",他"去西安已经是板上钉钉了"的必然选择。然而,他寻找自己生命中的那一半的人生旅程注定是艰辛的,在漫长的城市"拾破烂"生活中,他最初的反应是"腰开始不舒服",而腰不舒服则直接导致他的人生姿态发生了变化,他不得不在"腰不舒服时就用手去撑",而那动作,出乎意料地给他增加了一种伟人风度,五富说,他若能再胖点,侧面就更加像毛主席了。不过,他毕竟不是毛主席,他只是这城市里的一个过客。

刘高兴在熙熙攘攘的人流里寻找着自己的影子,遇到一个人,"这个人"是他捡到的一个皮夹的失主,皮夹里装有手机、护照、钥匙、磁卡等,按照手机发来的信息,他、韩大宝、五富约此人见面。在还钱包的晚上,这个人开着一辆车,如约前来。在明晃晃的车灯照射下,他看见,这个人"头发整洁油光,穿件带格儿衬衣,扎着领带","昏暗"的花坛中,他思量着,这个人怎么就那么面熟呢?是在哪儿见过吗?在记忆中,他仔细搜寻着这个人,可是,在他"认识的人中肯定没有这么体面的人,也从没一个能认识的人穿得这么整洁",这个人咋那么面熟呢?"那张脸看起来是多么亲切啊!"或许如清风镇的和尚所说,是不是他和这个人"有前世的缘分呢?""这么大的西安城里,有一个人会和我有缘?"刘高兴百思不得其解,突然间,他的脑子里闪现了一个极其大胆的判断:这是不是移植了我肾的人?他越发感到,自己的判断是那么强烈,"是这个人,肯定是这个人"。"嗨,我终于寻到另一个我了,另一个我原来是这么体面,长得文静而又有钱"。[①]

后来,他通过孟夷纯认识了这个叫韦达的人,再次见到这个人,他就把这个人通体打量了一番,这个人"年龄和我差不多……腮帮丰满,嘴唇肉厚,要比我沉稳。……我微笑地看着他,他也报以微笑,嘴角显出几个小小的酒窝。他伸出手来和我相握,我感到我们的脉搏跳动的节奏一致。在那一瞬间,我产生了奇妙的想法:冥冥之中,我是一直寻找着他,他肯定也一直在寻找着我。不,应该是两个肾在寻找。一个人完全可以分为两半,一半是阴,一半是阳,或者一个是皮囊,一个是内脏;再或者,一个是灯泡,一个是电流,没有电流灯泡就是黑的,一通电流灯泡就亮了。这些比喻都不好,我也一时说不清楚。反正是我们相见都很喜悦"。"我差点就要表明我是卖肾人的身份,甚至要询问我的肾移植过去之后是否合适,

---

[①] 贾平凹:《高兴》,作家出版社2007年版,第169页。

有没有排异现象,现在是否还每日服药,但我也强迫自己不说了,当着孟夷纯怎么好意思说呢?我有力地拍韦达的肩,我说:哦,韦达,韦总,祝你身体健康,恭喜发财!"①叙述到此,我们会不由得想起作者在这部小说开头借刘高兴之口点明的主题,也就是该部小说的一个核心命题,即"肾是不是人的根本呢?"

毋庸讳言,上述叙述已经明白无误地表明,肾,的确就是人的根本,这种根本性,不啻在于它的生理性,而且在于它的社会性和文化性,一方面,作者试图说明,人和人之间的肾移植,是生命之间相互救助的一种自然法则,虽然可能会有排异反应,但它却是人类成为合群社会动物的明证;另一方面,乡下人刘高兴和城里人韦达之间的肾移植,也是乡土文化和城市文化具有文化亲缘性的具体表征。虽然他们之间,可能也会由于种种社会原因,产生某种"排异反应",但是他们之间同根同源、亲如兄弟的根基不可能动摇。作品开头提到刘高兴卖血,是在告诉我们,乡下人和城里人之间一脉相承,乡土文化和城市文化血浓于水,由于乡下人刘高兴"把一个肾卖给了一位城里人",导致了乡土文化和城市文化亲上加亲的文化亲缘性。由此可见,在这部小说里,血——这个生命符号,是人类文化共融共生的生命象征,是人类代代相传、薪火相续的文化见证。而肾——这个生命符号,则是人类社会共存共荣的生命保证,是人类文化生生不息、代代繁荣的根本动力。正由于此,在这部小说里,作者巧妙设计了乡下人刘高兴到城里寻找他生命中的"另一半"——肾的故事,并且不惜花费重墨和大量的篇幅,不厌其烦地去描写、去渲染他寻找肾时的种种行为和心理。显而易见,在作者的创作潜意识里,肾,是这部小说的主线,是这部作品的灵魂;它是人类文化生命力的一种信物,是饮食男女芸芸众生社会生存、文化创造的基本动因。它作为人类社会生存不可或缺的生理工具和文化载体,一方面,是人类生命力之所系,另一方面,也是人类价值观之所托,再一方面,还是人类文明性之所在。

然而,出乎人们意料的是,刘高兴忙忙碌碌,花费大量精力寻找到的结果,却令人大跌眼镜。一次,他、五富和韦达的几个老板朋友一起吃饭,面对丰盛的餐桌,当韦达和他的朋友谈到高血压、高血脂和高血糖这"三高"富贵病时,泄漏出了一个惊人的秘密,原来韦达换的是肝,而不是肾。刘高兴异常震惊,"韦达换的

---

① 贾平凹:《高兴》,作家出版社2007年版,第212—213页。

是肝而不是肾,他换的不是肾?他没有换我的肾?""韦达换的不是肾,怎么换的不是肾呢?我之所以信心百倍我是城里人,就是韦达移植了我的肾,而压根儿不是",他痛苦地发出:"韦达,韦达,我遇见韦达并不是奇缘,我和韦达完全没有关系?""天呀,世上咋会出了这样的世事!"他"已经听不清"韦达等人"在说什么了"。恍惚里他"看韦达是那么陌生,也突然变得那么丑陋"。显然,这是一场令人啼笑皆非的生命误会,这场误会的喜剧性和闹剧性在于它具有令人心酸的反讽性和悲剧意味,它通过一种冷幽默的方式,无情地剥离了乡下人刘高兴和城里人韦达之间的情感距离,疏离了乡土文化和城市文化之间的亲缘距离。

它真实地告诉人们,乡下人刘高兴到城里的寻亲故事,可能纯粹是一场生命误会,也许如刘高兴所想,"韦达没换我的肾就没换吧!没有换又怎么啦?这能怪韦达吗?是韦达的不对吗?反正我的肾还在这个城里!"[1]也许真实的结果并不像他所想的这样,而是正如他在潜意识中所担心的那样,他被换掉的根本不是肾,而是肝。正如他平常对他的腰疼部位心存疑虑一样,如果真是那样,他陷入的就绝不仅仅是一场生命的误会,而且很有可能是一场社会的闹剧。在这场闹剧中,他无情地被规定为小丑一样的角色,注定只能遭受命运的欺骗和愚弄,若那样,那就只能是他的悲哀,是城市化进程的悲哀,是乡土文化和城市文化共同的悲哀,是乡土中国的悲哀。然而,无论刘高兴被换掉的是肾,还是肝,其实都并不重要,重要的是他们能否在这种"误会性""闹剧性"的"生命移植"过程中,从心理上真正走出"欺骗性""愚弄性"的"生命文化移植"的误区和阴影。小说最后,在"孟夷纯的神灵""暗示"引导下,刘高兴在车站广场公用电话亭打电话给韦达,在经过一次阴差阳错的相互等待之后,他们终于见面,虽然作为朋友,他们照例嘘寒问暖,但是,经过了这场旷日持久的"生命文化移植"的误会和欺骗,他们已经身心疲惫,拉远了彼此间的距离,他们最终没有肝胆相照,成为知心的朋友,他们都将在这个城市生活下去,也许见面,也许不见面,他们在经过一种暴风骤雨般的"高兴"心理狂潮之后,陷入前所未有的冷漠之中。这就是小说的结局。

在贾平凹的小说《高兴》中,最具传奇色彩的就是五富的尸体,这个曾经鲜活的生命,在作品的开头和结尾,以令人伤感的艺术结构形式相互呼应着。

---

[1] 贾平凹:《高兴》,作家出版社2007年版,第349页。

作为这部小说中一个令人心惊胆战的生命符号,它与正文中五富栩栩如生的生命形象形成鲜明的对比,这个被石热闹称为"一扇猪肉"的、早已变得僵硬的人的肉体,最终难免在城市被火化,它根本不可能如刘高兴所愿全身魂归家乡。尽管按照清风镇的讲究,人死了只能是而且"从来是土葬的",但是面对城市文明的种种规矩,任何人也无法逾越,就连刘高兴使尽浑身的解数,也无法摆脱让五富以"骨灰"形式回归故乡的最终结局。刘高兴反复思考着,"人不入土他就是孤魂野鬼",那么,"这么大个西安城,做了鬼还能寻得着回清风镇的路吗?"①也许他的担心是多余的,因为"只是五富命里宜于做鬼,是这个城市的一个飘荡的野鬼罢了"②。其实,刘高兴永远不会想到,做一个城里的野鬼,是生活在城市的所有当代文化人必须面对的唯一选择,就连他也不会例外。随着我国农村最终被城市化,乡土文化的解构无可避免,乡土中国也将从此真正走向终结,传统的田园牧歌式的乡土文明将不复存在,它将完全融入城市文明的血液中,成为城市文明之源,被保存在博物馆中,供人们参观和怀念。

  这就是贾平凹《高兴》中生命符号告诉我们的隐含意义,它同姓名符号和物件符号文化元素一起,三位一体,共同构成了这部小说丰富而又复杂的文化符号表意体系。这部小说,保持着令人震撼的文化增值功能,就像作品中的那个被刘高兴称之为"种猪"的杏胡具有异乎寻常的旺盛性欲一样,才使得其中的文学符号意象重叠,寓意连绵,生生不息,叹为观止。正如罗兰·巴特所言,"符号学就是这样一种研究,它接受了语言的不纯部分,语言学弃而不顾的部分以及信息的直接变形部分;这也就是欲望、恐惧、威吓、温情、抗议、借口、侵犯以及构成现行语言的各种谱式"③。毫无疑问,透过小说《高兴》中的艺术符号体系,我们透视到的恰恰是以上蔚为壮观的社会文化谱式内容,它使我们透过林林总总的艺术符号元素,看到了人类文化不可遏制的文化演进,从乡土文化到城市文化的演进,从乡土中国到城市中国的演进。

(选自《〈高兴〉大评》,陕西人民出版社2008年版)

---

① 贾平凹:《高兴》,作家出版社2007年版,第403页。
② 贾平凹:《高兴》,作家出版社2007年版,第414页。
③ 王志敏:《电影学:基本理论与宏观叙述》,中国电影出版社2002年版,第322页。

"他者"的浮沉：评贾平凹长篇小说新作《高兴》

吴义勤　张丽军

在相对有些平淡的 2007 年中国小说界，贾平凹的长篇新作《高兴》无疑是一部重要的作品。一方面，贾平凹继续以其诡异的文学风格向中国文坛展示着他旺盛而蓬勃的创作力，在他那一代作家中，贾平凹的文学耐力以及"创作的可持续性"可谓是数一数二的；另一方面，从主题和题材层面来说，这部小说又是对贾平凹在《高老庄》《秦腔》等小说中关于"中国农民命运"的想象和表达的超越与深化。可以说，这部小说正是贾平凹以一种非常俭朴的方式完成的对于自我的现实认知与文学思想的反思。很难简单评判他这种努力的成败得失，但是从百年中国农民形象发展史视域来看，小说本身呈现的许多新的思想元素和审美元素也应该足以引起我们的重视。

一、乡土中国里的"他者"：进城农民的身份认同与主体的成长

现代文学在诞生之初，就形成了一系列农村题材作品，表达出作家对农民的现代性审美想象。鲁迅先生以"启蒙主义"的思想视域，创作了揭示"国民劣根性"的愚昧农民形象，开创了现代乡土文学的思想启蒙主题。新时期文学里，高晓声的"陈奂生"、何士光的"冯幺爸"、阎连科的"连科"等农民形象延续了鲁迅现代性启蒙美学风格，呈现了新时期农民主体性的艰难成长。贾平凹的新作《高兴》在继承了鲁迅等人开创的乡土文学启蒙主题的同时，对 21 世纪乡土中国社会的历史变迁进行审美观照和思想审视，塑造了一个具有新质的农民形象——刘高兴，展现了乡土中国社会巨变下当代中国农民的心灵史。

《高兴》的主人公刘高兴有着类似阿Q的"精神胜利法"。刘高兴吸烟看见太阳下的烟影是黄的，因此就说"这个世上那么多吃纸烟的人，能注意到烟影

是黄的恐怕就我一人"①。面对自己租住的没有盖完而剩下的楼,他念成谐音的"圣楼",认为"延安是共产党的革命圣地,我们保不准将来事干大了,这楼将也是我们的圣地"②。不仅如此,刘高兴还把骑自行车看西安城称之为"巡视",想象着自己"脚踩一星,领带千军,我感觉自己不是坐在出租车上而是坐着敞篷车在检阅千军万马"③。在受到侮辱的时候,刘高兴进行自我安慰,"看来这个女人没有慧眼,她看我是瓦砾她当然不肯收藏,而我是一颗明珠她置入粪土中那是她的无知和可怜!"④面对城市人的歧视与侮辱,进城的刘高兴在不断地精神想象中进行自我安慰。不同的是,阿Q把自己的"胜利"建立在早先阔多了的"过去时态"的基础上,而刘高兴则把精神超越建立在"未来时态"的想象之中。"过去时态"的阿Q自然只能是一种自我欺骗而已,但是建立在"未来时态"基础上的想象则有着一种实现的可能性。

尽管刘高兴的身上延续着阿Q的某种精神幻影,但是刘高兴与阿Q有着质的区别。刘高兴接受过中学教育,有着一定的文化品位和精神需求。刘高兴不吝惜钱去欣赏芙蓉园,尽管由于五富搅闹没有看成,但在广场上吹起了《二泉映月》,有着带箫捡垃圾的"雅兴",自诩有一根神经是音乐的。刘高兴有着自己独特的审美想象力:"环境越逼仄你越要想象,想象就如鸟儿有了翅膀一样能让你飞起来。"⑤因此,在傍晚下班的时候,刘高兴会欣赏到西安城的上空就要生出一疙瘩一疙瘩的云,从里往外翻涌,成了无数的玫瑰满空开绽。更为重要的是,刘高兴有着极为自觉的城市文化认同。如何面对城市,是每一个进城农民不得不思考乃至于焦虑的问题。城市是人类文明的产物,只是到了工业化时代才有大规模的城市化浪潮。阿Q对城市是鄙夷的,他的交往领域、情感空间和价值体系都建立在自足的乡村文化系统之上。但是阿Q之后的中国农民渐渐卷入了城市化情感旋涡,一方面是对土地的无比眷恋,另一方面是对土地的无比憎恨,就形成了恋土与离乡的两种乡土文学叙述模式和情感类型。《骆驼祥子》就是一个离乡农民的城市化生存悲剧。从乡下跑到城里来的祥子,充满了对城

---

① 贾平凹:《高兴》,作家出版社2007年版,第23—24页。
② 贾平凹:《高兴》,作家出版社2007年版,第41页。
③ 贾平凹:《高兴》,作家出版社2007年版,第131页。
④ 贾平凹:《高兴》,作家出版社2007年版,第86页。
⑤ 贾平凹:《高兴》,作家出版社2007年版,第32页。

市的憧憬和梦想，即使被劫、受骗、梦灭也不回乡，但终归被城市所吞噬，显示出城市对农民的他者异质性。在新中国的城乡二元体制下，许多农民依然对城市充满了向往。柳青《创业史》中的改霞和路遥《人生》中的高加林有着改变农民身份、进入城市的情感期待。到了21世纪，城市对中国农民而言，依然是一个异质性的而又充满无比诱惑力的矛盾体：对五福而言，城市是令他忐忑不安和无法释怀的焦虑之地，有着本能的拒绝；但对刘高兴而言，城市更多的是生命新生的蜕化之地，有着无法抵御的诱惑力。

阿Q进城是因为生计问题的无奈之举，刘高兴的进城源于自己内心的渴望与对城市文化的认同。刘高兴自觉无条件地认同城里人，遵从城里人的称谓，训导五富到城里了就说城里话。

> 可咱既然来西安了就要认同西安，西安城不像来时想象的那么好，却绝不是你恨的那么不好，不要怨恨，怨恨有什么用呢，而且你怨恨了就更难在西安生活。五富，咱要让西安认同咱，……你要欣赏那锃光瓦亮的轿车，欣赏他们优雅的握手、点头和微笑，欣赏那些女人的走姿，长长吸一口飘过来的香水味……[①]

城市在刘高兴的眼中显现着文明的镜像：明亮、优雅、美感、时尚。刘高兴骑自行车开始全面认识这个城市，"我要变成个蛾子先飞起来"[②]。

刘高兴在从"青虫"向"蛾子"的文明转变过程中，开始了极为成功的城市化生存。在剩楼里，刘高兴是一个有着很高认同的领袖。刘高兴不仅保护五富不受欺负、帮助受辱的女佣翠花讨回身份证，而且在街头冒着生命危险阻止肇事司机逃逸。可见，刘高兴进城后不仅迅速地适应了城市生活，临危境而不慌乱，成功规避违法的风险，而且成为更弱势农民的保护者和见义勇为的英雄。即使在与城市富有阶层的代表者韦达交往中，刘高兴不卑不亢，始终抱有平等意识，体现了进城农民刘高兴自我主体精神的成长和对生命尊严的自我珍视。刘高兴对城市的"认同"是自觉的，进城后的各种"苦难"不仅没有给他自卑感，反而使他"高兴"，从这一点上看，他不是一个被怜悯的对象，既不同于闰土，也不同于阿Q和陈奂生，他有他坚定的"主体性"，他的人生态度和精神态度是一种积极的"一定要现代"的态度，是认同现代性的态度，而不是消极的、

[①] 贾平凹：《高兴》，作家出版社2007年版，第117页。
[②] 贾平凹：《高兴》，作家出版社2007年版，第128页。

抵触的、否定的态度，这里面有乌托邦的因素，也隐含着自我的幻觉，但从中我们确切地看到了主人公身份的觉醒和主体的成长。

作为迥异于20世纪文学的新农民形象，是什么精神资源支撑着刘高兴从封闭狭隘的小农文化系统走出来，建构一种具有现代意识的主体精神？除了城市化浪潮的裹挟之外，我们意外地发现，刘高兴的自觉城市认同和独立主体意识并不是孕育于西方现代文化，而是萌生于中国传统文化的富有现代活力部分。支撑刘高兴的精神动力源来自农村："农民咋啦？再老的城里人三代五代前还不是农民？！咱清风镇关公庙门上的对联写着：'尧舜皆可为，人贵自立；将相本无种，我视同仁。'"①"王侯将相宁有种乎？"中国传统文化同样有着人本平等、人贵自立的平等意识和独立精神，刘高兴正是从清风镇庙门对联汲取传统文化富有活力的营养部分，以此来构建一个进城农民的现代主体意识。从中国传统文化汲取现代意识，恰恰是刘高兴这一农民形象身上所赋有的重要文化内涵。这是21世纪语境下乡土中国文化自我孕育、生长出来的自觉认同城市的现代农民形象，是迥异于以往乡土中国农民形象的"他者"。

二、城市中国的"他者"：被拒绝的认同

加拿大学者查尔斯·泰勒认为："一个人不能基于他自身而是自我。只有在与某些对话者的关系中，我才是自我：一种方式是在与那些对我获得自我定义有本质作用的谈话伙伴的关系中；另一种是在于那些对我持续领会自我理解的语言目前具有关键作用的人的关系中——当然，这些类别可能有重叠。自我只存在于我所称的'对话网络'中。"②认同的达成，是与关键人物的对话中、从他者的视域下进行自我审视、自我建构的。自我认同不是单向建构的，而是在一种反馈式的关系结构中完成的。对于《高兴》中这样一个新质的、高度认同城市的进城农民形象，我们不仅疑问：刘高兴自觉地高度认同城市，可是西安城认同刘高兴吗？

当得知刘高兴的英雄事迹既没有得到城籍户口也没有奖励钱的时候，瘦猴

---

① 贾平凹：《高兴》，作家出版社2007年版，第43页。
② 查尔斯·泰勒：《自我的根源：现代认同的形成》，韩震等译，译林出版社2001年版，第50—51页。

说:"刘高兴呀刘高兴,你爱这个城市,这个城市却不爱你么!"[1]在城市以拾破烂、收破烂多年为生的瘦猴的话,刘高兴和五富虽然都不爱听,但这话却一针见血道出了城市对于进城农民的"他者"异质本性。刘高兴的城市认同不仅受到来自同阶层人的嘲讽、质疑与否定,城市记者对刘高兴这种英雄行为的报道也是耐人寻味的。质朴的刘高兴觉得做好事是应该的,本不想让人知道,但是却被记者报道为"想到了一个党员的责任"[2]。在"城市意识形态话语系统"中,刘高兴被臆想为一名"党员",其"农民工"的真实身份遭到了有意无意地遮蔽。

无独有偶,刘高兴与市容队员的抗争中同样存在着被"误读"的现象。刘高兴在广场上吐痰的时候,被市容队员罚款。但是刘高兴从容镇定的表情和不急不躁的质问把市容队员镇住了,取得了抗争的胜利。刘高兴很得意,就追问:"你怎么知道我是领导?他说:你过来的时候迈着八字步,我就估摸你是领导,可见你肚子不大,又疑惑你不是领导,怪我有眼无珠,竟真的是领导。"[3]仔细分析两人的对话,却又让人感慨不已,真正能让市容队员信服、敬畏的并不是刘高兴的镇静与从容,更不是农民工身份,而是走路迈的"像领导"的"八字步"!

无论是高高在上的"城市人",还是在他身边的"同阶层伙伴",刘高兴在与他们的"对话网络"中,始终无法获得一种确定自我的认同,反而是受到质疑的负向反馈。这表明刘高兴的自觉城市认同只是单维的认同,从来没有获得城市对他的认同,与城市处于一种非对话性状态。对于刘高兴自觉热情的城市认同,城市却摆出了冷冰冰的拒绝姿态。

然而,刘高兴非但没有因为"城里人"的误读而悲哀,反而迈起了"领导"的八字步。他自认"儒雅",吹箫自娱自乐,导致了一种传言:说他是音乐学院高才生,因家庭变故出来拾破烂。对此,他也不说破,反而表现出很有文化的样子。刘高兴遗弃自己的农民工身份,而故意迈"领导"的八字步、有意把捡酒瓶做作为摆弄"古瓷器"的"有文化的样子",显现了刘高兴自我主体性精神的游移与不足。装作"领导"或"有文化人"而获得城市认同,对刘高兴而言是一种虚假的认同。在这一点上,刘高兴的精神世界里依然闪现着阿Q精神胜利法的影子,依然存有自欺欺人、自我欺骗的精神底色。

---

① 贾平凹:《高兴》,作家出版社2007年版,第141页。
② 贾平凹:《高兴》,作家出版社2007年版,第135页。
③ 贾平凹:《高兴》,作家出版社2007年版,第69页。

比较于《平凡的世界》中同是进城农民的孙少平,却表现出一种强大的主体性精神以及这种主体性精神的成长力量。孙少平自觉地阅读书籍,从中汲取营养,感觉自己从狭窄的地方驶向广阔的知识海洋,为此兴奋不已;而且从艰难的城市劳作中,不断确立自己的独立主体人格,即使与社会地位比自己高的田晓霞恋爱,也从不回避自己的进城农民身份,追求一种人格平等的主体性,展现了一种自足的现代主体意识和独立人格。刘高兴的城市认同是非常含混的,一方面有着对独立自由生活的向往和对平等精神的追求,但也有一些非现代性因素。孙少平从来没有因为自己进城而看不起农村的兄弟姐妹,刘高兴则鄙夷、嘲笑那些留在清风镇上的人们,"一天干到黑腰累断手磨泡了工钱有多少,一天挣五元钱算封顶了吧?咱多好,既赚了钱又逛了街!你问清风镇的人有几个见过钟楼金顶?"[①]从中不难看出,刘高兴认同城市的价值根源是钱和见识。在城市能够赚到更多的钱、能够见世面,就是刘高兴渴望城市、认同城市的重要原因。刘高兴认同的城市只是一个繁华、富裕的城市,而对城市所具有的现代意识和文明内涵少所感知。如同阿Q对"革命"的高度认同一样,阿Q期待的只是所能带来的"子女、玉帛、威权"的"革命",而非平等自由解放的"革命"。刘高兴对城市的认同依然是非现代的,依然停留在单纯的物质层面,缺少孙少平的那种精神维度及其超越性。尽管刘高兴的城市认同也有某些"现代意识",那也不是从城市生存中萌发的,而是从传统乡村文化母体中生长出来的,携带着一些非现代性意识。

刘高兴对城市人的排斥与拒绝流下了悲哀的泪水。对于自己与城里人抗争的"胜利",刘高兴用"狐假虎威"形容。我们没有权利批判刘高兴的隐匿农民工身份的"狐假虎威",事实上,每一个城市人更应该反思,刘高兴为什么要隐匿自己的农民工身份"狐假虎威"呢?城市人有没有接纳农民工的思想意识?然而,刘高兴依然对自己的城市认同有着高度自信,就是因为自己与城市有一个重要的实质性关联:自己的肾卖给了城市。"一只肾早已成了城里人身体的一部分,这足以证明我应该是城里人了"[②]。刘高兴遇到了城里的富商韦达,认为他就是拥有自己另一个肾的人。后来,刘高兴知道韦达移植的是肝,而不是肾。刘高兴认同城市的唯一实体关联,却被证明为虚假。刘高兴与孟夷纯的关

---

① 贾平凹:《高兴》,作家出版社2007年版,第43页。
② 贾平凹:《高兴》,作家出版社2007年版,第123页。

系也极具隐喻性。孟夷纯的爱使得刘高兴的城市认同大为扩张,但是在做爱过程中的性无能却喻示着他无法进入这个城市,无法扎根城市。

五富的死使刘高兴的城市认同彻底崩溃。在危急时刻,刘高兴首先想到和遵从的依然是"清风镇的规矩",城市化生存和城市化思维依然在刘高兴那里影响甚少。五富的尸体在车站暴露之后,面对众人的追问,"在这个时候我才知道我刘高兴仍然是个农民,我懂得太少,我的能力有限"[1]。

刘高兴不仅在话语层面上不被城市认同,其农民工身份不断被"误读";而且从文化意识深层来看,刘高兴的"狐假虎威"与城市文明内涵、现代意识构成一种冲突。因此,无论是表层话语还是深层文化结构,刘高兴都是"城市中国"的他者。

"我已经认做自己是城里人了,但我的梦里,梦着的我为什么还依然走在清风镇的田埂上?"[2]刘高兴梦境中的意象已经清晰传达了他内心深处的情感文化认同依然是乡村,而不是城市。

三、"垃圾伴生物":"他者"的隐喻与自我救赎

《高兴》后记这样开头说:唐僧和他的三个徒弟其实是一个人的四个侧面。《高兴》小说中的人物形象同样具有这种一体多面的结构关系。五富、黄八、杏胡、孟夷纯、韩大宝等形象与刘高兴共同构成了一个完整的进城农民生存境遇及其精神镜像的多重侧面。

杏胡在小说中起到了一个很好的叙述人角色。在初次接触中,杏胡的叙说就触及了留守儿童和留守老人问题。杏胡狠心留孩子一人在家上学,她的母亲因为晚上吃旱烟,被烧成一疙瘩。孟夷纯则因为当地警察无钱破案,而被迫来到城市出卖肉体来赚取破案经费为兄报仇。韩大宝是清风镇农民进城的始作俑者、西安城中的"破烂王",是他把刘高兴和五富安排在兴隆街拾破烂。韩大宝为富不仁,让刘高兴见识了什么是坏人。五富是刘高兴从清风镇带出来的同乡,是刘高兴的尾巴。他的愚笨恰恰显现了刘高兴过人的城市适应能力:刘高兴说服了门卫让五富进院中收购破烂,在警察搜捕过程中是刘高兴的机智救出了五富。五富对城市有着明显的敌意和莫名的仇恨,展现了进城农民心理失衡

---

[1] 贾平凹:《高兴》,作家出版社2007年版,第395页。
[2] 贾平凹:《高兴》,作家出版社2007年版,第123页。

的另一面,恰与刘高兴城市认同形成对立的两极。因此,在瘦猴压价收购的时候,五富喊出了"咋不再来个'文化大革命'呀"。某种意义上,五富其实正是刘高兴的另一个自我,他们"一体两面"共同呈现了遭遇现代性处境的中国农民主体的复杂性。

比较五富而言,黄八对城市有着更强烈的仇恨冲动。在球场比赛的日子,等到球场里数万人齐声骂的时候,黄八也就扯开嗓子叫骂。

> 骂人有了男有了女为什么还有穷和富,骂国家有了南有了北为什么还有城和乡,骂城里这么多高楼大厦都叫猪住了,骂这么多漂亮的女人都叫狗睡了,骂为什么不地震呢,骂为什么不打仗呢,骂为什么毛主席没有万寿无疆,再没有了"文化大革命"呢?①

黄八的骂固然体现着农民愚昧、仇富等粗鄙的一面,但显示的问题却是值得人深思的。面对花了十亿元的芙蓉园,黄八同样愤慨不已:

> 我就想不通,修一个公园就花十亿,体育馆开一个歌唱会就几百万,办一个这样展览那样展览就上千万,为什么有钱了就只在城市里烧,农村穷成那样就没钱,咱就没钱?!②

黄八愤慨的事实恰好回答了他自己的疑问:正是在城乡建设资金投入的巨大差别,才造就了城乡的天壤之别。但是,造就这种城乡天壤之别的二元对立体制至今仍在延续,而且延及进城农民工。

五富、刘高兴等农民工不仅在城市里做着最苦、报酬最低的活,住在最脏乱的地方、吃着最差的饭菜,而且还被"城市意识形态"歧视,乃至"妖魔化"。小饭店老板老铁的话点出了城市人对农民工的偏见:

> 他说打工的人都使强用狠,既为西安的城市建设做出了巨大的贡献,但也使西安的城市治安受到很严重的威胁,偷盗、抢盗、诈骗、斗殴、杀人,大量的下水道井盖丢失,公用电话亭的电话被毁,路牌、路灯、行道树木花草遭到损坏,公安机关和市容队抓住的犯罪者大多是打工的。老铁说:富人温柔,人穷了就残忍。③

---

① 贾平凹:《高兴》,作家出版社2007年版,第154页。
② 贾平凹:《高兴》,作家出版社2007年版,第258页。
③ 贾平凹:《高兴》,作家出版社2007年版,第116—117页。

"温柔"与"残忍",能以人的贫富来进行区分吗?老铁的话语展现了一种"城市意识形态"的逻辑思维,即富人阶层对城市底层,尤其是农民工的莫名恐惧、仇视心理。城市没有接纳他们的意向,没有他们的恰切位置。

进城农民在出卖劳动力之后,不仅要遭受种种盘剥,而且还要遭受生命尊严的侮辱和精神的伤害。半个世纪前老舍《骆驼祥子》所描述的"咱们卖汗,咱们的女人卖肉"城市底层"劳苦世界"的景象依然存在。刘高兴和五富从事捡破烂的活计,具有强烈的隐喻意味。刘高兴从破烂多也就是城市繁荣的象征而联系到自己在城市中的存在:"哦,我们是为破烂而来的,没有破烂就没有我们。"[1]五富和刘高兴就是垃圾伴生物!对于垃圾的性质,小说《高兴》漫不经心借用小孩子的口,说出了"不要动垃圾,垃圾不卫生!"的话语。"垃圾不卫生",垃圾伴生物的性质自然就是"不卫生"了。"垃圾伴生物"是进城农民在城市中国存在的隐喻性描述,"不卫生"也恰恰是"城市意识形态"话语对农民工属性的界定。

面对城市的盘剥、蔑视,乃至精神伤害,五富和黄八以对城市的咒骂来回应;杏胡、孟夷纯、刘高兴则以各自不同的方式进行抗争与自我救赎。杏胡在第一个男人死后没有自杀就往下活,做起了计划,从此吃了定计划的利。杏胡的"计划"给刘高兴上了人生珍贵的一课,但是在"城市意识形态"里,杏胡难以通过正常的道路来实现计划,而走上了非法收购赃物的邪道,被抓走了。孟夷纯来西安在饭店里洗过碗,也做过保姆,挣来的钱仅仅能维持生活费;只有"出台"后,才能赚钱汇给县公安局去抓到罪犯,但却遥遥无期。破案警察的索要成了无底洞,孟夷纯的抗争陷入了"卖淫——破案(未果)——再卖淫"的困境。刘高兴希望自己能够帮助孟夷纯,但是拾破烂挣来的钱无疑是杯水车薪,然而这份无私的情义深深温暖了孟夷纯。杏胡、黄八、五富在知晓孟夷纯的不幸遭遇后,自愿捐款帮助她,展现了城市农民工一起抗争不幸境遇的情谊。"锁骨菩萨"的意象在小说中一再出现,刘高兴在救赎孟夷纯的同时,获得了孟夷纯的爱,得到了一种城市人的自信。但是,长期的生活方式已经使孟夷纯进入了一种病态的城市生活轨道。在刘高兴的梦中,孟夷纯说:"我已经不适应你,不是你不好,是你养不活我,也不会容忍我……我走不回来了。"[2]"锁骨菩萨"

---

[1] 贾平凹:《高兴》,作家出版社2007年版,第152页。
[2] 贾平凹:《高兴》,作家出版社2007年版,第288页。

所具有的超越性救赎力量，仅是刘高兴的精神幻象而已。孟夷纯因为卖淫被劳教了，韦达不愿出手帮助，而刘高兴远赴异地挣钱赎她。就在异地干活期间，五富得急症死了。

五富死了，杏胡夫妇被抓了，孟夷纯陷入了人生的困境，城市对进城农民显现了它暴戾狰狞的一面。小说结尾的时候，刘高兴清醒地意识到：

> 去不去韦达的公司，我也会待在这个城里，……五富也该属于这个城市。石热闹不是，黄八不是，就连杏胡夫妇也不是，只是五富命里宜于做鬼，是这个城市的一个飘荡的野鬼罢了。①

刘高兴通过自己的沉思，一一否定了石热闹、五富、黄八、杏胡夫妇等人的生活方式，而决定留在城市。尽管这个城市不认同刘高兴，但是，刘高兴还是决定留在城市里，"决不回转去"。尽管有五富、杏胡夫妇、孟夷纯等人城市生存悲剧性结局的前车之鉴，但刘高兴还是决意探寻一种真正的城市生活，开辟属于自己的城市空间。

四、结语："刘高兴"的独特价值与贾平凹底层写作的突破及局限

学者孙立平认为，"20世纪90年代，资源重新积聚的一个直接结果，是在我们的社会中开始形成了一个具有相当规模的弱势群体……农民工就是一个典型的由经济和社会双重因素造就的一个弱势群体"。1978年，中国只有15万农民工，1990年，这一数字接近3000万，而到2007年年底，中国农民工的总数是1.5亿。三十年间增长了1000倍。面对这样一个新兴的规模巨大的弱势群体，20世纪90年代以来乡土文学的纯文学化、主流化叙事使农民工成为乡土文学的"隐身人"。21世纪初的几部重要长篇，如阎连科的《受活》、莫言的《生死疲劳》等着重展现二十世纪五六十年代的苦难叙事，对21世纪初语境下农民工的生存困境、精神挣扎以及新主体性的成长少有呈现。

作为一个几十年耕耘在乡土文学领域的重要作家，贾平凹依然坚守乡土文学的现实精神，追寻文学的意义维度。21世纪初刘高兴等进城农民的生活自然就进入了贾平凹的审美视野。刘高兴等形象的塑造不仅揭示了当代中国农民工

---

① 贾平凹：《高兴》，作家出版社2007年版，第414页。

在城市中国"垃圾伴生物"的隐喻性精神镜像,而且展现了农民进城之后乡土中国"废墟化"状态,传达了贾平凹对当代中国整体状况的审美思考。"旧社会生了儿子是老蒋的,生下姑娘是保长的,现在农村人给城里生娃哩!"尽管乡土人力资源的侵蚀与流失,费孝通早在半个世纪前的《乡土中国》中分析过,但是21世纪初乡土中国却面临从未有过的"废墟化"危机。

贾平凹选描写城乡接合部的拾破烂农民工生活,体现了一种"从下面看"的底层叙事精神。可贵的是,他没有简单地把刘高兴的城市认同描绘为一个"中国梦"的主流叙事,即张颐武教授所言的"我们常常忽视,二十年来中国发展的基本动力正是一个依靠自己改变命运追求美好生活的梦想。这个新的'中国梦'是一个成功的梦,一个凭自己的勇气、智慧、创造精神争取美好生活的梦,一个充满希望的梦想。这是一个强者的梦想,一个个人冲向未来的梦想"[1]。作者贾平凹真实展现刘高兴这样一个混合着现代文明意识和传统文化伦理于一体的进城农民,是一个未完成的自我主体建构者形象:既有着对城市文化生活的高度认同,但又缺乏独立主体性的现代意识。"我觉得底层文学最重要的特点,就是要寻找并建立起底层自身的主体性,没有主体性,在政治、经济、文化上都没有发言权,被别人的话语笼罩着,那就永远没有出头之日了。"[2]李云雷认为寻找并建立"底层自身的主体性"是底层文学最重要的特点。但是,评论者的愿望与现实生活是有着距离的。贾平凹塑造的刘高兴是一个"未完成的自我主体建构者",但在当代中国语境下,这已经是底层农民工所做的最大限度地主体建构努力了,而且这种建构远远没有终止。刘高兴决定留在城市里,继续对自我主体进行探寻与建构。这一未完成的自我主体建构者,体现了贾平凹对人物形象内在真实性的执着追求和对时代精神状况的准确把握。

刘高兴有着过人的城市适应能力和较高素养,为什么却无法走出城市意识形态给予农民工的魔咒,摆脱不了"垃圾伴生物"的属性?假如没有五富,小说中刘高兴早就可以到韦达的公司上班了,但是,刘高兴没有答应孟夷纯的要求,对于五富这样一个"最丑,也最俗"的人,"我却是搁不下","我这一生注定要和五富有关系的"。"最丑,也最俗"的五富,就是乡土中国农民形象的"代表"。

---

[1] 张颐武:《在"中国梦"的面前回应挑战——"底层文学"和"打工文学"的再思考》,载《中关村》2006年第8期。

[2] 李云雷:《"底层文学"在新世纪的崛起》,载《天涯》2008年第1期。

刘高兴作为一个较好适应城市的"先适者",就是要自觉地带领"五富"们进入现代文明标志的城市生活之中。只有这样,才能解释刘高兴不计钱财和精力来帮助五富和孟夷纯的意义追求。刘高兴追求的不是一个个体的单一解放,而是一个群体的解放问题。拒绝个体超脱、追求群体解放的刘高兴形象使当代底层文学达到了一个新的思想高度,揭示贾平凹对当代乡土中国农民整体命运的思考。刘高兴形象除了具有内在真实性之外,还具有了重要的思想价值。

贾平凹的这种"向下看"是一种彻底意义的底层写作吗?事实上,并不必然如此。作家"向下看"的愿望和努力是很可贵的,但做到多少却是另外一个问题。正如张宁所提出的,"你(的文学)是否与底层同在?""底层"是否"一种作为血肉存在的与你的关系",成为审视作品"底层含量"的试金石。贾平凹深入拾破烂群体体验生活,展现拾破烂农民工的"成套行规"和"五等人事",类似于祥子周边的"车夫世界"。但是刘高兴形象在心理描写和情感深度刻画上缺少祥子情感的内在复杂性和丰富性。邵燕君认为,"《高兴》在细节上虽然丰富却不够饱满,对人物性格的刻画,虽然生动却不够深透。给人的感觉是,贾平凹'下生活'的程度还不够深,对他笔下的人物也不够'亲'"[①]。邵燕君对《高兴》人物形象情感性不足的分析是恰切的,但不能归因于贾平凹"下生活"不够。问题不在于"下生活"的程度,而在于贾平凹作为知识精英本身与底层之间的根本性差异,事实上贾平凹已经做到了一个作家所尽可能达到的"下生活"。现代文学史上,老舍饱含底层情感的文字不是硬挤出来的,"在我放下笔的时候,心中并没有休息,依然是在思索;思索的时候长,笔尖上便能滴出血与泪来"。老舍之所以写出《骆驼祥子》就是因为他本身就是穷人,生命里浸泡着"苦汁子"。

"'从下面看',意味着人自觉地在意识上沉降于社会阶层的深谷,在感觉上沉浸于真实而切身的生活经验的深处,在骨髓里内在于一种最为平等的伦理。"[②]除了这种情感的同一性之外,人物形象的灵魂拷问显现着文学作为心灵史的深度。鲁迅评价陀思妥耶夫斯基创作,认为"在这'在高的意义上的写实

---

① 邵燕君:《当"乡土"进入"底层"——由贾平凹〈高兴〉谈"底层"与"乡土"写作的当下困境》,载《上海文学》2008年第2期。
② 张宁:《底层与纯文学:两个不相关事物的相关性》,载《江汉大学学报(人文科学版)》2006年第5期。

主义者'的实验室里,所处理的乃是人的全灵魂"。无论是从底层情感层面,还是从灵魂挣扎的层面,贾平凹《高兴》塑造的刘高兴形象都是不够充分的、彻底的,依然是外向的,而不是内在的。正如张颐武分析底层写作问题所在,"我们仅仅看到了生活的苦和难,看到了无助和无奈,除了简单地呼唤关切他们之外,并没有他们自己灵魂的表现。……底层确实通过文学发出了声音,但这是他人想象中的声音,是一种从外面观察和探究的声音"[1]。这不仅是贾平凹的问题,而且也是所有当代中国作家的问题。毕竟,贾平凹塑造的刘高兴形象已经达到了作家在这个时代思考的极致,代表了这个时代文学的高度及其限度。

[原载《西安建筑科技大学学报(社会科学版)》2008年第3期]

---

[1] 张颐武:《在"中国梦"的面前回应挑战——"底层文学"和"打工文学"的再思考》,载《中关村》2006年第8期。

当"乡土"进入"底层"

——由贾平凹《高兴》谈"底层"与"乡土"写作的当下困境

邵燕君

贾平凹的长篇新作《高兴》发表后(《当代》2007年第5期刊出,作家出版社2007年9月出版)立刻引起热切关注,其原因不仅在于它是继《秦腔》之后的又一重要作品,更在于它处理的是一个典型的底层题材——进城的农民工拾破烂的生活,而这些拾破烂的农民正是贾平凹的乡亲,他们从商州走来,从《秦腔》中的清风街走来,人物原型都有名有姓。正如贾平凹跪在他父亲的坟头说的:"《秦腔》我写了咱这儿的农民怎样一步步从土地上走出,现在《高兴》又写了他们走出土地后的城里生活。"(见《高兴》后记)也就是说,贾平凹沿着自己的创作轨道发展,随着自己"血缘和文学上的亲族"的生活变迁而推进,到了《高兴》,与"底层写作"正面相遇,由此进入了这一写作的潮流。

站在"乡土文学"与"底层文学"的交汇处

对于近年来底层文学的兴起,有人认为是20世纪90年代中期以来"新左翼"思潮在文学领域的反映。此说法虽然不无道理,但事实上,文学界对这一思潮的反应既不敏感又不深入。"底层文学"发生的真正动因,毋宁是自"五四"以来在中国文学土壤中深深扎根并始终保持生命力的现实主义传统,尤其在2004年发轫初期,那些具有震撼力的作品大都出于作者朴素的直面现实的写作精神和人道主义情怀,未必是受到什么思潮的影响。而迄今为止,这部分作品也是底层文学中最有冲击力的。其实,以现实主义在中国文学长期占有的正统主流地位,以及中国"乡土作家"的数量来看,如果他们始终坚持以"直面现实"的精神创作，忠实于他们所书写的土地和人群，那么，最早发出"农民真苦、农村真穷、农业真危险"呼声的理应是文学界，又何必等思想界的提醒。然而，实际情况是，自从20世纪80年代中期文学开始向"纯文学"方向发展以来，中国当代文学的现实主义传统其实发生了严重的断裂。文学对农村当代生活的反映几乎到路遥的《平凡的世界》就终止了，此后的乡村只是奔向"纯文学"的作家们的叙述容器，越是"名作家"越是如此。以至于到2004年前后，底层文学发轫时，成名的乡土作家几乎集体缺席。至今，在底层写作中活跃的作家，大都是来自基层的中青年作家，著名作家只有刘庆邦一人，而他的这部分作品都是中短篇。这也是底层文学艺术水平普遍不高的主要原因。

在这样的背景下，贾平凹长篇小说《高兴》的推出，不但壮大了底层文学的阵容，提高了整体质量，也使对底层文学的讨论可以纳入"新时期"以来，乃至鲁迅开创的乡土文学的脉络中来。

站在乡土文学和底层文学的交汇处，《高兴》的文学史价值在于，贾平凹这位从"新时期"一步一步走来的老作家，以其扎实的写实功底、深厚的乡土情怀，写下了中国在跨世纪的现代化发展进程中（小说开篇即表明故事的发生时间在2000年3月10日到2000年10月13日主人公进城和回乡之间），被以"大城市"为代表的现代文明挤压、剥夺、诱惑的农民，抛离土地，进城谋生的生活状况。小说通过大量的细节和刘高兴、五富等人物形象的塑造，描写了这些被称为"破烂"的农民的生活世界和情感世界：他们身处底层，操持贱业，忍辱负重，也苦中作乐。贾平凹在《高兴》的后记中说："我要写刘高兴和刘高兴一样的乡下进城群体，他们是如何走进城市的，他们如何在城市里安身生活，他们又是如何感受认知城市，他们有他们的命运，这个时代又赋予他们如何的命运感，能写出来让更多的人了解，我觉得我就满足了。"应该说这样的写作目标，《高兴》在一定层次上达到了。

然而，和《秦腔》一样，《高兴》也是一部充满了矛盾、困惑、茫然乃至"症候"的作品，而且，由于《高兴》没有像《秦腔》那样刻意用一种"生活流"的写法"记录"，而是重新采取传统的现实主义的写法叙述，使作品内在的"症候"更明显地暴露为艺术的缺憾。

首先，作为一部靠体验生活获取素材的作品，《高兴》在细节上虽然丰富却不够饱满，对人物性格的刻画，虽然生动却不够深透。给人的感觉是，贾平凹

"下生活"的程度还不够深,对他笔下的人物感情也不够"亲"。因此小说中的人物无论遭遇大悲苦还是小辛酸,都不能勾起读者强烈的情感共鸣。这对于写底层的现实主义作品是一个尤为重要的缺憾。

其次,典型人物没有立住,主人公刘高兴形象分裂。作为一个有文化、心气高、一心想脱离农村进入现代都市的"新一代进城农民",刘高兴是金狗(贾平凹《浮躁》)、高加林、孙少平(路遥《人生》《平凡的世界》)的后继者。比起那些在20世纪80年代初期和末期在城乡间徘徊的农村青年,站在21世纪路口的刘高兴面临着更绝望的困境:不但现实中更加没有出路,心灵上也没有了家园和方向。背靠"弃园",面向"废都",身处垃圾场,刘高兴将怎样面对时代赋予他的命运?应该说这是一个非常重要的连接乡土文学和底层文学的典型形象。可惜,贾平凹无力处理这样的"典型人物",只是简单地让他"高兴"。他一方面从刘高兴"原型人物"身上拿来一个张大民式的性格,同时又投射给他一个贾平凹式的灵魂,让这个以捡拾垃圾为生的农民工,一会儿像附庸风雅的士大夫,一会儿像游走在现代都市的游手好闲者。贾平凹在《高兴》后记中称刘高兴既是典型,又是另类,是"泥塘里长出的一枝莲"。而在现实主义作品中,典型人物只是高于同类而非另类。典型人物与典型环境的关系是秧苗和泥土的关系,而不是泥塘与莲花,出淤泥而不染的莲花无法代表在泥塘里打滚的人群。有意味的是,与《秦腔》里的叙述人引生一样,刘高兴也在自己所爱的人面前性无能。这似乎隐喻了这个人物的虚浮、无根、缺乏繁衍能力。

最后,全书以"拾破烂者"为表现人群,却以一个虚幻的爱情故事为情感和情节动力。作为全篇核心情节的"锁骨菩萨"孟夷纯的身世故事缺乏可信性,致使整体框架根基不稳,全书所有的人物都有始无终,故事虎头蛇尾,作为一个长篇,结构失衡。

不过,尽管存在着这些明显的缺憾,《高兴》仍然是一部极有价值的作品。近年来,写"乡下人进城"的作品逐渐增多。比《高兴》稍早发表的《吉宽的马车》(孙惠芬,载《当代·长篇小说选刊》2007年第2期,作家出版社2007年6月出版)也是一部写"乡下人进城"的长篇。如果说《高兴》是贾平凹《秦腔》的续曲,《吉宽的马车》也可算是孙惠芬《歇马山庄》的延伸。小说的主人公吉宽和刘高兴一样,也是一个乡间的"另类",他靠读法布尔的《昆虫记》和天生的懒汉性情来对抗打工浪潮的席卷,最终仍经不住诱惑被裹挟进城。作家通过这样一个人物的设置,来展现城市和乡村两种价值观念的冲突和人物在城乡之间的挣扎,尤其是人物的"内心风暴"写得细密生动。然而,孙惠芬在新作中也面临着和贾平凹同样的问题:当人物在歇马山庄时,样样得心应手,而人物一旦进了城,就对他们失去了把握和控制。或许是由于人物缺乏原型的缘故,作家甚至都很难给吉宽在城里找到一个合适的落脚处,更不用说对其处境感同身受地理解了。对于吉宽们当下的生活和未来的命运,作家和笔下人物一样惶惑茫然。

贾平凹、孙惠芬等作家的写作困惑"症候性"显示了乡土文学与底层文学相遇后产生的新问题。乡土文学虽然本身是一个现代意义上的文学概念——进入城市的写作者以现代文明为背景重组乡土记忆,审视乡村传统生活方式和价值形态发生的变化,然而,无论是鲁迅笔下衰败的鲁镇,还是路遥笔下高加林们要离开的黄土地,乃至贾平凹笔下让金狗们"浮躁"的商州,都是游子在记忆中可以把握的故土,在变化中保持着相对的稳定。但是到了《秦腔》,不但传统乡土社会的生活方式和价值系统完全解体了,连人都基本走空了。在这个意义上,确如一些评论者所说,《秦腔》标志着"中国传统乡土叙事的终结"。

中国当代作家中像贾平凹这样的乡土作家比例甚大,他们不但出身乡土,而且多年来仍以乡土生活为安身立命的写作资源。当"创作基地"人去田空后,作家也势必要跟着笔下的人物进城——从生于斯长于斯的故土,进入心灵上一直未能安家的城市,并且要"下"到生活上有差距的底层。应该说,作家产生惶惑和茫然是自然的。而且,我们应该看到,这惶恐和茫然背后其实有着一份难得的诚恳——尤其对著名作家来说——他们不愿意在父老乡亲已经无可避免地被现实和内心的风暴席卷后,仍旧停留在过去的乡土记忆中,以娴熟的技巧在封闭的空间内讲述过去的故事。这份诚恳促使他们将自己一贯熟悉和擅长的乡土写作推向底层写作,同时也使底层写作中存在的深层问题进一步凸显出来。

代言的障碍

首先凸显出来的是代言的障碍问题。

谁是底层?谁在写底层?底层人能说话吗?谁有资格为底层人说话?如何为底层人说话?这些都是底层文学兴起以来持续讨论的问题。这些问题有一个共同的指向,就是写作者和被写作者的阶级身份差异,以及由此差异所产生的对写作者代言合法性的质疑。

讨论此问题的前提是对底层文学基本性质的确认。目前的底层文学总的来说是一种知识分子式的精英性写作,基本为专业作家写,文学爱好者读,传播范围大体局限于以文学期刊为主要渠道的文学圈。也就是说,写作者和绝大部分阅读者都非严格意义上的底层人,这是偏离"左翼"文学"大众文学"的立场和方向的,倒是与"五四"以来的"乡土文学"更有相似之处。

然而,在"乡土文学"中,作家代言的合法性从未受到如此的质疑。在鲁迅那里,虽然闰土的一声"老爷"硬生生地划出了"从来如此"的等级秩序,但启蒙者的职责恰恰是拆毁这秩序。当贾平凹在20世纪80年代初以"工农兵大学生"的背景登上文坛时,他完全是以"农民之子"的身份出现的。同样,无论是路遥笔下的高加林,还是高晓声笔下的陈奂生,都有着作家自己的影子,此时的乡土作家不是为农民代言,而是为农民立言。但二十年后,情况发生了根本变化,住在西安城里的大作家贾平凹和进城来拾破烂的刘高兴已经是有云泥之别的两个阶层,并且,这阶层之别中又不再包含知识分子和民众之间的启蒙与被启蒙的关系。当刘高兴的原型称自己是闰土时,贾平凹连忙说自己不是鲁迅,并且说:"他不是闰土,他是现在的刘高兴。"这并不完全是谦辞。鲁迅式代言并不仅仅是代底层发言,而是要代表这个阶级的根本利益而言说,哪怕"不幸者"本身是"不争"的,也要为其呐喊,按照自己的理想、信念为其争取权利。如此的启蒙使命是贾平凹无意也无力承担的,他要做的只是用文学的方式记录刘高兴们的生活,呈现底层的生活状态。而做到这一点本身相对于以往的乡土写作已经是新课题了,因为刘高兴是"现在的",不是像闰土那样生活在鲁迅的童年记忆中。贾平凹在《高兴》后记中说,刘高兴和《秦腔》中的书正是同一原型。然而,写清风街上的书正只需要调动生活体验,而写进了城的刘高兴就必须重新体验生活。这就涉及社会主义文学体制中一个十分重要的传统:"下生活"。

这里"下生活"的"下"不是居高临下的"下去",而是深入、融入、脱胎换骨,先做群众的学生,再做群众的先生,不但要"熟悉他们的生活、运用他们的语言",更要"在感情上与他们打成一片"。周立波的《暴风骤雨》、柳青的《创业史》、丁玲的《太阳照在桑干河上》都是知识分子作家以如此"下生活"的方式写下的"农村题材"作品。

这样一套文学生产体制到20世纪80年代以后开始解体，而到90年代中期"个人化写作"兴起后，从前的"生活"的等级秩序被彻底颠覆，"个人生活"理所当然地成为写作的核心。如此写作形成的一个客观后果是，新一代作家大都只能写自己的生活，缺乏写别人生活的能力，更不用说"跨阶层"写作的能力，即使他们有这样的意愿。一个典型的例子是林白，2004年前后林白开始突破"个人化写作"的范围将目光投向底层，以"实验长篇"面目推出的《妇女闲聊录》完全由一个名叫木珍的农妇的口语独白构成，整部作品中，这个充满生命力的农妇鲜活的口语恣肆汪洋，作家则完全退到"记录者"的位置上。将从《一个人的战争》到《妇女闲聊录》的林白与从《莎菲女士的日记》到《太阳照在桑干河上》的丁玲对比，可以看出不同文学体制下，作家在表现不同阶层人物生活时方式和能力的差异。

底层文学在当下创作中崛起的一个重要意义是，在文学经过近二十年的"向内转""个人化"写作之后，中国作家首次大规模地重新面对社会重大问题进行写作。底层写作需要"下生活"，但在今天，"下生活"已经是作家的"个人行为"，背后的驱动力主要是出于作家个人的创作需要——这里边自然有传统的沿袭，但已有相当成分的职业需求了。贾平凹和刘高兴是什么关系？既不是鲁迅和闰土的关系，也不是柳青和梁生宝的关系，甚至不是贾平凹和书祯的关系，本质上只是作家和原型人物的关系，这也如贾平凹在《高兴》后记中写到的，进城二三十年，和家乡的人还是隔远了。虽有乡亲之谊，但无论在情感上还是在阶级上都难称兄弟。于是，大作家贾平凹到捡破烂的刘高兴处"下生活"，就变成了"微服私访"，是专业作家在搜集素材。

虽然从《高兴》的创作实绩来看，我们感到贾平凹"下生活"程度不够深，与笔下的人物不够亲，但当我们在《后记》中读到作家探访垃圾村的故事，特别是谈到他如何脱了鞋坐在乡亲们的床上抽纸烟、蘸盐喝稀饭等细节时，仍会被其感动。因为，中国当代著名作家中能够"下生活"到这一步的已经是太少太少了。由此，提出的一个现实问题是，如果连"下生活"都不能深入，又如何为底层代言？

"纯文学"审美体系的封闭性

如果说专业作家为底层代言存在障碍，那么，让底层人自己说话行不行？

事实证明，这条路也行不通。

底层人如果想用文学的方式表达自己，他们首先遇到的就是发表障碍，这一点在《高兴》的创作过程中也有生动的体现。从《高兴》后记中我们得知，刘高兴的原型在知道贾平凹要写自己后，立刻兴冲冲地写了三万字的故事，贾平凹一看，虽然叙述生动，但满篇错字，根本达不到"发表水平"。

刘高兴的写作让人很自然地联想起当代文学史上一些著名的"业余作家"写作的故事，如高玉宝写《半夜鸡叫》，曲波写《林海雪原》。在"50—70年"的文学体制中，为了使"工农兵生活"得到全面反映，一方面要求"专业作家"无条件地"下生活"，另一方面则着重从工农兵中培养作家，鼓励"业余创作"，艺术水平不够的问题可以通过编辑的加工等方式解决。与此同时，各级作协在创办刊物、培养作家等方面都有一整套的系统，这一支数量庞大的"业余作家"大军是"专业作家"的后备力量。

这套作家培养机制和发表机制在"新时期"前期还有延续，包括贾平凹在内的一大批"新时期"作家走上文坛都与之相关，到20世纪80年代中期以后其逐渐解体，90年代以后，虽有一些刊物编辑乃至刊物主政者以个人的方式极力坚持，但事实证明难以维系。

在这套体制解体的过程中，"纯文学"审美体系的建立在无形中起了重要作用。20世纪80年代中期"文学变革"中提出的重要的不是"写什么"而是"怎么写"，一方面取消了"业余作家"在生活素材方面的天然优越性，一方面也使他们使用的现实主义写作方法受到深层贬抑。当时，要读懂以西方现代派文学为主要范本的"先锋文学"，都非受过学院派的专业训练不可，更何谈写作、发表。20世纪90年代以后，虽然"先锋文学"式微了，但"纯文学"的审美体系却保存下来，并在新的社会结构中，与"专业主义"结合，成为一种新的"审美霸权"。"文学性"成为阻隔在文学和底层之间一条难以逾越的鸿沟。

今天的"底层文学"虽然不断受到来自"纯文学"审美体系"文学性不高"的批评，但本质上仍属于"精英文学"，真正属于"底层写、写底层、底层看"的文学更在其视野之外，它有另外一个名称，叫"打工文学"。

打工文学发端于20世纪80年代中期，在"当代文学失去轰动效应"的90年代异军突起。当时，大量发表打工文学作品、以"打工一族"为主要读者群的《佛山文艺》最高发行量逾五十万份，超过《收获》《当代》《十月》《花城》文学期刊"四大名旦"发行量的总和。号称中国最早打工刊物的《大鹏湾》发行量也稳居十万份以上。此外，还有打工作者自办的民刊《打工诗人》（2001年）和网站的"打工诗人论坛"（2002年）等。打工文学的意义正如有"打工文学评论家"之称的柳冬妩所言："它揭示了被这个大时代有意遮蔽的另一个部分，在打工作品里，我们时代的生活得到了系列的呈现，虽然这种呈现还是相当的枯燥，但是它却让人们得到了一种健全的主体性感受。一个公平的社会、一个和谐的社会，应该尊重被表述者的话语权。我认为，打工文学是两亿农民工争取他们的权利在目前来讲最合适的渠道，其他的渠道我们这个国家还不是太健全。"

对于这样一种与当下两亿中国人息息相关的文学，这些年来主流文学界基本是漠视的。这漠视中自然有令不少打工文学作家、评论家激愤的文学精英"自我封闭"的原因，但其背后也确有着"纯文学"审美体系对这样一种文学创作无法评价、难以定位的无能为力。打工文学的鲜活性、丰富性和真挚性有目共睹，但其文学样式和水准基本相当于"新时期"文学中的"伤痕文学""知青文学"和"朦胧诗"阶段。当我们的主流文学已经经过了"现代派"的洗礼成为"纯文学"以后，如何将这些"过气"的文学纳入文学史序列呢？一个最简单的方式就是以一句"文学性不够"拒之门外。

这些年来被"纯文学"审美体系拒绝的作品很多，除"打工文学"外，另一个典型的例子是路遥的《平凡的世界》。当年，正值"文学变革"发生之际，路遥在文坛整体趋新的潮流下，坚持选择被"先锋派"宣布过时的传统现实主义方法撰写这部"生命之作"，果然在当时遭到期刊界、出版界的冷遇，过后也受到评论界、学术界的长期漠视。但与此同时，这部作品却以"口口相传"的方式在民间默默流传，堪称"新时期"以来在普通读者间影响最深远的"民间经典"，其经典意义随着时间的推移越来越显示出来。如果一种审美体系自它建立之后，漠视了如《平凡的世界》这样的流传最广的"民间经典"、如打工文学这样的人数最众的"生存性写作"，也不能正确评价如"底层文学"这样影响最大的文学潮流——而且它们都属于传统意义上典型的"严肃文学"——那么，这套审美价值体系所依据的"文学性"是否需要反思？

所有的反思都需要进行历史的还原。当我们把"纯文学"审美体系还原到它产生的历史语境中，其背后的封闭性就显示出来了。

思想资源的匮乏

底层的问题涉及社会政治、经济等大问题，从乡土进入底层，对作家思想能力的要求大幅度提升。对贾平凹这类作家来说，思想的贫困是比"下生活"的困难更大的写作障碍。

在《高兴》的后记中，贾平凹直接表达了他在思想认识和价值立场上的困惑：

> 为什么中国会出现打工的这么一个阶层呢，这是国家在改革过程中的无奈之举，权宜之计还是长远的战略政策，这个阶层谁来组织谁来管理，他们能被城市接纳融合吗？进城打工真的就能使农民富裕吗？没有了劳动力的农村又如何建设呢？城市与乡村是逐渐一体化呢还是更加拉大了人群的贫富差距？我不是政府决策人，不懂得治国之道，也不是经济学家有指导社会之术，但作为一个作家，虽也明白写作不能滞止于就事论事，可我无法摆脱一种生来俱有的忧患，使作品写得苦涩沉重。[1]

这里涉及的诸多问题，如社会发展的效率与正义，城乡关系、阶级差异等，也是自20世纪90年代以来，被称为"新左派"与"自由主义"的两派知识分子争论的焦点，至今很难说能有哪一位经济学家或者政治决策者的观点能获得"上下一致的认同"。这是一个空前"价值真空"的时代，当年支持鲁迅的启蒙立场、支持柳青的共产主义信仰、支持路遥的民间价值体系，全部遭到质疑。作家必须以个人的方式做出独立的思考、选择和判断。这也就意味着，今天要写出真正具有"现实主义精神"的作品，对作家思想力的要求，远比价值形态相对稳定年代的要高。然而，与之相应的现实情况是，自从20世纪80年代末文学界逐渐与思想界分离后，中国大多数作家的思想水准实际上停留在80年代，对90年代以来思想界面对社会重大变迁的思考、争论少有了解和吸收，更不用说在深入思考的基础上形成自己明确的价值立场（即使形不成完整的观念体系），在对现实进行详细解剖中提出有深度的批判或质疑。

从《秦腔》《高兴》及其后记中，我们都可以看到，对于这些年农村的衰败、农民工的漂泊，贾平凹是深怀哀痛、愤懑的，但却无力处理、解读这些问题。他

---

[1] 贾平凹：《高兴》，作家出版社2007年版，第430页。

只能哀刘高兴们的"不幸",却不知道如何争,甚至该不该争。深深的困惑和矛盾、理智和感情的冲突使贾平凹在写作中不但难有明确的价值立场,甚至不敢有真实的情感态度。于是,他只能尽全力压抑自己的厌恶、仇恨,强打"精神"高兴。这也是刘高兴这个人物形象扭曲造作、虚浮无力、难以生根的原因。

在目前的底层文学创作中,大多数作品都只是处理一个事件、一个或几个人物,却很难处理一个人群、一个时代。这也是底层文学一直只有中短篇而未出现长篇的一个原因。因为真正意义上的长篇不是指篇幅,而是需要高屋建瓴的思想力驾驭宏大完整的结构。

相信贾平凹自己早已意识到这些问题,所以自从写作《秦腔》起,他就谦逊地把自己的作品称为"社会记录","这个年代的写作普遍缺乏大精神和大技巧,文学作品不可能经典,那么,就不妨把自己的作品写成一份份社会记录而留给历史"。事实上,即使是纯粹的纪实作品甚至新闻报道,背后也是有着隐藏着的价值立场,价值立场可以中立但不可缺失,缺失导致的不是"客观",而是混乱、失控、偏异——在《秦腔》中这些问题还可以被"生活流"的写法、大量"原汁原味"的细节所形成的繁复效果所覆盖,在《高兴》这样素材积累还不够丰厚、人物和故事线索都比较简单的作品中就显露出来。以刘高兴这样的"人造莲花"为中心,随着他强作高兴地东游西逛,再以孟夷纯这样的虚幻人物为精神出口,小说很难真正深入它要表现的人群,这会在不知不觉间滑入异径,从而也降低了小说的"档案价值"。

思想资源的落后和贫乏曾是底层文学难以深入的症结,如今又成为乡土文学难以前行的障碍,这也是这些年作家们做时代大书的企图屡屡落空的内因。这里必然涉及一个问题,就是作家和知识分子的关系问题,作家到底是不是必须同时是知识分子?还是只需要是具有文学技能的专业人士?这个问题的提出本身就与专业主义意识形态盛行有直接关系。贾平凹等人的创作向我们再次证明,作家是专业人士的同时还必须得是知识分子,至少书写底层的作家得是,写现实的作家得是,任何想对社会历史现实发起"正面强攻"的作家都得是。

由一部《高兴》让我们看到底层写作、乡土写作中存在这么多难以跨越的障碍,确实让人感到沮丧。既然如此,关注底层写作的发展是不是一种徒劳的努力?在面对这个问题之前,我们必须面对的一个问题是,到底是底层需要文学,还是文学需要底层?底层是需要文学,但是,这么多年来,主流文学界对打工文学漠视拒绝，打工文学也照样有自己的生长空间，自成一统。"纯文学"是不是也要躲进小楼成一统，彻底成为沙龙的、学院的艺术？如果不是，那么，底层写作其实是检验中国当代文学还有没有反映社会现实能力的检测仪。贾平凹等人的创作由乡土进入底层，也说明底层写作的潮流是自然也必然发生的，检测出的问题反应的是当代文学整体的病症。困境既是深层又整体的，就更必须以建设性的方式面对。比如，对于文学传统中的有效资源，无论是思想资源、文学资源还是制度资源，如何能合理吸取，并与当下的文学生产体制对接整合？如何进一步开放我们的审美体系，将诸如打工文学这样的"生存性写作"中鲜活的经验连同其新的美学元素都吸纳进来？或者在精英文学和打工文学自成一统的格局下，如何以平等和尊重的态度形成良性互动？这样思考不仅有益于底层文学走出困境，也有益于源远流长的乡土文学乃至包括打工文学在内的当代文学整体的发展。这也是《高兴》这部作品的"症候"和成绩同样具有价值之所在。

（原载《上海文学》2008年第2期）

《高兴》:"左翼"之外的"底层文学"

黄 平

一、从"悲情"到"高兴"

《高兴》的开篇,贾平凹颇有意味地安排了一场关于"姓名"的争论。地上是裹在被褥卷里的五富的尸体,高兴被铐在了火车站广场的旗杆上,满脸青春痘的警察严肃地问话:

名字?

刘高兴。

身份证上是刘哈娃咋成了刘高兴?

我改名了,现在他们只叫我刘高兴。

还高兴……刘哈娃!

同志,你得叫我刘高兴。

刘高兴!

在。

你知道为啥铐你?

是因这死鬼吗?

交代你的事![1]

由此开始,高兴絮絮回忆他与五富——两个清风镇的农民——进城打工的经历。不需赘言,以"农民工"为"典型形象"之一的底层文学,近几年在文学界、研究界几成呼啸之势,似曾相识的"左翼"现实主义从"历史"的深处再次归来。值得注意的是,《高兴》与这一"潮流"颇为不同。除了《那儿》等不多的几部作品以第三人称限制叙事展开外,近年来的底层文学作家出于对"判断

---

[1] 贾平凹:《高兴》,作家出版社2007年版,第5页。

真理"的需要,常常将叙述人拉升至"上帝"的位置,以"全知叙事"展开叙述;第一人称叙述如《我们的路》等,打工者"我"的"声音"往往也被叙事人强行扭曲,满嘴可疑的知识分子腔调,谈论自由、尊严与城乡的"对峙和交融"。贾平凹对此有自觉的意识,在接受采访中曾经谈道,"最初以第三人称写,后来试过第二人称,现在变成第一人称。看起来是叙述人称的转变,其实是心态的修改"[1]。当然,这里依然包含着"知识分子"对"农民"的"偏见"的过滤,"农民进城后面对城市有许多偏见,而我也有许多偏见,究其实是农民意识在作祟,当我也在同情进城农民又和他们一样发泄种种不满时,我发现我写的不对"[2]。就此而言,作者放弃了高高在上的"全知"叙事视点,自觉疏离代言人这一角色及其裹挟着的"激情"与"正义",以"第一人称限制叙事"连绵展开"刘高兴"的打工追忆。

与底层文学密布的惨痛与死亡相比,《高兴》悲情的色彩很淡。开篇伊始,原名刘哈娃的进城青年,颇具象征色彩地自我"命名"为"高兴"。

>   我这一身皮肉是清风镇的,是刘哈娃,可我一只肾早卖给了西安,那我当然要算是西安人。是西安人!我很得意自己的想法了,因此有了那么一点儿的孤,也有了那么一点儿的傲,挺直了脖子,大方地踱步子,一步一个声响。那声响在示威:我不是刘哈娃,我也不是商州炒面客,我是西安的刘高兴,刘——高——兴![3]

这种快活、乐观的对"城市"的认同,与底层文学所塑造的典型形象差别很大。在我们所熟知的《太平狗》《霓虹》等作品里,主人公无论是农民工或是下岗女工,往往被迫地出卖自己的劳动、身体、尊严乃至生命。霓虹闪烁的现代城市,更近似于血红色的屠场,惨烈血腥的气息扑面而来。陈应松的《太平狗》里,作者将民工程大种和他的那条叫"太平"的狗并置,将"城市"比拟成血淋淋的剐狗市场,溃烂、肮脏、腐臭等意象密度极大,最后程大种以肢体残缺的方式惨死,成为这一屠场的又一个牺牲者。这部作品先后获得第二届中国

---

[1] 孙小宁:《贾平凹谈〈高兴〉:刘高兴的灵魂更靠近城市》,载《北京晚报(文艺版)》2007年11月19日。

[2] 罗小艳:《贾平凹:放弃写作,那还叫什么作协主席》,载《南都周刊(文艺版)》2007年10月31日。

[3] 贾平凹:《高兴》,作家出版社2007年版,第8页。

小说学会大奖、《小说月报》百花奖等多个奖项，被媒体认为是"'底层叙事'和'打工文学'的代表作"，对"底层"的主流想象由此可见一斑。

就此而言，高兴是"民工"的一个"异类"，"我一直认为我和周围人不一样"。在正式讲述这个故事之前，他絮絮地举例说明他的七点"贵气"的不同，包括精于数学、热爱文学与音乐、爱干净、注意体面等等。饶有意味的是，其中的后几点不是"爱好"这么简单，比如高兴"反感怨恨诅咒"。要知道，高兴曾经先后卖血、卖肾，买主是西安的"一个大老板"。这本是"左翼文学"最为常见的叙事模式，但高兴对此似乎"缺乏觉悟"，将一个在"左翼"的"成规"里的阶级问题，归结为无常的命运（"天"）乃至于家庭出身（而不是"阶级归属"）。

> 我反感怨恨诅咒，天你恨吗，你父母也恨吗，何必呀！

在访谈中贾平凹将高兴概括为"新农民"，以此与"传统"的"农民形象"予以区别。"刘高兴这些人都是有文化知识又不安分的一代新农民。所以写这部小说时，一定要写出这一代农民不一样的精神状况，他们不想回农村，想在城市安家落户，他们对城市的看法和以往的农民完全不同。"[①] 某种程度上，高兴近乎一个来自底层的"外省青年"，自觉地认同城市，希望接纳了他的肾的西安也接纳他做西安人。

五富显然有不同的看法，作为作者塑造的"传统农民"，和刘高兴一起到西安打工的五富与城市格格不入。面对巨大的落差，五富内心难以平衡，一次次被轻贱后，他抱怨道：

> 都是一样的人，怎么就有了城里人和乡下人，怎么城里人和乡下人那样不一样地过日子？他说，他没有产生要去抢劫的念头，这他不敢，但如果让他进去，家里没人，他会用泥脚踩脏那地毯的，会在那餐桌上的咖啡杯里吐痰，一口浓痰！[②]

和高兴、五富住在一起的黄八——池头村拾破烂的同行——表达得更为激烈：

> 骂人有了男有了女为什么还有穷和富，骂国家有了南有了北为什么还有城和乡，骂城里这么多高楼大厦都叫猪住了，骂这么多漂亮的女人都叫狗睡了，骂为什么不地震呢，骂为什么不打仗

[①] 张英：《贾平凹：从废乡到废人》，载《剑南大学》2008年第1期。
[②] 贾平凹：《高兴》，作家出版社2007年版，第116页。

呢,骂为什么毛主席没有万寿无疆,再没有了"文化大革命"呢?①高兴非常反对这样的看法,"新农民"认为:

> 咱既然来西安了就要认同西安,西安城不像来时想象的那么好,却绝不是你恨的那么不好,不要怨恨,怨恨有什么用呢,而且你怨恨了就更难在西安生活。五富,咱要让西安认同咱,要相信咱能在西安活得好,你就觉得看啥都不一样了。比如,路边的一棵树被风吹歪了,你要以为这是咱的树,去把它扶正,比如,前面即便停着一辆高级轿车,从车上下来了衣冠楚楚的人,你要欣赏那锃光瓦亮的轿车,欣赏他们优雅的握手、点头和微笑,欣赏那些女人的走姿,长长吸一口飘过来的香水味……②

可惜,冷漠的现实逐渐戳穿了高兴过于天真的愿望。在紧张的生存空间里,他努力地靠着自己的聪明闪转腾挪——扮演暗访的领导吓退市容队(第十二章),扮演记者帮翠花要回身份证(第十六章),扮演接送病人的以瞒过警察(第二十二章)……演来演去,街巷里传言他是音乐学院的毕业生,饭馆里的老人以为他是体验生活的作家。高兴扬扬得意于他的一次次小聪明,很希望被指认成城里人,"一日两日,我自己也搞不清了自己是不是音乐学院毕业生,也真的表现出了很有文化的样子"③。然而,和五富一起走街串巷地拾破烂,留给刘高兴上升的空间实在过于局促,这构成了高兴难以言说的痛楚与焦虑。当他再一次扮演城里人为被欺负得满身脏水的五富讨回公道后,五富以"清风镇式的咒骂"发泄着委屈,高兴突然感到难过,他明白自己一直沉浸城里人虚幻的自欺、扮演与想象里。

> 我之所以能当着五富的面流泪,是那一刻我突然地为我而悲哀。想么,那么多人都在认为我不该是拾破烂的,可我偏偏就是拾破烂的!我可以为翠花要回身份证,可以保护五富不再遭受羞辱,而鞋夹不夹脚却只有我知道。④

恰如"拾破烂"这一职业本身,高兴悲哀地认识到,"我们是垃圾的派生

---

① 贾平凹:《高兴》,作家出版社2007年版,第153页。
② 贾平凹:《高兴》,作家出版社2007年版,第117页。
③ 贾平凹:《高兴》,作家出版社2007年版,第119页。
④ 贾平凹:《高兴》,作家出版社2007年版,第123页。

物"。某种程度上，拾荒者如同城市的垃圾一样，被不断地推移到城市的边缘。"拾破烂的就是城里的隐身人"，任你在这个群体里如何挣扎，城市终究视而不见。被垃圾所围困的高兴，茫茫地措手无路，不安的灵魂如何求个解脱？就此，贾平凹似乎有回答。

二、"锁骨菩萨"的"罪"与"罚"

缘起于路人随意的一句议论，"你没见现在乡下人进城比城里人还像城里人吗？"高兴感觉被子弹击中一样，"脸刷地红了"地四处躲避。迷途之中，他走到了"锁骨菩萨塔"前：

> 碑文是：昔，魏公寨有妇人，白皙，颇有姿貌，年可二十四五，孤行城市，年少之子，悉与之游，狎昵荐枕，一无所却。数年而殁，人莫不悲惜，共醵丧具，为之葬焉。以其无家，瘗于道左。唐大历中忽有胡僧自西域来，见墓，遂跌坐，具礼焚香，围绕赞叹数日。人见，谓之曰：此一淫纵女子，人尽夫也。以其无属，故瘗于此，和尚何敬耶？僧曰：非檀越所知，斯乃大圣，慈悲喜舍，世所之欲，无不徇焉。此即锁骨菩萨，顺缘已尽，圣者云耳。不信，即启以验之。众人即开墓，视遍身之骨，钩结皆如锁状，果如僧言。人异之，为设大斋起塔焉。
>
> 我是看了一遍，又看了一遍，我以前所知道的菩萨，也就是观音、文殊、普贤和地藏，但从未听说过锁骨菩萨，也是知道菩萨都圣洁，怎么菩萨还有做妓的？圣洁和污秽又怎么能结合在一起呢？[①]

细心的读者自会察觉，这段碑文并非作者虚撰，而是搬用了《太平广记》卷一百零一释证三中"延州妇人"条目，只是把地点由"延州"（即延安）改成西安的"魏公寨"。同一个故事，在《续玄怪录》《传灯录》中亦有所记述。《韵府续编》进一步点出：此即观音大士之化身也。

"以妓之身而行佛智的菩萨"，在作品中道成肉身，则是高兴所爱的孟夷纯。高兴与孟夷纯的初次相遇，仿佛也是冥冥中的天意——高兴卖肾之后买了

[①] 贾平凹：《高兴》，作家出版社2007年版，第98页。

一双"女式高跟尖头皮鞋",他盼望着能够遇到这双鞋的女主人。在一次拾荒的路上,这个人似乎出现了:

> 我一直记着一件事,那是我拉着架子车经过兴隆街北头的那个巷口,一个女人就提着塑料桶一直在我前边走。街巷里的女人我一般不去看,不看心不乱,何况呆头痴眼地去看人家显得下作,也容易被误解了惹麻烦。但提塑料桶的女人穿着的皮鞋和我买的那双皮鞋一模一样,我就惊住了![1]

两个人开始交往之后,高兴逐渐了解到,这个叫孟夷纯的女人,是兴隆街美容美发店里的妓女。高兴曾经无法释怀,为自己爱上了妓女而焦灼不安。

> 如果真的这就是恋爱,那我是爱上了一个妓女?爱上了一个妓女?!明明知道着她是妓女,怎么就要爱上?哦,哦,我呼吸紧促了,脸上发烫。[2]

然而,了解到孟夷纯出卖身体的缘由后,高兴寻找到了内心的解脱——孟夷纯家乡(米阳县)的前男友,为了报复,杀了她哥哥后逃亡。缺乏经费的当地公安,就把案子搁下来了。被迫无奈,孟夷纯选择了这样的方式来募集办案经费——这一切使得高兴骤然想起了"冥冥中的神的昭示"。

> 我蓦地想起了锁骨菩萨,难道孟夷纯就还真是个活着的锁骨菩萨?锁骨菩萨,锁骨菩萨,我遇到的是锁骨菩萨!

高兴"明白了":

> 这菩萨在世的时候别人都以为她是妓女,但她是菩萨,她美丽,她放荡,她结交男人,她善良慈悲,她是以妓之身而行佛智,她是污秽里的圣洁,她使所有和她在一起的人明白了……[3]

读者自会发现,故事絮絮讲到此处,与《罪与罚》越来越"神似"。基于对底层文学僵硬立场的不满,曾有研究者援引这部巨著,以此作为底层如何文学的典范:"如果还要以一种非此即彼的僵硬立场去争吵'纯文学'和'底层写作',让文学批评降格成'大专辩论赛'——辩论激烈、观点迥异实则无益——之类的电视表演,只好请他打开陀思妥耶夫斯基的小说《罪与罚》,从第一行读

---

[1] 贾平凹:《高兴》,作家出版社2007年版,第57页。
[2] 贾平凹:《高兴》,作家出版社2007年版,第193页。
[3] 贾平凹:《高兴》,作家出版社2007年版,第57页。

起。"①然而，宗教或许可以感召拉斯柯尔尼科夫与索尼娅在泥淖里忏悔，获得灵魂上的新生；"锁骨菩萨"却无法给高兴与孟夷纯根本的安慰。毕竟，孟夷纯的"罪"，不必"拔高"到宗教意义上的"原罪"，根底上是某些人为因素。

  孟夷纯告诉了我，她是在县公安局再一次通报有了罪犯新的线索后寄去了一万元，办案人员是跑了一趟汕头又跑了一趟普陀山，结果又是扑了个空。他们返回到西安后给她打电话，她去见了，要她再付宾馆住宿费、伙食费，还要买从西安到米阳县的火车票。孟夷纯说：我哪儿还有钱，我的钱是从地上捡树叶吗？到底是破案哩还是旅游的，便宜的旅馆不能住吗，偏住四星级宾馆，要抽纸烟，要喝茶，还要逛芙蓉园，我到哪儿弄钱去？！②

  可以看到，高兴所寄托的所谓"锁骨菩萨"的想象，终究弥漫着无法解脱的焦躁不安。毕竟，不断陷落的底层，所面对的困境是"政治性"的，并非不可抗拒的天命。最终，"锁骨菩萨"被警察逮捕了。

  孟夷纯是在美容美发店的楼上被抓住的，她是怎样被恫吓着，羞辱着，头发被扯着拉下了陡峭的楼梯？她现在受审吗？听说提审时是强烈的灯光照着你，不让吃，不让喝，几天几夜不让睡觉，威胁、呵骂，甚至捆起来拷打？你不是漂亮吗，他们偏不让你洗脸，不让你梳头，让你蓬头垢面，让你在镜子前看到你怎样变形得丑陋如鬼。或许，他们就无休止地问你同样的问题，让你反复地交代怎样和嫖客的那些细节，满足着他们另一种形态里的强奸和轮奸。这些我都不敢想象下去了。③

三、温情脉脉的资产者

  为了赎出孟夷纯，高兴必须筹集到五千元钱，这是警方放出风来的明码标价。两手空空的高兴，最后想到了韦达——孟夷纯的情人，一个温情脉脉的资产者。和"左翼"所讲述的脑满肠肥荒淫无耻的"资本家"完全不同，韦达俊

---

① 李建立：《批评与写作的历史处境——从小说〈那儿〉看"底层写作"与"纯文学"之争》，载《江汉大学学报（人文科学版）》2007年第1期。
② 贾平凹：《高兴》，作家出版社2007年版，第283页。
③ 贾平凹：《高兴》，作家出版社2007年版，第42页。

朗、文雅、沉稳，对待孟夷纯文质彬彬，形象颇为正面。饶有意味的是，尽管韦达与高兴共享着同一个女人，但高兴却毫不仇恨，反而一厢情愿以为自己的肾就是换给了韦达，对他有一种"宿命"般的好感。

冥冥之中，我是一直寻找着他，他肯定也一直在寻找着我。不，应该是两个肾在寻找。一个人完全可以分为两半，一半是阴，一半是阳，或者一个是皮囊，一个是内脏，再或者一个是灯泡，一个是电流，没有电流灯泡就是黑的，一通电流灯泡就亮了。这些比喻都不好，我也一时说不清楚。反正是我们相见都很喜悦。①

这种"劳动者"与"资产者"的亲近颇为"另类"。就此来说，《高兴》不仅仅提供了一个新的底层形象，更是提供了一种新的"劳资关系"。和"左翼"念兹在兹地讲述阶级剥削与阶级对立相比，高兴却一直想与韦达接近，将对方指认为"另一个我"，其间的象征色彩如此明显，自是不需笔者赘叙。《高兴》所凸显的是，"欺负民工最凶的是民工"。无论是去垃圾场还是去卸水泥，民工之间血淋淋地撕咬，底层的"穷凶极恶"暴露无遗。

西安城里的人眼里没有我们，可他们并不特别欺负我们，受的欺负都是这些一样从乡下进城的人。我过来给五富他们说：回吧，咱好歹还有拾破烂的活路，这些人穷透了，穷凶极恶！②

假设作品就此结束，无论语言文字如何出色，这也将是一部令人失望的甚或是伪饰的作品。毋庸讳言，作者小心地绕开了底层的"穷"与"恶"如何生成的"历史"解释。毫无疑问，贾平凹避免了如此的"简单"，作品明显地包含着对高兴的"反讽"，且看他来找韦达救人的场景：

韦达说：别拘束啊刘高兴，要上洗手间吗？我说：不，上个厕所。韦达说：洗手间就是厕所，服务员，领他去洗手间。我嫌五富丢人现眼，没想我倒丢人现眼了，一时脸烫。③

如果说，这还是一些虚荣作怪的细枝末节的话，那么韦达聊天时无意透露的信息，却给予了高兴致命的一击：他没有换过肾，而是换的肝。高兴"梦"醒

---

① 贾平凹：《高兴》，作家出版社2007年版，第212页。
② 贾平凹：《高兴》，作家出版社2007年版，第303页。
③ 贾平凹：《高兴》，作家出版社2007年版，第47页。

了,"韦达"及其联系的"城里"的世界,与他终究没什么干系。

  我一下子耳脸灼烧,眼睛也迷糊得像有了眼屎,看屋顶的灯是一片白,看门里进来的一个服务员突然变成了两个服务员。韦达换的不是肾,怎么换的不是肾呢?我之所以信心百倍我是城里人,就是韦达移植了我的肾,而压根儿不是?!韦达,韦达,我遇见韦达并不是奇缘,我和韦达完全没有干系?![1]

"韦达"在高兴的眼里完全不一样了,他变成了另一个"韦达"。并不意外,他最后拒绝了高兴天真的请求。

  我说:可以赎的,老鸹就是赎回来的,你去试试,只需要五千元,五千元就救她了!

  他说:刘高兴,你不了解,做事要有个原则。

  韦达,韦达,这就是韦达的话吗?孟夷纯把韦达当做了朋友和知己,当平安无事的时候,当满足欲望的时候,韦达是一个韦达,而出了事,关乎自己的利益,韦达就是另一个韦达了。你可以雇两个人专门每日到山头上插旗,却不愿掏五千元救孟夷纯,九牛不拔一毛是什么原则?![2]

希望破灭的高兴,准备依靠自己赚出那五千元。他和五富换了份更"赚钱"的工作——去咸阳的工地上挖地沟。住在废弃的荒楼里,面对包工头诸多的欺诈,高兴与五富一夜狂饮后,不幸降临了:

  我觉得不对。忙过去说:还真的不行了?五富说:高兴,我心慕乱得很,我头痛。就彻底地跌坐在了地上。我立即有了不祥的感觉。[3]

某种程度上,结尾处这"五富之死",堪称整部作品的象征——恰如高兴在城乡之间的摇摆不定,面对这个复杂的无法给出答案的大时代,作为记录者的贾平凹同样既忠实又不安。和"左翼文学"屡见不鲜、悲怆的"劳动者之死"相比,这不是一个果敢、有力、怒气冲冲的情节,甚或无法构成全书的高潮——五富的死如此突然,近乎莫名其妙。就此,作者曾尝试着给出一个高度概念化的

---

[1] 贾平凹:《高兴》,作家出版社2007年版,第48页。
[2] 贾平凹:《高兴》,作家出版社2007年版,第351页。
[3] 贾平凹:《高兴》,作家出版社2007年版,第388—389页。

阐释。

> 五富舌头伸出来又把嘴边的鱼翅勾进去吃了，一下一下地嚼。嚼着嚼着就不动了。石热闹说：香吧，香吧，你再吃，你再吃，你现在是你们村第一个吃鱼翅的人了！高兴你也吃过？我没有理石热闹。五富还是不动，黑眼仁不见了。我拿手在他面前晃了晃，没有反应，用手试试他的鼻孔，鼻孔里已经没任何气息。
>
> 五富死了。[①]

于全文汪洋流畅的叙述相比，坦率地说，这部分的描写过于生硬。"鱼翅"突兀地梗在五富的嘴里，这一场景的寓意如此庸常，反而让读者疑虑重重。某种程度上，这是作者从近似的文本里剪切过来的"革命符号"，而不是人物的自然伸延，这一刻的贾平凹最不像贾平凹，作者的内心是如此摇摆不定。自然，不必责难作者，当下这所谓的大时代，不也是惶惶一片混沌。与其得意扬扬地宣布终极的真理，毋宁"把自己的作品写成一份份社会记录而留给历史"，老老实实地记录下根深蒂固的矛盾。

四、结语

且容笔者断言，以《高兴》而论，贾平凹提供了底层文学一种新的可能。尽管贾平凹一直自觉地自外于潮流写作，但底层文学关切的，终究是文学根底性的所在，一个托尔斯泰与陀思妥耶夫斯基式的问题——人类的苦难以及对命运的承担。

学界曾热切地予以希望，"解放底层曾经是左翼现代性构想的一个重要纬度，但在以市场意识形态为中心的普世的现代性话语体系中，这一纬度消失了。今天，底层概念重新浮出水面，既是对个人化叙事、小资话语、中产阶级文学想象以及新贵文学的反动，也是未完成的左翼现代性文学思潮的新形态。"[②]诚然，倘若文学作品漠视必要的人道关切，无论如何"纯粹"，终究是工匠的技艺。但底层的写作是否需要驯服于"左翼"的成规？这值得进一步思量，纠葛难休的历史创痛，自是不需笔者多言。当下亟待的，未必是对"左翼"的再次召唤，而是如何在"美学"与"道德"之间，在不伤害"文学"的"可能性"的基础上，探

---

① 贾平凹：《高兴》，作家出版社2007年版，第393页。
② 南帆等：《底层经验的文学表述如何可能？》，载《上海文学》2005年第11期。

索对大时代的讲述。或如米兰·昆德拉的看法："将道德审判延期，这并非小说的不道德，而正是它的道德。"毕竟，"在1980年以及始终坚持80年代思维方式的学者那里，'美学'与'道德'的分疏所催生的'工具论'与'自主论'的框架始终是不容置疑的，这个背后的思维方式，还是缺乏对'政治'与'文学'两分法的反思……在伟大的作家那里，'文学'从来不仅仅是'美学'，当然也不仅仅是'道德'"[1]。就此而言，《高兴》的方式是一种可能。

就此不难理解，在"左翼"之外讲述底层的贾平凹，写了一个长长的后记，明白地告诉读者这一切都是真实的，"高兴"以乡党"刘书祯"为原型，诸多情节以亲身的社会调查为蓝本。正如在专访中提到，"跟贾平凹之前的小说都不一样，《高兴》是一部完全建立在真实基础上创作完成的小说。在两年时间里，他采访了近百位在西安拾破烂的商州同乡。所有的小说人物都有原型，所有的人物经历和细节都在现实生活里发生过"[2]。比较以往的作品里"唯有心灵真实"的强调，现在的变化颇耐寻味。毕竟，"真实"是"左翼"文学的核心，作为与"左翼"文学一种潜在的"对话"，敏感如贾平凹，自是不得不自我辩白。

颇为惊人的巧合是，基于生活经验的"个人化"的《高兴》，在重要情节上与张杨导演的《叶落归根》极为相似。

长篇小说《高兴》用了一个有争议的开头和结尾：主人公刘高兴背着一起进城打工的病逝的五富的尸体，想把他带回老家土葬，在火车站被警察发现，未能实现心愿，痛苦万分。这和《南方周末》刊发的报道"湖南老汉千里背尸返乡"（《一个打工农民的死亡样本》，2005年1月13日头版，记者张立）的情节极为相似：湖南老汉李绍为背着老乡尸体，上火车，赶公交，计划辗转千里返乡，直到路过广州火车站时被警察发现。后来导演张杨把这篇报道变成了电影《叶落归根》，赵本山主演。

"背尸返乡"这一事件本身（贾平凹自述根据的是凤凰卫视的报道），吸引了不同艺术家的注意，这一既"真实"又富于"象征"的情节，堪称底层绝佳的症候：沦陷于"盛世"罅隙间的底层，在深渊里不辨人鬼地挣扎，在"现代"与"乡土"之间，国家的大门何尝向他们敞开。由此理解《高兴》的结尾，颇耐寻

---

[1] 黄平：《"重看〈废都〉和如何"重看"》，载《上海文化》2008年第1期。
[2] 张英：《贾平凹：从废乡到废人》，载《剑南大学》2008年第1期。

味的是，与当年的《废都》如此相似——近二十年之后，再见"车站"，依然幽灵不散。

  我抬起头来，看着天高云淡，看着偌大的广场，看着广场外像海一样深的楼丛，突然觉得，五富也该属于这个城市。石热闹不是，黄八不是，就连杏胡夫妇也不是，只是五富命里宜于做鬼，是这个城市的一个飘荡的野鬼罢了。①

  徘徊在车站广场上的高兴，已然无路可走，警察拒绝了他"背尸回乡"的"愚昧"愿望；当年落荒而去的庄之蝶，同样四顾茫然，在车站的长椅上骤然中风。如果说，《废都》讲述了市场经济肇始的"知识分子"之死，那么《高兴》补叙了二十年后的底层命运。无论"庄之蝶"或是"刘高兴"，最终只落得在"车站"徘徊不安，那一趟承诺中的班车，却不知何时到来——飘飘荡荡的鬼气，不断地盘亘郁结，雄心勃勃的现代中国，努力地驱鬼除魅，依然幽灵不散。

[原载《西安建筑科技大学学报（社会科学版）》2008年第4期]

---

① 贾平凹：《高兴》，作家出版社2007年版，第414页。

比较研究

《高兴》与《阿Q正传》的比较分析

高　瑾　李继凯

贾平凹也许对以鲁迅为代表的新文学传统并没有一种理性的自觉，也没有刻意要给予传承并发扬光大，或许还不及他对周作人、沈从文、张爱玲等现代作家的兴趣大。但从其近些年来的创作看，可以说他对作为民族主体的农民的关注，在21世纪初叶仍旧构成了对20世纪初叶"农民"及"农民与城"等艺术意象的强烈回应。恰恰主要是在"平行比较"而非"影响比较"的"平台"上，我们看到《高兴》和《阿Q正传》分别对作品主人公刘高兴、阿Q的生平事迹给予了精彩的艺术呈现，且都是具有原创性的"正传"。虽写法不同、语境不同、详略不同，但对弱者精神世界的集中关注和深层透视，却是一脉相承或颇有相通之处的。

一、蒙昧与启蒙

中国作为一个农业大国，如果不能把启蒙的思想植根于占绝对数量优势的农民中，谈什么都是徒劳的。他们依旧受到各种有形无形的压迫，生活困窘、愚昧麻木，正如鲁迅笔下的阿Q、祥林嫂、闰土、华老栓、爱姑以及当代文学作品中的许三观、福贵、高兴等处在蒙昧状态的人物形象，都较多地表现出了愚昧麻木的精神特征。

在启蒙文学中，作家主要关注的是民众的精神状态。"五四"启蒙时期，启蒙者希望民众能学习西方的民主与科学精神，依靠理性成为有判断力的人。"五四"文学传递给读者的一种重要信息，就是造成民众物质贫困、国家衰亡的根本原因在于精神层面，亦即蒙昧民众的自困、自抑具有极大的消极作用。如鲁迅《阿Q正传》中阿Q自认门第高、辈分大，自轻自贱而又自诩第一，麻木却也自负，善于用精神胜利法自欺自慰，等等。鲁迅正是看到了国人灵魂中的病痛之深，所以希望能够揭示出来，引起疗救的注意，以期通过现代性意义上的

"立人"来实现"立国",达成民族的伟大复兴。

贾平凹作为当代著名作家,创作甚丰,题材也较为广泛,但《高兴》是他第一次以新时期入城"农民工"为主人公进行的书写,再现了"农民工"的生活和精神面貌。在建构和谐社会阶段,这是非常值得关注的。在后现代理论盛行的年代,重新回归的意义和深度难能可贵。当今文学处在一个各种思潮并存的年代,尤其是在引入西方后现代理论后,精神"深度"普遍缺失,艺术作品普遍放弃意义价值的探寻。在20世纪90年代的文学写作中,"新写实""新市民"等文学潮流,普遍应和着后现代理论。后现代的理论对传统经典的启蒙理论产生了冲击。[①] 在这个特殊的年代里,还能有人深入体察底层民众的生活状态,特别是其精神状态,并思考现象背后的深层意义真的是难能可贵。贾平凹的新作《高兴》就是能够揭示社会深层问题,探寻现象深层次意义的佳作。刘高兴是一个在城市打工的农民,他向往城市生活,对现代物质生活的憧憬,让他甘于从拾破烂的活做起,忍耐着,挣扎着。究竟是什么让农民的物质欲望急速膨胀,精神缺失?又是什么让他们在城市里只能沦为底层?这些都是小说带给我们的深层问题。

试图对民众有所启蒙和引导,是许多作家或明或暗的目的之一。优秀作家都要"有所为",鲁迅意在引起疗救,贾平凹意在引起社会对农民工生存状态和矛盾困惑的关注,这也体现出了他们"为人生"的现实主义文学观。但他们创造的文本呈现出种种差异,意蕴也各自有所侧重。比较《高兴》和《阿Q正传》,主要存在着三点明显的不同:

(1)代言与立言的不同。代言的言说方式更多地立足于知识者社会价值的实现[②],"五四"启蒙运动多少带有要实现某种社会价值的意思。鲁迅写《阿Q正传》,希望民众觉醒而后有所作为,所以这种启蒙是一种代言性质的。而贾平凹在《高兴》中试图立言,"立言的言说方式体现为知识者独特的感受和生命体验,或是个体的形而上的致思,表达个体存在的价值意义"[③]。从某种程度上讲,

---

① 陈力君:《代言与立言:新时期文学启蒙话语的嬗变》,浙江大学出版社2007年版,第49页。

② 陈力君:《代言与立言:新时期文学启蒙话语的嬗变》,浙江大学出版社2007年版,第8页。

③ 陈力君:《代言与立言:新时期文学启蒙话语的嬗变》,浙江大学出版社2007年版,第8页。

贾平凹并没有告诉读者改变农民工命运的方法，而是实实在在地记录了他们生活的贫困潦倒和自身的蒙昧混沌。显然，作者也想通过苦难叙述来唤起民众的觉醒，希望他们看到物欲膨胀的可怕后果，但是唤起民众的启蒙不能代替民众的自我启蒙，这条路必然任重而道远，当然他也希望政府能对底层多一些关注。

（2）"启蒙"与"后启蒙"的不同。鲁迅是以启蒙者的姿态出现的。他希望通过对阿Q的塑造，使民众觉醒，成为反权威、反专制，有理性批判精神和主体意识的人。他对阿Q的怒或哀都是向外的，是在启蒙他者。而贾平凹则是以"后启蒙"姿态出现的：当五富客死异乡时，作者引领读者一起反省，到底农民为什么要进城？是谁让他们进城的？以及农民工现象背后隐藏着什么社会问题？从这个意义上讲，作者的自我反省意识是很强的，思想是有洞穿力的。正如王岳川曾在《后现代美学转型与"后启蒙"价值认同》一文中说的"'后启蒙'是走出启蒙误区的'新觉醒'"。"后启蒙"已经把对大众的启蒙姿态转变为对知识者自我的启蒙和反省。特别重要的是，当鲁迅针对封建而启蒙成为现代话语经典之后，贾平凹却在针对"现代"而焦虑与怀疑，焦虑与怀疑中的忧患和无奈居然也可以化作日常生活叙述的语言"瀑布"。

（3）内忧外患下的物质贫困召唤启蒙精神与物欲膨胀对启蒙精神的冲击。1840年鸦片战争后，中国呈现出内忧外患的局面。中国在本国封建主义、买办官僚和国外帝国主义的多重压迫下，渐渐成为半殖民地半封建的国家，而启蒙的本意就是要反权威、反专制、重视人性的道德意义和认识世界的价值意义，其崇尚的是现代理性。"20世纪90年代政治意识形态对经济物质地位的迅速抬升，一度强烈冲击了启蒙思潮"[①]，无论城乡，人都在被"物化"中，从而隐没了主体精神。而在贫富不断分化的过程中，物质贫困者逐渐成为文学表达的形象核心。在《高兴》中则体现为城市农民工形象的成功塑造。原本在清风镇过着乡间普通生活的农民高兴和五富，在物质欲望支配下，希望能在城市里挖到第一桶金。他们希望通过自己的诚实劳动换来财富，但现实生活条件的艰苦、社会地位的低下，让他们逐渐感受到在城里没有技术和资本是无法和其他人一样平等立足的。贾平凹希望通过作品的直接叙写揭示底层人民生活的艰辛，以及

---

① 陈力君：《代言与立言：新时期文学启蒙话语的嬗变》，浙江大学出版社2007年版，第55页。

通过第一人称叙述视角向人们展示农民眼中的善与恶，以及他们的蒙昧，或在自我"物化""异化"后精神缺失，构成了一种触目惊心的"新蒙昧"。

二、卑微与自慰

因为《高兴》，评论家可以坦然地将贾平凹视为"底层书写"的代表作家了。他对饱受生活苦难和折磨的卑微者刘高兴们，给予了相当精细的描写。而鲁迅对游走或流浪于城乡之间的阿Q的关注，从边缘化的极易被忽视的阿Q身上，发现了国民性中极具有普遍意义的"自慰机制"，这就是"精神胜利法"。这是卑微者面对经常化的失败、挫折所祭起的法宝，既百试不爽，又不断消磨意志。这样的灰色人生和精神特征在高兴的拾荒生涯中，也有较为充分的体现。

两部文本中有大量的细节可以证明卑微者生活的困苦：阿Q没有家，住在土谷祠里，没有固定的职业，给别人做短工，饿到要卖身上的衣服，到尼姑庵偷萝卜吃等。高兴五角钱买了三堆菜，没有案板，高兴在芦席上擀面条吃；五富吃有霉点的干馍；黄八拿了民工死后的衣服；脑出血死在医院的五富临死没穿内裤，死前才吃到剩下的鱼翅；等。阿Q是清末的赤贫农民，深受封建思想的毒害，在地位比自己高的赵太爷、地保等人面前连"不"都不敢说。在别人的欺侮下，他从"怒目而视"变作精神胜利，因为他没有反抗的能力，且总是失败，最后只好自我欺骗。高兴虽然不致被打骂，但毕竟从事的是底层的劳动，所以也是被瞧不起的。

细究一下，阿Q与高兴的卑微人生因为时运等因素而具有较为明显的差异：

（1）同为底层，但处境不同。因为身处底层，阿Q总是被欺压。他连姓赵的权利都被赵太爷剥夺了，说他不配姓赵。他总是被打骂，被假洋鬼子的哭丧棒打．但是高兴有权更改自己的名字，也不会被别人打骂。但高兴的自尊仍严重受挫：比如高兴因为穷娶不到媳妇，他在城里卖破烂被人瞧不起。在美女面前自卑，他很孤独，与树和架子车交流感情，等。

（2）时代背景不同。阿Q处在社会变迁的年代，辛亥革命的到来并没有真正改变底层民众的生活状况。一个吃了上顿没下顿的打短工的雇农，在自身的生存危机都解决不了的情况下，他无法懂得革命的真谛。这一方面说明他对时局不了解，一方面说明底层是很难被启蒙的。他不识字，更谈不到个体意识，还自觉维护封建统治。在当时，底层是没有话语权的，也无人为他们真正代言，在封建等级制度下，底层就只能被践踏被侮辱。高兴处在新社会，中国在改革开放的三十年间，社会生活已经发生了翻天覆地的变化。只有关注底层，启蒙底层，我们才能揭穿"现代"所宣扬的"文明"背后的真相。

（3）受精英意识[①]影响的程度不同。鲁迅在写阿Q时，也受到精英意识的影响，在塑造人物时加入了辛亥革命等事件，表达了对"救亡"的关切。贾平凹的进步之处就在于他能亲自深入底层生活，并避开政治话语，没有盲从精英意识中对底层贫困根源（个人努力不够）的结论，而是注重在展现底层生活时揭示社会问题。

（4）婚恋观念的不同。阿Q向吴妈示爱，完全是尊崇封建思想和本能冲动。底层是只能勉强维持生存的阶层，他们的婚姻完全是人类繁衍的本能冲动，爱情对于他们是奢侈品[②]。而新时期高兴对妓女孟夷纯却是真诚的爱恋，他向往真正的爱情，他总是想办法帮助孟夷纯，尊重她、爱护她，并产生灵与肉的交融。这种变化和时代的进步有关，在新社会农民的情感表达健康了许多。

在此，我们不妨集中关注一下精神胜利法。鲁迅曾说过《阿Q正传》的主旨是写"我们国人的魂灵"，感到"我们的传统思想"给国人所造成的"精神上的痛苦"。《高兴》中似乎也延宕着这种"精神上的痛苦"。大致看来，存在着这样的相似点：自负、夸大，常用精神胜利法自欺自慰。

陈夷夫的《谈阿Q型人物》中说阿Q是个"自命不凡的，贪小便宜，而好在人前夸嘴的人"。每次吃了亏就用精神胜利法自慰。精神胜利法属于阿Q的精神"枢纽"与思维方式，是派生卑怯、夸大狂与自尊癖性等性格特征的精神机制。[③]由于他不能以实际的物质胜人，只能以空虚的精神安慰自己。鲁迅在这里为我们树了"一面无情的镜子"，它照出了底层在物质贫乏时畸形的精神。精神胜利法是在封建主义的压迫下被扭曲了的表现。究其根源是为了维护自尊：吕俊华对精神胜利法的探索，指出了阿Q对不同的人，态度是不同的，他对当权派和实力派是用精神胜利法的，对同等地位的人用"实力政策"，对弱者用

---

① 刘旭：《底层叙述：现代性话语的裂隙》，上海古籍出版社2006年版，第20页。
② 刘旭：《底层叙述：现代性话语的裂隙》，上海古籍出版社2006年版，第93页。
③ 张梦阳：《阿Q新论——阿Q与世界文学中的精神典型问题》，陕西人民教育出版社1996年版，第30页。

"霸权主义"来伤害别人的自尊以满足自己的自尊。他用"自愚"的方式来化解被侮辱、被损害的愤懑不平之情。这是一种变态的反抗。阿Q用精神胜利法可以解决精神领域的自尊心问题，但在物质领域精神胜利法就不起作用了。他改变不了物质的贫困，改变不了他底层的地位。鲁迅写阿Q是为了揭示国民的劣根性，以求改良，从而觉醒，最后达到救亡的目的。

刘高兴认为自己的一只肾卖给了西安，那他当然要算是西安人了。"我不是刘哈哇，我也不是商州炒面客，我是西安的刘高兴"[①]。当他终于坐上了出租车，却觉得是在"检阅千军万马"，竟然说了"同志们好——！首长好——！"[②]之类可笑自大的话。此外，还有诸多表现，如自我欺骗、精神胜利：卖肾的钱本是要盖房娶妻的，但是"那女的"嫁了别人，他觉得心里难受，感到自尊受挫。他说"我老婆是穿高跟尖头皮鞋的""西安的女人"。他后来还是用精神上虚幻的胜利，自我安慰。但是我们都知道其实是他穷，娶不到老婆，而他却能以丑为美，并以虚幻的城里女人才穿的高跟鞋来安慰自己。用"锁骨菩萨"宽慰自己，就是他精神胜利法的一个集中体现。当孟夷纯是妓女的事实摆在高兴面前时，他是不愿接受的，后来就用"锁骨菩萨"来美化她。其实他也是为了维护自尊，因为他不愿承认自己爱上的人竟是妓女，但要肯定的是他的确爱着孟夷纯。他用自欺的方式来为自己尴尬的爱情解围，因为他知道，作为底层人，不喜欢粗鲁的翠花，只有妓女能给他一个和城里漂亮女人近距离接触的机会。他依旧是底层人，真正的城里女人和他是格格不入的。他为了维护自己虚伪的自尊，只能用精神胜利法安慰自己。再如以丑为美：高兴在没事的时候，喜欢吃豆腐乳，样子就跟"狗啃骨头""咂个味"一样，"人总是有个精神满足的"。他认为这也是一种精神享受，他甚至还嘲笑五富不懂音乐更不懂精神享受，因为精神上虚幻的胜利可以让任何丑的东西变成"美"。"满足"正是他始终活在自己构筑的精神优胜的乐巢中的自欺的集中体现。

但仔细比较二者也有不同点：高兴不自轻自贱、懦弱卑怯、蛮横霸道，比辛亥革命时期的农民在精神面貌上有所改观。但是他仍然自我欺骗，用精神上的虚幻胜利化解实际物质上贫乏以及底层地位带来的自卑感。在一定程度上，"精神胜利法"依然在"胜利"延续着。

---

① 贾平凹：《高兴》，作家出版社2007年版，第8页。
② 贾平凹：《高兴》，作家出版社2007年版，第1页。

三、反思及变形

作为民族魂或"精英"的杰出作家，经常要进入躬身反省、反思的语境，但我们看到的可能是不同的沉吟着或反思中的身影。

先看鲁迅对辛亥革命和国民性的反思：阿Q作为浮浪不经的农工游荡于城市与农村之间，以为的革命就是抢劫，没有主体意识，大多没有文化，看不清社会变迁的方向，长期受到封建思想的毒害，卑怯、畏缩，甘于混在底层。

次看贾平凹对现代化城市化的反思：(1)城市人口的流动性。正如《高兴》里一群公务员谈论城乡问题，以为城里人其实都是来自乡下，凡是城里人绝不超过三至五代。(2)人们普遍物欲膨胀。在洪水般的"现代化"的侵蚀下，"目不识丁"的农民都知道现代化的生活是人生的最高生活目标，他们也对城市生活充满了向往。"去城市打工是他们最普遍的向'现代'靠拢的方法"[1]。物质欲望的极度膨胀，促使人不断地陷入物资相对匮乏的窘境。为了物质上的富足，农民背离土地来城市挖金，但是没有技术和资本，他们无法在城市立足。(3)城市化现代化中遇到的问题。《高兴》对"发展中"的成堆问题有较多的涉及，如农民工问题。这是一个突出的问题。而拖欠工资，是农民工利益被侵害的具体表现，也是农民工最为关切的。当农民工为了要回被拖欠的工资，以自杀相威胁时，换来的却是"城里人对一个民工的死就像是看耍猴"[2]。仇富、凶残、不文明的一面也显示了农民工存在的某种心理问题：正如老铁告诉高兴的，打工的"使西安的城市治安受到很严重的威胁，偷盗、抢盗、诈骗、斗殴、杀人，大量的下水道井盖丢失，公用电话亭的电话被毁，路牌、路灯、行道树木花草遭到损坏"[3]。的确，农民工身处底层在城里的生活是艰辛的，但是他们在建设城市的同时也在以各种"不文明"的行为毁坏着城市。还有城市治安差的问题：连朴实的五富都知道"城里贼多，抬蹄割掌哩！"[4]"不要和陌生人说话，城里的骗子多"[5]。管理差的问题：城中村，农户为了出租挣钱就盖没有钢筋的民房，市容却

---

[1] 刘旭：《底层叙述：现代性话语的裂隙》，上海古籍出版社2006年版，第14页。
[2] 贾平凹：《高兴》，作家出版社2007年版，第228页。
[3] 贾平凹：《高兴》，作家出版社2007年版，第116页。
[4] 贾平凹：《高兴》，作家出版社2007年版，第13页。
[5] 贾平凹：《高兴》，作家出版社2007年版，第114页。

把袖筒装在口袋里。高兴不得不责问："你们的责任是提醒监督市民注意环境卫生，还是为了罚款而故意引诱市民受罚？"[①]环境恶化问题：生活垃圾增多，每天数百辆车从城里往城外拉送垃圾。不文明现象：立交桥下随地大小便。用电紧张：一方面是没有足够的电供市民使用，另一方面却是城里霓虹闪烁。人际关系的冷漠：世态人心，"好事难做"，"但在西安城里除了法律和金钱的维系，谁还信得过谁呢？"[②]当人情淡漠到如此地步，我们是否应该反省一下我们在一味追逐物质欲求、物质极大丰富的同时，精神世界的日渐残破？究竟在城市化现代化的过程中，我们得到了什么，遗失了什么？五富切瓜不均，黄八"骂现在当官的贪污哩"。"贪污"从一个普通的农民口中说出的时候，我们不得不深切思考。

谈到鲁迅和贾平凹的叙事表达，我们不能忽视他们对艺术变形之意趣的渲染。譬如荒诞性：《阿Q正传》用夸张、陌生化等手法塑造人物形象，阻止读者和阿Q的情感交融，不致丧失理性的批判态度。同时也体现了高度的概括力、表现力，源于生活却必须高于生活，有了这种"高"才可能引发审美的愉悦。《高兴》也大抵如此。明明是在书写拾荒者的下苦生活，却还要努力挖掘主人公下苦生活中的乐趣；再如《高兴》用荒诞的情节——农民工（拾破烂者）和妓女的爱情推进小说的叙事。又如夸张变形：精神的变形，恰如前述，阿Q和高兴都用精神胜利法处世；语言的变形，虽然鲁迅与贾平凹的文学语言个性化很强，但从语言风格上也都体现出了诙谐、尖刻、幽默。还需注意的是，鲁迅与贾平凹笔下喜剧与悲剧的交织，"戏剧化"程度的人为加强其实也是超越本色生活的一种艺术变形。鲁迅说过"悲剧将人生的有价值的东西毁灭给人看，喜剧将那无价值的撕破给人看"。阿Q是生理健全、善良的人物，却要被毁灭，精神上的无价值撕破后让人在笑声中获益，从而促使悲喜剧交融在一起。如用幽默的语言叙述底层悲惨的生活：买了自行车"除了铃不响，浑身都响"语言上越是幽默、调侃，显示出的底层生活的悲苦就越是深刻。读者在阅读时，可以清楚地看到两个乐观、开朗的主人公，同时也可以看到高兴和阿Q的喜剧性格和悲剧命运：他们的性格是喜剧的，但是当我们看到阿Q被杀头，高兴背着在外打工猝死的五富艰难地返乡时，却不禁悲从中来。这种人物性格的喜剧性和命运的

[①] 贾平凹：《高兴》，作家出版社2007年版，第69页。
[②] 贾平凹：《高兴》，作家出版社2007年版，第317页。

悲剧性之间的巨大反差，不禁让人反省他们苦难的根源和深层次的社会根源，从而由轻笑、苦笑到悲愤。这说明在喜剧的外表下，作品暗含着悲剧的实质。两者都在尽量淡化"苦难"描写，悲悯之情却又蕴含于字里行间。特别是贾平凹"凸现小说主人公在艰难困苦中的自乐情绪，目的是建构一种进城乡下人的主体"[①]。归根结底，高兴毕竟较阿Q有了"初级阶段"的"自我意识"，也在形象上有了更多的杂色和斑点，使我们在面对拾荒者时，不免疑心贾氏故意加多了笔墨。

通过初步的比较分析，我们可以看到《高兴》和《阿Q正传》有着不少值得注意的异同点，但笔者在此特别想强调的是：作为启蒙文学和底层书写，两者在本质上是有相通之处的。他们都在讲述底层民众悲惨的生活和蒙昧的精神状态，希冀能借此揭示社会问题，改造国民性中低劣的部分，也都将农民命运与民族命运紧密联通起来，仅仅在这个意义上我们可以认为，他们都有情系农民的"农民情结"。而我们在比较分析中感触最深的却是：跨了一个世纪，农民化的"民族主体"仍未完成现代化"重建"。凡此种种，我们都理应继续给予关注！

[原载《西安建筑科技大学学报（社会科学版）》2008年第4期]

---

① 徐德明：《乡下人进城的一种叙述——论贾平凹的〈高兴〉》，载《文学评论》2008年第1期。

打工农民现实生存境遇的思考与表达

——对《高兴》与《吉宽的马车》的比较

王春林

某种意义上说，贾平凹的《高兴》与孙惠芬的《吉宽的马车》在 2007 年中国文坛的联袂出现，是一件有意味的事。这说明有作家开始摒弃或者疏离了以往那种以农村生活为切入点，单纯书写农村背景下农民生存命运与生命意识的叙述模式，将视野从乡村转移到城市，从以土地为本位的"地道"农民转移到了被"城市化"浪潮所裹挟和驱遣到城市中的"农民工"身上来。严格说来，这些被城市人唤作"农民工"的一群已经不是传统意义上的农民，虽然他们或多或少仍然具有农民的某些特征和意识，但他们确已更多地生活于都市之中。因此，对中国乡村与中国农民置身于现代化思潮冲击之下的生存境况予以强烈的人文关怀，就成为现实需要。这两部小说应运而生，描写中国农民现实生存境遇、思考现代化大背景下中国乡村之命运，而两者的区别呈现出中国文坛对打工农民题材写作的深入。

实际上，对半个多世纪以来丰富异常的中国乡村社会而言，我们需要更多有胆识有魄力的作家对此进行深度的艺术反思与表现。而贾平凹的《高兴》与孙惠芬的《吉宽的马车》，则正是 2007 年度出现的两部富于个性特色的，对于当下正处于历史巨变过程中的中国乡村社会，以及农民生活进行艺术性描述与深思的重要作品。贾平凹与孙惠芬，一为成名已久的实力派男性作家，一为初出茅庐的新锐女性作家。他们两位把自己的艺术视野共同投注到背井离乡进城打工的农民身上，其人生、性别以及艺术经验的差异必然会在他们的作品中留下明显的痕迹。因此，在比较的意义上谈论《高兴》与《吉宽的马车》，应该是一件饶有趣味的事情。

一座小塔、一朵月季与满树银花

从《高兴》后记中可以看出，这部作品的创作实际上经历了曲折的过程："我重新写作。原来的书稿名字是《城市生活》，现在改成了《高兴》。原来是沿袭着《秦腔》的那种写法，写一个城市和一群人，现在只写刘高兴和他的两三个同伴。原来的结构如《秦腔》那样，是陕北一面山坡上一个挨一个层层叠叠的窑洞，或是一个山洼里成千上万的野菊铺成的花阵，现在是只盖一座小塔只栽一朵月季，让砖头按顺序垒上去让花瓣层层绽开。"在《秦腔》的艺术形式取得了成功之后，《高兴》的改弦易辙是同样成功的么？我认为，这种改变本身就是值得充分肯定的，《高兴》的艺术表现对象由乡村而变成了都市，由没落凋敝的乡村中的农民群像转而为生活在都市"精神孤岛"中无所皈依的"农民工"个体，尽管农民和农民工仅一字之差，但是他们所代表的群体及群体性貌、意义特征则发生了明显的嬗变。如果说《秦腔》中的农民群像还因为城市文明的侵入所导致的乡村衰落现状，在他们几辈人心中留下深浅不一的印记的话，《高兴》中的刘高兴等人对于城市文明的向往和融入则显得要相对单纯明朗些，他们更多的是抱着一种积极的心态踏上城市旅程的。在他们的内心深处，城市不只是解决生存问题的淘金宝地，还应该是他们精神的寄寓所和心灵归依的圣地。正是这种单纯而又美好的理想驱使他们义无反顾地离开世代居住的乡村，去寻求充满希望的地域——城市。写作对象的变化促使贾平凹放弃了已经完成了十万字的书稿，去寻找更为恰切的艺术表现形式，这是巨大的勇气，也是作者可贵的艺术品格。

事实上，这是基于艺术上的选择。根据小说后记中的交代，贾平凹有着"严重的农民意识"，在"内心深处"一直"厌恶""仇恨"着自己生活了几十年的城市。所以贾平凹并不深切地理解和熟悉现代城市。因此，如果贾平凹果真采用《秦腔》那样的叙述方式来营构《高兴》，那么他未必会获得艺术上的成功。这样看来，他选择刘高兴的叙事视角，以刘高兴与五富、孟夷纯等为数不多的若干进城农民的故事为基本切入点，进而折射表现挣扎于都市底层的打工农民复杂精神状态，正是从作家本身的生活经验、艺术表现的熟练程度出发的。一个对城市"厌恶""仇恨"的作家如要勾勒出整座城市的"清明上河图"，不是勉为其难吗？基于对现实的真实把握，贾平凹放弃了熟悉的结构技巧，乃至在创作前期意识到了这个问题后,决然地将已逾十万字的书稿抛弃,重新构思和安排,终为自己为读者递交了一份较为满意的答卷。

《高兴》更多地采用了类似于流浪汉小说的单线结构,其视野始终集中在刘高兴与五富身上,围绕二人从乡村到城市打工谋生的命运遭际展开。青年农民刘高兴和五富离开老家清风镇,来到西安,以拾破烂为生。刘高兴在都市中生存艰难,但他快乐而自尊,有自己的梦。他的梦是什么呢?就是要做一个真正的城里人,在城里"站稳脚跟"之后,他还希望在城里能找到一个老婆。后来他遇到了孟夷纯,他爱孟夷纯,甚至不相信她会是妓女,尽管她是,他还是一如既往地爱着她。但孟夷纯因卖淫进了劳教所,五富也因劳累和饮酒过度而死,撇下刘高兴一个人,还是拾破烂,还是一样的生活,一会儿看天,一会儿在地上寻摸,小说就此结束。

比较而言,孙惠芬的小说结构却要庞杂纷繁得多。虽然同样采用了第一人称的叙述方式,同样是以小说的主人公之一吉宽的视角切入,但孙惠芬所展示的却并不只是吉宽及其恋人许妹娜进入城市之后的不幸遭遇。吉宽、许妹娜之外,林榕真兄妹,黑牡丹与水红以及吉宽的大哥、二哥、三哥、四哥等人在城市打工时的苦难遭际,也得到了相当充分的展示。众多人物以及生存状态使小说呈现出一种网状的叙事结构。所以,《吉宽的马车》在某种意义上可看作多条结构线索交织而成的交响乐式的作品。吉宽生活经历的转变是这部小说的情节主线,吉宽既是小说的主人公,又是故事的叙述者,这种双重身份使得文本的叙述视域更为广阔。与吉宽联系起来的装修老板、酒店小老板、普通民工、妓女等,这些由农村进入城市的各色人物,都在他们各自不同的人生轨迹上追寻着自己的城市梦,上演了一幕幕令人震惊的悲喜剧。作者对他们心路历程的客观展示与吉宽的生活遭际经纬交织,共同构成了小说纷繁复杂、错落有致的全景图。从某种意义上说,他们更像是从吉宽这棵不断生长的树干上旁伸出来的枝枝丫丫,而每一根枝丫上又可能冒出若干新的枝条,我们几乎辨不清主干与枝条的区别,但我们的头脑中却清晰地记得他们摇曳的姿态。因为他们是富有个性的,他们生存的血和泪赋予了人物命运的厚重。

孙惠芬之所以采用这样的叙述方式,与她自身的艺术风格有关。作为长于挖掘内心隐秘情感的女性作家,她更愿意通过全方位的视角去审视人们灵魂撕裂和碰撞下所产生的行为表征,而且这种苦痛感、焦灼感表现得愈强烈,才愈能完成灵魂的自我反思和救赎。孙惠芬说:"《吉宽的马车》的特别之处在于,我努力地表现他们从被压倒的巨石底下往外挣扎时的坚韧和勇气,表现他们从不放弃再一次站立的信念。"如果仅仅从吉宽一人的悲欢离合中去展现这种坚忍顽强的信念,就只能是"他"的信念,而非"他们"的信念。而吉宽又是"农民工"群体中特殊的个体形象:他是在极不情愿的状态下走入城市的,因为心爱的人嫁给了城里小老板,他负气来到城里,希图在城市中找寻到价值和尊严,实现自己的爱情理想。可现实是,这种要求被无情地拒绝了,他陷入城市和乡村的双重困境中无法自拔。应该说,在他的身上,有众多"农民工"奋斗失败、心灵受到沉重打击后麻木迷茫的影子。但吉宽作为个体性存在具有难以摆脱的局限性,他不能承担起小说全面揭示"农民工"内心隐秘的重任,他只能是其中的某一个侧面抑或一个兼任叙述者的角色,小说更为深广的内容需要其他人物形象及命运来分担和补充。正是由于小说人物丰富多样,孙惠芬在《吉宽的马车》中对于打工农民受伤害的展示程度可能较之于贾平凹的《高兴》要更充分一些。

因此,如果说贾平凹的《高兴》是一座小塔、一朵月季,那么孙惠芬的《吉宽的马车》则更像满树竞放的银花;如果说贾平凹的《高兴》是以线索的单一明朗而显豁于读者面前,那么《吉宽的马车》所显示出的则是一种多线索交织的繁复之美。

无处漂泊的灵魂

《高兴》对于农民艰辛的苦难生活有着充分的展示,五富的死以及孟夷纯的遭遇是其中的重要事件。小说题为"高兴",但似乎是一种反讽,贾平凹依然保持着一贯的悲悯情怀,以及对于不公平社会现象的彻底而不妥协的文学批判精神。这正是《高兴》的意义所在。

刘高兴这个人物形象增添了小说文本的复杂内涵。贺绍俊曾经以乡村中走出的堂吉诃德来评价刘高兴,这有一些合理性。刘高兴与五富之间的关系可以让人联想起堂吉诃德与桑丘·潘沙来。不管贾平凹是否有意借鉴塞万提斯,但刘高兴身上的理想主义品格与五富身上的现实品性,以及五富对于刘高兴的唯命是从,与《堂吉诃德》有明显的相似性。很显然,贾平凹在刘高兴这一人物形象身上注入了很多的理想主义质素。评论界曾经有人从精神超越性的角度来肯定这个形象,认为作家写出了底层民众身上存在着的一种很阳光的精神品格。这种表现在当下一味展示苦难的底层文学中显得很特别,给人以别开生面之感,但我在阅读中却对刘高兴的形象产生过不小的疑惑。我们注意到,贾平凹在后记中曾经坦言在毁掉的初稿中充满着自己对于城市的"厌恶"与"仇恨",他的这种情结之所以能够在《高兴》中得到化解,在很大程度上乃是得力于刘高兴这样一个心态特别阳光的打工农民形象的塑造。虽然是一位挣扎于生存线上的拾荒人,但刘高兴却纯真地向往城市,"我说不来我为什么就对西安有那么多的向往",对城市有着天然的亲近感,总觉得自己有一天能够成为真正的西安人。除了每天不得不拾荒维持生计以外,刘高兴还有着较为丰富的精神生活追求,他不仅要穿皮鞋,爱整洁,而且还要吹箫自娱,甚至还与孟夷纯之间发生了浪漫的爱情。然而,虽然贾平凹凭借着刘高兴这一形象完成了自己与城市的和解,但在我的感受中,刘高兴的拾荒人身份与他的精神品格之间却总是有着一种强烈的不和谐性。如果严格地把《高兴》作为一部现实主义的小说来理解的话,那么刘高兴的性格特征就会有明显的不真实感。难道现实生活中真的会有如同刘高兴这样的拾荒人么?即使这一形象如贾平凹的后记所言带有个案意义上的真实性,那么他在拾荒人中究竟会有多大的代表性呢?

联系贾平凹一贯的小说创作风格来看,刘高兴的身上明显有着贾氏烙印,他显示着贾平凹的艺术趣味,可以看作是贾平凹内在的精神品格与艺术趣味外化的产物。他与孟夷纯之间的感情故事,明显地体现着贾平凹与中国本土小说传统之间的联系,带有十分突出的才子佳人的意味。这样一种人物形象的设计与构想,显然只能看作是贾平凹超脱于现实之外的一种文化想象的产物,其真实性颇为可疑。既然刘高兴这一理想主义的人物形象的真实性值得怀疑,那么是否就意味着贾平凹《高兴》文本某种分裂性的存在呢?事实上这是贾平凹批判精神的含蓄表达。五富尸体被警察发现后,刘高兴说道:"在这个时候我才知道我刘高兴仍然是个农民,我懂得太少,我的能力有限。"那个总是沉浸于玄妙的虚幻精神世界中的刘高兴终于落到了地面,终于意识到自己"仍然是个农民"。刘高兴的精神境界愈是高远纯粹,梦醒之后无路可走的悲剧意味也就愈是浓烈沉重,二者之间存在的巨大反差,就使得《高兴》事实上成为一部具有绝大悲悯情怀与深刻批判意识的沉痛之作。

上文已经谈到,《吉宽的马车》对于农民工的生存困境以及他们在城市中的挣扎和无奈有比《高兴》更全面的展示。储劲松将其称之为"身与心的双重苦旅"。的确，这些从歇马山庄，从大兴安岭的大山深处（指林榕真兄妹）进入槐城打工的农民们，都遭受了来自城市的严重伤害。吉宽是乡村里的一个懒汉，贫穷，却游手好闲。由于心爱的姑娘许妹娜，要嫁给一城里发了笔小财的小老板李国平，为了追求许妹娜，吉宽离开歇马山庄，来到了他的兄长与乡亲早已开始打工生涯的槐城，开始了自己的打工生活。他与林榕真的装修工作似乎一度显得前景光明，却很快因为林榕真的失手杀人而遭受巨大挫折。之后的吉宽几经挣扎，但最后的结果却是除了成为一个并没有多少钱的小老板之外，只剩下了浑身上下的精神伤痕。他本来是奔着许妹娜而进城的，"说心里话，要是没有许妹娜在我心里种下的这颗太阳，我也许永远不会扔下马车进城，永远没有机会承受这么多艰难和委曲。进城，承受艰难和委曲，到底是坏事还是好事，走到这一步已经无法说清，……"这样的一种生活茫然感，说明时间不长的城市生活对吉宽所造成的巨大伤害。

不只是吉宽，进入城市之后的其他农民也都不同程度地承受着城市生活的磨难。许妹娜不仅无奈地受着丈夫李国平的折磨，而且在爱情的希望幻灭后开了发廊，成为吸食毒品的瘾君子；林榕真失手杀死了李华的区长丈夫，但与他有过肌肤之亲的宁静与李华这两位城市女人居然都不肯为他作证，他只好默默地吞下冤屈的苦果；黑牡丹虽然看起来总是游刃有余地周旋于若干男性之间，也曾经有过几度风光，但她为此而付出的代价和吞到肚子里的苦水恐怕只有她自己才最明白；还有大哥大嫂的下岗，二哥的惨死，三哥四哥的奴颜婢膝；等等。目睹了这种种农民进城之后的悲惨遭遇，作为叙述者的吉宽才会产生这样的生活顿悟："这时，我会突然发现，实际上，不管是我，还是林榕真，不管是许妹娜，还是李国平，还有黑牡丹，程水红，我们从来都不是人，只是一些冲进城市的困兽，一些爬到城市这棵树上的昆虫，我们被一种莫名其妙的光亮吸引，情愿被困在城市这个森林里，我们无家可归，在没有一寸属于我们的地盘上游动。"吉宽的顿悟看来并没有让他产生离开城市的想法，反而坚定了"困在城市这个森林里"的想法，他们内心的痛苦与无奈又能对谁去诉说呢？

在这一点上，拾荒人中的艺术家刘高兴和懒汉申吉宽以及林榕真、许妹娜等进城打工的农民形成了高度的一致性，无论他们自身具有怎样的先天禀赋，无论他们的性格多么顽强执着，无论他们经历了多少戏剧性的人生转折，到头来,他们仍旧生活在城市边缘。他们可以从对城市的拒斥而逐渐接纳城市,但城市中冷漠的钢筋水泥却无法认同他们的存在,他们自身又因为远离乡村,对乡村产生了陌生感,不愿意再回到乡村,或者像黑牡丹那样想重新投入乡村而不被接纳。他们成了一群肉体在城市而心灵不断漂泊的流浪者。

理性思索的尴尬

与贾平凹《高兴》注重客观的描述刘高兴与五富们的生活轨迹不同,在《吉宽的马车》中,孙惠芬总是会时不时地借助于叙述人的口吻跳出来对城市和打工农民的生活做一种理性的思考。这种思考在小说文本中俯拾皆是:当吉宽看到周围的人都趋之若鹜地涌入城市时,他却有天生的拒斥感,"我不喜欢城市这棵树。……我不但没看到那棵树上有什么好吃的叶子,反而觉得自己就是一片叶子被城市吃了"。待到吉宽追随心上人的足迹初入城市时,他感到,"城市的世界是阔大的,但它的阔大是有边的,出了这个边还有那个边,是有边的无边;不像乡村,是无边的有边,站在哪里都能看到地平线的边界"。在吉宽的心目中,无边的城市是被一栋栋冰冷的建筑物和一排排街道隔开来的,这些用钢筋水泥堆砌而成的庞然大物遮蔽了人们的视线,使人变得渺小和空虚。而乡村呢,虽然疏疏落落地分布在大地的各个角落,但无论站在哪一个方位都能够看到大地的全貌,因而乡村是踏实的,是地平线的边界,是人类的根。这些话听起来不像一个生于农村长于农村,喜欢过一种平静懒惰生活的马车夫嘴里说出的,倒更像是一位智者的哲思。这位智者不是别人,正是作者自己,是作者对当下进城打工农民内心活动的透视。孙惠芬说:"我写民工,是因为我的乡下人身份。我其实就是一个民工,灵魂上经历着一次又一次'进城'。"小说中的"我"或者说名字叫"吉宽"的那个人其实就是作者自己的代表,吉宽的进城也正是作者"灵魂上经历着一次次'进城'"后的总结与阐释。

《高兴》和《吉宽的马车》形诸文本的理性思考有所不同,这意味着两位作家基本叙事策略的差异,并不是贾平凹缺乏对表现对象的深入理性思考,而是他把这种理性思考如盐溶于水中一般不露痕迹地隐藏到了人物与故事之中。这种隐藏于人物故事当中的理性思考的力度似乎更为深刻和沉重。真正值得思考的问题在于,到底是谁在不断地伤害着我们进城打工的农民兄弟?难道真的就是所谓的城市么?那么,城市又意味着什么呢?城市天然就是一个要拒斥外来

275

者的具有邪恶品质的东西吗？那么，城市又是怎么产生和形成的呢？是什么东西赋予城市一种邪恶的品质呢？通常的解释是，城市的出现乃是现代化进程的必然产物，而现代化则又是一种不可逆的社会发展，当然带来乡村的消失。我无法判断这样一种通常意义上的解释具有多大的合理性。但我所目睹的周围现实，以及近年来所谓打工文学现象的出现，却都在证明着有越来越多的农民兄弟正奔走在由乡村向城市迁徙的漫漫路途上。既然进入城市之后的农民所遭遇到的是肉体与精神的双重伤害，那么他们为什么还要义无反顾地踏上去往城市的路途呢？这只能说明，如果继续待在乡村的话，农民们的处境只能更糟，走向城市起码能解决他们基本的生存问题或者亦会因为偶然的机缘发生令人可喜的变化。中国农民似乎始终在对别人的依附中乞求生命的补偿。他们的自我意识似乎仍旧处于被压抑被损害的状态中。其实，关于当下中国乡村的状况，贾平凹在他的那部名为《秦腔》的杰作中，已经有了极为充分的描写与展示。在某种意义上，我觉得，只有把《高兴》《吉宽的马车》这样的作品与《秦腔》联系起来，我们才能够真正地理解当下社会中的农民工进城现象。简单来说，正是《秦腔》中所展现的农村令人震惊的景象，以及如夏天义、夏天智一代执拗地坚持留在乡村却以极其悲壮的形式死去的结局，喻示着传统意义上的乡村走向解体和没落。而他们的子孙，譬如像高兴、吉宽等人，要想改变现状，就必然会寻求新的道路，重要的新路便是进城打工，无论是像高兴一样心甘情愿还是像吉宽一样无可奈何。那么，从这个意义上来讲，《秦腔》《高兴》《吉宽的马车》就在事实上完成了当代中国农民命运的三部曲，它们各自站在不同的角度为中国农民谱写着一曲曲悲壮之歌。这看起来像是巧合，其实，蕴含着某种必然的内驱力。

贾平凹与孙惠芬从文学的角度艺术地关注、思考并表现农民进城打工这样的社会现象，应该得到充分的肯定。但如果具体到《高兴》与《吉宽的马车》这两个小说文本，一个共同的问题恐怕正是对这样一个重要的社会现象所做出的理性深度思考，存在着明显的局限与不足。孙惠芬的作品更为明显，《吉宽的马车》较之于《高兴》，存在着一种温情的忧伤色彩，残存着一种格外鲜明的前现代乡村田园理想。小说文本中，总是不断地重复出现那首由吉宽自己编写的歌儿："林里的鸟儿／叫在梦中；吉宽的马车／跑在云空；早起，在日头的光芒里哟／看浩荡河水；晚归，在月亮的影子里哟／听原野来风。"这样一种恬静的抒情格调，与城市伤害打工农民的展示，形成了鲜明的对照。在孙惠芬的内心世界中，存在着一种对于恬静的乡村田园生活的由衷向往，对现代城市则加以揭露与批判。这种对乡村生活的情愫是许多人共有的一种脱离现实的虚幻的梦想。问题是，当城市化、工业化的车轮已经打破或行将碾碎恬静古朴的乡村乐园时，仍然把心思寄托在一种虚无缥缈的世外桃源上，这就显得牵强和不切实际，也不可避免地冲淡了小说的思想性。况且对生活在当下的作家来讲，再如沈从文等二十世纪三四十年代的作家们一样，一厢情愿地固守本已不复存在的乡村道德秩序，只能是一种毫无意义的倒退。面对当下这样一种不可逆转的事实，我们倒是应该探询这些已经进入城市和将要进入城市的农民该怎样开始一种适合于他们自身的新的生活方式和生存意识。

贾平凹的《高兴》在这方面走得远一些。主人公刘高兴来到城市后，尽管也受到了精神与肉体上的侮辱和损害，五富的惨死、孟夷纯的不幸虽然也在他的心灵上投下了挥之不去的阴影，但他那种天生乐观豁达的禀性，或者说是因为他在文学艺术方面的后天修养形成的独特且富有诗意的人生信条，使他在迷茫中不至于迷失方向。他依旧在古都西安干着拾破烂的营生，他依然在闲来无事时吹箫，从反讽的角度来看，他的怡然自得是对打工农民们的生存现状更为深刻的控诉。可是，谁又能否认在经历了人情冷暖、世事沧桑之后，他的生存策略和灵魂世界不是得到新一轮的净化和升华呢？从某种意义上讲，小说的结束也正是刘高兴重新高兴起来的一个起点。

在我看来，今后一个时期内，创作以打工农民为表现对象的长篇小说，一个十分重要的努力方向，就是对这一表现对象做出更加深刻的理性思考。只有建立于这样一种精辟透彻的理性思考基础之上的打工农民题材小说，才可能出现真正意义上的小说经典。这正如《秦腔》的出现，乃是建立在贾平凹对于中国乡村问题进行长时间深入思考的基础之上一样。而且，在以后相当长的时期内，随着更多的农民走入城市，"农民工"问题仍然会持续存在下去，他们的内心意识，他们的生存现状以及所引发的对于人生普遍意义的观照与思索，恐怕是当下许多作家应该高度关注的。我们期待着能够有更多如同《高兴》《吉宽的马车》这样勇敢正视这一现象的高质量小说作品的不断涌现。

（原载《南京师范大学文学院学报》2009年第1期）

"乡下人进城"的两种当代叙述

——贾平凹《高兴》、展锋《终结于2005》比较阅读

付祥喜

2007年出版的长篇小说中,广东作家展锋的《终结于2005》和陕西作家贾平凹的《高兴》引起文学界乃至新闻媒体的相当关注,并且都受到较高评价。[①] 这两位分处南北的实力派作家,在他们各自的小说中,不约而同地讲述当代乡下人进城的故事。颇有意味的是,虽然讲述的都是当代乡下人进城,在两位作家笔下,呈现出来的却是两种不同的叙述。考察两位作家的创作心理,分析两个文本叙述的南北乡下人进城与当下中国语境中的城乡矛盾、商品经济冲击下的阶层和族群变化,以及文学对它们的叙述,既能透视当代农民在社会变革尤其是身份变化中复杂的心理,也可探讨当代作家面对这些时的选择和反应。在此基础上,可以试图思考乡土叙事在当代中国语境下所做出的自觉调整。

一

由于地域发展的不平衡和中国社会长期以来的城乡二元体制,城乡在经济、文化、习俗等方面的差别,自"五四"以来便作为乡土文学的重要内容,为作家们所关注。不可否认,中国现当代文学对乡土文学的热衷,很大程度上是围绕乡土的现代化转型问题或城市文明的弊端问题展开的。人们对现代性的焦虑,成为中国传统乡土文学的内在驱动力。正是在现代性的焦虑中,又由于城市是现代文明、科技的发祥地,而乡村总与愚昧落后、原始紧密相连,乡土文学

---

① 2007年11月28日,长篇小说《高兴》研讨会在西安隆重召开,来自中国作协、北京大学、苏州大学、华东师范大学、《收获》杂志等著名评论家贺绍俊、孟繁华、邵燕君、王尧、李东华、罗岗、肖云儒、李星、程永新等悉数到会。2008年年初,广东省作协召开了展锋《终结于2005》研讨会,详见《文艺报》2008年3月13日。

中的城乡关系，被诠释为启蒙者与被启蒙者、改造者与被改造者的关系。由此产生了两种叙事模式："城里人来到乡村"和"乡下人进城"。

在传统的乡土文学中，"城里人来到乡村"的模式，以作家对城市与乡村的态度不同，可区分为两种对城乡差别以及由差别导致的城乡矛盾的叙述方式。第一种叙述是作家先验地将乡村视为愚昧和落后的象征与根基，以启蒙者的身份出现在作品中，或者干脆以第一人称直接出现在乡村，对乡村落后的经济制度、文化观念或者政治意识进行批判或改造，展现启蒙与被启蒙、改造与被改造之间的悲剧冲突。在这种叙述中，乡村无疑成为作为现代性象征的城市与作为封建落后、反现代性象征的乡村进行斗争的战场。第二种叙述则秉承中国田园诗歌对乡村的主观想象和诗意化，忽略其愚昧落后的消极面，凸显其安静祥和的内质，把乡村塑造为理想家园和精神的净土，以此反衬城市现代文明之下物欲横流的丑陋。显然，第一种叙述方式，适应特定社会环境下大规模的社会运动，比如"五四"时期文化启蒙的社会需要、中华人民共和国成立初期对封建土地所有制的改造。尽管这种叙述方式凸现了城乡矛盾中乡村现代化的必然趋势及其现代化过程的复杂性和艰难性，但是乡村始终处于被启蒙或被改造的地位，因而遮蔽或削弱了乡村的主体能动性。第二种叙述方式，看到并放大了被第一种叙述方式遮蔽或削弱的乡村，凸显乡村人文环境的优美，并以此与城市现代文明导致的丑陋形成强烈对比。这固然是它的长处，但它有意忽略了乡村的愚昧落后和贫穷，揭露城市现代文明导致的丑陋，其实质是刻意回避了乡村现代化的发展趋势，曲折地反映了叙述者反现代文明的思想。总而言之，"城里人来到乡村"的叙述模式，先验地把叙述者摆在启蒙者或改造者的高度，它所反映的乡村，不可能是原生态的乡村，而只是"城里人"眼中的"乡村"。

相比之下，"乡下人进城"比"城里人来到乡村"更能真实地反映城乡矛盾。面对乡村现代化趋势，对乡村而言，"城里人来到乡村"是乡村被动地接受以城市为样板的启蒙或改造，而"乡下人进城"是乡村主动走进城市，从而完成现代化。"乡下人进城"所必须具备的主体独立性，在传统乡土文学中，未必具有典型意义，却较好地与改革开放以来农村城镇化和农民工进城的普遍社会现象相吻合。由此，我们来看贾平凹、展锋不约而同选择"乡下人进城"叙事模式来表达自己对城乡关系的观察和思考。可以明确，"乡下人进城"已成为当代中国乡土文学中的普遍叙事模式。

二

"乡下人进城"在当代中国乡土文学中，作为一种普遍叙事模式，也有三种叙述方式。第一种是乡下人作为农村剩余劳动力，为了改善生活进城打工，他们在城市遭遇一番，最后回到养育他们的农村；第二种是乡下人为了获得城市居民身份，主动进城接受城市现代性，挑战成规、突破自我；第三种是乡下人并没有真正进城，而是在农村城市化驱动下，以城市现代文明为蓝本，进行自我变革。

改革开放带来了中国社会前所未有的变革，一边是城市经济高速发展，一边则是乡土中国举步维艰，在城乡差别加剧的同时，城乡二元对立以农民进城务工、城市消灭农村的方式趋于瓦解。如何在叙述这些社会变化时，既保持事情的本真又显露出作家的人文关怀，这是中国当代作家面临的一个重大课题。因而作家们纷纷表示出了对作为"弱势群体"的乡下人进城的普遍关注，于是就有了底层写作。但多数作家叙述的重心往往放在写"乡下人进城"的苦难、停留在进城的遭遇上，一些作家追求揭示城市工业和商业文化对乡下人的精神污染，以达到惊悚效果，另一些也只是流于对乡下人的同情，因而以往大多数"乡下人进城"作品，属于第一种叙述方式。它们给读者带来的仅仅是愤怒和眼泪，或者对城乡矛盾的恐惧，却始终无法提供一种对乡下人的体认和理解，比如孙慧芬的《民工》、陈应松的《太平狗》。在《高兴》里，乡下人"刘哈娃"改名"刘高兴"后，出现在大批进城打工的乡下人中，他以抗争方式实现与城市的和解，最后如愿以偿成为城市一员。显然，《高兴》属于"乡下人进城"的第二种叙述方式。而《终结于2005》讲述的是珠江三角洲一个富裕村庄不可避免地实现农村城市化，它属于第三种叙述方式。

我们关注的是后两种"乡下人进城"叙述方式出现的当代背景，并就此管窥"乡下人进城"成为乡土文学普遍叙事模式的意义。

应该说，"乡下人进城"成为当代乡土文学普遍叙事，一定程度上，是对传统的"城里人来到乡下"叙事模式进行反思和社会现实的复杂变化共同促成的结果。20世纪80年代中期，有感于"规范的、传统的'根'，大都枯死了。

'五四'以来我们不断地在清除着这些枯根"①,文坛涌起了一股"寻根热"。以强化"民族文化意识"为口号的"寻根文学",出于从民族文化传统中寻找思想脉络的需要,表现出了对乡土文学的普遍关注。鉴于以往的乡土文学叙事,失去了文学对象的主体性,其文学叙事中的主体只能是一个残缺的主体,乡土完全处于被书写的状态,"寻根文学"在乡土文学的叙事中,试图还原乡土的本真性,并出现了一批有代表性的作品,如王安忆的《小鲍庄》、阿城的《棋王》、韩少功的《归去来》《爸爸爸》、李杭育的"葛川江系列小说"、莫言的"高密系列小说"、贾平凹的"商州系列小说"。尽管"寻根文学"沉入乡土本身,试图进行乡土主体性还原获得极大成功,但正如当时有研究者所指出的,"寻根文学"具有一种非题材上的特征,即"漠视现实,面向古代。"②"寻根文学"面对的"乡土"是历史性的乡土,而不是现代性的乡土。它们追求"零度情感",试图以纯客观的姿态进行叙事。与其说它们在叙事上成功地摆脱了"城里人来到乡下"或者"乡下人进城"的叙事模式,不如说它们回避了导致"城里人来到乡下"或"乡下人进城"的城乡矛盾,它们以对现实问题的某种回避而获得了小说艺术上升的空间。但是在一直为现代性所焦虑的乡土中国,文学最终是无法绕过城乡矛盾以及由它导致的重大社会问题的。随着市场经济不断向农村的渗透,乡村已经不可避免地朝着城市化方向发展,而具有现代性意味的乡土也呼唤文学以一种新的叙事模式来表达它。贾平凹近年的小说创作,对文学的这种呼唤做了及时的回答。

作为昔日"寻根文学"的重要代表,贾平凹的"商州系列小说",以一个熟知商州掌故的本地人身份,在商州地理、风情、历史、习俗的描摹中,着眼于男女情爱、人情世态、心灵醒悟的过程,而对于社会变革中的城乡差别几乎一笔不提。这一点,在贾平凹此后近三十年的创作中形成了一种惯性,或者被他作为一种习惯保留下来。直到前两年出版的长篇小说《秦腔》,尽管其故事显然发生在当代,却仍然只顾表达叙述者对民族历史文化传统的浓厚兴趣,贾平凹在为故乡清风镇唱最后一曲乡村挽歌之余,没有顾及清风镇在历史变迁中的城市

---

① 李杭育:《理一理我们的"根"》,见《中国新时期文学思潮研究资料(上)》,山东文艺出版社2006年版,第225页。

② 吴秉杰:《文化"寻根"与"寻根文学"——评一股文学潮流》,见《中国新时期文学思潮研究资料(上)》,山东文艺出版社2006年版,第266页。

化。这种对现实、对城乡变迁的忽视，不仅使《秦腔》"反响平平""卖得不好"，也使贾平凹决定用一种不同于《秦腔》的写法，来书写"别一样的生活，别一样的人生"，于是有了直面社会弱势群体和城乡矛盾的《高兴》出炉。在这个意义上，确如一些评论者所说，《秦腔》标志着"中国传统乡土叙事的终结"。我于是进一步认为，《高兴》既标志着贾平凹自"寻根文学"以来叙事模式方面的重大转变，也是他为回应文学的呼唤、实现自我突破所做出的努力。

贾平凹决定用不同于"写了土地上的农民"的《秦腔》的写法来写作"乡下人进城"的《高兴》，直接原因是他接触到了刘高兴的原型，"现在的刘高兴使我萌生了写作的欲望"。他希望从类似"刘高兴"那样一群走进城市的乡下人的"生存状态和精神状态里能触摸出这个年代城市的不轻易能触摸到的脉搏"。

贾平凹的情况无独有偶，展锋选择"乡下人进城"叙事模式来写《终结于2005》，是因为农村改革带来的一系列变化触动了他。展锋在珠江三角洲一个村庄挂职时，接触到了这个村四百多万字的村史资料，"我因此非常了解这个村的历史，包括很多细节，甚至比当地的一些村民还了解他们自己的历史，这为我的写作提供了条件"。于是，我们可以做出小结：贾平凹、展锋之所以选择"乡下人进城"的叙事模式，一是作家进行自我突破的内在需求使然，二是"刘高兴和他那个拾破烂的群体"的"生存和精神状态"或者"农村改革带来的一系列变化触动了我"，变化中的社会现实既刺激了作家关注现实的欲望，也提供了作家所需的题材。在这个小结的基础上，我们就容易明白，为什么近年来"乡下人进城"会成为普遍叙事，为什么孙惠芬的《民工》、马秋芬的《蚂蚁上树》、陈应松的《太平狗》、张抗抗的《北京的金山上》，都对乡下人的进城生活，表现出了热情的关注。

如前所述，贾平凹采用的是乡下人为了改变身份主动进城的叙述方式；在展锋的《终结于2005》里，以村主任一家为中心的整个姬姓村庄的村民，并没有真正"进城"，而是以城市为蓝本被迫实现村庄的城市化，即采用的是第三种叙述方式。我认为，贾、展两位作家选择不同叙述方式，直接取决于作家的创作准备。贾平凹的生活基本上没有离开过陕西，而展锋多年来生活在广东，换句话说，他们一个生活在信息相对闭塞、经济落后的西北地区，一个生活在经济繁荣的改革开放的前沿。这就决定了贾平凹写"乡下人进城"，他能接触到、想到和有把握写好的，只能是"刘高兴和刘高兴一样的乡下进城群体，他们是如何走进城市的,他们如何在城市里安身生活,他们又是如何感受认知城市,他们有他们的命运,这个时代又赋予他们如何的命运感"。近年来广东几乎集聚了来自全国各地的农民工,展锋当然也可以像贾平凹那样写,但是他在珠江三角洲农村挂职的所见所闻,使他受到触动的,不是单个农民进城打工的遭遇,而是珠三角地区整个"农村改革带来的一系列变化",所以他要写农民在接受农村城市化过程中具有的既主动又无奈的集体性的矛盾心态,以此"演绎珠江三角洲地区农民独一无二的人生"。

三

尽管刘高兴说他进城的原因是"肾在西安呼唤我,我必须去西安"[①],而《终结于2005》中姬姓村庄要进行农村城市化改革、集体成为城市居民的原因,据故事讲述者说,是"政府推行"。但两部小说中农民进城的根本原因,其实只有一个,那就是失去土地。刘高兴说:"清风镇就那么点耕地,九十年代后修铁路呀修高速路呀,耕地面积日益减少,差不多的劳力都出去打工。"贾平凹借刘高兴之口,一语道出了农民外出打工的根本原因,即城市现代化建设导致"耕地面积日益减少",农民赖以生存的体系资源逐渐丧失,为了生存,不得不进城打工。在展锋笔下,姬姓村庄实现农村城市化、村民集体转为城市居民,根本原因也是农民失去土地。两位作家敏锐地捕捉到这一个导致当代农民深刻变化的根本原因,并以此为出发点,展开他们的"乡下人进城"叙事。

刘高兴因为所在的清风镇"耕地面积日益减少",渴望成为没有土地照样活得很好的城里人,但是当他历经千辛万苦终于成为"一个西安人"时,他失去了精神的家园,最终也只能"是这个城市的一个飘荡的野鬼罢了"。与此相似的命运,在改革开放的前沿地、珠江三角洲先富起来的农村集体上演。展锋围绕土地的得失,讲述了姬姓村庄由发展、兴盛到因农村城市化改革、土地收归国有、农民改为城市居民的故事,曾经农民为了成为城里人,不惜离开土地集体逃往香港,甚至出卖土地,但是当农村城市化已成为必然时,他们又普遍为失去土地恐慌、失落、感伤、渺茫、无奈。小说结尾描写村改居挂牌的情景,现场弥漫伤感的气氛,"许多村民流下了眼泪"。

---

① 贾平凹:《高兴》,作家出版社2007年版,第11页。

在中国，农民与土地的关系，是一个重大的具有历史意义的命题。也许千百年来，农民自己并没有意识到他们与土地之间的紧密联系，甚至认为土地束缚了他们奔向城市的脚步，因而憎恨土地。直到改革开放后，他们拥有自主支配土地的权力却很快又失去土地，才真正感受到土地与自己命运的血肉关系。这是一个十分有意义、耐人寻味的课题。两位作家把目光投在当代语境下失去土地的农民，切合了当代农村深刻变化的实际。不过，早在两位作家铺笔创作之前，农民失去土地及因此带给农民的悲剧性结果，已经作为一种宿命论而存在，留给作家的工作，就是叙述农民失去土地的过程。贾平凹在叙述中从"拾破烂群体"的"生存状态和精神状态里能触摸出这个年代城市的不轻易能触摸到的脉搏"。写一群农民工在城市的"生存状态和精神状态"，并非自贾平凹开始，但从农民失去精神家园的角度去触摸他们精神状态的脉搏，却是他的发现。贾平凹尤其写出了农民失去精神家园的复杂过程和心理上的丰富性，即刘高兴由向往城市到离开土地走进城市，抵抗城市，最后与城市达成和解的过程中，面临着对困境的绝望。比起那些20世纪80年代初期和末期在城乡间徘徊的西北农村青年金狗（贾平凹《浮躁》）、高加林（路遥《人生》）、孙少平（路遥《平凡的世界》），站在21世纪路口的刘高兴背靠"弃园"（贾平凹《秦腔》），面向"废都"（贾平凹《废都》），身处垃圾场，不但现实中更加没有出路，心灵上也没有了家园和方向。至于展锋，通过瞻前顾后的叙述，展示了姬姓家族经过几百年的生存斗争，终于在21世纪初实现家族的梦想：几代同堂的传统理想和自主支配土地的权力。然而，当他们真正自觉爱上这片土地，真正感受到土地与自己命运的血肉关系时，才发现社会发展并不允许他们继续"躺在土地上挣钱"，农村城市化已成为社会发展的必然趋势。在明明知道农村城市化是必定的结局的情况下，以大伯为首的村民们还是为了保留土地展开一系列抗争。由于失去土地早已成定局，与其说他们是为了保留土地而抗争，不如说他们是代表乡村与城市现代化进行对抗。令他们留恋不舍的，是乡村所包含的宗族、信仰、习俗等民族文化传统——那是他们依依不舍的精神家园。应该承认，小说主题上的这个内在冲突是剧烈的，展锋对它的挖掘也比较深。

总结上述，围绕农民与土地的关系，尽管两位作家对于农民失去土地的过程的具体叙述不同，所挖掘和展现的小说主旨也不同，但殊途同归，他们都把目光投向了一个结论性的命题：当代农民在失去土地的同时，也失去精神家园。

我们对这两部作品的评价,也许应该提高到人生哲学的高度。它们透露了两位作家内心深处对生存意义的哲学关怀与追寻。

四

刘高兴只是陕西偏僻山区清风镇一个普通农民,他本来也可以像大多数农民那样,在清风镇贫穷却安静地生活,但是现实不仅摧毁了他继续在农村生活下去的条件,也动摇了他继续做农民的勇气。"四年前王妈给我说媒,我吹了三天三夜箫,王妈说你必须盖新房,我去卖血,卖了三次血,得知大王沟人卖血患上了乙型肝炎我就不卖血了才卖的肾。卖肾的钱把新房盖起来了,那女的却嫁了别人。"即便出卖身体器官,建成了新房,也娶不到老婆,这种失败的痛苦,刘高兴只用一句话轻描淡写:"嫁别人就嫁别人吧,我依然吹了三天三夜的箫。"嘴上说得轻巧,却隐约露出了他内心沉重的挫败感。他由这种挫败感引申出对农村生活和农民身份的厌恨,他接着说:"(我)还特意买了一双女式高跟尖头皮鞋,我说:你那个大脚骨,我的老婆是穿高跟尖头皮鞋的!"言外之意,他的老婆是"穿高跟尖头皮鞋的"城里人,那个农村女人根本不配!刘高兴这种阿Q精神胜利法式的言语,令人啼笑皆非,然而他就是带着这种阿Q精神走进了西安城。对于自己为什么要进城,刘高兴说:"肾在西安呼唤我,我必须去西安!"按照他的意思,他去西安是卖肾引发的。其实,尽管刘高兴说不清楚"为什么就对西安有那么多的向往",我们从后面的陈述中却是明白的,他经受不住城市的诱惑。城市对像他这样的农民的诱惑,是致命的。这种诱惑不仅使他"几次梦里见到了西安的城墙和城洞的门扇上碗口大的泡钉,也梦见过有着金顶的钟楼",促使他做出了进城的决定,更使他为了能成为一个城里人,不惜加入"拾破烂族",乃至不惜在对抗中与城市和解,扭曲人格,成为"这个城市的一个飘荡的野鬼"。总之,刘高兴在农村遭受的挫败和他对城市的说不清楚理由的向往,酿成了他最终被现代社会同化、成为城市俘虏的悲剧。

《终结于2005》写了几代农民,如曾祖父、曾祖母、祖父、祖母、父亲、伯父、高脚、龅牙等许多人物,生动丰富地塑造了一群农民的形象。不过,这部小说最有思想艺术价值的人物当数"大伯"。他是这个农民家族最后的掌门人,又是村支书和村里的决策者。大伯所面对的状况,既有家族利益纷争,也有姬姓宗族与外姓利益争夺,还有乡村自治与政府之间的微妙关系。大伯的身份和他所面对的这些复杂的利益关系，使这个人物身上集中了农民家族的生存力量、生存智慧和生存矛盾，集中了农民对土地的全部感情和功利需要。因此，面对农村城市化，他注定成为这场围绕土地展开的农村保卫战的主角。最终的结局，虽然是姬姓村庄难免改村为居的命运，接受了城市化，但大伯却没有像刘高兴那样向城市屈服，村庄不存在了，他把户口迁移到偏僻的山村仙岭村。

同是"乡下人进城"，两部小说塑造的主人公，刘高兴和大伯代表了当代农民对待城乡矛盾的两种不同态度和"乡下人进城"的两种不同结局，前者在抗争中与城市达成和解，"真的就成了西安人"，后者抱着明知不可为而为之的态度反抗农村城市化，最后在改村为居已成定局的情况下，仍然坚持保留农民身份。这都是由他们所处的地域和所拥有的地位决定的。

需要注意的是，在"乡下人进城"过程中，刘高兴、大伯对城市的自觉反抗，显示出了当代农民强烈的主体意识。《高兴》《终结于2005》与一般的"乡下人进城"叙事的不同在于主人公的自我主宰意识。乡下人"刘哈娃"自己改名"刘高兴"，表现出自我主宰的意愿，标志着除去农村烙印的刘高兴开始了城市生活。由于乡下人进城后难以摆脱"他者"的地位，作为"拾垃圾群体"一员，高兴身份卑微，无力正面反抗城市，只能像堂吉诃德那样与想象的对手搏斗，又以阿Q式的精神胜利法获取心理上的成就感和满足。保安阻止他进宾馆收破烂，这使他感到屈辱甚至愤愤不平，但他幻想留在大堂的脚印能够自由地在宾馆里游走，于是以幻想报复了保安对自己的蔑视，获得了心理平衡。在垃圾堆里"刨食"，使他时常遭受城里人的蔑视和排斥，但他将自己和五富等同伙对比后，发现自己比较有城里人的素质，因此经常以城里人的身份对他们提出各种要求，比如指责五富蹲着吃饭。特别是，他还经常在他们面前以"领袖""导师"自居，不仅时时、事事不忘对他们进行教导，还希望培养起他们对自己的忠诚与服从。与此同时，他还努力模仿一些领袖人物的幽默和风趣，劳累过后，常常让他们讲一些有趣的事"放松快乐"一下。他穿上皮鞋、西服去为翠花讨回身份证，竟然想象自己在城里拥有相当的权力和地位，让五富称他刘处长……刘高兴通过与其他拾垃圾者对比，获取优越感，通过树立起在破烂族中的权威，明确自己在城市的地位，他不仅以此曲折地获得自己是城里人的认同，而且构建起他在城市体制下的自我主体意识。

在展锋笔下，尽管大伯也像刘高兴那样，"在与城市的对垒与冲突的多次周旋中",表现出"农民特有的狡黠与智慧",但"大伯"这个形象,更多地被注入农民政治家的智慧和文化的含量,使之成为一个为保全农村和家族梦想而如履薄冰的角色。他非常清醒地认识到农村城市化的历史进程不可阻挡,但又得保护土地给农民的经济生存的利益,他所做的一切,包括扩建祠堂,都只是想让农民在这个进程中,掌握更多主动性,尽量保留一些属于农村的东西,以便使农民在城市化以后拥有主宰自我的机会。在小说中,城市化与反抗城市化,被表面化为镇委书记洪志伟与大伯的周旋斗智。两人是上下级关系又是对手,有冲突又有合作,这与刘高兴与城市之间既有对抗又有和解相似。刘高兴、大伯与城市构成的这种关系,反映出城市化进程中社会矛盾冲突的特色。也由于这样的关系,两个人的性格带有鲜明的时代印记,体现了当代农民主体意识的崛起。可以说,这两个人物分别代表着"乡下人进城"叙事中两种叙述方式呈现出来的既有共同点又有各自特征的当代农民形象。

五

两位作家在创作这两部长篇小说时的"史诗"意识,也值得注意。贾平凹在《高兴》后记里说:"在这个年代的写作普遍缺乏大精神和大技巧,文学作品不可能经典,那么,就不妨把自己的作品写成一份份社会记录而留给历史"[①]。倘若说贾平凹要为一个名叫刘高兴的农民作传,展锋则致力于讲述一个家族几百年的历史。他们这种"史诗"意识,继承了中国知识分子"盛世修史"的传统,然而,文学创作毕竟不同于修史,他们如何打通文学与历史呢?他们从小说的叙述结构来着手打通文学与历史。贾平凹在《高兴》中主要采用流浪汉小说的单线结构,他的视野始终集中在刘高兴和五富身上;而展锋的《终结于2005》的结构,却要庞杂纷繁得多。虽然同样采用了第一人称的叙述方式,同样是以小说主人公之一的视角切入表现对象,但展锋所展示的却不是"泥塘里长出来的一枝莲"[②],而是"一个已经相当富裕与繁华的有着六百多年历史的村庄"的历史,因此他采用了曾祖父曾祖母、祖父祖母、父亲母亲和大伯大伯母等多条线索相互交织来编织故事。如果说贾平凹的《高兴》是以线索单一明朗而使读者"高兴",那么《终结于2005》所显示的则是多线索交织而成的"巨细无遗、密不

---

① 贾平凹:《高兴》,作家出版社2007年版,第423页。
② 贾平凹:《高兴》,作家出版社2007年版,第434页。

透风的叙述"之美。

有意思的是,起先贾平凹依照《秦腔》的写法,"写一个城市和一群人",呈现出来的人物就像"是陕北一面山坡上一个挨一个层层叠叠的窑洞,或是一个山洼里成千上万的野菊铺成的花阵"。当他进一步了解刘高兴后,他写不下去了,他说:"我深入了解了那么多拾破烂人却使我的写作陷入了困境。"直到他"只写刘高兴和他的两三个同伴",才轻松地写完了第四稿。也就是说,贾平凹放弃的,基本上就是展锋在《终结于2005》里采用的多线索交织的结构。同为"乡下人进城"叙事,作家却采用了不同的叙述结构,贾平凹将其原因归功于他在父亲坟前的顿悟。不过,人们从他五次写《高兴》的经历,应该可以看出有"鬼才"之称的贾平凹,近年在寻求创作上的自我突破,而《高兴》中单线推进的叙述结构,的确使它比《秦腔》要"好读"。

与贾平凹只需讲述刘高兴七个月内(2000年3月10日—10月13日)的经历不同,展锋要讲述的是五代人六百多年的历史,他说:"几百年的历史用时间为线会非常糟糕,我也曾经尝试过用第二、第三人称来叙述,但语境出不来,我追求一种叙述的快感。但又不能让谁活几百年,所以我在小说里的叙述是全知全能的。"除了展锋本人对于他采用多线索交织的叙述结构做出的这个解释外,"寻根文学"对他的影响也不容忽视。长达八十多万字的小说,都是通过一个飘忽的主观视角讲述来完成的。同莫言讲述"我爷爷"的故事相同,展锋在讲述"我"曾祖父、祖父、大伯的故事时,语气冷漠,态度玩世不恭,"我"像幽灵般任意在历史时空来回穿梭。这种不受身份和时空限制的叙述,固然有效地把一个家族几百年的历史交织在一起,呈现在读者面前,却由于时间被有意模糊甚至忽略,发生在当下的故事与过去的故事都同样失去了历史感,由此消解了故事的真实性。

两部小说的创作,都经历了从第三人称叙述到第一人称的转变,对此贾、展做出了解释。第一人称叙述要求全篇都保持叙述人话语的"原汁原味",以第一人称进行底层写作是很冒险的,两位作家以第一人称叙述几十万字的长篇小说,这是勇气和实力的表现,评论界对此普遍赞赏。然而,就语言来讲,这两部小说给我的阅读印象是,《终结于2005》不够《高兴》"底层"。有人提出刘高兴的人物形象是"作家和人物重叠的两层皮的香蕉人",也有论者指出刘高兴的话明显带有贾平凹的文人气,我同意这有一定道理。但平心而论,《高兴》中的语言，总体上与刘高兴这个人物的身份、性格是相符合的，我们应该承认，刘高兴是当代中国乡土文学中一个成功的人物形象。比较而言，在《终结于2005》中，多数时候特别是当叙述人讲述他人的故事时，他的话与他的身份是相符合的，一旦他发表议论，那些明显带有作家自身烙印的高谈阔论，就与叙述人脱节。此外，迫于细致地讲述几代人经历的需要，作家把绝大多数笔墨花在叙述人讲述他人的故事，极少提到叙述人本人，即便提到本人，也只有动作和对话，无心理描写，这都使得叙述人成为小说的"盲点"，人物形象模糊不清。当然，也许只有"这个固执的、自信的、冒险的叙述人"模糊不清，才能反衬人物形象的清晰、饱满，从而使这部小说更像"珠三角的史诗"，而不是一个编造的故事。

（原载《广东教育学院学报》2009年第2期）

不一样的"精神胜利法"

——刘高兴与阿Q精神之比较

陈一军

刘高兴是贾平凹长篇小说《高兴》的主人公。他与鲁迅笔下著名的阿Q有诸多的相似之处,但是在相似的身影中又有质的区别。阿Q和刘高兴都是农民,都生长在不大也不发达且古风浓厚的乡镇(阿Q在未庄,刘高兴在清风镇),最为重要的是,他们都生活在自己的精神胜利法下。有人曾经质疑阿Q十足的"农民"身份(是笔者仍然坚持这一点,站在鲁迅小说早期研究者——茅盾、李长之等人的立场),不过,我的坚持并非人云亦云,而是基于对当时"乡土中国"基本现实的理解——阿Q骨子里是典型的小农思想。虽然鲁迅的笔墨让阿Q的言行产生些许混乱(例如,范家进认为,阿Q的某些言行是知识阶层的表现),但他的乡民身份还是确凿无疑的。这样,刘高兴和阿Q就归属在同一个阵营了,拥有貌似的生存环境和精神胜利法。然而,他们生长的时代毕竟大不同了,他们各自的"精神胜利法"的内容、具体表现形式都有了实质的差异。这样,从阿Q到刘高兴,我们可以从一个独特视角体察中国农民在将近一个世纪的时间里精神世界的变迁,也可以借此把握将近一个世纪文学艺术对待农民群体的态度。

一

精神胜利法是阿Q和刘高兴共同拥有的特点,这让刘高兴和阿Q在中国新文学的长廊里遥相呼应却又判然有别、截然对立。

精神胜利法是一种生存法则,当生存主体在艰难、逼仄、屈辱的现实生活情境中无法改变自己的生存状况时,便使用精神上的自我安慰和自我陶醉来获得自我开释,求得精神上的满足。所以,精神胜利法意味着生存主体在主观的虚幻的想象中达成与现实矛盾的和解，进而维持自己的存在。

阿Q的基本精神特质是精神胜利法，这是早已为人熟知的了。阿Q在未庄是一个十分轻贱的角色，几乎在任何人的眼里都没有分量，像尘埃一般。然而他毕竟是未庄的一分子，就时常免不了遭人排斥、利用、欺负，甚至殴打，直至被稀里糊涂地夺去性命。可是，阿Q在遭遇欺辱之后，都是不深其究，很会麻醉自己，以自己特有的方式自我开解一下，"胜利"便轻易到了自己一边。比如，阿Q在遭遇"闲人"奚落揪打以后，总是这样想："我总算被儿子打了，现在的世界真不像样。"然后"心满意足"地得胜走了。这显然是一种自欺欺人的做法。由于这种病态精神的支配，他永远在屈辱中苟活，并且越陷越深，直至丢掉性命。这是20世纪初期依然生活"在暗陬里"的麻木的沉滞的中国农民的形象（并且由于他的典型性和广泛性，成为当时中国文化的精神象征）。

刘高兴是21世纪初中国农民的形象。他的生存没能离开精神胜利法，很多时候还要运用精神的"胜利"来支撑自己的生活。刘高兴是进城务工的农民工，进城以后投靠乡党谋了个拾垃圾的营生。拾垃圾是城市人最为不屑的事情，属于农民工的典型生活场景之一，凸现着农民工极端卑微屈辱的生活境地。刘高兴在拾垃圾的过程中慢慢体会到这确实是"世上最难受的工作"，除了它的"单调和寂寞"，还因为拾垃圾的人也被城里人看作"破烂"，这给"心性高傲"的刘高兴不断造成人格上的侵害和折磨。为了面对和克服这些，刘高兴不得不常常用精神胜利法来宽解自己。刘高兴清楚人总是要有个"精神满足"的，他便经常给自己制造一些眩晕感。他进城以后给自己改了名字，换作"刘高兴"，从此便以为自己不再是清风镇的"刘哈娃"，而是"西安的刘高兴"了。换句话说，他不再是个农民，而是一个城市人了。他这样想似乎确有自己的理由，他的"一只肾"曾经被西安城里的一位"老板"买走了，据此他觉得自己和"周围的人不一样"，"的确贵气哩"，注定要做城里人！而且，刘高兴还是高中学历，有知识，他在西安的言谈举止很像一个干部，这让他觉得"我不是一般人……我绝不是一般人"，我天生"有城里人的气质"。于是他主观地浪漫地在城里"享受生活"。他时常用吹箫来传递自己的"得意和向往"，有空闲就看"天上的奇景"，把树冠叫作"绿云"——他的这种审美气质进一步强化他的意识："我压根儿不是农民"。他把他们几个拾破烂的"拾友"居住的破烂不堪的"剩楼"称作通往"圣地"的"圣楼"；他在自己的屋里高高擎起一双女式高跟鞋，墙上贴了一面镜子,自言"镜子里有女人";他还在自己的拾友——五富和黄八等"燕雀"面前凸显自己的"鸿鹄"之志,寻找做群众领袖的"权威"感受;他把自己"带箫拾破烂"比作是"韩信当年挎剑行街",将逛西安城看作是"巡视",将坐出租车看作毛主席在"检阅千军万马",等等。总之,刘高兴在西安的拾破烂生活在很大程度上变成了一种"想象性"的生活,刘高兴懂得这种生活的"重要性",他对五富说:"人怎么能没个想头呢?……我们想着西安城现在不就是西安城里的人了吗,想着我们的饭香,不是胃口就开了吗?心想事成!"然而,刘高兴在西安城生活得颇为憋气、郁闷、孤寂和凄惶,他到头来发现自己"仍然是个农民"。

这样,刘高兴的精神气质和阿Q的精神气质就有了相通的一面,带上了"自欺"的性质,通过自我安慰、自我幻想的手段应对和消释现实生活中遭遇的尴尬、屈辱和困顿。这里其他的问题似乎都退后了,时间犹如千年古树根根兀立,凸现着它存在的意义。20世纪对中国农民来说是尤为艰难漫长的历史。在20世纪初期,农民作为生活底层深受苦难的落后人群,成为鲁迅言说绝望时代所"遴选"的对象,于是,阿Q和他的精神胜利法成为中国农民卑贱生存境地的典型艺术概括。然而,这样的生存征象很快被革命的话语撞击和遮蔽。当钱杏邨在20世纪20年代末期宣告阿Q已经死了之后,小说对农民的这类生存方式的书写变得闪烁其词起来,直到20世纪70年代末开始的新时期以来的中国当代文学才又对它有所表现。然而,像新世纪初期贾平凹的《高兴》这样,在改革开放的语境下,在城乡关系的大变动面前,依然鲜明集中地书写农民的精神胜利法的作品却是少见的。《高兴》即以这样一次鲜明集中的书写对《阿Q正传》做了一个真诚的回应,既印证了鲁迅的话,又扩充了《阿Q正传》的艺术边界。鲁迅当年在回应钱杏邨对他作品的攻击时这样说:"我也很愿意如人们所说,我只写了现在以前的或一时期,但我还恐怕我所看见的(阿Q和他的精神胜利法——笔者加注)并非现代的前身,而是其后,或者竟是二三十年之后。"显然,现实要残酷得多,贾平凹的《高兴》告诉我们:阿Q的精神胜利法不单是鲁迅所说的"二三十年之后",而是八九十年之后,甚至一个世纪,好像还要持续下去!阿Q的精神胜利法在今天的农民身上依然驱之不散。这是鲁迅当年批判的农民身上存在的那种文化的惰性呢,还是时代要对农民的这种境遇负责呢?这样观察问题的时候,刘高兴身上所体现的精神胜利法不仅具有了文学史上的重要意义,而且在严肃地考问我们所处的社会时代以及所承载的文化。

二

如前所述，刘高兴在浊劣境遇面前主观的臆想、一厢情愿的认同带有阿Q精神的"自欺"性质。刘高兴本人一定程度上也具有阿Q妄自尊大的品行。因此，消极的阿Q式的精神胜利法构成刘高兴行为特征的一个方面。具体看看小说文本，刘高兴自欺欺人的精神胜利法简直成为支撑他在城市生存下去的关键因素，也成为建构作品精神深度的核心要素。从历史的角度看问题，这样的书写首先成为当代中国农民群体艰难的生存处境和缓慢的精神蜕变的象征，因而刘高兴的精神胜利法就具有了幽深的反讽意味。然而，精神胜利法在把刘高兴和阿Q关联的时候也让他们分道扬镳：时代业已在他们之间布下了鸿沟。从这一方面看，刘高兴和阿Q的相似变得相对表面，而根本的不同才是他们之间基本的事实。

刘高兴来到城市，带着乡间的质朴、厚道和率真，也好显摆（阿Q就有这个特点），但是他绝不愚昧，不会盲目地卫道，也没有阿Q那么多的禁忌，不像阿Q那样圆滑、爱耍无赖却总是忍辱屈从。相反，刘高兴聪明、机智，有知识，有修养，在城市里的确显得雍容自如，他进入西安城以后确实就像个城里人了。刘高兴非常自尊自爱，这一点绝不同于阿Q——阿Q的自尊完全是"自欺欺人"的自尊，刘高兴的自尊捎带一点"自欺"的自爱，但绝不像阿Q那样自轻自贱，而且每每用实际行动维护自己的尊严，例如，他整治侮辱底层人的市容管理员，收拾欺负五富的饭店老板，等等，而且，刘高兴的自尊元气淋漓，有若："尧舜皆可为，人贵自立；将相本无种，我视同仁。"刘高兴还有一颗仁爱之心，这也不同于阿Q，他替"同是天涯沦落人"的翠花讨要身份证，勇斗撞小孩的汽车司机，试图拯救习惯"跪着"乞讨的石热闹，都显示了他仁厚勇毅的君子情怀。刘高兴始终有一副扶弱济困的赤子心肠，他不脱离自己的"根"，却又追求和向往美好的生活，不像阿Q那样横霸却又卑怯。刘高兴追求自己心目中的爱情，不愿苟同。当他遇见孟夷纯后，能以爱心突破自己由传统习惯带来的狭隘偏见，真诚地去爱她，为了洗雪她的冤屈，他甘愿去卸水泥、挖沟渠，是一个十足的痴情人。可见，刘高兴拥有现代的爱情观，这绝不同于阿Q要"延续后代"和"困觉"的古旧拙劣的想法。刘高兴虽然身为农民，但是他非但不仇恨排斥城市，而且认同并积极地融入城市，以现代的公民道德和法律意识规范和约束自己的行为。总之，刘高兴达观又能进取，他不是阿Q那种不满现状却又安于现状的人。更为关键的是，刘高兴有强烈的自省意识，他在进城之前就具有自觉的辨识能力，因而身为农民工的刘高兴就成为一位具有强烈主体性的个体，这是在将近一个世纪的时间里中国农民解茧蜕变的成果。这样，刘高兴就同自始至终处在一种麻木混沌健忘状态中盲目趋从的阿Q挥手诀别了。

携带阿Q精神胜利法印痕的刘高兴终于不再是阿Q，而出落为一个全新的自我，成为体现这个时代精神和方向的新人物，否定性的精神胜利法在这里是为了可怜可叹、值得肯定的生活态度。

可见，是刘高兴的整体人格支撑了精神胜利法的根本颠转。刘高兴自尊、自爱，机敏、通达，有见识，不守旧。在这种情况下，他的精神胜利法主要成为抵御环境伤害、保护自我的合理需求。刘高兴说："人境越逼仄你越要想象，想象就如鸟儿有了翅膀一样能让你飞起来。"所以，这个时候刘高兴的那些"想入非非"就成为刘高兴精神高度的象征。于是，小说文本的锋芒指向了不公平的社会：刘高兴这样一个自省、自律、热爱城市的人竟然不为城市接纳，能说我们这个社会没有深重的问题淤积吗？它放任不合理的等级秩序存在，冷酷、残忍地对待底层民众，阻断了他们向善、向上的路！当然，刘高兴精神胜利法的一些特质还在延续阿Q的遗风，比如，他那种妄自尊大的"权威"的"领袖"的想象和做派就是一种滑稽的"自欺欺人"，但是这在刘高兴的身上远不是主要的。然而这样的叙述却非常必要和圆满，它使刘高兴这个主人公获得了"真理性"的历史感，成为成就人物和小说文本"丰富性"的要素。

在《高兴》这个小说文本中，精神胜利法没有把主人公拖入阿Q式的泥潭，还因为小说文本对刘高兴的叙述走向与《阿Q正传》的大不同。在《阿Q正传》的故事文本中，阿Q一直沉浸在不满现状却又安于现状的幻想和自我安慰之中，但是在《高兴》里，一直自省的刘高兴运用精神胜利法的武器抵御城市给予自己的孤寂、卑贱和屈辱，借此强烈表达主人公对城市的屈就、认同和无限向往。但是，残酷的现实把刘高兴的希望像肥皂泡一样给破灭了，数月以来一直以城市人自居的刘高兴最后完全清醒了：自己原来还是一个农民！现实没有让刘高兴一直"自得"下去。当然，造成刘高兴和阿Q分野的基本原因还是小说文本所要表达的主题以及所展现的语境。鲁迅的《阿Q正传》是运用西方现代性对中国传统文化生态的批判。在现代视野的烛照下,阿Q和他所处的环境体现为一种无望的衰败腐朽的面貌,这必然是要被历史取代的。可是,阿Q和他周围的人还深深沉浸在其中不思悔改。于是,一切存在都变成了滑稽可笑的表演。贾平凹的《高兴》却不同。传统农耕文明向城市现代文明的转型是当代中国人的使命,而刘高兴就代表了这样一个趋势。而且,当农民身份的刘高兴以自觉的主体意识在完成这种转型时,就从一个特殊角度展现了现实中国历史变迁的深度和成熟度,并且将这种转型的艰难和缺失一并呈现出来。于是,刘高兴所展现的"主观"的幻想和安慰就成为现实社会迫切需要的正能量。

三

刘高兴和阿Q精神胜利法的区别还由于叙述立场和方式的不同。《阿Q正传》和《高兴》产生的时代环境迥异。《阿Q正传》产生于"五四"时期,那是一个具有现代意识的知识者高居于民众之上,并对民众进行思想启蒙的时代。《阿Q正传》的叙述者就是这样的启蒙知识分子,他以超越的姿态审视他的叙述对象。因此,在《阿Q正传》中,叙述者和叙述对象之间构成"看"与"被看""评说"与"被评说"的关系。在这里,"看"和"评说"就有了裁决意味,叙述场面好似一个法庭,叙述对象成为被裁决的对象,失去了自由言说的权力。在这种情况下,已经在现代性面前失去了存在合理性的叙述对象在叙述者的眼中就显得分外滑稽,便可以随意戏说、讥讽一番,幽默也变得处处可见。以前人们评说鲁迅《阿Q正传》中的讽刺和幽默,多从它发表之时在报刊分章连载的阅读情形立论,笔者却认为根本的原因在于叙述者和叙述对象之间的关系和性质。由于叙述者对叙述对象的权威姿态和否定态度,《阿Q正传》的主人公在绝大多数情况下成为与叙述者有较大距离的外在的客体。这也就是《阿Q正传》采用第三人称叙事的原因。于是,叙述者相对而言以较少的同情心介入,叙述对象一些不可缺少的需求就难以从叙述对象自身的角度认知和体会,那些对叙述对象来说由无法改变的现实所必然催生的所有精神的想象便都被纳入精神胜利法否定的范畴。

需要补充的是,《阿Q正传》的叙述者对故事主人公较少同情心的介入只是相对而言,就是相对于第一人称叙述的《高兴》这一小说文本。事实上,《阿Q正传》的叙述者对它的主人公还是表现出了深切的同情心,这在当年李长之对鲁迅小说的评论中已经指出来了。然而,拿阿Q和刘高兴比较,叙述者在《阿

Q正传》中对主人公给予的同情和体恤还是较《高兴》的叙述者为少。这里具体分析一下《高兴》的叙述立场和方法。

贾平凹的《高兴》发表于21世纪初期，距离《阿Q正传》将近一个世纪之后。这个时候的社会环境与《阿Q正传》诞生的时代相比已经发生了根本的变化。经历二三十年的改革开放，中国已经处在乡土社会向都市社会转变的大转型时期，主导社会的文化也早已不再是"五四"式的启蒙主义，而是日常生活化的民生主义。在这种情况下，知识分子和民众的距离空前缩小，知识分子对民众的君临姿态基本已经收束，知识分子也空前走进了民众的心里。《高兴》就是体现这一立场的典型小说文本。《高兴》通过不同角度、不同侧面、不同层次展现了一个阶梯形或三棱镜式的进城农民的打工世界。更为可贵的是，贾平凹在这部小说里走进了人物的心灵深处（特别是主人公刘高兴的心灵深处），透过他们，把我国社会大转型时期在城乡关系中阵痛纠结的农民工群体的生活生动地展现了出来。所运用的语言是农民工的语言，所描述的生活是农民工的生活，而且细致到他们生活的"油盐酱醋"，使小说获得了异常真实的品格。《高兴》所表现的生活无疑高度切合一个通透农民工打工生活的人的感受。看来，《高兴》确实实现了对农民工生活的深入和突进。透过《高兴》的后记，我们看到，这种突进不单是贾平凹长期的生活积淀，还因为贾平凹有意地贴近与深切体验。正因为这样，在《阿Q正传》中表现出来的作者对农民的隔膜在贾平凹的《高兴》这里完全消除了，不存在了。这是作家民间化过程的完成，也标志着作家对自己的叙述对象更为深切的体验，更为复杂的理解以及深度的体恤与同情。这样，就算刘高兴身上有类似阿Q精神的不少的自欺，也会因为对他的深切同情和理解而化为他自身生存所不可缺少的合理的成分。

《高兴》的第一人称叙事大大改变了它的主人公所具有的精神胜利法的否定意味。《高兴》的第一人称叙事的建立意味着一种新的叙事格局的确立。贾平凹在后记中说，面世的《高兴》是更换角度和叙述人之后的重写："这一次主要是叙述人的彻底改变，许多情节和许多议论文字都删掉了，我尽一切能力去抑制那种似乎读起来痛快的极其夸张变形的虚空高蹈的叙述，使故事更生活化、细节化，变得柔软和温暖。"[1]根据这段叙述，《高兴》的初本很可能是像《阿

---

[1] 贾平凹：《高兴》，作家出版社2007年版，第436页。

Q正传》一样的第三人称全知叙事。贾平凹是为了更有效地表达民间的立场，让故事更加贴近生活实际而变换叙述人的。笔者以为，这种变换还基于这样一个事实，就是像刘高兴这样经历了系统的中学教育的农民已经确立了相当的主体性，应该开口说话了。这样，《高兴》就由"他观"变成了"自观"，由他人评说变成了"我"自己诉说。既然是有相当自省力的"我"自己诉说，就必然能揭开自己心灵世界最隐秘的角落，有谁还比自己更了解自己呢？于是，"我"的梦想、委屈、痛苦、无奈等等诸种情愫都涌现到了笔端，克服了由第三人称全知叙事难以避免的与叙述对象的距离所造成的人物心灵的限制，也让许多不可理解变为可以理解，许多讥诮则转变为同情。

然而，叙述人的变换给《高兴》带来"柔软和温暖"的同时，也限制了它的视野和批判的力度，使同样表现精神胜利法的《高兴》和《阿Q正传》分野为两种境界的小说文本。第一人称叙事能给人强烈的真实感，由作为叙述者的主人公讲述自己曾经发生过的故事，而且所讲述的内容夹杂"某些具体可考的历史事件与明确的时空背景时"，会显得更加真实可信。《高兴》就是这样的小说文本。它由主人公自己讲述在西安城里经历的捡拾破烂的故事，就以叙述者兼主人公"诚实报告"的形式报告了他这个人物的"心的状态"，不容你有所怀疑。而伴随这种真实感而来的，是没有距离、促膝恳谈的亲切感，是一种让人心热的主体性和浓郁的抒情味，这使小说文本极易引起读者的共鸣，能够产生强烈的艺术感染力。当叙述人遭受的是无奈、屈辱、痛苦、不幸的事件时，就越能打动人心。贾平凹就是这样做的。然而，贾平凹也用第一人称叙事把《高兴》限定在了社会现实的批判层面，至多不过是中国社会大转型期农民命运的一个寓言。鲁迅的《阿Q正传》却不同。第三人称的叙事虽然影响了叙述主体对人物心理的委曲表现，但是却保证了《阿Q正传》对民族历史文化的整体观照，不仅使《阿Q正传》成为批判现实的文本，成为民族文化的象征，还因为对主人公"存在主义"的观照而获得了普遍的人类学意义。看来作者或叙述者态度的变化给作品带来的优劣得失不好决断，似乎是一种有得有失，处于得失之间颇为诡秘的情境。但是不管怎么说，贾平凹的《高兴》和鲁迅的《阿Q正传》在百年时间搭成的桥的两头张望呼应，在互文中彰显着文学艺术解犹不尽的魅力。

（原载《宁夏社会科学》2013年第4期）

两种命运悲剧中的文化宿命

——老舍《骆驼祥子》与贾平凹《高兴》主人公城市生存悲剧之思

焦仕刚　杨雪团

农民是我国社会主体人群,由农民组成的乡村世界以及衍生的文化道德伦理成为我们民族和社会文化的主体,但是随着近代以来的工业化和城市化,城市成为与乡村世界截然不同的世界,代表着"黄金世界"和先进文明。于是,农民离开落后贫穷的乡村进城寻找自己的"黄金世界"就成为时代的必然。文学史上反映农民进城的作品不少,其中,20世纪老舍的《骆驼祥子》作为农民进城的典型在先,当下贾平凹的《高兴》为后。"现代文学在诞生之初,就形成了一系列农村题材作品,表达出作家对农民的现代性审美想象。鲁迅先生以'启蒙主义'的思想视域,创作了揭示'国民劣根性'的愚昧农民形象,开创了现代乡土文学的思想启蒙主题。新时期文学里,高晓声的'陈奂生'、何士光的'冯幺爸'、阎连科的'连科'等农民形象延续了鲁迅现代性启蒙美学风格,呈现了新时期农民主体性的艰难成长。贾平凹的新作《高兴》在继承了鲁迅等人开创的乡土文学启蒙主题的同时,对21世纪乡土中国社会的历史变迁进行审美观照和思想审视,塑造了一个具有新质的农民形象——刘高兴,展现了乡土中国社会巨变下当代中国农民的心灵史。"[1]这两部小说有着共同的主题,两部小说主人公祥子和刘高兴有着出乎预料的相同出身、经历和命运悲剧,作者从政治压迫和文化冲突层面上对我们民族一百多年来的现代化进程做了城乡二维观照,对城乡交叉中农民进城这个题材做了现代性的审视和反思。两部小说主人

---

[1] 吴义勤、张丽军:《"他者"的浮沉:评贾平凹长篇小说新作〈高兴〉》,载《西安建筑科技大学学报(社会科学版)》2008年第3期。

公的悲剧其实就是我们今天传统文化面对现代文化不得不退出历史舞台的命运悲剧,也是农民在"一厢情愿"地拥抱城市的必然的宿命,是物质上的奴役,也是文化式的愚弄。因此,两部小说进城奋斗的农民主人公——祥子与刘高兴,注定在城市奋斗中以信仰的失败、文化宿命、生存奋斗悲剧来结束自己的城市进军之旅,是必然也是无奈的退守,这是时代导致的悲剧。两部小说让我们看到了两个时代农民相同的命运悲剧轮回故事:"祥子"是人在阶级压迫和政治迫害出现的社会悲剧,而"刘高兴"则更多的是城乡文化交锋的文化悲剧。

我们不妨仔细看看祥子与刘高兴的进城奋斗史、悲剧史,体会他们的苦乐,思考当下城乡二元体制、传统和现代二元文化价值体系对峙的文化困境,以期对中国城市化、工业化进程中农民新生、社会进步和城乡文化发展做出一定的思考。

一

祥子与刘高兴怀着朴素的生活信仰,逃离物质贫穷的乡村,期望通过体力劳动开始都市新生活,然而结局都被城市拒绝,这是两个无奈的农民城市奋斗悲剧轮回。

祥子与刘高兴均来自乡村,带着乡间的质朴,怀着对城市美好生活的信仰,渴望通过自己的劳动赚取一个美好的未来,摆脱乡村的物质穷苦,在城市中立脚,赢得城市的认可。

祥子是个从乡间来的农村青年,他生长在乡间,失去了父母与几亩薄田,18岁的时候跑到城里来,带着乡间小伙子的足壮与诚实,凡是以卖力气就能吃饭的事他几乎全做了。他的人生理想:做一个自食其力的有着自己的漂亮车子的体面的车夫,找一个诚实干净的乡下姑娘,结婚、成家、生子,体体面面地过日子。这个从乡村田野走来的祥子,浑身散发着乡村世界的土腥味和固执的生活信念来到城市这个陌生世界。祥子是被乡村世界抛弃的无产流浪者,没有土地,没有房子,一无所有,只剩下强健的身体和乡村赋予的文化性格。为了生存,他来到了被人传说到处都有黄金的都市,"祥子是一个从农村流入城市的破产的青年农民。他来到城市以后,充满了自信与好强,渴望凭着自己强壮的身体和艰辛的劳动寻找新的出路,创造新的生活。……只希望凭着自己的力气挣一口饭吃,做一个自食其力的独立的劳动者"[①]。

然而,祥子是一个独立于城市生活之外的农民,他完全生活在被农民价值观充斥的拉洋车的人中,没有真正融入城市生活。最终祥子被城市的丑恶所淹没,变成了一个无恶不作的城市无赖人渣。这是一个被城市所压迫和侮辱的农民车夫形象,"祥子从农村来到城市,人生命运经过了三起三落。社会上的丑恶吸干了祥子身上的血,祥子变得鬼面兽身"[②]。祥子成为那个病态社会中病态人的典型,他成为一个被社会物质和阶级双重压迫的悲剧形象,"最终成了一个行尸走肉般的无业游民。……从根本上说,祥子的悲剧是'病态社会'中'病态的人'的悲剧,因此,其悲剧根源也主要在于'病态社会'和'病态的人'两个方面"[③]。老舍从社会政治学角度来塑造骆驼祥子,让祥子变成了因为城市阶级压迫和被腐朽阶级思想腐朽的人物,使其多了政治学和历史学价值,少了些文化性价值,此乃老舍的时代局限。

伴随着我国三十多年的改革开放,一个特殊的人群出现了,这是一个被遮蔽、被误解却为我国城市化、现代化做出了巨大贡献的群体,那就是改革开放以来流入城市打工的农民,在今天被冠名为"农民工"。这个称谓本身就是一个矛盾的集合体,他们是农民但不种地,从事工人的工作却没有工人的社会地位,是一个尴尬角色。然而正是这些是农民而不像农民、像工人而不是工人的群体却成为当下城市工业劳动力大军的主体。尤其进入 21 世纪,农民工群体成为我们国家经济发展的重要的产业大军,基于此,反映农民工题材的小说也多了起来。其中,贾平凹创作的小说《高兴》便是代表。该部小说对农民工的城市命运和乡村文明残酷的生存现状做了深入的哲理思考。

在小说《高兴》中,刘高兴与骆驼祥子具有相同的出身、经历虽命运不同,但都有其悲剧性。随着社会现代化发展,乡村土地生产成本不断提高,广大农民面临严重的土地产值低效化。此时的乡村,是由于工业化时代农业经济边缘化和空心化导致的农民生计困难,于是大批农民离开虽然肥沃却不能给农民带

---

① 董克林:《谈〈骆驼祥子〉中祥子悲剧的多重性》,载《名作欣赏》2007年第1期。
② 成晓琴:《谈〈骆驼祥子〉中祥子悲剧的多重性》,载《吕梁教育学院学报》2008年第4期。
③ 朱勇:《对〈骆驼祥子〉中祥子悲剧命运的深度探析》,载《湖南冶金职业技术学院学报》2008年第1期。

来更多收益的土地,纷纷涌入城市。这看似是农民的一种自我主动选择,"《高兴》中的刘高兴则以一种决绝的方式遗弃乡土,是一个自觉认同城市、积极寻求农民群体解放的新世纪乡土中国农民工形象"[①]。实则与20世纪初失去土地的祥子们拥有相同的被动性,都因强大的社会力量。

当下的农民刘高兴比祥子多了的是对城市生活和文明的心理认可,具有对城市高度的认同心理。小说《高兴》全面叙述刘高兴进城打工、拥抱城市、融入城市的奋斗之路,这是一场物质与精神的双重的城市认同之旅。"青年农民刘高兴和五富离开老家清风镇,来到西安,以拾破烂为生。刘高兴在都市中生存艰难,但他快乐而自尊,有自己的梦。他的梦是什么呢?就是要做一个真正的城里人,在城里'站稳脚跟'之后,他还希望在城里能找到一个老婆"。"刘高兴等人对于城市文明的向往和融入则显得要相对单纯明朗些,他们更多的是抱着一种积极的心态踏上城市旅程的。在他们的内心深处,城市不只是解决生存问题的淘金宝地,而且还应该是他们精神的寄寓所和心灵归依的圣地。正是这种单纯而又美好的理想驱使他们义无反顾地离开世代居住的乡村,去寻求充满希望的地域——城市"[②]。这是新世纪进入城市的农民刘高兴与祥子不同之处,反映了经过大规模的城市化和工业化的今天,以城市为标志的现代文明已经成为社会高度认同的进步文明,刘高兴成为当下新型农民形象的典型,"刘高兴,无疑将成为中国现当代文学人物形象中独特的'这个'。……刘高兴是个独特的矛盾体,他生于农村,但却要活在城市;他干着脏活,却有洁癖;他挣钱最难,却把钱最容易地送给孟夷纯;他真诚地善待同伴,却又虚伪地吃五喝六;他吃着简单的食物,却说着文雅的话语;他时而谦让礼貌、热心助人,时而油嘴滑舌、捉弄别人;他时而有君子之风,时而耍小人伎俩;他不满现状,却又安于现状;他最该痛苦,却又最为快乐……刘高兴……是个城市的农村人,农村的城市人,体力的文化人,文化的体力人的奇特身份"[③]。

然而最终结局却与骆驼祥子有相同之处,刘高兴无论多么优雅地拥抱城

[①] 张丽军:《新世纪乡土中国现代性裂变的审美镜像——读贾平凹的〈秦腔〉与〈高兴〉》,载《文艺争鸣》2009年第2期。

[②] 王春林:《打工农民现实生存境遇的思考与表达——对〈高兴〉与〈吉宽的马车〉的比较》,载《南京师范大学文学院学报》2009年第1期。

[③] 储兆文:《从〈高兴〉看贾平凹小说风格的新变》,载《西安建筑科技大学学报(社会科学版)》2008年第2期。

市，希望城市接纳自己，最终还是被当作城市的另类被排斥，经历了一个比祥子还残酷的人格和尊严被否定的城市之旅，与祥子的被城市侮辱而沦落具有一定相同的悲剧意义。

二

祥子与刘高兴都来自乡村，面对纷乱而失重的城市，他们依然坚守着乡村世界的道德伦理体系，这是他们在纷乱的城市中的生活信仰，也是他们评判城市和融入城市的来源。

面对光怪陆离的城市，祥子与刘高兴如何应对这个完全不同于乡村的世界，该如何认识和评判，如何与他人交往？这是一个不以家族和道德伦理来规约人们行为的世界，是一个追逐个性、物质享乐与欲望化的世界。在这里，物质财富被极大产出的同时，也被人们疯狂地占有，人们为了欲望满足可以将各种伦理准则踩在脚下。于是，祥子本能地将自己独立于这个城市世界之外，每天只生活在个人拉车的世界里，顽固地用乡村的道德伦理来支配自己的生活，评判城市。刘高兴虽然从文化心理高度认同城市文明，主动按照城市人的方式去处理在城里遇到的困难，但是他无论怎样做，支撑起他的生活的仍然是乡村世界给予的朴素的道德伦理，依然在按照乡村世界的价值观来行事。刘高兴依然生存在拾破烂的农民工这个群体世界里，每天都是在"剩楼—大街小巷—废品收购站"生活线路里讨生活。在这个世界里，乡村的道德伦理和文化价值观是主流，刘高兴只是其他农民工多了点对城市文化的心理认同而已。祥子与刘高兴两人在城市里都是靠着乡村世界赋予的结实身体付出体力来讨生活，依靠乡村劳动观念和保守的道德化的生存伦理来支撑起自己的城市生活信心，他们的根依然属于乡村世界。

20世纪初，在兵荒马乱的时代里，祥子进入了北平，选择了类似于农民劳动收入模式的"拉车"，他用健康的身体和乡村的道德伦理支撑起自己不确定的未来城市生活。"骆驼祥子不仅有充满青春活力的健壮的外表，而且具有很多中国农民的传统美德：淳朴、勤劳、善良的本性：'他不吃烟，不喝酒，不赌钱……'。在骆驼祥子的身上，遗留着旧中国农民固有的不可磨灭的影子。最后，他才用农民的眼光看中了可以不断地给他生产馒头和烙饼的'拉洋车'这一职业。他相信有自己的身板和体魄，只要俯下腰来卖傻力气就行。……这个时候的他也是乐观的,对自己的未来充满着美好的愿望——希望凭借自己的体力可以挣来一辆属于自己的车。同时,这一职业的选择表明骆驼祥子尽管离开了土地,但其思维方式仍然是农民的。他习惯于个体劳动,同时又渴望有一辆像土地那样靠得住的车"[1]。

祥子无论多么艰难都坚持着自己的农民式的生活信念,这种信念坚持既是祥子形象描写中不可缺少的,也是老舍从朴实乡村文化角度对城市文化做出的评判,是作家的一种思考。祥子的朴实、木讷与虎妞的势利、霸道正是老舍城乡两种文化象征性的表达。祥子"虽然生活环境变了,工作性质变了,但祥子性格中天然的淳朴仍然保留了下来,……他的样子是那么诚实,脸上是那么简单可爱,……老舍用这个健康的形象与城市人进行对比,反衬城市文明迅速发展的同时丧失掉了一些传统中美好的东西,……以此来完成老舍所要达到的目的——对城市文明病的批判"[2]。然而导致祥子生命价值观根本改变的依然是乡村的道德伦理,面对强悍的"城市剩女"虎妞的性诱惑和性讹诈,他因为乡村道德伦理束缚,无奈地接受了,开始了虎妞给予的城市不劳而获的生活。"祥子这过度强烈的性道德感来自乡土农村的习俗道德。……祥子对两性关系产生了妖魔化的道德观念,从而失去了对生活的基本判断能力。"[3]从此,他的个人价值和生存信念开始被否定,进而开始"蚕食"他的生活信念。祥子被裹挟着,艰难而无奈地生存着,他的买车经历彻底说明他无法主宰自己,更无法与城市这个充满了物质和欲望诱惑的世界抗衡。祥子无论多么努力地按照农民的诚实劳动来实现自己买车致富的愿望,结局都以失败破产告终,这是一曲幽怨而悲凉的乡村文明败落曲。

时间过了近一个世纪,当代农民刘高兴们怀着对城市的无比的心理认同进入城市,开始自己的城市奋斗生涯。刘高兴与祥子的不同在于刘高兴内心高度认同城市文化,鄙弃落后的乡村,但是依然本能地按照乡村世界的价值伦理来支撑自己的城市生活。"他也依据在乡村生活中所形成的做人准则,认真做人、本

---

[1] 刘华:《骆驼祥子命运的多重悲剧因素刍议》,载《铜仁学院学报》2008年第6期。
[2] 苏奎:《土地·车·城市——再读〈骆驼祥子〉》,载《名作欣赏》2008年第2期。
[3] 季中扬、张正:《祥子·金钱·性——〈骆驼祥子〉与日常生活的悲剧性》,载《名作欣赏》2007年第10期。

分地生活，不去做那些吃喝嫖赌、打架斗殴、偷盗抢劫的违法事情。"①刘高兴这个乡村世界走出来的异类，作为21世纪文学的新农民形象，支撑着刘高兴从封闭狭隘的小农文化系统走出来，在城市坚定生存，具备拥抱现代城市文明的意识的精神资源来自哪里？我们深入到刘高兴的精神世界来梳理，意外地发现，刘高兴的自觉城市认同和独立主体意识并不是孕育于西方现代文化，而是萌生于他的乡村世界的传统文化。"刘高兴自觉、无条件地认同城里人，遵从城里人的称谓，……他不是一个被怜悯的对象，既不同于闰土，也不同于阿Q和陈奂生，他有他坚定的'主体性'，他的人生态度和精神态度是一种积极的'一定要现代'的态度，是认同现代性的态度，……刘高兴自觉城市认同和独立主体意识并不是孕育于西方现代文化，而是萌生于中国传统文化富有现代活力的部分。支撑刘高兴的精神动力源自农村：'农民咋啦？再老的城里人三代五代前还不是农民?!'……刘高兴正是从清风镇庙门对联中汲取传统文化富有活力的营养部分，以此来构建一个进城农民的现代主体意识。从中国传统文化汲取现代意识，恰恰是刘高兴这一农民形象身上所赋有的重要文化内涵。这是新世纪语境下乡土中国文化自我孕育、生长出来的自觉认同城市的现代农民形象"。②在这里，我们看到了祥子与刘高兴相同的乡村道德伦理，坚持相同的乡村文化价值操守，以此支撑自己的城市奋斗之路。

三

对土地有着很强依附性的农民一般不会抛家离舍，是什么原因促使安逸、悠闲、自足的乡村农民离开土地、乡村涌入城市？从世界其他国家发展历史来看，是近代以来社会大工业生产导致乡村世界的坍塌，农民流入城市成为无产者。不论20世纪初的祥子时代，因社会动荡、阶级压迫促使他离开乡村，流入城市；还是，改革开放以来，我们国家在城乡二元结构下，在有倾向性发展模式下，开始的大规模城市化、工业化进程，导致城乡差距拉大，乡村产业产值低效化和生活高成本化，农民不得不离开世代相守的土地和乡村，被迫进入城市

---

① 王光东：《刘高兴的精神与尊严——读贾平凹的〈高兴〉》，载《扬子江评论》2008年第1期。
② 张丽军：《新世纪乡土中国现代性裂变的审美镜像——读贾平凹的〈秦腔〉与〈高兴〉》，载《文艺争鸣》2009年第2期。

讨生活，这个农民离开乡村进入城市的过程，看似简单，实际包含了丰富的社会政治学和文化学含义。我们分别分析祥子和刘高兴的进入城市的生活历程，来探寻农民背井离乡进入城市的理由，给予农民进城以文化学视角的观照和思考。

20世纪初，"在封建势力的盘剥压榨下，大批农民从祖祖辈辈赖以生存的土地上被剥离开来，从而流入城市谋生，这是当时比较普遍的社会现象。黑暗社会使骆驼祥子和许多农民一样，离开了亲人和故土，浪迹城市"。祥子在社会政治压迫下进入城市，他的文学含义更多地契合了对当时旧社会阶级剥削的批判，祥子进城更多的是社会政治学意义。

面对城市，祥子充满了好奇，因为都市能给他带来物质生活来源，这让他对城市仅仅产生了功利性的好感。"这座城市给了他一切，就是在这里饿着也比乡下可爱，这里有的看，有的听，到处是光色，到处是声音；自己只要卖力气，这里还有数不清的钱，吃不尽穿不完的万样好东西。在这里，要饭也能要到荤汤腊水的，乡下只有棒子面。"这是一种朴素的功利性认同，祥子并没有从内心深处主动愿意进入城市，如果他的老家有三亩地，他绝对不会进入北平拉洋车。农民骨子里对土地充满了依恋，土地是他们的命根子。祥子的都市生存历程，是那个时代阶级压迫和政治迫害的结果，多了对社会的批判，少了文化意义上的思考。

进入21世纪，刘高兴等人是具备独立思考和个体抉择力的农民。他们离开农村进入城市，虽然从现实原因看是因为土地收入降低和乡村生活成本高导致的，因为同样的劳动付出，都市里的回报远远超过在乡村的收入。"我们的收入是不多，可总比清风镇种地强吧，一亩地的粮食能卖几个十八元，而你一天赚得十七八元，你掏什么本了，而且十七八元是落实，是现款，有什么能比每日看着得来的现款心里实在呢？"刘高兴多了主动和对城市拥有独立的思想认同。祥子仅仅渴望拥有一辆车过上自食其力的自足生活，而刘高兴则是怀着坚定的生活信念希望自己成为城里人。扎根城市是刘高兴的生活理想，这样的生活理想说明刘高兴比祥子具备更好的城市生活的适应能力和更多生活耐力。于是刘高兴乐观、开朗、豁达地开始了自己成为城里人的奋斗之路，希望自己能有尊严地生活在城市里，有尊严地生活和有尊严地劳动。"'刘高兴'却有着自己的理想，……生存的艰难挣扎中焕发着动人的光彩。……这种对人的尊严维护和坚守，使'刘高兴'这个人物内心世界具有超越欲望化现实的精神之美。"[1]然而现实却是残酷的，无论刘高兴多么欣喜若狂地拥抱城市，怀着信念，坚硬的城乡文化对立，加上城乡二元体制，使他仍然生活在城市之外，城市却不愿意接纳他们，得不到城市户口，他们不过是这个城市的匆匆过客和独特的"他者"。

刘高兴难以克服的悲剧仍然在他自身，这就给我们更大的文化反思空间。刘高兴的城市悲剧在自身上看，是他的价值认知、理想信念与自己行为、现实生活的错位。刘高兴原以为自己进了城，有一份工作干，就是城里人了，改名叫"高兴"，就会快活、高兴，就会有好运，就会心想事成，然而这并不能改变他的命运。当他热心帮助忘记带钥匙的家属院的人却被别人当贼防着时，当他热心帮老太太扛东西上楼后被老太太追着给他两元钱时，就证明他的认知与城市文明有一定的错位。他对自己的出身和家乡给予无情的否定，精神上对自己的乡村给予无情的鄙视和阉割，鄙夷、嘲笑那些留在清风镇上的人们，"一天干到黑，腰累断、手磨泡了工钱有多少，五元钱算封顶了吧？咱既赚了钱又逛了街！你问清风镇的人有几个见过钟楼金顶"。从中不难看出，刘高兴认同城市的价值根源是钱和见识。刘高兴认同的只是一个繁华、富裕的城市，而对城市所具有的现代意识和文明内涵少有感知。刘高兴对城市的认同看似现代实则是非现代的，依然停留在单纯的物质层面，缺少孙少平的那种精神维度及其超越性。尽管刘高兴的城市认同也有某些"现代意识"，但那也不是从城市生存中萌发的，而是从传统乡村文化母体中生长出来的，携带着一些非现代性意识。

祥子与刘高兴的命运悲剧在于，在城乡夹缝中生存的现实和势不两立的两套价值体系导致的生存残酷性和无奈性。尤其当下，刘高兴们城市认同悲剧性更具有丰富的含义。刘高兴们对城市建设的巨大付出，既得不到相应的物质回报，也无精神的慰藉和文化身份的认同。他们的衣食住行，其力有余，自食不足，甚至连同爱情向往的付出也于无望中飘逝了。农民刘高兴努力克制、克服本身许多细小陋习，使自己能融入现代文明都市之列，然而城乡之间巨大的鸿沟使他难以抵达这文明之城。于是，生存的残酷，抗争的无奈，刘高兴不得不继续耐着性子上演近似阿Q的悲喜人生剧。苦中寻乐，乐中安然，寻求些许的灵魂安顿，内心深处的悲痛得不到高兴却高兴着，一个典型精神世界的矛盾体，

---

[1] 王光东：《刘高兴的精神与尊严——读贾平凹的〈高兴〉》，载《扬子江评论》2008年第1期。

刘高兴承载着中国农民几千年来矛盾、复杂的精神走向及生命样态。作者以其巨大的情感关注，洒向作品的字里行间，形成了一组组意象式悲悯无奈的感情元素。如刘高兴的不高兴，五富的没有福，石热闹的空热闹，孟夷纯则无法纯，杏胡话语谁人信，以及城里人韦达的不伟大，等等，历史性地概括了父辈们一代代于委屈中却高兴着，于悲悯中却安顿着的既成事实。从这个意义上看，《高兴》是一部提供了社会弱势群体不高兴却高兴着的无奈的生存状态图景的大书，一部社会贫弱群体艰难抗争、寻求社会文化认同共谋的大书。至于刘高兴能否得到真正的高兴，精神能否在城里真正安顿，文化身份能否真正得到城市认同，或者如同陈奂生进城又出城，这既是一个社会文明进程问题，又是一个复杂的文化问题。

四

祥子与刘高兴两人城市奋斗的悲剧表明，城乡代表的现代与传统的两套价值符号的矛盾和斗争，是乡村传统伦理与国民性的文化宿命。两人一个被城市污浊，一个不被城市接纳。

《骆驼祥子》侧重于对社会的批判，祥子这个乡村进城青年的悲剧更多地来自社会的迫害，突出对社会的批判和对小农个体思想的批判，较少涉及城乡两种文化的对立，缺少文化上的深刻反思。社会阶级迫害是《骆驼祥子》批判的主要对象。

但是优秀小说的文学意义在于，不只提出社会学、经济学家的问题，而且揭示人性及人的心灵病症，揭示存在的尴尬，检讨文明的迷失。小说《高兴》则以其独特的文本价值，以别有的广度和深度，对当下普遍性的人的心灵和现代文明迷失进行透视。这种透视无疑对我们社会的发展、农民的新生具备更多的借鉴和思考价值。小说着力表现乡土文明和都市现代性文明对新一代农民人格的构建和灵魂的重铸，着力彰显农民在困难、挫折中与生俱来的坚韧、执着、隐忍、善良和宽容的个性，赋予了农民生命以生存尊严与价值意义，深刻表达了在当下中国，仍然潜藏着深刻的社会危机和人道危机。在作者的笔下以刘高兴为中心故事的民间叙述方式中，涉及诸多农民人权问题，通过刘高兴们在这些权利上的悲喜无奈，批判了当下城乡二元体制下诸多社会不公和对人性权利的伤害。

小说《高兴》深刻饱满地折射出城乡两立,城市文化对乡村文化的侵吞与挤压,导致企盼步入现代文明的农民处在精神进程的不归路和城乡文化的交叉口,成为文明道路上的精神漂泊者、灵魂不归者、情感受难者和生存的困窘者。由此期望我们反省和改变这样的现实,实现社会和谐及人的全面发展。

(原载《文化学刊》2010 年第 6 期)

秦地小说民生权的深度叙事

——《白鹿原》《高兴》之史线透视

冯肖华

秦地小说的民生权叙事本是农村题材陕西版中的重要核心母题话语。在这一话语体系中，因柳青、王汶石等的小说文本的存在，其自然在二十世纪五六十年代就具有权威性，形成了在此创作领域内独有的传统与先锋特色。20世纪80年代以来，又因路遥、贾平凹、陈忠实的先后胜出，出现了诸如《平凡的世界》《白鹿原》《秦腔》这样描写中国农民民生权叙事的力作。然而这点在当时的文学语境下并未得到应有的彰显。随着90年代中后期世俗化文学生态大环境的挤压，这一核心母题话语的创作也滑落至滞重状态。当2007年（《白鹿原》1993年）即十四年后，贾平凹小说《高兴》的出现，再次显示了秦地小说民生权的深度叙事，使这一叙事话语得到了应有的回流和更大限度的彰显。

《白鹿原》：民生权叙事的触点与渐逝

谈论秦地小说民生权叙事，其生机恰恰在于作家们对农民生命经历和生存空间的不断开掘，而秦地农民的民生权在文学中的表达便是最为直白的关怀叙事。引领秦地文学标志的第三届"茅盾文学奖"获奖作品《平凡的世界》就隐含了这样一种新的创作视角，达到了中国农民民生权意识深度关怀的最终目标。这说明，农村题材陕西版在以往黄土地生活事象的描写上实现了又一次超越。

揭示了民族"秘史"的《白鹿原》，尽管人们对其秘史见仁见智，但我以为，陈忠实以揭秘的手段，打开了隐含在悲怆国史、畸形性史背后的久抑与尘封的民生权的失落史、纷争史。这是陕西作家以其生命在场话语，对农民民生权问题的一次深切关怀。1776年，美国《独立宣言》宣称，人人生命平等，生命权、自由权和追求幸福的权利是"造物主"赋予他们的不可转让的权利,马克思称之为"第一人权宣言"。

  试看陈忠实笔下白鹿原人的生存境况,全然滑离了"造物主"所赋予的天赋权利。白孝文这个白家祠堂精心培养的仁义典范,其原本的意欲权被无情地阉割。婚后夫妻的房事缠绵,被"奶奶替你打狼"的粗暴监听而阻断,板直的父亲进而以没能割断床上那点事的"豪狠"而严厉训斥,继而断定"一辈子成不了大事"。白孝文这位血气充溢的年轻人,其萌动的生命意欲就这样被所谓的礼义廉耻所扼杀,使其成为纷争场上的殉葬品、"废人"。这是一个外守礼义、内存意欲的仁者与逆子生存权的冲突。而白灵面对的是自由权和享受教育权。一个在白家看似依着性子撒娇的掌上明珠,实际的自由极有限,被锁定在"女子无才便是德"的人赋权利的固有范围。当她以逃离的方式获得了身体的自由权后,却被割断了情感上的亲情享有权,被冷酷的父亲判为"死刑",声称"权当她死了"。白灵争取身心的生存自由换来了什么,是情感的缺失与冷酷。作家的观照是何等的忧愤与通透。那么,作为白家庭院的主妇又如何呢?仙草遇到的是女人的尊重权。可以说,她是白家人财两旺的福星,得到丈夫的抚爱与尊重理出自然,但实质上她却扮演着传代工具和干活帮手的角色,夫爱和尊重少得可怜,坐月子时仅喝了一次丈夫白嘉轩亲自端来的一碗开水便感念泪下。

  从理论上说,意欲权、自由权、尊重权本是中国农民民生权中重要的天赋权利,它是人的生理必需,是人类普遍公认的权利,因而具有普世性,不受人赋权的制约。然而在仁义白鹿村,人赋权利以浓烈的阶级色彩、极端冷酷的礼仪伦理,不仅侵蚀着"造物主"给予人的天赋权,而且野蛮又血腥。如外姓女子田小娥的生命享有权顷刻被吞噬。她再三被白鹿原上的男人们欺凌、侮辱、利用,最终杀害并焚烧,连尸首也不放过,而她想要的仅仅是做个庄稼院好媳妇。又如为求取婚姻幸福权而不得的鹿兆鹏媳妇,同样于悄无声息的意淫幻想中结束了年轻的生命。

  正如陈忠实将小说确定在揭示"民族秘史"的立意上一样,白鹿原上充满着全景式的天赋权利与人赋权利的激烈斗争,人人被无形或有形的人赋权利所控束,个个失去了天赋权利应有的自由与平等。中国农民民生权的深度沦丧秘史在这里被揭示得淋漓尽致。如"交农事件"呈现出的生存权,农民协会凝聚的反抗权,白鹿书院蕴含的安居权,以及黑娃几经变幻的反叛权,鹿兆鹏拒婚的自主权，鹿三缺失土地的拥有权，等。甚至白鹿原上仁义承载者白嘉轩，其貌似挺直板正的身躯内依然存储着民生权一再飘落的一腔苦涩：仁义的分化，礼教的瓦解，逆子的背叛，爱女的出逃，妻子的逝去，土匪的劫抢，政治的纷繁，王旗的变幻，一切呈现出江河日下道将不存的末世，使原本威望的家族，仁义的风范，如同自身直不起的佝偻腰，砸碎了的仁义碑一样，在"公元一九四九年五月二十日"这个神秘短促的日子里，永久性地消失了。是的，历史改变了原本。白鹿原上农民民生权的悲哀沦丧结束了。

然而，作者陈忠实以其大著《白鹿原》所触摸到的中国农民民生权叙事的亮点，在20世纪90年代中后期的文学语境下并未引发其他创作者们的普遍关注，就民生权叙事极其重要的创作视角转移上，也未被作家们所重视、评论家们所推崇，如同流星一闪滑落至自闭悄然的创作茫野中，使90年代中后期以来长于农村题材创作的陕西文坛处于久滞的沉闷状态。这一阶段，就陕西文坛而言，从创作产量看，似乎各种题材的文本富裕不减，但掷地有声、具有标志的上品却微乎其微。似乎20世纪50年代的火爆远逝，八九十年代的陕军征战乏力，农村题材创作遇到了前所未有的瓶颈。于是，敏锐者提出陕军断代的疾呼，其实这与所谓断代并无瓜葛，断代仅是个扶植培养新人问题，如"70后""80后"作家，并不关涉原有的消亡，而重要的是未断代的又如何呢？于是，又有论者提出"文化风水流转"之说，这就更为诧异了，难道好风水偏顾柳青、路遥、陈忠实时代，而唯独遗漏了当下时代？我以为其症候所指仍在作家：一是使命感、忧患意识的变味走样，即国家大使命减弱，个人小忧患增加，沉沦于名利欲、拿奖欲、版税欲中。这种功利性增加、静虚心态的减弱，自然就遮蔽削弱了文学创作的神圣感；二是随着国人生活质量的高追求，作家们普遍安逸于城中一隅，从意识和行为上没有了农民、农村、农业的在场感和生命体验。前辈的"奢侈生活必然断送作家，败坏作家的感情和情绪"的论断被日渐遗忘，也就极难再有柳青第二、路遥再现的创作景观。相反，作家们以挣脱两翼（陕北、陕南），进军省城乃至京城为发展"事业"的时尚，实现着个体所谓生活质量层次翻番的欲望谋求。如此没有"三农"体验，远离"三农"忧患心态和行为，又怎能写出具有"三农"生活体验的作品呢？三是不可否认，在西方解构主义文学思潮影响下，陕西作家同样不同程度地解构着本属于自己创作特色的"史诗意识"和宏大叙事。一些极有潜力且已颇具影响的作家，一味沉溺于个人私语化写作，使富有才华的笔触游离于对当下农民生存状态的感情抒写。如叶广芩创作出现的令人遗憾的"错位现象"。她二十岁离京到陕，在陕工作生活四十余年，然而写皇亲家族的文字大于写秦地民生生活，且津津乐道，回望其间，与三秦大地、父老乡亲，与白鹿原、蛤蟆滩、双水村、清风街、渭河两岸黄土高原的当下民生生活擦肩而过。叶广芩创作的"错位现象"具有典型性，概言之有三：一是当下生活与流年生活的错位，这是个创作视角问题；二是回望皇亲与存在关怀的错位，这是个感情投向问题；三是文学精神与文本范式的错位，这是个叙事修辞问题。其错位之要害是传统经典创作理论在叶广芩等作家们笔下的失离，于是发生了创作方向上的根本性移位。所以说，类似创作积累如此丰富的作家叶广芩等，其创作本不再是个所谓断代问题，而是代际作家对前辈文学精神、经典创作理论及方法如何汲取与创新的问题，否则，个人化欲望叙述导致的作品卖点仅供京城里文人雅士、街巷坊人对已逝的皇亲旧事之玩味的事实不难再现，其作品受众也远不及《平凡的世界》《白鹿原》《秦腔》《高兴》等。从这一角度看，重说秦地小说的民生关怀，聚焦秦地农民民生权的叙事，回归《白鹿原》民生权叙事的新触点当是紧贴"三农"生活、走出瓶颈的重要一步。

《高兴》：民生叙事的回流与彰显

依沿《秦腔》的民生情结，不难看出《高兴》对秦地农民民生权问题的演绎与诠释，既是作家贾平凹一以贯之的创作情怀，更是在此问题上的一次叙事性深化与推进。

民生权是人的价值的集中体现，是人的需求和幸福程度的综合反映。权利是地位的标志，地位是由权利决定的。不同的社会制度赋予不同的群体权利，使之拥有不同的社会地位。从权利的享有角度说，有物质的，更多是精神的。因此，《世界人权宣言》表明："人人生而自由，在尊严和权利上一律平等。"那么，以文学诠释民生权，以故事人物演绎民生权，就成为"文学是人学"解读的必然入口和路径。刘高兴作为中国九亿农民的代表，他的做人的权利可否得到保障，这些权利在现行中国社会制度中的摆布如何，现行中国对刘高兴们应有权利的认知程度如何，小说《高兴》做了淋漓尽致的、有意味的、准确的逼真反映。刘高兴从携五富由乡及城的那一天起，到五富命丧咸阳刘高兴背尸离城止，其间一切事象、生存过程、生命演绎都围绕在民生权的争得上。事实上，人类社会的一切生存遭际、生命演绎，其实质无不系于民生权这个结上。中国的历史，从某种程度上讲就是一部农民民生权的纷争史、心酸史、血泪史、生命经历史和奋斗史。作家贾平凹心存民生，情系民事，胸怀民权，以"我是农民"的感同身受和农民生命认知，细细解读着刘高兴们的悲喜哀乐，描摹着他们在民生权问题上的情感诉讼，关注着他们的基本权利可否得到和享有。在作者的笔下以刘高兴为中心故事的民间叙述方式中，涉及诸多农民民生权问题，概括起来我以为有生活权、幸福权、尊严权、爱情权、法律平等权、教育权、社会保障权、人身权、生命权、迁徙权、未来畅想权等等。《高兴》写出了刘高兴们在这些权利上的悲喜无奈，使作品达到了与农民血脉、命运休戚与共的高度，使农民民生权问题进入形象化的哲学思考。

所谓生活权，即人人有权为他自己和家庭获得相当的生活水准，包括足够的食物、衣着和住房，并能不断改进生活条件。这些基本生存保障，刘高兴们在煎熬中苦苦地纷争着。他们住的是池头村最廉价的屋，吃的是最简单省事的饭，能饱即福、即足，付出的却是劳动强度极大的卸车、送煤，早出晚归，拖着疲惫的身躯在无边的城市街巷中游动着，漂浮着，吆喝着，被人眼贱着。这些苦做苦为他们明白，不就是为家庭获得相当的生活水准吗？因此，家里的麦又黄了该收割了，五富却为了在城里能多挣点钱而放弃回家助收。乡情亲情的无奈阻隔，难以抑制的感情撕裂，使这位四十多岁的人，拉着声狼吼鬼叫地哭了："我爱我老婆……她可怜。"可见，刘高兴们仅处在生活维持的低端，更高层的幸福权的享有自然是一种奢望了。物质享受是贫乏的，一件城里人弃之的西服，成了刘高兴重要外事的盛装。街上的出租车似流星般飞驰而过，如同坐着敞篷车检阅千军万马，其感觉是极爽的。未曾享有过的农民黄八自然是极羡慕的，想着卖掉这些收到的货，"我也要坐出租车，一次要两辆，一辆坐着，一辆厮跟着"，然而"钱是势利眼"，感叹"城里人是凤凰，乡里人是乌鸡"，至于什么文化品位更高的观足球、赏芙蓉园之类就无从谈起了。人的权利是做人的资格，人的权利至上，主张人人无差别地享受政治、经济、社会、文化各方面的基本权利和待遇。然而现行中国的城乡户籍制度导致并决定着人的身份地位、人身价值及与此相关的不同的福利待遇。比如《最高人民法院关于审理人身损害赔偿案件适用法律若干问题的解释》，将城镇居民和农民区分开，分别执行不同的赔偿标准。这种显示在生命权享有上的意识性高低贵贱之落差，使得刘高兴们本应享有的人格尊严权丧失了，成为中国社会人群中人格最受歧视、利益常遭侵害、生命最无价值、生老病死最无求诉、社会地位最低的群体，即弱势群体。刘高兴当为代表。贾平凹以其简约辛辣之笔，极尽地揭示了刘高兴人格尊严的备受侵害，逼真、鲜见，如同周围发生一般。刘高兴帮人开锁解难却被四邻提防，捡了钱夹送失主反诬为偷，某地失窃警察动辄首抓农民工，就连单位小小门卫也不屑刘高兴一类态度冰冷傲慢，更不用说市容队猛如虎的行为了。刘高兴的这些遭际归咎于其社会地位的低下。五富的愚蠢、杏胡的粗俗、黄八的痞性以及刘高兴的笔墨略识，孟夷纯人艳无技而做皮肉活的境遇，都是农民教育权未得到足够享受的结果，因而一个个文化盲点无法使他们进入上流社会，成为城里的"凤凰"，也因此滞碍了较高层的爱情权的择取与享有、法律平等权的知情与参与、人身权的安全应对与抗阻，以及生活寓居地迁徙权的自由选择（"城乡分治，一国两户"制所限）。一双女子高跟鞋的精心守护，象征着农民刘高兴追慕和渴望城市文化品位的爱情权的享有，他为此付出了所有的热情、热心和真爱。然而，有着同样农民身份的姑娘孟夷纯，除被城里男人韦达们一次次享用外，其更不幸的遭遇使她同样有着渴望城市文化品位的爱情享有权成为幻想。刘高兴、孟夷纯，一对农民命运的可怜者，城市爱情追慕的悲悯者。刘高兴的爱情终究还是没有在城里发生和享有。悲情东流，黯然失神，原来这爱情也有着城乡的标识，附着着像钱一样的势利色彩。乡里人爱情的选择只能在乡里，在土里！

　　如果说，爱情因其环境、地位、条件等的制约，纯属个人情感世界的选择，刘高兴、孟夷纯之情爱不值一提的话，那么，法律公正权的享有无论怎么说都是不以城乡身份而失衡的。但是，发生在孟夷纯、五富、石热闹、刘高兴身上的法律公正权却并不见其阳光的灼热与透明。李京杀人后逃逸，给孟夷纯替兄讨公道带来了无尽的经济耗费。因为公安局拘人要当事人承担出警人员的吃喝住行等所有的费用。内蒙古、云南、山西、甘肃每去一地，得交万元，然而案子并未见其果，当事人又情不知，事不明。孟夷纯只好一次次交钱，在一次次等待中失望，在失望中更加困窘。法律公正权的丧失就这样无情地置农孟夷纯于更深的风月泥淖。还有石热闹那老上访户，五富光天化日之下收货遭讹等大至人命、小到受骗的农民寻法难的法治社会之尴尬。一言以蔽之，城乡分治，二元对立，以牺牲乡里满足城里供给的经济失衡，以反映在政治待遇、社会地位、文化教育、生存、法律、尊严诸多层面人权享有的失衡与失范,使农民刘高兴们只能以阿Q式的自我安慰心灵,寻求片刻安然的生存方式而不高兴却高兴着,不快乐仍快乐着,采取农民特有的方式释放着心中的郁闷:"有了男有了女为什么还有穷和富","有了南有了北为什么还有城和乡"。五富痛苦地说:"城里不是咱的城里。"

实现城乡一体化,还刘高兴们原本民生权的享有,是《高兴》的基本指质之一。从《白鹿原》到《高兴》,从陈忠实到贾平凹,世纪的更替,生命的演绎,秦地农民的民生权叙事便有了历时性的递进观照。这就是说,在以人为本的社会生态中,这一新的描写触角不仅是秦地小说的,更是中国当下文学的本来走向。我以为在中国,农民问题和知识分子问题是两大基本问题,倘若社会忽略了它们,必将受到历史的惩罚;倘若文学叙事缺失了它们,将没有质地的坚实和生命的灵光。

(原载《文艺理论与批评》2009年第5期)

论《鸡窝洼人家》与《高兴》的艺术同构

吉 平

1983年，出于对新时期故土农民生存状态的即时性思考，贾平凹创作了具有强烈时代革新意识的《鸡窝洼人家》。小说因其强烈的真实性和时代意识而引起了较大的社会反响，该作品获得了西安市首届文学奖，随后被导演颜学恕搬上了银幕，名《野山》。电影《野山》因其对原小说精神内核的把握和深化，获得了艺术上的极大成功，是迄今为止贾平凹文学改编中艺术成就最高的一部。二十四年后，出于对故乡进城农民精神状态和生存状态的深入思索，贾平凹创作了长篇小说《高兴》。《高兴》因其对最底层农民工群体生活样态的真实呈现和关注，取得了较好的社会反响，随后小说《高兴》被改编成同名电影《高兴》。而电影《高兴》也取得了贾平凹小说改编有史以来最好的票房成绩。两部作品虽一个是中篇、一个是长篇，但都取得了文学影视化改编的巨大成功，在贾平凹文学作品影视改编中社会反响最大、影响力最为广泛。两部作品会不会存在共同的成功要素呢？细究起来，《鸡窝洼人家》和《高兴》确实存在着某些方面的艺术同构性。

现实观照：对时代思潮的精准把握

贾平凹是一位兼具现实主义精神、人文关怀和时代忧患意识的作家。他对自己所生活过的故土、对自己所处的时代无时无刻不在关注和思索，他关注着社会转型给时下的中国人带来的灵魂蜕变与痛苦抉择，他苦苦思索与探寻着能通往人类精神家园的路径。正如他自己所说的："关怀和忧患时下的中国是我的天职。"《鸡窝洼人家》与《高兴》最大的相似之处，就在于对不同时期的时代思潮与社会热点的强烈关注和精准把握。

《鸡窝洼人家》中，具有求新求变意识的禾禾由于不满足于固守几分薄土的现状，而不断地进行"折腾"以期发家致富，但屡遭失败，但这"折腾"也使得他与妻子麦绒变为路人。烟峰对禾禾青睐有加,回回也因为禾禾对自己小家庭的介入,而跟烟峰渐行渐远,最终两组家庭都破裂了。由于回回和麦绒生活价值观念的趋同,具有守旧意识的回回和麦绒很快就重组了家庭。而禾禾经过再三的"折腾"后,最终发家致富了,并和烟峰组成了一个新的家庭。小说选取了一个特殊的视点,从普通的日常生活来透视当下社会情状,从普通平民的心态来折射整个时代跳动的脉搏。对于禾禾、回回、烟峰、麦绒这些农村普通农民,既怀着深切的包容和热爱,又有着一种冷静的批判性目光。小说虽然深入呈现了当代的农村生活和农民革新意识,但作家并没有正面去描写改革,而是把着力点放在了几个普通农民在日常生活中相互影响、相互关联的刻画上,通过这些人物思想意识的走向,来折射时代的演进。对绝大多数普通人来说,生活中并不是天天都有惊天动地的事情发生,也不是每个人都在谈变革,尤其在农村,轰轰烈烈的事情就更少了,但时代精神又必然会渗透到每个普通人的日常生活的各个层面,对他们的情感心理、生活方式、道德观念、价值观念会产生强烈的冲击。没有正面描写改革,却又深刻地感应和表现了变革,这正是《鸡窝洼人家》的不同凡响之处,其间的奥妙正在于作家用艺术的笔触穿透了变革现实生活的表象,融入了时代洪流中普通农民精神世界的深层,从而真实地谱写出了一部形象性、具象性兼备的反映农村变革的"心史"。

如果说贾平凹对于中国20世纪80年代社会热点——农村变革的前景和方向有了一个清晰地呈现的话,那么二十四年后的《高兴》则对90年代后期以及21世纪以来的社会焦点问题——农民工的生活状态以及未来命运表示了自己深切的关怀。

进城务工是中国广大农民从农村走向城市、从农业文明迈向工业文明的重要桥梁。"1978年,中国只有15万农民工,1990年,这一数字接近3000万,而到2007年底 中国农民工的总数是1.5亿。30年间增长了1000倍"。[①]可由于城乡文化观念的"碰撞"、市场经济的强力挤压以及周边生活环境的改变,身处城中的农民工群体经受着强烈的不适应感和疼痛感。文化以及文明程度的巨大差距始终是农民工与城市之间难以逾越的鸿沟。因此,"如何面对城市,是每一

---

① 刘芳:《一层帘子后的夫妻生活——农民工性压抑》,来源:凤凰网,2008年3月24日,网址:http://phtv.ifeng.com/program/sszqf/200803/0324_2537_457902_4.shtml。

个进城农民不得不思考乃至于焦虑的心灵问题"[1]。

在《高兴》这部深切关注土地变迁后农民生存状态和生活情境的作品中，贾平凹以其一贯的平静与淡定的笔触，描绘了一幅令人眼花缭乱的都市浮世绘，为我们讲述了一个交织着错误、冲突、伤痛、荒谬而又情义深切的当代故事，真实地记录了城市最底层农民工的惨淡生活。小说以刘高兴和五富两个人的活动为主要线索展开情节，真实地描述了农民工在城市的悲苦境遇。刘高兴、五富、杏胡、黄八等人为了生活，怀揣着憧憬和希冀来到了西安城，然而城市并不是他们的"安乐窝"，"一没技术""二没资本"的他们只能在同乡韩大宝的帮助下去捡破烂。他们吃的是仅能果腹的面糊疙瘩汤，一顿稍好些的面条就是他们的美味佳肴。穿的是城里人扔掉的破衣旧鞋，刘高兴身上的西服是一位孤寡老太所赐，而皮鞋则是五富收购来的。他们住的是破烂不堪、岌岌可危的"剩楼"。他们以廉价的劳动力维持着最低的生存条件，但是因为社会地位的低微，这一种最低层次的生存条件也不时受到威胁。他们不得不忍受像韩大宝、瘦猴、个体户老板、门卫以及形形色色市民们的欺压盘剥与嘲讽，甚至连乞丐石热闹也瞧不上他们。他们为城市建设做出了贡献，却得不到城市的认同，想融入城市却始终不得而入。

《高兴》令人沉重，很大程度上源于农民的生活现实和当下城乡发展的不平衡。当五富看到摆设豪华的城市家庭就感叹道："都是一样的人，怎么就有了城里人和乡下人，怎么城里人和乡下人那样不一样地过日子？"而黄八也感慨道："我就想不通，修一个公园就花十亿，体育馆开一个歌唱会就几百万，办一个这样展览那样展览就上千万，为什么有了钱就只在城市里烧，农村穷成那样就没钱，咱就没钱？！"黄八的这番言语正是贾平凹在《高兴》后记里所谈到的"在所有的大城市里，我们看多了动辄就一个庆典几千万，一个晚会几百万，到处张扬着盛世的繁荣和豪华。或许，从他们的生存状态和精神状态里能触摸出这个年代，城市不轻易能触摸的脉搏吧"。这集中反映了贾平凹不虚荣、不矫情、关注社会、关注民生的人文情怀。这也正是作者要创作这部小说的缘由，他用作品警示我们，在快速发展经济和推进城市建设的同时，也要停下来进行深入思考与内省，要关注进城农民工群体，尤其要关注他们的生存境遇和精神困境。

---

[1] 张丽军：《新世纪乡土中国现代性裂变的审美镜像——读贾平凹的〈秦腔〉与〈高兴〉》，载《文艺争鸣》2009年第2期。

理想人物形象构建：新农民形象的塑造与表达

《鸡窝洼人家》与《高兴》除了共同关注时代焦点与社会思潮外，在理想人物形象的构建和塑造上，也成功地塑造出了两位鲜活的新农民形象。

《鸡窝洼人家》之前的一些改革文学作品在书写改革者或变革者这一类人物形象时，大多从固有的观念出发，把人物形象类型化。分为正面人物和反面人物，乃至急功近利地为政治服务，进而把人物形象作为图解某种政策、道路和路线的标签；为了使人物形象更凸显光彩，就把他们置于善与恶、正确与错误等的这种尖锐对立的矛盾冲突中。比如写改革，就必然有力主改革的先行者，也必然要有改革的反对派，最终代表历史潮流的先行者通过重重磨难，经过与落后势力或反对人物的较量，带领老百姓发家致富，分享改革的胜利成果。贾平凹抛弃了这种概念化、教条化的创作方式，在《鸡窝洼人家》中，主人公禾禾并没有被写成是带领全村百姓共同致富的英雄，而是被塑造成一个具有一定变革意识的、真实可信的新农民形象。

首先，禾禾这个新农民形象"新"在他的求新求变意识上。禾禾在外当过兵，见过山外的大世面，因此回到鸡窝洼后不甘心一辈子总是面朝黄土背朝天，在几亩薄山地上苦熬挣扎，于是他想搞副业来发家致富，但发家创业的路上并不一帆风顺。禾禾烙过饼，压过面，在经过一番"折腾"后，家里的钱财被消耗了大半。即使跟麦绒离了婚，禾禾也并没有放弃自己的追求，他又尝试过养柞蚕，后又转向了磨豆腐，但由于禾禾心眼实诚，磨豆腐并没有落下几分钱，最终在县委书记的支持下，禾禾依靠养柞蚕和跑运输成了鸡窝洼的首富。其次，禾禾的"新"表现为禾禾对新的生产方式和生活方式的追求。跟鸡窝洼的其他农民不一样，禾禾在外养成了刷牙、喜欢读书并从书中获取致富经验的习惯。禾禾劝说回回每天坚持刷牙，这样可以保持牙齿的健康，但回回却说："人的口是吃五谷杂粮的，莫非口里还长了屎不成。"面对回回的固执和保守，禾禾无可奈何，但禾禾文明的生活习惯却影响到了烟峰，烟峰学着禾禾每天早上都用盐水漱口。此外，在对先进的生产方式的追求上，石磨作为一种原始的生产方式的表征，是鸡窝洼每户人家的必备物件。用石磨磨面、豆子等各种粮食，不仅十分累人且生产效率十分低下。烟峰就时常感慨，每天用石磨磨东西的时间要占大半，以至家里的磨盘都由八寸厚磨到了四寸。作为一种新的生产方式的代

表：电磨不仅是烟峰、也是整个鸡窝洼人的念想。当禾禾发家致富后，马上就把这种念想变成了现实。小说最后不仅全村的人来禾禾家使用电磨，连麦绒、回回都担着粮食来禾禾家磨面。电磨的使用把鸡窝洼的农民从传统的生产方式中解脱了出来，大大加速了鸡窝洼的时代化进程。小说中的禾禾虽并不一定具有清晰的改革意识，但他凭着那种不安分的天性，敏锐地触摸到了时代的脉搏，积极地融入大变革的时代洪流，用自己百折不挠的努力打破了闭塞山乡的宁静。他身上的这种新鲜的活力，正是贾平凹所充分肯定的被时代迫切需要的新农民形象。

如果说《秦腔》书写了乡村农民一步步从土地上挣扎出去，《高兴》则刻画了农民出去到城里的生存状态和精神风貌。近年来随着大量的农民走进城市，农民工群体不断发展壮大，形成了一个全社会都不能忽视的社会群体，也引发了文艺界的强烈关注。随之便兴起了"农民工文学"创作的热潮，农民工进城后的艰难生存和悲惨境遇在作家笔下不断地被书写，甚至不断地被变形和夸饰，经常演变为一种深刻的苦难叙事，如孙慧芳的《农工》、残雪的《民工团》等。而对农民工精神领域的关注却被对外在生活逆境的描写而严重地遮蔽着。《高兴》的出现在一定程度上扭转了当前农民工文学的苦难叙事，为当前的农民工文学带来了一股清新之风。作品不仅展现了流落城市的农民工刘高兴、五富等人的物质层面的艰辛状态，更是对他们的精神世界，对他们的念想、追求与爱情进行了真切地关注。这一切都在刘高兴这个具有一定时代意义的全新的农民形象身上得到了注解和阐释。

首先，刘高兴的"新"表现为对其仪表仪态的注重。城里人与乡下人一个显著的区别便是人物的仪表仪态了。小说中刘高兴看起来不像农民，而五富、黄八则始终不改农民本色，很大程度上是因为刘高兴对自己的仪表仪态的注重。刘高兴原名刘哈娃，一进城，立马改名为刘高兴，这是他追求改变，追求新生活的开始。为了尽快融入这座城市，他不仅十分注重自己的仪表和谈吐，还专门模仿城里人的生活习性和方式——穿西服，穿皮鞋，读废旧报纸，逛公园……对自己所处的困窘的居住环境，他不仅没有像垃圾一样肮脏下去，反而把这一方小小的区域收拾得清清爽爽，衣服虽旧但洗得干净，衣着整洁。而在文化素养上，他读过《红楼梦》，还吹得一手好箫，不仅能识文断字甚至还能读懂兴隆街锁骨塔上的碑文。虽然租住的地方是没有建好的"剩楼"，但他在心中却把"剩"字念成"圣"字,把"剩楼"视为自己事业起点的圣地。这一切都让刘高兴具有不同于一般乡下农民的特质,也无怪乎孟夷纯第一次见刘高兴时觉得刘高兴不像农民。

其次,刘高兴的"新"体现在其对自身尊严的维护和注重。刘高兴在西安的生存之路是艰辛的,经常要受到各种各样的欺负和轻视,普通市民看不起他们,废品收购站的人看不起他们,房东的邻居看不起他们。生存的艰辛和苦痛刘高兴可以忍受,他最不能容忍的是被别人轻视和看低,对刘高兴而言,生存的艰难是一回事,生存的尊严却更重要。很多农民在进入城市后,禁不住城里物欲横流的诱惑,由单纯、纯朴走向堕落、腐化,而刘高兴显然没有,他不因为生活的艰难而放弃自己坚守的人生准则,也不会像韩大宝、五富、黄八、石热闹等人那样使强用狠、自私、搞破坏、作践自己。小说中有这样一个情节:五富和黄八一起在饭馆吃饭,快吃完时,黄八把准备好的一只苍蝇放在碗里,以此敲诈饭馆老板,不仅不付饭钱还要老板进行赔偿。刘高兴知道真相后,不仅没有喝胡辣汤还对他们的所作所为表示了异常的愤慨。从这个细节中,我们看到了刘高兴正直、纯朴的道德品质以及他做人的原则。从他对孟夷纯的无私的爱恋以及韦达给他安排工作而他婉拒等一系列事情中,我们看到了他的品质在现实生活中熠熠生辉。"这种对人的尊严维护和坚守,使'刘高兴'这个人物内心世界具有超越欲望化现实的精神之美。"①

再次,刘高兴的"新"体现在他强烈的城市认同感和自信心。刘高兴有着一种异于其他农民的强烈的城市认同感,在他眼中,城市代表着文明、优雅、时尚和浪漫,是他在清风镇娶亲失败后一直向往的地方。他梦想着能成为一个城市人,凭着自己的勤劳和汗水能在城市中立足,他为自己的城市认同找到了一个重要的佐证:那就是自己的肾卖给了城市,"一只肾早已成为城里人身体的一部分,这足以证明我应该是城里人了"。基于这样的信念他在生存处境难以改变的状况下,极力为自己营造了一种乐观向上的精神风貌。他在五富怨恨城市时极力劝导他"不要怨恨",而要懂得"微笑"和"欣赏"——"比如前面停着一辆高级轿车,从车上下来了衣冠楚楚的人,你要欣赏那锃光瓦亮的轿车,欣赏他们优雅的握手、点头和微笑""路边有一棵树被风刮歪了,你要认为这是咱

---

① 王光东:《刘高兴的精神与尊严——读贾平凹的〈高兴〉》,载《扬子江评论》2008年第1期。

的树，去把它扶正"。刘高兴这种对城市的极度热爱，是一种比久居城市的市民还要深切的对城市的关爱。除了这种城市认同感，刘高兴也用自己的自信和智慧去处理与城里人的关系，这正是一般的农民所不具备的。如五道巷小区的门卫不让五富进去收破烂，五富跟黄八用胶水报复了门卫，刘高兴斥责了这种下三烂的行为。他先用计让送菜顺手收破烂的秃子得罪了收购站的瘦猴，使秃子收购来的酒瓶卖不出去，只好低价转售给五富，随后刘高兴又带着五富用一盒纸烟和一堆奉承话摆平了五道巷小区的门卫，事情处理得圆满且充满智慧。此外，刘高兴虽然没有看上别人给自己介绍的翠花，但当翠花遭到雇主的刁难时，刘高兴挺身而出，他穿戴整齐谎称自己在报社工作，在五富的配合下以高度的自信心帮翠花要回了身份证。此外，刘高兴跟市容队队员斗智与较量的事件充分体现了刘高兴的自信。

  通过对上述两部作品的艺术共性分析，我们可以发现，社会转型给中国的经济、政治以及文化带来了广泛而深刻的变化，随着贾平凹人生经历、社会感悟的不断丰富和沉积，其乡土情怀跟现代意识的融合进一步走向深入和成熟，其作品中展现出来的城市社会情状以及乡村现代化情境也由浅入深、从简单走向繁复，这充分体现了作家对整个中国乡村、农民以及时下中国最诚挚的忧患意识以及人文关怀。

（原载《小说评论》2014年第4期）

新世纪乡土中国现代性裂变的审美镜像

——读贾平凹的《秦腔》与《高兴》

张丽军

21世纪中国社会转型期,近代以来许多没有解决的问题重新在当代盘根错节纠结在一起。"三农"问题便是现代民族国家建立后实现现代化转型的中心问题。20世纪之初的以农民为中心主体的中国问题状况仍然横亘在21世纪改革开放的中国面前。

贾平凹的《秦腔》以其宽广宏阔的乡村视野,书写了当代中国农村在现代化转型过程中出现的一系列新问题,随后发表的《高兴》,进一步延续了21世纪乡土中国现代化裂变的主题。从《秦腔》到《高兴》,我们看到了21世纪乡土中国现代性裂变的、悲欣交集的两副审美镜像,整体性呈现了21世纪中国现代化历史语境下的农民心灵史。

一、乡土中国的衰竭心像

《秦腔》是贾平凹在多年沉寂之后的一次突破,是他对当代中国转型期的乡土社会的审美观照。秦腔、秦地、秦人,构成了一曲天地人合鸣的大乐,在这一合鸣大乐中,隐隐约约听出了一种乡土文化忧思之音。

秦腔是与清风街为代表的秦人生命融为一体的音乐,弥散于小说的角角落落,与小说中的每一个角色发生深刻的联系,可以说,秦腔就是贯穿整部小说的主角。高兴时放秦腔,心情郁闷时也放秦腔;结婚、生孩子时要有秦腔,给老人送终也要有秦腔;清风街上不仅夏天智、上善爱听秦腔,清风街的结巴武林、疯人引生也痴迷;清风街的女人爱听,清风街的最漂亮的女人白雪就是秦腔的忠诚表演者;清风街的白果树也爱听秦腔,更神奇的是,夏天义所养的狗还能听懂、吟唱秦腔。清风街人对秦腔的喜爱达到了与生命相融合的程度。清风街的人、大地、动植物的整个世界共在一个秦腔的空间场域之中,生命与生命之间从中得到安慰、舒展、交融,构成了天籁、地籁、人籁的合鸣。正如贾平凹在散文《秦腔》里所描述的一样:

> 农民是世上最劳苦的人,尤其是在这块平原上,生时落草在黄土炕上,死了被埋在黄土堆下;秦腔是他们大苦中的大乐……有了秦腔,生活便有了乐趣,高兴了,唱"快板",高兴得是被烈性炸药爆炸了一样,要把整个身心粉碎在天空!痛苦了,唱"慢板",揪心裂肠的唱腔却表现了多么有情有味的美来,美给了别人的享受,美也熨平了自己心中愁苦的皱纹。

清风街夏家老一辈中的夏天智对秦腔是最为热衷的。他不仅喜欢唱、喜欢听,而且长年累月痴迷在马勺上描画秦腔脸谱。夏天智支持夏中星的秦腔振兴计划,认为儿媳妇白雪不应该到省城去。遗憾的是,夏中星的振兴秦腔计划,并不是出于对秦腔的珍惜与热爱,而是为了出政绩,为自己捞取当官的资本,他本人并不懂秦腔。在夏中星带领剧团到乡下巡回演出时,观看秦腔的人很少,连演员都感觉脸红。夏中星却因为振兴秦腔有功调走了,而秦腔剧团随后彻底垮了。

与秦地秦人生命融为一体的、有着千年文化积蕴的秦腔,在社会急剧变革的时代,在夏天智去世之后已经无人聆听,悄无声息地衰落了。秦腔是秦地孕育出来的音乐文化,当清风街新一代农民遗弃土地的时候,就已经注定了这种地域空间音乐的无可挽回的衰亡。

从清风街出来到省城工作的、作为"清风街名片"的夏风从小就在秦腔氛围中长大,在回清风街老家结婚时却对秦腔表现出了拒绝、排斥的文化姿态。夏风极端厌恶秦腔。白雪在一次与夏天义的对话中,提到夏风不爱秦腔的原因是"秦腔过时了,只能给农民演"。这种说法引来了夏天义的怒斥:"给农民演就过时了?!胡说么,他才脱了几天农民皮?!"[①]出生于乡村、在省城工作久了的夏风,已经彻底摆脱乡村思维、情感的羁绊,在心理世界中确立了一种迥异于乡村的、具有优越感的、所谓高层次的城市文化,与城市文化融为一体了。正是这种具有优越感的视农民为低贱、没有文化修养的城市文化意识,才会让

---

① 贾平凹:《秦腔》,作家出版社2005年版,第242页。

夏风有了这样的逻辑推理：农民没文化修养、处于被时代淘汰的社会底层，秦腔给农民演，秦腔就过时了，就不是艺术、不够高贵，所以，高贵的、有优越感的夏风就厌恶秦腔，排斥这种过时的、不够高贵的乡村戏剧。排斥秦腔是对城市高贵、优越文化的认同，对浅陋乡村文化的决绝，这也表明了夏风思想意识中城市文化优越感的确立与对乡村母体文化的决绝。

白雪是县秦腔剧团的台柱子，用夏中星的话说就是"人好戏好，色艺双全"。白雪离不开秦腔的戏剧舞台，心中割舍不了对秦腔的痴爱，所以她迟迟不愿离开县剧团到省城去。针对让白雪改行、调动工作的事，夏风和白雪争吵了起来。夏风说："在县上工作长了，思维就是小县城思维，再这样待下去，你以为你演戏就是艺术呀，以为艺术就高贵呀，只能是越来越小，越来越俗，难登大雅之堂！"白雪说："我本来就是小人，就是俗人，鸡就住鸡窝里，我飞不上你的梧桐树么！"[1]夏风与白雪对秦腔认识的巨大差异，是横亘在夫妻两人之间的文化鸿沟。白雪对向省城调动工作的拒绝和夏风对秦腔与白雪的乡村情感、"小县城思维"的鄙视，使两人的矛盾激化。夏风对生理有缺陷女儿的遗弃与冷漠，进一步加深了白雪的痛苦，最终导致离婚。清风街的文化之子夏风与秦腔表演者白雪的离婚，在更深的意义上隐喻着城市现代文化对乡土民间文化的遗弃。他们女儿的天生残疾，同时也喻示着全球化语境下乡土中国文化的畸形怪胎性。

夏天智夫妇认为白雪是一个无可挑剔的儿媳，对儿子夏风的离婚行为表示极度愤怒，决定让白雪住在老家，拒绝夏风回家门。夏风虽然是一知晓父亲的死，便连夜赶回，可就是在路上出了故障，迟迟不能回去看父亲最后一眼，没有赶上父亲的葬礼。这具有很强的文化隐喻：对乡村母体文化和乡村情感排斥、拒绝的夏风，也被自己父亲的亡灵拒绝。

作为在秦腔氛围中长大的夏风为什么这样极端厌恶与拒绝秦腔呢？夏风这种对乡村母体文化的厌恶、对城市文化的优越感与认同来自何方？现代作家叶圣陶的《倪焕之》里的一段话，也许可以为夏风对乡村母体文化决绝姿态提供一种解释："这是一班主持师范教育的人该死的罪孽。他们把师范学校设置在都市里，一切设施全以都市为本位；虽然一部分师范生是从乡村出来的，结

---

[1] 贾平凹：《秦腔》，作家出版社2005年版，第298页。

果也就忘了乡村。……但是他们总免不了犯一种很不轻的毛病,就是把他们的学童看作属于都市的,而且是都市里比较优裕的阶级的。师范生在试教的时期,所接触的是这样被看待的学童,待回到乡村去,教育纯粹的乡村儿童,除了格格不相入哪还有别的?"《倪焕之》所针砭的以都市为本位的乡村教育理念,在今天的大学校园里仍然占主导,仍然是把"学童看作属于都市的,而且是都市里比较优裕的阶级的"。在这样一种教育理念之下,从农村出来的孩子一旦接受了这样一种大学教育,就再也回不到农村了。

"他们'已经回不了家',是不愿,也是不能。在没有离乡之前,好像又一种力量推动他们出来,他们的父兄也为了他们想尽方法实现离乡的梦,有的甚至为此卖了产业,借了债,大学毕业了,他们却发现这几年的离乡生活已把他们和乡土的联系割断了。……在学校里,即使已觉得异于乡下人,而无法再和充满土气的人为伍了。言语无味,面目可憎。即使肯屈就乡里,在别人看来也已非昔比,刮目相视,结果不免到家里都成了个客人,无法住下去了。……乡间把子弟送了出来接受教育,结果连人都收不回。"[1]显然,正是这种悬空了的、忽视乡村、以都市为本的教育像"采矿"一样,挖空了农村的根柱,大大损蚀了乡土社会,构成了都市文化对农民文化的排斥拒绝,形成了城乡人群意识上的优劣尊卑之分。这样一种大学教育理念、体制之下的夏风等农村出来的文化精英,逐渐建构了一种城市的优越感、都市文化的认同感,从而视农民为低贱,以农民喜好的秦腔为过时的低贱文化。"从前保留在地方上的人才被吸收走了,原来应当回到地方上去发挥领导作用的人,离井背乡,不回来了,一期一期的损蚀冲洗,发生了那些渣滓,腐化了中国社会的基层乡土。"[2]

《秦腔》以夏风对乡村母体文化的决绝姿态与拒斥心理,感性而又深刻地表现出了乡村社会的这种永远的痛,表达了一种深切的乡土文化隐忧。乡土文化的精英背弃了乡土,乡土文化之根的地基日渐受到损蚀,承载几千年文化积淀的乡土文化从未像今天这样受到如此巨大打击与挑战。更为根本的是,不仅文化人离开了乡村不回来,而且清风街众多青壮男丁也纷纷外出打工不回来,乡村处于一种日益严重的"废墟化""空心村"状态。小说结尾处,随着痴迷秦腔及其脸谱的老人夏天智的去世,葬礼上的秦腔就成了最后的绝唱,而且更让

---

[1] 费孝通:《乡土重建》,观察社1948年版,第72—73页。
[2] 费孝通:《乡土重建》,观察社1948年版,第71页。

人难堪的是"废墟化"村子里竟然找不出几个抬棺的年轻人！正所谓无可奈何"秦腔"去，似曾相识"人"不归。

面对乡土社会这种衰亡的文化心象，清风街精通乡土中国文化之道的夏天智，吩咐儿子到药店里购买"固本补气大力丸"，夜里偷偷在院中四角填埋，力图挽救乡土中国衰竭的心象。毫无疑问，夏天智准确察觉出了乡土中国衰竭的心象，并以一种"中国经验"的方式来挽救。但是，在全球性的现代化洪流中，谁又能挡得住乡土中国这一现代性历史裂变？

二、进城农民工的"垃圾"物像

《高兴》后记中提到，农村人均可耕地面积的急剧减少、农业产值的偏低、各种生活费用的激增，已经让农民无法继续坚守在土地之上，纷纷涌入城市。"旧社会生了儿子是老蒋的，生下姑娘是保长的，现在农村人给城里生娃哩！"尽管乡土人力资源的侵蚀与流失，费孝通早在半个世纪前的《乡土中国》中分析过，但是新世纪乡土中国却面临从未有过的"废墟化"危机。20世纪90年代，资源重新积聚的一个直接结果，就是在我们的社会中开始形成了一个具有相当规模的底层社会。农民工就是一个典型的由经济和社会双重因素造就的弱势群体。"1978年，中国只有15万农民工，1990年，这一数字接近3000万，而到2007年底，中国农民工的总数是1.5亿。30年间增长了1000倍。"[①]面对这样一个新兴的规模巨大的弱势群体，90年代以来乡土文学的纯文学化、主流化叙事使农民工成为乡土文学的"隐身人"。

令人欣慰的是，21世纪进城农民的生活进入了贾平凹的审美视野。刘高兴等形象的塑造不仅揭示了当代中国农民工在城市中国"垃圾伴生物"的隐喻性镜像，而且展现了农民进城之后乡土中国"废墟化"状态，传达了贾平凹对21世纪以来中国整体状况的审美思考。应该说，贾平凹2007年出版的《高兴》是对《秦腔》关于"中国农民命运"的想象和表达的延续、超越与深化。

如何面对城市，是每一个进城农民不得不思考乃至于焦虑的心灵问题。中国农民一方面是对土地的无比眷恋，另一方面是对土地的无比憎恨，就形成了恋土与离乡的两种乡土文学叙述模式和情感类型。到了21世纪，城市对中国

---

① 刘芳：《一层帘子后的夫妻生活——农民工性压抑》，来源：凤凰网，2008年3月24日，网址：http://phtv.ifeng.com/program/sszqf/200803/0324_2537_457902_4.shtml。

农民而言，依然是一个异质性而又充满无比诱惑力的矛盾体：对五富而言，城市是令他忐忑不安和无法释怀的焦虑之地，有着本能的拒绝；但对刘高兴而言，城市更多的是生命新生的蜕化之地，有着无法抵御的诱惑力。

城市在刘高兴的眼中显现着文明：明亮、优雅、美感、时尚。刘高兴有一种强烈的城市认同感，说"我要变成个蛾子先飞起来"。刘高兴在从"青虫"向"蛾子"的文明转变过程中，开始了极为成功的城市化生存。然而，刘高兴的城市认同却不仅受到来自同阶层人的嘲讽、质疑与否定，而且在"城市意识形态话语系统"屡遭打击。刘高兴的城市认同只是单维度的认同，从来没有获得城市对他的认同，与城市处于一种非对话性状态。对于刘高兴自觉热情的城市认同，城市却摆出了冷冰冰的拒绝姿态。当得知刘高兴的英雄事迹既没有得到城籍户口也没有奖励钱的时候，瘦猴说："刘高兴呀刘高兴，你爱这个城市，这个城市却不爱你么！"在城市以捡破烂、收破烂为生多年的瘦猴的话一针见血道出了城市对于进城农民的"他者"异质本性。

刘高兴为自己的城市认同找到了一个重要的实质性关联：自己的肾卖给了城市。"一只肾早已成了城里人身体的一部分，这足以证明我应该是城里人了"。刘高兴遇到了城里的富商韦达，认为他就是拥有自己另一个肾的人。但后来，刘高兴知道韦达移植的是肝，而不是肾。刘高兴认同城市的唯一实体关联，却被证明为虚假。刘高兴与孟夷纯的关系也极具隐喻性。孟夷纯的爱使得刘高兴的城市认同大为扩张，但是在做爱过程中的性无能却喻示着他无法进入这个城市，无法扎根城市。

五富、刘高兴等农民工不仅在城市里做着最苦、报酬最低的活，住在最脏乱的地方、吃着最差的饭菜，而且还被"城市意识形态"歧视，乃至"妖魔化"。小饭店老板老铁的话点出了城市人对农民工的偏见："他说打工的人都使强用狠，既为西安的城市建设做出了巨大的贡献，但也使西安的城市治安受到很严重的威胁，偷盗、抢盗、诈骗、斗殴、杀人，大量的下水道井盖丢失，公用电话亭的电话被毁，路牌、路灯、行道树木花草遭到损坏，公安机关和市容队抓住的犯罪者大多是打工的。老铁说：富人温柔，人穷了就残忍。"[1]老铁的话语展现了一种"城市意识形态"的逻辑思维，即富人阶层对城市底层，尤其是农民工的莫

---

[1] 贾平凹：《高兴》，作家出版社2007年版，第116—117页。

名恐惧、仇视心理。城市没有接纳他们的意向,没有他们的恰切位置。

进城农民在出卖劳动力之后,不仅要遭受种种盘剥,而且还要遭受生命尊严的侮辱和精神的伤害。半个世纪前老舍《骆驼祥子》所描述的"咱们卖汗,咱们的女人卖肉"的城市底层"劳苦世界"景象依然存在。刘高兴和五富从事捡破烂的活计,具有强烈的隐喻意味。刘高兴从破烂多也就是城市繁荣的象征而联系到自己在城市中的存在:"哦,我们是为破烂而来的,没有破烂就没有我们。""五富和刘高兴就是垃圾伴生物!"对于垃圾的性质,小说《高兴》漫不经心借用小孩子的口,说出了"不要动垃圾,垃圾不卫生"的话语。"垃圾不卫生","垃圾伴生物"自然也就"不卫生"了。"垃圾伴生物"是进城农民在城市中国存在的隐喻性描述,"不卫生"也恰恰是"城市意识形态"话语对农民工属性的界定。

面对城市的盘剥、蔑视,乃至精神伤害,五富和黄八以对城市的咒骂来回应;杏胡、孟夷纯、刘高兴则以各自不同的方式进行抗争与自我救赎。五富和刘高兴曾干过非法收购医疗垃圾的事情,来谋取利益,后来接受教训才停止。孟夷纯来西安在饭店里洗过碗,也做过保姆,挣来的钱仅仅能维持生活;只有"出台"后,才能赚钱汇给县公安局去抓罪犯,但结果却遥遥无期。破案警察的索要成了无底洞,孟夷纯的抗争陷入了"卖淫——破案(未果)——再卖淫"的困境。杏胡在第一个男人死后并没有自杀而是就往下活,做起了计划,从此吃了定计划的利。杏胡的"计划"给刘高兴上了人生珍贵的一课,但是在"城市意识形态"里,杏胡难以通过正常的道路来实现计划,而走上了非法收购"赃物"的邪道,被抓走了。

《高兴》中人物的一系列行为从"捡垃圾""卖垃圾"到"卖淫""收购赃物",为读者呈现了大量关于"垃圾"的物象描写。这些"垃圾"性物象隐喻表达了当代中国农民工在城市中国意识形态深处中被污化的存在。

三、最后一位农民

《秦腔》中的夏天义形象是百年文学史中村官形象的延续,尤其是新时期文学中的众多村官形象中色彩鲜明、性格独异的存在。夏天义从20世纪50年代到80年代就是共产党在清风街的形象化身。夏天义土改时拿着丈尺分地,公社化时砸着界石收地,"四清"没有倒,改革开放新时期再给农民分地、示范种苹果。"夏天义简直成了……他想干啥就要干啥，他干啥也就成啥"。文化人夏风查阅县志，发现夏天义在县乡史志中从20世纪50年代土改开始就奠定了他在清风街乃至县乡的威望。夏天义一生可谓成也土地，败也土地。正是由于他对土地的依恋之情，使他未能超越这种原始、自然的感情，不仅拒绝了把清风街作为焦炭基地的工业计划，而且还带头反对侵占耕田的国道修路，因而被撤职处分，结束了他在清风街的政治生涯。但是，他对土地的依恋之情却至死不渝。

随着新一代村官夏君亭时代的到来，解职的夏天义在清风街却获得了比以前更大的理解与尊敬。夏天义与夏君亭在乡村治理方式上有着很大的差异，但是他们在发展清风街的终极目的上是一致的，因而夏天义积极维护新村官政策在清风街的有效实施，表现出开明、大义的品质。然而，这种一致性在20世纪90年代却失去了。新村官夏君亭在带领清风街发展取得经济成效的同时，也带来了一系列问题。在政治理念上，夏君亭渐渐认可了贪污腐化的合理性存在，并以这种贪腐的方式笼络着人心，把好的岗位安排给身边的人，这大大不同于夏天义一生不为自己谋私利的政治理念。小说还特地展现了夏天义土改中过"美人计"的细节，特殊的是，夏天义拒绝不了地主婆的身体诱惑，但是却不改变党的政策，继续批斗地主，从侧面表现出不徇私情的一面。小说没有继续停留在阶级斗争的层面，而是通过时间的手改变了夏天义的性格。随着岁月的变迁、地主的逝世，夏天义对地主婆竟然有了些许的同情与悲悯，开始关照陷入窘困的地主婆家的生活。这在一定意义上丰富了夏天义性格，改变了以往革命者单一性叙事的局限，也摆脱了当代革命者叙事中的"欲望化"装置。

面对90年代以来，乡村农民纷纷外出打工、土地荒芜的新现象，尤其是看到清风街农民在城市杀人犯罪、卖淫的事，夏天义的心被刺痛了，决定重新开始未竟的事业：淤泥七里沟，变沟壑为良田，召唤农民回来。他极力反对夏君亭放弃农业耕作方式，用七里沟来对换鱼塘。正像歌德中的浮士德博士一样，夏天义也在填沟淤泥的未竟事业中，被土地吃掉，葬送了生命。夏天义这种与土地相拥抱的死亡方式，进一步传达了他与土地的至死不渝的情感。同样，夏天义临死前"吃土"的细节以及他带领一个哑巴、一个疯子、一条狗淤泥七里沟的事情都在喻示这样一件事情：夏天义是新世纪"中国大地上的'最后一个农民'"。

小说《秦腔》中通过各种不同的方式呈现了他作为一个纯粹农民的、与土地之间的生死相依的"土地情结"。而《高兴》中的刘高兴则以一种决绝的方式遗弃乡土,是一个自觉认同城市、积极寻求农民群体解放的新世纪乡土中国农民工形象。

刘高兴自觉、无条件地认同城里人,遵从城里人的称谓,训导五富到城里了就说城里话。在剩楼里,刘高兴是一个有着很高认同的"领袖"。刘高兴不仅保护五富不受欺负、帮助受辱的翠花讨回身份证,而且在街头冒着生命危险阻止肇事司机逃逸。可见,刘高兴进城后不仅迅速地适应了城市生活,临危境而不慌乱,成功规避违法的风险,而且成为更弱势农民的保护者和见义勇为的英雄。即使在与城市富有阶层的代表者韦达的交往中,刘高兴也不卑不亢,始终抱有平等意识,体现了进城农民刘高兴自我主体精神的成长和对生命尊严的自我珍视。刘高兴对城市的"认同"是自觉的,进城后的各种"苦难"不仅没有给他自卑感,反而使他"高兴",从这一点上看,他不是一个被怜悯的对象,既不同于闰土,也不同于阿Q和陈奂生,他有他坚定的"主体性",他的人生态度和精神态度是一种积极的"一定要现代"的态度,是认同现代性的态度,而不是消极的、抵触的、否定的态度,这里面有乌托邦的因素,也隐含着自我的幻觉,但从中我们确切看到了主人公身份觉醒和主体的成长。更重要的是,刘高兴自觉的城市认同和独立主体意识并不是孕育于西方现代文化,而是萌生于中国传统文化的富有现代活力部分。支撑刘高兴的精神动力源自农村:"农民咋啦?再老的城里人三代五代前还不是农民?!咱清风镇庙门上的对联写着:'尧舜皆可为,人贵自立;将相本无种,我视同仁'。""王侯将相宁有种乎?"中国传统文化同样有着人本平等、人贵自立的平等意识和独立精神,刘高兴从清风镇庙门对联汲取传统文化富有活力的营养部分,并以此来构建一个进城农民的现代主体意识。"从中国传统文化汲取现代意识,恰恰是刘高兴这一农民形象身上所赋有的重要文化内涵。这是新世纪语境下乡土中国文化自我孕育、生长出来的自觉认同城市的现代农民形象,是迥异于以往乡土中国农民形象的'他者'。"[1]

刘高兴摆脱了且没有过多停留于"垃圾伴生物"的城市中国意识歧视,用

---

[1] 吴义勤、张丽军:《"他者"的浮沉:评贾平凹长篇小说新作〈高兴〉》,载《西安建筑科技大学学报(社会科学版)》2008年第3期。

自己的一系列行为展现了救赎和解放他人的人性崇高的一面。刘高兴希望自己能够帮助孟夷纯，但是拾破烂挣来的钱无疑是杯水车薪，然而这份无私的情义深深温暖了孟夷纯。杏胡、黄八、五富在知晓孟夷纯的不幸遭遇后，自愿捐款帮助她，展现了城市农民工一起抗争不幸境遇的情谊。

刘高兴有着过人的城市适应能力和较高素养，假如没有五富，小说中刘高兴早就可以到韦达的公司上班了。但是，刘高兴没有答应孟夷纯的要求。对于五富这样一个"最丑，也最俗"的人，"我却是搁不下"，"我这一生注定要和五富有关系的"。"最丑，也最俗"的五富，就是乡土中国农民形象的"代表"。刘高兴作为一个较好适应城市的"先适者"，就是要自觉地带领五富们进入现代文明标志的城市生活之中。只有这样，才能解释刘高兴不计钱财和精力来帮助五富和孟夷纯的意义追求。刘高兴追求的不是一个个体的解放，而是一个群体的解放问题。拒绝个体超脱、追求群体解放的刘高兴形象使当代底层文学达到了一个新的思想高度，揭示了贾平凹对当代乡土中国农民整体命运的思考。因而，刘高兴形象具有探寻农民群体解放的重要思想价值。

四、新世纪乡土中国现代性道路的审美探索

无论是《秦腔》中的老一代村官、乡土中国"最后一位农民"夏天义，还是自觉认同城市、拒绝回归乡村的《高兴》中的刘高兴，他们都有着一种志向和愿望，就是带领农民群体走向文明富裕的道路，都是在探寻新世纪乡土中国的现代性道路，即一种以提高人们物质生活和精神生活为指归的"中国新现代性"[1]。不同的是，作为老一代村官的夏天义走向回归大地的重新农业化道路，而刘高兴探寻的是则是新乡土中国现代性的城市化道路。然而事实上，无论夏天

---

[1] 张未民先生在《中国"新现代性"与新世纪文学的兴起》中提出"中国新现代性"。在新时期中国社会变迁历史语境下，新时期国计民生的"生活主题"在当代中国主导性存在，成为统辖中国改革开放及其精神理念的"中国新现代性"。这种"中国新现代性"是为民众所认同的。从民生的现代性角度看，由于民生问题最直接地与人的衣食住行等基本生存方面相联系，因此我们所说的这种生活现代性，首先便意味着物质的现代性、经济的现代性、富国强民的现代性，这成为生活现代性的基本维度。《秦腔》中老一代村官与新一代村官在发展清风街经济、改善农民生活的终极性指向上是一致的，体现了新时期以来中国所独异的"新现代性"。无疑这种"中国新现代性"，对于广大第三世界具有极为重要的思想意义。

义的重新农业化道路还是刘高兴的城市化道路，二人都在探寻中碰得头破血流。不同的是，夏天义的道路少有人跟随，夏天义被土地埋葬、身后无人的状况也隐喻地说明这种道路失败的无可挽回性；刘高兴则不同，他还可以重新崛起、身后也还有成千上万的继起者继续探寻。

小说《秦腔》还描写了既不同于夏天义的重新农业化道路，也不同于刘高兴的城市化道路的夏君亭道路模式。作为新一代村官的夏君亭，不满足于"收粮收款，刮宫流产"的上级委派性任务，仔细分析20世纪90年代以来的新变化，"现在不是十年二十年前的社会了，光有粮食就是好日子？清风街以前在县上属富裕地方吧，如今能排全县老几？粮食往下跌，化肥、农药、种子等所有农产资料都涨价，你就是多了那么多地，能给农民实惠多少？"夏君亭一针见血地指出传统农业生产方式的低效性，面对清风街农民外出打工、土地荒芜的现象，同时思考怎样能把农民留在乡村，在乡村世界里探寻实现现代性的道路。"总不能清风街的农民都走了！……他们缺钱啊！"为此，夏君亭提出发展清风街第三产业的思路，尽管遭到了冷遇与破坏，他还是建立起清风街的第三产业来。遗憾的是，随着权力的增大，夏君亭渐渐显出了从政治理念到生活作风的问题。小说结尾说上级调查组已经来到清风街，正如《高兴》中刘高兴在城市命运未卜的第二次探寻一样，夏君亭的道路也将要面临多重考验。这是没有结束的结局。

"我已经认做自己是城里人了，但我的梦里，梦着的我为什么还依然走在清风镇的田埂上？"事实上，不仅《高兴》小说主人公刘高兴在梦境中闪现内心深处的情感文化的深层困惑，就是小说的作者贾平凹也在《秦腔》后记中表达出了自己的情感冲突，"我的写作充满了矛盾和痛苦，我不知道该赞歌现实还是诅咒现实，是为棣花街的父老乡亲庆幸还是为他们悲哀"。无论是刘高兴的梦境与现实、过去与未来的交错纵横，还是贾平凹的歌颂与诅咒、庆幸与悲哀的迷茫无措，小说《秦腔》和《高兴》一旦作为文学文本呈现在我们面前就已经超越了刘高兴、贾平凹与棣花街的个体性情感与诉求，显现为一种新世纪乡土中国现代性历史裂变、中国农民灵魂挣扎与救赎的审美镜像，即新世纪历史文化语境下中国新现代性的"中国经验、中国之心"。

（原载《文艺争鸣》2009年第2期）

一样的时代情绪，不一样的《高兴》

——小说《高兴》和电影《高兴》对读

孙新峰

一、从《高兴》小说到《高兴》电影

《高兴》小说是贾平凹2007年9月出版的长篇小说，根据作家自己的交代，"写《高兴》小说的想法比获得茅盾文学奖的《秦腔》还要早，这个长篇足足熬煎了我三年，写开了便从早到晚地止不住，而且把手也写伤了。初稿15万字，历经5次修改，最后一稿35万字的写作从2007年5月1日开始，不到一个月完成任务"[①]。小说以进西安城打工——拾破烂的清风镇农民刘高兴"背同伴五富尸体返乡"为主线，艺术地展开对刘高兴等拾破烂群落在城市里肉体和精神生活方面的挣扎、奋斗情景的描绘。作家用如椽之笔"以明亮的忧伤写尽沉默"，裸裎了城乡一体化过程中农民兄弟的精神进程，以及一种"回不去"的悲剧化生存生活状态。整部小说读完后，给人以无尽的凄凉之感，也就是所谓的《高兴》不高兴！小说中的主人公小人物刘高兴一直坚守着自己的认识，发狠心一定要在城市里找到自己生存的位置，不管遭遇怎样的磨难，他的精神始终是昂扬的，态度始终是决绝的。这部小说一出版，便争议不断：有人认为这种表面上轻松、诙谐、以轻写重的手法在作家整体创作中很少见，标志着作家的又一次突围和转变，说明作家开始吸取《秦腔》相对沉重写法，让许多人读不懂的教训，突出了作品的可接受性，是作家为大多数人写心的转折，也是作家民间精神和底层写作转向的重要收获；也有人认为是作家江郎才尽了，写不了小说了。

---

① 贾平凹在贾平凹作品生态学主题研讨会上的发言，2007年6月4日。

《高兴》电影,从2007年年底达成拍摄意向,2008年3月初前后与作家签下版权合同,2008年5月开机,中间经过多次曲折,2009年1月终于拍摄完成。在全国二十多个城市试演期间好评不断,就连一贯出语谨慎的导演阿甘也不由得夸下了"票房直追5000万"的海口。并且在社会上刮起了一股《高兴》旋风。电影不仅在全国各大院线登陆,而且盗版影碟也应运而生,网吧下载量居高不下,电视台争相播映,票房和收视收看率不断攀升,正像宣传海报上说的"这是一部快乐的电影,一部幸福的电影;一部在肮脏的地方干净活着的电影;一部有笑有泪、哭笑不得的本土歌舞电影——一个你既熟悉又陌生的电影类型又卷土重来了"。著名演员郭涛主演的刘高兴也被称为"史上最雷破烂王",扮演妓女孟夷纯的田原风情万种,把善良、美丽的女主人公演得活灵活现,出淤泥而不染,成为人们心目中最美的"女神"。熟悉内情的人都知道,《高兴》小说曾经三改其名,最早叫《城市生活》,后来叫《刘高兴》,最后改为《高兴》,一下子和作家早期成名作《浮躁》一样,具有了深广的社会意蕴。为什么这样起名?贾平凹这样解释:同学刘高兴是创作的动情点。这本书的主人公是真有其人的,原名刘书祯,是贾平凹老家商洛市丹凤县棣花村同村长大的好伙伴,从小学到中学的同学。刘书祯当年当兵复员后回村继续当农民,而贾平凹西北大学毕业后则留在西安做了编辑。"啥都莫干成,就生了一堆娃"的刘书祯迫于生计,年过半百随着儿子进城打工,一时找不下工作就在西安城里靠拾破烂、送煤为生。有一次刘书祯找到贾平凹,聊起城里的生活现状。贾平凹当时试图听到儿时朋友的悲苦倾诉,没想到在外人看起来已经沦为城市"贱民"的同学却一脸乐哉、自若,还是那么幽默,不仅给自己起了个新名叫"刘高兴",还给儿子起新名叫"刘热闹"。"刘高兴"日子虽过得清苦但精神却很饱满,贾平凹从他身上看到中国农民的苦中作乐、安贫乐道等传统美德,对当下经济富裕却精神贫穷的众多"准城里人"颇有意味,于是这一典型形象让贾平凹陷入沉思,并由此开始了这部新作的构思和准备。久居西安城,贾平凹对当下的城市盛世景象深有感触,他眼见的都是灯红酒绿,到处都是花钱的地方,可一到农村荒僻处就觉特别心酸,其实他将小说起名《高兴》的另一层意思,就是想揭开社会表面的繁喧、浮华背后隐藏的不安,直视被大都市花天酒地遮掩起来的这一大群"贱民"的生活。尽管他们自己并不觉得,甚至像刘高兴一样成天乐着,但作家却感到了从未有过的悲伤。他一直在为城乡严重的贫富分化而忧虑。"作为一个作家,我没有更大的能力帮助他们,也想不出解决办法,我只能写作,把我看到的、想到的、迷茫的东西写出来。"①"《高兴》正是他用,也只能用手中脆弱的文笔书写当下这真实的浮世绘,问候这些盛世里的'贱民'们。"

正如作家所申明的"刘高兴是当下这个时代新型农民群体的一个缩影,更是未来农民群体的一个缩影"。"高兴"无疑也是这个时代集体情绪之一。仔细想想,当今时代还有什么词比"高兴"更能概括其特征?国富民强,欣欣向荣,国际金融浪潮中人民币依然坚挺,民族凝聚力、国人自豪感空前强烈,中国人从来没有这么舒心过、自豪过。"高兴"成为城乡一体化进程中中国当下社会人群的主要情绪表征。作家通过小说告诉我们,他们——养育城市人的衣食父母、城市次生文明的创造者——"拾破烂帮"物质上面临困境,精神上更需要帮扶。正如贾平凹所说:"我们这一个民族经受过的苦难太多了,在这种苦难之后都面临着一个精神重建问题,我希望《高兴》成为某一个地域或群体的精神重建的反映。阳光总在风雨后,人类无论要经受多么大的苦难,最终还是期望美好的,所以,'高兴'代表着这个时代的底层人,无论经受过多少苦难,最终还是要高兴起来的。小说需要向上提升人,我不能将人物从苦难的深渊里拖出来再丢进苦难中,作家就是希望读者通过自己的作品看到希望,而不是失望甚至是绝望。"同样作为一种对当下时代情绪的把握,尽管电影把小说的悲剧结局改为了大团圆,但满含喜剧元素的电影版《高兴》骨子里面依然有一种淡淡的悲伤,是和原作一脉相通的。阿甘这样说:"小说本身像是一种时代记录,和现实血肉相连,虽然有幽默成分,但还是叫人读后倍感酸楚。而要改成一部商业电影,我只想呈现其中喜的部分,悲苦的部分不如都压在人物内心,就像周星驰电影。而最能达到这个目的的类型也还是歌舞片。"②

电影《高兴》作为一部当下最"雷"人的励志电影,它拍出了西安城下兴隆街上拾荒人刘高兴的精神生活内景和宿命人生,是一座现代都市的另类记录,是一部让我们在金融危机的岁月如何高兴生活的喜剧电影,更有人认为它是一部无厘头的搞笑滑稽的山寨电影。但不管怎么说,作家的才气与导演的灵气完美结合,给人们奉献了一场丰盛的文化大餐。

---

① 贾平凹在贾平凹作品生态学主题研讨会上的发言,2007年6月4日。
② 《阿甘克隆周星驰拍喜剧〈高兴〉笑中带泪》,载《城市晚报》2009年2月10日。

二、《高兴》电影改编的成功是文学和影视互补的结果

作为一种综合性艺术,电影与小说、诗歌、戏剧、音乐、美术等艺术种类都有着密切的关系,但"剧本"乃一"剧"之本,其中小说原文本对于影视生产有着特殊的意义。从文学意义上讲,小说和电影都属于叙事艺术,而小说的叙事艺术水准,从题材、范围、内容到形式、技巧、风格,由于历史的悠久和自身的特性,显然远远超过根据小说改编的电影。改编小说不仅为电影的生产提供了丰富的剧本资源,也有力地提升电影的叙事艺术水准。《高兴》可以改编为电影作品,有自己的美学根据和现实需要。

(一)《高兴》电影改编的美学根据:小说与电影的叙事共通性

小说是叙事的艺术,电影是"化了妆的人在轮流讲故事",在"叙事"这一层面上小说与电影存在着天然的美学上的共通性。这也正是《高兴》小说与《高兴》电影改编的艺术发生学根据。《高兴》小说中的故事既不同于人们口头讲述的故事,也不同于民间文学中的故事,而是作家贾平凹以建立在个人经验基础上的独特的叙述话语和叙述方式,或讲述出来的情节。我们知道,那些既具有文学性、艺术性,又具有丰富曲折故事性的小说,往往拥有比其他文学种类如诗歌、散文更多的读者。有数字表明,中国每年出版的长篇小说一千余部。对大多数读者而言,一部没有"好看""好懂""好接受"的故事情节的小说是不值得阅读的,刻板冗长的长篇巨著是容易让人瞌睡的。阅读小说不仅是认识生活和美感欣赏,同时也是一种娱乐消遣。在大多数情况下,小说的故事性、美感与娱乐性是三位一体的。当代,随着文学上雅与俗的合流,众多的雅俗共赏的小说更具有这种特征,而这些小说往往成为电影电视改编的首选对象。电影作为一种大众艺术,要有广泛的观赏价值,其主要建立在两块基石之上:一是运用包括现代科技在内的各种影视手段制造画面效果,一是有一个生动有趣、丰富曲折的内容和故事情节。那些兼文学性和故事性于一体的雅俗共赏的小说,在提供后者的同时,也提供了前者。这些小说文本中蕴含着大量的影视叙事因素和视觉效果,如形象塑造、场景描写、人物动作、时空转换等。其中,同样作为小说文本的基本构成单元,与电影表现方式更是相似。正是由于《高兴》小说文本语言提供的文学性,如气息、韵味、诗意、超验性、狂欢叙事、对内心世界的探索、思想的广度和深度等,而大大增强了影视剧故事性的艺术魅

力、表现空间和文化内涵。大凡优秀的电影，总是既追求"好看""好懂"的故事性，又追求一定的文学性、艺术性。总之，无论从电影文本对故事的依赖性，还是从电影语言作为一种叙述行为的符号学构成上，我们都能找到小说与电影这两种艺术形态的内在相似性。小说《高兴》和电影《高兴》也不例外。

（二）《高兴》电影改编：小说与电影的共同传播现实需要

电影既是一种大众文化，又是一种大众传播艺术，同样也是一种产业。随着影视受众文化和欣赏品位的不断提高，其对影视剧的文学性和艺术性的要求也越来越高。而许多原创的影视剧本由于受到影视剧自身特征的限制和编导者水平的制约，往往不能满足这方面的发展和传播要求。于是，有艺术追求和眼光的电影导演、电视制片人等便将目光瞄向了小说，尤其是那些经典和优秀的小说。经典小说经受了时间和读者的考验，享有广泛的知名度。人们对经典总是有一种崇拜心理。无论从商业的角度还是专业的角度，改编经典作家的经典小说成为编导的主要选择。贾平凹作为中国文坛独特的"这一个"，其成功不仅是文学的神话，也是文化和商业的神话。对其作品的改编，也会提升影视剧产品的质量和品位，扩大传媒影响力。另外，社会的发展使得文学场域发生了巨大的变化，新的写作理念、新的写作手段的介入，也使得作家的小说文本需要通过各种有益的媒介进行传播，以提高作品的美誉度和作家的影响力。也就是说，小说的影视改编，一方面，在文学性方面提升了影视剧的价位，但在一定程度上也确如有人所说"影视拯救了小说"，尤其在小说读者日益减少，整个文学日益走向边缘的今日，这些影视改编不仅普及和扩大了小说的影响——正是那些根据同名小说改编成功的影视剧的播放，使这些小说重新成为广大读者关注的对象，产生了一个又一个小说热点——也为小说家们的生存和发展开拓了更加广阔的空间。对一个作者来说，谁不渴望有更多的读者呢？正是如此，当代小说家几乎没有人能够拒绝对自己的小说进行影视改编。

在这种情况下，《高兴》小说变成了《高兴》电影、《高兴》碟片、《高兴》视频，在"大学生电影节"上热播，同时向各大电视台进军。天才作家贾平凹和鬼才导演阿甘的双手紧紧握在了一起。

（三）《高兴》电影改编：文学和传媒联姻、互补、合作的结果

众所周知，当代社会大众传媒的发达是以影视传媒文化尤其是电视文化为标志的。谁也无法否认我们生活在电视文化中心的时代。"电影和电视以其

直观性、形象性、迅捷性、大众化、娱乐性、综合性的特长，和兼容新闻、艺术、娱乐、社会服务和公共教育等多种功能，几乎征服了所有的人，同时也深刻地、全方位地影响和改变着我们的物质和精神生活。"电视文化（含影像文化）的普及、渗透使人们读书看报的时间越来越少，文学作品受到了冷落。过去那种因为一篇小说、一首诗而成名的"文学热"已成明日黄花，代之而起的是由电视电影所激发、产生的流行歌曲热、MV热、小品热、电视剧热。现在国内有一种趋势，作家一部书出来后，评论界需马上评论，一两个月后这股热潮尘埃落定，再写评论文章杂志刊物也不予接受了。如果不是有"日不落作家"之称的贾平凹深远的影响力，估计《高兴》小说也会早早被人们淡忘。《高兴》小说出版后，相对像样的研讨会只有一次，那就是西安市委宣传部在全市召开"青年作家创作促进会暨美文创刊15周年纪念大会"间隙，顺便附加的一个会议内容，有"捎带"的性质。正宗的大型评论集只有一部，那就是由西安建筑科技大学教授韩鲁华主编的《〈高兴〉大评》。如果不是《秦腔》获得茅盾文学奖，《高兴》的命运真的是不好猜测，贾平凹的《土门》《高老庄》等作品评论文章很少就是明证。

　　然而，文学又是绝对不可替代的一种艺术。文学的不可替代性体现在没有其他文化形态像文学那样能给予人那么多：美的体验，情感的慰藉、补充、交流，想象的无限空间，有限对于无限的巨大超越，生活的启悟，哲理的思考，语言形象所创造的意境美，韵律节奏所创造的音乐美……观看电视电影艺术，更多的是一种直观的感受、一种消遣、一种放松，而阅读文学，会使人变得深刻、丰富、充实、高尚、文明，更加富于人性化和人情味。正是在这一点上，著名电视节目主持人赵忠祥才如是说："我一直认为，迄今为止在各种文化载体中，仍只有印刷文化，才是最正宗、最到位、最隽永的诸多艺术形式的上品。唯有读书高，当然也唯有写作高。"电影电视，只是改变了文学的传播方式，而不可能取代文学本身。

　　阿甘导演敏锐地注意到这一点。他充分了解作家这部小说的价值，在谈起曾经的《大电影》，阿甘觉得《高兴》比《大电影》内容扎实，因为这部电影有贾平凹的原著在支撑。于是，他从最大多数受众的审美和欣赏需要出发，按照自己对电影的一贯理解，聪明且有效地、虽然伤筋动骨但仍让人可以接受地对小说进行了大胆改编。小说原来的六十二个章节，自然成了编剧和导演分镜头的依据。他创新大胆地使用了音乐剧的形式，将一部悲剧用喜剧形式表现了出来，而且采用了中国观众心理普遍接受认可的"大团圆式结局"。《高兴》电影给人最大的感受就是让人笑过之后鼻子却感觉酸酸的。《高兴》电影其实是含英咀华之作，小说的基本要素齐全了。在与作家签下《高兴》拍摄版权合同的时候，当记者问到向来以拍摄喜剧电影见长的阿甘，将以什么形式呈现这部电影的时候，阿甘曾这样表示，"虽然这是一部表面含有喜剧元素的小说，而实际上在骨子里，这部小说的读者会不断地被一些悲的情绪所左右，所以在电影的处理上，我会考虑这种情绪，肯定不会把这部小说改成一部只会让人笑的喜剧电影。我要把这部电影创作成一部中国全新的喜剧电影"。事实证明，阿甘做到了。应该承认，阿甘的概括和压缩艺术很高妙。在不到两个小时时长电影里，不仅借鉴了原小说形式，而且在神韵处理上很显个性和才情，克服了小说叙事拖沓、冗长的缺陷，将电影艺术的魅力发挥到极致。当然，由于电影的顺利拍摄并成功在全国各地巡演，对小说文本的传播客观上起到了"起死回生"的作用。可以说，《高兴》电影的成功是文学和传媒联姻、互补的结果，为以后的文学和传媒业发展做出了示范。

三、电影《高兴》改编的多处亮点

阿甘对于《高兴》小说最大的改动亮点之一，就是给电影主角刘高兴加进了一个"造飞机"的理想，而且多处铺垫：开始进城时刘高兴手里拿着飞机模型，若有所思；拾破烂间隙造飞机，并在第一次试飞中撞破了邻居杏胡的房顶；飞机名为"高兴"号（小说中刘高兴的理想只是有朝一日能将自己拾破烂的地方命名为"高兴巷"）。"造飞机"的想法和举措还成就了刘高兴和孟夷纯的爱情。孟夷纯在一次警察扫黄中被拘，为了解救她，必须筹集五千元保证金，"高兴"号变成了"铁公鸡"号，而且冥冥中似有天助，悲痛欲绝的刘高兴载着五富尸体飞在西安城上空，五富复活，真的赚取了五千元广告费。"造飞机"这个创意显然是阿甘从报纸杂志上看到某地农民自造飞机或者是暴富农民包机而产生的灵感。事实证明这个"造飞机"的创意非常高妙，它不仅淡化了作品中浓得化不开的苦难意识，客观上起到了心理按摩作用，而且一下子让刘高兴的城市生活变得鲜活而有意义，使城里人看了自愧不如，农村人看了也长志气。影片一开始就点明了农民造飞机的故事并非小说内容，但是这个题材大家也耳熟能详。作为小人物志向高远的一部分，飞机的形象应该是主人公面对所处环境，面对生活的艰辛还能愉快而幸福地生活的心理本源，作为一个心中有舞台的人的心理意象。应该注意的是,作家贾平凹原作中提到飞机的只有一句话:"我(刘高兴——笔者注)仰起头,天空上正飞过一架飞机,飞机拖着长长的一道白云,不,是飞机把天划开了一道缝子。"[1]和很多故事一样,从农村来到西安的农民刘高兴,经历了很多他前所未有的事情,无论是被迫以卖废品为职业,还是积极帮助按摩女郎孟夷纯,无论是和朋友五富的互相鼓励还是和那些与他一样生活在最底层的邻居们说说笑笑,刘高兴一直生活在一个对他来说全新的环境里,又因为生活的压力和疑惑使他在这个似曾熟悉的人文环境里努力实现愿望。身处全新的环境里,刘高兴并没有因为这个陌生环境而改变自己做人的本色。心地善良的他说要做卖废品的王者——破烂王,他要帮助孟夷纯实现上大学的愿望,他要满足朋友五富的"遗愿"坐上飞机盘旋在西安城的上空,他总是要为那个中风的老人送上一株鲜艳的雏菊……电影中的刘高兴最终终于凭借自己的力量梦想成真,不仅延续了友情,而且收获了自己的爱情。

从相关资料可以看到,作家贾平凹是认可"励志说"的。有人说看了电影《高兴》让人打心眼里高兴。别看它的主人公不是收破烂的就是看上去没什么正经工作的,可是人家个个把生活过得有滋有味,叫那些有钱却不懂得生活的人害臊。另外,《高兴》是一部让人开心和大笑的好电影,它提供了一种非常积极的态度和生活方式,它告诉观众,最重要的其实是人自己的态度,不要在乎别人怎么看待你,因为只有自己才最清楚自己想要的是什么。它还特别强调了人的主观能动性。同时,《高兴》又是非常唯物的,它用从农村来的一对兄弟的奋斗告诉大家,与"敢想"同等重要的是"实干",万事如同收破烂这件事,必须像刘高兴那样,踏踏实实、努力勤奋才能做好。最后,电影《高兴》还是非常浪漫的。刘高兴在"小飞机模型上边拴上人民币"来向孟夷纯示爱,符合人物的身份特点,也很有诗意,也很温馨。他用笑料和忧伤超越了日常生活的平凡,完成了一出日常生活的冒险——看,收破烂的驾驶着自己制造的飞机翱翔在蓝天,太高兴了。贾平凹说:"《高兴》只是所有小说中的一部小说,没有特别的创作目的,虽然写过一些城市题材的小说,但我的小说一般都以农村题材为主的,让读者了解一个农村人到城市安身立命的奋斗历程是我创作的初衷,这是一部励志小说,我希望无论是城里的年轻人还是农村的年轻人都能从中得到一些启

---

[1] 贾平凹:《高兴》,作家出版社2007年版,第123页。

发，能通过勤奋获得成功，最终能高兴的生活。我写这部小说不仅仅是以荒诞的故事情节来取悦读者，人需要一种精神的支撑才能活着，而我所表达的这种精神就是小说中'刘高兴'的精神"。在被问到《高兴》和《人生》作品区别的时候，他说："《人生》是一部奋斗史，《高兴》也是一部励志小说，他们的共同之处就是提升人的精神，教人学会在艰难困苦中坚强不屈，努力创造自己的美好生活。《人生》是一部血泪史，《高兴》是欢笑和泪水组合成的。"

阿甘第二个天才改编创意就是，将孟夷纯当妓女赚钱为自己被害的哥哥筹措破案经费，改为孟夷纯当妓女赚钱为自己筹措上大学的学费。小说中孟夷纯被警察抓走是因为卖淫，电影中却是因为孟夷纯他弟弟在孟夷纯房中贩毒被连带抓捕，很合理。我们可以看到，作家是在凸显生活中真实存在的矛盾，而编剧在刻意回避矛盾。实际上，在商州农村，尤其是偏远地带，各地违规收取各种费用的现象很普遍，而且在很长时间内存在。贾平凹的故乡也不例外。可见，贾平凹在《高兴》作品中并没有胡编乱造。贾平凹在《高兴》中，写到了警察办案要住大宾馆，抽烟要抽好烟，破案却遥遥无期。在《高兴》后记中，贾平凹也交代了这样一个事实：贾平凹的朋友孙见喜的一个在西安拾破烂的商州同乡，女儿被人拐走了。同乡四处打探，终于知道女儿被拐卖到五台山的一个小山村。同乡去报案，结果却被派出所告知不是西安当地户口不予立案。吵了一架后案是报上了，派出所却强调要让去解救可以，但必须准确无误地提供拐卖人的住址，并提供最少五千元的出警费。后来拿了钱去派出所，派出所却说当时警力不够，要等一个月后才能抽出人手。没办法，贾平凹和孙见喜只得帮助同乡联系商州老家的派出所，熟人派出所所长答应亲自去解救，花销还可以减到三分之二。解救被拐卖妇女，不是推托不予立案，就是借口警力不够，要出警费，这就是底层人的真实生活。可以说，很少一部分警察违法行政或者行政不作为，已经引起了人民群众的强烈不满。编剧巧妙地回避了这个尖锐的矛盾，把切口直接放在"大学生上学交不起学费"这个热点问题上，使电影更贴近普通百姓生活。作家是社会的良心，对生活真实进行如实描摹，真实传达民族的"味"，中国的"味"是其一贯的创作追求。阿甘也是用自己的才气和创造力对艺术真实进行改造和加工，二者殊途同归。从影视角度讲，阿甘比作家更懂得藏锋，懂得生活的艺术。

《诗序》有言："言之不足，故嗟叹之，嗟叹之不足，故咏歌之，咏歌之不足，不知手之舞之足之蹈之。"意思是说，当我们无法使用语言来表达我们的感受的时候，我们就唱歌；假使唱都不能表达的话，我们干脆就身子扭动起来——这便是舞蹈的由来。秦腔唱段、陕北民歌、音乐歌舞场景等的穿插可以说是电影改编者的又一亮点。《高兴》小说中的刘高兴们，整天为了吃而奔忙，拾破烂、吃饭、睡觉，周而复始，每天重复单调。唯一的不同或者说浪漫的事情便是刘高兴吹箫，经常用吹箫来消解寂寞。电影《高兴》用诗意的手法处理日常拾破烂场景，克服了《高兴》文本那种平面刻板的文字套路，将小说中的浪漫情节无限放大，运用人物的集体肢体语言传达整个时代人们心中的喜乐，从而扩大了小说的艺术性。其中比较吸引人眼球的是五处根据剧情需要穿插的歌舞场面。阿甘是这样认识的："要拍一部歌舞喜剧，百老汇的歌舞剧《红磨坊》《芝加哥》都是经典范本。但我想，小说里那样一群社会底层的人，唱着百老汇式的歌曲，是有距离。所以我决定用咱自己的音乐，比如需要叙事时，我就用Rap，要展现乡情，就放民歌进去，诸如此类还有情歌对唱、摇滚，全部混搭，没想到片子剪出来后，就出来了'山寨'效果。"[1]在电影中加入有意味的歌舞场面，实际是印度电影常见的手法。这部电影里有着几段歌舞，场面热闹而几近喧闹，看得出很多是即兴发挥，据说有的甚至演员都快笑场了。坦白说，有些歌舞会让观众感到有些突兀，但整体效果还算不错。印象比较深的主要有三个片段：一个是刘高兴拾破烂开张后的歌舞，一个是孟夷纯等人工作的歌舞，以及邻近结尾的破烂帮义演歌舞晚会。刘高兴拾破烂开张心里高兴，马上就是一段"今天是个好日子"唱腔，随之就是那一段整齐的集体操式的歌舞场面。这种共同进退的歌舞场面在后面部分也有：五富突然"死"在医院，担心被强制火化，刘高兴和黄八偷扛着他的尸体通过医院楼道时，担心医护人员发现，便昂头挺胸，一块吭哧吭哧地用力。这两段歌舞既有百老汇式的风情，又颇具中国式的笑料，让人很容易想起香港无厘头电影代表人物周星驰主演的《唐伯虎点秋香》，四大才子整整齐齐共同进退的那一段歌舞场面。歌词也很有情趣也很深刻：

  破烂王，破烂王，
  我们是快乐的破烂王。
  日出而作日落而息，

---

[1]　《阿甘克隆周星驰拍喜剧〈高兴〉笑中带泪》，载《城市晚报》2009年2月10日。

>   为了养家户口走街串巷。
>   我们都有伟大的梦想,
>   希望带着翅膀去飞翔。
>   没车没房没钱又咋样,
>   高兴起来咱最张。
>   …………
>   三教九流都是好朋友,
>   能吃能喝就别乱发愁。
>   开心得自个来创造,
>   每天高兴才是王道。
>   …………
>   男的女的老的少的扭起来,
>   跟着我们一起去摇摆。
>   这是个喜洋洋的时代,
>   今儿个所有人在这都是人才,
>   亮出笑脸我是最炫的焦点,
>   我们都是明星星光愣个儿的闪,
>   现在这是属于我们的地盘,
>   不管明天你是拾破烂还是去上班。

"高兴起来咱最张""每天高兴才是王道",这些听起来理直气壮的唱词,道出了这些底层小人物骨子里的不屈、自信和强烈的自尊心,也点明电影和小说主题是一致的。"这是个喜洋洋的时代,今儿个所有人在这都是人才""我们都是明星星光愣个儿的闪",只要坚持做好自己本分的工作,乐在其中,成功和幸福迟早是会从天而降的,我们没有道理伤心和绝望——当然,这也只是编导的心中念想。孟夷纯等按摩女工作歌舞片段更令人叫绝,客人随着按摩女的手势或起或伏,特别是按摩女口中那些颇有新意极易煽动人的行业说唱唱词,使影片具有了鲜明的时代感、现代意识:

>   我们是天你们是地,
>   没有我们就没有你。
>   你来这里放松身体,

放松神经别太着急。
　　肠胃不好头晕身虚,
　　心脏不好要调理。
　　别想太多来个深呼吸,
　　快乐安然,从头做起。
　　…………
　　早睡早起锻炼身体,
　　少荤多素有规律。
　　学会放松善待自己,
　　事业第二身体第一。
　　快乐就是不愁不急,
　　腰酸背疼按摩脚底。
　　快乐开心是硬道理,
　　松骨抽油不即不离。

　　这些唱词一方面是对自己从事按摩工作的认识,另一方面一韵到底,很有亲和力,也很有些"垮掉的一代"的嬉皮士的味道。苗圃扮演的杏胡在片中的歌舞也堪称一绝,她唱的"山丹丹的那个开花红艳艳",一副豁出去的姿态,与《食神》电影中丑女扮演者莫文蔚的歌唱出位表演如出一辙。黄八蔫不拉叽不死不活地唱着革命歌曲的情状也让人忍俊不禁……让人为拾破烂一族互相帮助、患难相扶而唏嘘的同时,引起人们对现代文明重压下人情冷漠、老死不相往来的城市人生活的深深反思。

　　我们说,电影在基本情节选择上还是忠实于原著的,比如五富口衔鱼翅而死(小说中五富是死了,电影后来却复活了)。韦达这个可鄙的人物,在小说中是一个坏了心肝的人,而电影的最后,让在高空飞机上前俯后仰复活的五富把那一口噎死他的吃食全部吐在了韦达身上。韩大宝是一个中性人物,这个不管是小说还是电影基本一致。不过在电影中,专喝拾破烂者血的韩大宝不仅不收房租,而且还慷慨地把自己过去的拾破烂行头免费让刘高兴们用,最后还出主意让刘高兴帮人用飞机做广告赚取五千元广告费——孟夷纯的保证金,显得更有人情味。还应该提及的是,电影在结束的时候,选择了《欢乐颂》这个曲目,音乐响起来,五富骑着三轮人力车载着刘高兴和孟夷纯飞驶在西安城上空,影片也在这个地方定格，给人一种庄严静穆肃然之感。可以说，阿甘在这一点上抓得比较准。贾平凹是一个有一定人类意识的作家，他的许多作品直指人心，直面人生和人性的苦难，反映共通的人类意识。《欢乐颂》不仅强化了"大团圆式结局"的艺术氛围，而且留下一个光明的尾巴，让人遐想。笔者曾经给一个朋友这样建议，如果看小说，就请以《隐形的翅膀》音乐为背景，边听音乐边阅读小说；如果看电影，就放《欢乐颂》，边听音乐边看电影。我觉得绝对是抓住了要害。

　　无论《高兴》小说还是《高兴》电影中，我们都可以看到，清风镇乡下人刘高兴、五富等分别带着"做城里人"和赚钱等念想来到城市，然而不管是坚守、离开，甚至付出死亡的代价，那个触手可及的天堂似乎永远都在咫尺之外。如果要给刘高兴等下一个准确的判断，那么他们就是"都市离心人"。这是一种相当被动的生存状态。刘高兴们出身底层，迫切渴望参与都市生活，然而，一旦他们的生命本能释放与都市的运转系统发生了微小的抵牾，就会在这一个切点上被迅速地抛离出去，成为失散在都市物质文明图景之外的"离心人"。然而，即便一次次地遭到放逐，同样还会有另外一种更为强大的现代性承诺将他们重新吸附到都市化的黑洞中。更为吊诡的是，在特定的时代情境中，这种虚假的现代性承诺恰恰与来自民间的原始欲望诉求产生了同一趋向上的向心力。于是，在内部自然欲望驱动和外部物质现实刺激的共同合力之下，他们如同一群盲从的鲦鱼，在全球化的漂流语境中从乡村游到城市，从世界的边缘向中心迁移，然后再遭遇新一轮的"离心"与排异。[1] 当然，小说是小说，电影是电影。作为文学文本改编的成功范例，《高兴》电影只是对小说的另外一种阐释和解读。作品正由于各种各样的阐释才有生命力。《高兴》电影让我们见证了一个新锐导演阿甘的深邃的艺术功力，也让我们从另外一个侧面认识到了小说《高兴》的文本审美潜力和扩展价值。

[原载《宝鸡文理学院学报（社会科学版）》2009年第4期]

---

[1] 聂伟：《文学都市与影像民间——1990年以来都市叙事文学研究》，广西师范大学出版社2008年版，第183—184页。

附录

研究总目
YANJIU ZONGMU

贾平凹：《我想说的话》，载《长篇小说选刊》2007年第A2期。

贺绍俊：《乡村走出一个清醒的堂吉诃德》，载《长篇小说选刊》2007年第6期。

徐晓：《贾平凹〈高兴〉令人心情沉重》，载《半月选读》2007年第24期。

张立、李向红、王培等：《贾平凹说〈高兴〉的事儿》，载《陕西日报》2007年7月20日。

王光东：《刘高兴的精神与尊严——读贾平凹的〈高兴〉》，载《扬子江评论》2008年第1期。

贾宏伟：《贾平凹为什么〈高兴〉》，载《甲壳虫》2008年第1期。

李旭：《失落与追寻：精神家园的延续言说——谈贾平凹的新作〈高兴〉及其它》，载《理论与创作》2008年第1期。

徐德明：《乡下人进城的一种叙述——论贾平凹的〈高兴〉》，载《文学评论》2008年第1期。

张英：《从废乡到废人"高兴"其实不高兴》，载《剑南文学（经典阅读）》2008年第1期。

邰科祥：《〈高兴〉与"底层写作"的分野》，载《小说评论》2008年第2期。

余中华：《暧昧的"底层叙事"——以〈高兴〉为例》，载《长江学术》2008年第2期。

李星：《人文批判的深度和语言艺术的境界——评贾平凹长篇小说〈高兴〉》，载《南方文坛》2008年第2期。

程华：《问题意识、底层视角和知识分子立场》，载《小说评论》2008年第2期。

陆孝峰：《农民意识形态的重写》，载《小说评论》2008年第2期。

任葆华：《困窘与强悍交织中的一曲生命壮歌》，载《小说评论》2008年第2期。

侯长振：《高贵灵魂的现实投射——〈高兴〉中刘高兴形象分析》，载《创作评谭》2008 年第 2 期。

李遇春：《底层叙述中的声音问题》，载《小说评论》2008 年第 2 期。

韩鲁华：《城市化语境下的后乡土叙事》，载《小说评论》2008 年第 2 期。

邵燕君：《当"乡土"进入"底层"——由贾平凹〈高兴〉谈"底层"和"乡土"写作的当下困境》，载《上海文学》2008 年第 2 期。

储兆文：《从〈高兴〉看贾平凹小说风格的新变》，载《西安建筑科技大学学报（社会科学版）》2008 年第 2 期。

王永兵：《乡关何处？——评贾平凹〈高兴〉》，载《名作欣赏》2008 年第 2 期。

冯肖华：《〈高兴〉与"贾平凹个体文学史"》，载《西安建筑科技大学学报（社会科学版）》2008 年第 3 期。

仵埂：《乡土传统的两种想象和叙事》，载《西安建筑科技大学学报（社会科学版）》2008 年第 3 期。

莫林虎：《刘高兴：迷惘在城市与乡村之间》，载《西安建筑科技大学学报（社会科学版）》2008 年第 3 期。

康新慧、孟繁华：《农民工城市生活的真实书写》，载《西安建筑科技大学学报（社会科学版）》2008 年第 3 期。

岳凯华、林丽：《从〈秦腔〉到〈高兴〉：贾平凹叙事艺术的转变》，载《理论与创作》2008 年第 4 期。

张亚斌：《城市中国的艺术影像——贾平凹小说〈高兴〉的结构文化解读》，载《西安建筑科技大学学报（社会科学版）》2008 年第 4 期。

高瑾、李继凯：《〈高兴〉与〈阿 Q 正传〉的比较分析》，载《西安建筑科技大学学报（社会科学版）》2008 年第 4 期。

王维燕、于淑静：《魂之利刃：城市日常生活的另面——评贾平凹的〈高兴〉》，载《西安建筑科技大学学报（社会科学版）》2008 年第 4 期。

刘宁：《民间魅性世界的万种镜像：评贾平凹的新作〈高兴〉》，载《西安建筑科技大学学报（社会科学版）》2008 年第 4 期。

王建仓：《没落的农民身份》，载《西安建筑科技大学学报（社会科学版）》2008 年第 4 期。

王宁宁：《游离于乡村与城市之间的尴尬人物》，载《西安建筑科技大学学报（社会科学版）》2008 年第 4 期。

黄平:《〈高兴〉:"左翼"之外的"底层文学"》,载《西安建筑科技大学学报（社会科学版）》2008年第4期。

梅笑冰:《刍狗的快乐生命——贾平凹〈高兴〉对城市理想的解构以及对没落乡村原始生命力的展现》,载《安徽文学（下半月）》2008年第6期。

陈理慧:《农民刘高兴"城市生活"的文化隐喻意义——对贾平凹〈高兴〉的一种解读》,载《理论月刊》2008年第8期。

毕文君:《记录的立场与超拔的力量——评贾平凹的小说〈高兴〉》,载《社会科学论坛（学术评论卷）》2008年第9期。

田忠辉、李淑霞:《城市梦魇与文化依恋者的表征——读贾平凹〈高兴〉》,载《名作欣赏》2008年第10期。

娄晓凯:《无地彷徨——评贾平凹的长篇小说〈高兴〉》,载《作家》2008年第12期。

贾自明:《城市底层生活中纬度与向度的言说——读贾平凹的〈高兴〉》,载《作家》2008年第16期。

齐杨萍:《一个落难王子的人间童话——对〈高兴〉的解读》,见《〈高兴〉大评》,陕西人民出版社2008年版。

蔡晓东:《神圣的底层尊严——评贾平凹的〈高兴〉》,见《〈高兴〉大评》,陕西人民出版社2008年版。

韩祚:《贾平凹——精神的拾荒者》,见《〈高兴〉大评》,陕西人民出版社2008年版。

张亚斌:《城市中国的文明背后——〈高兴〉的社会文化分析》,见《〈高兴〉大评》,陕西人民出版社2008年版。

张亚斌:《城市中国的乡土叙述——〈高兴〉的符号文化分析》,见《〈高兴〉大评》,陕西人民出版社2008年版。

吴义勤、张丽军:《"他者"的沉浮:评贾平凹长篇小说新作〈高兴〉》,载《西安建筑科技大学学报（社会科学版）》2008年第3期。

雷达:《刘高兴的"脚印"——评〈高兴〉》,见《〈高兴〉大评》,陕西人民出版社2008年版。

孟繁华:《当下生活与文学传统——评贾平凹的长篇小说〈高兴〉》,见《〈高兴〉大评》,陕西人民出版社2008年版。

张灵：《"后现代"边缘的身份焦虑与认同超越——〈高兴〉：一种"三农"主义文学的诞生》，载《西安建筑科技大学学报（社会科学版）》2008年第4期。

徐晓飞、张建：《希望在路上——由小说〈高兴〉所引发社会伦理的思考》，见《〈高兴〉大评》，陕西人民出版社2008年版。

田翠花、韩鲁华：《举重若轻的艺术——〈高兴〉的叙事艺术》，见《〈高兴〉大评》，陕西人民出版社2008年版。

张丽丽：《都市里漂泊的乡野的灵魂》，见《〈高兴〉大评》，陕西人民出版社2008年版。

史雷鸣：《转身转折——〈高兴〉的解构与解读》，见《〈高兴〉大评》，陕西人民出版社2008年版。

韩蕊：《因为懂得，所以慈悲——论〈高兴〉中作者的悲悯情怀》，见《〈高兴〉大评》，陕西人民出版社2008年版。

武媛颖：《另一种生活——读贾平凹〈高兴〉》，见《〈高兴〉大评》，陕西人民出版社2008年版。

杨权良：《可以承受的生命之重——从〈废都〉〈秦腔〉〈高兴〉分析贾平凹作品的文化生态》，见《〈高兴〉大评》，陕西人民出版社2008年版。

杨晶：《中国经验书写的可能——评〈高兴〉》，见《〈高兴〉大评》，陕西人民出版社2008年版。

贾平凹、韩鲁华：《写出底层生存状态下人的本质——关于〈高兴〉的对话》，见《〈高兴〉大评》，陕西人民出版社2008年版。

王玉珠：《论〈高兴〉对农民工精神生态的观照与忧思》，载《电影评介》2008年第23期。

王春林：《打工农民现实生存境遇的思考与表达——对〈高兴〉与〈吉宽的马车〉的比较》，载《南京师范大学文学院学报》2009年第1期。

周克南：《刘高兴的身份问题——解读贾平凹长篇小说〈高兴〉》，载《安徽文学（下半月）》2009年第1期。

费团结：《农民将何地为生？——从〈秦腔〉到〈高兴〉的连续性追问》，载《陕西理工学院学报（社会科学版）》2009年第1期。

刘历峰、王远舟：《城市中飘荡的魂灵：〈高兴〉的游民文化视角解读》，载《绵阳师范学院学报》2009年第1期。

刘晓峰、胡宗锋：《"浮萍漂泊本无根"：〈高兴〉与〈嘉莉妹妹〉中"无根漂泊者"意象的比较》，载《陕西师范大学学报（哲学社会科学版）》2009年第S1期。

苟育琨：《〈高兴〉中的现代性之思》，载《小说评论》2009年第S1期。

侯业智：《〈高兴〉对当下农民工小说的启示》，载《海南师范大学学报（社会科学版）》2009年第2期。

侯长振：《刘高兴：虚妄而又执着的追寻者》，载《山东文学》2009年第2期。

黄曙光：《被城市分裂的身体——从〈高兴〉谈农民工的城市梦》，载《名作欣赏》2009年第2期。

孙新峰：《吃文化：〈高兴〉作品的审美主线》，载《名作欣赏》2009年第2期。

刘清涛：《论贾平凹〈高兴〉的反讽艺术》，载《作家杂志》2009年第2期。

张芳：《一部关于底层生存的忧思录：评读贾平凹长篇新作〈高兴〉》，载《太原城市职业技术学院学报》2009年第2期。

于京一：《徘徊在"高兴"与"失落"之间——评贾平凹的长篇新作〈高兴〉》，载《海南师范大学学报（社会科学版）》2009年第2期。

张丽军：《新世纪乡土中国现代性裂变的审美镜像——读贾平凹的〈秦腔〉与〈高兴〉》，载《文艺争鸣》2009年第2期。

尹婷婷：《本土化与商业性的双赢：电影〈高兴〉分析》，载《小说评论》2009年第S2期。

赵庆超：《在"高兴"精神状态建构的背后：论贾平凹小说〈高兴〉中刘高兴的主体精神》，载《小说评论》2009年第S2期。

付祥喜：《"乡下人进城"的两种当代叙述——贾平凹〈高兴〉、展锋〈终结于2005〉比较阅读》，载《广东教育学院学报》2009年第2期。

杨蕊溪：《乡土中国的"他者"——评贾平凹小说〈高兴〉》，载《今日南国（理论创新版）》2009年第3期。

黄秀生：《乡下人进城的忧思录：论贾平凹的长篇小说〈高兴〉》，载《南宁师范高等专科学校学报》2009年第3期。

蔡晓东：《试论贾平凹〈高兴〉中的刘高兴》，载《山西广播电视大学学报》2009年第3期。

冀瑞平、满鹏：《以复杂的情绪向"底层"言说：试论贾平凹小说〈高兴〉中的恒与变》，载《当代小说（下半月）》2009年第4期。

马振宏：《从〈秦腔〉到〈高兴〉看贾平凹的焦虑意识》，载《理论与创作》2009年第4期。

张富贵、杨丹：《底层的真相与病相——解读〈高兴〉》，载《文艺争鸣》2009年第4期。

孙新峰：《一样的时代情绪，不一样的〈高兴〉：小说〈高兴〉和电影〈高兴〉对读》，载《宝鸡文理学院学报（社会科学版）》2009年第4期。

金宏建：《论〈高兴〉的类型化艺术特征》，载《长江师范学院学报》2009年第4期。

冯肖华：《秦地小说民生权的深度叙事：〈白鹿原〉〈高兴〉之史线透视》，载《文艺理论与批评》2009年第5期。

李莉：《不辨家园何处寻：从〈高兴〉看对底层书写的灵魂关怀》，载《佳木斯大学社会科学学报》2009年第5期。

王海英：《城市寻梦——梦里花落知多少——读贾平凹的小说〈高兴〉中农民工的精神求索》，《安徽文学（下半月）》，2009年第5期。

宋凯：《游走在城市边缘的"拾荒者"：浅析贾平凹〈高兴〉的底层写作》，载《当代小说（下半月）》2009年第5期。

任梦池、张晓倩：《质疑山寨版〈高兴〉的民间狂欢》，载《文化学刊》2009年第5期。

王莉：《简论刘高兴的新世纪进城农民形象特征——贾平凹小说〈高兴〉人物形象分析》，载《沈阳教育学院学报》2009年第6期。

王若愚：《贾平凹小说中人物形象的现实意义——以其小说〈高兴〉中刘高兴形象为例》，载《当代小说（下半月）》2009年第6期。

王萌：《贾平凹〈高兴〉的底层性缺失》，载《文学教育（上）》2009年第7期。

刘作晶：《农耕文明的失位与〈高兴〉中的拾荒者》，载《法治与社会》2009年第9期。

许梦杰：《带着希望去飞翔——电影〈高兴〉中蕴涵的生活哲学》，载《电影评介》2009年第11期。

陈小晖：《从刘高兴的双重人格看农民工精神状态——贾平凹〈高兴〉的一种解读方式》，载《太原城市职业技术学院学报》2009年第11期。

董栋：《喜剧与歌舞的联姻——简评电影〈高兴〉》，载《电影评介》2009年第 14 期。

陈江华:《反启蒙视角下的现实关照与浪漫想象——评阿甘电影〈高兴〉》,载《电影文学》2009 年第 15 期。

陈辉、高鹏:《小人物的故事：电影〈高兴〉人物分析》,载《电影文学》2009 年第 15 期。

李通:《〈高兴〉：进城人一种》,载《电影评介》2009 年第 18 期。

翟创全:《论贾平凹小说〈高兴〉的文化主题》,载《电影文学》2009 年第 18 期。

岳紫园:《城乡交融,共谱和谐——浅析贺岁电影〈高兴〉》,载《电影文学》2009 年第 18 期。

李壮志:《电影〈高兴〉的底层叙事策略》,载《电影评介》2009 年 19 期。

谭湘衡、冯阳:《浅析贾平凹〈高兴〉的语言特色》,载《学理论》2009 年第 20 期。

程建虎,《"被抛入"境遇中的诗性解脱——试评影片〈高兴〉的荒诞性》,载《作家》2009 年第 20 期。

陈墨;《有一部电影叫〈高兴〉》,载《大众电影》2009 年第 21 期。

王宁宁:《析贾平凹小说〈高兴〉中的意象》,载《名作欣赏》2009 年第 30 期。

谷学良:《论〈秦腔〉〈高兴〉中的意象》,载《语文知识》2010 年第 1 期。

周文彦:《痛并快乐着,苦且生活着——贾平凹长篇小说〈高兴〉刍议》,载《青年文学家》2010 年第 1 期。

马平川:《精神救赎下的卑微与高贵：评贾平凹长篇小说〈高兴〉》,载《文学界（专辑版）》2010 年第 1 期。

张璇:《生命的柔弱与坚韧——贾平凹长篇小说〈高兴〉中刘高兴形象分析》,载《安徽文学（下半月）》2010 年第 2 期。

王莉:《后乡土叙事与乡土叙事、底层叙事——简论后乡土叙事文本〈高兴〉》,载《吉林省教育学院学报》2010 年第 2 期。

周亚娟:《高兴地笑了,感动地哭了——评电影〈高兴〉》,载《电影文学》2010 年第 2 期。

李文倩、路广:《一部〈堂吉诃德〉式的电影——〈高兴〉解读》,载《戏剧（中央戏剧学院学报）》2010 年第 3 期。

王亚丽：《论电影〈高兴〉中的"山寨"文化》，载《电影文学》2010年第4期。

唐晴川：《从贾平凹的〈高兴〉看底层文学写作》，载《当代文坛》2010年第4期。

吴鹏：《这样的电影我们怎么看着高兴——电影〈高兴〉分析》，载《传承》2010年第3期。

马作柱、韩鲁华：《一座理应得到更多重视的塔——试论〈高兴〉中"锁骨菩萨塔"的意义》，载《西安建筑科技大学学报（社会科学版）》2010年第3期。

焦仕刚、杨雪团：《两种命运悲剧中的文化宿命：老舍〈骆驼祥子〉与贾平凹〈高兴〉主人公城市生存悲剧之思》，载《文化学刊》2010年第6期。

余斌：《身份焦虑与灵魂漂泊：读贾平凹作品〈高兴〉》，载《江西科技师范学院学报》2010年第4期。

王红莉：《从〈废都〉和〈高兴〉解读西安现代都市文化》，载《小说评论》2010年第4期。

张文诺：《一曲美丽的童话——评电影〈高兴〉》，载《艺苑》2010年第5期。

邵茹波：《我们无法选择生活，但可以选择面对生活的态度——评电影〈高兴〉》，载《四川戏剧》2010年第6期。

轩袁祺：《文明冲突下城市异乡者的困惑——论贾平凹长篇小说及电影〈高兴〉》，载《电影评介》2010年第6期。

李雅妮：《论〈高兴〉对农民工问题的关注与思考》，载《作家》2010年第6期。

费团结：《评〈高兴〉从小说到电影的改编》，载《电影文学》2010年第11期。

陈蔚：《从贾平凹的〈高兴〉看写作载体的功能与价值》，载《现代语文（文学研究）》2010年第12期。

彭钰涵：《"草根"电影的崛起——简析电影〈高兴〉的成功之处》，载《丝绸之路》2010年第14期。

陈国和：《刘高兴：农民工身份的焦虑与否定》，载《语文教学与研究》2010年第18期。

王昱娟：《无处归抑或不想归？：从〈土门〉到〈高兴〉的"乡土"变迁》，载《青年文学家》2010年第19期。

曹永洁：《从〈高兴〉看贾平凹的底层叙事》，载《安徽文学（下半月）》2011年第1期。

冯肖华：《论〈高兴〉的叙事策略》，载《文艺理论与批评》2011年第1期。

洪永春：《从"刘书桢"到"刘高兴"看贾平凹的底层关怀》，载《电影文学》2011年第2期。

于宁志：《〈高兴〉："励志"小说与娱乐电影》，载《作家》2011年第4期。

毛郭平：《论〈怀念狼〉与〈高兴〉中的身体哲学》，载《河南师范大学学报（哲学社会科学版）》2011年第6期。

董颖：《略谈贾平凹〈高兴〉中刘高兴的形象及其意义》，载《新乡学院学报（社会科学版）》2011年第6期。

罗显勇：《论当下国产小成本喜剧电影的美学特质及缺憾》，载《当代电影》2011年第9期。

车俊思、潘海英：《社会转型与价值选择——〈嘉丽妹妹〉与〈高兴〉比较研究》，载《文艺争鸣》2011年第13期。

吉平、鞠雪：《西安影视剧与西安文化形象》，载《电影评介》2011年第14期。

涂彦平：《贾平凹小说〈高兴〉的话语裂隙分析》，载《名作欣赏》2011年第26期。

杨晓洁：《大家都去找〈高兴〉》，载《名作欣赏》2011年第28期，

金一丹、张慧：《人性的分裂性变化——〈高兴〉与〈了不起的盖茨比〉人物形象比较研究》，载《长春工程学院学报（社会科学版）》2012年第2期。

张玉洁、杨跃：《〈高兴〉与〈嘉莉妹妹〉中狂欢广场比较分析》，载《西安建筑科技大学学报（社会科学版）》2012年第4期。

刘宏卫：《〈高兴〉中的农民生存境遇研究》，载《黑龙江教育学院学报》2012年第5期。

李丽：《〈高兴〉的别一番"城市"叙事》，载《佳木斯大学社会科学学报》2012年第5期。

陈建光：《乡土的后现代隐喻——重读贾平凹的〈高兴〉》，载《文艺争鸣》2012年第5期。

荀羽琨：《乡下人进城的精神镜像——论〈高兴〉的现代性反思》，载《延安大学学报（社会科学版）》2012年第4期。

李丽：《〈高兴〉："醉酒的拾破烂者"——一种"城市生活"的叙事》，载《南都学坛（人文社会科学学报）》2012年第6期。

罗红玲：《浅析贾平凹长篇小说〈高兴〉中的刘高兴形象》，载《南京广播电视大学学报》2013年第3期。

李明敏：《都市视角下农民生存境况的文学叙事及其困境——以〈高兴〉为例》，载《文艺理论与批评》2013年第4期。

陈一军：《不一样的"精神胜利法"——刘高兴与阿Q精神之比较》，载《宁夏社会科学》2013年第4期。

张明奇：《农民工进城路的探索——贾平凹〈高兴〉的一种阐释》，载《名作欣赏》2013年第29期。

高婷、柴红新：《从〈高兴〉看贾平凹对新农民形象的建构》，载《沈阳农业大学学报（社会科学版）》2014年第2期。

梁波：《隐形的对抗和拯救的圈套——重读贾平凹的〈高兴〉》，载《河北科技大学学报（社会科学版）》2014年第2期。

于倩：《〈高兴〉：性别视域下失语者的代言》，载《渭南师范学院学报》2014年第2期。

吉平：《论〈鸡窝洼人家〉与〈高兴〉的艺术同构》，载《小说评论》2014年第4期。

何英：《城市"边缘人"的精神困境与艰辛情路——评贾平凹的小说〈高兴〉》，载《中华文化论坛》2014年第10期。

赵青：《〈高兴〉里的城市梦和乡村梦》，载《电影文学》2014年第19期。

程林盛：《农民意识的现代性嬗变：〈高兴〉的社会学解读》，载《南方论丛》2015年第4期。

张碧：《消费名誉下的狂欢与悲悯——论〈高兴〉中文化资本与知识分子立场的博弈》，载《商洛学院学报》2015年第5期。

叶君：《乡下人进城与底层写作——解读〈高兴〉》，载《绥化学院学报》2015年第6期。

尚亚菲：《以〈高兴〉为例浅谈乡下人进城的艰难蜕变》，载《名作欣赏》2015年第15期。

闫文菲：《农民身份认同的焦虑——由刘高兴的肾说起》，载《名作欣赏》2015年第15期。

武兆雨：《底层生存的镜中之像——以〈高兴〉为文本进行讨论》，载《名作欣赏》2015 年第 17 期。

张玉洁:《巴赫金视角下电影〈高兴〉狂欢化解读》,载《安徽文学(下半月)》2016 年第 3 期。

陈凤霞、刘江凯:《"锄禾"人的月下城——从贾平凹〈高兴〉谈起》,载《党政干部学刊》2017 年第 6 期。

任竹良:《"底层"诉求的表达与消解——〈高兴〉从小说到电影的传播效果分析》,载《名作欣赏》2017 年第 17 期。